ANNE MELVILLE
Die Lorimers

Sept. 97, Ffm

SERIE PIPER

Zu diesem Buch

Schon 1677 wurde der Grundstein für das riesige Vermögen der Lorimers gelegt: Als draufgängerische Seefahrer und Abenteurer segelten sie nach Westindien und wurden reich mit Sklavenhandel. Im Jahr 1877 ist das Haus Lorimer auf dem Gipfel der Macht. Doch hinter der Fassade der Ehrbarkeit verstecken sich finstere Geheimnisse, die Ruf und Glanz der Familie gefährden. John Junius Lorimer, das Oberhaupt, lenkt die Geschicke seiner Familie ebenso streng wie die seiner Bank. Seine hochmütige Frau Georgiana und seine ungleichen Kinder William – er führt als Eigentümer die Lorimer-Reederei –, Ralph, der Missionar wird, und Margaret, die gegen die Vorurteile der Familie und einer ganzen Epoche Ärztin wird – sie alle sind Schachfiguren im Kampf ums Überleben von John Junius Lorimer. Diese großangelegte, packende Familiensaga schildert das bewegte Schicksal einer mächtigen Handelsdynastie und ist zugleich ein atmosphärisch dichtes Sittengemälde der Viktorianischen Zeit.

Anne Melville, geboren in Harrow (England), studierte Geschichte in Oxford. Sie lebte einige Jahre im Nahen Osten und war Herausgeberin einer Kinderzeitschrift. Sie schrieb Romane, Kinderbücher und Kurzgeschichten und wohnt heute in London.

ANNE MELVILLE

Die Lorimers

Roman aus dem Viktorianischen England

Piper München Zürich

Aus dem Englischen von
Rolf und Hedda Soellner

Für Jeremy, Jocelyn und Jonathan

Unveränderte Taschenbuchausgabe
November 1996

Titel der englischen Originalausgabe:
»The Lorimer Line«

Umschlag: Büro Hamburg
Simone Leitenberger, Susanne Schmitt, Andrea Lühr
Umschlagabbildung: J. A. D. Ingres (»Portrait de Madame Marcotte
de Sainte-Marie«, © Giraudon)
Satz: Welsermühl, Wels
Druck und Bindung: Clausen & Bosse, Leck
Printed in Germany
ISBN 3-492-22387-7

Inhalt

PROLOG

Die Vorfahren

Eines stürmischen Tags im Jahr 1677 stach ein rothaariger junger Kapitän namens Brinsley Lorimer von Bristol aus in See. Die Reise ging zur Westküste Afrikas, nach Guinea, wo er seine Handelsware gegen eine Ladung gesunder Sklaven eintauschen wollte. Die Menschenfracht würde zwar nicht vollzählig jenseits des Atlantik ankommen, aber auch wenn er alle diejenigen verkaufte, die lebendig auf Jamaika landeten, könnte er mit einer ansehnlichen Ladung Zucker, Rum und Indigo nach Bristol zurückkehren. Blieb das Glück ihm weiterhin hold, so würde er in jedem Hafen seinen Profit machen. Nicht von ungefähr hatte diese Route den Namen »Das goldene Dreieck« erhalten.

Brinsley Lorimer war ein Aventurierkaufmann im wahrsten Sinn des Wortes, obwohl er nicht unter Kontrakt fuhr. Der Segler, den er befehligte, war sein Eigentum, und sein Wagemut mußte nicht nur den Elementen trotzen. Brinsley forderte den Zorn der Londoner Kaufleute heraus, die das Monopol für den Handel mit der Sklavenküste beanspruchten und auf einen königlichen Freibrief pochen konnten. Captain Lorimer ließ einen Berg Schulden an Land zurück, was ihn indes nicht weiter bedrückte, denn er hatte keine Angehörigen, die zur Bezahlung herangezogen werden konnten. Wenn sein Schiff, die *Star of Bristow*, untergehen sollte, so würden mit dem Kapitän auch dessen Schulden für immer auf dem Meeresgrund ruhen.

Aber die *Star of Bristow* ging nicht unter, und Brinsley Lorimer konnte am Ende der Reise mit dem erzielten Gewinn seine Gläubiger auszahlen und sich ein zweites Schiff kaufen. Ehe er aufs neue ausfuhr, nahm er sich eine Frau, zeugte einen Sohn und gab den Bau eines Guinea-Seglers in Auftrag, der länger und größer werden sollte als irgendein Schiff, das jemals aus dem großen Hafen Bristol vom Stapel gelaufen war. Aus Brinsleys Unternehmungen gingen im Lauf der Jahre eine bedeutende Schiffahrtsgesellschaft und eine wohlhabende Kaufmannsfamilie hervor. Die Lorimer-Linie – im doppelten Sinn des Wortes – war gegründet.

Zweihundert Jahre später war John Junius Lorimer das Oberhaupt der Familie. In der dazwischenliegenden Zeit wurden dem Hause Lorimer sowohl Söhne wie Töchter geboren, die allesamt nichts anderes waren oder sein wollten als Glieder einer Kette. Die Linie setzte sich ununterbrochen vom Vater auf den ältesten Sohn fort, und im Lauf der Generationen bildete sich ein festes Muster heraus. Die Lorimer-Väter waren Autokraten, die geborenen Herren über Schiffe und Kontore – die Lorimer-Söhne suchten ein eigenes Vermögen zu erwerben, während sie darauf warteten, ihr Erbe anzutreten.

Brinsleys Sohn, William Lorimer, fuhr nicht zur See wie sein Vater, setzte indessen die Handelsgeschäfte fort, kam zu Wohlstand und investierte seine Gewinne in den Bau von immer mehr Schiffen. Williams Sohn John rüstete noch vor seinem dreißigsten Jahr auf eigene Kosten ein Kaperschiff aus und brachte mit patriotischem Eifer eine spanische Galeone auf, die ihre dreißigtausend Pfund wert war. Mit dem Prisengeld errichtete John in der Nähe der Docks von Bristol eine Zucker-Raffinerie, die noch zu Lebzeiten seines Vaters William mit jedem schneeweißen Zuckerhut, den sie produzierte, das Familienvermögen um einiges mehrte.

Keiner dieser frühen Lorimers gab viel Geld für seinen persönlichen Komfort aus. Ob sie in einer engen Kajüte hin- und hergeschleudert wurden oder sich lange Stunden hindurch im schlecht beleuchteten Kontor mit Zahlen herumschlugen, immer waren sie viel zu sehr mit dem Erwerb eines Vermögens beschäftigt, als daß sie Zeit gefunden hätten, es zu genießen. Erst Johns ältester Sohn Samuel verwendete im Jahr 1785 einen Teil seiner beträchtlichen Erbschaft zum Kauf eines prachtvollen Grundstücks hoch über den Engen des Avon in der eleganten Wohngegend Clifton. Dort ließ er einen stolzen Besitz errichten und nannte ihn nach seinem Urgroßvater Brinsley House. Obwohl Samuels Frau fast immer einen kleinen schwarzen Jungen in schmucker Livree um sich hatte, der allerlei kleine Dienste für sie erledigte und sie mit seinem possierlichen Gebaren

amüsierte, wurde das Wort »Sklave« in den Prachtgemächern von Brinsley House niemals ausgesprochen.
Während Samuel Lorimer sich der Aufgabe widmete, ein angesehener Bürger zu werden, nahm sein jüngerer Bruder Matthew, der das Draufgängertum seiner Vorfahren nebst deren rotem Haarschopf geerbt hatte, das einzige Schiff, aus dem sein Anteil an der väterlichen Hinterlassenschaft bestand, und wurde dessen Kapitän. Mit der *Rose of Redcliff* kreuzte er auf den Sieben Meeren und hielt nach Abenteuern Ausschau, nach Profiten in neuen Häfen und mit neuen Frachten. Während Samuel sein Vermögen aus dem Schiffsbau und den Handelsgeschäften in sorgsam geführten Büchern immer weiter wachsen sah, häuften sich bei Matthew die auf abenteuerlichen Seefahrten erbeuteten Goldstücke zu einem Betrag, der die in der Stadt umherlaufenden Gerüchte von seinem sagenhaften Reichtum nicht Lügen strafte.
Die Route des »Goldenen Dreiecks« war für Matthew uninteressant, da sie zum Operationsgebiet seines Bruders gehörte, und so wurde er vierzig, ehe er zum erstenmal den Fuß auf Jamaika setzte. Das balsamische Klima und die Ungezwungenheit des Lebens taten es ihm sogleich an, und er ergriff freudig die Gelegenheit, sich für immer von Bruder Samuels scheinheiliger Wohlanständigkeit abzusetzen. Er kaufte sich im üppigen Hügelland von Jamaika ein billiges Stück unbebauten Grunds und eine Anzahl Sklaven, die ihn rodeten und bepflanzten, dann entwarf er selber ein Wohnhaus, das es mit dem Besitz in Clifton würde aufnehmen können. Sobald der Bau begonnen war, belud er die *Rose of Redcliff* mit Tabak und segelte heim nach Bristol, um die Ware zu Geld zu machen und seine Ersparnisse zu kassieren. Als er wieder aus seinem Heimathafen auslief, bestand nur der geringere Teil der Ladung aus Handelsware: Der größere bestand aus dem Mobiliar, das für den Wohnsitz eines Gentleman unerläßlich war. Matthew hatte Vorsorge getroffen, daß seine Schränke mit feinstem Linnen und seine Anrichte mit schwerem Silber wohl versehen wären, indes versäumte er, sich ein Eheweib mitzunehmen. Dennoch sollte er auf Jamaika kein Einsiedlerdasein führen; nie kehrte er nach England zurück.
In Bristol rackerte sich mittlerweile Samuel Lorimer in ein frühes Grab, so daß sein Sohn Alexander – Brinsley Lorimers Urgroßenkel – bereits in jungen Jahren die Verpflichtungen des Familienober-

haupts übernehmen mußte. Unter dem Einfluß einer frommen Mutter gab Alexander den Sklavenhandel auf, noch ehe dieser zu Beginn des neunzehnten Jahrhunderts gesetzlich verboten wurde. Alexander führte den direkten Handel mit Westindien weiter, erschloß aber gleichzeitig neue Routen nach Australien und Kanada und um das Kap Horn zur Westküste Amerikas. Die Risiken der langen Reise waren groß, aber die Gewinne noch größer.

Als Matthew Lorimer auf Jamaika starb, stellte sich heraus, daß seine sämtlichen Nachfahren aufgrund ihrer Hautfarbe nicht erbfähig waren. So gingen die Zuckerplantage und die dazugehörigen Arbeiter an den Neffen Alexander: gebunden an den Letzten Willen des Verstorbenen, daß für drei Frauen und die zehn Kinder, die sie ihm geboren hatten, Zeit ihres Lebens gesorgt werden sollte. Alexanders hohe moralische Grundsätze erlaubten ihm nicht, dieser Bitte zu willfahren, indessen erfreute er sich einige Jahre lang der Einkünfte aus dem ererbten Besitz. Nach der Sklavenbefreiung unterstellte er die Pflanzung, die er nie selber besucht hatte, der Aufsicht eines Verwalters, der sie langsam verkommen ließ und dessen Berichte über die mangelnde Rentabilität in immer längeren Abständen eintrafen und, als sie völlig aufhörten, nicht vermißt wurden.

Dank der Entschädigung, die 1833 den Plantagenbesitzern für die freigelassenen Sklaven bewilligt wurde, konnte Alexander eine Bank gründen – eine Bank, die stolz den Namen der Familie trug: Lorimer's Bank. Als Firmensitz wählte er eine erstklassige Lage in der Corn Street, dem Handelszentrum von Bristol. Dort, direkt gegenüber der Börse, ließ er einen Palast aus Marmor und Mahagoni errichten. Die Friese, Giebel und Säulen der glänzendgelben Fassade stellten fast den Parthenon in den Schatten.

Während Alexander in diesem Mammonstempel regierte, wartete sein Sohn John Junius – Brinsley Lorimers Urururenkel – darauf, sich als würdiger Wahrer des Lorimerschen Prestiges, als erfolgreicher Unternehmer und guter Rechner beweisen zu können. Wie alle ältesten Lorimer-Söhne vor ihm suchte er sich ein Betätigungsfeld für seinen Tatendrang, bis sein Erbe fällig sein würde.

Es war die Zeit, als die Kohle den Namen »schwarzes Gold« erhielt, und John Junius verschrieb sich folgerichtig der Sache des industriellen Fortschritts. Er überredete seinen Vater, für die Fahrt nach

Australien neue Segelschiffe aus Eisen bauen zu lassen; er förderte die Führung einer Eisenbahnlinie nach Bristol und den Bau eines Riesendampfers, der *Great Western*, in den Werften der Stadt. Ein genialer Ingenieur wie Isambard Kingdom Brunel konnte aus Eisen und Stahl fast alles schaffen. Der junge John Junius betrachtete es als nationale Pflicht, dafür zu sorgen, daß einem solchen Mann großzügig Kapital zu günstigen Bedingungen gewährt würde – günstig sowohl für Brunel wie für John Junius.

Als sein Vater 1840 starb, schien es ihm ratsam, das Schwergewicht seiner Interessen von der Schiffahrtslinie auf die Familienbank zu verlagern. Der Ruhm der Stadt Bristol, die ersten Dampfschiffe gebaut zu haben, wurde durch die Entdeckung getrübt, daß diese Schiffe, wenn sie einmal den Hafen verlassen hatten, nie wieder nach Bristol zurückkehrten: Die Kapitäne weigerten sich, ihre Dampfer auf der Fahrt durch die sieben Meilen lange gewundene Flußmündung, die vom Bristolkanal zum Stadthafen führte, in Gefahr zu bringen. Der Hafen selbst besaß ein durch Schleusen reguliertes Becken, das tief genug war für alle Schiffe, die es erreichten, aber allzu viele fielen bereits den Schlammbänken des Flusses zum Opfer, wenn sie bei Niedrigwasser in die Docks von Bristol einfahren wollten. Mit Ausnahme einiger weniger, die von den hohen Liegegebühren in diesen Docks profitierten, war also jedem klar, daß an der Mündung des Avon Tiefwasserbecken ausgehoben werden müßten. Erst dann würde es für eine Schiffahrtsgesellschaft wie die Lorimer-Linie vertretbar sein, die Dampfschiffe zu kaufen, denen nach John Junius' Überzeugung die Zukunft gehörte.

Mit dem Reichtum und dem Ruf der Lorimer's Bank im Hintergrund unternahm John Junius kühne Investitionen. Er suchte aus dem Bau von Fabriken und Maschinen kurzfristig Gewinne zu erzielen und legte die Überschüsse auf lange Sicht vorteilhaft in der Finanzierung eines der neuen Hafenprojekte an. In seinen mittleren Lebensjahren bewies John Junius den gleichen untrüglichen Instinkt für Gewinnchancen, der alle seine Vorfahren ausgezeichnet hatte, und sein Glaube an die Zukunft der Stadt wurde durch einen beachtlichen Anteil an deren zunehmendem Reichtum belohnt.

Bristol war seit Beginn seiner Geschichte eine Stadt wagemutiger Seefahrer und Kaufleute gewesen. Sie erwarben ihr Hab und Gut durch Kühnheit oder Fleiß und gaben es nicht leichtfertig wieder aus, ja sie verabscheuten den weichlichen Luxus der Londoner Gesellschaft. Als sich die beiden Lebensströme der Stadt trafen und vermischten, wurden riesige Vermögen gebildet und stolze Namen gegründet. Bristol dienerte auch nicht vor der Landaristokratie. Hier beherrschten keine Herzöge die Gesellschaft, keine Herzoginnenlaunen gaben in der Mode den Ton an. Dennoch war die Stadt auf ihre Weise so statusbewußt wie irgendein Herrscherhof. Auf jedem Tätigkeitsfeld galt eine bestimmte Familie als führend, gab es eine Dynastie, deren Mitglieder sich in keiner Generation der Tatsache schämten, daß ihr Reichtum aus dem Handel stammte.
John Junius jedenfalls hatte sich gewiß nie geschämt: weder dieser noch irgendeiner anderen Tatsache in seinem Leben. Im Alter von siebenundsiebzig Jahren, zwei Jahrhunderte, nachdem die *Star of Bristow* zu ihrer ersten Reise unter einem Lorimer in See gestochen war, stand John Junius der vielleicht bedeutendsten aller Dynastien der Stadt vor. Sein Vermögen war immens, sein Einkommen betrug gut und gern fünfzehntausend Pfund im Jahr, und sein Ruf war fleckenlos.
Nur vor dem Tod würde sich der Präsident von Lorimer's Bank dereinst beugen müssen. So jedenfalls erschien es im Frühling des Jahres 1877.

ERSTES BUCH

Der Präsident

I.

Am Morgen des Pfingstmontags 1877 lief Margaret Lorimer eilends die Marmortreppe in Brinsley House hinunter. Pünktlichkeit war jetzt wichtiger als würdevolle Haltung, denn ihren Vater, John Junius Lorimer, durfte man nicht warten lassen. Es war Zeit für das Morgengebet, mit dem die Familie ihren Tag begann – einen Tag, der für die Dienstboten schon vor mehr als zwei Stunden begonnen und sie seitdem tüchtig in Atem gehalten hatte. Der Küchenherd war angeheizt und mit Ofenschwärze poliert, Kannen mit heißem Wasser waren durchs Haus geschleppt, Pferde gestriegelt, Kutschen auf Hochglanz gebracht, Lampen geputzt und frisch gefüllt, Kiespfade geharkt, Blumen geschnitten und in Vasen geordnet worden. Noch hatten die Lakaien wenig anderes zu tun als schmuck auszusehen. Für die Hausmädchen und die Stubenmädchen und die Küchenmägde hingegen, die schon bei Tagesanbruch aus ihren dunklen Dachkammern gekrochen waren, bedeutete das Familiengebet eine willkommene Rast vom Schrubben und Putzen.

Obwohl die Andacht das »Familiengebet« hieß, wurden nur wenige Familienmitglieder dazu erwartet. Ralph, der jüngere Sohn des Hauses, war bereits zur Schule aufgebrochen. Er besuchte als Tagesschüler das Clifton College, an dessen Gründung als exklusive Anstalt für die Söhne reicher Bristoler Kaufleute sich sein Vater vor sechzehn Jahren beteiligt hatte, und wohnte der Morgenandacht zusammen mit den Internatsschülern in der Hauskapelle bei. Sein älterer Bruder William war seit sechs Jahren verheiratet und führte sein eigenes Haus. Mrs. Georgiana Lorimer, die Mutter, verließ ihre Gemächer jetzt nie mehr vor dem Mittagessen, obwohl Dr. Scott für die Leiden, über die sie klagte, bis heute keinen Namen hatte finden können. So kam es, daß Margaret, nachdem sie flugs an ihren Platz in dem prächtigen Speisezimmer geschlüpft war, als einziges Familienmitglied die Ankunft des Hausherrn erwartete.

John Junius Lorimer betrat, wie es seine Gewohnheit war, den Raum in dem Augenblick, als die Großvateruhr in der Halle zum Stundenschlag ansetzte. Im Alter – er stand jetzt im siebenundsiebzigsten Lebensjahr – war er ein schwerer Mann von langsamen Bewegungen geworden. Doch das weiße Haar war voll und kräftig und kräuselte sich im Nacken, und der eckig gestutzte Bart und die Favoris rahmten ein rosiges und gesundes Antlitz. Die buschigen Brauen waren nicht weiß geworden, sondern hatten das lebhafte Kastanienrot seiner Jugend bewahrt. Unter diesen Brauen hervor warfen die grünlichblauen Augen, denen nichts entging, einen raschen musternden Blick in die Runde.

John Junius' starke Persönlichkeit beherrschte sofort den Raum. Wenn er im Sitzungssaal der Lorimer's Bank, der er seit dem Tod seines Vaters vorstand, einen Wunsch äußerte, so wurde dieser Wunsch unverzüglich an die unteren Regionen als Befehl weitergegeben, gegen den es keinen Widerspruch gab. Zur heutigen Morgenstunde richtete sich sein Begehren nach droben, an den Allmächtigen, in Form von Gebeten, gewiß, die dennoch wie Anweisungen klangen. Mit der gleichen Bestimmtheit las er einen Abschnitt aus der Bibel vor. Margaret, die den Text auswendig kannte, ließ ihre Gedanken schweifen.

Der imposante Speisesaal wurde nur zu großen Einladungen und zu den Familienandachten benutzt. Er war prächtig möbliert, venezianische Leuchter schwebten über dem riesigen Mahagonitisch, und an den Wänden reihten sich die Familienporträts. Schon als Kind hatte Margaret sie gern betrachtet und überlegt, wie die Männer, die dort abgebildet waren, wohl im Leben gewesen sein mochten. Samuel Lorimer hatte seinerzeit zuerst sein eigenes Porträt und das seines jungen Sohnes Alexander malen lassen. Später – als ihm aufging, daß der Besitz von Ahnenbildern das gesellschaftliche Prestige erhöhte – ließ er vom gleichen Künstler eine komplette Garnitur von Vorfahren-Porträts anfertigen, kein Wunder also, daß die Familienähnlichkeit nicht zu übersehen war. Sogar Brinsley, der unbekümmerte Abenteurer aus der Zeit der Stuarts, erfreute sich nun der Biederkeit eines Handelsherrn des ausgehenden 18. Jahrhunderts.

Überrascht stellte Margaret fest, daß die schwarzgerahmte Schar seit dem vorigen Tag Zuwachs bekommen hatte – das Porträt, für das ihr Vater Anfang des Jahres gesessen hatte. Sie betrachtete es eingehend. Dem Künstler war es gelungen, die charakteristischen Züge seines Modells auf die Leinwand zu bannen. Die lange Nase und die herabgezogenen Mundwinkel verliehen dem Gesicht etwas Abweisendes; John Junius' Wangen hingegen verrieten Wohlwollen. Es war die Physiognomie eines Mannes, der als Tyrann über seine Familie und die Bank, die seinen Namen trug, herrschte und zugleich äußerster Großzügigkeit und kleinerer Liebenswürdigkeiten fähig war, eines Mannes, der jede geschäftliche Unternehmung sorgfältig auf ihre Rentabilität hin prüfte, aber eine kostbare neue Jadefigur für seine Sammlung erwarb, ohne dabei an etwas anderes zu denken als an das Entzücken, das ihre Schönheit seinem Auge bieten würde. Wenige seiner Geschäftspartner und sogar kaum einer seiner Angehörigen vermochten John Junius Lorimers Persönlichkeit zur Gänze zu verstehen. Margaret fand, der Maler habe sein ansehnliches Honorar vollauf verdient, weil er auf die Widersprüchlichkeiten dieses Charakters hinwies, ohne eine einfache Lösung anzubieten.

Plötzlich stellte sie schuldbewußt fest, daß die Bibellesung vorüber war und daß der Gegenstand des Porträts, dem ihre ganze Aufmerksamkeit gegolten hatte, seinerseits die Augen auf sie gerichtet hielt. Mit der gleichen feierlichen Stimme, mit der er die abschließenden Gebete gesprochen hatte, forderte der Vater nun seine Tochter auf, ihm in den Turm zu folgen.

Dies war ein Befehl, der die drei Kinder des Hauses in früheren Zeiten so manches Mal mit Schrecken erfüllt hatte. Allmorgendlich nach der Andacht wandte sich John Junius den häuslichen Problemen zu, die sich im Lauf des vorhergegangenen Tages ergeben hatten, damit er sich dann, nach seinem Weggang, völlig auf die Angelegenheiten der Bank konzentrieren konnte. Allzu häufig bestand die Lösung dieser häuslichen Probleme in strengen Strafen. Heute jedoch durfte Margaret zweifellos hoffen, daß der Vater nur die Vorbereitungen für den Nachmittag mit ihr besprechen wolle. Also stieg sie unverzagt die Treppe zum Turmzimmer hinauf.

Brinsley House war phantastisch gelegen. Die besten Zimmer boten einen prächtigen Ausblick auf die baumbestandene Klippe jenseits

der Schlucht. Von der untersten Terrasse des steil abfallenden Parks sah man hinunter auf die Windungen des Avon, dessen Wasser der Bucht und dem Meer zueilten. Das Panorama vom Turm aus stellte jedoch alles in den Schatten. Durch die Fenster, die den obersten Raum umliefen, konnte John Junius Lorimer die Stadt zu seinen Füßen liegen sehen oder hinüber zu den Hügeln blicken. Von hier aus konnte er das Wunderwerk der neuen Hängebrücke betrachten, die ihre Entstehung zum Teil seiner Mitwirkung verdankte, oder den ersten Blick auf einen Wimpel erhaschen, der besagte, daß ein Schiff der Lorimer-Linie sicher in den Hafen heimkehrte. Voll Stolz konnte er das Einfahren der großen Schiffe fast direkt unterhalb seines Hauses verfolgen, die jetzt von kleinen Schleppdampfern gezogen wurden und nicht mehr, wie vordem, an der Avon-Mündung warten mußten, bis die steigende Flut sie landeinwärts trug. Er konnte das geschäftige Treiben in den Docks beobachten, wo ein Frachter gelöscht, ein anderer beladen wurde, Segelmacher und Schiffszimmerleute die Schäden reparierten, die bei der Umschiffung von Kap Horn entstanden waren. Und wiederum voll Stolz konnte er dem langsamen und eleganten Auslaufen zu einer neuen Reise zusehen, die Schiff und Mannschaft für eine Dauer von bis zu drei Jahren aus der Heimat in fremde Meere führte.
Die Schiffe waren nun allerdings Williams Besitz. John Junius hatte diesen Teil seines Imperiums vor sechs Jahren an den ältesten Sohn abgetreten – nicht weil er sich mit einundsiebzig Jahren nicht mehr voll in der Lage gefühlt hätte, die Linie zu verwalten, sondern um William in die Verantwortung einzuführen, solange er ihm noch mit seinem väterlichen Rat zur Seite stand. Bald würde es vorbei sein mit den aufragenden Masten, den atemberaubenden Augenblicken, wenn die gespannten Segel sich mit Wind füllten, das Schiff beinah aus dem Wasser zu heben und mit ihm durch die Lüfte zu fliegen schienen. Doch selbst Williams Begeisterung vermochte nicht die ganze Flotte über Nacht in Dampfer zu verwandeln. Noch glitten die Segler den Fluß herauf, und jedes Mitglied der Familie Lorimer empfand persönlichen Stolz über ihren Wagemut.
John Junius stand an seinem Lieblingsplatz am Fenster, als seine Tochter ins Turmzimmer kam.
»Guten Morgen, Papa.«
»Guten Morgen, Margaret.« Er nahm ihren Kuß ohne Wärme ent-

gegen. Er war nie ein überschwenglicher Vater gewesen, und seit der junge Crankshaw vor nunmehr elf Monaten um Margarets Hand angehalten und sie ihn abgewiesen hatte, zeigte John Junius absichtlich nicht einmal mehr den Anschein einer Zuneigung. Er hatte der Tochter widerwillig freie Wahl gelassen, aber auf baldige Verzeihung ihres Ungehorsams durfte sie nicht rechnen. »Ich möchte dich nur daran erinnern, daß heute der Bankfeiertag ist.«
Er sprach das Wort »Bankfeiertag« so angewidert aus, als wiese er eine Kostprobe eines unbekannten, aus verdächtigen Zutaten bereiteten Gerichts zurück. Trotz aller ungebrochenen körperlichen Rüstigkeit verlor er immer mehr die Fähigkeit, ja die Bereitschaft, sich mit neuen Ideen zu befreunden. Seiner Meinung nach war es Aufgabe der Regierung, dafür zu sorgen, daß die Wirtschaft des Landes mit einem Maximum an Profit und Prestige arbeiten konnte, bei einem Minimum an staatlicher Einmischung in die Geschäfte des einzelnen Bürgers. Gewissenhaften Angestellten eine Zwangspause aufzuerlegen und zu fordern, daß Lorimer's Bank einen Tag lang ihre Pforten geschlossen halte, ohne daß dies auf Anordnung ihres Präsidenten geschah, empfand John Junius als Impertinenz. Die Auflage war jedoch Gesetz und mußte daher befolgt werden.
Als Zeichen seines guten Willens hatte er im vergangenen Jahr zum erstenmal sämtliche Angestellten und Direktoren von Lorimer's Bank zusammen mit ihren Familien am Nachmittag eines jener unerwünschten Feiertage in die Gärten von Brinsley House zum Tee eingeladen. Die Neuerung hatte damals bemühte Vorbereitungen für die Bewirtung und Unterhaltung der Gäste und einiges Unbehagen bei dem Gedanken an peinliche gesellschaftliche Begegnungen mit sich gebracht. Dieses Jahr würde es sich nur um eine Wiederholung handeln, um die Pflege eines neuen Brauchs, der eines Tages ein alter Brauch sein würde. Und obwohl John Junius während der letzten drei Wochen darüber gemurrt hatte, sah er dem Ereignis bereits mit Gelassenheit entgegen.
Theoretisch wäre es natürlich Sache seiner Ehefrau gewesen, sich um die häuslichen Vorbereitungen zu kümmern. Zur Begrüßung der Gäste würde Mrs. Lorimer sicherlich erscheinen, denn der Anlaß rechtfertigte einige Ausgaben für neue Seidenstoffe und Posamenten, aber alle praktischen Details besprach John Junius aus gutem Grund mit seiner Tochter. Sosehr er auch Margarets Eigensinn

mißbilligte, mußte er doch zugeben, daß sie umsichtig und tüchtig war.
Margaret konnte ihm versichern, daß alles zu seiner Zufriedenheit geregelt sein würde. Es war nur noch offen, ob die Tische im Haus oder im Garten aufgeschlagen werden sollten, und sie hatte den Dienstboten zugesagt, spätestens bis Mittag Bescheid zu geben.
»Im Garten«, sagte John Junius entschieden. Die Glaskästen, die seine Sammlung von Jadetieren bargen, konnte er zwar abschließen, aber irgend jemand würde vielleicht an die indischen und persischen Wandschirme, die er gleichfalls sammelte, anstoßen oder sie sogar anfassen – schließlich hatten solche Leute weder Erfahrung im Umgang mit derart seltenen Stücken noch eine Ahnung von deren Kostbarkeit.
»Die Damen werden ihre besten Hauben tragen«, gab Margaret zu bedenken. »Wenn es nun zu regnen anfängt ...«
»Es wird ein schöner Tag«, erklärte ihr Vater. »Du hast doch wohl gehört, daß ich die Sache bei der Morgenandacht erwähnte? Allerdings mußte ich wie schon so manches Mal feststellen, daß du es an Aufmerksamkeit fehlen ließest.«
Margaret war versucht, sich durch die Bemerkung zu verteidigen, sie habe zwar den Wunsch gehört, aber nichts davon, daß die Erfüllung garantiert worden sei. Sie war indes schon allzuoft der Keckheit bezichtigt worden, und zudem plagte sie ein Gedanke, der ihr mehr zu schaffen machte als das Wetter.
»Wird auch Mr. Crankshaw mit seiner Familie heute nachmittag anwesend sein?« fragte sie.
»Selbstverständlich. Alle Direktoren wurden eingeladen. Du kannst kaum von Mr. Crankshaw erwarten, daß er fernbleibt, nur um einer törichten jungen Person einen peinlichen Moment zu ersparen, den sie, wie ich leider sagen muß, vollauf verdient hat.«
»Selbstverständlich nicht, Papa.« Nicht die Begegnung mit dem Bankdirektor wollte sie vermeiden, sondern die mit dessen Sohn Walter. Vor Jahresfrist hatten die beiden Väter eine Transaktion in Aussicht genommen, wonach sich ihre wohlhabenden Familien zum beiderseitigen Vorteil einander durch eine Heirat verbinden sollten. Den Crankshaws gehörte das Gelände in Portishead, wo jetzt die neue Werft im Bau war, und die Lorimer-Linie würde für ihre neuen Schiffe mit ihrer größeren Tonnage, die unmöglich fluß-

auf bis zu den Docks von Bristol fahren konnten, auf diese Werft angewiesen sein. Alle Einzelheiten des Ehevertrags, der zwischen den beiden jungen Leuten geschlossen werden sollte, waren bereits geregelt, als Margaret von dem Plan erfuhr. Mr. Crankshaw seniors Enttäuschung ließ Margaret kalt, der Grund ihres Unbehagens war Walter, der dem Projekt offenbar begeistert zugestimmt hatte und für den ihre Ablehnung gewiß demütigend gewesen war. Sie hatte ihn seitdem nicht mehr gesehen.

Margaret wollte bei dieser Unterredung noch einen weiteren Punkt zur Sprache bringen, ihr Vater ebenfalls, aber jedem war daran gelegen, kein allzu großes Interesse zu verraten. John Junius ergriff, wie er es gewohnt war, auch hier die Initiative.

»Diese junge Frau, die dir Musikunterricht erteilt hat«, sagte er. »Die Italienerin.« Er machte eine Pause, damit Margaret ihn an den Namen erinnern könnte.

»Luisa«, sprang Margaret pflichtschuldig ein. Ihre Lehrerin war nur fünf Jahre älter als sie, und die beiden waren Freundinnen geworden. »Signorina Reni.«

»Natürlich. Vergangenen Freitag fuhr ich in der Stadt zufällig im Wagen an ihr vorüber. Ich hatte sie als hübsche junge Frau in Erinnerung, die sich elegant kleidete, ich meine, für ihre Verhältnisse. Ich sah mit Schrecken, daß sie sehr vernachlässigt war. Und viel zu mager. So, als könne sie jeden Moment vor Hunger ohnmächtig werden.«

»Wie traurig, Papa. Sie hat Bristol vor einem Jahr verlassen, um ihre Schwester zu pflegen. Ich wußte nicht, daß sie wieder hier ist.«

»Könntest du nicht einen Boten zu ihr schicken und sie für heute nachmittag hierherbitten, damit sie dich auf dem Piano begleitet? Vielleicht sogar ein Duett mit dir singt? Ich erinnere mich, daß sie eine angenehme Stimme hatte. Und wir könnten ihr auf diese Weise eine kleine Zuwendung machen.«

»In so kurzer Frist wird das kaum möglich sein, Papa. Ohne passende Kleidung wird sie nicht in Gesellschaft erscheinen wollen. Außerdem haben wir nicht zusammen geübt. Auch meine ich, daß es mir nicht anstehen würde, heute nachmittag zu singen.«

»Du hast eine schöne Stimme«, erklärte John Junius. Margaret errötete vor Freude über das Kompliment, nicht nur, weil dies von seiten ihres Vaters eine Seltenheit war, sondern auch, weil er selber in

jüngeren Jahren eine gute Stimme besessen und sein musikalisches Urteilsvermögen bewahrt hatte.
Margaret wußte, daß die Stimme das einzig Schöne an ihr war. Sie war zu klein, und ihr Gesichtsausdruck war resolut, ja sogar herb. Ihr Gang war fest und energisch: keine Spur von jener müden Eleganz, die als damenhaft galt. Sie hatte Sommersprossen und das dichtgelockte rote Haar, wie es einst auch auf dem Kopf ihres Vaters flammte. Für einen jungen Mann gewiß nicht unvorteilhaft, aber mit ihrem eigenen Spiegelbild war Margaret durchaus nicht zufrieden. Sie flocht ihr Haar so stramm es irgend ging und steckte es in zwei Schnecken über den Ohren fest; doch die widerspenstige Fülle war nicht zu bändigen und wirkte daher niemals so artig und adrett, wie Margaret es sich gewünscht hätte. Sie wußte, daß ihr Vater, der schöne Dinge liebte und wohl eine Stunde lang vor einem seiner Wandschirme sitzen und die Malerei betrachten oder behutsam ein winziges Jadetier streicheln konnte, an seiner eigenen Tochter niemals eine Augenweide hatte finden können. Ihre Stimme allerdings war, wenn auch nicht sehr umfangreich, so doch klar und rein.
Dennoch machte sie ihren Einwand erneut geltend.
»Die meisten Herren aus der Bank sind für mich Fremde, Papa«, sagte sie. »Wir haben Musikanten bestellt, die ihnen nach dem Tee vorspielen sollen. Wenn ich ebenfalls auftreten würde, so sähe es aus, als wollte ich mich in den Vordergrund drängen.«
»Wenn du nichts eingeübt hast, dann eben nicht«, sagte ihr Vater. Die Mißbilligung war seiner Stimme deutlich anzuhören. Margaret hatte vor, ihn um einen Gefallen zu bitten, und wollte ihn erst wieder freundlicher stimmen, ehe sie das neue Thema anschnitt.
»Ich werde Luisa morgen zum Lunch einladen«, sagte sie. »Wenigstens kommt sie dann zunächst einmal in den Genuß einer ordentlichen Mahlzeit, während ich herauszufinden suche, was ihr zugestoßen ist. Und dann werde ich sie bitten, mit mir zu üben. Wenn wir soweit sind, wollen wir gemeinsam einmal nach dem Dinner für dich und Mama und eure Gäste singen. Du weißt, daß ich mich nie lange bitten lasse. Und eine Gelegenheit, Luisa ein Geschenk zu machen, läßt sich unschwer herbeiführen.«
Der Vater nickte zustimmend.
»Der Gedanke macht dir Ehre«, sagte er, als hätte er vergessen, daß

es ursprünglich sein Einfall gewesen war. Dann wollte er die Tochter mit einer Kopfbewegung entlassen. Aber Margarets Anliegen war ebenso dringend wie sein eigenes.
»Ich möchte deine Erlaubnis erbitten, Papa, mir eine eigene Zofe zu engagieren.«
»Was ist denn mit Marie-Claire?«
»Sie ist Mamas Zofe. Sie meint, man könne nicht von ihr verlangen, daß sie mehr als eine Herrin bedient.«
»Nichtsnutzige Faulenzerin«, murrte John Junius; Margaret jedoch beharrte höflich, aber bestimmt auf ihrer Bitte.
»Mamas Gesundheitszustand macht eine Menge Dienstleistungen nötig. Ich glaube, Marie-Claires Zeit ist wirklich voll ausgefüllt.«
»Wir sprachen doch schon einmal über dieses Thema, damals allerdings warst du gegenteiliger Ansicht. Deine Mutter sagte, sie könne dir Marie-Claire unmöglich mehr überlassen, und du hast mit großer Entschiedenheit versichert, du brauchtest keine eigene Zofe.«
»Ich sehe jetzt ein, daß ich unrecht hatte«, sagte Margaret, die wohl wußte, daß ihr Vater dieses Eingeständnis gern hörte. Er knurrte eine Art Zustimmung.
»Aber keine Französin mehr. Das verbitte ich mir ausdrücklich. Zwei Mamsells im gleichen Haus, den lieben langen Tag würden sie plappern und herumtändeln und den anderen Dienstboten ein schlechtes Beispiel geben: nein und nochmals nein!« John Junius war noch ein Junge gewesen, als Napoleon Buonaparte der schwarze Mann war, mit dem man den Kindern drohte, wenn sie nicht schlafen oder nicht gehorchen wollten. Nun war der Krieg seit mehr als sechzig Jahren vorbei, aber Margaret wußte, daß ihr Vater die Franzosen noch immer nicht leiden konnte.
»Natürlich nicht, Papa«, sagte sie. »Ich würde vorschlagen, daß ich ein sehr junges Mädchen ins Haus nehme und nach meiner eigenen Fasson anlernen lasse. Man könnte Marie-Claire bitten, die Kleine zunächst im Nähen und Bügeln zu unterweisen. Natürlich würde sie nicht erwarten, wie eine Zofe entlohnt zu werden, ehe sie die nötigen Kenntnisse und Fertigkeiten erworben hat.«
Margaret war nie sicher, ob ein Argument dieser Art den Vater überzeugen oder erzürnen würde. John Junius war unter den reichen Bürgern der Stadt vermutlich der reichste. Er hielt nicht nur einen Wagen, sondern deren zwei, und bewohnte das stattlichste

Herrenhaus in ganz Clifton. Wann immer für einen Zweck gesammelt wurde, den er für unterstützungswürdig hielt, so war es für ihn Ehrensache, daß der Name Lorimer die Spendenliste anführte. Es hieß, seine Sammlung fernöstlicher Kunst sei von unschätzbarem Wert. Er hatte sie bereits für den Fall seines Todes der Stadt vermacht, zusammen mit der Bausumme für eine Galerie, in der die Kostbarkeiten ausgestellt und bei freiem Eintritt von jedermann bewundert werden könnten. Und doch mußte Margaret sich beinah jeden Tag die Klagen ihrer Mutter anhören, die behauptete, sie könne den ihr gebührenden Platz in der guten Gesellschaft von Bristol nicht einnehmen, da ihr Gatte mit den Ausgaben für Kleidung und Schmuck so knauserig sei. Margaret nahm zwar zu solchen Klagen niemals Stellung, bei einer Gelegenheit wie dieser jedoch war sie versucht, ihre Sache mit der Waffe der Sparsamkeit auszufechten.

»Du sprichst, als hättest du das Mädchen bereits.« John Junius' Stimme klang argwöhnisch.

»Natürlich habe ich sie nicht engagiert, Papa. Aber es stimmt, ich denke an ein bestimmtes Mädchen. Ich kenne die Kleine seit ihrem neunten Lebensjahr. Ich habe die Familie mehrmals in der Peel Street aufgesucht.« Über diesen Teil der Geschichte mußte sie schnell hinwegzukommen trachten. Nur höchst mühsam hatte Margaret damals ihren Vater davon zu überzeugen vermocht, daß Krankenbesuche in den Slums von Bristol weder gefährlich noch unziemlich seien. »Ihr Vater starb bei der Cholera-Epidemie. Ihre Mutter war jahrelang krank. Als im November die Froome über die Ufer trat, hauste sie mit Betty fünf Wochen lang in einem Zimmer, dessen Boden zwei Fuß unter Wasser stand. Jetzt ist auch sie gestorben. Betty wurde ins Arbeitshaus gebracht.«

»Wo sie sehr wohl behütet sein wird.«

»Wo sie vernachlässigt und verdorben wird«, sagte Margaret fest.

Ihr Vater nahm diese Äußerung schweigend hin. Als hart arbeitender Bürger neigte er der Ansicht zu, das Arbeitshaus verschwende an seine erwerbsuntüchtigen Insassen mehr Wohltaten, als ihnen zukämen. Als human gesinnter Mensch wußte er, daß Margaret mit ihrer Behauptung recht hatte.

»Wenn es dir nur darum geht, der Kleinen ein besseres Heim zu verschaffen, so kann ich sie für die Aufnahme ins Waisenhaus von Ash-

ley Down vorschlagen«, sagte er. »Mr. Wright dürfte zu schätzen wissen, wie sehr ich mich für seine Arbeit dort interessiere.«
Margaret schüttelte den Kopf.
»Vielen Dank, Papa, aber sie wird in Kürze zwölf und bekommt dann ohnehin Arbeit zugewiesen. Ich weiß, welche Beschäftigung man ihr zuweisen will, und bin entsetzt über die Bedingungen. Sie ist ein intelligentes Mädchen, heiter und reinlich, und verdient ein besseres Los.«
»Es ist ein Glück für sie, daß wohlmeinende Leute ihr Arbeit geben wollen.«
»Es wäre ein weitaus größeres Glück für sie, wenn wir ihr diese Arbeit gäben«, sagte Margaret.
Sie hatte den Zeitpunkt für ihr Anliegen gut gewählt. John Junius hatte von häuslichen Problemen mehr als genug.
»Das Einstellen von Dienstboten ist Sache deiner Mutter, nicht die meine«, sagte er. »Tu, was deine Mutter für richtig hält.« Beide wußten, daß die Sache hiermit, abgesehen von einigen noch verbleibenden Formalitäten, erledigt war.
Margaret ging sofort ins Boudoir ihrer Mutter. Im Kamin brannte wie immer ein Feuer, obwohl es Mai war. Georgiana beklagte sich ständig über das feuchte Klima von Bristol und setzte sich ihm so wenig wie irgend möglich aus. Sie war fast dreißig Jahre jünger als ihr Gatte, hatte sich jedoch seit ihrer letzten Niederkunft mit einem toten Kind vor acht Jahren aus ihrer Ehe – und auch auch von jeglicher anderen Aktivität – in den Schutz dieses stickigen Zimmers zurückgezogen.
Georgianas Boudoir war nicht nur überheizt, sondern auch überladen. Man konnte sich keinen Schritt bewegen, ohne an irgendein Tischchen mit Nippes oder silbergerahmten Familienphotographien anzustoßen. Polsterliege und Sessel waren mit Plüsch bezogen und mit quastenbehängten Häkelschonern bedeckt, und die schweren Vorhänge blieben stets halb geschlossen. Der Geruch von Georgianas Mops und ihrer letzten Mahlzeit oder eines heißen Getränks hing ständig in der Luft. Margaret hielt es nie lang in diesem Raum aus. Sie war in einem Haus aufgewachsen, das vor hundert Jahren im klassischen Stil erbaut und eingerichtet worden war und sich seither kaum verändert hatte, und sie liebte seine übersichtliche Geräumigkeit. Sie verargte es der Mutter nicht, daß sie in dieser chao-

tischen Enklave leben mochte, vermied jedoch nach Möglichkeit, sich dort aufzuhalten.

Dr. Scott, der Hausarzt, verließ gerade das Boudoir, als Margaret eintrat. Er hatte sowohl Georgianas drei überlebenden Kindern in die Welt geholfen wie auch den vieren, von denen keines den ersten Geburtstag erreichte, und inzwischen war er durch seine wöchentlichen Besuche fast zu einem Freund des Hauses geworden. Er hatte sich vorteilhaft verheiratet und unlängst von seinem Schwiegervater eine Erbschaft gemacht, die er durch John Junius' Vermittlung gewinnbringend in Lorimer's Bank anlegen konnte. Sein wachsender Wohlstand hatte ihm erlaubt, in den aufblühenden Vorort Clifton zu ziehen, wo so viele seiner reichsten Patienten wohnten. Zur Zeit hatte er nur den einen Kummer, daß sein Sohn Charles nach dem medizinischen Abschlußexamen eine Dauerstellung an einem Londoner Krankenhaus angenommen hatte, anstatt in die väterliche Praxis einzutreten.

Doch Dr. Scott hatte nicht vor, sich in naher Zukunft zurückzuziehen, und in den kommenden Jahren konnte sich noch so manches ändern. Heute war er in heiterer Laune, als er Margaret begrüßte und sie bat, dafür zu sorgen, daß Mrs. Lorimer am Nachmittag nicht aus ihrem überheizten Zimmer direkt in den Garten gehe.

Auch Georgiana war froh gestimmt, weniger zum Klagen aufgelegt als sonst. Obgleich die nachmittägliche Geselligkeit von bescheidener Art sein würde, verschaffte sie ihr doch Gelegenheit, als Gastgeberin aufzutreten. Sie willigte widerspruchslos ein, daß Betty Hurst ins Haus genommen und als Margarets Zofe angelernt werde, und dann versuchte sie eine halbe Stunde lang, herauszubringen, was ihre Tochter am Nachmittag tragen wolle. Für Spitze sei es zu kühl, sagte Georgiana; weit besser wäre das braune Kleid mit dem Samtjäckchen. Margaret lauschte höflich den Vorschlägen ihrer Mutter, obwohl ihr eigener Entschluß bereits gefaßt war. Dann mußte sie sich Georgianas neue Schuhschnallen aus geschliffenem Stahl ansehen und gebührend bewundern, wobei sie insgeheim dachte, daß solches Zubehör nicht mehr Zeitaufwand verdiene, als zu seinem Einkauf nötig sei. Als das Eintreffen der gemieteten Gartenstühle gemeldet wurde, ergriff sie die Gelegenheit, sich aus dem Staub zu machen.

Das Beaufsichtigen der Vorbereitungen hätte sie den ganzen Vormittag in Atem halten können, aber das Hauspersonal war gut geschult. Margaret hatte bereits alles Nötige mit den Dienstboten besprochen und wußte, daß sie ohne direkte Überwachung verantwortungsbewußter arbeiten würden. Deshalb, und auch, um dem Wunsch ihres Vaters unverzüglich Genüge zu tun, ließ sie die Victoria um elf Uhr vorfahren.

Zuerst suchte sie die frühere Wohnung ihrer Musiklehrerin auf, wo sie Luisas neue Adresse erfuhr. Das Haus lag in einer zwar nicht vornehmen, aber achtbaren Gegend. Margaret wurde sofort eingelassen und nach oben in ein kleines Zimmer geführt. Wie ihr Vater erschrak sie beim Anblick von Luisas Magerkeit, ließ sich jedoch nichts anmerken.

»Du hättest mich wissen lassen sollen, daß du wieder hier bist«, sagte sie, als Luisa sich von ihrem Erstaunen über den Besuch erholt hatte. »Ich bin gekommen, um dich für morgen zum Lunch nach Brinsley House einzuladen. Dann mußt du mir genau berichten, wie es dir inzwischen ergangen ist. Und wie es deiner Schwester geht.«

»Meiner Schwester?«

»Hast du denn nicht deine Schwester gepflegt?« fragte Margaret.

»Ja, natürlich. Deshalb mußte ich von Bristol weg. Meine Schwester wurde bald wieder gesund, aber danach bin ich selber erkrankt.«

Luisas Wangen röteten sich flüchtig, während sie das sagte, nahmen jedoch alsbald wieder die ungesunde Blässe an, die Margaret auf den ersten Blick aufgefallen war. Die Haut über den Wangenknochen war straff gespannt, und die Augen schienen in die wie von Müdigkeit umschatteten Höhlen gesunken. Man konnte sich kaum noch vorstellen, wie lebhaft und wie auffallend schön die junge Frau bei ihrer letzten Begegnung gewesen war.

Sobald Margaret Luisas Zusage für den folgenden Tag erhalten hatte, verabschiedete sie sich, da sie den unerwarteten Besuch nicht länger ausdehnen wollte. Schon wandte sie sich zur Tür, als sie aus einer dunklen Ecke des Zimmers ein Husten hörte – ein so leises und schwaches Geräusch, daß es nur eine Frau, die so kinderlieb war wie Margaret, hatte hören können. Sie hielt inne.

Sekundenlang starrten die beiden jungen Frauen einander an. Luisa hielt Margarets Blick stand, dann trat sie zur Seite und gab ihrer Besucherin den Weg ins Zimmer frei.

Erstaunt blickte sie in die hölzerne Wiege, die an der Wand stand. Das schlafende Kind war noch winzig klein, aber das friedliche Gesichtchen wirkte seltsam reif. Es war ein Mädchen von ungewöhnlicher Schönheit. Alle Züge waren bereits vollendet geformt.

»Wie reizend!« flüsterte Margaret. »Luisa, warum hast du mir nicht gesagt, daß du verheiratet bist?«

Luisa antwortete nicht, und sie wandte zu Margarets Bestürzung auch nicht den Blick ab.

Jede Frage erübrigte sich. Jetzt stieg Margaret die Röte in die Wangen, denn sie fühlte sich unwillkürlich schockiert. »Was würdest du meinen«, sagte sie unsicher, »wenn wir das Kind meiner Mutter gegenüber nicht erwähnten?«

Luisa schwieg und überließ es Margaret, einen Ausweg zu finden. Margaret schob die Entscheidung zunächst von sich und beugte sich erneut über das Kind.

»Wie heißt sie?«

»Sie wurde Alexandra getauft, aber es ist ein so langer Name für ein so kleines Geschöpf. Ich nenne sie Alexa.«

»Lebwohl, Alexa.« Margaret strich behutsam mit einem Finger über das flaumige Goldhaar des Kindes und küßte Luisa zum Abschied. Es war Zeit, zu den Vorbereitungen für den Nachmittag zurückzukehren.

Während ihrer Abwesenheit war alles programmgemäß abgelaufen, und um zwei Uhr stand fest, daß John Junius' Anweisungen bezüglich des Wetters Folge geleistet wurde. Die Sonne strahlte von einem wolkenlosen Maihimmel. Sogar der Wind, der sonst zu jeder Jahreszeit durch die Schlucht pfiff und die Wipfel der Kastanien und Akazien am Westrand des Gartens zauste, schien heute Bankfeiertag eingelegt zu haben. Margaret war überzeugt, daß nichts die Veranstaltung stören würde, es sei denn, sie begegnete Walter Crankshaw.

Die Situation war um so schwieriger, als Margaret es nie über sich gebracht hatte, ihre Abneigung gegen einen allgemein als so respektabel geltenden jungen Mann zu begründen. Und doch gab es einen Grund: Als Mitglied des Weiblichen Wohltätigkeitsverbands stattete Margaret regelmäßig notleidenden Familien Krankenbesuche ab. Die würdigsten Damen der Stadt förderten diese Vereinigung durch großzügige Spenden und sorgten dafür, daß die jüngeren

Frauen, die sich persönlich in die weniger gut beleumundeten Gegenden Bristols wagten, nicht um ihren guten Ruf bangen mußten. Margaret suchte furchtlos die Slums auf, aber sogar sie mußte zugeben, daß es ein Stadtviertel gab, das eine junge Dame unbedingt meiden mußte.

Ein einziges Mal hatte sie dieses ungeschriebene Gesetz übertreten, als ein Kind einen schweren Unfall erlitten hatte und rasche Hilfe nötig war. Der Kutscher ihres Vaters war zu ihrem Schutz mitgekommen. Und damals hatte sie Walter aus einem Haus in Joy Hill treten sehen. Im Unterschied zu den Spelunken bei den Docks wirkten hier die Häuser nach außen hin wohlanständig, wurden indes häufig von Herren finanziert, die ihre Beziehung zu den Bewohnerinnen nicht ruchbar werden lassen wollten. Margaret hatte eine strenge Erziehung genossen und akzeptierte die Verbote, die für junge Mädchen galten und sie beschützen sollten. Aber ihr jugendlicher Idealismus wehrte sich gegen eine doppelte Moral für Männer und Frauen. Wenn Walter vor der Eheschließung ein Leben führte, das sie nicht billigen konnte, würde er es dann nicht auch nachher weiterführen?

Margaret wußte genau, daß sie eigentlich keine Ahnung haben dürfte, warum die Gegend um Joy Hill für sie tabu war. Georgiana wäre außer sich gewesen über die Entdeckung, in welchem Maß ihre zwanzigjährige Tochter durch den Umgang mit den Kranken und Armen verderbt war. Jede Erwähnung dessen, was sie gesehen, und weit mehr noch der Schlüsse, die sie daraus gezogen hatte, würde das sofortige Verbot aller weiteren Besuche zur Folge haben.

Aber für Margaret waren diese Fahrten nicht nur ein Zeitvertreib. Nach ihrer eigenen Meinung waren sie das einzige, was ihrem täglichen Leben Wert verlieh, und sie war nicht gesonnen, diese Möglichkeit aufs Spiel zu setzen, nur um Walter Gelegenheit zu geben, sein Verhalten zu erklären oder um ihre Ablehnung der geplanten Verbindung verständlich zu machen.

Also hatte sie ihrem Vater nie einen Grund dafür genannt, daß sie Walter Crankshaws Antrag abwies, und darum fürchtete sie nun eine peinliche Begegnung bei der Teegesellschaft. Indessen, als die Gäste eintrafen, beugte Walter sich höflich und wortlos über ihre Hand, und seine Eltern konnten sich der Komplimente über die vollendete Schönheit des Gartens nicht genug tun.

Nachdem nun dieser Kelch an ihr vorübergegangen war, wurde Margaret wieder leichter ums Herz. Der obere Rasen und die sonst nie benutzte Terrasse hatten sich mit Gästen gefüllt. Da die Gesellschaft vollzählig zu sein schien, würde die Tochter des Hauses sich nun von der Seite ihrer Eltern entfernen dürfen. Doch in dem Augenblick, als sie sich abwenden wollte, traf ein verspäteter Ankömmling ein. Margaret hatte ihn noch nie gesehen. Er war ein gutaussehender junger Mann, glatt rasiert und helläugig, und als er den Hut abnahm, kam dunkles, lockiges Haar zum Vorschein. Margaret wartete, während der Neuankömmling ein paar Worte mit ihren Eltern wechselte. Dann führte ihn Mr. Lynch, der Geschäftsführer von Lorimer's Bank, zu ihr und stellte ihn vor.

»Miss Lorimer, Sie dürften unseren neuen Buchhalter noch nicht kennen. Er kam erst unlängst aus Schottland hierher, um diese Stellung anzutreten. Gestatten Sie, daß ich Ihnen Mr. David Gregson vorstelle.«

2.

Wenn ein Arbeitgeber seine Angestellten zu sich einlädt, so gilt deren Zusage als Selbstverständlichkeit. Die Auserkorenen haben nur zu überlegen, wie sie ihre Dankbarkeit am besten zum Ausdruck bringen können, und sich größter Pünktlichkeit bei Ankunft und Aufbruch zu befleißigen.

David Gregson hätte anläßlich der Garden Party in Brinsley House um ein Haar gegen dieses ungeschriebene Gesetz verstoßen. Die Aussicht, seine freie Zeit in Gesellschaft der Kollegen zubringen zu müssen, verlieh ihm nicht gerade Flügel, und die Anschaffung von Gehrock und karierten Hosen – laut Mr. Lynch die vorschriftsmäßige Bekleidung für einen Mann in seiner Stellung – ging eigentlich über seine Verhältnisse. Aber er begriff sehr wohl, daß er die Einladung des Präsidenten unmöglich ablehnen konnte, und war entschlossen, alle die höflichen Unaufrichtigkeiten vorzubringen, die der Anlaß erforderte.

Da er jedoch noch nicht sehr lange in der Stadt lebte, war ihm nicht klar gewesen, wie hoch die Einwohner von Clifton die vornehme Abgeschiedenheit ihres Villenviertels veranschlagten. Erst als er seine Wohnung verließ, machte ihn seine Wirtin darauf aufmerksam, daß die Trambahngesellschaft keine Linie nach Clifton hatte bauen dürfen, damit nicht etwa das niedere Volk in Versuchung geriete, dorthin vorzustoßen. Er würde folglich den ganzen Weg zu Fuß gehen müssen. Während er vom Stadtzentrum die steile Anhöhe hinaufstieg, dachte er ausschließlich daran, wie peinlich es sein würde, zu spät zu kommen. Er hatte keine Ahnung, daß die nächste Stunde seinem ganzen Leben eine andere Wendung geben sollte.

Ein Lakai in Kniehosen und der grün-goldenen Familienlivree wies ihn zum Rasen hinter dem Haus, wo der Präsident der Lorimer's Bank seine Gäste erwartete. Mr. Lynch hielt sich ganz in der Nähe, um die unbedeutenderen Mitarbeiter der Bank mit Namen vorstellen zu können. Mr. Lorimer hatte David bei dessen Einstellung gesehen und nicht vergessen, aber Mrs. Lorimer sah ihn zum erstenmal. Die füllige, blasse Dame schenkte ihm ein gnädiges Lächeln, sprach jedoch kein Wort. Dann führte Mr. Lynch ihn ein paar Schritte weiter, um ihn der Tochter des Hauses vorzustellen.

David hatte Margaret Lorimer ein paarmal im Wagen ihres Vaters gesehen, aber sie hatten nie miteinander gesprochen. Als sie jetzt die üblichen Höflichkeiten austauschten, konnte David sehen, daß der Nachmittag für Margaret eine Anstrengung bedeutete, daß sie jedoch entschlossen war, sich ihrer Pflichten gewissenhafter zu entledigen als ihre Mutter. Dennoch durfte er nicht erwarten, daß sie ihm sehr viel Zeit widmen würde. Die Lorimers hatten zwar alle Mitarbeiter der Bank eingeladen, aber sie würden gewiß vorziehen, sich nur mit den Direktoren zu unterhalten. Es waren kaum ein paar Worte gewechselt worden, als David sah, wie Mr. Crankshaw nebst Gattin und Sohn auf Margaret zustrebte. Er hielt dies für sein Stichwort, sich zu verbeugen und zurückzuziehen, doch im letzten Moment fiel ihm auf, daß die Tochter des Präsidenten eine Begegnung mit der Familie Crankshaw offenbar vermeiden wollte.

»Darf ich Ihnen unsere Gärten zeigen, Mr. Gregson?« Und noch im Sprechen ging sie ihm über den Rasen voran, als hätte sie nicht bemerkt, daß die Crankshaws ihre Gesellschaft suchten. Die Röte auf den sommersprossigen Wangen strafte sie indessen Lügen.

Während David sich für diese Ehre bedankte und Margaret den Arm bot, überlegte er, ob dem kleinen Zwischenfall irgendeine Bedeutung zukommen mochte. Möglicherweise haderten die Lorimers mit den Crankshaws, aber die Crankshaws konnten es sich unter keinen Umständen leisten, mit den Lorimers zu hadern. Durch Davids Hände gingen nicht nur die gewöhnlichen Depositenkonten, sondern auch die weit bedeutenderen Summen, die Lorimer's Bank an die verschiedensten Firmen der Stadt auslieh. Er wußte zum Beispiel, daß Mr. Crankshaw nicht nur Direktor und Großaktionär von Lorimer's, sondern auch bei der Bank tief verschuldet war. Das entliehene Geld diente dem Bau der neuen Dockanlagen von Portishead, an der Flußmündung. David war überzeugt, daß die Investition sich eines Tages als rentabel erweisen würde, aber dieser Tag lag noch in weiter Ferne: Die Sicherheit, die Mr. Crankshaw für die erste Anleihe vor neun Jahren gegeben hatte, reichte inzwischen nicht mehr annähernd aus, um die weiteren Darlehen zu decken, die im Zug der Bauentwicklung nötig geworden waren. Wenn Lorimer's jemals das gesamte Darlehen abrufen würde, könnte Crankshaws Werft nur noch den Bankrott anmelden.

Da in diesem Fall Lorimer's Bank keine Aussicht hätte, ihr Geld jemals wiederzusehen, ließe man es wohl nicht so weit kommen; aber als Buchhalter hatte David unwillkürlich immer vor Augen, wie groß der ungedeckte Teil des Darlehens war. Da er jedoch nur ein verhältnismäßig kleiner Angestellter war, konnte er weiter nichts tun, als dem Prokuristen von dem Ergebnis seiner ersten Prüfung der Vermögenslage der Bank Mitteilung zu machen, und das hatte er bereits getan.

Das alles war selbstverständlich streng vertraulich und eine Sache, über die man außerhalb der Geschäftszeit nicht nachdachte und die man ganz gewiß nicht mit Margaret Lorimer, die von den väterlichen Geschäften keine Ahnung haben würde, besprechen durfte. Also neigte David sich ein wenig zu ihr hinab, während sie ihm die Namen unbekannter Farne und Blumen nannte. Er hatte nichts für Botanik übrig, aber Margarets Stimme gefiel ihm.

David Gregson war ein strebsamer junger Mann. Ehrgeiz hatte ihn aus einer Handwerkslehre in den Beruf des Buchhalters getrieben: Ehrgeiz hatte ihn von Schottland in den Süden Englands geführt. Er war erst siebenundzwanzig, hatte jedoch schon einen weiten Weg hinter sich, fort von dem armseligen Haus, in dem er zur Welt gekommen war, und er beabsichtigte, es noch weiter zu bringen. Daher war er empfänglich für Lebensart und Sprechweise der Reichen: Es war ihm zur Gewohnheit geworden, sie zu beobachten und nachzuahmen.

Die ländlichen Kunden von Lorimer's Bank sprachen den Dialekt von Somerset, und auch der Tonfall der Stadtleute war eher schleppend, wenn auch auf andere Art. Die Konsonanten in der Wortmitte wurden so verschliffen, daß man sie kaum noch hörte. Von dieser Lässigkeit war in der Stimme der Lorimers keine Spur zu entdecken. Der Präsident sprach scharf und schroff. Man konnte seinen Tonfall nicht nachahmen, ohne eine deutliche und beleidigende Imitation zu liefern. Ganz anders seine Tochter. Ihre Stimme war klar und deutlich, die Vokale klangen rein und die Konsonanten vernehmbar. Vielleicht hatte sie eine besondere Sprecherziehung genossen, aber schon vor so langer Zeit, daß eine präzise Artikulation ihr zur Selbstverständlichkeit geworden war und nicht affektiert wirkte. Jeder Satz war korrekt formuliert, ganz anders als die lautstarken Äußerungen der Frauen, die in seiner Gegend wohnten. Man hatte Margaret gelehrt, weniger spontan als höflich zu sein.

Bei dieser ersten Begegnung kam es David kaum in den Sinn, die Bekanntschaft mit Margaret Lorimer fortzusetzen. Er würde sie wohl nicht vor dem nächsten Bankfeiertag wieder zu Gesicht bekommen. Aber er hörte aufmerksam zu, wie sie sich ausdrückte, und machte sich im Geist Notizen.

Vielleicht bemerkte seine Gastgeberin, daß er mehr dem Klang ihrer Stimme lauschte als dem Inhalt ihrer Worte und daß er sich nicht besonders für Pflanzen interessierte. Sie wechselte daher das Thema, als sie die zur unteren Terrasse führenden Stufen erreichten, und fragte, wo er eine Wohnung gefunden habe.

Dies aber war ein wunder Punkt. Als David in Bristol ankam, war die Stadt ihm fremd gewesen, und er hatte sich in einem Viertel einquartiert, das zwar angenehm nah bei der Corn Street lag, jedoch, wie er jetzt wußte, seiner neuen Stellung nicht angemessen war. Aber er hatte inzwischen auch festgestellt, daß seine einzige Mitmieterin, eine junge Ausländerin, die sich mit Klavierstunden durchbrachte, häufig mit der Miete in Rückstand blieb und daß die verwitwete Hauswirtin, die auch für ihn kochte und seine Zimmer in Ordnung hielt, auf seine regelmäßigen Zahlungen angewiesen

war. Er nannte also zögernd seine Wohngegend, ohne die genaue Adresse zu erwähnen. Es war ohnehin nicht anzunehmen, daß eine junge Dame wie Margaret Lorimer sich dort auskannte.
Damit hatte er unrecht. Margaret erklärte ihm, warum sie häufig durch diesen Teil Bristols kam: daß sie in dem ein wenig weiter östlich gelegenen Elendsviertel arme, kranke Familien besuchte. Ihre Stimme verlor die Förmlichkeit, mit der sie ihn begrüßt hatte; ihre Züge, die bislang nur konventionelle Höflichkeit ausgedrückt hatten, belebten sich. Ja, ihre ganze Person strahlte unvermittelt Anziehungskraft aus, obwohl nichts an ihr wirklich hübsch genannt werden konnte. Zuerst lächelte David innerlich über den Eifer, der aus ihren Worten klang. Dann fühlte er sich zugleich geschmeichelt über ihre Mitteilsamkeit und bis zur aufrichtigen Bewunderung beeindruckt von ihrem Ernst.
»Diese Arbeit verschafft Ihnen gewiß große Genugtuung, Miss Lorimer«, sagte er.
»Was ich tue, ist völlig unzulänglich.« Es klang, als empfände sie Geringschätzung über ihre Tätigkeit. »Die Häuser an der Froome sind in jedem regenreichen Winter überschwemmt. Was nützt es, einer Frau, deren Zimmer ständig feucht ist, eine warme Decke zu bringen? Man sollte von den eingehenden Spenden lieber ein Haus in einer gesunden Gegend anschaffen, wo eine solche Frau genesen könnte; oder den Fluß regulieren, damit die Ursache der Erkrankung behoben wird.«
»Und diese Pläne sind nicht durchführbar?«
»Es steht mir nicht einmal zu, sie vorzubringen«, sagte Margaret. »Und obgleich die Gelder, die uns zufließen, großzügig bemessen sind, reichen sie eben doch nur für die täglichen Bedürfnisse meiner Schützlinge aus.«
»Ihr Interesse für die Kranken ist ungewöhnlich«, erklärte er. Es war indes, wie er wußte, gang und gäbe, daß junge, müßige Damen derartige Wohltätigkeitsexpeditionen unternahmen, bei denen sie ihren eleganten Kaleschen entstiegen und von der Köchin zubereitete Fleischbrühe verabreichten. Aber Margaret Lorimers Schilderungen, wie sie sich mit Vermietern herumstritt und die Desinfektion von Wohnungen forderte, verrieten, daß sie das Problem von einer realistischeren Seite anging.
»Mir geht es vor allem um eines«, gestand sie ihm. »Ich möchte, daß

die Frauen gesunde Babys zur Welt bringen, und ich möchte diese Babys zu gesunden Kindern heranwachsen sehen. Wissen Sie, wie viele Kinder in unserer Stadt schon im ersten Lebensjahr sterben, Mr. Gregson? Die Zahl ist eine Schande für uns alle.«

»Wir müßten eben mehr Ärzte haben, nicht wahr?« sagte er. Es war eine ganz banale Bemerkung, aber die Wirkung verblüffte ihn.

»Ja«, sagte sie nachdrücklicher, als sie bisher gesprochen hatte. Dann wiederholte sie das Wort ruhiger, fast wie im Selbstgespräch. »Ja. Wir müßten mehr Ärzte haben. Es wäre mein größter Wunsch, Ärztin zu werden.«

Jetzt überraschte sie ihn wirklich. Zum erstenmal seit seiner Ankunft sah er ihr direkt in die Augen. Ihr Blick war von der gleichen Entschlossenheit, wie die Augen ihres Vaters sie ständig ausdrückten. Aber John Junius war ein Mann, der nicht nur sofortige Befolgung seiner Befehle erwartete: Er zweifelte auch keinen Moment daran. Seine Tochter mochte genauso gut wissen, was sie wollte, doch es schien, als habe sie bereits im vorhinein resigniert, was die Verwirklichung ihrer Wünsche betraf.

»Und wäre das so unmöglich?« fragte er vorsichtig. Gewiß, er war nie einem weiblichen Arzt begegnet, aber er hatte als Grund dafür immer angenommen, daß junge Frauen diesen Beruf zu unerfreulich oder zu schwer erlernbar fanden, um es mit der entsprechenden Ausbildung auch nur zu versuchen. Noch ehe er die Frage ausgesprochen hatte, kannte er die Antwort.

»Es stehen von allen Seiten Hindernisse entgegen, jedes einzelne gravierend genug, um die Erfüllung eines solchen Wunsches unmöglich zu machen. Hier in Bristol zum Beispiel soll im Oktober eine neue Universität eröffnet werden. Zum erstenmal werden auch Frauen zum Studium zugelassen – in allen Fächern, mit einer einzigen Ausnahme. Die Ausnahme ist Medizin.«

»Dann müssen Sie nach London gehen. Dort gibt es doch eine Medizinische Frauenhochschule, nicht wahr?«

»Ja«, pflichtete sie bei; und sie schien sich zu freuen, daß er daran gedacht hatte, denn plötzlich lächelte sie bezaubernd. »Es ist gewiß ein großer Schritt nach vorn. Frauen dürfen dort den gleichen Studiengang durchlaufen wie Männer. Aber wenn die ersten Frauen so weit sein werden, daß sie diese Schule absolviert haben, werden sie feststellen, daß keine Universität in England sich bereit findet, ihnen die akademische Prüfung abzunehmen. Und ohne dieses Diplom können sie nicht praktizieren.«

»Aber es gibt doch gewiß ein paar weibliche Ärzte?«

»Eine Handvoll, ja, aber sie mußten ihren akademischen Grad in Frankreich, in der Schweiz oder den Vereinigten Staaten von Amerika erwerben. Wie kann ich meinen Vater bitten, die Kosten für eine solche Ausbildung zu übernehmen, die sich als ganz und gar vergeblich erweisen kann, oder ihn um seine Erlaubnis angehen, daß ich allein in einem fremden Land lebe? Da er schon den Plan mißbilligen würde, kämen ihm die Mittel zu dessen Verwirklichung gewiß unzumutbar hoch vor. Und selbst wenn alle diese Probleme aus der Welt geschafft würden ...« Er sah, wie ihre Lippen vor Bitterkeit schmal wurden. »Vor drei Jahren wurde eine Frau in das Ärztekollegium des Kinderspitals von Bristol aufgenommen. Sobald ihre Aufnahme bekannt wurde, kündigten alle anderen Ärzte.«

»Und was passierte dann?«

»Kennen Sie die Antwort wirklich nicht, Mr. Gregson?«

Natürlich kannte er sie. Beide schwiegen eine Weile. Sie hatten inzwischen die Balustrade der unteren Terrasse erreicht und machten kehrt, ohne den prächtigen Ausblick zu bewundern. David bedauerte, die Diskussion bis zu einem Punkt fortgesetzt zu haben, der seiner Begleiterin offensichtlich Kummer bereitete. Ihre nächsten Worte verrieten Mutlosigkeit.

»Mit Unterstützung der Gesellschaft könnte man vielleicht der eigenen Familie trotzen«, sagte sie. »Oder der Gesellschaft trotzen mit Unterstützung der eigenen Familie. Aber wenn beide sich zusammentun, um eine Frau als –« Sie hielt abrupt inne, und die Röte, die David beim Nahen der Familie Crankshaw beobachtet hatte, überzog wiederum ihr Gesicht. »Ich spreche zu frei, Mr. Gregson. Wie ungehörig von mir. Ich vertraue darauf, daß Sie meine unbeherrschten Äußerungen für sich behalten.«

Der flehentliche Blick, der David aus Margarets Augen traf, verfehlte seine Wirkung nicht. Ihre Hand lag noch immer leicht auf seinem Arm. Und jäh überkam ihn das Verlangen, diese Hand in die seine zu nehmen, an die Lippen zu führen, alles zu versprechen, was Margarets Herz sich wünschen mochte.

Du bist toll, sagte er sich. Schon oft hatte er von jungen Männern

gehört, die beim ersten Anblick eines schönes Mädchens von Sinnen geraten waren. Aber Margaret Lorimer war nicht schön, und er hatte ihren ersten Anblick überstanden, ohne daß sein Pulsschlag auch nur im geringsten schneller geworden wäre. In den wenigen Minuten ihres Zusammenseins hatte sich weiter nichts ereignet. Als Mann, der sich bereits ein Stück vorangearbeitet hatte, empfand er einfach spontane Sympathie für einen Menschen, dessen Ehrgeiz vielleicht ebenso groß war wie sein eigener, dem jedoch der Reichtum eine schwerere Fessel anlegte als ihm die Armut. Aber ihr Gesprächsthema hätte sein Interesse eigentlich abkühlen müssen. Die Gedanken seiner Begleiterin konzentrierten sich eindeutig auf ein Vorhaben, das keinen Raum für junge Männer ließ. Allein die Annahme, sie könne sich über ihn irgendeine Meinung gebildet haben, war lächerlich. Noch lächerlicher war es, eine wohlbehütete junge Dame zu bedauern, die wahrscheinlich in ihrem ganzen Leben auch nicht eine Sekunde lang wirkliche Sorgen kennen würde. Und es wäre der Höhepunkt der Lächerlichkeit – das sagte er sich schonungslos –, wenn sich ein junger Buchhalter, und verdiente er auch bereits mehr als einhundert Pfund im Jahr, in die Tochter seines Arbeitgebers verliebte. Kurzum, das Ganze war einfach unmöglich.
Was nun folgte, entsprang nicht einem Vorsatz. Nicht etwa, daß er seine Zuflucht zur Unhöflichkeit genommen hätte, um seine eigenen Wünsche zu zerstören, noch ehe sie für ihn Bedeutung erlangen konnten – auch wenn dies noch am ehesten seine nächste Bemerkung hätte erklären können. Margaret und er waren inzwischen die Stufen von der unteren Terrasse zum Garten hinaufgestiegen, der auf gleicher Höhe mit dem Haus lag. Von dieser Seite präsentierte der Besitz sich nicht so großartig, wie wenn man sich ihm von der Auffahrt her näherte, wo den Ankömmling acht Marmorfiguren in römischen Tuniken auf antikisierten Säulen begrüßten. Doch auch die Gartenfront war imposant. Der rosa Sandstein, aus dem Haus und Orangerie erbaut waren, war mit grauen Stuckornamenten überzogen. Die hohen Fenster, die auf den Rasen hinausgingen, verliehen der Fassade ruhige Vornehmheit, die Glyzinien und immergrünen Magnolien, die bis zum Dach emporwuchsen, zeugten von vielen Jahren eines friedlichen und vom Glück begünstigten Lebens.
»Ein schönes Haus«, sagte David. »Der Gewinn, vermutlich, aus hundert Jahren Sklavenhandel.«

Kaum hatte er diese Worte ausgesprochen, als er zutiefst über sie erschrak. Er blieb wie versteinert stehen und erwartete nichts anderes, als daß die Tochter des Hauses, Nachfahrin der Sklavenhändler, zumindest gekränkt von dannen schreiten werde. Sie schien indessen vor Betroffenheit unfähig, sich von der Stelle zu bewegen.
»Sie sind sehr direkt, Mr. Gregson.«
Er wagte es, sie anzublicken, und sah, daß sie die Augen fest auf die seinen gerichtet hielt. Sie hatte schließlich keinen Grund, sich zu schämen.
»Wir Schotten haben leider die unselige Angewohnheit, die Dinge beim Namen zu nennen.« Er wünschte nichts sehnlicher, als ihre Vergebung zu erbitten, zu erklären, was er hatte sagen und nicht sagen wollen. Noch nie hatte eine Frau ihn in solche Verwirrung gestürzt.
Die Entschuldigung blieb ihm erspart, denn in diesem Moment tauchte der älteste Lorimersohn mit seiner Familie aus einem kleinen Zelt auf, in dem Gefrorenes serviert wurde. Margaret lief mit einem Freudenruf hin, hob ihren dreijährigen Neffen Matthew hoch und hielt ihn eine Weile an sich gepreßt, ehe sie ihn wieder auf den Boden stellte, damit man seinen neuen Matrosenanzug bewundern könne – er war heute, wie er aller Welt stolz verkündete, zum erstenmal aus den Kleinkinderröcken heraus. David konnte sich also entfernen, allerdings erst, nachdem er noch kurz von William Lorimer ins Gespräch gezogen worden war. Der Schiffseigner war so entrüstet über Mr. Plimsoll, dessen unerwünschte Einmischung in das Reedereigeschäft in derart impertinenter Weise durch das Parlament unterstützt wurde, daß er unbedingt jedermann davon Mitteilung machen mußte.
David wußte natürlich eine Menge über William Lorimers Geschäfte. Er wußte zum Beispiel, daß die Schiffahrtsgesellschaft, die Lorimer-Linie, bei der Lorimer's Bank noch tiefer verschuldet war als sogar die Firma Mr. Crankshaws, und mit noch weniger Sicherheiten. William war nicht nur der Sohn des Präsidenten und besaß persönlich ein bedeutendes Aktienpaket, er würde nach menschlichem Ermessen auch eines Tages selber Bankpräsident werden. Gelegentlich benahm er sich, als betrachtete er das Vermögen der Bank als sein eigenes, und für jedermann, außer seinem Vater, war es schwierig, sich ihm zu widersetzen. Der Erwerb von Dampfschiffen war

eine teure Angelegenheit, und die laufenden Kosten waren hoch. David konnte sich des Verdachts nicht erwehren, daß in dem Wettlauf mit der Hafenstadt Liverpool manchmal das Prestigedenken vor den wirtschaftlichen Erwägungen den Sieg davontrug.

Wenn David auch einige Kenntnis von den Geschäften des Reeders hatte, den Menschen William Lorimer kannte er kaum. John Junius hatte spät geheiratet, und sein ältester Sohn war jetzt noch nicht einmal dreißig. William fehlte die Autorität, die Alter und Stellung seinem Vater verliehen, und er machte auch keinen Versuch, ebenso gebieterisch aufzutreten. Vielmehr stand er in dem Ruf, verschlagen zu sein, sich seine Verhandlungspartner einzeln vorzunehmen, und zwar auf eine Weise, daß jeder glaubte, es handle sich um seine Zustimmung zu einem Projekt, das alle anderen bereits gebilligt hätten.

David hatte gehört, daß Williams Frau Sophie eine Schönheit sei, aber bei dieser ersten Begegnung schien ihm diese Behauptung nicht zutreffend zu sein. Vielleicht machten auch nur das blasse Gesicht, das glatte schwarze Haar und das schmachtende Gebaren einen farblosen Eindruck, verglichen mit der mühsam gebändigten Energie ihrer rothaarigen Schwägerin. Oder ihre Lethargie war durch ihren augenblicklichen Zustand bedingt. Noch hatten sich die fließenden Linien und die weichen Gewebe, wie sie in London Mode waren, hier nicht durchgesetzt, aber auch in der Provinz war man schon vor einiger Zeit von der Krinoline abgekommen. Unter den engeren Reifröcken dieser Saison ließen sich die Anzeichen einer Schwangerschaft nicht verbergen. Sophie reichte David eine kraftlose Hand, als William ihn vorstellte, zeigte indes kein Interesse an einer Unterhaltung. David kam sich vor, als hätte er sich in eine Familienfeier eingedrängt, und zog sich zurück, sobald es die Höflichkeit erlaubte.

Eine Weile streifte er in den Gärten umher. Acht Damen spielten auf einem Rasen Krocket, während ihre Ehemänner Sherry und Selterswasser tranken und neckende Bemerkungen machten. Es wurde viel gelacht und nicht wenig gemogelt – David konnte besser als die Spielerinnen sehen, wie ein langer Rock einen Ball verbarg und wie ein Fuß diesen Ball in die richtige Lage schob. Der Tennisrasen hingegen wurde nicht benutzt. Selbst wenn die Angestellten der Bank dieses neue Spiel beherrscht hätten, so wären sie doch dafür nicht

gekleidet gewesen. Eine Weile stand David an der Brüstung einer der beiden Terrassen hoch über der Schlucht, lehnte sich an den Stein und blickte starr auf das Haus.
Er war nicht neidisch. Er empfand in diesem Augenblick keine Bitterkeit darüber, daß die Lorimers in so großem Stil leben konnten, während er sich mit zwei dunklen Stuben in einer unerfreulichen Gegend begnügen mußte. Der gleiche Ehrgeiz, der ihn veranlaßte, Redeweise und Benehmen der Reichen nachzuahmen, erlaubte ihm, ihre Besitztümer ohne Haß zu betrachten. Eines Tages wollte er selber ein reicher Mann sein. Ein Vermögen wie das der Lorimers ließ sich nicht in einer einzigen Generation erwerben, aber es stellte ein erstrebenswertes Ziel dar. Solange auf der obersten Sprosse der Leiter solcher Gewinn winkte, war der Kampf um den Aufstieg die Mühe wert. Wenn David selber auch niemals in einem Palast wie Brinsley House wohnen würde, so erfreute sein Ehrgeiz sich doch am Anblick eines Hauses, wie es dereinst dem Sohn, den er eines Tages zu bekommen hoffte, beschieden sein würde.
Vom oberen Rasen her hörte er das Klappern von Teetassen: Es war Zeit, wieder zur Gesellschaft zurückzukehren. Mrs. Lynch belegte ihn unverzüglich mit Beschlag. Sie hatte von ihrem Gatten Order bekommen, liebenswürdig zu seinen Untergebenen zu sein, aber allzuweit wollte sie sich denn doch nicht herablassen. Es war eine Erleichterung, als die Militärkapelle einsetzte und jede Konversation entbehrlich machte.
Gerade, als es den Anschein hatte, daß die Nachmittagsunterhaltung ihr Ende nehmen werde, sah er zu seiner Überraschung Margaret Lorimer auf sich zukommen.
»Es war sehr unhöflich von mir, daß ich Sie vor dem Tee so unvermittelt verließ, Mr. Gregson«, sagte sie. »Ich habe Kinder so gern, daß ich darüber alle Form vergesse. Bitte verzeihen Sie mir.«
Hatte sie seine eigene Unmanierlichkeit von vorhin bereits vergessen, oder wollte sie ihm deutlich machen, daß sie darüber hinwegsehen wolle? David war so verwirrt, daß ihm keine schickliche Antwort einfallen wollte, und dies hinwiederum schien in ihr den Eindruck zu erwecken, sie habe ihn in der Tat beleidigt. Ihr nächster Vorschlag war ein unverhülltes Friedensangebot.
»Vielleicht würden Sie gern die Kunstsammlung meines Vaters besichtigen?« sagte sie.

David verneigte sich dankend und folgte ihr über den Rasen. Eine steinerne Doppeltreppe führte zur Mitte des Hauses, aber das Portal war verschlossen, um Eindringlinge abzuwehren. Sie benutzten statt dessen einen Seiteneingang. Vor ihnen öffnete sich ein Wintergarten mit einem Springbrunnen, der die nötige Luftfeuchtigkeit für Palmen und Blattpflanzen lieferte. David war in einem Haus zur Welt gekommen, wo ein einziger Raum als Küche, Eßzimmer und Aufenthaltsraum diente. Aber hier – denn auf diesem Stockwerk gab es keine Korridore, und jeder Raum führte unmittelbar in den nächsten – durchschritt er nun ein Frühstückszimmer, einen großen Salon und einen Speisesaal und anschließend jeweils eine kleinere Version, die vermutlich benutzt wurde, wenn die Familie unter sich war und keine Gäste hatte. Endlich kamen sie zur mittleren Halle. Der Marmorfußboden erstreckte sich von der Front des Hauses bis zur Rückseite. Jenseits der Halle war eine geschlossene Tür aus rotem Mahagoni, eine zweite stand offen, und man sah einen großen Billardtisch, der mit einem weißen Tuch überdeckt war, dahinter ein kleines Rauchzimmer. Aber die Halle war das Ziel der Wanderung. David sah sich pflichtschuldigst um. Für Kunst hatte er wenig Sinn, aber er hätte gern die Porträts auf der oberen Galerie näher betrachtet. Den Präsidenten erkannte er sofort und zog den Schluß, daß auch die übrigen Bilder Familienmitglieder darstellten. Aber jede Frage hätte das unselige Thema Sklavenhandel wieder aufgerührt.

Für die Uhren interessierte er sich jedoch sehr. Rechts und links neben der Vordertür standen eine Großvater- und eine Großmutteruhr, Pendants, und die Wanduhr war mit größter Sicherheit ein Werk Tompions. Aber er hatte keine Zeit zu eingehenderen Studien, denn seine Führerin zeigte ihm bereits die Ostasien-Sammlung. Er rang sich lobende Bemerkungen über etwa ein Dutzend mehrteiliger Wandschirme ab, die auf goldenem Hintergrund Liebes- und Kriegsszenen in der minutiösen Detailmalerei der Mongolenzeit aufwiesen, aber zu seiner Erleichterung zeigte auch Margaret Lorimer nur geringes Interesse für diese Stücke. Statt dessen reckte sie sich, um einen verborgenen Schlüssel zu finden, schloß eine der Glasvitrinen auf und nahm eine Jadeschnitzerei heraus. »Ich habe alle diese Tiere hier sehr gern, aber das Eichhörnchen ist mein Liebling«, sagte sie. Eine Weile hielt sie es in den gewölbten Handflächen, wie um es zu wärmen, dann reichte sie es David.

Er nahm es behutsam entgegen, voll Furcht, er könne einen Gegenstand fallen lassen, der ein Vermögen wert war. Er fand, daß die Oberfläche des Steins sich nicht angenehm anfühle. Sobald es die Höflichkeit erlaubte, gab er die kleine Skulptur zurück und wies mit weit mehr Begeisterung auf ein Objekt, das ihm sofort aufgefallen war: ein goldener Käfig mit einem winzigen juwelenbesetzten Vögelchen darin. Margaret teilte seine Bewunderung.

»Leider fand mein Vater nie einen Juwelier, der dieses Vögelchen reparieren konnte. Es sollte sich drehen und singen. Soviel ich weiß, war es einmal ein Geschenk an einen Kaiser.«

»Darf ich es anfassen?«

Margaret lächelte und wies hinauf zu dem Miniaturkäfig, um anzudeuten, daß sie zu klein sei, um ihn herunterzuholen. David hob ihn behutsam von seinem hohen Regal, hielt ihn aber über seinem Kopf, damit er das Werk von unten studieren konnte, ohne es umzudrehen.

Seine Aufmerksamkeit wurde einen Moment durch eine laute Stimme abgelenkt, die aus einem der an die Halle grenzenden Räume drang. Der Klang von John Junius' zürnendem Organ war jedem Angestellten der Bank vertraut, aber David war erstaunt, ihn bei einem solchen Anlaß zu vernehmen. Als er zu der Tür hinüberblickte, wurde sie jäh aufgerissen, und ein junger Mann stürmte heraus. Er war erst ungefähr siebzehn Jahre, aber groß für sein Alter, und trug bereits ein Paar prächtige Favoris vom gleichen Goldton wie sein Haar. Bekleidet war er mit einem weißen, dunkelblau gepaspelten Blazer. Ein hübscher, sportlicher junger Mann von guter Haltung. John Junius' Stimme donnerte noch hinter ihm her, und er errötete vor Zorn, als er sah, daß fremde Ohren zugehört hatten. Er schloß die Tür hinter sich und schritt wortlos durch die Halle.

»Mein armer Bruder«, sagte Margaret liebevoll lachend. »Er hat es zur Zeit wirklich nicht leicht. In der Schule ist Ralph für die jüngeren Jahrgänge ein Held, fast ein Gott. Außerhalb des Unterrichts lassen die Lehrer den Schülern viel Freiheit, und der Kapitän der Kricketmannschaft braucht nur einmal zu rufen, und schon flitzt ein Dutzend junger Füchse herbei, um seine Aufträge entgegenzunehmen. Leider erreicht er im Griechischen bei weitem nicht dieselbe Punktzahl wie beim Kricket, und in seinem Elternhaus wird er weit weniger respektvoll behandelt als in der Schule.«

»Vielleicht ginge er lieber in ein Internat«, meinte David.

»Ganz bestimmt. Aber mein Vater gehört zu den Gründern der Schule. Sie wurde kurz nach Ralphs Geburt ins Leben gerufen. Ihr Zweck war unter anderem, für die Söhne der Gemeinde Clifton eine gute christliche Erziehung zu gewährleisten, ohne daß sie von zu Hause fortmüßten. Sie gehen sehr fachmännisch mit diesem Ding um, Mr. Gregson. Haben Sie etwas Derartiges schon einmal gesehen?«

David hatte ganz vergessen, daß er noch immer den Käfig in der Hand hielt; dennoch hatten seine Finger den Gegenstand inzwischen behutsam abgetastet, wie sein Vater es ihn einst gelehrt. Er fragte sich, ob seine Gastgeberin wirklich eine Antwort auf ihre Frage erwartete. Aber sie hatte gefragt, und David antwortete.

»Mein Vater verlor im Krim-Krieg das Augenlicht«, sagte er. »Er war Schlosser, ehe er zum Militär mußte, und als er wieder heimkam, fand er, daß er auch weiterhin einiges aus seinem erlernten Beruf verwerten konnte. Wo es um Feinarbeit ging, konnte er mit Fingerspitzen und Ohren sehen. Ich habe etwas davon geerbt. Wie das zuging, habe ich nie verstanden, und mein Vater auch nicht. Es ist ähnlich der Gabe des Heilens, angewandt allerdings in diesem Fall auf Zahnrädchen.«

Er hatte erwartet, daß sie lache, aber sie sah nur fasziniert zu, wie er den Käfig, ohne hinzusehen, öffnete und mit den Fingerspitzen den winzigen Vogel von unten nach oben streichelte.

»Und Ihr Vater ließ zu, daß Sie diese Gaben als Buchhalter vergeuden?« fragte sie.

»Als Knabe war ich bei einem Uhrmacher in der Lehre«, gestand David. »Aber mein Lehrherr war vor allem im Import- und Großhandelsgeschäft mit Uhren tätig und fand es alsbald vorteilhafter, daß ich ihm die Bücher führte.«

Er hatte David tatsächlich auf eigene Kosten die Buchhaltung erlernen lassen, und zwei Jahre lang konnte sich der junge Lehrling in seiner freien Zeit ein kleines, aber willkommenes Sümmchen verdienen, indem er mehreren ortsansässigen Handwerkern, die nicht so recht mit Zahlen umzugehen wußten, die Kontobücher in Ordnung hielt. Dadurch lernte er den Leiter der dortigen Bank kennen, der die Tüchtigkeit des jungen Mannes honorierte, indem er ihn zunächst in seiner Filiale beschäftigte und später für eine Versetzung an die Hauptstelle in Edinburgh empfahl. Die Erfahrung, die David in der schottischen Kapitale erwerben konnte, hatte ihn ermutigt, sich um seinen jetzigen verantwortlichen Posten bei Lorimer's Bank zu bewerben. Aber er konnte nicht erwarten, daß seine Gastgeberin sich für alle diese Einzelheiten interessierte. Schweigend konzentrierte er sich wieder auf das juwelenbestückte Vogelbauer.

Unter einer Feder des Vögelchens fand er einen winzigen Hebel und bewegte ihn im rechten Winkel hin und her. Der Vogel begann, sich in kleinen Rucken zu drehen, und vom Boden des Käfigs kam ein schrilles Zirpen. Das Spielwerk war voll aufgezogen, und daher dauerte das Konzert eine ganze Weile. John Junius erschien in der Halle, den Mund bereits zu erzürnter Zurechtweisung geöffnet. Als er jedoch sah, was das Geräusch verursachte, wich sein Groll der Überraschung.

»Miss Lorimer gestattete mir ...«, begann David, als der Vogel endlich schwieg, aber der Präsident winkte ab.

»Schon gut. Aber warum konnte dieser Narr Parker den Fehler nicht finden, während Sie ihn auf den ersten Blick entdeckten?«

»Der Mechanismus scheint soweit in Ordnung zu sein, Sir«, sagte David. »Natürlich muß das Werk gereinigt werden: Es dürfte so manches Jahr her sein, seit es zum letztenmal benutzt wurde. Ihrem Juwelier ist lediglich der geheime Sperrhebel entgangen. Darf ich Ihnen vielleicht die Vorrichtung zeigen, Sir ...« Aber es war klar, daß John Junius' Finger mit den verdickten Gelenken das Hebelchen nie erfühlen würden. Seine Tochter mußte das gleichzeitig mit David begriffen haben. Sie zog den Handschuh aus und bat, selber einen Versuch machen zu dürfen.

David zeigte ihr zunächst die Führung, durch die sich der Hebel schob. Dann nahm er Margarets Hand und drehte sie so, daß ihr Finger unter das juwelengeschmückte Gefieder greifen konnte.

Ihre Hand war fest, die Finger aber waren zart und kühl. Zum zweitenmal an diesem Tag fühlte David sich verwirrt durch Margarets Nähe. Er leckte sich nervös die Lippen und trat hastig zurück, als Margaret, nachdem sie den Hebel nach vorn bewegt hatte, alle Geschicklichkeit aufbot, um ihn wieder zurückzuschieben.

In der Bank geizte John Junius mit Lob für erbrachte Leistungen, aber seine private Kunstsammlung war etwas ganz anderes. Er drückte seine Anerkennung zwar in der üblichen schroffen Art aus, aber David wußte dennoch, daß er sich glücklich schätzen durfte. Vielleicht würde man sich eines Tages, wenn die Rede auf Beförderungen käme, seines Namens wohlwollend entsinnen.
Zunächst aber mußte er zum Aufbruch rüsten. John Junius würde er natürlich in der Bank von Zeit zu Zeit sehen, aber es bestand keine Aussicht, daß er Margaret Lorimer jemals wieder begegnete, es sei denn, die Einladung zum Bankfeiertag erginge auch im nächstfolgenden Jahr. Als er sich tief über ihre Hand neigte, sagte er sich, es sei vermutlich am besten so.

Das Wiedersehen ergab sich indessen überraschend bald. Der Anlaß war ungewöhnlich. Im allgemeinen hatte David nichts mit der Bewertung von Immobilien zu tun, die der Bank als Sicherheit für ein Darlehen angeboten wurden; er trug lediglich die entsprechenden Zahlen in die Jahresbilanz ein. Aber als er die Beträge prüfte und die unterschiedlichen Werte feststellte, mit denen ein und dasselbe Anwesen im Lauf der Jahre veranschlagt worden war, konnte er dazu nicht schweigen. Er mußte den Dienstweg einhalten und seine Meldung zunächst an Mr. Lynch erstatten, aber seine schriftlichen Schlußfolgerungen waren direkt an den Präsidenten gerichtet.
Sie waren ebenso kritisch wie unumwunden. Seit einer langen Reihe von Jahren hatten Handel und Reichtum der Stadt Bristol – und des ganzen Landes – stetig zugenommen. Doch in den letzten achtzehn Monaten war ein Umschwung eingetreten. Zunächst litt die Baumwollindustrie unter den Auswirkungen des amerikanischen Bürgerkriegs; die heimische Landwirtschaft wurde durch das Hereinströmen billiger Nahrungsmittel geschädigt. Dann schlug sich unversehens mangelndes Zutrauen auf allen Gebieten, zusammen mit den Kosten und Unsicherheiten durch Kriege und Unruhen im Ausland, in einem allgemeinen Rückgang der Wirtschaft nieder. Die Einkommenssteuer war bereits um einen Penny erhöht worden, und man erwartete in Kürze ein weiteres Ansteigen. Die Beleihungswerte fielen, sie stiegen nicht. David hatte den Eindruck, daß die Direktoren von Lorimer's Bank hinter dieser neuen Entwicklung nachhinkten.

Eine solche Meinung mochte, wenn sie noch dazu unverblümt zum Ausdruck gebracht wurde, durchaus als Impertinenz betrachtet werden. David wartete ein wenig bange auf die Antwort des Präsidenten. Sie kam in einer Form, auf die er nicht gefaßt war. Er wurde in John Junius' Büro zitiert, aber nicht zum Platznehmen aufgefordert. Während der ganzen Audienz wurde sein Schreiben mit keinem Wort erwähnt.

»Meine Tochter«, sagte der Präsident ohne jede Vorrede, »nimmt großen Anteil an den Kranken in der Stadt.«

Verwundert verbeugte sich David, um anzudeuten, daß er darüber im Bilde sei.

»Das Wohltätigkeitswerk, dem sie sich widmet, wird großzügig unterstützt. Bisher allerdings nur auf der Basis von jährlichen Spenden. Miss Lorimer überzeugte mich davon, daß es tunlich wäre, einen Kapitalfonds einzurichten. Sie hat sehr genaue Vorstellungen. Sie scheint sich vergewissert zu haben, daß es der guten Sache förderlich wäre, wenn man ein Haus in einem hochgelegenen und gesunden Teil der Downs erwerben könnte, wo chronisch schwerkranke Mütter zur Genesung weilen sollen, während ihre Kinder getrennt untergebracht werden. Man geht davon aus, daß die Frauen immerhin in der Lage sein würden, während ihres Aufenthalts kleine häusliche Arbeiten zu verrichten, so daß die laufenden Kosten sich in Grenzen hielten. Es handelt sich folglich nur darum, die Summe für den Kauf eines geeigneten Anwesens aufzubringen.«

Er wartete, aber David hatte nichts zu sagen.

»Ich beabsichtige, beim Aufruf zur Schaffung eines solchen Fonds mit gutem Beispiel voranzugehen. Der wohltätige Zweck ist vertretbar, und Lorimer's Bank wird eine großzügige Spende zeichnen. Eine sehr großzügige Spende.«

An dieser Stelle hätte David gern zwei Bemerkungen eingeflochten. Erstens, daß Miss Margaret Lorimer wirklich eine sehr redegewandte und energische junge Dame sein müsse. Zweitens, daß Lorimer's Bank im Moment ganz und gar nicht in der Lage sei, für irgendeinen noch so würdigen Zweck großzügige Spenden zu leisten. Der erste Punkt ging ihn nichts an. Über den zweiten jedoch konnte er beim besten Willen nicht schweigen.

»Unsere augenblickliche Liquiditätslage«, begann er und wurde sofort unterbrochen.

»Ich weiß genau über den augenblicklichen Stand unserer flüssigen Mittel Bescheid. Ich weiß, daß ein Ansturm auf die Bank in deren gegenwärtiger, ganz untypischen Lage gewisse Befürchtungen auslösen könnte. Ich weiß ferner, und Sie dürften es gleichfalls wissen, Mr. Gregson, daß in den letzten Monaten unglückselige Gerüchte über andere Banken im Umlauf waren: Gerüchte, die anfänglich jeder Grundlage entbehrten, jedoch in der Folge zu ebenjenen Katastrophen führten, die sie prophezeit hatten. Ich werde nicht zulassen, daß diesem Haus ein ähnliches Schicksal widerfährt. Die Tatsache, daß Lorimer's Bank in der Lage ist, eine derart großzügige Spende für diesen wohltätigen Zweck zu zeichnen, wird hinlänglich beweisen, wie wenig Grund zur Besorgnis ihr Präsident empfindet. Ich ließ Sie nicht rufen, um hierüber Ihre Meinung zu hören, Mr. Gregson, sondern weil ich möchte, daß Sie die Rechnungsführung für diesen neuen Fonds übernehmen: ganz genau gesagt, daß Sie das Amt des Schatzmeisters ausüben. Bisher haben die Damen des Wohltätigkeitsvereins Gelder einbezahlt und abgehoben, wenn sie etwas brauchten, in aller Unschuld und ohne viel Kontrolle. Wenn es nun aber um größere Beträge geht, muß die Sache geschäftlich korrekt gehandhabt werden. Selbstverständlich erhalten Sie eine Entschädigung für die zusätzliche Arbeit. Da meine Tochter sich bereits in der weitaus bedeutenderen Sache des Hauskaufs durchgesetzt hat, kann sie ebensogut auch den Ausgabensektor in die Hand nehmen. Ich habe ihr erlaubt, Sie während der Bürostunden aufzusuchen, wann immer etwas mit Ihnen zu besprechen ist. Das ist alles, Mr. Gregson. Ich danke Ihnen.«

David akzeptierte die Entlassung ohne einen weiteren Einwand. Man kann sagen, was man will, dachte er, als er das mahagonigetäfelte Büro des Präsidenten verließ und in seinen kärglichen Verschlag zurückkehrte, der alte Herr versteht sein Geschäft. Der neue Fonds würde unweigerlich Lorimer's als Bankverbindung wählen, so daß schon die erste großzügige Spende nur einen Transfer von Buchgeldern bedeuten würde. Und wenn der Aufruf Erfolg hätte, würden der Bank weitere Gelder zufließen, die nicht unbedingt sofort wieder ausgegeben würden. Für John Junius ein naheliegender Grund, dafür zu sorgen, daß der neue Schatzmeister einer seiner eigenen Angestellten wäre. Mit der Wahl Davids für dieses Amt und dem Angebot einer Entschädigung – die natürlich vom Konto des

Wohltätigkeitsfonds abgebucht würde – mochte der Präsident indirekt seinen Dank für die Sache mit dem goldenen Vogelbauer abgestattet haben, aber in keinem Punkt war gesunder Geschäftssinn irgendwelchen Sentiments geopfert worden.
David fiel es nicht ganz so leicht, als er wieder an sein Schreibpult zurückkehrte, die Grundsätze der Buchführung von den Regungen seines Herzens zu trennen. Es sah so aus, als dürfe er schließlich doch auf ein Wiedersehen mit Margaret Lorimer hoffen.

3.

Eine junge Dame, die einem jungen Herrn mit ihrer Geschäftstüchtigkeit imponieren möchte, muß selbstverständlich auch auf ihre äußere Erscheinung achten. Margaret Lorimer betrachtete sich kritisch im Spiegel, während Betty zu ihren Füßen kauerte und mit dem Schuhhaken die hübschen ziegenledernen Stiefelchen knöpfte. Mr. Gregson war von ihrem Vater mit der Verwaltung der Gelder betraut worden, die ihr bald zur Verfügung stehen sollten, und es war wichtig, daß er in ihr bereits bei der ersten Besprechung eine Frau kennenlernte, die genau wußte, was sie wollte. Sie hatte absichtlich ihr streng geschnittenes Tailleur angezogen, und es war reiner Zufall, daß die enge Jacke ihre schmale Taille zur Geltung brachte. Dazu trug sie die schlichteste Haube aus ihrem Bestand: Und wieder traf es sich, daß sie ihr besser zu Gesicht stand als die Hütchen mit den rüschenbesetzten oder gefältelten Rändern.
Sie fand es um so nötiger, geschäftstüchtig auszusehen, als sie von Geschäften, gleich welcher Art, nicht die geringste Ahnung hatte. Selbst bei ihren Besorgungen trug sie kein Geld bei sich. Jeder Kaufmann der Stadt kannte die Lorimers und rechnete es sich zur Ehre an, ihnen ein Konto zu eröffnen. Margaret konnte sich aussuchen, was immer ihr Herz begehrte, sodann den Laden verlassen und sich ihre Einkäufe vom Kutscher nachtragen oder später nach Brinsley House liefern lassen. Wenn sie ein neues Kleid brauchte, wählte sie den Stoff aus, bestimmte die Machart und ließ sich Maß nehmen. Über Preise wurde nie gesprochen. Sie glaubte, dennoch immer verständig gewählt zu haben, denn wenn die Rechnungen

der Geschäftsleute ihrem Vater vorgelegt wurden, hörte man ihn stets nur über die Verschwendungssucht ihrer Mutter klagen. Da sie nicht einmal wußte, was eine Elle Band kostete, würde es gewiß schwierig sein, Mr. Gregson zu überzeugen, daß das Anwesen, das sie erwerben wollte, seinen Preis wert sei.

Eine halbe Stunde später stieg sie vor dem Hauptsitz von Lorimer's Bank in der Corn Street aus dem Wagen ihres Vaters. Mr. Lynch, unterwürfiger Sklave aller Lorimers und Schrecken seiner Untergebenen, komplimentierte sie zum winzigen Kontor des Buchhalters. David Gregson hatte nichts von ihrem Kommen gewußt, er sprang hastig auf und zerrte verlegen die Papiermanschetten von den Ärmeln. Der heftig erröteten Margaret war es ein Trost, daß auch ihm das Blut in die Wangen schoß.

»Hoffentlich störe ich nicht, Mr. Gregson.«

»Brächte doch jeder Tag eine solche Störung, Miss Lorimer.« Er zögerte eine Weile, es stellte sich jedoch heraus, daß er nur auf das Eintreffen eines bequemeren Stuhls wartete, den Mr. Lynch für Margaret kommen ließ. Davids Arbeitsplatz war kein gesonderter Raum, nur ein an drei Seiten von Trennwänden begrenzter Verschlag, in dem aber dennoch völlige Stille herrschte.

»Mein Vater hat Ihnen wohl gesagt, worum es sich handelt?«

Er nickte. »Ich muß Sie beglückwünschen, Miss Lorimer. Was Sie sich in den Kopf gesetzt haben, scheinen Sie auch zu erreichen.«

»Was mir am Herzen liegt«, korrigierte sie ihn. »Aufrichtig gesagt, war ich selber überrascht, als ich erfuhr, daß mein Anliegen Gehör fand.« Sie hatte es nur als einen Wunsch vorgebracht, als Vision eines kaum zu verwirklichenden Ideals. Um so erstaunter war sie, als sie ein paar Tage später die Erlaubnis erhielt, einen ausführlichen Plan vorzulegen. Es war kaum anzunehmen, daß ihr Vater an dem Projekt persönliches Interesse hatte. Margaret wertete seine plötzliche Zustimmung als ein Zeichen, daß er ihr eine Freude machen wollte, als eine Geste der Versöhnung nach der Frostigkeit, die zwischen ihnen geherrscht hatte, seit sie Walter Crankshaw abgewiesen hatte. Es war nicht John Junius' Art, ihr diese, wie er es sah, Torheit wortreich zu verzeihen, aber vielleicht hatte er begriffen, daß ein Vorwand nötig war, damit sie ihm wieder ihre echte Zuneigung zeigen und er sie entgegennehmen konnte. Er schien sich zu

freuen, als sie ihm für die unerwartete Mitteilung mit einem Kuß dankte.
Nachdem der Vater nun für ihren Plan gewonnen war, wollte Margaret ihn nicht mit der Erörterung der Einzelheiten inkommodieren. Oder – was der Wahrheit näher käme – sie wußte, wenn sie in irgendeiner Sache seine Meinung erbäte, so würde er keinen Rat geben, sondern eine Entscheidung fällen, und zwar eine, die ihr nicht immer zupaß käme. Einem seiner Angestellten gegenüber konnte sie dieses Argument natürlich nicht gebrauchen, daher hatte sie sich bereits eine andere Erklärung für ihren Besuch zurechtgelegt.
»Ich komme aus einem doppelten Anlaß, Mr. Gregson«, sagte sie. »Meine Mutter versprach mir, einen Abendempfang zur Gründung des neuen Fonds zu geben. Sie wird die Damen aus unserem Bekanntenkreis einladen, die sich zu einem Beitrag bereitfinden könnten, sowie diejenigen, die bereits einwilligten, im Vorstand mitzuarbeiten. Ich hoffe, daß Sie ebenfalls kommen können, damit Sie das Komitee noch vor der ersten Geschäftssitzung kennenlernen.«
Sie brachte die Einladung vor, als wäre sie die selbstverständlichste Sache der Welt. Mr. Gregson durfte nicht einmal ahnen, wie entsetzt Margarets Mutter anfänglich über den bloßen Gedanken gewesen war, daß ein gewöhnlicher Buchhalter in ihrem Salon mit den angesehensten Familien von Bristol wie ein Gleichgestellter verkehren sollte. Und er durfte auch nicht der unerklärlichen Verwirrung gewahr werden, die sie bei der Vorstellung ergriff, daß er sie Klavier spielen und singen hören würde, denn sie hatte ihrem Vater versprochen, zusammen mit Luisa die Gäste zu unterhalten. Ihre geheime Freude darüber, daß sie bei dieser Gelegenheit ihr einziges Talent vor ihm zur Geltung bringen könnte, geziemte einer Dame sicherlich nicht; war sie nicht zu unterdrücken, so mußte sie zumindest verborgen werden.
Er nahm die Einladung an, ohne auch nur nach Tag und Stunde zu fragen, und sie kam zu ihrem zweiten, schwierigeren Thema.
»Alle Entscheidungen, die den Fonds angehen, müssen selbstverständlich vom Komitee getroffen werden«, sagte sie. »Aber nach meiner Erfahrung wird bei solchen Damensitzungen eine Menge geredet, und nicht immer zur Sache, und am Ende ist man häufig von einer Entscheidung genausoweit entfernt wie zu Beginn. Der wichtigste Punkt ist natürlich das benötigte Gebäude: seine Größe

und Lage, und ob es fertig gekauft oder eigens gebaut werden soll. Meine eigenen Ansichten über die notwendigen Voraussetzungen sind sehr klar, und ich glaube, daß man viel Zeit sparen würde, wenn ich dem Komitee schon einen konkreten Vorschlag machen könnte, anstatt eine Diskussion theoretischer Möglichkeiten in Gang zu bringen. Mr. Gregson, lachen Sie mich aus?«

Sie hatte versucht, mit großer Festigkeit zu sprechen, und stellte daher mit einiger Verwirrung fest, daß er kaum ein Lächeln zu unterdrücken vermochte. Ihre Frage erlaubte ihm, die vergebliche Mühe aufzugeben.

»Ganz im Gegenteil, Miss Lorimer. Ich bewundere Sie, weil Sie ein Prinzip entdeckt haben, das von so manchen Herren, die im Geschäftsleben stehen, niemals begriffen wird. Wenn ich lächelte, so weil ich dachte, daß Sie die wahre Tochter Ihres Vaters sind.«

Margaret wußte, was er meinte, und stimmte ein wenig schuldbewußt in sein Lachen ein. Aber sie stellte mit Genugtuung fest, daß er sich nicht von der Sache ablenken ließ.

»Haben Sie ein bestimmtes Objekt im Sinn, Miss Lorimer?«

»Ich fand etwas, das nach einigen Veränderungen geeignet sein könnte«, erwiderte sie. »Die Lage ist ideal, und zu dem Besitz gehören einige Nebengebäude, in denen die Kinder getrennt von ihren Müttern untergebracht werden könnten. Aber wie gesagt, wären gewisse Veränderungen nötig. Ich vermag auch nicht annähernd abzuschätzen, was das kosten würde, und ich weiß auch nicht, ob der geforderte Kaufpreis angemessen ist. Ich hatte noch nie mit solchen Dingen zu tun. Aber soviel ich weiß, borgt die Bank ihren Kunden häufig Geld für den Erwerb von Häusern. Und deshalb möchte ich Sie fragen, ob Sie mit mir zusammen das Anwesen besichtigen und mir Ihre Meinung über den Preis sagen würden: ob er gerechtfertigt ist und ob unser Fonds Aussicht hat, die entsprechende Summe aufzubringen.«

Sie sah ihn zögern und hatte Mühe, ihre Enttäuschung zu verbergen.

»Eine solche Schätzung müßte von einem Fachmann vorgenommen werden«, sagte er. »Und Sie müßten den Kostenvoranschlag für die Änderungen bei einem Baumeister einholen.«

Margaret hatte das alles gewußt: Nun mußte sie zugeben, was sie sich bisher nicht hatte eingestehen wollen – daß sie den Immobi-

lienerwerb nur als Vorwand benutzt hatte, um einen jungen Mann aufzusuchen, für den sie sich interessierte. Er hingegen schien nicht willens zu sein, die günstige Gelegenheit zu ergreifen.
»Ja, natürlich«, sagte sie. »Und Sie haben so wenig freie Zeit. Ich durfte wirklich nicht erwarten –«
Er fiel ihr eilig ins Wort.
»Ich wollte sagen, daß meine Meinung keinen großen Wert hätte, Miss Lorimer«, sagte er. »Aber da ich, als Ihr Schatzmeister, eines Tages vielleicht die Forderung für Ihren Kauf begleichen muß, würde ich gewiß die Gelegenheit begrüßen, gemeinsam mit Ihnen die Besichtigung vorzunehmen.«
Sie hatte ihm bei ihrer ersten Begegnung vorgehalten, daß er zu direkt sei. Jetzt sprach er mit jener steifen Förmlichkeit, wie sie einem Gespräch zwischen zwei beinah fremden Personen zukam. Aber sein Blick war heute so unverhohlen, wie es damals seine Worte gewesen waren, und ließ deutlich seine aufrichtige Freude über die Aufforderung erkennen. Er lächelte ihr zu, als wären sie Freunde. Margaret versuchte, keine Spur eines Triumphs in ihrem eigenen Lächeln durchscheinen zu lassen, es schien ihr jedoch nicht gelungen zu sein, denn David Gregsons dunkle Augen blitzten amüsiert, als er ihren Dispositionen für die Erkundungsreise zustimmte.
»Bekommen Sie immer, was Sie haben möchten, Miss Lorimer?«
»Bis jetzt habe ich nie bekommen, was ich wollte«, sagte sie. »Hoffentlich wendet sich hiermit das Blatt.«
Sie verabschiedete sich, und noch, als sie bereits wieder im Wagen saß, staunte sie über ihre eigene Kühnheit. Nun galt es, die Erlaubnis der Mutter zur Hausbesichtigung zu erwirken, was sich als überraschend einfach erwies. Georgiana war über die Notwendigkeit, Mr. Gregson zu sich einzuladen, entsetzt gewesen, hatte jedoch nichts dagegen, daß ihre Tochter sich aus sachlichen Erwägungen auf dieser Inspektionsreise von einem Bankangestellten begleiten ließ. Mutter und Tochter wußten, daß Margaret bei einer solchen Gelegenheit eine verheiratete Frau als Anstandsdame dabeihaben müßte, aber Sophie war nach der Geburt ihres zweiten Kindes ans Haus gefesselt, und Georgiana war zu träge, um sich selber dieser Mühe zu unterziehen. Sie bestand lediglich darauf, daß Betty im Wagen mitfahren müsse.

Das Besitztum, das Margaret im Auge hatte, lag auf dem jenseitigen Flußufer und grenzte an Leigh Woods. Nachdem sie und David die Gebäude besichtigt hatten, nutzten sie die Septembersonne zu einem Spaziergang durch die Wälder und Gärten, während Betty zurückblieb und mit dem Kutscher plauderte. Margaret empfand ein nie gekanntes Glücksgefühl, als sie jedes weitere Interesse an dem wohltätigen Zweck des Ausflugs beiseite ließ und mit David Geschichten aus ihrer beider Kindheit austauschte. Der Nachmittag war für sie viel zu schnell zu Ende.

»Ich habe versprochen, zu meinem Bruder zum Tee zu kommen«, sagte sie. »Dort muß ich eine neugeborene Nichte kennenlernen und meiner Schwägerin gratulieren. Aber ehe wir uns trennen, hätte ich gern Ihre Meinung über das besichtigte Objekt gehört, Mr. Gregson.«

»Sie haben das Haus als solches völlig richtig beurteilt«, sagte er. »Und seine Lage in Sonne und Wind ist gewiß zuträglich. Aber der Park ist weitläufiger als nötig. Und ich frage mich, ob es nicht ein bißchen abseits liegt. Es würde Ausgaben bedeuten, die Mütter und Kinder bis hierher zu befördern, und da es keine öffentlichen Transportmittel gibt, bekämen sie kaum Besuch von ihren Angehörigen.«

»Also wie lautet Ihr Rat?«

»Meine Anregung – denn es ist nicht mehr als eine Anregung – lautet, daß wir uns die Tramway-Verbindungen ansehen und dann ein Objekt suchen, das von den jeweiligen höchstgelegenen Stationen aus erreichbar wäre: in der Gegend von Redland, zum Beispiel.«

Daß er ihre Wahl nicht voll billigte, hätte für Margaret eine Enttäuschung sein sollen, aber sie war ganz und gar nicht enttäuscht. Denn es bedeutete weitere Ausflüge, weitere Spaziergänge, weitere Gespräche. So kam sie in guter Laune vor Williams Haus an und befahl dem Kutscher, Mr. Gregson an die Adresse zu bringen, die er ihm nennen würde.

Williams Haus, The Ivies, war zwar nicht so fürstlich wie Brinsley House, aber doch recht ansehnlich. John Junius hatte es seinem Ältesten als Hochzeitsgeschenk spendiert. Ein solider fünfstöckiger Bau mit sechs Erkerfenstern, aus dem einheimischen roten Stein errichtet, aber fast völlig von dem Efeu überwachsen, dem es seinen Namen verdankte. Während sich rings um Brinsley House das ausgedehnte Grundstück erstreckte, stand The Ivies an einer aus ebenso stattlichen Häusern bestehenden Straße, auch im Stadtteil Clifton, aber nördlich der Hängebrücke in der Nähe des Zoologischen Gartens. William war aus der Tür getreten, um seine Schwester zu begrüßen, denn er hatte den Wagen kommen hören, und machte ein erstauntes Gesicht, als die Kutsche weiterfuhr. Margaret erklärte dem Bruder nicht, wo sie gewesen war und mit wem, da sie instinktiv fühlte, daß William beides mißbilligen würde.

Hätte sie ihren Bruder nicht schon als Schuljungen gekannt, sie wäre überzeugt gewesen, daß er schon mit vierzig zur Welt gekommen war. Obgleich er erst siebenundzwanzig war, fehlte ihm die Begeisterungsfähigkeit der Jugend, menschliche Regungen schien er nicht zu kennen. Äußerlich war er seinem Vater sehr unähnlich. Alles an John Junius wirkte imposant, William hingegen war eher zierlich, genau wie Margaret. Aber er hatte nichts von Margarets Offenheit: Das Gesicht war scharf geschnitten, der Charakter verschlossen. Er machte den Eindruck, allezeit völlig in seine eigenen verwickelten Pläne vertieft zu sein. Sogar heute sah man ihm nicht an, ob er sich über die Geburt seines Töchterchens freute, das nach dem jüngsten Kind der Queen den Namen Beatrice bekommen sollte.

Margaret blieb nach einem kurzen Blick auf ihre kleine Nichte aus Höflichkeit noch eine Weile bei Sophie sitzen, aber sie war froh, als die junge Mutter sagte, daß sie müde sei.

Mit ihrer Schwägerin hatte Margaret nie innige Freundschaft geschlossen, Kindern jeden Alters aber flog ihr Herz im Handumdrehen zu. Sie ergötzte sich also noch eine Weile mit dem Neugeborenen, bis die Nurse fand, daß Beatrice jetzt wieder schlafen müsse. Dann suchte sie ihren Neffen Matthew auf.

Zu ihrer Überraschung fand sie ihren jüngeren Bruder Ralph bereits in der Kinderstube vor, obwohl er normalerweise nichts für Kinder übrig hatte und ihre Gesellschaft gewiß nicht suchte. Margaret vermutete, daß er, wie sie, gekommen war, um William und Sophie zu gratulieren.

»Onkel Ralph spielt mit mir, bis Claudine meinen Tee bringt«, sagte Matthew und ließ sein Holzpferd gewaltig schaukeln. »Ich bin jetzt vier.«

Er hatte ihr diese Mitteilung seit seinem Geburtstag vor zehn Tagen bereits dreimal gemacht, aber Margaret entbot ihm dennoch pflichtschuldigst ihren Glückwunsch. Trotz ihrer Freude, mit dem Kleinen spielen zu können, entging ihr nicht, daß Ralph blaß und sorgenvoll aussah. Daß er sich in der Schule überarbeitete, war kaum anzunehmen – jedenfalls hatte er sich bisher dieser Gefahr niemals ausgesetzt. Vielleicht hatte ihn die Morgenpredigt des Präfekten so aufgewühlt. Mr. Percivals Wortgewaltigkeit hatte Ralph schon mehr als einmal in tiefe Verzweiflung über die Sündigkeit seiner Gedanken gestürzt, obgleich es die strenge Zeiteinteilung des jungen Mannes unwahrscheinlich machte, daß er jemals eine größere Sünde als die des Abschreibens hatte begehen können.

Ehe Margaret sich nach Ralphs Kummer erkundigen konnte, erschien Matthews neue Gouvernante Claudine mit einem Tablett. Sie war vor zwei Monaten aus Frankreich gekommen, um Matthew zu betreuen, da das Neugeborene die Nurse voll in Anspruch nehmen würde. Kurz danach hatte Sophie die Gouvernante und ihren kleinen Pflegebefohlenen für kurze Zeit nach Brinsley House geschickt. Warum, das wußte Margaret nicht, sie hatte aber angenommen, daß ihre Eltern im Bild wären. Da um die Zeit dieses Aufenthalts Sophie für zwei Wochen zu ihrer Mutter gereist war, ging Margarets belustigte Vermutung dahin, daß William während der Abwesenheit seiner Gattin nicht mit Claudine allein unter einem Dach weilen sollte.

Margaret war persönlich nicht der Meinung, daß William sich jemals durch eine junge Frauensperson von der Aufgabe des Geldverdienens würde ablenken lassen, aber sie konnte Sophie in diesem Punkt verstehen. Claudines Wesen war von einer spontanen, unbefangenen Herzlichkeit, wie man sie bei Hausangestellten im allgemeinen nicht fand. Sie stammte vom Lande und besaß, soweit Margaret wußte, keinerlei Befähigung zur Gouvernante, außer, daß ihre Muttersprache Französisch war. Aber sie war gesund und gutartig und hatte Erfahrung im Umgang mit Kindern, da sie bereits für fünf jüngere Geschwister hatte sorgen müssen, so daß Matthew ihr auf den ersten Blick zugetan war. Die Schulstube, in die er nunmehr aufrückte, war ein weit glücklicherer Aufenthalt als das Kinderzimmer, wo Nanny Grant ihr Szepter schwang.

Claudine begrüßte Margaret höflich. Aus der Art, wie sie mit Ralph sprach, wurde klar, daß die beiden sich bereits vor Margarets Ankunft unterhalten hatten. Ralph antwortete in stockendem Französisch, was seine Schwester noch mehr erstaunte. Sie fragte ihn danach, als der Wagen zurückgekommen war und die Geschwister gemeinsam nach Hause fuhren.

»Claudine soll Matthew im Französischen unterrichten«, sagte Ralph. »Wenn sie mit ihm allein ist, benutzen sie ausschließlich diese Sprache. Ich bat sie, mir auch ein bißchen Nachhilfe zu erteilen.«

»Aber in Clifton nimmst du doch nicht am Französisch-Unterricht teil?« sagte Margaret. Noch während sie die Frage stellte, erriet sie die Antwort. Nur den Schülern, die in Latein und Griechisch versagten, wurde dafür Französisch beigebracht. Falls Ralph vom klassischen zum modernen Zweig der Schule versetzt würde, hätte er Grund genug, besorgt dreinzuschauen. John Junius hielt nicht besonders viel von der Nützlichkeit der toten Sprachen, aber er erwartete von seinem Sohn, daß er in der Schule immer zur Elite gehöre, ob im Unterricht oder beim Sport.

Ihr Verdacht bestätigte sich. Ralph schwieg eine Zeitlang und ließ dann eine erbitterte Tirade los.

»Schon im Mai hieß es in der Schule, ich müsse weniger Zeit mit Kricketspielen und mehr mit griechischen Versen verbringen«, sagte er. »Aber stell dir vor, wir hätten das Match in Cheltenham verloren, weil ich nicht in Form war! Meine Lehrer hätten sich als erste beklagt, daß ich der Schule keine Ehre machte. Und es war unfair, mich so spät zu versetzen. Ich bin jetzt gegenüber denen, die schon früher Französisch hatten, im Hintertreffen und bekomme bestimmt auch im modernen Zweig ein schlechtes Zeugnis.«

»Nimm's nicht so schwer«, sagte Margaret begütigend. »Du hast nur noch ein Schuljahr vor dir. Du hast gegen Cheltenham fabelhaft gespielt, und in Oxford wird bestimmt ein erstklassiger Kricketspieler willkommener sein als ein mittelmäßiger Student.«

»Vielleicht darf ich gar nicht nach Oxford. William durfte auch nicht.«

»Papa wollte, daß William so früh wie möglich ins Geschäft eintreten sollte. Du hast andere Begabungen. Er wird eines Tages stolz sein, dich als Kapitän der Universitätsmannschaft zu sehen.«

»Du meinst, ich solle ein Gentleman werden, wie?« Ralph lachte ein wenig bitter. »Es sieht ganz so aus, als taugte ich für nichts anderes.

Ich muß mit Dienstboten radebrechen und hoffen, daß mir ein vierjähriger Junge nicht den Rang abläuft.«

Es fiel Margaret nicht leicht, Mitgefühl für Ralph aufzubringen. Sie hatte jahrelang im Schulzimmer von Brinsley House einen guten Unterricht genossen. William war zehn Jahre älter als sein jüngerer Bruder, und so kam es, daß er bereits in eine Lehranstalt eintreten konnte, während Ralph noch zu klein für die Schulstube war. John Junius, der die Qualitäten des Hauslehrers wohl zu schätzen wußte, wollte Mr. Pennydale in Brinsley House behalten, bis sein Jüngster alt genug wäre, um von ihm unterrichtet zu werden.

Aber die Lorimers erwarteten immer Leistungen für ihr Geld. Mit Mr. Pennydale unter seinem Dach und einer Tochter, die auf irgendeine Weise beschäftigt werden mußte, erschien es John Junius nur natürlich, daß Margaret die gleiche Erziehung bekommen sollte wie ihre Brüder. Dies führte zu einigen ganz ungewöhnlichen Resultaten. Die meisten jungen Mädchen wurden damals im Aquarellmalen unterrichtet. Vor die Aufgabe gestellt, eine Kunst zu lehren, die er selber nicht beherrschte, hatte Mr. Pennydale sich entschlossen, Margaret statt dessen so viele anatomische Kenntnisse beizubringen, daß sie sich in der wissenschaftlichen Darstellungsweise menschlicher Gestalten versuchen könnte. Gegen das Griechische hatte Margaret sich gewehrt, aber in Latein war sie eine fleißige Schülerin gewesen – und das Lernen hatte ihr viel Freude gemacht.

Als sie sechzehn war, konnte Ralph sich in Clifton College einschreiben, und Mr. Pennydales Dienste waren somit entbehrlich geworden. Margaret hatte ihren Vater inständig gebeten, er möge sie, zusammen mit ihrer besten Freundin Lydia, als Internatsschülerin das Ladies' College in Cheltenham besuchen lassen. Die Bitte wurde ihr abgeschlagen, und von da an hatte Margaret das typische Leben einer Tochter aus reichem Hause geführt. Kein Wunder also, daß sie ihren Bruder manchmal um seine schulischen Möglichkeiten beneidete, zumal sie wußte, daß sie an Ralphs Stelle besseren Gebrauch davon gemacht hätte.

Die ungleiche Behandlung wollte ihr nicht in den Sinn. Nur weil sie ein Mädchen war, blieben ihr so viele Türen verschlossen. Die gesellschaftlichen Gepflogenheiten ließen ihr nur eine einzige Wahl: Sie konnte heiraten, oder sie konnte ledig bleiben und im Haus ihrer

Eltern leben. Weitere Möglichkeiten gab es nicht, und nicht einmal zwischen diesen beiden durfte sie selber entscheiden.
Manchmal überkam sie der Wunsch, Ärztin zu werden, mit solcher Heftigkeit, daß sie insgeheim mit den Einschränkungen haderte, die ihr auferlegt waren. Immer wieder jedoch kam ein Gedanke ihr zur Hilfe und tröstete sie. Eine einzige Chance hatte sie ihren Brüdern voraus: Sie konnte einem Kind das Leben schenken. Eines Tages, das schwor sie sich, würde sie eigene Kinder haben.

4.

Ehe ein Löffel Suppe an die Lippen eines Armen gelangt, netzt so mancher Kelch Champagner die Kehle des Reichen. Wer den Bedürftigen etwas so Kompaktes wie ein Haus zukommen lassen möchte, der muß den fetten Boden einer reichen Gemeinde energisch und geschickt bearbeiten. Margaret gab sich viel Mühe mit den Vorbereitungen für den Abendempfang ihrer Mutter, aber natürlich nahm ihr eigener Beitrag sie am meisten in Anspruch. Beinah täglich schickte sie den Wagen zu Luisa und benutzte die gemeinsamen Übungsstunden zugleich als Vorwand, um der Freundin eine ausgiebige Mahlzeit zu verschaffen.
Das Baby Alexa mußte natürlich zu Hause bleiben. Luisas Verhältnis zu ihrer Vermieterin war in letzter Zeit ziemlich gespannt gewesen, weil sie mit den wöchentlichen Zahlungen manchmal in Rückstand blieb. Doch nun war von dieser Säumnis nicht mehr die Rede, und Mrs. Lambert hatte sich sogar erbötig gemacht, gelegentlich nach dem Baby zu sehen. Luisa führte dieses Entgegenkommen darauf zurück, daß nun regelmäßig die feudalste Kutsche von ganz Bristol vor Mrs. Lamberts Haustür erschien, Margaret hingegen war überzeugt, daß einfach keine Frau der kleinen Alexa widerstehen könne.
Nach dem Üben spazierten die beiden Freundinnen über die Downs. Gutes Essen und frische Luft hatten an Luisas Aussehen bereits Wunder gewirkt. Das lange schwarze Haar war wieder glänzend, und das Gesicht war zwar noch immer blaß, hatte jedoch den angespannten Zug verloren. Ein neues Kleid, in dem sie eines Tages

erschienen war, brachte bei aller Schlichtheit ihre schlanke Gestalt zur Geltung.
Zu Margarets gelinder Überraschung hatte John Junius auch Interesse für Luisas Garderobe gezeigt. Als er von seiner Tochter erfuhr, daß sie zusammen mit ihrer ehemaligen Lehrerin bei der Abendgesellschaft singen wolle, hatte er sofort klargemacht, daß Luisa in einer der Gelegenheit angemessenen Art gekleidet sein müsse. Margaret und sie mußten sich auf seine Rechnung Kleider von gleicher Eleganz anfertigen lassen.
Margaret argwöhnte, daß das Resultat nicht ganz den väterlichen Absichten entsprach. Luisa hatte die Monate ihrer Abwesenheit in London zugebracht. Sie hatte ein neues Geschäft namens Liberty's gleich in der ersten Woche seines Bestehens aufgesucht und war überwältigt von dem neuen ästhetischen Kleiderstil, den sie hier sah und der so ganz anders war als die enganliegenden Roben, die bisher Mode gewesen waren, mit ihren Tournüren und Schleppen und dem unerläßlichen Fischbeinmieder. Damals konnte sie sich eine Anschaffung im neuen Stil nicht leisten, aber jetzt bot John Junius' Anerbieten eine Gelegenheit, der sie nicht widerstehen konnte.
Unter Margarets zweifelnden Blicken wählte Luisa eine schimmernde indische Seide und entwarf den weichen und fließenden Schnitt, in dem das Gewand angefertigt werden sollte. Dank ihrer Größe und der Geschmeidigkeit ihrer Bewegungen würde sie auch in dieser den Damen der Bristoler Gesellschaft so ungewohnten Kleidung hinreißend wirken. Margaret hingegen, der Luisas Persönlichkeit und Sicherheit fehlten, wollte sich nicht so weit vom Üblichen entfernen. Sie entschied sich für eine steife blaue Seide, die bei jeder Bewegung so laut raschelte, daß Luisa lachend erklärte, es müsse ein Wunder geschehen, wenn man von ihrem Gesang überhaupt noch etwas hören sollte.
Es war nur natürlich, daß Margaret sich verpflichtet fühlte, David bei dem bevorstehenden Empfang ein wenig zu betreuen. Er würde keinen der wohlhabenden Gäste kennen, und es war möglich, daß man ihm, als bezahltem Mitarbeiter des Komitees, die kalte Schulter zeigte. Das alles zog Margaret in Betracht, ehe die Eingeladenen erschienen. Sie würde also, wie sie nur zu gern folgerte, in ihrer Eigenschaft als Gastgeberin dafür sorgen müssen, daß David nie sich selber überlassen bliebe.

Die Wirklichkeit sah indes ein wenig anders aus. Margaret hatte an diesem Abend eine wichtigere Aufgabe zu erfüllen – sie mußte die besonders vermögenden Gäste dazu bringen, daß sie für den Wohltätigkeitsfonds zeichneten. Es galt, ihnen in aller Ausführlichkeit vor Augen zu führen, in welch ungesunden Verhältnissen so viele der leidenden Frauen lebten und wie unerläßlich es war, sowohl die Mütter wie auch deren Kinder dort herauszuholen. Das alles mußte sie wieder und wieder sagen, einer der Damen nach der anderen, damit jede einzelne ihren eigenen Beitrag als entscheidend ansehe. Später, wenn man sich in den großen Speisesaal begeben würde, wo Erfrischungen bereitstanden, wollte sie David aufsuchen und sich bei ihm dafür entschuldigen, daß sie ihn so vernachlässigte.
Dieser Zeitpunkt war jetzt gekommen. Der Butler verbeugte sich unter der geöffneten Tür, die Diener traten mit ihren Tabletts voller Gläser beiseite, und Georgiana tat huldvoll kund, daß ein kleiner Imbiß die Gäste erwarte. Margaret sah sich nach David um und entdeckte, daß er nicht allein geblieben war. Er bot soeben Luisa den Arm.
Margaret unterdrückte ihre Enttäuschung, so gut es ging. David benahm sich durchaus korrekt. Er hatte verstanden, daß die Tochter der Gastgeberin sich selbstverständlich wichtigeren Persönlichkeiten widmen mußte. Und er war so klug gewesen, aus der Schar der Anwesenden den einzigen Menschen herauszufinden, der seine eigene untergeordnete Stellung teilte.
Als die Gesellschaft wieder in den großen Salon zurückkehrte, der nur bei Gelegenheiten wie dieser benutzt wurde, hatte man dort Sofas und Sessel im Halbkreis um das Piano arrangiert. David stand ganz hinten an der Wand und blickte über die sitzenden Damen zu den beiden Künstlerinnen hinüber. Margarets Kehle wurde trocken vor Nervosität. Aber sie sollte das Konzert mit einem Klavierstück einleiten, das sie bis zur Vollendung eingeübt hatte. Es bestand kein Grund, nervös zu sein, sagte sie sich.
Sie nahm ihren Platz am Piano ein und fesselte die Aufmerksamkeit ihres flüsternden Publikums mit den dramatischen Anfangstakten des *Gebets einer Jungfrau,* ehe sie ihre Fingerfertigkeit an den plätschernden Läufen und Vogeltrillern bewies, mit denen die linke Hand die von der rechten gespielte Melodie begleitete. Das Stück war jeder der lauschenden Damen, die eigene Töchter hatte, wohl

bekannt. Und vielleicht gerade, weil sie es in ihren Salons soviel unbeholfener hatten spielen hören, spendeten sie reichlich Beifall.
Dann tauschten die beiden jungen Frauen die Plätze, damit Luisa das Duett auf dem Klavier begleiten konnte. Margaret stand, halb ihr zugewendet, steif da, eine ihrer behandschuhten Hände lag auf dem Klavier. Ihr erstes Solo war eine beliebte Weise: *I dreamt that I dwelt in marble halls.* Luisa spielte die Introduktion, dann begann Margaret zu singen.
Während der Dauer des kleinen Konzerts ließ David kein Auge von den beiden Ausführenden. Noch vor einer Stunde hätte es für Margaret keinen Zweifel gegeben, daß seine Aufmerksamkeit ihr gelte. Nun aber trübte Luisas Gegenwart ihre Freude. Bei den Duetten sang Luisa die Alt-Partien, und obgleich sie darauf achtete, ihre Stimme an Margarets reinen, aber weniger kräftigen Sopran anzupassen, wies die Fülle ihres Organs sie als das größere Talent aus.
Margaret hatte sich immer gesagt, daß sie Luisa im Leben so vieles voraushabe und war nie eifersüchtig gewesen. Nun aber war sie zum erstenmal verstimmt, nicht nur über ihre eigene musikalische Unterlegenheit, sondern auch weil die Freundin eine so souveräne und stolze Erscheinung abgab. Eleganz war eine Eigenschaft, die Margaret stets zu verachten vorgegeben hatte, denn sie wußte, daß sie sie nie erlangen würde, aber in diesem Augenblick war sie den Tränen nahe über ihren Mangel an Stil.
Der wahre Grund für ihre Eifersucht war, wenn sie ehrlich sein wollte, nicht schwer zu entdecken. Noch während sie sich garstig schalt, weil sie der armen Luisa die Überlegenheit in diesem Punkt nicht gönnte, fiel sie die Erkenntnis mit so jäher und gewaltiger Macht an, daß sie sekundenlang völlig benommen war. Sie war nicht einfach neidisch. Sie war verliebt.
Mit aller Kraft versuchte sie, gegen die Gefühlsaufwallung anzukämpfen. David hatte ihr auf den ersten Blick bloß wegen seines lockigen Haars, des hübschen Gesichts und der schlanken Gestalt gut gefallen. Bei ihrem späteren Zusammensein war sie angenehm berührt von seiner spontanen Offenheit und von dem Verständnis, das er ihrem Ehrgeiz entgegenbrachte. Auch er war ehrgeizig – dessen war sie gewiß, und sie hatte gleichfalls Verständnis für ihn. Obgleich sie sehr wohl wußte, daß gerade der Reichtum und die gesell-

schaftliche Stellung ihrer Familie ihren Plänen im Wege standen, begriff sie, um wieviel hinderlicher für David die Armut war, in die er hineingeboren worden war. Aus ihrer Unterhaltung in Leigh Woods wußte sie, daß er keine Geschwister hatte und daß seine Eltern tot waren. Er stand so allein in der Welt, wie sie es sich gar nicht vorstellen konnte. Alle diese verschiedenen Eindrücke hatten bewirkt, daß sie besonderes Interesse für ihn empfand, aber erst jetzt wurde ihr klar, wie sehr ihre Gefühle für ihn sich vertieft hatten.

Als die musikalische Darbietung zu Ende war, sah sie David herankommen und machte sich darauf gefaßt, daß seine Komplimente einer anderen gelten würden. Doch er beugte sich über ihre Hand. Sie sagte sich, es sei reine gesellschaftliche Höflichkeit, doch schien seine Bewunderung aufrichtig zu sein. Ganz allmählich nur erlaubte sie dem aufkeimenden Gefühl der Erleichterung, die Oberhand zu gewinnen, und sie gab sich der Freude über das Gespräch mit gleicher Intensität hin wie vorher ihren Befürchtungen. Schließlich hegte sie sogar keine Bedenken mehr, Luisa einzubeziehen.

»Ich glaube, du kennst Mr. Gregson bereits«, sagte sie.

»Es ist ein seltsamer Zufall«, erwiderte David. »Miss Reni und ich logieren im gleichen Haus. Unsere Tageseinteilung ist verschieden, daher sind wir einander bis heute abend nie begegnet, nicht einmal auf der Treppe. Wie oft habe ich Miss Reni ebenjene Lieder, die Sie soeben vortrugen, zu Hause üben hören, ohne zu ahnen, daß ich den Vorzug genießen würde, der Darbietung beizuwohnen. Mrs. Lambert, meine Wirtin, die weiß, wo ich beschäftigt bin, erwähnte einmal mir gegenüber, daß der Lorimersche Wagen Miss Reni abgeholt habe, aber nicht einmal dann kam ich auf den Gedanken, daß ich sie heute hier treffen würde.«

In seiner Stimme klang keine Spur von Befangenheit, nichts, was Margaret hätte auf den Gedanken bringen können, der ihr blitzartig durch den Sinn fuhr. Konnte David der Vater von Luisas Kind sein?

Sie wies diese Idee sofort wieder von sich. David war erst im Januar bei Lorimer's Bank eingetreten, und damals war Luisa in London und bereits in anderen Umständen. Margaret errötete vor Scham über ihren abscheulichen Verdacht. Sie wollte sich von David entfernen, da sie sich zu einem weiteren Gespräch nicht in der Lage

fühlte. Aber er nahm die Gelegenheit wahr, ein anderes Thema aufzugreifen.
»Gestern erfuhr ich von einem weiteren Besitztum, das eine Besichtigung wert sein könnte, Miss Lorimer«, sagte er. »Ob wir wohl – ob Sie mir wohl gestatten würden ...«
Er hatte offensichtlich nicht den Mut, zur Sache zu kommen, aber Margaret eilte ihm zu Hilfe.
»O ja, Mr. Gregson, wir müssen es unbedingt nochmals versuchen. Vielleicht haben wir bei dieser Gelegenheit mehr Glück.«
Sie verabredeten Tag und Stunde. Der Abend, der ihr noch vor kurzem als Katastrophe erschienen war, wurde plötzlich zum Triumph. Margarets Glücksgefühl mußte aus ihren Zügen widerstrahlt haben, denn sogar ihr Vater machte eine Bemerkung darüber, als er herbeikam, um den Sängerinnen sein Lob auszusprechen.
»Du siehst heute abend sehr gut aus, Margaret. Außerordentlich gut. Und du sangst, wie ich fand, mit großem Ausdruck.« Er wandte sich zu Luisa. »Ich danke Ihnen im Namen unserer Familie, Signorina Reni, daß Sie Ihr Talent in den Dienst dieser Sache stellen. Ich hoffe, Sie werden bald wieder einmal für uns singen. Es war ein Genuß. Mein Wagen wird Sie selbstverständlich nach Hause bringen, wann immer Sie wünschen, aber ich hoffe, daß Sie uns noch ein wenig länger mit Ihrer Anwesenheit erfreuen.«
»Papa«, sagte Margaret. Dann zögerte sie. Aber der Vater schien zugänglicher als sonst. »Papa, Mr. Gregson logiert im gleichen Haus wie Luisa.«
»Ah!« sagte John Junius. Die buschigen Brauen runzelten sich mißbilligend, als wäre es unschicklich, daß eine unverheiratete Dame und ein lediger Herr sich in die gleiche Vermieterin teilten. Doch in der nächsten Sekunde begrüßte er David durch ein kaltes, knappes Nicken.
»Ich meine, wir sollten es Signorina Reni überlassen, ob sie auf der Heimfahrt Begleitung wünscht. Sie kann über alle Plätze im Wagen frei verfügen.«
Er entfernte sich. Luisa sagte fröhlich lachend zu David:
»Ich hoffe, Mr. Gregson, daß Sie einen dieser Plätze einnehmen werden. Andernfalls werden Sie einen unerfreulichen Heimweg haben, denn ich höre, daß es in Strömen regnet.«

»Es bedarf kaum der Drohung mit Schlamm und Regen, um mir solch charmante Gesellschaft wünschenswert erscheinen zu lassen, Miss Reni.«

Noch vor einer Stunde hätte dieser Dialog Margaret eifersüchtiger denn je gemacht, und der Gedanke an David und Luisa in der Intimität der Kalesche wäre ihr unerträglich gewesen. Jetzt aber vermochte sie zu erkennen, wie humorvoll David sich der gesellschaftsüblichen Komplimente entledigte und dabei über sich selber lachte. Und eine Frau mit einem Baby war keine ernstzunehmende Rivalin. Margaret brachte sogar ein kleines Lächeln zustande, als sie die beiden zusammen weggehen sah.

Sie lächelte immer noch, als Betty ihr später das Haar löste und ihr Nachtgewand vor dem Kaminfeuer wärmte. Aber noch später, als sie im Bett lag, schwand das Lächeln und machte einer ängstlichen Überlegung Platz. Es genügte nicht, daß sie sich ihre eigenen Gefühle eingestand. Es genügte auch nicht, daß sie hoffte, der Buchhalter ihres Vaters möge sich für sie interessieren. Wenn die Beziehung sich weiterentwickeln sollte, so müßte notwendig irgendeine Initiative ergriffen werden. Sie hatte den Wunsch zu handeln: Hatte sie auch den Mut?

5.

Wenn eine Suche das Zusammensein einer jungen Dame mit einem jungen Herrn ermöglicht, so wird ihr erfolgreicher Abschluß nicht unbedingt so freudig begrüßt, wie man dies erwarten dürfte. Ein trüber, schneereicher Januartag brachte David die bittere Erkenntnis, daß seine Ausflüge mit Margaret Lorimer nun ein Ende hatten. Croft House – das fünfte Anwesen, das sie gemeinsam besichtigt hatten – war genau das Richtige.

Das Haupthaus war alt und geräumig. Es war der Wohnbau eines großen Landguts gewesen, ehe die wachsende Stadt es überwucherte und einem geschäftstüchtigen Besitzer die Gelegenheit bot, seine Felder mit Häusern zu bebauen anstatt mit Getreide. Er hatte indessen genügend Grund für einen ausgedehnten Park zurückbehalten, so daß das Herrenhaus im Grünen stand. Scheunen und Stallungen, die sich um das einstige Gehöft gruppierten, waren seit

vielen Jahren nicht mehr im Gebrauch, aber noch immer trocken. Es würde nicht weiter schwierig sein, sie in Schlafsäle für die Kinder zu verwandeln.
Der größte Vorzug aber bestand in einer etwas abseits liegenden Dépendance, Lower Croft. Dieses Haus war moderner als Croft House, im gotischen Stil erbaut, mit zwei Türmchen und bleigefaßten Fensterscheiben. Einige Zimmer waren klein und dunkel und nur über enge Wendeltreppen zu erreichen; aber der Wohnraum, wo David und Margaret verweilten, um ihre Ansichten auszutauschen, war hoch und geräumig.
»Wenn Sie einen Verwalter einstellen wollen, so würde das Angebot eines eigenen Wohnhauses den Posten sehr attraktiv machen«, hob David hervor. »Man könnte eine solche Vergünstigung bei der Festsetzung des Gehalts in Rechnung stellen.«
»Sie glauben also, daß man den Kauf dieses Anwesens guten Gewissens dem Komitee empfehlen könnte?« fragte Margaret.
»Wenn der Preis annehmbar ist, ja.«
David zweifelte kaum daran, daß der Preis annehmbar sein würde. In der ganzen Stadt – ja im ganzen Land – wurde Geld zunehmend knapper. Seine früheren Versuche, John Junius zu überzeugen, daß Lorimer's Bank ihre Außenstände eintreiben müsse, hatten wenig Erfolg gehabt. Die Direktoren hatten lediglich beschlossen, neue Kredite auf ein Minimum zu beschränken. Andere Banken handelten ebenso. Wer jetzt Bargeld brauchte, würde Besitz veräußern müssen, aber wer kaufen wollte, würde Mühe haben, zur Bezahlung ein Darlehen aufnehmen zu können. Der Hilfsfonds der Wohltätigkeitsdamen, dem dank seiner erfolgreichen Werbung die nötigen Gelder bei der Lorimer's Bank zur Verfügung standen, hatte alle Aussichten, der einzige Interessent für Croft House zu sein.
»Dann sollten Sie eigentlich froher klingen, Mr. Gregson. Es ist ein großer Augenblick, falls unsere Suche endlich Erfolg hatte.«
»Gewiß ist es für Sie ein großer Augenblick, Miss Lorimer«, erwiderte David. »Aber er bedeutet, daß unsere gemeinsamen Nachmittage ihr Ende gefunden haben.«
Er war überrascht gewesen, daß Margarets Mutter mit ihm als Begleiter so ohne weiteres einverstanden war. Es hätte nur einer Frage bedurft, um festzustellen, daß Betty ihre Herrin nicht bei den Haus-

besichtigungen begleitete. David konnte kaum hoffen, daß sich eine so günstige Situation noch einmal ergeben würde.
»Das Komitee wird über den Umbau und die Einrichtung der Häuser beraten müssen«, sagte Margaret. »Häufige Sitzungen werden nötig sein. Wir werden uns noch sehr oft sehen.«
»Nur in Gegenwart anderer.« Unbestimmte Traurigkeit überkam ihn bei dem Gedanken, daß sie nie erfahren würde, was er ihr so gern gesagt hätte. Durfte er wagen, einer jungen Frau, die soviel mehr als er mit Glücksgütern gesegnet war und der er nichts zu bieten hätte, seine Gefühle zu offenbaren? Aber er wußte, daß er es sich nie verzeihen könnte, wenn er diese letzte Gelegenheit des Alleinseins mit ihr ungenutzt verstreichen ließe.
Er hätte vielleicht noch länger überlegt, aber Margaret zog sich bereits die pelzbesetzte Kapuze ihres Capes über. Ein Zeichen, daß sie bereit war, sich wieder in den Schnee hinauszuwagen. Die Verzweiflung löste ihm die Zunge, vermochte ihn indes auch jetzt noch nicht dazu zu bringen, daß er das Thema direkt anschnitt. Er steuerte es auf Umwegen an.
»Ich kann mir vorstellen, daß Sie in nicht allzu ferner Zukunft wieder ein Haus suchen, aber für einen anderen Zweck«, sagte er. Margarets erstaunter Gesichtsausdruck zeigte deutlich, daß sie den Sinn seiner Worte nicht erfaßt hatte. »Ich meine ...«, er geriet ins Stottern bei der Anstrengung, das, was er wirklich meinte, nicht auszusprechen und sich dennoch verständlich zu machen. »Ich meine, daß Sie vielleicht schon bald ein eigenes Hauswesen gründen wollen. Eine junge Dame Ihres Charakters und Wohlstands – Ihr Vater dürfte sich vor Bewerbern um Ihre Hand kaum noch retten können.«
»Mein Vater hat nie geruht, mich als jagdbares Wild zu betrachten«, sagte Margaret. Sie lachte bei dem Gedanken, und ihre Hand ließ die Kapuze los, so daß der Pelz ihr Gesicht nur noch lose umrahmte und in Gefahr geriet, wieder herabzugleiten. Ob sie nun wußte oder nicht, in welche Richtung David das Gespräch lenken wollte, sie schien das Thema nicht als Dreistigkeit zu empfinden. »Seien Sie überzeugt, Mr. Gregson, daß in jedem Fall *er* derjenige sein wird, von dem die Initiative ausgeht.«
»Und hat er bereits eine derartige Initiative ergriffen?«
Das Lachen schwand aus Margarets Gesicht.

»Ja, Mr. Gregson. Vor beinahe zwei Jahren plante er eine Verbindung, die den Interessen der Lorimer-Linie dienlich gewesen wäre. Für den Fall, daß meine Person allein nicht genügt hätte, um die andere Partei für den Plan zu gewinnen, wäre mir ein beträchtlicher Aktienanteil überschrieben worden.«

»Aber es kam zu keiner Übereinkunft?«

»Nein. Ich betrachte mich nicht als eine Prinzessin, die man in einem Vertrag verschachern kann. Mein Bruder William war, wie Sie sich denken können, ganz und gar nicht mit mir zufrieden. Von diesem Ehekontrakt hätten hauptsächlich seine Schiffe profitiert. Wir sind seither nicht gerade besonders gute Freunde.«

»Wollen Sie sagen, daß Sie sich weigerten?«

»Ich werte Ihr Erstaunen als Kompliment. Ja, ich habe mich geweigert.«

»Ich habe nie gehört, daß zu Mr. Lorimer jemand ›nein‹ gesagt hätte.«

»Hätten Sie sich innerhalb einer Meile im Umkreis von Brinsley House aufgehalten, so würden Sie gehört haben, was passiert, wenn doch einmal jemand ›nein‹ sagt. Mein Vater glaubt zu wissen, was für jeden Menschen das Beste ist. Dieser Glaube ist aufrichtig und gewiß wohlmeinend. Mein Vater war nicht mit mir zufrieden. Aber nicht einmal er ging so weit, aus der Prinzessin eine Sklavin machen zu wollen.«

»Er wird bestimmt noch weitere Vorschläge ähnlicher Natur machen.«

»Das glaube ich nicht, Mr. Gregson. Er wird sich weder ein zweites Mal einer Weigerung meinerseits aussetzen noch sich herablassen, mich vorher um meine Meinung zu fragen. Man hat mir seinerzeit klargemacht, daß ich, falls ich das von ihm getroffene Arrangement ablehnte, auf kein zweites ähnlich großzügiges Anerbieten würde rechnen können. Natürlich dürfte ich, schon meiner Mutter wegen, weiterhin im Hause bleiben.«

»Und befriedigt Sie diese Aussicht?«

»Das tut sie wahrlich nicht. Abhängigkeit in jeder Form ist mir ein Greuel. Ich sehe keine Möglichkeit, ihr zu entrinnen, aber ich würde immer noch lieber von einem Ehemann abhängig sein als von einem Vater. Und ich wünsche mir sehnlichst eine eigene Familie.« Sie zügelte eilig ihren Ungestüm. »Ich bin Ihnen gegenüber sehr offenherzig, Mr. Gregson. Ich hoffe, daß ich mich auf Ihre Diskretion verlassen kann.«

»Würden Sie es als Dreistigkeit empfinden, Miss Lorimer, wenn ich Sie nach dem gegenwärtigen Stand der Dinge in dieser Sache frage?«

Margaret schwieg lange. War es für David qualvoll gewesen, dieses Gespräch in Gang zu bringen, so schien jetzt ein Punkt erreicht zu sein, an dem es Margaret einfach nicht mehr fortsetzen konnte. Er begriff, daß er zuviel forderte, zuviel erwartete. Sie hatte ihn nicht zum Sprechen ermutigt, es sei denn, man sähe Lächeln und Offenheit im Gespräch als Ermutigung an, aber sie hatte sich auch seine Keckheit nicht verbeten. Sie war natürlich in dem Glauben erzogen worden, daß es immer der Gentleman sein müsse, der den ersten Schritt tat. Es machte ihr Ehre, wenn sie gar nicht auf den Gedanken kam, daß der soziale Unterschied zwischen ihnen beiden diesem Gentleman hier Fesseln anlegte. In den Augen ihres Vaters, das wußte David genau, würde er überhaupt kein Gentleman sein.

»Verzeihen Sie, daß ich Sie mit so vielen Fragen bestürme«, sagte er. »Aber mein Mut reicht nicht aus, die einzige zu stellen, die mir wirklich am Herzen liegt. Ich weiß, daß in den Plänen Ihres Vaters kein Platz für mich sein kann. Und ich habe kein Recht, zu hoffen –«

Wieder geriet er ins Stocken, er wagte nicht, sie anzublicken. Hatte er sie ärgerlich oder verlegen gemacht? Würde sie auf der Stelle kehrtmachen und für immer von ihm fortgehen? Zu seinem Erstaunen hörte er sie leise lachen.

»Bei unserer ersten Begegnung rühmten Sie sich Ihrer schottischen Direktheit, Mr. Gregson. Hat ein Jahr in unserer scheinheiligen englischen Gesellschaft Ihnen diese Gabe ebenso geraubt wie Ihren schottischen Akzent? Oder ist das Thema Sklaverei das einzige, das Sie in Erregung zu setzen vermag?«

»Ich liebe Sie«, sagte er.

Eine lange Weile schienen beide den Atem anzuhalten. Dann hob Margaret den Kopf. Was er in ihren Augen sah, mußte Glück sein. Wenn ja, dann war es von kurzer Dauer und wurde abgelöst von jenem entschlossenen Ausdruck, den er inzwischen so gut kennengelernt hatte. Die Hoffnung, daß sie sich ihm in die Arme werfen werde, wurde enttäuscht. Es schien vielmehr, daß sie das Gespräch fortsetzen wolle, als hätte seine Erklärung es nie unterbrochen.

»Sie fragten nach dem gegenwärtigen Stand der Dinge in dieser Sache, Mr. Gregson. Erst vor kurzem erörterte ich diese Frage mit meinem Vater. Ich fragte ihn, wie er sich dazu stellen würde, wenn ich mir selber einen Gatten suchte. Mein Vater und ich überwerfen uns häufig, aber vielleicht ebendeshalb, weil wir – wie Sie selber einmal sagten – einander in manchem ähnlich sind. Wir überwarfen uns auch bei dieser Gelegenheit, aber meine Frage war so beharrlich wie sein Zorn. Am Ende nahm er sie ernst und gab mir eine Antwort.«

»Würden Sie mir sagen, wie sie lautete?«

»Er erinnerte mich, daß ich jeden Anspruch auf eine Mitgift, wie er sie vor zwei Jahren vorschlug, verwirkt hätte. Er sagte, er werde das Anerbieten unter keinen Umständen erneuern. Er wies darauf hin, daß ich kein eigenes Vermögen besitze. Er äußerte die Meinung, kein wohlsituierter Gentleman würde mich unter diesen Umständen heiraten wollen und ein mittelloser könne es sich nicht leisten. Weil ich in einem Haus voller Dienstboten aufwuchs, glaubt mein Vater, ich könne ohne sie nicht leben. Sollte ich einen Mann finden, schärfte er mir ein, dessen Aufmerksamkeiten ich zu ermutigen wünschte, dann müsse ich ihm von Anfang an klarmachen, daß ich nichts, aber auch gar nichts zu erwarten hätte. Sollte ein Bewerber jedoch nach Erwägung dieser Tatsache noch immer mit meinem Vater zu sprechen wünschen, so würde ihm lediglich ein Examen hinsichtlich eines einwandfreien Lebenswandels bevorstehen und keine Prüfung seiner finanziellen Verhältnisse.«

»Darf ich das so verstehen, daß Sie Ihrer eigenen Neigung folgen dürften?«

»Unter den genannten Bedingungen, ja.«

»Auch wenn der Bewerber von so minderem Stande wäre wie ich?«

Er kannte die Antwort, noch ehe er sie hörte, er wartete gern, das Glücksgefühl, das ihn durchflutete, konnte so seinen Höhepunkt erreichen. Als er sich damals in Margaret Lorimer verliebt hatte, war ihm der Grund selber nicht klar gewesen, er hatte sich gefragt, was seine starke Hinneigung zu dieser ruhigen und sachlichen jungen Frau erklären konnte. Inzwischen hatte er Zeit gehabt, den Grund für diese Anziehungskraft kennenzulernen. Es war die Unabhängigkeit ihres Charakters, die ihn so sehr für sie eingenommen hatte. Während er in linkischer Bewunderung dastand, lachte Margaret.

»Von jungen Damen verstehen Sie nicht viel, Mr. Gregson, wenn Sie glauben, daß eine von ihnen sich auf einen Disput mit einem Mann wie John Junius Lorimer einließe, nur um etwas so wertloses wie ein allgemeines Prinzip aufzustellen. Mein Vater hat das sehr wohl begriffen, und er drang in mich, einen Namen zu nennen. Indem ich Ihnen seine Bedingungen mitteile, glaube ich, sie zu erfüllen.« Er sah, wie die Fröhlichkeit aus ihren Augen schwand und der Besorgnis Platz machte. »Mein Vater sagte mir rundheraus, mein Verhalten sei schamlos. Vielleicht teilen Sie diese Ansicht.«

»Ich betrachte Ihr Verhalten als ehrlich und tapfer und – oh, Miss Lorimer!« Er küßte leidenschaftlich ihre Hand, obwohl sie einen Handschuh trug. Ein störendes Hüsteln an der offenen Tür tat ihm Einhalt. Dort stand Betty Hurst, nervös, Finger und Nase rot vor Kälte.

»Bitte um Entschuldigung, Miss, aber John sagt, ich soll Ihnen sagen, daß der Wind eine Menge Schnee in die Hecken wirft. John fürchtet, er könnte mit dem Wagen unterwegs Schwierigkeiten kriegen.«

»Unsere Besichtigung ist fast zu Ende. Wir kommen gleich hinaus. Geh und sag ihm das.«

Sie sprach energisch, und das Mädchen lief im Trab davon. David wandte sich wieder Margaret zu. Er wollte ganz sichergehen.

»Wenn Sie mich heiraten, Miss Lorimer, werden Sie keinen Kutscher haben.«

»Ich kann zu Fuß gehen«, sagte sie, und ihr Lächeln war das Entzückendste, das er je gesehen hatte. Seine strahlende Miene drückte noch immer höchste Verwunderung über soviel Glück aus.

»Darf ich also annehmen, daß Ihr Vater meinen Besuch erwartet?« fragte er.

Noch immer lachend schüttelte Margaret den Kopf.

»Auf gar keinen Fall, Mr. Gregson. Erstens war ich zu dem Geständnis gezwungen, daß ich keine Ahnung hätte von der Art Ihrer Gefühle, denn Sie hatten sie immer sorgfältig vor mir verborgen. Ich glaube, mein Vater legt dies zu Ihren Gunsten aus. Ich machte ihm klar, daß ich nur deshalb an ihn herantrat, weil ich Ihre Gefühle mir gegenüber kennenlernen wolle und dies anstandshalber nicht tun könne, wenn ich Sie damit möglicherweise einer Demütigung durch ihn aussetzte. Zweitens ist er fest davon überzeugt, daß ich ohne Mitgift für Sie nicht mehr interessant wäre.«

»Darin tut er mir Unrecht. Mag sein, daß er mich nicht erwartet, aber er wird doch gewiß nicht überrascht sein, wenn ich um eine Unterredung bitte?«

»Er wird überrascht sein, aber sogar ein Bankpräsident kann nicht erwarten, daß alles im Leben sich vorhersagen lasse«, sagte Margaret. »Ich nehme an, daß er den Schock überstehen wird.«

Sie zog die Kapuze wieder hoch, zum Zeichen, daß sie gehen sollten, und beide traten in die Kälte hinaus. Die strahlende Nachmittagssonne war mit dem Nahen des Abends matter geworden, sie hatte das Glitzern des Schnees mit fortgenommen und durch eine eisblaue Tönung ersetzt. Die riesigen Baumskelette am Horizont waren weiß bereift, und über den Rasenflächen, die das Herrenhaus vom Nebengebäude trennten, lag eine geschlossene glatte Schneedecke. Der Wind hatte eine Pause eingelegt, und David fühlte sich eingehüllt vom Schweigen der Winterlandschaft, als gäbe es auf der Welt nur noch zwei Menschen: ihn selber und seine künftige Braut.

Doch das Schweigen konnte nicht dauern. Er hörte vom nahen Gehöft ein Pferd schnauben, das Stampfen der Hufe, den Knall einer Peitsche, als John die beiden Schecken in Bewegung setzte. Aber weiter war kein Laut zu hören. Das Knirschen der eisenbeschlagenen Räder wurde vom Schnee erstickt, und die Kutsche tauchte auf und fuhr auf sie zu, wie in einem Traum.

»Es wird für mich auf der ganzen Welt niemals einen schöneren Ort geben als diesen«, sagte David. Er fühlte, wie Margarets Hand auf seinem Arm ihren Druck verstärkte.

»Denken Sie wirklich nicht schlecht von mir, halten Sie mich nicht für tadelnswert?« fragte sie ängstlich und hoffte, er möge ihre Zweifel beschwichtigen. »Ich habe hundertmal überlegt, wie es am besten wäre. Mein Vater hat uns beide in der Hand. Eine Tochter und einen Angestellten. Womit sollten wir uns zur Wehr setzen?«

»Ich schäme mich, weil ich es Ihnen überließ, den ersten Schritt zu tun. Von nun an werde ich für uns beide sprechen. Sie sind tapfer, nicht tadelnswert, und wir wollen unser ganzes Leben lang der Welt gegenüber ebenso furchtlos und zueinander ebenso aufrichtig sein, wie Sie es bereits Ihrem Vater gegenüber und heute zu mir zu sein wagten.«

»Es ist im allgemeinen nicht der Brauch.« Er sah Margarets Lippen sich belustigt schürzen und hätte vor Glück laut aufgelacht, wäre nicht in diesem Augenblick die Kutsche vor ihnen zum Stehen gekommen. John stieg ab, um das Treppchen auszuklappen, und David half Margaret hinein. Keiner von ihnen hatte Lust, in Bettys Gegenwart zu sprechen. Statt dessen überließ David sich seinen Träumen.

Wie aus den Träumen Wirklichkeit werden sollte, war die nächste Frage. An den folgenden Tagen hieß es sinnen und planen. Margaret hatte ihn in aller Offenheit gewarnt, und es war wirklich ein Problem, wie man einer vornehm erzogenen jungen Frau mit dem kümmerlichen Salär eines Buchhalters einigen Komfort bieten könnte. Miss Reni war kurz nach dem Konzert, bei dem er von ihrer Verbindung zu den Lorimers erfuhr, aus ihrer Wohnung in seinem Haus ausgezogen, und die Räume standen noch immer leer. David erkundigte sich, wie hoch der Preis wäre, wenn er sie zu seinen eigenen Zimmern hinzumieten würde, aber die Mansarde war dunkel und stickig, mit schrägen Decken und Dachfenstern. Kein Aufenthalt für jemanden wie Margaret Lorimer. Allmählich erkannte er, daß die Bedingung, der er so freudig zugestimmt hatte, in der Praxis allerlei Schwierigkeiten bedeutete. John Junius Lorimer hatte das natürlich von allem Anfang an gewußt.

Nachdem David alles gewissenhaft überlegt hatte, suchte er beim Bankpräsidenten schriftlich um die Gewährung einer Vorsprache in privater Angelegenheit nach. Er mußte drei Tage warten, ehe er in das Büro des Präsidenten gerufen wurde. Dieses Mal wurde er zum Platznehmen aufgefordert, womit allerdings die Grenze dessen, wozu der Präsident sich herbeilassen würde, erreicht zu sein schien.

Die Worte, die David sich zurechtgelegt hatte, gefroren ihm beim Anblick des unerbittlichen Mannes, der ihm an dem riesigen Schreibtisch gegenübersaß, in der Kehle. Die grünlichblauen Augen waren eisig. Unmöglich, aus ihnen zu lesen, was John Junius dachte, und heute wirkten sie unter den scharf zusammengezogenen buschigen Brauen unergründlicher denn je. David leckte sich

die trockenen Lippen und bat stockend in aller Form um die Ehre, sich um Miss Lorimers Hand bewerben zu dürfen.
Der Präsident antwortete nicht sofort, obwohl ihn das Ansuchen kaum überrascht haben konnte. Statt dessen starrte er unverwandt auf den Angestellten, der sich einer so krassen Fehleinschätzung seiner gesellschaftlichen Position schuldig machte. Die Wirkung war eine andere, als er beabsichtigt haben mochte. Das lastende Schweigen schüchterte David keineswegs ein, es gab ihm vielmehr Gelegenheit, seine Nervosität zu überwinden und den Entschluß zu fassen, daß er sich sowenig tyrannisieren lassen wolle wie Margaret. Er richtete sich noch gerader auf und schob energisch das Kinn vor.
Endlich ergriff der Präsident das Wort.
»Miss Lorimer hat Sie, soviel ich weiß, davon in Kenntnis gesetzt, daß ich ihr im Falle ihrer Verheiratung keine Mitgift geben werde.«
»Das hat sie, Sir. Und ebendieser Umstand gab mir den Mut, Sie aufzusuchen. Andernfalls wäre dies kaum möglich gewesen. Ich hätte Ihnen als Mitgiftjäger erscheinen müssen.«
Es war unmöglich festzustellen, welche Wirkung diese Worte auf den Angesprochenen hatten, aber Davids Augen funkelten vor Vergnügen darüber, daß er dem alten Mann mit dessen eigenen Waffen gegenübertrat. Sollte es zum Kampf kommen, so wollte er sich als ebenbürtiger Gegner erweisen.
»Ist Ihnen klar, Mr. Gregson, daß Miss Lorimer pro Jahr eine Summe für Kleidung und andere persönliche Bedürfnisse ausgibt, die Ihrem gegenwärtigen Gesamteinkommen entspricht?« John Junius schwieg eine Weile, ehe er sich selber die Frage beantwortete. »Nein, das ist Ihnen natürlich nicht klar. Auch Miss Lorimer nicht. Sie weiß weder, wieviel sie ausgibt, noch was Sie verdienen. Ich erwarte von meiner Tochter nicht, daß sie Ausgaben und Einnahmen zu errechnen und bis zum letzten Heller die Bilanz zu ziehen versteht. Aber Sie sind Buchhalter. Von Ihnen erwarte ich es. Sie müssen wissen, daß Sie Unmögliches erstreben.«
»Ich verstehe durchaus, Sir, daß Miss Lorimer eine solche Aufstellung vorgelegt werden muß, damit sie den vollen Umfang des Opfers einsieht, das ihr abgefordert würde«, sagte David. »Wenn ich dies bisher noch nicht tat, so nur deshalb, weil ich mich nicht befugt

fühlte, von derlei Dingen zu sprechen, ohne Ihre Erlaubnis eingeholt zu haben.«

Auch diese Runde hatte er gewonnen. Für den Augenblick war sogar Margaret in Vergessenheit geraten über dem Vergnügen, sich mit seinem Brotherrn zu messen, vor dessen Stirnrunzeln halb Bristol zitterte.

»Desungeachtet, Mr. Gregson, haben Sie sich vermutlich die Angelegenheit durch den Kopf gehen lassen. Erwarten Sie zum Beispiel, daß meine Tochter in Ihrer gegenwärtigen Behausung Wohnung nehme? Ich war dort und habe sie besichtigt. Sie ist beengt und ungesund. Es käme nicht in Frage.«

»Ich habe ausgiebig darüber nachgedacht, Mr. Lorimer, und ich glaube, daß es mir möglich ist, meine Lage zu verbessern. Gewiß fehlt es mir nicht an Ehrgeiz. Ich sehe ein, daß es für Miss Lorimer schmerzlich wäre, in bedrängten Verhältnissen in einer Stadt zu leben, in der sie bisher zu den Spitzen der Gesellschaft gehörte. Möglicherweise wünschen Sie selber nicht, Sir, daß Ihre Tochter vor aller Augen sich mit dem Lebensstandard eines Ihrer eigenen Buchhalter begnügen muß. Ich beabsichtige, falls ich mit Ihrem Einverständnis rechnen darf und falls Miss Lorimer auch nach voller Kenntnis der Sachlage ihre Meinung nicht ändert, mich um einen Posten anderwärts zu bewerben und nur darum zu bitten, daß der Präsident von Lorimer's Bank mein Gesuch durch eine Empfehlung unterstützt, deren meine bisherige Arbeit hier wohl würdig sein dürfte.«

»Denken Sie an einen ähnlichen Posten, wie Sie ihn hier innehaben?«

David hatte gehofft, daß diese Frage gestellt werde, und er hatte seine Antwort schon parat.

»Die Arbeit als Buchhalter in der Hauptstelle einer Bank wie Lorimer's ist für mich von großem Wert gewesen«, sagte er. »Nach meiner Meinung sollte ich jetzt in der Lage sein, eine leitende Stellung auszufüllen, vielleicht zunächst in einer der Außenstellen einer Londoner Bank. In einer Kleinstadt würde dies Miss Lorimer einen Status verschaffen, dessen sie sich nicht schämen müßte. Hinkünftig würde ich mir zutrauen, aus eigener Kraft weiterzukommen.«

Wiederum senkte sich Schweigen über das geräumige Büro des Präsidenten, in dem sich seit fünfzig Jahren weder das Mobiliar noch die Luft verändert zu haben schienen. David nahm an, daß hinter der verschlossenen Miene ein Entschluß reifte. Vielleicht, so dachte er, war dieser Entschluß sogar bereits vor Beginn der Unterredung gefaßt und nur von seinem eigenen zufriedenstellenden Auftreten abhängig gemacht worden. Denn der Urteilsspruch ließ nicht lang auf sich warten.

»Ich habe diese Angelegenheit zu wiederholten Malen mit Miss Lorimer besprochen«, sagte der Präsident. »Zum erstenmal auf ihr Verlangen hin, zum zweitenmal gestern, aus eigenem Entschluß. Sie ist eine eigensinnige junge Frau, und ich sollte Sie warnen, es könnte sein, daß Ihnen dies nicht immer so zupaß kommt wie heute. Aber ich bin kein Herzog oder Marquis, daß ich bei jeder Heirat auf den Stammbaum achten müßte. Meine Familie hat sich dank ihrer eigenen Fähigkeiten ihre heutige Stellung geschaffen. Niemand soll sagen, daß ein Lorimer Können und Ehrgeiz unterschätzt habe. Ich ließ daher Miss Lorimer wissen, daß Sie in Brinsley House empfangen werden dürfen.«

David neigte den Kopf, scheinbar zum Dank, in Wahrheit aber, um Erleichterung, Freude und Überraschung zu verbergen. Er kam indes nicht zum Sprechen.

»Ich beabsichtige nicht, in der Frage einer Mitgift von meiner Entscheidung abzugehen«, sagte der Präsident streng, als bereute er bereits seine Schwäche; dann aber fuhr er ermutigender fort. »Indessen bleibt Miss Lorimer, so töricht ihr Verhalten in der Vergangenheit auch gewesen sein mag, doch meine Tochter, und ich werde ihr eine kleine Summe als Nadelgeld aussetzen. Was Sie betrifft, Mr. Gregson, so gehen Sie nicht fehl in der Annahme, daß der Status meines Schwiegersohns mir nicht gleichgültig sein kann. Ich werde dem Vorstand Ihre Ernennung zum Prokuristen in Lorimer's Bank mit Wirkung vom ersten Mai vorschlagen.«

David hatte alle Mühe, einen Laut der Überraschung zu unterdrükken. Gewiß, was er vorhin gesagt hatte, sollte ihm die Unterstützung des Präsidenten für ein berufliches Vorwärtskommen sichern, aber an solch schwindelnde Höhen hatte er nie gedacht. Was immer der Präsident vorschlug, würde vom Vorstand angenommen werden. Diese Entscheidung konnte nicht spontan gefaßt sein. Sie war im vorhinein reiflich durchdacht, sicherlich seit dem Moment, als David um die Unterredung nachgesucht hatte.

»Mr. Lynch wird demnach seinen Posten aufgeben?« erkundigte sich David.
»Ja. Allerdings hat er davon bis jetzt noch nicht Kenntnis, und er wird es nicht von Ihnen erfahren.« Plötzlich hoben sich die mächtigen Brauen, und David traf der volle Strahl des gebieterischen Blicks. John Junius Lorimer verstand sich wie Jehova persönlich darauf, seine unumstößlichen Gebote zu verkünden. »Nach Ablauf dieser Woche werden Sie mit einem Empfehlungsschreiben an einen meiner Geschäftsfreunde von der Gurney's Bank nach London reisen. Dieser Herr wird Sie in jene Bereiche der Geschäftsführung einweisen, in denen es nicht ausschließlich um Buchhaltungsarbeiten geht. Wenn Sie Bristol verlassen, werden Sie keinem Ihrer Bekannten und insonderheit keinem Mitglied dieses Hauses hier in irgendeiner Weise andeuten, daß Sie jemals wieder hierher zurückkehren.«
»Auch nicht Miss Lorimer?«
»Ich habe Miss Lorimer bereits mitgeteilt, daß ich auf einer dreimonatigen Trennung bestehe, die Ihnen und ihr Gelegenheit geben soll, Ihre gegenseitigen Gefühle auf die Probe zu stellen. Der von mir bereits erwähnte Eigensinn bewog Miss Lorimer, meine Worte als Herausforderung aufzufassen. Sie weiß nicht mehr, als ich ihr gesagt habe. Sie hofft also, Sie im Mai wiederzusehen, aber sie darf nichts von meinen Absichten erfahren, was die Bank betrifft.«
Er schwieg, und diesmal endgültig. Was er hatte sagen wollen, war gesagt.
David stand auf.
»Darf ich mir erlauben, Ihnen meinen Dank für Ihre Handlungsweise auszusprechen, Sir«, sagte er. »Was Sie anboten, ist weit mehr, als ich verdiene oder jemals zu erhoffen gewagt hätte. Und gestatten Sie mir, hinzuzufügen, daß meine Bewunderung für Ihre Person nur von meiner Zuneigung zu Miss Lorimer übertroffen wird.«
John Junius antwortete nur durch eine knappe, fast unmerkliche Kopfbewegung. Sein Nicken akzeptierte das Kompliment und entließ den Sprecher. David verbeugte sich und verließ das Büro.
Dann saß er lange fast regungslos an seinem Pult. Er vermochte sein Glück nicht zu fassen. Was wohl seine Mutter gesagt hätte, dachte er belustigt, wenn sie seine faustdicke Schmeichelei an die Adresse

des alten Herrn hätte hören können? Sie hätte geseufzt bei der Entdeckung, wie rasch ihr freimütiger schottischer Sohn sich von der Heuchelei der Engländer hatte anstecken lassen. Es war sogar durchaus wahrscheinlich, daran zweifelte David nicht, daß der Präsident selber nicht viel mit solchen Schönredereien anfangen konnte. Aber er würde sie als ein Zeichen werten, daß sein künftiger Schwiegersohn gute Manieren hatte und sich den Gepflogenheiten der Welt fügte. Die ganze Unterredung war über alle Erwartung hinaus zufriedenstellend verlaufen.
Mr. Lynch, der in diesem Moment an Davids Arbeitsplatz vorüberkam, blieb stehen und blickte demonstrativ auf das zugeklappt dort liegende Kontobuch. David tauchte die Feder in die Tinte, um zu zeigen, daß er sich wieder ans Werk mache. Die abbittende Geste war ironisch gemeint, aber er spielte sie gut. Er wußte, was Mr. Lynch nicht einmal ahnen konnte, aber er mußte sich seinen Triumph noch eine Weile aufheben.

6.

Die Impulse des Herzens können das soziale Verhalten einer jungen Frau von Grund auf verändern. Solange Margaret Lorimers Herz noch frei gewesen war und keine offizielle oder geheime Bindung ihr Schranken gesetzt hatten, beteiligte sie sich kaum an den Lustbarkeiten ihrer Generation. So tanzte sie zwar gern, aber die Spitzfindigkeiten der Etikette, die der kleinsten Geste Bedeutung zumaßen, waren ihr zuwider. Die Tanzveranstaltungen machten allzuoft den Eindruck, als wären sie von den Älteren organisiert, um die Jungen unter die Haube zu bringen.
Während der Monate von Davids Abwesenheit stellte sie zu ihrer Überraschung fest, daß sich in ihrer Einstellung ein Wandel vollzogen hatte. Natürlich vermißte sie ihn, aber sie fühlte sich so geborgen in ihrer Liebe, daß die Trennung erträglich wurde. Das Glück entspannte ihre normalerweise ernsten Züge, und ihre neue Fröhlichkeit blieb nicht unbemerkt. So kam es, daß sie sich, während ihr Herz nur nach einem einzigen verlangte, umworben sah wie nie zuvor, aber sie fühlte sich in Gesellschaft des anderen Geschlechts jetzt

freier als vordem, denn sie wußte – was ihre Verehrer nicht einmal ahnten –, daß keiner von ihnen mehr als nur flüchtiges Interesse in ihr wecken könnte. Sie nahm Einladungen an zu Abendkonzerten, Wohltätigkeitsbällen oder privaten Tanzveranstaltungen, als hätte sie John Junius auch dieses Versprechen gegeben. Ihr Vater hatte nur Schweigen gefordert, sie aber wollte noch mehr tun und sah in jedem Schritt, den sie in die Welt der mondänen Vergnügungen tat, einen wohlerwogenen Schachzug, mit dem sie ihre wahre Situation noch wirksamer verschleiern konnte.

Ihr Vater begrüßte diesen neuen Hang zur Geselligkeit und drängte sie geradezu zum Kauf eleganter Toiletten, so daß sie sich fragte, ob er etwa damit eine Bereicherung ihrer Aussteuer im Sinn habe. Daß John Junius mit David als Bewerber um ihre Hand einverstanden war, weckte die bisher so wenig ermutigte herzliche Liebe zum Vater aufs neue. Erwiderte er diese Liebe? Es war schwer zu sagen, vielleicht hatte er seine Gefühle allzulange unterdrückt, um sie jetzt in Worte fassen zu können, und brachte sie statt dessen durch großzügige Geschenke zum Ausdruck.

Obwohl Margarets Familienleben zu dieser Zeit ungewöhnlich harmonisch war und Zerstreuungen aller Art hinzukamen, vergingen die Tage nur langsam. Der Frühling dieses Jahres 1878 schien sich mit seinem Kommen Zeit zu lassen. Bristol lag wohlgeborgen in der Mulde unterhalb der Clifton-Hügel, aber sogar im Herzen der Stadt, dem die Westwinde sonst warmen Atlantikregen brachten, wollte der Schnee nicht schmelzen. Im März, als bereits die Narzissen durch das Weiß in die eisige Luft stachen, waren selbst die geschütztesten Becken der Docks zehn Tage lang zugefroren, so daß zu den sonstigen Vergnügungen auch noch Schlittschuh-Partien hinzukamen, der Mai indessen noch genauso weit entfernt schien wie damals, als David nach London abreiste.

Margaret fühlte sich einsam trotz aller Geselligkeit, und der Zwang zur Heimlichkeit lastete schwer auf ihr. So suchte sie eines Abends ihren Vater auf. Sie wußte, daß er in der Bibliothek über seinen Büchern saß, wenn es im Turmzimmer zu kalt war. Georgiana blieb nach Tisch, wenn keine Gäste da waren und keine Aussicht auf eine Kartenrunde bestand, nie lange im Salon. Wenn sie in ihr Boudoir entschwunden war, zog John Junius sich meist in die Bibliothek zurück, um ungestört arbeiten zu können. Margaret sah sofort, daß sie ungelegen kam. Papiere mit endlosen Zahlenreihen waren auf dem Schreibtisch ausgebreitet und trugen wohl die Schuld daran, daß sich die steile Falte des Mißvergnügens zwischen seinen Augen vertieft hatte.

»Ja?«

Margaret begriff, daß sie den Zeitpunkt schlecht gewählt hatte. Aber wortloses Verschwinden hätte ihn noch mehr erzürnt, desgleichen jede umständliche Entschuldigung. Sie beeilte sich, ihre Bitte in die kürzeste Form zu kleiden.

»Papa, ich würde gern Lydia zu einem kurzen Besuch bei uns einladen.«

Sie sah, wie er die Gedanken nach und nach von dem Gegenstand abzog, der ihm Sorgen bereitete, und sich zu erinnern versuchte, welche von ihren Freundinnen gemeint sein mochte.

»Miss Morton? Natürlich kannst du sie jederzeit zu Gast laden. Unnötig, bei mir deshalb anzufragen, wenn deine Mutter mit dem Zeitpunkt einverstanden ist.«

Margaret hatte das selbstverständlich gewußt, aber es sollte nur als Einleitung zu ihrer wahren Bitte dienen.

»Lydia ist seit kurzem verlobt, Papa. Sie kann von nichts anderem sprechen als von ihrem hübschen Leutnant. Er wurde nach Quetta versetzt, und das ist auch der Grund, warum ich die Einladung vorschlug. Um sie zu trösten, denn sie ist überzeugt, daß ihr das Herz brechen werde. Du hast befohlen, ich dürfe zu niemandem, auch nicht zu meinen Freundinnen, von Mr. Gregson oder meinen Gefühlen für ihn sprechen, und ich habe gehorcht. Aber es ist sehr schwer, überhaupt keine Vertraute zu haben. Und es wird doppelt schwer sein, wenn Lydia selber so sehr unter der Trennung von ihrem Verlobten leidet.«

John Junius seufzte. Nur zögernd entschloß er sich, seine Gedanken voll auf die Sache zu konzentrieren.

»Sollte dein Übereinkommen mit Mr. Gregson sich aus irgendeinem Grund zerschlagen, Margaret, nachdem du es publik gemacht hast, so würdest du dich in einer demütigenden Lage befinden.«

»Das wird ganz gewiß nicht geschehen«, sagte sie fest. »Und in jedem Fall wird Lydia verschwiegen sein, wenn ich sie darum bitte. Zumal wenn sie weiß, daß sie als einziger Mensch mein Geheimnis kennt.«

»Unstreitig«, erwiderte ihr Vater schroff. »Aber ich weiß, wie gerne Mädchen klatschen. Ich kann verstehen, daß du deine Bindung bekanntmachen möchtest, aber wie können wir wissen, ob Miss Morton nicht dem gleichen Wunsch erliegt? Es gibt nur eine einzige Möglichkeit, Margaret, ein Geheimnis zu bewahren. Ich muß dich bitten, meine bisherigen Anweisungen strikt einzuhalten.«

Margaret wußte seit langem, daß es tunlich war, dem Vater nur in Dingen von äußerster Wichtigkeit Widerpart zu halten. Sie mußte kleine Zugeständnisse machen, wenn sie den einen oder anderen Strauß gewinnen wollte, aber ihre Siegeshoffnungen in diesem Feldzug waren nie sehr groß gewesen. Sie seufzte lauter als nötig, aber der Vater hatte stirnrunzelnd seine Aufmerksamkeit bereits wieder den Zahlen auf dem Schreibtisch zugewandt.

Als sie die Tür der Bibliothek hinter sich schloß, sah sie ihren jüngeren Bruder im Dämmer der Halle stehen. Seiner verwirrten Miene war klar zu entnehmen, daß auch er um eine Unterredung mit John Junius bitten wollte und nun seinen ganzen Mut zusammenraffte, ehe er sich in die Höhle des Löwen wagte. Er trat zu Margaret. »Ich konnte hören, daß jemand in der Bibliothek war«, sagte er. »Allerdings nichts verstehen. Hast du um irgend etwas gebeten? Und hast du Glück gehabt?«

Margaret schüttelte den Kopf.

»Nimm meinen Rat an, Ralph. Verschiebe dein Vorhaben. Papa ist nicht in seiner zugänglichsten Laune, und er hat sich schon über mich geärgert, weil ich ihn bei seiner Arbeit gestört habe. Wenn du jetzt hineingehst, wirst du auch noch meinen Anteil an seiner Gereiztheit zu büßen haben, nicht nur den deinen.«

»Ich danke dir für die Warnung.«

Sie trennten sich. Margaret war mit ihren Gedanken schon beim bevorstehenden Besuch der Freundin und machte keinen Versuch, Ralph in ein Gespräch zu ziehen. Nachdem sie sich getrennt hatten, bereute sie es, denn es lag auf der Hand, daß er sich mit einem Problem herumschlug. Was mochte es sein? Wenn es etwas Wichtiges gewesen wäre, hätte er es ihr gesagt, beschwichtigte sie sich und hatte das Ganze vergessen, als sie hinunterging und Anweisung gab, man solle eines der Gästezimmer herrichten.

In der Vorfreude auf den Besuch verging die Zeit schneller, und Margaret war glücklich und aufgeregt, als am nächsten Sonntag die Freundin in Brinsley House eintraf. Obwohl Lydia jünger war als Margaret, waren die beiden Mädchen seit frühester Kindheit befreundet. In letzter Zeit hatten sie einander wenig gesehen, da die Familie Morton sich ein Landgut in der Nähe von Bath gekauft hatte. Lydia war so weit entfernt davon, ein gutaussehendes Mädchen zu sein, daß William einmal mit dem typischen Spott des älteren Bruders Margaret bezichtigt hatte, sie habe sich als Freundin das einzige Mädchen in ganz England gesucht, neben dem sogar sie noch wie eine Schönheit wirke. Aber Lydias Mangel an Liebreiz geriet völlig in Vergessenheit über dem lebhaften Ausdrucksspiel ihrer Miene, das niemandem Zeit ließ, ihr Gesicht in Ruhe zu betrachten. Sie neckte alle Leute – zu Margarets Verwunderung sogar die eigenen Eltern –, und ihre Fröhlichkeit und unbeirrbar gute Laune machten sie überall beliebt. Die beiden Mädchen umarmten einander stürmisch, und es gab viel zu lachen und zu schwatzen, während Betty Lydias Koffer und Reisekorb auspackte.

Nachdem der Gast sich umgekleidet hatte, gingen sie gemeinsam zu Georgianas Boudoir. Um diese Jahreszeit rechtfertigte die Witterung das Feuer, das in dem großen Steinkamin loderte und den Raum jetzt nicht mehr bedrückend, sondern behaglich machte. Auch Georgiana war weniger übellaunig als sonst und hieß die Freundin ihrer Tochter herzlich willkommen. Sie hatte Lydia immer gern gemocht, denn mit ihr konnte man sich über so interessante Dinge wie Moden und Haartrachten unterhalten, und sie verlangte nicht – wie es Margaret tat –, daß man sich mit Themen wie den ungesunden Wohnverhältnissen der Armen oder den Unzulänglichkeiten der städtischen Wasserversorgung befasse. Da die Londoner noch immer nach Bath zur Kur reisten, war man dort in ständigem Kontakt mit dem Geschmack der Hauptstadt – obgleich Lydia nicht verfehlte, darauf hinzuweisen, daß es sich bei diesen Badegästen vorwiegend um ältere Herrschaften handle, die in Sachen Mode nicht unbedingt tonangebend seien.

»Aber Ihnen steht hier ein Ereignis bevor, großartiger als alles, was Bath je zu bieten hat!« rief Lydia. »Der Prince of Wales!«

Margaret und Georgiana blickten einander an und stellten fest, daß sie beide gleich uninformiert waren.

»Das müssen Sie doch gehört haben! Der Prince of Wales soll im Juli Bristol besuchen. Nur anläßlich irgendeiner langweiligen Ausstellung, aber die Stadt wird diese Gelegenheit nicht sang- und klanglos vorübergehen lassen. Es wird bestimmt ein Ball veranstaltet.«
»Ganz bestimmt.« Georgianas Augen, die bei der Erwähnung des Prinzen in ungewöhnlichem Interesse aufgeleuchtet hatten, nahmen flugs den schmollenden Ausdruck wieder an. »Aber ebenso bestimmt werde ich nicht dabeisein.«
»Ein Ball, dem ein Mitglied des Königshauses die Ehre gibt – Mama, ich verbiete dir, dich auszuschließen!« rief Margaret lachend.
»Ich habe nichts anzuziehen.«
»Papa wird als erster einsehen, daß ein solcher Anlaß eine neue Ballrobe unbedingt erfordert. Er war mir gegenüber in letzter Zeit sehr großzügig, und es handelte sich um weit geringfügigere Festlichkeiten.«
»Mit Samt und Seide ist es nicht immer getan«, sagte Georgiana. »Schau in meine Schmuckschatulle, und sag mir, was du siehst. Flitter aus Granat und Glas. Lächerlich. Ich habe es deinem Vater immer wieder gesagt, daß seine Frau ebensogut nackend in Gesellschaft erscheinen könnte, als solchen Tand zu tragen, der seines Standes so unwürdig ist.«
Diesmal warfen Margaret und Lydia einander Blicke zu und beschlossen, daß es Zeit sei, die Ankunft des Gastes auch dem Hausherrn formell zu melden. Sie stiegen die Haupttreppe hinab und durchquerten die große Halle, in der John Junius' fernöstliche Kunstwerke ausgestellt waren.
»Zeig mir dein Lieblingseichhörnchen«, bat Lydia und machte auf halbem Weg zum Arbeitszimmer halt. Als kleine Mädchen hatten sie natürlich die Jadefiguren nicht berühren dürfen. Es hatte bedeutet, daß Margaret und ihre Freundinnen für erwachsen galten, als sie die Erlaubnis erhielten, die Kostbarkeiten anzufassen.
Margaret lächelte und ging zur Vitrine zurück, in der das Eichhörnchen verwahrt wurde. Dann machte ihr Lächeln einem Stirnrunzeln Platz.
»Papa muß sie anders geordnet haben«, sagte sie. Sie ging durch die ganze Halle und blickte rasch in jede Vitrine. Dann machte sie eine

zweite Runde, und diesmal studierte sie die Sammlung eingehender. Lydia wartete auf eine Erklärung.
»Alle meine Lieblingsfiguren sind verschwunden«, sagte Margaret. »Und auch alle, von denen Papa mir sagte, daß sie die kostbarsten seien, auch wenn sie mir nicht besonders gefielen. Dafür sind ein paar neue Tierfiguren dazugekommen. Ich verstehe nicht viel davon, aber mir erscheinen sie minder wertvoll als die früheren.« Sie schloß die nächste Vitrine auf und entnahm ihr eine aufgerollte Schlange. Tief in Gedanken streichelte sie langsam die Figur. Aber sie fühlte sich nicht gut an, und die Schnitzerei war grob im Vergleich zu den fehlenden Stücken. Noch als sie Lydia in die Bibliothek führte, wollte ihr dieses kleine Rätsel nicht aus dem Kopf.
An Sonntagen arbeitete John Junius nicht. Aber nachdem den Ritualen der Morgenandacht und des sonntäglichen Dinners Genüge getan war, gestattete er sich die Lektüre sämtlicher Zeitungen, die während der Woche gekommen waren; und auch für diese Mußestunden zog er seinen hochlehnigen Ledersessel den eleganten, aber unbequemen Sofas im Salon vor.
Margaret erfaßte auf den ersten Blick, daß ihr Vater leutseliger Laune war. Sie verachtete sich stets ob der Ängstlichkeit, die sie unweigerlich überkam, sooft sie ihn aufsuchte, aber dafür war die Erleichterung um so größer, wenn die Stimmung günstig zu sein schien. John Junius hieß Lydia höflich willkommen. Er vergaß nicht, sie zu ihrer Verlobung zu beglückwünschen und lauschte sogar ohne offenkundige Langeweile ihrer Schilderung der Vorzüge des Leutnants. Ermutigt durch soviel Duldsamkeit berichtete Lydia ihm von der Unterhaltung, die sie vor kurzem mit Mrs. Lorimer geführt hatte.
»Ich fürchte, Ihnen einen schlechten Dienst erwiesen zu haben, Mr. Lorimer«, sagte sie, nachdem sie ihm von der Ankunft des Prince of Wales erzählt hatte. »Mag sein, daß Mrs. Lorimer zur Stunde bereits das imposanteste und kostbarste Geschmeide entwirft, das die elegante Welt von Bristol je gesehen hat. Mit etwas Geringerem als Brillanten wird es wohl nicht getan sein.«
Margaret, die ihren Vater besser kannte, empfand dies als einen gefährlichen Scherz; und tatsächlich trat ein Schweigen ein, das zwar nur von kurzer Dauer, aber seltsam eindringlich war. Dann schloß

John Junius, noch immer wortlos, eine Lade auf und entnahm ihr ein kleines Kästchen, das er auf den Schreibtisch stellte.
»Glauben Sie, daß Mrs. Lorimer sich überreden ließe, ihre Brillanten gegen diese Steine hier einzutauschen?« fragte er. Er nahm den Deckel des Kästchens ab und kippte den Inhalt auf die Schreibtischplatte.
Margaret und Lydia hielten gleichzeitig den Atem an, als das Häufchen roter Steine immer höher wurde. Sie waren verschieden groß, aber sorgfältig nach der Farbe aufeinander abgestimmt. Sie waren bereits geschliffen und poliert und sogar im kalten Winterlicht wie von einem inneren Feuer.
»Rubine?« fragte Margaret.
John Junius deutete durch ein knappes Nicken an, daß diese Frage keiner Antwort bedürfe.
»Nimm sie in die Hand«, sagte er. »Nur so kommt ein kostbarer Stein voll zur Geltung. In einem Collier ist er gefesselt und leblos. Aber laß ein Dutzend solcher Steine durch die Finger rinnen, und du verstehst, warum so viele Verbrechen begangen wurden um eines Häufchens Mineralien willen.«
Margaret nahm die Steine, wie er sie geheißen hatte, und ließ sie durch die Finger wieder auf den Schreibtisch tropfen. Stillschweigend tat Lydia es ihr nach. Auf ein Zeichen des Vaters hin sammelte Margaret sodann die Steine wieder ein und legte sie in das Kästchen zurück.
»Es war meine Absicht, Mrs. Lorimer mit dem fertigen Schmuckstück zu überraschen«, sagte John Junius. »Der Entwurf ist fertig, und ich gab dem Juwelier bereits Auftrag, kleine Brillanten zusammenzusuchen, als Fassung für diese größeren Steine. Doch nun sieht es so aus, als müßte ich meine Absichten unverzüglich enthüllen, ehe entweder die Enttäuschung oder der Wunsch nach irgendwelchen anderen Edelsteinen Wurzel faßt.«
»Du wußtest also bereits vom Besuch des Prinzen, Papa?«
»Man hat mich informiert, ja. Miss Morton vermutet zu Recht, daß am Vorabend der Ausstellung ein Ball stattfinden soll. Würdest du Mrs. Lorimer sagen, daß ich ihr in fünf Minuten meine Aufwartung mache? Und ich hoffe, Miss Morton, daß Sie einen angenehmen Aufenthalt in unserem Hause haben werden.«
Die Aufregung über den Anblick der Rubine hatte die Jadefiguren

vorübergehend aus Margarets Gedanken verdrängt, aber als sie bereits an der Tür stand, fielen sie ihr wieder ein, und sie machte kehrt, um nach ihnen zu fragen.

»Papa, das Eichhörnchen, das mir immer so gut gefiel, ist nicht mehr in seiner Vitrine«, sagte sie. »Es ist ihm doch hoffentlich nichts geschehen?«

Zum zweitenmal innerhalb weniger Minuten schien der Vater betroffen; aber wiederum faßte er sich rasch.

»Du bist eine gute Beobachterin, Margaret«, sagte er. »Das Eichhörnchen und noch ein paar der wertvolleren Stücke wurden erst gestern herausgenommen. Am Freitag fand in der Bank eine Vorstandssitzung statt. Während der vorangehenden kurzen Unterhaltung erwähnte Mr. Eddison, daß sein Haus in der Nacht zuvor von Dieben beehrt worden sei; worauf Mr. Crankshaw hinzusetzte, auch seinen nächsten Nachbarn sei erst in dieser Woche das gleiche zugestoßen. Meine Sammlung und ihr Wert sind in der Stadt so gut bekannt, daß ich befürchte, sie könnte ähnlich unliebsame Aufmerksamkeit erwecken, wenn sie hierbliebe. Daher sollen die kostbarsten Stücke im Tresor der Bank verwahrt bleiben, bis Gesetz und Ordnung hier wieder eingekehrt sind. Ich trug auch dafür Sorge, daß in der morgigen Ausgabe der Bristol Times und des Mirror die Verbringung in den Banktresor gemeldet wird. Somit dürfen wir hoffen, daß Brinsley House nicht länger als allzu lockendes Ziel erscheint.«

»Offenbar nehmen Sie an, Mr. Lorimer, daß alle Diebe lesen können«, sagte Lydia, die zusammen mit ihrer Freundin an der Tür stehengeblieben war. »Aber man versichert uns doch, nicht wahr, daß aus unseren öffentlichen Schulen lauter ehrliche und fleißige Mitglieder der menschlichen Gesellschaft hervorgehen. Müssen wir daher nicht annehmen, solche Individuen, die in anderer Leute Häuser einbrechen, hätten ihre Durchtriebenheit bereits dadurch bewiesen, daß sie sich den Fesseln des Schulzwangs zu entziehen wußten?«

Margaret fand es erstaunlich, daß Lydia einen Mann wie ihren Vater zu necken wagte, und noch erstaunlicher, daß der Spott keinen Tadel zeitigte. John Junius lachte nie, aber sein Nicken konnte jetzt als Lächeln gewertet werden.

»Aber auch die Rubine sind gewiß sehr wertvoll, Papa«, sagte Margaret. »Und leichter zu stehlen und wieder an den Mann zu bringen als Jadeskulpturen, die man sofort erkennen könnte, wenn sie in einer anderen Sammlung auftauchen würden.«

»Kein Mensch außerhalb dieses Hauses weiß, daß sie hier sind«, sagte John Junius. »Und morgen schon sollen sie dem Juwelier Parker ausgehändigt werden, damit er die Fassung arbeiten kann. Ich glaube, ihr könnt heute nacht beruhigt in euren Betten schlafen. Und jetzt darf ich bitten, deiner Mutter meine Botschaft zu bestellen.«

Die beiden Freundinnen begaben sich unverzüglich zu Georgiana. Marie-Claire, wie jeden Nachmittag mit Häubchen und Spitzenschürzchen angetan, hatte ihrer Herrin soeben heiße Schokolade gebracht, zusammen mit einer zweiten Untertasse, damit auch der Mops etwas abbekäme. Als John Junius' Besuch angekündigt wurde, begann sie ein fieberhaftes Aufräumen, obwohl sie im allgemeinen nicht geruhte, dem Hausmädchen einen Gang zu ersparen, und wäre es nur um einer so geringen Mühe willen wie des Aufschüttelns eines Kissens. Margaret, die von der Munterkeit der Freundin angesteckt wurde, konnte sich einen Scherz nicht versagen.

»Ich rate Ihnen, Marie-Claire, entfernen Sie sich nicht zu weit von meiner Mutter«, sagte sie. »In ungefähr sechs Minuten wird sie ihr Riechsalz brauchen.«

Der Rat war überflüssig – der ganze Haushalt wußte, daß die Zofe jedes Wort belauschte, das in Mrs. Lorimers Boudoir gesprochen wurde. Aber wenigstens konnten Margaret und ihre Freundin, nachdem sie den überheizten Raum verlassen hatten, sich ausschütten vor Lachen wie zwei Schulmädchen.

»Warte einen Moment in deinem Zimmer auf mich, Lydia«, bat Margaret. »Ich muß noch eine Botschaft bestellen.«

Sie eilte zu Ralphs Zimmer und fand ihn über seinen Büchern sitzen; der erschrockene Satz, mit dem er bei ihrem Eintreten auffuhr, ließ jedoch vermuten, daß er mit seinen Gedanken nicht bei der Arbeit gewesen war.

»Ich habe dich neulich vor Papas schlechter Laune gewarnt«, sagte sie. »Hast du inzwischen mit ihm sprechen können?«

Ralph schüttelte den Kopf, und sein hübsches Gesicht wirkte bestürzt, als hätte die Schwester erraten, worum es ihm ging.

»Dann will ich dir jetzt sagen, daß ich Papa seit vielen Monaten nicht so wohlgelaunt gesehen habe wie heute. Ich frage nur, weil ich dich bitten möchte, das Gespräch bis zum Abend zu verschieben, falls es dazu angetan sein sollte, den Sonnenschein für uns alle wieder zu verdunkeln.«
Wenn ihr nicht schon aufgefallen wäre, daß ihr Bruder unter irgendeinem Druck litt, so hätte sie es jetzt bemerkt. Bei ihren ersten Worten war er aufgesprungen, um sofort ins Arbeitszimmer des Vaters zu eilen, dann ergriff er erleichtert die Gelegenheit zu weiterer Verschiebung. Margaret blieb nicht, um zu sehen, wie er sich entscheiden würde. Sie wollte ihre Freundin nicht zu lange warten lassen.
Es gab eine Menge Neuigkeiten auszutauschen. Natürlich kam das Wichtigste zuerst. Ein Medaillon mit dem Abbild von Leutnant Gerald Chapman kam zum Vorschein, und die Vollkommenheit des jungen Offiziers erfuhr gebührliche Würdigung. Wie er zu Pferde saß, mit welcher Anmut er tanzte, wie schneidig sein Schnurrbart gezwirbelt war, dies alles war das Eleganteste, das man in dieser Saison in Bath zu sehen bekam. Er war ein schöner und tapferer Mann. Nachdem nun das System, wonach man nur durch den Kauf der Patente befördert werden konnte, abgeschafft war, würde er aufgrund seiner eigenen Verdienste im Handumdrehen General sein.
»Es ist also dein Ehrgeiz, Lydia, Frau Generalin zu werden, wie?« lachte Margaret.
Bis zu diesem Augenblick hatte Lydia sich gutwillig von Margaret necken lassen und herzhaft mitgelacht, denn sie war sich des Überschwangs ihrer Begeisterung selber wohl bewußt. Aber das Lachen schwand aus ihren Zügen, als sie auf das Medaillon in ihrer Hand blickte.
»Mein Ehrgeiz hat sich immer darauf beschränkt, einen Menschen zu finden, der mich lieben würde«, sagte sie. »Ich werde nie Vermögen besitzen, da das Gut meines Vaters ein Erblehen ist; und ich weiß wohl, daß niemand mich meiner Schönheit wegen bewundern wird. Ich habe viele Stunden hindurch über meine viel zu lange Nase und meinen fahlen Teint geweint. Aber Mr. Chapman mißt diesen Dingen keine Bedeutung bei. Meinetwegen kann er sein ganzes Leben lang Leutnant bleiben, mit nichts weiter als seiner kargen Löh-

nung, und ich werde nie aufhören, ihn dafür zu lieben, daß er mich liebt.«

Die Aufrichtigkeit in Lydias Stimme ging Margaret mehr zu Herzen, als sie zu gestehen wagte. Sie kannte und teilte Lydias Empfindungen, und die Versuchung, ihr eigenes Geheimnis zu enthüllen, war fast unerträglich. Die beiden Mädchen saßen schweigend da. Margaret sehnte sich nach David, und Lydia erging es mit ihrem Leutnant gewiß nicht anders.

Schließlich riß das Geräusch eines Wagens, der vor dem Haus anhielt, sie aus ihren Gedanken. Margaret blickte aus dem Fenster und sah, daß Williams Rotfüchse vorgespannt waren, nicht ihre eigenen Schecken. Sie wunderte sich insgeheim, als sie Sophie sah, die wartete, daß man ihr aus der Kutsche helfe. Selbst für ein Familienmitglied war dies nicht die Stunde für einen unangemeldeten Besuch. Als der Kutscher zur Tür eilte und an der Klingel zog, konnte Margaret sehen, daß ihre Schwägerin wütend war. Was mochte in The Ivies vorgefallen sein, daß Sophies sonst so gelassene Miene einem zornigen Ausdruck Platz gemacht hatte und ihr Fuß so ungeduldig auf den Boden schlug?

7.

Die Möglichkeit eines Skandals in der eigenen Familie übt eine unwiderstehliche Anziehungskraft aus. Margaret bemühte sich um einen beiläufigen Tonfall, als sie Lydia vorschlug, sie sollten hinuntergehen, aber in Wahrheit trieb sie die Neugier.

Sophie hatte die Gouvernante mitgebracht. Claudine stand in einer Ecke der Halle, zitternd vor Kälte, denn sie trug keinen Mantel.

»Ist Matthew mitgekommen?« Margaret hoffte, ihrer Freundin den kleinen Neffen vorführen zu können. Claudine schüttelte den Kopf, als könne sie sich nicht entschließen, in welcher Sprache sie antworten solle, und beschränkte sich daher auf die stumme Geste.

Auch Sophie, die im kleinen Salon wartete, bis man John Junius ihre Ankunft gemeldet hatte, hüllte sich in Schweigen. Sie habe ihrem Schwiegervater etwas mitzuteilen, mehr geruhte sie nicht, zu Margaret zu sagen. Margaret hörte den schweren Schritt des Vaters

treppab kommen – es war ihr bereits aufgefallen, daß er sich in den letzten Monaten langsamer bewegte. Er warf einen Blick in den Salon, ging jedoch zunächst in die Bibliothek, wohl um das Schmuckkästchen, das er in der Hand trug, dort wegzuschließen, ehe er seine Besucherin empfing.
Sophie hörte, wie die Tür geschlossen wurde.
»Mein Gespräch ist vertraulicher Natur«, fertigte sie Margaret kurz ab und rauschte in die Bibliothek. Margaret war darauf gefaßt, alsbald einen Zornausbruch zu hören. Doch anscheinend ließ sich das Eindringen einer Schwiegertochter, auch ohne gebührende Anmeldung, so lange ertragen, bis die unerwartete Besucherin ihre Sache vorgebracht hatte. Ganze zehn Minuten lang drang kein Laut durch die schwere Tür. Als der Ausbruch dann erfolgte, richtete er sich nicht gegen Sophie.
John Junius riß die Tür der Bibliothek auf und stapfte in die Halle. Sein Gesicht war purpurrot vor Zorn.
»Ralph!« donnerte er. Dann erblickte er Ransome, den Butler. »Melden Sie Master Ralph, er möge augenblicklich zu mir ins Arbeitszimmer kommen. Und beeilen Sie sich.«
Es war unter Ransomes Würde, sich zu beeilen, desgleichen, eine Botschaft persönlich auszurichten. Angesichts der zornfunkelnden Blicke seines Herrn jedoch stieg er in scheinbarer Hast die Treppe hinauf. John Junius verschwand wieder in der Bibliothek und warf die Tür hinter sich zu.
Ralphs Gesicht war weiß vor Furcht, als er die Treppe heruntergerannt kam, und der Anblick Claudines in ihrer Ecke gab ihm den Rest. Er hielt auf der untersten Stufe so jäh im Lauf inne, daß er die Hand ausstrecken mußte, um sich im Gleichgewicht zu halten. Claudine trat einen Schritt auf ihn zu. Sie sprach französisch mit ihm, wobei sie jedes Wort so klar und langsam artikulierte, daß ein in dieser Sprache nicht sehr bewanderter junger Mann ihr folgen könne. Was bewirkte, daß auch Margaret trotz der größeren Entfernung alles verstand.
»Es tut mir leid«, sagte Claudine. »Madames Verdacht richtete sich gegen ihren Gatten. Ich mußte die Wahrheit sagen.«
Ralph antwortete ebenfalls in Französisch, aber sein Gesicht war vom Salon abgewandt, und er murmelte nur, so daß Margaret seine Worte nicht hören konnte. Sie sah nur, daß Claudines Gesicht, das

zuerst unglücklich gewesen war und bei Ralphs Anblick Mitgefühl ausgedrückt hatte, kurz aufleuchtete.

Margaret fixierte Claudine eingehend. Die Gouvernante war immer eine kräftige junge Person gewesen, und sehr oft hatte sie Matthew auf den Armen getragen, daher war es nicht verwunderlich, wenn eine gelegentliche Besucherin von ihrem Zustand bis heute nichts bemerkt hatte. Sophie, die sie täglich sah, war die immer fülliger werdende Gestalt natürlich aufgefallen.

Margaret war versucht, im Salon zu bleiben und den Fortgang der Handlung weiterzuverfolgen, zumindest das Kommen und Gehen der Hauptpersonen in diesem Drama zu beobachten, aber sie begriff, daß das, was hier vorging, selbst vor ihrer besten Freundin verborgen bleiben mußte. Sie schloß die Türen des Salons und schlug eine Partie Backgammon vor.

Spätabends wurde Margaret in die Bibliothek zitiert. Ralph war nicht zum Abendessen erschienen, aber seine Mutter – die eindeutig nicht über die vorhergegangenen Ereignisse informiert worden war – hatte die Aussicht auf glanzvolle Bälle und die Rubine so sehr belebt, daß sie nicht nur die Mahlzeit in Gesellschaft des Gatten einnahm, sondern danach noch eifrig mit Lydia plauderte. Margaret begriff, daß ihre Abwesenheit den Vorzügen Mr. Chapmans die Chance geben würde, einem neuen Publikum kundgemacht zu werden, daher empfand sie es nicht als Verstoß gegen die Gastfreundschaft, wenn sie Mutter und Freundin eine Weile allein ließe.

John Junius hatte zwar ihr Kommen befohlen, schien jedoch um Worte verlegen zu sein. Er wies auf einen Stuhl, und sie setzte sich. Das Schweigen dauerte an.

Schließlich faßte Margaret sich ein Herz. »Wolltest du mit mir über die Vorfälle dieses Nachmittags sprechen, Papa?« Ihr war eingefallen, daß er vielleicht überlege, ob man mit einer unverheirateten jungen Dame über dergleichen Dinge sprechen könne; und dieser Gedanke mochte ihm erst gekommen sein, nachdem er sie hatte holen lassen. »Einiges von dem, was sich zutrug, habe ich wider Willen mitbekommen. Ich glaube zu verstehen, worum es sich handelt.«

»Willst du sagen, du hast gewußt, was vorging, und mir nichts gesagt?« donnerte er, und es zeigte sich, daß sein Zorn dicht unter der Oberfläche schwelte. Margaret beeilte sich, ihn zu beruhigen.

»Keineswegs, Papa. Bis heute wußte ich gar nichts. Wenn mir etwas zur Kenntnis gekommen wäre, hätte ich es dir gesagt, schon um Ralphs willen. Nein, ich hatte nur Gelegenheit, Claudine heute zu beobachten. Alles übrige rate ich nur.«
Er schien erleichtert zu sein, daß er das Geheimnis teilen konnte, ohne es in Worte fassen zu müssen. Aber er war immer noch erzürnt. Er murmelte etwas über französische Frauenzimmer, so daß Margaret sich fragte, ob Claudines Nationalität in seinen Augen ihre schwärzeste Sünde sein mochte. Erst allmählich kam er auf das zu sprechen, was sich als der Kernpunkt seines Zorns erwies.
»Ich habe mich geweigert, dir bei deiner Verheiratung eine Mitgift auszusetzen«, sagte er übergangslos. »Doch obwohl du dich vordem eigensinnig und ungehorsam gezeigt hast, hast du wenigstens deiner Familie keine Schande gemacht. Und jetzt mußte ich dieser Dirne Geld geben. Du warst immer ehrlich, auch wenn deine Wünsche nicht mit den meinen übereinstimmten. Dieses Geld aber wurde durch Betrug und Verderbtheit von mir erpreßt. Ich zahle es nur, damit meine Familie nicht entehrt werde und mein Enkelkind nicht Hunger leidet. Ein französisches Enkelkind!« Er brütete über dieser Aussicht, als bedeutete sie den härtesten Schlag. »Wenigstens werde ich es nie zu Gesicht bekommen. Das Mädchen reist morgen nach Frankreich zurück. An meine Zuwendung ist die Bedingung geknüpft, daß sie nie wieder nach England kommen oder mit irgendeinem Familienmitglied Verbindung aufnehmen darf.«
Wieder schwieg er lange.
»Ich kann meiner Tochter nicht weniger geben, als ich einer Fremden gab«, fuhr er schließlich fort. »Unlängst sprach ich mit Mr. Trinder über deinen Wohltätigkeitsfonds.« Mr. Trinder war der neue Buchhalter in Lorimer's Bank und hatte auch David Gregsons zusätzliche Tätigkeit als Schatzmeister des Fonds übernommen. »Er zeigte mir alles Nähere über das Anwesen, das du vor kurzem erworben hast.«
»Ja, Papa.« Margaret vermochte diesem scheinbaren Gedankensprung nicht zu folgen.
»Zu dem Besitz gehört noch eine Dependance, nicht wahr.«
»Lower Croft, ja. Ein kleines, aber recht hübsches Haus. Mr. Gregson und ich dachten –«
»Möchtest du es gerne haben?« unterbrach sie der Vater.

»Ich?« fragte Margaret erstaunt.
»Mich dünkt, die übrigen auf dem Grundstück befindlichen Gebäude seien ausreichend für die Frauen und Kinder, denen du helfen willst. Sie können die gute Luft des Parklandes genießen, ohne sich unbedingt in mehr als einem kleinen Teil davon bewegen zu müssen. Mir kam der Gedanke, du wolltest vielleicht gern selber in der Dependance wohnen. Vermutlich ist an die Einstellung eines Verwalters oder einer sonstigen Aufsichtsperson für Croft House und seine Insassen gedacht. Aber wie ich feststellen konnte, ist dein Interesse an dem Projekt ernsthafter Natur. Ich halte es für wahrscheinlich, daß du ungeachtet deiner großen Jugend fähig wärst, dich der von Tag zu Tag dort anfallenden Erledigungen ebensogut anzunehmen, wie irgendeine bezahlte Kraft dies tun würde. Wenn dieser Vorschlag dir zusagen sollte, so werde ich dem Fonds Lower Croft abkaufen, zusammen mit einigen Morgen Umland, damit der private Charakter gewahrt bleibt.«
»Papa!« Zuerst war es die Überraschung, die Margaret die Sprache raubte. Und dann hatte sie so viel Mühe, die Tränen zurückzuhalten, die ihr lächerlicherweise in die Augen strömen wollten, daß sie nicht sprechen konnte.
»Du hast auch früher schon Geschenke erhalten, ohne darüber in Tränen auszubrechen«, brummte ihr Vater.
Margaret schnüffelte höchst undamenhaft.
»Es ist nicht nur wegen des Geschenks, Papa, obwohl ich dir dafür von Herzen dankbar bin. Es ist auch – o Papa, ich glaubte, niemand würde mich je verstehen!«
Noch als sie sich in seine Arme warf, bedachte sie, daß dieses wirre Geständnis selbst nicht besonders dazu angetan sei, zu besserem Verstehen beizutragen. Aber das spielte jetzt keine Rolle. Jetzt zählte nur, daß der Vater ihr zum erstenmal seit Jahren erlaubte, ihn zu umarmen, daß er sich eine sonst immer verschmähte Liebesbezeigung gefallen ließ. Es war nur ein kurzer Augenblick, und sie versuchte auch nicht, ihn über Gebühr zu dehnen. Sie setzte sich wieder und trocknete sich die Augen.
»Ich gehe aus von der Tatsache, daß du meine Tochter bist«, sagte John Junius. »Und ein würdigerer Sproß des Hauses Lorimer als dein jüngerer Bruder. Ich gehe ferner davon aus, daß du dich als Mitglied einer Familie betrachtest, die in der Gesellschaft eine be-

vorzugte Stellung genießt. Es ist nur natürlich, daß du den weniger Bevorzugten etwas von diesen Glücksgütern zukommen lassen möchtest. Früher fand ich einige deiner Vorhaben für eine Frau unpassend. Aber wenn ich auch deine Bitten ablehnte, so vermag ich doch deine Motive zu würdigen.«

Hiermit endete die ungewöhnliche Sanftheit seiner Stimme. Als er von neuem zu sprechen begann, klang es wieder nüchterner.

»Sobald ich Lower Croft erworben habe, lasse ich es auf dich persönlich überschreiben, als Geschenk zu deinem einundzwanzigsten Geburtstag«, sagte er. »Es hätte wenig Sinn, den Besitz in einen Ehevertrag aufzunehmen, da Mr. Gregson keine Gegenleistung erbringen kann. Wenn du Mr. Gregson heiratest, kommt das Haus auch ihm zugute. Wenn du ihn nicht heiratest, bleibt dir das Eigentum.«

Seit jenem Augenblick, als sie einander ihre Liebe gestanden, hatte Margaret nie die Möglichkeit in Erwägung gezogen, David Gregson nicht zu heiraten. Nun blickte sie in jäher Bestürzung zu ihrem Vater auf. Er schien ihren Argwohn zu erraten.

»Ich will dich keineswegs bestechen, von deinem Übereinkommen mit Mr. Gregson Abstand zu nehmen«, sagte er. »Noch unterstelle ich im geringsten, daß Mr. Gregson etwa diesen Wunsch hege. Ich bin im Gegenteil davon überzeugt, daß er die Vorteile dieser Verbindung richtig zu werten weiß.« Die Lider senkten sich kurz über seine Augen, eine Bewegung, die Margaret als Verabschiedung zu deuten gelernt hatte. »Ich werde mich nun zur Ruhe begeben. Entschuldige mich bei Miss Morton.«

»Gute Nacht, Papa. Und vielen Dank.«

John Junius nickte. Er nahm ihren Kuß entgegen, wie er es immer tat, ohne eine Spur jener Bewegtheit, die er kurz hatte durchblicken lassen.

Am selben Abend ging Margaret, nachdem sie sich überzeugt hatte, daß es Lydia an nichts fehle, über den Korridor zum Zimmer ihres Bruders. Sie war dem Bruder immer in herzlicher Liebe verbunden gewesen, seit man ihn der Dreijährigen als Baby in die Arme gelegt hatte. William hatte sich ständig mit seiner Schwester gezankt, dem Jüngeren gegenüber hatte sie sich jedoch immer als Beschützerin gefühlt, und jetzt konnte sie nachempfinden, wie elend ihm zumute sein mußte. Sie fand ihn neben dem Bett kniend. Bei ihrem Eintritt stand er so steifbeinig auf, daß man sah, wie lange er schon in dieser Haltung verharrt hatte.

»Ich weiß, was passiert ist«, sagte sie. »Und ich weiß, daß Papa sehr aufgebracht ist. Aber sein Zorn wird nicht ewig dauern, Ralph. Ich selber habe ihn oft und oft erzürnt, und er hat mir immer wieder großmütig verziehen.«

»Ich bin seiner Verzeihung unwürdig«, sagte Ralph. »Vater ist mit Recht erzürnt. Ich habe mich versündigt und verdiene schwerere Strafe, als er sie mir zumessen kann.«

»Du darfst die Schuld nicht allein bei dir suchen. Ich kann mir schwerlich vorstellen, daß du Claudine deine Neigung aufgenötigt hast.« Margaret brachte diesen Trost aus Freundlichkeit vor, denn sie wußte, daß es auch ohne physischen Zwang schwierig war für eine Dienstperson, sich den Aufmerksamkeiten des Sohnes oder des Herrn des Hauses zu entziehen. Claudine war kein Einzelfall. Die meisten der fein erzogenen jungen Damen von Bristol hatten schon erlebt, daß ein junges Dienstmädchen Hals über Kopf das Haus hatte verlassen müssen.

»O nein!« Der bloße Gedanke war Ralph unerträglich. »Es war ein Verhängnis. Du erinnerst dich doch, daß Sophie kurz vor Beatrices Geburt Claudine mit Matthew hierherschickte. Ich hatte gerade in der Schule mit Französisch begonnen und fand es schwierig. Ich bat Claudine, mir zu helfen. Ich meinte nur, daß sie mir mit dem Französischen helfen solle, aber sie hat es mißverstanden. Sie sagte, sobald Matthew schlafe, wolle sie mir eine Lehrstunde geben, und als ich zu ihr ging –«

Margaret legte ihm die Hand auf den Arm, um ihn zu unterbrechen. Ihr Mitgefühl ging nicht so weit, daß sie sich Einzelheiten anhören wollte.

»Es scheint, daß dich die kleinste Schuld trifft. Papa wird das mit der Zeit einsehen. Es ist nur natürlich, daß es ihn zunächst tief getroffen hat. Mach dir nicht allzu viele Vorwürfe.«

»Ich habe gesündigt vor Gott und den Menschen«, sagte Ralph. Wieder warf er sich auf die Knie und vergrub das Gesicht in den Händen. Margaret konnte ihn Worte der Zerknirschung murmeln hören. Vielleicht war es gut, dachte sie, daß er sich nicht allzu rasch verzieh. Leise ging sie in ihr Zimmer.

Anderntags wurde sie schon früh durch das Geräusch einer Tür und durch hastige Schritte im Korridor geweckt. Ihr erster Gedanke galt den Dieben, von deren Anwesenheit in der Stadt ihr Vater am Vormittag gesprochen hatte. Sie richtete sich im Bett auf, und ihr Herz hämmerte, so schien es ihr, laut genug, daß jeder Eindringling es hören mußte. Sekundenlang war sie vor Angst wie erstarrt, dann aber sagte sie sich, daß sie etwas unternehmen müsse. Die Dienerschaft schlief im obersten Stockwerk, und das Zimmer ihres Vaters lag im anderen Flügel des Hauses, am Ende der Treppe. Ralph war als einziger Beschützer in erreichbarer Nähe. Sie schlüpfte in einen Morgenrock und lief hin, um ihn zu wecken.

Zu ihrem Erstaunen fand sie sein Zimmer leer. Aber die Bettlaken waren noch warm, und als sie die Glaskugel seiner Lampe berührte, zog sie die Finger schleunigst wieder zurück, um sich nicht zu verbrennen. Es war klar, daß er das Zimmer soeben erst verlassen hatte und daß es seine Schritte waren, die sie gehört hatte.

Tief in Gedanken kehrte Margaret in ihr eigenes Zimmer zurück. Hatte das Gewissen Ralph aus dem Haus getrieben? Sie konnte sich nicht vorstellen, wohin er sich wenden mochte. Seine beiden Eltern waren einzige Kinder, also gab es weder Tanten noch Vettern, zu denen er sich hätte flüchten können, und Sophie würde ihm mit dem größten Vergnügen die Tür weisen. Er hatte nichts gelernt, womit er sein Brot verdienen könnte. Doch noch während sie sich mit diesem Gedanken tröstete, durchfuhr sie eisiger Schrecken. Auf den Seglern der Lorimer-Linie konnte jeder gesunde Mann Arbeit finden – und auch so mancher, der keine gesucht hatte, fand sich am Morgen nach einem Trinkgelage vom Knarren eines Mastes aufgeweckt. Nur wenige nahmen die Unbilden einer Reise um Kap Horn freiwillig auf sich.

Margaret dachte ernsthaft über diese Möglichkeit nach. Kein Schiff konnte aus Bristol auslaufen, ehe die Flut aus der Mündungsbucht den Fluß heraufgekommen war. Sie überlegte, wann sie den höchsten Wasserstand zuletzt beobachtet hatte, und errechnete, daß Ralph auf diesem Wege nicht vor elf Uhr würde entkommen können. Keine andere Entscheidung, die er treffen könnte, würde ähnlich unwiderruflich sein, denn niemals würde ihr Bruder den Ausweg aus der Schuld durch die noch größere Sünde wider das eigene Leben zu finden hoffen. Sie sagte sich, daß sogar ihre frühere Be-

fürchtung zu drastisch sei. Ralph hatte einfach eine schlaflose Nacht hinter sich und wollte den Kopfschmerz durch einen Morgenspaziergang über die Clifton Downs vertreiben.
Diese Annahme schien sich zu bestätigen, denn einige Zeit später war Ralph wieder ins Haus zurückgekommen. Margaret begegnete ihm, als er sich auf den Schulweg machte: Sein Gesicht war noch immer blaß, aber er wirkte ruhiger als am Vortag und erwähnte nicht, daß er schon seit mehreren Stunden auf war. Margaret respektierte sein Schweigen und freute sich, ihre eigenen Befürchtungen über Bord werfen zu können.
Als Ralph eben wegging, traf Doktor Scott zu seiner regelmäßigen Morgenvisite bei Mrs. Lorimer ein, und Margaret begleitete ihn hinauf. Dabei hatte sie Gelegenheit, über eine zweite Befürchtung zu sprechen, die ihr frühmorgens, nachdem Ralphs Weggang sie geweckt hatte, in den Sinn gekommen war.
»Wie finden Sie die Gesundheit meines Vaters, Dr. Scott?« fragte sie und bemühte sich, möglichst beiläufig zu klingen.
Dr. Scott gab das joviale Lachen von sich, das sein wirksamstes Heilmittel darstellte.
»Wie sollte ich über die Gesundheit Ihres Vaters im Bilde sein?« fragte er zurück. »Sie ist so prächtig, daß ich ihm nie in die Nähe kommen darf. Ein Mann von höchst bemerkenswerter Konstitution. Auch das Alter kann ihm offenbar nichts anhaben.«
»Ich fand ihn gestern ein wenig müde aussehend«, sagte Margaret zögernd. Dr. Scott warf ihr einen raschen Blick zu, sprach jedoch in unverändertem Ton weiter.
»Läßt sich diese Gerüchte da hoffentlich nicht nahegehen«, sagte er. »Nichts dahinter, wenn Sie mich fragen. Schwere Zeiten, das ja: schwere Zeiten.«
»Welche Gerüchte?« fragte Margaret.
»Nichts, worüber Sie sich das hübsche Köpfchen zerbrechen sollten.«
Falls er sie hatte ärgern wollen, hätte er sich nichts Besseres ausdenken können. Margaret verließ ihn vor der Tür zu Georgianas Zimmer ohne ein weiteres Wort. Die Erwähnung der Gerüchte vergaß sie sogleich wieder, denn sie war nicht ganz aufrichtig gewesen, als sie gesagt hatte, John Junius habe müde ausgesehen. Ihre Fragen entsprangen vielmehr der Mutmaßung, die plötzliche Großzügig-

keit des Vaters ihrer Mutter und ihr selber gegenüber könne von John Junius' Überlegung ausgelöst worden sein, daß er nicht ewig leben werde.
Zum zweitenmal in wenigen Stunden konnte sie ein Problem abtun, das nur in ihrer eigenen Phantasie existiert hatte. Ein guter Anfang für den Tag, und der Morgen war von strahlendem Sonnenschein erfüllt. Der Frühling schien endlich doch unterwegs zu sein.

8.

Der Einhaltung fürstlicher Versprechen steht nicht selten die Staatsräson entgegen, das Wort eines Bankiers jedoch muß unverbrüchlich sein, denn ein untadeliger Ruf ist eine der wichtigsten Voraussetzungen in diesem Metier. Die Abmachung, die John Junius Lorimer im Januar 1878 mit David Gregson getroffen hatte, war unzweideutig gewesen. Wenn David sich in diesen drei kalten und einsamen Monaten in London manchmal fragte, ob es irgend möglich sei, daß die daran geknüpften Versprechen etwa nicht erfüllt würden, so vor allem deshalb, weil er sein Glück noch immer nicht recht zu fassen vermochte und überdies die allseits bekannte Geschäftstüchtigkeit seines Arbeitgebers zu würdigen wußte. Irgendeine begründete Angst vor Enttäuschung empfand er nicht. Auf Margarets Treue konnte er sich unbedingt verlassen, und allein von ihr hing alles ab.
Dieser Gedanke tröstete ihn über die Eintönigkeit seines Privatlebens hinweg. Der Herr, zu dem John Junius ihn zur Weiterbildung geschickt hatte, lud ihn ein einzigesmal zum Dinner ein, zu einer reizlosen Mahlzeit mit seiner reizlosen Ehefrau und zwei reizlosen Töchtern. Mit dieser einen Ausnahme beschränkte sich die Hilfsbereitschaft auf die Bürostunden. David hatte wenig Mühe, sich die praktischen Ratschläge zu eigen zu machen, die ihm innerhalb der Bank erteilt wurden, aber es gelang ihm nicht, private Beziehungen zu seinen Kollegen anzuknüpfen, denn seine Stellung im Hause war zu ungewiß. Er war nicht mehr Buchhalter, aber auch noch nicht in leitender Position, und offenbar wollte niemand seine Zeit dafür opfern, Freundschaft mit einem Fremden zu knüpfen, der nur kurze

Zeit bleiben würde. Er aß allein in Speisehäusern, besuchte dann und wann ein Varietétheater, aber meist brachte er die Abende damit zu, die Notizen zu studieren, die er sich tagsüber gemacht hatte, oder an Margaret zu schreiben und ihre Antworten zu lesen, die ihm sagten, daß sie ihn nicht vergessen hatte.
Er sagte sich immer wieder, daß John Junius keinen Grund habe, anderen Sinnes zu werden, dennoch war der Brief, der ihn nach Bristol zurückbeorderte, nicht nur eine Erlösung, sondern beinah eine Überraschung. Er habe seine neuen Pflichten als Prokurist bei Lorimer's am 1. Mai zu übernehmen, schrieb John Junius. Mrs. Lorimer würde sich freuen, ihn am 30. April in Brinsley House zu empfangen. Es schien, daß alle seine Träume sich verwirklichen sollten.
Als er den Besuch in Brinsley House abstattete, konnte nur ein Mann, dessen Verliebtheit ihn für alles außer seiner Liebsten blind gemacht hatte, sich in dem Wahn wiegen, Mrs. Lorimer freue sich wirklich über sein Kommen. Georgiana war so unverhohlen mürrisch wie eben eine Frau, der man etwas Unerträgliches als *fait accompli* mitteilt und von der auch noch verlangt wird, daß sie gute Miene dazu macht. Aber David nahm Georgianas Behauptung, unpäßlich zu sein, für bare Münze und schrieb ihre Verdrießlichkeit diesem Umstand zu. Für ihn zählte nur die strahlende Miene, mit der Margaret ihn begrüßte. In London hatte er sich immer und immer wieder gesagt, daß sie ihn liebe, aber er hatte vergessen, wie schön es war, so offenkundig vergöttert zu werden.
Georgiana blieb nur eine Möglichkeit, ihre üble Laune auszulassen: Sie sorgte dafür, daß David und Margaret nie allein blieben. Eine Zofe oder ein Kutscher hatten als Begleitung genügt, solange sie annehmen konnte, die Begegnungen zwischen ihrer Tochter und dem Buchhalter der Bank seien rein geschäftlicher Natur; aber da die beiden jungen Menschen nun zu heiraten gedachten, mußten die Anstandsregeln strikt eingehalten werden. Ralph und Sophie teilten sich in die Pflicht, das Paar zu eskortieren, was beide gleich ungern taten.
»Nächsten Sonntag habe ich eine Überraschung für dich«, flüsterte Margaret, nachdem sie einander alles erzählt hatten, was sie in der Zeit der Trennung erlebten.
»Sag es mir schon jetzt.«

»Man kann es nicht sagen, man muß es zeigen. Halte dir den Nachmittag frei. Ralph hat versprochen, uns zu begleiten.«

David war neugierig geworden, aber in den nächsten Tagen gab es zu viel zu tun, als daß er weiter darüber hätte nachdenken können. Seine Rückkehr zu Margaret hatte eine bestehende Beziehung gefestigt. Aber seine Rückkehr in die Bank brachte viel Neues mit sich.

Es war nicht einfach für ihn. Er mußte von den Angestellten, mit denen er vor seiner Beförderung zusammen gewesen war, ein wenig abrücken und gleichzeitig den Bankkunden, mit denen er vorher keinen direkten Kontakt gehabt hatte, liebenswürdig begegnen. Er hatte seine Zeit in London wohl genutzt. Aber trotz allem, was er dort gelernt hatte, konnte er die neuen Vorschläge oder Anforderungen, die auf ihn zukamen, nicht auf die leichte Schulter nehmen. Daher war er in dieser ersten Woche als Prokurist am Abend eines jeden Tages todmüde und erschöpft von der Anstrengung, keinen falschen Schritt zu tun. Erst am Freitag, nachdem die übrigen Angestellten nach Hause gegangen waren, fand er Zeit, sich die Transaktionen anzusehen, die während der drei Monate seiner Abwesenheit getätigt worden waren.

Was er entdeckte, entsetzte ihn. Das Geschäftsjahr der Bank hatte Anfang April geendet. Die Jahresbilanz war von John Trinder, seinem Nachfolger im Amt des Buchhalters, erstellt worden. Mr. Lynch hatte sie unterschrieben, und der Vorstand hatte sie als wahrheitsgemäße Darstellung der wirtschaftlichen Lage der Bank akzeptiert. Sie hatte nichts mehr mit jener Situation zu tun, die David bei seiner Abreise zurückgelassen hatte.

Er benötigte mehrere Stunden intensiver Arbeit, bis er herausgefunden hatte, was geschehen war. Als er an diesem Abend endlich seine Wohnung aufsuchte, brannten seine Augen vor Anstrengung, und sein Kopf schmerzte vor Sorgen. Am nächsten Morgen galt seine erste Frage dem ehemaligen Prokuristen. So beiläufig wie möglich erkundigte er sich beim Bürovorsteher, wohin Mr. Lynch gegangen sei. Wäre er nicht schon vorher mißtrauisch gewesen, so hätte die Antwort Zweifel in ihm wecken müssen.

»Mr. Lynch hat England verlassen und ist nach Boston gegangen. Mr. Lorimer wünschte, daß er dort eine neue Niederlassung unserer Bank eröffnen solle. Man ging davon aus, daß viele amerikanische Gentlemen es praktisch finden würden, sowohl bei sich zu

Hause wie bei einem Besuch in England die Dienste der gleichen Bank in Anspruch nehmen zu können.«

David machte hierzu keine Bemerkung. Möglich, daß es tatsächlich praktisch war für die amerikanischen Gentlemen, so wie es für den Präsidenten der Bank praktisch war, daß der in der letzten Zeit für die Geschäfte von Lorimer's Bank verantwortliche Mann außer Landes ging. Mr. Lynch konnte schwerlich darin eine Beförderung gesehen haben: Er war fünfzig Jahre oder darüber und kein Pionier-Typ. Sobald der Präsident in seinem Büro erschienen war, ließ David sich bei ihm anmelden.

Er wurde natürlich schon erwartet. John Junius gab nicht vor, erstaunt zu sein, weder über den Besuch noch über den grimmigen Ausdruck auf Davids Gesicht. Vielleicht hatte er sich schon die ganze Woche hindurch belustigt gefragt, wie lange es wohl dauern werde, bis sein neuer Prokurist die Lage der Dinge erfassen würde.

»Ich würde gern die Bilanz für das soeben abgelaufene Geschäftsjahr besprechen«, sagte David. Auf dem großen Mahagonitisch legte er die Papiere aus, auf denen er seine eigenen Berechnungen angestellt hatte.

»Ja.« Es war keine Bestätigung und keine Frage: nur die Genehmigung zum Weitersprechen.

»Ich möchte zunächst auf einen Punkt hinweisen, der in jedem anderen Jahr von großer Bedeutung erscheinen würde, auch wenn er innerhalb dieser Bilanz nur als kleiner Betrag auftaucht. Ich stelle fest, daß Mr. Crankshaw für die Weiterentwicklung der neuen Werftanlagen in Portishead dreißigtausend Pfund Kredit eingeräumt wurden. Seine Firma ist bereits tief bei uns verschuldet, und wie es scheint, war er nicht in der Lage, für dieses neue Darlehen irgendeine Sicherheit zu bieten.«

»Sie waren in letzter Zeit nicht in Bristol und sind wohl nicht auf dem laufenden, was sich hier getan hat«, sagte der Präsident. Seine Stimme klang geduldig, als betrachte er die Erörterung dieses Punkts als gerechtfertigt. »Wie Sie sich erinnern werden, sollten die neuen Werftanlagen diesen Sommer in Betrieb genommen werden. Unglücklicherweise kam es Mitte März zum Einsturz einer der Hauptmauern. Um sie wiederaufzubauen, mußte von irgendwo Geld beschafft werden, und so wie die Dinge heute stehen, könnten kaum Privatpersonen um eine solche Summe angegangen werden.

Da Lorimer's Bank, falls das ganze Projekt wegen des Fehlens eines vergleichsweise geringen Betrags aufgegeben werden müßte, mehr zu verlieren hätte als irgendeine andere Institution, optierte der Vorstand für eine Aufstockung des Darlehens um die besagte Summe. Obgleich keine neuen Sicherheiten geboten werden konnten, werden die Docks selber, sobald sie betriebsfertig sind, das Darlehen garantieren.«

»Aber das Datum der Fertigstellung schiebt sich vermutlich weiter hinaus.«

»Leider ja. Es wird indessen angenommen, daß die Docks im nächsten Frühjahr betriebsbereit sind.«

David verfolgte diesen Punkt nicht weiter. Es war eine Bagatelle im Vergleich zu seiner Hauptbeschwerde.

»Während meiner Abwesenheit«, sagte er und wählte seine Worte mit großer Vorsicht, »scheinen bedeutende Veränderungen in einigen größeren Bilanzpositionen stattgefunden zu haben. Ich konnte hierfür keine Rechtfertigung entdecken. Vielleicht handelt es sich auch hier um Entwicklungen, über die ich nicht auf dem laufenden bin.«

»Vielleicht«, sagte John Junius. »Wenn Sie die betreffenden Posten im einzelnen nennen möchten, werde ich ohne weiteres Klarheit schaffen können.«

David hatte in den Unterlagen der Bank über ihre Darlehen an einheimische Firmen eine komplizierte Situation festgestellt. Die gebotenen Sicherheiten – zumeist Immobilien – waren in den auf die ersten Kreditabschlüsse folgenden Jahren mehrmals aufgewertet worden. Dies hatte damals durchaus seine Berechtigung gehabt, jedoch waren, wie David selber vor fast einem Jahr betont hatte, die Immobilienwerte seit 1875 im Fallen begriffen; und hinzu kam, daß einige der Firmen, die auf solche Werte Darlehen aufgenommen hatten, von der Wirtschaftsflaute betroffen und in Bedrängnis geraten waren.

David hatte früher vorgeschlagen, daß die Sicherheiten in der Bilanz neu bewertet werden sollten, und dies war nun geschehen, und zwar mit dem Erfolg, daß die Aktiva der Bank um vier Millionen Pfund geschmolzen waren. In gewissem Sinne war dies ein richtiges, wenn auch ziemlich abruptes Vorgehen, genau das, was er aus seiner untergeordneten Position heraus damals zu empfehlen gesucht hatte.

Aber es hätte sich daraus unter dem Strich ein Defizit ergeben müssen. Statt dessen war die Bilanz nach wie vor ausgeglichen. Er äußerte sein Unbehagen über diesen Punkt so behutsam wie möglich.

»Sie wollen doch nicht leugnen, daß Sie selber verschiedene Immobilien für überbewertet hielten«, sagte John Junius.

»Keineswegs. Aber hier wurden nicht nur die überbewerteten Aktiva herabgesetzt, sondern gleichzeitig die Beträge der Darlehen, die aufgrund dieser Sicherheiten gewährt wurden. Auf der Passivseite sind vier Millionen verschwunden, die den vier Millionen entsprechen, um die die Aktiva geringer bewertet wurden.«

»Jeder kluge Geschäftsmann muß eine faule Schuld abschreiben«, sagte John Junius.

»Und jeder kluge Aktionär wird erwarten, die abgeschriebenen vier Millionen auf der Passivseite zu sehen, wenn er die Bilanz durchprüft«, bemerkte David. »In diesem Fall aber wurde der Verlust verschleiert, indem man reale Passiva gegen Sicherheiten saldiert, die nur auf dem Papier stehen, Werte, die in Wahrheit nie existierten. Die Aktionäre sollen beruhigt werden, während die Lage alles andere als beruhigend ist.«

»Und welche Alternative schlagen Sie vor, Mr. Gregson? Der Gesamtbetrag, den wir für unsere Kunden verwahren – mit anderen Worten, den wir ihnen schulden –, bewegt sich, wie Sie aus Ihren Studien zweifellos wissen, in der Größenordnung von fünf Millionen Pfund. Falls nun Ihr kluger Aktionär feststellte, daß die von der Bank gewährten Kredite im wesentlichen von diesen Kundengeldern gedeckt sind, so könnte Ihr kluger Einleger zu dem gleichen Schluß gelangen, zumal es sich in vielen Fällen um eine und dieselbe Person handelt. Sollte er nun seine Einlage zurückfordern wollen, und sollten seine Miteinleger zum gleichen Augenblick den gleichen Entschluß fassen, so wäre die Bank gezwungen, ihre Außenstände und Überziehungskredite abzurufen. Sie wissen so gut wie ich, Mr. Gregson, daß dies den Ruin mehrerer Firmen bedeuten würde, die mit größter Wahrscheinlichkeit hohe Erträge erzielen werden, sobald sie mit entsprechender Kapitalausstattung arbeiten können. Es handelt sich um einheimische Firmen, die viele Arbeitskräfte beschäftigen. Ihr Zusammenbruch würde die ärmsten Bewohner unserer Stadt brotlos machen. Und volle Rückzahlung der Darlehen wäre unmöglich, so daß gleichzeitig der Zusammenbruch der Bank

auch den wohlhabenderen Schichten empfindliche Verluste zufügen würde. Wir sprechen hier über Wohl und Wehe einer Stadt, Mr. Gregson.«
»Wir sprechen, Sir, über die betrügerische Verschleierung der wahren Geschäftslage dieser Bank.«
»Ich muß Sie daran erinnern, daß wir dieses Gespräch schon einmal führten, wenn wir auch damals weniger ins einzelne gingen. Die Situation hat sich inzwischen nicht verändert, bis auf einen Punkt. Da der unselige Zwischenfall in Portishead allgemein bekannt ist, gilt es um so mehr, das Vertrauen zu festigen. Auch wird diese Ausflucht, wenn Sie so wollen, nur für einen begrenzten Zeitraum nötig sein. Sobald im nächsten Frühling die Docks in Portishead den Betrieb aufnehmen, dürfte die Firma Crankshaw in der Lage sein, aus den eingehenden Liegegebühren ihre Verbindlichkeiten zu begleichen. Ich habe mit Mr. Crankshaw bereits einen Zeitplan hierfür besprochen. Seine Rückzahlungen werden so massiv sein, daß unsere Liquidität beinah über Nacht wiederhergestellt ist. Zudem ist das neue Schiff der Lorimer-Linie fast fertig und soll in einigen Wochen zur Probefahrt auslaufen. Mr. William Lorimer hat sich einverstanden erklärt, daß die während einer kritischen Übergangszeit eingestellte Darlehensverzinsung wieder einsetzt, sobald das Schiff seine erste Reise hinter sich hat. Es handelt sich bei dieser Übergangszeit nur um wenige Monate.«
»Ein Verbrechen ist nicht weniger ein Verbrechen, weil es nur für kurze Zeit begangen wird.«
»Ein Verbrechen, Mr. Gregson!« Es war nicht einfach, einem erzürnten John Junius Widerpart zu halten. Nur weil David sich seiner Sache sicher fühlte, brachte er die Kraft dazu auf. John Junius donnerte: »Wenn die kleinen Leute von Bristol die fünf Millionen Pfund verlieren, die sie der Lorimer's Bank anvertraut haben, wäre das kein Verbrechen? Wenn die Aktionäre der Bank diese fünf Millionen aus eigener Tasche bezahlen müßten, wäre das kein Verbrechen? Ich wies bereits auf die Möglichkeiten von Konkursen unter unseren Schuldnern hin. Wenn Sie diese Sachlage einer ahnungslosen Stadt um jeden Preis eröffnen würden, nur um Ihr eigenes Gewissen reinzuhalten, dann wären meines Erachtens Sie, Mr. Gregson, ein Verbrecher.« Er hielt inne, vielleicht weil er fühlte, daß er zu weit gegangen war. »Bei genauerem Hinsehen könnten Sie sogar

zu dem Schluß kommen, daß das Ganze Sie nichts angeht. Sie waren nicht der Buchhalter, der diesen Geschäftsbericht erstellte. Sie waren nicht der Prokurist, der ihn abzeichnete. Sie waren kein Mitglied des Vorstands, der ihn angenommen hat.«

Hierauf wußte David keine Antwort. Sein erster Gedanke war gewesen, man habe ihn nach London geschickt, damit er nicht wissen solle, was vorging. Aber es wäre auch möglich, so überlegte er, daß er aus dem Weg sein sollte, um nicht für das verantwortlich zu sein, was er nach wie vor als betrügerische Zahlenmanipulation betrachtete. Vielleicht hatte der Präsident nur im Interesse seines künftigen Schwiegersohns gehandelt, was diesen Punkt betraf, so wie er behauptete, in der ganzen Angelegenheit nur im Interesse der Stadt und ihrer Einwohner zu handeln. Aber noch waren Davids Bedenken nicht völlig zerstreut.

»Wenn die Zukunftsaussichten der Bank so gut sind, wie Sie mir sagten, hätte es dann zur Aufrechterhaltung des Vertrauens der Öffentlichkeit nicht genügt, daß der Vorstand die Fakten klipp und klar dargelegt hätte?«

»Gewiß hätte man so verfahren können. Aber es gibt immer Leute, deren Zweifel erst erwachen, wenn sie Antworten auf Fragen hören, die sie nie gestellt haben. Es ist weit einfacher, wenn auch weniger direkt, das Vertrauen des Vorstands in die Geschäftsaussichten durch eine gleichbleibende Dividende zu demonstrieren. Ja, der Vorstand wird sogar aufgefordert werden, die Dividende auf zwölf Prozent zu erhöhen.«

»Und Sie erwarten, daß ich meinen Namen unter diese Aufforderung setze?«

»Ich hoffe, Sie inzwischen von der Nützlichkeit eines solchen Schritts überzeugt zu haben«, sagte John Junius.

»Ich verstehe«, sagte David, der in der Tat verstanden hatte. Er wußte jetzt alles über die Lage, was er zu erfahren irgend hoffen konnte. Der Präsident hatte seinen Standpunkt bezogen, und David konnte weiter nichts tun, als ihn akzeptieren oder ablehnen. Unmöglich, John Junius irgend etwas aus- oder einzureden. »Sie werden gewiß verstehen, Mr. Lorimer, daß ich ein wenig Zeit brauche, um meine Position in dieser Angelegenheit zu überdenken.«

»Überdenken Sie Ihre Position, Mr. Gregson, überdenken Sie. Sollten Sie jedoch zu dem Schluß kommen, daß sie Ihnen nicht zusagt, so werden Sie hoffentlich einsichtig genug sein, um sich sowohl aus Lorimer's Bank wie aus der Stadt Bristol zu entfernen. Die Information, die Sie in Händen haben, wurde Ihnen auf streng vertraulicher Basis zugänglich gemacht und in Vorwegnahme Ihres künftigen Status als Mitglied meiner Familie.« Plötzlich lächelte er. »Aber wenn ich nicht auf Ihre Einsicht und Ihre Geschäftstüchtigkeit vertraute, wären Sie erst gar nicht in eine solche Lage gekommen. Ich bin überzeugt, bei reiflicherer Überlegung kommen auch Sie zu dem Schluß, daß alles nach bester Überlegung gehandhabt wurde. Ich sehe unserer weiteren Erörterung am Montag entgegen.«

Es war sowohl ein Ultimatum als auch eine vorläufige Verabschiedung und keineswegs auf die leichte Schulter zu nehmen. Tief in Gedanken kehrte David an seinen Arbeitsplatz zurück.

Aber vor dem Montag kam der freudig erwartete Sonntag. Margaret hatte versprochen, an diesem Tag ihr Geheimnis zu enthüllen. In Ralphs Begleitung holte sie ihn mit dem Wagen von seiner Wohnung ab, und er bemerkte schon an ihrer äußeren Erscheinung, wie aufgeregt sie war. Anstatt der gesetzten Hauben oder pelzgesäumten Kapuzen, die sie bei ihren früheren Ausflügen getragen hatte, thronte jetzt ein keckes Hütchen auf ihrem Scheitel und ließ eine Kaskade von Federn auf ihren Rücken rieseln. Es paßte eigentlich nicht recht zu ihr, vermittelte jedoch einen Eindruck von Unternehmungslust, der David auf das Ziel der Ausfahrt neugierig machte.

Als sie dann die lange Allee zur Besitzung Croft House einschlugen, nahm er an, daß die ersten Schützlinge des Hilfsfonds bereits dort installiert seien, und bewunderte die Schnelligkeit, mit der das Wohltätigkeitskomitee gearbeitet hatte. Zu seiner Überraschung fuhr der Wagen jedoch direkt nach Lower Croft, und David staunte über die Eleganz, mit der das Haus seit seinem letzten Besuch instandgesetzt worden war, und über die Kostbarkeit von Portieren und Teppichen: Weiteres Mobiliar fehlte noch.

»Jetzt bin ich froh, daß ich nicht mehr Ihr Schatzmeister bin«, sagte er lachend. »Mit solcher Verschwendung könnte ich kaum einverstanden sein. War eine so teure Ausstattung denn unbedingt nötig?«

»Wäre sie für Sie selber, wären Sie dann einverstanden?« fragte

Margaret zurück und lachte gleichfalls, als sie sich bei ihm einhängte.
»Ich würde sie sogar für mich selber zu luxuriös finden«, sagte David. »Obwohl sie mein Traum wäre, genau nach meinem Geschmack.« Er bemerkte, daß sogar Ralph, der seine Pflichten als Anstandsperson sichtlich ungern übernommen hatte, jetzt lächelte. David blickte erklärungheischend von einem Lorimer zum anderen.
»Alles wurde in der Hoffnung ausgewählt, daß es Ihnen gefallen möge«, sagte Ralph. »Margaret hat uns in den letzten Wochen fast wahnsinnig gemacht. ›Glaubt ihr, daß es ihm gefällt? Ob er das hier wohl zu hell findet oder zu stumpf?‹ Als hätten wir es erraten können, wenn sie selber es nicht einmal konnte.«
»Papa hat mir das Haus geschenkt«, sagte Margaret. »Es soll unser Heim sein.«
Als David sich ein zweites Mal umblickte, sah er den Raum mit anderen Augen. Sie standen jetzt im kleinsten der drei Salons von Lower Croft. Er war mit Eichenholz getäfelt, und Margaret hatte ihn mit einem roten türkischen Teppich und Vorhängen aus rotem und cremefarbenem Brokat ausgestattet. Er wirkte warm und behaglich; geradezu ideal als Arbeitsraum.
»Ihr Vater ist sehr großzügig gewesen«, sagte er.
»Sie sollten Ihre Überraschung nicht so deutlich werden lassen«, neckte Margaret ihn.
»Vergessen Sie nicht, daß ich ihn nur als Geschäftsmann kenne, nicht als Vater.«
»Ja, natürlich. Ich hoffe, daß Sie ihn bald ebenso kennen und lieben werden wie ich. Er ist der freundlichste Mensch der Welt, und der großzügigste. Sie sollten die Juwelen sehen, die er meiner Mutter geschenkt hat! Und der Kauf von Lower Croft ist in mehr als einem Sinn eine gute Tat, denn der Preis kommt unserem Fonds zugute. Das Haus hätte keinen direkten Nutzen gebracht, aber mit Hilfe der Kaufsumme konnten wir die größeren Gebäude vollständig einrichten. Die ersten drei Frauen wohnen bereits in Croft House, und ihre sieben Kinder sind in der ehemaligen Stallung.«
David interessierte sich weniger für das Gedeihen des wohltätigen Werks als für die Tatsache, daß Lower Croft sein und Margarets Heim sein sollte. Er bat, man solle nochmals durch das ganze Haus

gehen, damit er es in diesem neuen Licht betrachten könne, und er überredete Ralph, den Park zu erforschen, anstatt Margaret und ihn zu begleiten. Das Alleinsein gab ihm Gelegenheit, Margaret zum erstenmal wieder zu küssen, seit das Verlöbnis von ihrem Vater gutgeheißen war. Hier, wo er einst gewagt hatte, ihr seine Liebe zu erklären, war der rechte Ort. Lower Croft schien dazu bestimmt zu sein, eine glückbringende Rolle in seinem Leben zu spielen.

Dennoch schlichen sich Zweifel in seine Freude, während er jeden einzelnen Raum besichtigte. Er ertappte sich dabei, daß er die offenen Kamine zählte, die mit Kohlen gefüttert werden sollten, die Treppen, über die heißes Wasser getragen werden müßte. Sie würden Personal brauchen; aber sogar ein junges Dienstmädchen würde im Jahr achtzehn Pfund erwarten, eine Köchin sogar dreißig. Er überschlug im Geist, welches Minimum nötig wäre, wenn Margaret so leben sollte, wie es der Herrin eines solchen Hauses anstand, und er kam sehr rasch zu dem Resultat, daß er diesen Haushalt auch von seinem neuen, höheren Gehalt nicht bestreiten könnte.

John Junius war gewiß längst zu diesem Schluß gelangt. Er hatte davon gesprochen, Margaret ein Nadelgeld auszusetzen, und da der Erwerb von Lower Croft sein Werk war, schien die Überlegung erlaubt zu sein, ob diese Zuwendung reichlicher ausfallen werde, als David ursprünglich angenommen hatte. Davids Gedanken verdüsterten sich ein wenig. Das Bild des liebenden und freigebigen Vaters, das mit jedem Tag klarer hervortrat, deckte sich nicht mit dem Eindruck, den David vom Präsidenten der Lorimer's Bank gewonnen hatte. Er würde darüber noch allein nachdenken müssen. Inzwischen hatte Margaret ihm noch eine eigene Entdeckung mitzuteilen.

»Sie haben mir nicht gesagt, daß Sie Mr. Lynchs Nachfolger geworden sind.«

»Ich fand, diese Mitteilung komme Ihrem Vater zu. Ehrlich gesagt, konnte ich selber nicht daran glauben, bis ich wirklich an Mr. Lynchs Schreibtisch saß.«

»Mein Vater muß Ihre Fähigkeiten sehr hoch einschätzen. Ich freue mich, daß er sich so rasch zu meiner eigenen Ansicht bekehrt hat.«

»Ich würde es nur zu gern glauben«, erwiderte David. »Aber ich muß eher vermuten, daß er nur aus Liebe zu Ihnen Ihre Meinung teilt. Möglich, daß ich im Fall gänzlicher Unfähigkeit sowohl von Ihrer Seite wie auch aus Lorimer's Bank verbannt worden wäre, aber so, wie die Dinge stehen, verdanke ich meine Beförderung weit mehr Ihnen als meinen beruflichen Verdiensten.«

Margarets unsichere Miene belustigte ihn.

»Ist das rechtens?« fragte sie. »Es mag naheliegen, aber ist es rechtens?«

»War es rechtens, daß Ihrem Bruder William die Verantwortung für eine bedeutende Schiffahrtslinie anvertraut wurde, nachdem er kaum die Schule verlassen hatte?« gab David zurück. »Wenn man das Recht einer Familie auf den Besitz eines Unternehmens bejaht, dann muß man auch ihr Recht bejahen, dieses Unternehmen so zu betreiben, wie sie es für richtig hält. Immerhin würde wohl niemand so töricht sein, seine Existenzgrundlage zu zerstören, indem er den Betrieb einem Manne anvertraute – und wäre es der eigene Sohn –, der offensichtlich untüchtig ist. Ob es nun rechtens ist oder nicht, daß ein Posten in der Bankbranche an die Verwandtschaft vergeben wird, es ist auf jeden Fall durchaus üblich. Ich bin Prokurist bei Lorimer's Bank, weil die Tochter des Präsidenten einwilligte, mich zu heiraten. Dieser Grund für mein Avancement stört mich nicht: Mein ganzes Trachten ist darauf gerichtet, meinen Posten auszufüllen, als verdankte ich ihn ausschließlich meiner eigenen Kraft.«

»Davon bin ich überzeugt«, sagte Margaret.

»Sie verhalten sich bereits wie ein getreues Eheweib«, sagte David lachend und küßte sie wieder. Sie diskutierten Haushaltsfragen und überschlugen die Installationskosten für eine Gasbeleuchtung – denn das Haus war vor dreißig Jahren erbaut und seither nicht modernisiert worden –, als Ralph sich wieder zu ihnen gesellte.

Als sie ein wenig später berieten, wo Margarets Klavier seinen Platz bekommen sollte, erinnerte David sich an Luisa.

»Kommen Sie immer noch so häufig mit Miss Reni zusammen?« fragte er Margaret.

Sie schüttelte den Kopf.

»Luisa ist aus ihrer Wohnung ausgezogen, wie Sie wohl schon wissen. Sie schrieb mir, daß sie etwas anderes gefunden habe, wo das Baby besser versorgt sei. Sie kam nicht, um sich zu verabschieden; und sie hat mir auch ihre neue Adresse nicht mitgeteilt. Es hat mich

enttäuscht, daß sie unsere Freundschaft so einfach abgebrochen hat.«
»Nun, ich hätte noch eine Frage, die Sie mir hoffentlich besser beantworten können«, sagte David. »Glauben Sie, daß Ihr Vater bereit wäre, einen Tag für unsere Hochzeit festzusetzen?«
Wie er gehofft hatte, strahlte Margarets Gesicht sofort auf.
»Am 13. Juli kommt der Prince of Wales nach Bristol«, sagte sie. »Am Vorabend soll ein großer Ball stattfinden, und vor dem Ball werden meine Eltern eine Dinner-Party geben. Sie werden dazu eingeladen, und bei dieser Gelegenheit soll unsere Verlobung offiziell bekanntgemacht werden.«
Die Wartezeit bis zum Juli erschien ziemlich lang, und die Hochzeit würde vermutlich erst mehrere Wochen danach stattfinden. Aber die Wahl des Anlasses verriet, daß die Familie Lorimer beabsichtigte, möglichst gute Miene zum Spiel zu machen, anstatt mit der unstandesgemäßen Verbindung hinter dem Berg zu halten.
Es war seltsam, dachte David bei sich, als er an jenem Abend wieder in seinem Quartier und allein war, es war höchst seltsam, wie schwer es ihm fiel, John Junius' Handeln für das zu nehmen, was es zu sein schien. Von dem Augenblick an, als Margaret zum erstenmal von ihrer Neigung gesprochen hatte, wies alles, was der alte Mann gesagt und getan hatte, darauf hin, daß er dem Sachverhalt nicht nur neutral gegenüberstand, sondern ihn in großzügigster Weise akzeptierte. Es lag vermutlich nur an Mr. Lorimers Ruf als hartem Geschäftsmann, daß David versucht war, jede Gabe so genau unter die Lupe zu nehmen, als könne unter der Zuckerglasur eine Dosis Gift versteckt sein.
Mit solchem Argwohn war auf die Dauer nicht zu leben. Jetzt war es an David, sich ein für allemal zu entscheiden, ob die Zuwendungen, die John Junius Lorimer als Präsident der Bank und als zukünftiger Schwiegervater gemacht hatte, als bare Münze gewertet zu werden verdienten. David hätte sich über die private Großzügigkeit keine Gedanken gemacht, wenn die geschäftliche Lage der Bank nicht so beunruhigend gewesen wäre. War seine Ernennung zum Prokuristen ein Gunstbeweis, das Zeichen, daß er in die Familie aufgenommen wurde? Oder hatte die familiäre Bindung sich nur weiterentwickeln dürfen, um als Vorwand für die Ernennung eines Prokuristen zu dienen, der allen Grund hätte, nachgiebig zu sein

und nicht zu viele Fragen zu stellen? Und nun, da die Fragen gestellt waren, konnte man den Antworten Glauben schenken? Er mußte sich über diesen Punkt klarwerden, ihn endgültig aus seinem Denken verbannen können. Es war eine Frage des Vertrauens. Das Bankgeschäft war ausschließlich eine Frage des Vertrauens. Wenn David in diesem Beruf weiterkommen wollte, so mußte er lernen, wo es zu zweifeln und wo es zu glauben galt.

Alles hing davon ab, so sagte er sich nach Stunden angestrengten Überlegens, ob man den Argumenten des Präsidenten Glauben schenken durfte. John Junius war mit Abstand der größte Aktionär der Bank. Im Falle eines Bankrotts würde er für einen beträchtlichen Teil der Schulden persönlich haften. Die Lorimer's Bank war gegründet worden, lang ehe das Parlament zum Schutz der Aktionäre die Gesetzesnovellen über die beschränkte Haftung verabschiedete, und sie hatte ihre Struktur nicht in der Weise geändert, daß sie davon profitieren konnte. Wenn John Junius Lorimer auch ein reicher Mann war, eine Forderung über drei Millionen Pfund würde mit Sicherheit seinen Ruin bedeuten und seine Tochter mittellos zurücklassen.

Es stimmte also, daß der Präsident im eigenen Interesse gesprochen hatte, aber dieses Interesse lief mit dem aller übrigen Aktionäre parallel. Wenn es ihm gelang, bis zum Jahresende der Bank das nötige Vertrauen zu erhalten, so würden alle Beteiligten in gleicher Weise wie er selber den Nutzen davon haben: Er versuchte nicht, sein eigenes Vermögen auf anderer Leute Kosten zu retten. Ja, man konnte die ganze Sache sogar noch anders sehen. Als derjenige, der die gefährliche Lage der Bank am besten kannte, hätte John Junius in aller Ruhe sowohl seine Einlage abziehen wie seinen Aktienanteil verringern können. David beschloß, auf dieses eine Argument sein ganzes Vertrauen zu setzen.

Sobald er am nächsten Morgen wieder in seinem Büro war, ließ er sich eine große Anzahl Kontoauszüge bringen, damit niemand erraten könne, wessen Konto er nachprüfen wollte. Das Depositenkonto des Präsidenten zeigte ein normales Bild von Gutschriften und Lastschriften, mit Ausnahme einer sehr bedeutenden Abhebung. David verfolgte die Transaktion und fand, daß es sich um den Erwerb von Lower Croft gehandelt hatte.

Er verweilte eine Zeitlang bei diesem Eintrag, aber nicht sehr lange.

Ein Geschenk zum einundzwanzigsten Geburtstag der Tochter konnte als normale, wenn auch einmalige Ausgabe betrachtet werden. Im übrigen fand sich kein Anhaltspunkt dafür, daß Bargeld abgehoben und beiseite gebracht worden wäre.
Das Wertpapierdepot des Präsidenten bot das gleiche Bild. Vor mehr als einem Jahr hatte er aus seinem riesigen Paket ein kleines Bündel an Dr. Scott, den Hausarzt, abgetreten. David erinnerte sich an diese Transaktion und wußte, daß sie als Gefälligkeit gegenüber dem Arzt getätigt worden war, zu einem Zeitpunkt, als Anteile an Lorimer's Bank sehr gesucht und schwer zu beschaffen waren. Seit damals hatte keine Bewegung mehr stattgefunden.
Die Situation war eindeutig. Obwohl der Präsident die Gefährlichkeit der Lage kannte, war er bereit, mit seinem eigenen Vermögen für seine Überzeugung einzustehen, wonach die Gefahr abgewendet werden konnte. Es war ein gewisses Risiko bei der Sache, aber David fand, daß man nicht mehr von Verbrechen reden könne. Allerdings überlegte er kurz, ob er sich in seinem Urteil nicht vielleicht durch die Erinnerung an Margarets strahlendes Gesicht beeinflussen ließ, mit dem sie ihn bei seiner Rückkehr aus London willkommen geheißen und ihm später das Haus gezeigt hatte, das sie gemeinsam bewohnen sollten. Aber er durfte sich sagen, daß die Zahlen für sich selber sprächen. Zum zweitenmal suchte er um eine Unterredung mit dem Präsidenten nach.
In John Junius' großem Büro entschuldigte er sich für seine Äußerungen während ihres letzten Gesprächs – entschuldigte sich ausgiebiger, als unbedingt nötig war, denn er wollte die Gelegenheit nutzen, um einen kleinen Schritt in Richtung auf größere Solvenz zu tun.
»Ich möchte Sie also meines ungeteilten Vertrauens in Ihr Vorgehen versichern«, schloß er. John Junius reagierte mit jenem kurzen Nikken, das David schon so gut kannte.
»Das freut mich zu hören. Auch meine Tochter wird sich freuen, daß Ihr Aufenthalt hier nicht zu einem unzeitigen Ende kommt.«
»Indessen gibt es noch einen Punkt, auf den ich gern hinweisen möchte.«
»Ja?«
»Ich hoffe, Ihnen nicht unverschämt zu erscheinen, wenn ich auf den Fall Ihres Sohnes, Mr. William Lorimer, zu sprechen komme. Er

besitzt einen beträchtlichen Aktienanteil an der Bank, aus dem ihm ein nicht geringes Einkommen zufließt. Trotzdem hat die Lorimer-Linie seit vier Jahren keine Zinsen für ihr Darlehen entrichtet. Sie sprachen von einer Wiederaufnahme der Zinsenzahlungen im neuen Jahr, aber hinsichtlich der Rückstände ist nichts vorgesehen. Im Augenblick sind wir fast völlig auf neue Einlagen angewiesen, um unsere Liquidität aufrechtzuerhalten. Ich möchte daher vorschlagen . . .«

Als er soweit gekommen war, zögerte er, ob er den Vorschlag wagen dürfe. Aber John Junius zeigte keine Spur der erwarteten Unwilligkeit.

»Es würde meinem Sohn nicht schaden, wenn man ihn an die Grundsätze gemahnte, nach denen ein Unternehmen geleitet werden muß, wenn es gewinnbringend sein soll. Ich erteile Ihnen meine Erlaubnis, ihm persönlich alle Vorschläge zu unterbreiten, die Ihnen angebracht erschienen, wenn er nicht mit mir verwandt wäre. Unter dem einzigen Vorbehalt, daß er nicht zu Schritten gedrängt werden darf, die dem langfristigen Interesse der Lorimer-Linie schaden könnten. Im Interesse des Familienfriedens würde ich vorziehen, daß Sie mir nicht sagen, was Sie vorzuschlagen gedenken. Ich werde es bald genug von meinem Sohn hören, falls er Ihr Eingreifen empörend findet.«

»Vielen Dank, Sir.«

»Ist das alles, Mr. Gregson? Dann möchte ich der Hoffnung Ausdruck geben, daß unsere Zusammenarbeit eine lange und erfolgreiche sein möge.«

Zu Davids Überraschung wurde ihm ein Händedruck zuteil. Es war typisch für den alten Mann, daß er sich in jeder Hinsicht wie ein Tyrann benahm und doch durch die kleinste Abweichung seiner Strenge beinah etwas wie Zuneigung wecken konnte. David hätte nicht behaupten können, Margarets Vater zu verstehen, aber er fing an, ihn gern zu haben.

9.

Jedes freudig erwartete Ereignis birgt den Keim zu kleinen oder größeren Enttäuschungen in sich. So mag das Auge eines hohen Gastes vielleicht nur Bruchteile von Sekunden auf irgendeinem kunstvollen Gebilde verweilen, dessen Herstellung viele Stunden in Anspruch nahm. Doch wenn die Aussicht auf einen königlichen Besuch erst einmal die Gemüter in Wallung gebracht hat, wagt nur noch der abgebrühteste Zyniker zu behaupten, er jedenfalls werde diesen Tag verbringen wie jeden anderen. Als der Tag näherrückte, an dem der Prince of Wales Bristol besuchen sollte, schmückte sich die Stadt mit Fahnen und Transparenten. Über allen Hauptstraßen wurden Triumphbogen errichtet, die einen gotisch, die anderen im Tudorstil. Dekorationsmasten und Wimpel bildeten einen Wald des Frohsinns, und jedes Geschäftshaus wetteiferte an Blumenschmuck und Beflaggung mit seinem Nachbarn.

Lang ehe sich das Gros der Bürger an diesem Festschmuck berauschen konnte, wurde die elegante Gesellschaft der Stadt in einen Wirbel von Aufregungen gestürzt. Um die Junimitte war kaum noch eine Elle Seide oder ein Zoll Spitze aufzutreiben. Handschuh- und Schuhmacher konnten nur noch von ihren allerbesten Kunden Aufträge entgegennehmen, wenn das Bestellte rechtzeitig fertig sein sollte, und Schneiderinnen durchstreiften die Straßen nach jungen Mädchen, deren Finger flink und sauber genug waren, um Perlen auf kostbare Stoffe zu nähen. Busenfreundschaften endeten unter Tränen, wenn sich herausstellte, daß eine Dinner-Einladung abgelehnt worden war in der Hoffnung, es möge eine noch prominentere Aufforderung ergehen, oder wenn Köchinnen in fremde Küchen fortgelockt wurden.

Die Lorimers waren gegen die allgemeine Aufregung nicht gefeit. John Junius mußte persönlich die Gästeliste für das Dinner, das vor dem Ball in Brinsley House geplant war, gutheißen und die Tischordnung besprechen. Georgiana empfing in ihrem Boudoir einen Strom von Besuchern. Die Köchin kam mehrmals wegen der Speisenfolge herauf, und sogar der Obergärtner wurde ins Haus zitiert und ins Gebet genommen, ob er auch zuverlässig alle Blumen für die raffinierten Arrangements liefern könne, die seiner Herrin vorschwebten. Die Korsettiere wurde in Privataudienz empfangen,

und sobald ihr Werk vollendet war, begannen die Anproben für eine neue Toilette.
Auch Margaret mußte Anproben über sich ergehen lassen, allerdings erst, nachdem eine Meinungsverschiedenheit zwischen ihr und ihrer Mutter geschlichtet war. Georgiana hielt dafür, daß eine junge Braut bei der Bekanntgabe ihrer Verlobung Weiß tragen müsse. Margaret, die wußte, daß diese Farbe nicht zu ihrer sommersprossigen Haut paßte, erwiderte, kein Protokoll schriebe dies ausdrücklich vor. Sie setzte ihren Willen durch. Sie durfte eine Moiréseide in Türkis- und Smaragdtönen wählen. Das Kleid war schulterfrei mit winzigen Puffärmelchen und im Rücken tief und waagerecht ausgeschnitten. Am Abend des Balls frisierte Betty ihr Haar, wie sie es unter Marie-Claires Aufsicht geübt hatte. Eine Partie auf dem Kopf zusammengefaßt und von zwei Smaragdnadeln gehalten, die sie von der Mutter ausgeliehen hatte, der Rest fiel in langen, glänzend gebürsteten Wellen in den Nacken. Als Betty ihr den Spiegel vorhielt, fand Margaret sich zum erstenmal im Leben fast hübsch. Aber vielleicht schien es nur so, weil sie sich mit glücklichen Augen sah.
Georgiana hatte niemandem verraten, was sie tragen werde. Um den Rubinschmuck zur Geltung zu bringen, hatte sie ein cremeweißes Gewebe gewählt, das an Ausschnitt und Rock reichlich mit schwarzseidenen Tressen besetzt war. Schon seit vielen Jahren war sie zu mollig, um schön zu sein, aber ihre Haut war gut erhalten, und in der Ballnacht ließ sie ziemlich viel davon sehen. In ihrer Blässe und Glätte bildete sie den idealen Hintergrund für ein Collier, bei dessen Anblick sogar Margaret, die die ungefaßten Steine gesehen hatte, fast der Atem stockte.
Der Künstler hatte die ganze Fertigkeit entfaltet, die man vom Hause Parker in Bristol, den Juwelieren mehrerer Generationen von Kauffahrern, erwarten konnte. Das Mittelstück war ein Anhänger in Form einer Rose. Ein einzelner großer Rubin, umgeben von weiteren, in Form von Blütenblättern geschliffenen Rubinen, ein jeder in Silber gefaßt und von winzigen Brillanten gesäumt. Das Halsband bestand ebenfalls aus ähnlich gefaßten Rubinen; und das Rosenmotiv kehrte in verkleinerter Ausgabe in den schweren Ohrgehängen wieder. Georgianas Haar war hinter einer Tiara hoch aufgetürmt, in deren Mitte gleichfalls eine aus den dunkelsten Rubinen

gefertigte Rose funkelte. Um diese Rose rankten sich Blätter, die mit Brillantsplittern eingefaßt und auf Spiralfedern montiert waren, so daß sie bei jeder Bewegung erzitterten.

Für ihre Dinner-Party hatte Georgiana – obwohl es um diese sommerliche Abendstunde noch hell war – Hunderte von Kerzen in den venezianischen Leuchtern anzünden lassen, die im großen Speisesaal benutzt wurden, ehe John Junius in Brinsley House die Gasbeleuchtung hatte installieren lassen. Ihr flackernder Schein tanzte in Georgianas Haar und um ihren Hals. Als sie auf die Ankunft der Gäste warteten, küßte Margaret ihre Mutter in spontaner Bewunderung, und John Junius nickte beifällig dazu.

David kam früh, wie es geplant war. Auch Sophie und William – beide in schlechter Laune. Die Verbeugung, mit der William den zukünftigen Schwager begrüßte, war knapp und kaum noch höflich zu nennen.

»Machen Sie sich nichts daraus«, flüsterte Margaret, die David, ehe die übrigen Gäste eintrafen, beiseite genommen hatte. »Er ist besorgt, weil sich Sophie nicht wohl fühlt.« Es wäre indiskret gewesen, ihm mehr über das Befinden ihrer Schwägerin zu sagen. Die ganze Familie wußte jedoch, daß Sophie es lästig fand, so bald nach Beatrices Geburt schon wieder in anderen Umständen zu sein, zumal an einem Abend wie diesem. Sie hätte gern eine elegantere Robe getragen und bis in den Morgen tanzen mögen.

David schüttelte den Kopf.

»Ich fürchte, daß ich an der Verstimmung Ihres Bruders schuld bin«, sagte er. »Er ist nicht damit einverstanden, wie ich die Geschäfte der Bank handhabe.«

»Warum, was haben Sie getan?«

»Ich machte ihm vor einigen Wochen einen Vorschlag. Anstatt ihn anzunehmen, verkaufte er seinen Aktienanteil an der Bank. Vermutlich tat er es im Zorn, verursacht durch meine vermeintliche Anmaßung, und jetzt bedauert er diese Handlung. Hoffentlich verdirbt sein Mißmut nicht den ganzen Abend.«

»William und ich waren einander nie sehr nah«, sagte Margaret. »Sollte es je zu einem Zerwürfnis zwischen meinem Bruder und meinem Ehemann kommen, so wissen Sie, auf wessen Seite ich stehen werde.«

Sie drückte seinen Arm, aber ihr Gespräch wurde unterbrochen, denn jetzt fuhren die Wagen der Gäste vor. Ransome schritt würdevoll durch die Halle der Vordertür, und David zog sich ein wenig in den Hintergrund zurück, wie es einem Mann ziemt, dessen Anwesenheit erst einer Erklärung bedarf. Margaret stand neben ihren Eltern, um die Geladenen willkommen zu heißen.

John Junius hatte an diesem Abend vor dem Ball die Wohlhabendsten aus seinem Bekanntenkreis zu Tisch geladen. Reich waren sie alle, und heute stellten sie ihren Reichtum zur Schau. Seit vielen Jahren hatte nicht einmal der große Speisesaal von Brinsley House das Blitzen und Funkeln von soviel kostbarem Geschmeide und Haarschmuck, Perlknöpfen und Brillantnadeln gesehen.

Georgiana überstrahlte sie alle, und Margaret wußte jetzt, daß ihre Eltern dies geplant hatten und stolz darauf waren. Es war, als veranstaltete John Junius zum erstenmal, seit seine Tochter sich erinnern konnte, eine demonstrative öffentliche Vorführung seines Reichtums. Noch nie hatte er ihn derart zur Schau gestellt. Bei jeder anderen Gelegenheit hätte Margaret über ein so uncharakteristisches Verhalten gestutzt, aber heute abend galten ihre Gedanken nur David.

Während des Balles sollte ein spätes Souper gereicht werden, so daß das Dinner hätte einfach sein können, aber sie stellte fest, daß auch diese Mahlzeit ungewöhnlich üppig war. Der erste Gang war klare Schildkrötensuppe, die, wie sie wußte, pro Portion eine Guinea gekostet haben mußte. Auf den Lachs folgte ein *entrée* aus Kalbsbries. Als *relevé* hatte man Lamm gewählt; danach kamen gebratene junge Enten und Perlhühner. Ihnen folgten zwei köstliche *entremets* und drei Süßspeisen. Aber den Höhepunkt des Mahls bildeten unzweifelhaft acht wunderbar arrangierte Körbe mit Früchten, die eines von Williams Schiffen soeben aus Westindien mitgebracht hatte – Prachtexemplare von Ananas, Melonen und Bananen, so exotisch, daß viele der Gäste noch nie dergleichen gekostet hatten.

Am Ende des Mahls kam Margarets großer Augenblick. Ihr Vater erhob sich, um die Verlobung bekanntzugeben und einen Toast auf das junge Paar vorzuschlagen. Das Geheimnis war wohl gehütet worden, und Margaret sah, daß die Gäste ihres Vaters völlig überrascht waren. Sobald sie wieder zu Hause wären, würden sie gewiß ihre Mutmaßungen über den unbekannten jungen Mann anstellen und vielleicht zu unfreundlichen Schlüssen kommen. Aber im Moment bewirkte die deutlich zum Ausdruck gebrachte Genugtuung des Gastgebers, daß sie, noch dazu nach einer so vortrefflichen Mahlzeit, ihren Glückwünschen einen herzlichen Anstrich verliehen. Der schlanke, hübsche David war mit solchem Abstand der bestaussehende Mann der Tafelrunde, daß Margaret nur Stolz empfinden konnte.

Da die meisten Gäste etwa im Alter ihrer Gastgeber waren, hatten sie keine besondere Eile, den Ball zu besuchen. Zu irgendeinem Zeitpunkt dort gesehen zu werden, war alles, was sie wollten: Sie gingen nicht zum Tanzen hin. Doch ausnahmsweise schien John Junius von den leuchtenden Augen seiner Tochter gerührt zu sein. Dies war Margarets großer Abend, und wenn sie tanzen wollte, dann sollte sie auch tanzen. Er schnalzte mit den Fingern, um die Dienstboten anzutreiben, und das Haus Lorimer erschien in den Festsälen, noch ehe zur ersten Quadrille gerufen wurde.

Sie warteten ungeduldig auf die Ankunft des Prince of Wales, der in diesem Moment hinter trompetenschmetternden Herolden seinen Einzug hielt. Er schritt würdevoll durch das Spalier der Gäste, eine Allee wippender Straußenfedern und nickender Brillantsterne, als die Damen in der vordersten Reihe in den Hofknicks versanken und dabei versuchten, züchtig die Lider zu senken und gleichzeitig einen Blick auf den Prinzen zu werfen. Es hieß, er sei ein schöner Mann, aber Margaret fand ihn schon zu beleibt für ihren Geschmack. Ihre Hand schloß sich fester um Davids Arm, als sie sich wieder aufrichteten und zusahen, wie sich die Bürgermeisterin, puterrot vor Aufregung, vom königlichen Gast der Stadt aufs Parkett führen ließ, um mit ihm den Ball zu eröffnen.

Auch Margaret vermochte den Taumel dieses Abends kaum noch zu ertragen, wenn auch aus einem anderen Grund. Der Ballsaal mit seinen roten Samtvorhängen und den vergoldeten Säulen und Stühlen war ihr vertraut, aber noch nie war die Luft so schwer gewesen von Blumenduft. Noch nie hatten die Musikanten in den roten Röcken, sobald die Tänzer auf dem Parkett waren, so mitreißend und schwungvoll gespielt. Dies alles jedoch war nicht der Grund, warum ihr Herz rascher schlug; die Nähe ihres Bräutigams versetzte sie in den siebenten Himmel.

David tanzte vorzüglich. Nun, da sie offiziell als seine künftige Gattin galt, erkühnte sich Margaret, scherzend ihre Überraschung auszudrücken.

»Noch vor einem Monat hätte ich Ihnen Schande gemacht«, gestand er, als sie nach dem Tanz wieder in einer der Nischen des Saals saßen. »Aber eines Tages begegnete ich zufällig Miss Reni. Ich kenne sie zwar nur als begabte Pianistin, aber ich dachte, sie könne vielleicht auch zur Tanzlehrerin talentiert sein oder mir wenigstens jemanden empfehlen, der mich in dieser Fertigkeit unterweisen würde.«

»Und sie hat es Sie selber gelehrt?«

»Im Handumdrehen«, sagte David. »Ob mit Erfolg, wage ich nicht zu beurteilen.«

»Ich dachte, Luisa habe Bristol verlassen, da ich nichts mehr von ihr hörte«, sagte Margaret. »Wissen Sie, wo sie jetzt wohnt?«

David zögerte. Die Eifersucht, die Margaret empfunden hatte, als sie ihn zum erstenmal zusammen mit Luisa sah, flackerte sekundenlang wieder auf, aber alsbald wurde ihr klar, daß die Adresse der Grund für seine Verlegenheit war. Es war ein Haus in der Nähe der Aussichtsterrasse, The Gazebo. Keine schlechte Gegend – sogar nicht allzuweit von Brinsley House entfernt –, aber ein Bezirk, dem der gleiche Ruf anhaftete wie jener Straße, aus der sie einst den jungen Walter Crankshaw hatte kommen sehen. Als David die Anschrift nannte, sah Margaret ihm an, daß er überlegte, ob sie im Bilde sei.

»Da sie ein Kind zu versorgen hat, wird sie wohl einen Beschützer nötig haben«, sagte sie. Ihre Mutter hätte diese Reaktion nicht gebilligt, und Margaret selber war wider Willen ein wenig schockiert, tat aber alles, um ihre Stimme unbefangen klingen zu lassen.

David schien erleichtert darüber, wie schnell sie begriffen hatte, daß Luisa jetzt eine ausgehaltene Frau sein mußte.

»Ich muß Ihnen hoffentlich nicht versichern, daß nicht ich dieser Beschützer bin«, sagte er lächelnd. »Und darf ich mir jetzt erlauben, mich in Ihre Tanzkarte einzutragen? Während meiner kurzen Lehrzeit konnte ich nur den Highland Reel nicht genug üben. Diesen Tanz muß ich einem Ihrer anderen Bewunderer abtreten.«

»Im Gegenteil, Sie müssen solange mit mir hier sitzenbleiben, oder ich werde eifersüchtig bei dem Gedanken, daß Sie lieber mit einer anderen zusammensitzen.«

Sie lachten beide, als er seinen Namen in ihre Tanzkarte eintrug. Dann blickten sie erstaunt auf. John Junius Lorimer und seine Gattin paradierten – anders konnte man es kaum noch nennen – an der Seite des Ballsaals entlang.
»Ich habe meinen Vater selten in Gesellschaft so aus sich herausgehen sehen«, sagte Margaret. »Im allgemeinen macht er sich nichts aus geselligen Anlässen. Und, um Ihnen die Wahrheit zu sagen, denn bald gehören Sie ja zur Familie, er macht sich auch nichts aus der Gesellschaft meiner Mutter. Oder vielleicht macht sie sich nichts aus der seinen. Auf jeden Fall sieht man meine Eltern selten zusammen.«
»Ich habe kein Recht, meinen Arbeitgeber und künftigen Schwiegervater zu kritisieren«, sagte David. »Aber mir scheint, daß er weniger Mrs. Lorimer als ihren Juwelen Gesellschaft leistet. Und sie sind tatsächlich prachtvoll. Gewiß eines der kostbarsten Erbstücke Ihrer Familie.«
»Sie irren«, verbesserte Margaret ihn. »Der Schmuck ist neu. Ein Geschenk für heute abend. Aber wurde nicht auch jedes Erbstück irgendwann einmal zum erstenmal getragen?«
»Neu?« staunte David.
Margaret wunderte sich über seine betroffene Miene.
»Meine Mutter beklagte sich ständig, daß sie kaum jemals Gelegenheit habe, sich als die Frau eines reichen Mannes zu zeigen. Ist es seltsam, daß mein Vater endlich doch nachgegeben hat?«
»Ihr Vater ist kein Mann, der in irgendeiner Sache nachgibt«, sagte David, »es sei denn, er hätte seine triftigen Gründe.« Der Gedanke schien ihn zu beunruhigen. »Er muß wohl einen Grund haben für diesen Sinneswandel.«
»Jedenfalls scheint das Geschmeide seine Wirkung nicht zu verfehlen«, erwiderte Margaret. Der Prince of Wales bewegte sich jetzt zwanglos unter den Gästen, blieb von Zeit zu Zeit stehen, so daß der Bürgermeister ihm die verdienstvollen Persönlichkeiten der Stadt vorstellen konnte. John Junius und Georgiana Lorimer wurden in diesem Augenblick einer solchen Gunstbezeigung teilhaftig.
»Ich muß bei nächster Gelegenheit Mrs. Lorimer um einen Tanz bitten«, sagte David, nachdem der Prinz weitergegangen war. »Und hier kommt Ihr Bruder auf Sie zu.«

Margaret sah David nach, wie er zu ihren Eltern hinüberging. Es war normal, daß Georgiana, noch rosig überhaucht vom Augenblick ihres Triumphs, den Tanz für David reservierte; aber es war überraschend, daß sie tatsächlich mit ihm die Tanzfläche betrat, zumal die nächste Nummer ein Galopp war. William, der sich inzwischen zu Margaret gesellt hatte, registrierte diese Tatsache mit Mißbilligung.

»Mama strengt sich heute viel zu sehr an«, sagte er. »Schon nach dem Dinner fand ich sie erhitzt.«

»Gewiß mehr vor freudiger Erregung als vor Anstrengung«, meinte Margaret. Sie sah, wie David sich nach Beendigung des stürmischen Tanzes verbeugte und wie Georgiana sich ungestüm fächelte, was die Ansicht ihres Sohnes zu bestätigen schien; dann zog Mrs. Lorimer sich auf die kühle Terrasse zurück. Als Margaret sich wieder umwandte, war William verschwunden, als habe er die Begegnung mit David vermeiden wollen.

»Der nächste Tanz ist ein Walzer«, erinnerte David sie. »Ich kann nicht zulassen, daß Sie ihn in den Armen eines anderen tanzen.«

»Hoffentlich habe ich mir keinen tyrannischen Ehemann ausgesucht«, lachte Margaret, als sie aufs neue seinen Arm nahm.

»Keineswegs. Es ist ganz einfach so, daß ich der Vernüftigere von uns beiden bin, wie Sie dank Ihres eigenen gesunden Menschenverstandes wohl oder übel zugeben müssen. Die beste Voraussetzung für eine glückliche Ehe.«

Seine Neckerei beglückte sie. Sie blickte ihn liebevoll an, als sie zur Tanzfläche schritten. Der Bay-Rum, der seinem Haar während des Dinners Glätte verliehen hatte, vermochte nun die Locken nicht mehr zu bändigen, die braunen Augen waren fröhlich und verliebt. Margaret pries ihr Geschick. Nie hatte ein Mann ihr besser gefallen. Daß auch er so sehr von ihr eingenommen war, glich einem Wunder, an das sie kaum zu glauben wagte.

»Ich glaube, ich werde im ganzen Leben nie mehr so glücklich sein wie in diesem Augenblick«, sagte sie leise, als der Tanz begann und sie fühlte, wie Davids Arm sich fest um ihre Taille legte.

»Bestimmt werden wir beide eines Tages noch sehr viel glücklicher sein«, sagte er. »Aber für den Anfang bin ich's recht zufrieden.«

Wie Luisa ihn gelehrt hatte, ließ er sie übers Parkett fliegen. Margaret wußte, daß die Augen des Vaters ihnen folgten. Sie kannte seine Ansicht über diesen Tanz – er fand ihn unmoralisch und neumodisch –, aber sie konnte in seiner Miene kein Zeichen der Mißbilligung entdecken. Es war, als habe er beschlossen, sich heute der Welt als zufriedener und weitherziger Mann zu zeigen. Ja, dies war wirklich der schönste Abend ihres Lebens.
Aber ihre Ahnung, daß soviel Glück nicht von Dauer sein könnte, sollte sich bewahrheiten.

10.

Am Tag nach einem Ball werden Juwelen in Banktresoren verwahrt, Roben verschwinden wieder in ihren Schränken, und Damen mittleren Alters, der Strapazen einer durchtanzten Nacht längst entwöhnt, bleiben im Bett und geben Befehl, daß sie nicht gestört zu werden wünschten. Das alles ist ganz normal; aber im Hause Lorimer geschah es diesmal, um eine unerwartete und bestürzende Folge des Balls zu vertuschen.
Williams Sorge um seine Mutter erwies sich als begründet. Kam es daher, daß Georgiana unmittelbar nach dem hitzigen Tanz ins Freie gegangen war oder daß sie überhaupt ihr gewohntes warmes Boudoir in einem tief dekolletierten Kleid verlassen hatte – vierundzwanzig Stunden nach dem Ball klagte sie über Schüttelfrost.
Später sollte die ganze Familie sich Vorwürfe machen, weil niemand Georgianas erste leise Schmerzensäußerungen ernst genommen hatte. Seit so vielen Jahren schon litt sie an offenbar namenlosen Krankheiten, daß auch diesmal niemand an eine wirkliche Gefahr dachte. Sie blieb in ihrem Zimmer – aber das tat sie sonst auch. Sie hütete das Bett – aber das hielt man zunächst für eine verständliche Reaktion auf die Hektik der vergangenen Wochen, die Vorbereitungen für das Dinner und den Ball.
William und Sophie waren natürlich wieder in ihr eigenes Heim zurückgekehrt. Ralph hatte sich seit dem Tag von Claudines Abreise nach Frankreich mit wahrem Feuereifer in Gebet und Studium gestürzt. John Junius wurde mehr denn je von den Bankgeschäften in

Anspruch genommen und saß, Abend für Abend sorgenvoll über Zahlenreihen gebeugt, im Turmzimmer. Margaret fand es in den Tagen nach dem Ball ganz selbstverständlich, daß es ihr oblag, die Höflichkeitsvisiten ihrer Dinnergäste entgegenzunehmen. Auch Verlobungsgratulanten trafen ein; und sie selber hatte eine Reihe von Besuchen abzustatten. Sooft sie an die Tür ihrer Mutter klopfte, empfing Marie-Claire sie mit der Eröffnung, Madame pflege der Ruhe, aber dies schien kein Grund zur Besorgnis zu sein, und überdies war Margaret zu sehr mit ihren eigenen Angelegenheiten beschäftigt, um sich Gedanken zu machen. Das Unglück wollte es, daß Dr. Scott einen Monat auf dem Lande verbrachte und daher seine allwöchentliche Visite ausfiel. Natürlich hätte Georgiana seinen Vertreter rufen lassen können, aber aus der egoistischen Gereiztheit, mit der sie sonst Dr. Scott wegen jeder Kleinigkeit herbeizitierte, war Lethargie geworden.

So kam es, daß mehrere Tage vergingen, ehe Margaret, als sie eine mit Rosen aus dem Garten gefüllte Silberschale ins Boudoir brachte, ihre Mutter bleich und mit strähnigem Haar, nach Atem ringend, von einem halben Dutzend Kissen gestützt, im Bett liegen sah. Margaret, die schon so viele Frauen in feuchten Kellerwohnungen krank hatte liegen sehen, brauchte nur die Hand der Mutter anzufassen, um zu wissen, daß ihr Zustand gefährlich war. Ohne Zeit mit tröstendem Geplauder zu verschwenden, winkte sie die Zofe mit hinaus auf den Korridor. Sobald die Tür des Zimmers geschlossen war, wollte sie Marie-Claire Vorwürfe machen, weil sie untätig zugesehen hatte, wie der Zustand ihrer Herrin sich soweit verschlechterte, und die sonst so selbstsichere Französin wirkte ausnahmsweise kleinlaut.

»Bis heute war kein Fieber festzustellen«, sagte sie. »Heute morgen wollte Madame nicht, daß ich sie frisierte. Sie sagte, sie sei zu müde. Ich wollte sie nicht allein lassen, aber ich habe nach einem Lakaien geklingelt, der den Arzt holen soll.«

Zur Bestätigung ihrer Worte kam in diesem Augenblick Nathaniel angelaufen, und Margaret schickte ihn sofort nach dem nächsten Arzt.

Bald traf Dr. Scotts Vertreter ein. Nach langer Untersuchung legte er über der rechten Lunge ein Zugpflaster auf. Er ließ Decken bringen und Kohlen nachlegen, damit die Patientin das Fieber ausschwitzen könne, verschrieb Gaben von Antimon vermischt mit Opiumsirup und versprach, Laudanum zu schicken, damit die Kranke eine ruhige Nacht habe. Margaret sah hilflos zu und war entsetzt über den heftigen Brechreiz, den das Antimon auslöste. Sobald am Abend ihr Vater nach Hause kam, wurde Dr. Scott vom Land herbeigeholt, und dieses Mal war sein Besuch keine Zeitverschwendung. Er übte nicht offen Kritik an seinem Vertreter, aber er setzte das Antimon ab und verordnete statt dessen eine Medizin, die Ammoniak und Brechwurzel enthielt. Über Georgianas anderen Lungenflügel kam ein Breiumschlag; die Kranke wurde immer schwächer.

Die Tage vergingen, ohne daß ihr Zustand sich besserte. Es war kaum zu glauben, daß eine Frau in der Mitte des Lebens trotz aller ärztlichen Fürsorge, aller Pflege und Medikamente, die für Geld zu kaufen waren, einer Krankheit erliegen sollte, die eine so harmlose Ursache hatte und sich so langsam zu entwickeln schien. Und doch mußte Margaret in den folgenden Wochen feststellen, daß Dr. Scotts Miene mit jedem Tag ernster wurde. Er sprach zu John Junius von einer Krisis, einem Tiefpunkt, an den seine Patientin gelangen müsse, ehe man auf Besserung hoffen dürfe. Margaret saß den ganzen Tag und einen Teil der Nacht am Krankenlager, aber in Brinsley House wollte kein Wunder geschehen. Schneller und schneller wurde der mühsam keuchende Atem und danach immer langsamer. Ehe der September zu Ende ging, war Georgiana Lorimer tot.

Sie hatte nie eine große Rolle im Leben ihrer Kinder gespielt, deren Erziehung sie den Kindermädchen, Gouvernanten und Hauslehrern überlassen hatte, aber jetzt wurde sie von Söhnen und Tochter aufrichtig betrauert. Sie hatte kaum je ihre Enkel gesehen, denn die lauten Stimmen kleiner Jungen und das Schreien von Säuglingen verursachten ihr Kopfschmerzen, aber Matthew weinte über den Tod seiner Großmutter, als wollte ihm das Herz brechen. Die Dienstboten hatten keine Ursache, ihre Herrin zu lieben, die selten anders als unwillig mit ihnen sprach, und nur Marie-Claire mußte nun um ihre Stellung bangen, aber Köchin wie Küchenmädchen liefen mit geröteten Augen herum. Längst war sie John Junius keine Ehegefährtin mehr gewesen, doch auch er schien vor Kummer verstummt oder vielleicht vor der Tatsache, daß eine solche Veränderung in seinem

Leben ohne seine Anweisungen und gegen seine Wünsche eintreten konnte. Da er eine um so vieles jüngere Gattin genommen hatte, fühlte er sich vor dem Witwerstand sicher.
Er schloß sich den ganzen Tag entweder im Turmzimmer oder in der Bibliothek ein. Wenn er zu einer Mahlzeit erschien, hatte er seinen Kindern nichts zu sagen. Schweigend saß er da, nahm an nichts Anstoß und erteilte keine Befehle, und Margaret sah zum erstenmal, daß ihr Vater ein alter Mann war. Er unterschrieb eine Anweisung an den Bestattungsunternehmer, aber das Verschicken der Anzeigen und die Bestellung von Gewürzkuchen und Madeira blieb Margaret überlassen. Auch ein Todesfall war ein gesellschaftliches Ereignis. Für die anreisenden Freunde mußten Trauerringe und schwarze Glacéhandschuhe besorgt werden. Die weiblichen Dienstboten bekamen schwarze Kleider, Schals und Hauben, die Männer Armflore oder Hutbänder. Für Margaret, die beim Tod von Georgianas letztem Baby noch ein Kind gewesen war, mußte eine Schneiderin des Trauerausstatters eine komplette neue Garderobe liefern. Es war verwirrend, sich all diesem häuslichen Trubel ausgesetzt zu sehen, anstatt sich stiller Trauer hinzugeben.
Als wäre eine Tragödie nicht genug, folgte die zweite ihr auf den Fersen. Die Beerdigung sollte am Donnerstag nach Georgianas Tod stattfinden. Am Vorabend kam William von The Ivies herüber zu Vater und Geschwistern. Sie unterhielten sich mit gedämpften Stimmen. William hatte den Tag an Bord seines neuesten Dampfschiffs verbracht, das vor der ersten Atlantiküberquerung zu einer Probefahrt ausgelaufen war. Er sprach über das Schiff und über die Hoffnungen, die er für dessen Zukunft hegte. Es sollte nach seiner Mutter *Georgiana* heißen. Der Vorschlag wurde besprochen und gebilligt, danach versickerte das Gespräch. Müßig saßen die vier Lorimers im Salon. Um diese Stunde arbeitete Margaret sonst an ihrer Gros-point-Stickerei, aber heute schien dies ein zu frivoler Zeitvertreib. Das stumpfe Schwarz der Kleidung machte die Atmosphäre bedrückend, und das Schweigen wirkte verlegen, als wolle jeder es brechen, könne jedoch kein passendes Thema finden.
Die gedrückte Stimmung wurde durch das Eintreten Ransomes unterbrochen. Er flüsterte William zu, daß ein Bote von der Werft hier sei und ihn sprechen wolle. Erstaunt runzelte William die Stirn, ent-

schuldigte sich dann bei seinem Vater und ging hinaus in die Halle. Als er wiederkam, war sein Gesicht totenbleich.

»Die *Georgiana* hat Schaden genommen«, erklärte er. »Eine Explosion im Kesselraum. Du wirst verzeihen, Vater, wenn ich mich unverzüglich zur Werft begebe und nachsehe, was passiert ist.«

»Ist jemand verletzt?« fragte Margaret.

Ihre Frage wurde nicht beantwortet, denn im gleichen Augenblick stellte ihr Vater eine zweite.

»Ist der Schaden groß?«

»Das Schiff brennt«, sagte William. »Es ist noch zu früh, um zu beurteilen, was gerettet werden kann, aber wir müssen mit dem Schlimmsten rechnen.«

Er wandte sich zum Gehen, aber sein Vater rief ihn zurück.

»William! Hier geht es um mehr als bloß um ein einzelnes Schiff. Läßt sich der Unfall verheimlichen?«

William schüttelte den Kopf.

»Nein. Der Mann, der die Nachricht brachte, hörte die Explosion zu Hause. Auf seinem ganzen Weg hierher waren die Flammen zu sehen. Eine Menge Leute müssen gehört oder gesehen haben, was passierte.«

»Schick mir Nachricht, sobald du dort bist«, sagte John Junius. Er sprach mit ungewohnter Dringlichkeit. »Und desgleichen, sobald du den Umfang des Schadens feststellen konntest. Beides muß streng vertraulich bleiben. Nimm einen der Lakaien als Boten mit. Jedem, der aus Neugier zur Werft kommt, muß gesagt werden, es handle sich um einen geringfügigen Zwischenfall, nichts Bedeutendes.«

»Ich verstehe, Vater.«

John Junius folgte ihm in die Halle und befahl Ransome, seinen Wagen vorfahren zu lassen.

»Du willst doch nicht selber zur Werft fahren, Papa?« fragte Margaret besorgt.

»Nein. Mr. Gregson muß hier sein, wenn Williams Nachricht eintrifft. Ich lasse ihn holen.«

Margaret begriff nicht, was David mit der Havarie eines Schiffs zu tun haben sollte, aber sie war froh um jeden Grund, der ihn ins Haus brachte. Eine Stunde später war er da, und Margaret konnte aus seiner bestürzten Miene sehen, daß ihr Vater ihm mit dem Wagen auch Nachricht über den Unglücksfall geschickt hatte. Bei Margarets Anblick zauderte er kurz, aber Ransome wartete bereits, um ihn ins Turmzimmer zu geleiten, und er mußte weitereilen. Margaret ließ die Tür des Salons offen und wartete, bis David wieder erscheinen würde. Es dauerte lang, und als er endlich kam, war er in Gesellschaft ihres Vaters.

»Ich kann anläßlich des Begräbnisses meiner Frau die Bank für einen Tag schließen«, sagte John Junius gerade. »Auch wer nicht an den vorgegebenen Grund glaubt, wird dies nicht laut sagen wollen. Aber mehr als ein Tag steht uns nicht zur Verfügung. Walte Gott, daß er genügt.«

»Ich werde mein Möglichstes tun, Sir.« David blickte während des Sprechens sehnsüchtig zu Margaret hinüber. John Junius fing seinen Blick auf.

»Du kannst Mr. Gregson zum Wagen begleiten, Margaret, aber du darfst ihn nicht aufhalten. Er hat dringende Geschäfte zu erledigen.«

Vor der Tür klammerte Margaret sich an Davids Arm und stellte die Frage, die ihr seit dem Eintreffen der Botschaft für William auf der Seele brannte.

»Ich begreife, daß mein Bruder jetzt in gewisse Schwierigkeiten geraten kann«, sagte sie. »Aber warum ist mein Vater so sehr beunruhigt? Und warum zieht er Sie in diese Sache hinein?«

»Die Schiffe Ihres Bruders sind mit Lorimerschem Geld gebaut«, sagte David. »Ganz Bristol weiß das. Draußen in der Werft steht unser Kapital in Flammen. Und wenn unsere Einleger das erfahren, wird jeder sein eigenes Geld in Sicherheit bringen wollen. Sobald die Bank wieder aufmacht, werden sie alles abheben.«

»Aber es liegt doch für sie bereit.«

»Keine Bank verwahrt die gesamten Kundengelder im Tresor«, erwiderte David. »Das Kapital muß arbeiten, damit Unternehmen finanziert und die Aktionäre ausbezahlt werden können. In ruhigen Zeiten verstehen die Einleger das vollauf. Aber ein Unglücksfall wie dieser kann eine Panik auslösen, und allein die Panik mag zur Katastrophe führen. Ihr Vater ist zu Recht beunruhigt. Für Ihren Bruder ist dies ein unglücklicher Zwischenfall. Für die Lorimer's Bank könnte es weit mehr sein. Natürlich sagen Sie niemandem ein Wort darüber.«

»Natürlich nicht.« Sie verstand zwar noch immer nicht, warum die Bank in so großer Gefahr schwebte, aber wenigstens begriff sie, daß David fort mußte. Als sie ins Haus zurückkehrte, war auch ihre Miene besorgt. Sie schalt sich abergläubisch, vermochte sich indes trotzdem den alten Spruch nicht aus dem Kopf zu schlagen, wonach aller schlechten Dinge drei seien.

11.

Die Kapitäne der Sklavenschiffe im siebzehnten und achtzehnten Jahrhundert waren nicht gerade für ihre Frömmigkeit bekannt. Brinsley Lorimer war nach dem Tag seiner Hochzeit erst wieder am Tag seiner Beisetzung in einer Kirche gesehen worden. Aber seine Frau war gläubige Baptistin und konnte dank der langen Abwesenheiten ihres Gatten sowohl den Sonntag heilighalten wie auch dafür sorgen, daß ihre Kinder eine gottesfürchtige Erziehung genossen. Weder ihre Kinder noch ihre Enkel hätte man später als religiös bezeichnen können, aber vielleicht war gerade dies der Grund, warum keines von ihnen sich entschließen konnte, den baptistischen Glauben abzulegen. Erst Samuel, zu dessen engstirniger Bigotterie noch der Wunsch nach weltlichem Ansehen hinzukam, ließ seine Familie aus der Baptistengemeinde in die anglikanische Staatskirche übertreten. John Junius Lorimer, sein Enkel, wurde nach dem Ritus der Kirche von England getauft und hielt sich an dieses Bekenntnis, sooft später irgendein Zeremoniell fällig wurde. Die früheren Lorimers lagen in einem bescheidenen Stückchen Erde drunten am Fluß begraben, aber Georgianas Platz war in der Familiengruft des Friedhofs neben den Downs.

Am Morgen des Begräbnisses hielt John Junius wie immer die Hausandacht ab und nahm seinen gewohnten Platz am Präsidium des Familientisches ein. William war nach Brinsley House gekommen, um dem Vater zur Seite zu stehen. Sophie, die in sieben Wochen ihr drittes Kind erwartete, war unpäßlich und mußte das Bett hüten.

Um zehn Uhr versammelten sich die Freunde der Familie im Haus. Margaret oblag als nunmehriger Hausherrin die Pflicht, sie zu be-

grüßen und anstelle ihres Vaters, der sich nicht zeigte, die Beileidsbezeugungen entgegenzunehmen. Sie erklärte den Trauergästen, er sei zutiefst erschüttert, obwohl sie wußte, daß er an einem hochgelegenen Fenster nach Davids Ankunft Ausschau hielt.
Die Zeit verging, und David kam und kam nicht. Margaret bat um Entschuldigung und schlüpfte hinaus. Der Bestattungsunternehmer wartete auf sie, um ihr zu zeigen, daß alles bereit sei. Der schwere Sarg aus Blei und Eichenholz, mit dem schwarzsamtenen Bahrtuch bedeckt, war bereits unauffällig aus dem Haus gebracht und in den Leichenwagen mit dem gläsernen Aufbau geschafft worden. Dahinter standen die beiden Trauerkutschen, jede mit vier schwarzen Pferden bespannt, die ungeduldig die Federbuschen auf den Köpfen schüttelten. Die Kutscher saßen schon auf den Böcken. Die Bahrtuchhalter, Leichendiener und Sargbegleiter, die den Sarg in die Kirche tragen würden, warteten, in einer Reihe aufgestellt, auf das Erscheinen der Angehörigen.
In diesem Moment traf David in einer Mietdroschke ein und eilte ins Haus, ohne Margaret zu sehen, da sie hinter den Kutschen stand. Sobald er in die Halle eingelassen wurde, kam ihm John Junius schon entgegen. Der Präsident begann sofort mit Fragen, obwohl Margaret gleichfalls hereingekommen war und jedes Wort hören konnte.
»Nun?«
»In der zweitwichtigen Angelegenheit hatte ich Erfolg. Alle Banken in Bristol haben sich einverstanden erklärt, die Schecks von Lorimer's Bank bis zum normalen täglichen Limit zu honorieren. Ich ließ diese Nachricht unter den Geschäftsführern der wichtigsten Läden verbreiten, damit nicht etwa durch deren Zurückweisung unserer Schecks Beunruhigung entstehe.«
»Und die Hauptsache? Das Gold?«
David seufzte.
»Man zeigt sich kulant gegen uns«, sagte er. »Alle Banken wissen, was es für das allgemeine Ansehen bedeutet, wenn eine von ihnen falliert. Aber keine will handeln, ohne der Unterstützung aller anderen gewiß zu sein. Ich habe eine Besprechung zwischen Ihnen und fünf weiteren Bankpräsidenten heute nachmittag um drei Uhr in der Old Bank arrangiert. Sie alle verfügen über Reserven, die sie für kurze Zeit zedieren könnten, aber nur unter der Bedingung, daß

nichts an die Öffentlichkeit dringt. Natürlich verlangen sie sämtlich Sicherheiten für den Transfer.«
Das nun folgende Schweigen schien Margaret unheilvoller als alle vorhergegangenen Worte. Es kam nicht oft vor, daß ihr Vater nichts zu erwidern wußte.
Endlich raffte er sich zu einer optimistischen Äußerung auf.
»Das alles haben wir früher auch schon durchgemacht, Mr. Gregson, und haben überlebt«, sagte er. »1866 waren Sie noch zu jung, um mitbekommen zu haben, was passierte, als Gurney's Diskontbank in London bei Schulden von zehn Millionen Pfund die Zahlungen einstellte. Innerhalb einer Woche fallierten sechs weitere Banken, ausschließlich aufgrund der Panik unter den Einlegern. Die meisten dieser Banken waren normalerweise durchaus solvent; zwei von ihnen konnten sogar später ihre Schalter wieder öffnen. Wir in Bristol trotzten diesem Sturm, Mr. Gregson, weil wir zusammenstanden, um das Vertrauen aufrechtzuerhalten. Diese Lektion ist gewiß nicht in Vergessenheit geraten. Wir werden die nötige Unterstützung finden.«
Nun war David verstummt, als könne er sich dieser rosigen Darstellung der Lage nicht anschließen.
»Auf dem Weg hierher kam mir ein Gedanke«, sagte er schließlich. »Ich nehme an, die *Georgiana* war versichert. Wenn es Mr. William Lorimer, vielleicht mit Ihrer oder meiner Hilfe, gelänge, von der Versicherungsgesellschaft sofort zumindest eine vorläufige Regelung zu erwirken, so wäre dies von größtem Wert.«
»Das Schiff war bei Lloyd's versichert«, sagte John Junius. »Aber die Meldung dürfte London kaum schon erreicht haben. Diese Branche ist so neu, daß die Versicherer erst Ermittler schicken werden, um die Ursache des Schadens festzustellen. Zweifellos wird die Gesellschaft ihren Verpflichtungen in angemessener Zeit nachkommen, aber wir können kaum erwarten, daß sie noch heute abend eine Kiste voll Gold per Eisenbahn expediert.«
»Ich dachte an die Sicherheiten, die von den anderen Banken gefordert werden«, sagte David. »Eine Zahlungszusicherung würde, wenn man sie schnellstens erhalten könnte, den entsprechenden Wert in Gold aufwiegen.«
»Eine Police von Lloyd's ist allein schon Sicherheit genug«, sagte John Junius. Margaret sah ihm an, daß er über den Einfall erfreut

war. »Ich werde mit meinem Sohn sprechen und die Police zu der Beratung mitbringen.«

»Ich fahre sofort zur Bank zurück, um alle einschlägigen Unterlagen vorzubereiten«, sagte David; aber John Junius schüttelte den Kopf.

»Da Sie und Margaret nun offiziell verlobt sind, wird man Ihre Teilnahme am Begräbnis erwarten. Ich lege größten Wert darauf, daß heute nichts die geringste Aufmerksamkeit erregt. Auf eine Stunde wird es nicht ankommen.«

David verbeugte sich wortlos und trat zu Margaret.

»Nach der Bestattung muß ich unverzüglich weg«, sagte er zu ihr. »Und in den nächsten Tagen habe ich viel zu tun. Sollte ich Sie in dieser Zeit nicht aufsuchen, so bitte ich um Ihr Verständnis. Wollen Sie mir schon im vorhinein verzeihen?«

»Natürlich. Ich weiß, daß Sie kommen werden, sobald Sie irgend können.«

»Und noch etwas«, sagte David. Er zögerte, als überlege er noch, ob er es sagen solle. »Sollten die Ihren von irgendeinem Unheil betroffen werden, dann denken Sie daran, ich bitte Sie, daß nichts mir mehr am Herzen liegt, als Ihnen so bald wie möglich ein Heim zu bereiten. Vielleicht ein bescheideneres als Lower Croft. Mein Glück wohnt in jedem Haus, dessen Herrin Sie sind. Durch die Krankheit Ihrer Mutter konnte Ihr Vater nicht, wie er versprochen hatte, unseren Hochzeitstag festsetzen, und nun versteht es sich, daß ihr Tod einen Aufschub nötig macht. Doch sobald Ihre Trauerzeit beendet ist und Sie zu mir kommen können, erwarte ich Sie mit offenen Armen.«

Margaret war von den Begebenheiten dieses Tages so aufgewühlt, daß sie ihm nur schweigend die Hand entgegenstrecken konnte. David nahm sie fest in beide Hände und führte sie an die Lippen. Dann trat er ein wenig abseits, als wolle er den Eindruck erwecken, daß er nichts Wichtiges zu sagen gehabt hätte. Margaret verfiel in Nachdenken, welche Art Unheil David gemeint haben mochte. Sie trug bereits den schwarzen Schleier, durch den sie selber zwar leidlich sehen konnte, der jedoch ihre eigenen Züge vor den Blicken anderer Menschen verbarg. Sowohl David wie ihr Vater – und desgleichen William, der sich nun den beiden angeschlossen hatte – trauerten bereits nicht mehr um Georgiana. Ihre Leichenbittermienen waren durch Sorgen anderer Art verursacht. Die Erkenntnis, daß ihre Mutter so schnell vergessen war, mehrte Margarets eigenen Kummer, und nur mit Mühe hielt sie die Tränen zurück, als sie ihren Platz in einer der Trauerkutschen einnahm.

Das Gefolge trat an, und die Männer des Leichenbestatters mit den schwarzen Zylindern schlossen sich an. Dann folgten die anderen Privatwagen in einem Zug, der viel vom Reichtum einer der wohlhabendsten Städte Englands verriet. Langsam wand sich die Prozession hügelan und über die Downs von Clifton. Viel Volk war auf den Straßen. Margaret wußte, daß der Trauerzug einer reichen Familie immer viele müßige Gaffer anzog und von Dienstmädchen und Botenjungen als willkommene Gelegenheit zum Trödeln begrüßt wurde. Aber heute herrschte eine andere Atmosphäre, als hätte die Kunde von dem Ereignis sich in der ganzen Stadt verbreitet und Zuschauer von weither angelockt.

Befremdlicher war das Sträuben, mit dem die Menge dem Sarg die letzte Ehre erwies. Erst im letzten Augenblick wurden Hüte gezogen und Köpfe gesenkt. Und Margaret nahm trotz allem wahr, daß die Insassen der Wagen genau gemustert wurden und daß Feindseligkeit in diesen Blicken lag. Doch wurden keine Rufe laut, und falls die Menge gemurrt hatte, so war davon in den geschlossenen Wagen nichts zu hören. Die Beunruhigung, die am Vorabend in Margaret erwacht und durch das Gespräch zwischen David und ihrem Vater weiter genährt worden war, steigerte sich von Sekunde zu Sekunde. Sie war froh, als die gelben Steinmauern von Christ Church in Sicht kamen.

Als sie aus der Kutsche stieg, blickte Margaret zu dem gewaltigen Bauwerk empor, das noch immer so neu aussah wie bei seiner Errichtung vor dreißig Jahren. Es war das verkleinerte Modell einer Kathedrale, getreu bis zu den phantastischen Skulpturen über dem Tor. Der spitze Turm ragte vom höchsten Punkt der Stadt aus gen Himmel. Wie das College und die Hängebrücke gehörte auch die Kirche zu jenen Bauten Cliftons, die der Großzügigkeit der Lorimers viel zu verdanken hatten.

Daran erinnerte sie sich auch, als sie langsam das Kirchenschiff durchschritten und den Betstuhl der Familie betreten hatte. Nachdem die schwermütigen Orgeltöne verklungen waren und der Geistliche mit seiner Predigt begonnen hatte, betrachtete sie den massiv gebauten Innenraum der Kirche. Ein Werk für die Ewigkeit. Genauso unzerstörbar war ihr Familienleben erschienen, und nun hatte Georgianas Tod es zerbrochen. Und das Finanzreich ihres Vaters, dem weder die Unbilden von Wind und Wetter noch die Gewißheit des Todes etwas anhaben konnten, war scheinbar unerschütterlich gewesen. War es möglich, daß auch dieser Bau Sprünge aufwies? Nein, das konnte nicht sein. Wenn das Haus Lorimer zu Fall käme, dürfte nichts auf der Welt mehr für sicher gelten.

Mühsam wandte sie die Gedanken von solch weltlichen Problemen ab und widmete ihre ganze Aufmerksamkeit dem Zeremoniell und der Erinnerung an die Mutter. Die Leichenrede war lang und qualvoll. Danach, auf dem Kirchhof, blickte sie auf die düstere Gruppe, die in tiefschwarzer Trauerkleidung die Gruft umstand. Wiederum beschlich sie jenes unheimliche Gefühl, sie fröstelte trotz der Wärme des Spätsommers und ihrer schweren Kleidung. Sie sagte sich, daß das Leben in Brinsley House doch nicht für immer und ewig unverändert hätte weitergehen können. Sie selber hatte ja geplant, es sehr bald schon hinter sich zu lassen. Aber diese Veränderung war freudig erwartet, nicht vom Schicksal erzwungen gewesen. In ein paar Tagen sollte Ralph sein erstes Semester in Oxford beginnen. Sie selber würde nun wohl länger auf ihren Hochzeitstag warten müssen, aber eines Tages würde es soweit sein, und dann wäre der Vater allein in dem riesigen Haus: ein einsamer Greis. Im Schutz des Trauerschleiers beweinte sie sein Los, aber ein Teil ihres Kummers galt auch ihrem eigenen Geschick. Waren ihre Pläne noch ungefährdet, oder würde diese neue Situation irgendein Hindernis aufrichten?

Als sie zu David hinübersah, der ernst den letzten Worten lauschte, die über dem Sarg gesprochen wurden, glaubte sie, ohne ihn nicht mehr leben zu können. Sollte irgend etwas zwischen ihn und sie treten ... Aber sie wies den Gedanken von sich. John Junius mochte einsam sein, aber er würde nie jemandem zur Last fallen wollen. Wenn er sie bitten sollte, in Brinsley House zu bleiben, um anstelle der Mutter die Leitung des Haushalts zu übernehmen, so würde er aus der Bitte eine Gunst machen und ihr vorschlagen, mit David dort zu wohnen. Solange sie und David einander sicher wären, würde keine Macht der Welt sie trennen können.

Man kehrte wieder zu den Wagen zurück. Auf der Straße wartete ein Botenjunge und sah unglücklich drein, denn er hatte nicht gewußt, ob er sich wegen der verzögerten Ablieferung des Telegramms schelten lassen sollte oder wegen einer Unterbrechung der Trauerzeremonie. Margaret spürte, wie gern der Vater den Schritt beschleunigt hätte, doch genau wie der Botenjunge entschloß er sich, das Dekorum zu wahren. Endlich war er nahe genug, um das Telegramm in Empfang zu nehmen. Er wandte sich von den übrigen Leidtragenden ab, während er es öffnete und las.

Margaret beobachtete ihn genau, als er sich wieder umwandte. Die Trauergäste, die John Junius nicht so gut kannten, konnten aus den schmaler gewordenen Lippen nicht entnehmen, daß eine Katastrophe passiert sein mußte, aber Margaret hatte schon in früher Kindheit lernen müssen, die Zeichen zu lesen, die einen geschäftlichen Fehlschlag verkündeten. Sie sah, wie der Vater Davids Blick suchte und ihm das Telegramm überreichte. Dann las auch der jüngere Mann die kurze Mitteilung. Er war in der Kunst, seine Gefühle zu verbergen, weniger geübt als der Präsident. Noch einmal las er Wort für Wort. Als er wieder aufblickte, trug sein bleiches Gesicht den Stempel der Verzweiflung.

12.

Wenn sich dunkle Wolken vor die Sonne des Erfolgs schieben, muß alles, was sich bislang in ihren Strahlen wärmte, eines Wettersturzes gewärtig sein. David hätte nie und nimmer nach der Lektüre des Telegramms dessen Inhalt als gezielten Schicksalsschlag ansehen dürfen. Es war der natürliche Lauf der Dinge, daß von einer Wirtschaftskrise, wie Bristol sie bereits zu spüren bekam, auch andere Handelsstädte erfaßt würden. Doch war die Nachricht so unerwartet, das Ausmaß der Katastrophe so überwältigend, daß David die Worte vor den Augen verschwammen. Wie John Junius brauchte auch er Zeit, sich zu fassen.

Das Telegramm vermeldete, daß die City of Glasgow Bank angesichts der Unmöglichkeit, ihren Verpflichtungen in Höhe von sechs Millionen Pfund nachzukommen, habe schließen müssen. Das war alles, aber David genügte es – und er sah, daß auch der Präsident hatte lesen können, was zwischen den Zeilen stand. Die Stadt Glasgow, das wirtschaftliche Herz Schottlands, würde ruiniert sein – war es bereits, wenn es auch noch eine kleine Weile dauern mochte, ehe ihren Bürgern das eigene Geschick klarwürde. Für die Lorimer's Bank waren die sozialen Auswirkungen von zweitrangigem Interesse. Es ging vielmehr darum, daß der Bankrott eines so großen und angesehenen Hauses das Vertrauen der Öffentlichkeit im ganzen Land erschüttern würde, sobald die Nachricht sich verbreitete. Kein noch so bedeutendes Geldunternehmen, keine noch so umsichtige Darlehenspolitik würde gegen die Auswirkungen dieses Schlags immun sein. Keine Bank in Bristol würde, sobald die Nachricht sie erreicht hätte, sich eigener Reserven zu entblößen wagen, indem sie gerade jetzt auch nur einen Sovereign ausliehe, gleichgültig, was der Bankrott eines Nachbarn in der Stadt anrichten mochte. Die für den Nachmittag angesetzte Besprechung war schon jetzt zum Scheitern verdammt.

»Dann haben wir verloren«, sagte er so leise, daß nur John Junius ihn hören konnte. Der Präsident zeigte seine Gefühle nicht. Die schweren Lider hatten sich über seine Augen gesenkt.

»Die Nachricht wird nicht vor dem Eintreffen der Zeitungen aus London bekannt werden«, sagte er. »Sie kommen morgen mit dem Zug, der kurz nach neun Uhr früh anlangt. Sollte der Zug Verspätung haben – oder noch besser, sollte die Zeitungssendung in London abhanden kommen ...«

Einen Augenblick lang dachte David, der alte Mann habe unter der Einwirkung des Schocks den Verstand verloren. Es war nur recht und billig, kämpfen zu wollen, solange man noch einen Zollbreit Boden unter den Füßen hatte, aber es ging nicht mehr an, zu den wilden Seeräubermethoden der alten Lorimers zu greifen, mit Diebstahl und Freibeuterei zu operieren, die allenfalls einen Aufschub von wenigen Stunden vor der unvermeidlichen Katastrophe einbringen könnten.

»Die Bristol Evening News hat bestimmt ihre eigenen Informationsquellen in London«, gab er zu bedenken. »Sie kommt in ein paar Stunden heraus. Und selbst wenn wir den Freitag überleben sollten, dann müßten wir uns dem Sonnabend stellen. Wenn Sie mich jetzt entschuldigen wollen, so will ich sehen, ob irgend etwas zu machen ist.«

Er trat zu Margaret, um ihr nochmals die Hand zu küssen und ihr voll Mitgefühl in die Augen zu blicken. Für lange Erklärungen reichte die Zeit nicht mehr.
»Morgen müssen Sie natürlich strengste Zurückgezogenheit einhalten«, flüsterte er ihr zu. »Bleiben Sie im Haus, machen Sie keine Besuche. Und gehen Sie unter gar keinen Umständen in die Stadt.«
Er sah, wie betroffen sie war, weil er ihr in solchen Dingen Vorschriften machte, entfernte sich aber, noch ehe sie Zeit gehabt hatte, den Sinn des Verbots zu erfassen. Als er ungeachtet der neugierigen Blicke, die ihm folgten, hügelab eilte, wußte er, daß es für Lorimer's Bank keine Rettung mehr gab. Er konnte nur noch wie ein geschlagener Feldherr auf eine Form der Übergabe sinnen, die den unschuldigen Opfern möglichst wenig Schaden zufügen würde.
Und wer waren die Unschuldigen, wer war der Schonung würdig? Diese Frage mußte er sich stellen, als er am nächsten Morgen um sechs Uhr die Tür zu seinem Büro öffnete, lang vor der üblichen Ankunft der übrigen Angestellten. Die gewöhnlichen Einleger, die der Bank ihr Geld anvertraut hatten, durften mit Fug und Recht erwarten, es jederzeit wieder abheben zu können. Die Aktionäre, die Leute, denen die Bank wirklich gehörte, hatten Anspruch darauf, daß ihr Kapital abgesichert war und sogar vermehrt wurde. Und dann waren da noch die Gläubiger – einheimische Firmen nahezu aller Branchen in Bristol, Firmen, die solche Unternehmungen wie William Lorimers neue Dampfschiffe, Edward Crankshaws große Werftanlage, John Granges moderne Fabrik und ein Dutzend weiterer ähnlicher Projekte mit Rohmaterial oder Fertiggütern oder Dienstleistungen beliefert hatten. Entsprechend der Kreditbewegungen, die vor einigen Jahren ausgehandelt worden waren, wurden sie mit Wechseln auf die Bank bezahlt und mußten sich darauf verlassen können, daß diese Wechsel bei Fälligkeit eingelöst würden. Auch die Angestellten der dreißig Zweigstellen hatten für die Gehälter, die ihnen heute abend ausbezahlt werden sollten, hart gearbeitet.
Das alles konnte nicht gleichzeitig beglichen werden. Wie David schon bei früherer Gelegenheit Margaret erklärt hatte, konnte keine Bank unter der Voraussetzung operieren, daß ein solcher Schritt jemals nötig sein könne. David würde gegebenenfalls in der Lage sein, die ersten Kunden, die ihr Geld zurückfordern würden,

zu befriedigen; aber wenn er ihnen jeweils die volle Summe auszahlte, würde er die Reserve, die unter den übrigen zu verteilen wäre, gefährlich schmälern. Aus diesem Grund war er so früh in die Bank gekommen. Durch einen Blick aus seinem Fenster würde er feststellen können, ob die prompte Bezahlung der ersten Forderungen – Bezahlungen ohne jeden Hinweis darauf, daß der Goldstrom irgendwann versiegen würde – genügte, damit die weniger nervösen Einleger wieder nach Hause gingen und nur allzugern ihre Ersparnisse in scheinbar guten Händen beließen.

Diese Hoffnung überlebte die erste Stunde nicht. Normalerweise öffnete die Bank ihre Schalter um neun Uhr, die Angestellten kamen eine Stunde früher. Doch bereits um sieben Uhr drängten sich ängstliche Einleger vor dem Gebäude, während andere, die noch ein Stück entfernt waren, beim Anblick der wartenden Menge den Schritt beschleunigten.

Sogar ein paar Frauen waren darunter. David stieß einen Seufzer aus, als er Miss Langdon erkannte, die erst vor drei Wochen Geld, das sie von ihrem in Indien verstorbenen Bruder geerbt und eines Tages für den Kauf eines eigenen Häuschens verwenden wollte, zur Bank gebracht hatte. Ehe dieser Tag endete, würde Miss Langdon das Ende all ihrer Träume beweinen, und sie würde damit nur eine von vielen sein. Als er um acht Uhr das Gesamtguthaben der nun bereits Wartenden überschlug – noch immer eine Stunde vor der Öffnungszeit –, wußte er, daß Lorimer's Bank ihre Tore nicht wieder öffnen könnte.

Es war eine bittere Erkenntnis. David lebte zwar erst kurze Zeit in Bristol, aber sie hatte genügt, daß auch er sich vom Stolz der Stadt auf ihre kaufmännische Redlichkeit erfüllt fühlte. Aus seinem Fenster blickte er über die Corn Street hinweg zur Börse, wo auf ein Kopfnicken hin ganze Schiffsladungen von Waren aller Art den Besitzer wechselten. Neben der Börse befand sich im Arkadenhof der Allerheiligenkirche der Platz der Kaufleute.

Neben dieser Sorge über die Insolvenz der Bank konnte David sich eines anderen Bedauerns nicht erwehren. Er war in jungen Jahren zu einer verantwortlichen Stellung gelangt und hatte sein Bestes getan; aber in Zukunft würde niemand sich dessen entsinnen oder in der Macht der Verhältnisse – die David zu diesem Zeitpunkt noch allein für alles Geschehene verantwortlich machte – mildernde Um-

stände für ihn sehen. Er war so sehr damit beschäftigt, an die Unschuldigen zu denken, daß die Frage nach einem etwaigen Schuldigen ihm noch nicht in den Sinn kam.
Die ersten Angestellten trafen ein. David ging hinunter zum Seiteneingang, um sich zu vergewissern, daß der Portier auf seinem Posten war und keinen Unbefugten einlassen würde. Er wollte sich soeben wieder nach oben begeben, als ein Besucher anlangte: ein Polizeisergeant.
»Könnte ich Sie einen Augenblick sprechen, Mr. Gregson?«
»In meinem Büro, Sergeant.«
David kannte den Mann recht gut. Alle Banken an der Corn Street verließen sich auf seinen Schutz, wenn es galt, Gold von einer Zweigstelle zu einer anderen zu transportieren. Im allgemeinen war er ein gerader und fröhlicher Mensch, aber heute lächelte er nicht.
»Man hat mich hergeschickt, Sir, damit ich mich erkundige, ob Sie heute den Betrieb wie üblich abwickeln.«
»Geht Sie das irgend etwas an?«
»Aber, aber, Mr. Gregson. Sie haben doch die Menschenmenge auf der Straße gesehen. Wenn Sie jetzt aufmachen, dann kratzen die Leute einander die Augen aus, weil jeder zuerst hineinkommen möchte. Und wenn Sie nicht um neun Uhr öffnen, dann könnten Sie womöglich Hilfe gut gebrauchen, um unbehelligt die Bank verlassen zu können. Ich bin nicht hier, um ein Urteil abzugeben, Sir. Wenn Sie Ihre Geschäfte tätigen wie üblich, dann will ich versuchen, ein bißchen Ordnung in die Wartenden zu bringen. Wenn nicht, dann muß ich Verstärkung holen, um die Menge zu zerstreuen. Wir müssen eingreifen, sobald eine Ruhestörung im Bereich des Wahrscheinlichen liegt.«
»Ich erwarte Anweisungen von Mr. Lorimer«, sagte David. »Aber es könnte wohl nicht schaden, noch ein paar von Ihren Leuten in der Nachbarschaft zu postieren.«
Die Antwort genügte. Der Sergeant nahm sie mit umwölkter Miene zur Kenntnis.
»Werden Sie sich den ganzen Tag in der Bank aufhalten, Sir?« fragte er.
»Während der normalen Geschäftsstunden, gewiß.«
»Und Sie planen nicht, Bristol in nächster Zeit zu verlassen?«
»Worauf zum Teufel wollen Sie hinaus?« brauste David auf. Die

vergangenen Tage und besonders die letzte Stunde hatten genügend Aufregung gebracht. Daß nun auch noch ein Polizeisergeant ihn verhören wollte, machte das Maß voll.
»Nichts für ungut, Sir«, sagte der Sergeant. »Aber wir haben dergleichen schon erlebt. In bescheidenerem Maßstab natürlich. Die Leute finden sich nicht ohne weiteres damit ab, ihr Geld einzubüßen. Sie gehen zur Polizei und wollen wissen, was dagegen zu tun sei. Sie klagen auf Diebstahl oder Unterschlagung. Nicht weil sie das annehmen, Sir, sondern weil sie wissen, daß wir erst eingreifen dürfen, wenn ein Verbrechen geschehen ist. Und vielleicht nehmen sie es *wirklich* an. Gewöhnliche Leute begreifen nicht, wieso ihr Geld heute noch ihnen gehören und morgen fort sein kann. Sobald eine Klage erhoben wird, muß ihr nachgegangen werden. Nicht daß das meine Sache wäre, Mr. Gregson, aber Sie werden Ihre Bücher vorlegen müssen. Ich kann mir's vorstellen, wie Ihnen zumute ist, Sir. Wir alle haben von dem Unglück draußen auf der Werft gehört. Ein Mißgeschick, für das Sie nichts können. Eine ganz unselige Geschichte, Sir, eine unselige Geschichte. Gottes Hand.«
Er hielt inne und seufzte; dann fuhr er in dienstlichem Ton fort: »Vermutlich werden Sie ein Schild an die Tür hängen, Sir. Geben Sie mir eine halbe Stunde, damit ich meine Leute zusammentrommeln kann, und wir wollen unser möglichstes tun, um Ihre Fensterscheiben zu retten.«
Der wachsende Tumult auf der Straße zog beide Männer ans Fenster. John Junius Lorimer kam wie immer zur Bank gefahren. Seine Pferde trugen noch die Trauerschleifen, aber nichts konnte die grün-goldene Pracht der Equipage verbergen. Die Wartenden erkannten in ihm sogleich den Mann, der über das Geschick ihrer Guthaben entscheiden würde. Ehe diese Entscheidung gefallen war, durften sie lediglich ihre Besorgnis zum Ausdruck bringen. Sie murrten und stießen einander, aber David war überzeugt, daß John Junius die Bank unbehelligt betreten würde. Wie er sie am Abend verlassen könnte, stand auf einem anderen Blatt.
David drängte den Sergeanten eiligst durch die Seitentür hinaus. Dann ließ er die schweren Riegel der eisenbeschlagenen Tür an der Vorderseite des Gebäudes öffnen, damit der Präsident mit gewohnter Würde eintreten könne. Vier Angestellte standen bereit, um zu verhindern, daß jemand ihm folgte.

Eine halbe Stunde später hing an dieser selben Tür das Schild, vor dem die Einleger solche Angst gehabt hatten. David stand in seinem Büro und hörte das vielstimmige Murren, das Fußescharren, die zornigen Rufe und das erbitterte Donnern von Fäusten gegen die Tür. Dann mußte er sich abwenden – er fühlte sich krank, nicht vor Furcht, sondern vor Kummer und hilflosem Mitleid. Es war der bitterste Augenblick seines Lebens.
Der Sergeant hatte ihm zwei Warnungen zukommen lassen, aber sein Sinn war so umwölkt, daß er zunächst nur die eine davon erfaßte. Er sorgte für den Schutz der Fenster und die Sicherheit der Angestellten und ließ gegen die Gefahr einer Brandstiftung Wachen aufstellen. Was die Bücher betraf, hatte er ein reines Gewissen. So viele andere Dinge erforderten seine Aufmerksamkeit, daß er sich nicht sogleich der Zweifel entsann, die er selber empfunden und zum Ausdruck gebracht hatte, als er seinen Prokuristenposten antrat.
Erst später, als die Straße wieder leer war, konnte er seine eigene Lage genauer überdenken. Die aufgebrachte Menge, die im Lauf des Vormittags den ganzen freien Platz vor der Bank gefüllt hatte, war bis Mittag von einem halben Dutzend Polizisten, die ihre Rasseln schwangen, als wären es Waffen, zurückgedrängt worden. Als dann schließlich der Abend nahte, zerstreuten sich die Einleger unter Flüchen und Tränen, und David konnte nach einem Mietwagen schicken, der den Präsidenten nach Brinsley House bringen sollte. John Junius erhob keinen Einwand. Die Art, wie er sich mit der Erkenntnis abfand, daß die Lorimersche Equipage auf ihrem ganzen Weg mit Steinwürfen verfolgt würde, kam einer Kapitulation gleich.
David saß noch lang in seinem Büro. Die Innenstadt lag verlassen bis auf die Polizisten, die zur Bewachung des Bankgebäudes zurückgeblieben waren. Er zündete die Gaslampe nicht an, damit kein Licht die Aufmerksamkeit auf sich ziehe. Nun konnte er endlich wieder an die Bilanzen denken, die er nachgeprüft hatte, an die Veränderungen, die während seiner Abwesenheit in London vorgenommen worden waren. Er hatte von John Junius eine Erklärung erhalten, die nur durch den Erfolg zu rechtfertigen war. Jetzt aber würden diese Zahlen im unbarmherzigen Licht des Fehlschlags untersucht werden.
Eine neuerliche Durchsicht der Bücher erübrigte sich: Er wußte nur

zu genau, was sie besagten. Auf seiner Stirn stand kalter Schweiß, als ihm klar wurde, was erboste Leute, die nach einem Schuldigen suchten, aus diesen Zahlen machen konnten. An der Tatsache, daß er sie akzeptiert hatte, war nicht zu rütteln – zu seiner Entlastung konnte er allenfalls vorbringen, daß er als Prokurist gehalten war, die Anweisungen seines Präsidenten zu befolgen. Durfte er damit rechnen, daß der Präsident sich zu diesen Anweisungen bekennen würde?

Zu Beginn dieses Tages hatte David sich um die unschuldigen Opfer des Zusammenbruchs Sorgen gemacht. Bei Einbruch der Nacht wußte er, daß der Boden unter seinen eigenen Füßen schwankte. Aber John Junius würde den Mann, den seine Tochter liebte, gewiß nicht im Stich lassen. David sagte sich, daß eine solche Möglichkeit undenkbar sei.

Zu später Stunde wanderte er, ein Unbekannter in einer Stadt, die jetzt den Namen Lorimer verfluchte, durch die Straßen und gelangte schließlich zum Binnenhafen, einem Becken, das durch Schleusen zu regulieren war, damit die Schiffe, nachdem sie die gefährliche Fahrt den von Ebbe und Flut abhängigen Fluß hinauf hinter sich gebracht hatten, eine genügende Wassertiefe vorfanden, um in den Bristol Docks vor Anker zu gehen. Soeben glitt ein Dreimaster mit Laternen an jeder Mastspitze, der die Reise nach Westafrika und zurück gemacht hatte, an seinen Liegeplatz. Am Kai drängten sich Männer, die beim Löschen der Ladung Arbeit zu finden hofften, und Frauen, die der Besatzung das Willkommen entbieten und sie um ihre Heuer erleichtern wollten. Der Segler war ein zwanzig Jahre altes Schiff mit schlankem, flachem Rumpf – eleganter als die hohen wuchtigen Leiber, mit denen William Lorimers neue Dampfschiffe die Wogen des Atlantik teilten. Wenn der Segler auf seiner letzten Reise keinen Schaden genommen hatte, so würde er in einer oder zwei Wochen zu neuen Abenteuern auslaufen. David ließ seine Phantasie mit ihm auf große Fahrt gehen.

Aber er war ein Stadtmensch, kein Seemann, und er hatte keinerlei Handelserfahrung. Die unerforschten Teile der Welt hätten ihm äußerstenfalls als Zuflucht dienen können, und so tief war er doch noch nicht gesunken. Das Interesse, mit dem er die Bark beobachtete, spiegelte nur einen Instinkt, den er sich bisher noch nicht bewußt gemacht hatte – daß er nämlich so schnell wie möglich einen neuen

Broterwerb finden und ihn ohne jegliche Empfehlung und möglichst weit von Bristol entfernt suchen müsse.
Dieser Gedanke brachte ihn auf Margaret. Er hatte sich von Brinsley House ferngehalten, denn er fand, daß es Sache ihres Vaters sei, nicht die seine, ihr den Verlust all dessen zu offenbaren, was sie ein Leben lang für selbstverständlich gehalten hatte. Es wäre für den alten Mann ein bitterer Augenblick, den er ganz gewiß nicht mit einem noch immer so gut wie fremden Menschen teilen wollte. Er und die Tochter würden sich gegenseitig trösten müssen, obgleich es rätselhaft war, welchen Trost sie einander spenden konnten außer ihrer Liebe. Doch David wollte sofort nach Margaret sehen, wenn der erste Schock abgeklungen sein würde. Er hatte ihr gesagt, daß sie auf seine Treue bauen könne, und damals konnte sie den Sinn seiner Worte nicht erfaßt haben. Nun wußte sie zwar alles, hatte aber vielleicht seine Beteuerung vergessen. Er mußte sie wiederholen.
Indes: was hatte er zu bieten, außer wiederum seiner Liebe? Ein Mann ohne Anstellung oder Aussichten war kaum der ersehnte Ritter, der einer bedrängten Maid Beistand schwören konnte. Er konnte ihr sagen, daß er sie liebte, und es wäre die Wahrheit, aber wie konnte er für sie sorgen? Nur ein Narr glaubte, zwei Menschen könnten ausschließlich von der Liebe leben. Er konnte sie bitten, auf ihn zu warten, aber würde sie es sich leisten können zu warten? Sein Kopf verwirrte sich im Widerstreit der Empfindungen. Er konnte den Gedanken, sie zu verlieren, nicht ertragen; und er fand keine Möglichkeit, wie er sie behalten könnte. Schlaflos lag er in dieser Wohnung, die ihm noch vor kurzem zu ärmlich erschienen war und die bald schon seine Mittel übersteigen mochte. Er versuchte, sich die Zukunft vorzustellen, und sah nur Dunkel und Hoffnungslosigkeit.

13.

Sicherheitsvorkehrungen sprechen eine lautere Sprache als alle beschwichtigenden Worte. Am Tag nach Georgianas Begräbnis wurden Margaret und Ralph durch einen Lärm geweckt, der sonst nur zu hören war, wenn die Familie in die Sommerfrische reiste: Die Dienstboten legten die Fensterläden vor und verriegelten sie. John

Junius mußte diese Anweisung erteilt haben, ehe er zur Bank fuhr. Als Margaret ans Fenster ihres Schlafzimmers eilte und hinaussah, stellte sie fest, daß alle außer Haus arbeitenden Dienstleute offensichtlich auf der Hut waren, während sie scheinbar ihren Verrichtungen in den Ställen und Gärten nachgingen. Die Vordertür war mit Riegel und Kette gesichert, und schließlich erfuhr Margaret durch Ransome, der ihr nochmals, wie vordem bereits David, einschärfte, unbedingt im Haus zu bleiben, den Grund für alle diese Maßnahmen.

Als der Vater an diesem Abend nach Hause kam, folgten Margaret und Ralph ihm in sein Arbeitszimmer, ohne eine Aufforderung erhalten zu haben, und erwarteten schweigend seine Erklärung. Er saß an seinem Schreibtisch und stieß einen tiefen Seufzer der Erschöpfung aus. In den letzten Monaten hatte Margaret oft gefunden, daß er besorgt wirke. Jetzt sah sie, daß er geschlagen war.

»Es war alles nur für euch und für William«, sagte John Junius. »Ich wollte nie etwas anderes, als meinen Kindern ein noch besseres Leben bereiten, als es mein eigenes gewesen war. Und jetzt muß ich erleben, daß ihr völlig mittellos seid. Mit dem Zusammenbruch der Bank ist mein Vermögen dahin. Bis auf den letzten Penny dahin.« Er blickte von einem zum anderen. »Verzeiht«, sagte er.

Margaret hatte nie erlebt, daß ihr Vater für irgend etwas um Verzeihung gebeten hätte. Ohne über die Bedeutung seiner Worte nachzudenken, eilte sie zu ihm hin und umarmte ihn. Aber für ihn gab es keinen Trost mehr. Er konnte nur die Worte sprechen, die er sich zurechtgelegt hatte.

»Ihr werdet zu eurem Bruder übersiedeln. Ich habe ihn benachrichtigt, er erwartet euch. Bis unsere Sache geregelt ist, kann es zu Feindseligkeiten gegen mich kommen. Nehmt nur das Nötigste mit und fahrt sofort weg. Der Wagen kann in einer Stunde wieder hier sein und Margarets Zofe mit den Koffern abholen, die sie inzwischen für dich gepackt hat.«

»Aber du kommst doch mit uns, Papa?«

»Nein«, sagte John Junius. Die Niederlage hatte seiner Entschiedenheit keinen Abbruch tun können. Margaret zögerte, aber sie wußte bereits, daß er nicht umzustimmen war.

Eine halbe Stunde später trafen Ralph und sie in The Ivies ein. Sie wurden vom Butler in Empfang genommen. Er teilte ihnen mit, der Herr sei draußen in Portishead, um die Höhe des Schadens festzustellen, den die *Georgiana* genommen hatte, und die Herrin sei unpäßlich und müsse das Bett hüten. Es war ein kühles Willkommen für die überraschenden Gäste. Wortlos ließen Margaret und Ralph sich in die muffigen Zimmer führen, die eben erst hastig gelüftet wurden.

Nachdem Margaret sich umgezogen hatte, schritt sie auf die Tür von Sophies Zimmer zu, zögerte aber, einzutreten. Dann hörte sie drinnen Stöhnen. Sie klopfte und ging hinein, ohne eine Aufforderung abzuwarten.

Sie erfaßte die Lage auf den ersten Blick.

Sophies Zofe, ein Mädchen, kaum älter als Betty, saß verängstigt am Lager ihrer Herrin und kühlte deren Stirn mit einem feuchten Tuch, während Sophie sich keuchend in Schmerzen wand. Margaret eilte an ihr Bett.

»Das Kind?« fragte sie.

»Es ist viel zu früh«, sagte Sophie. Der Schmerz ließ nach, und sie sank wieder in die Kissen und rang nach Atem. »Es sollte erst in sieben Wochen kommen.«

»Aber du mußt doch wissen, ob es Wehen sind.«

»Wenn das Kind jetzt kommt, bleibt es nicht am Leben«, sagte Sophie. »Es kann nicht sein. Eine kleine Unpäßlichkeit, mehr ist es bestimmt nicht. Es war gestern so heiß. Und der Schock, als William mir von der *Georgiana* berichtete. Und dann kam heute morgen die Meldung über die Bank. Ich habe mich zu sehr erregt. William verbot mir zu weinen, und ich hörte nicht auf ihn. Es wird vorbeigehen. Ganz bestimmt.«

Margaret wandte sich an die Zofe.

»Ist der Arzt schon benachrichtigt?«

Das Mädchen schüttelte den Kopf.

»Die Herrin hat es nicht erlaubt. Sie sagte, es sei nichts.«

Margaret zog an der Klingelschnur, dann lief sie hinunter, ohne abzuwarten, bis ein Diener erschiene. In der Halle fand sie den Butler und erteilte ihm hastig Anweisung.

»Schicken Sie einen Lakaien zu Dr. Scott. Er muß um jeden Preis gefunden werden und unverzüglich hierherkommen. Desgleichen die Hebamme. Wissen Sie, wo sie wohnt? Schicken Sie den Wagen

hin. Und bitten Sie Master Ralph, sofort Ihren Herrn zu holen. Machen Sie allen klar, daß es um Leben und Tod geht.«
Sie eilte wieder hinauf und hielt dann eine Weile unter der Tür von Sophies Zimmer inne, um sich zu sammeln und jede Panik aus ihrer Stimme zu bannen.
»Die Köchin soll Wasser heiß machen«, sagte sie zu dem Mädchen. »Bring mir reines Linnen. Hol die Wiege und schrubbe sie tüchtig und leg Bettzeug für das Baby hinein. Wo sind Matthew und Beatrice?«
»Die Herrin hat sie heute morgen zu ihrer Mutter geschickt, als es ihr so schlecht ging.«
»Dann raus mit dir.« Margaret setzte sich wieder zu Sophie. »Wenn das Kind kommen will, können wir es nicht aufhalten. Du gefährdest deine eigene Gesundheit, wenn du es versuchen wolltest.«
»Es ist zu früh«, jammerte Sophie.
»Du hast zwei wohlgeratene Kinder. Und du wirst noch mehr bekommen. Wir wollen für dieses hier unser möglichstes tun. Aber das Wichtigste ist, daß du gesund bleibst und Matthew und Beatrice eine gute Mutter sein kannst. Der Arzt ist unterwegs. Leg dich zurück und sei ganz ruhig.«
Das war leicht gesagt, aber die nächsten drei Stunden waren alles andere als ruhig. William traf als erster ein, obwohl er den weitesten Weg gehabt hatte. Margaret hörte ihn aufgeregt in der Halle sprechen und ging hinaus, um den Grund zu erfahren.
»Die Hebamme war erst in fünf Wochen bestellt«, sagte William. »Sie hilft gerade bei einer anderen Entbindung und kann nicht weg. Sie hat uns andere Adressen gegeben. Ralph will dort sein Glück versuchen.«
»Und Dr. Scott?«
»Ich verstehe nicht, warum er so lang ausbleibt.«
In diesem Augenblick traf der Arzt ein, und bei seinen ersten Worten blickte Margaret ihn entgeistert an. Er war betrunken.
»Noch ein kleiner Lorimer«, sagte er mit belegter, undeutlicher Stimme. »Die Lorimers brauchen einen Arzt. Sie schnalzen mit den Fingern, und Dr. Scott muß springen. Ich schnalze auch mit den Fingern, Sir. Ich sage mir, sollen die Lorimers mir erst mal mein Geld wiedergeben. Aber die Lorimers haben kein Geld. Und Dr. Scott hat

auch kein Geld. Man wird ihm das Haus überm Kopf verkaufen, und seine Frau muß verhungern, und trotzdem erwarten die Lorimers, daß er nach ihrer Pfeife tanzt und ihren Babies auf die Welt hilft und sich freut, daß es noch einen Lorimer mehr gibt, der den Armen das Brot aus dem Mund stehlen kann. Nun, hier bin ich, Sir, Sie pfeifen, und ich bin gekommen.«

»Und Sie können gleich wieder nach Hause gehen«, sagte William, bleich vor Zorn. »Sie haben kein Recht, in einem solchen Zustand mein Haus zu betreten. Sie sind gar nicht in der Lage, meine Frau zu behandeln.«

»Man hat das Recht, sein' eignen Schnaps in sei'm eignen Haus zu trinken, solang man eins hat«, sagte der Arzt, der jetzt bedenklich schwankte und die Arme ausbreitete, um sich im Gleichgewicht zu halten. »Man is nicht verpflichtet, den ganzen Tag bloß zu warten, ob's den Lorimers gefällig ist. Nachricht gekommen. Doktor gekommen. Zeigen Sie mir erst, wo Ihr Geld geblieben ist, Mr. Lorimer, Sir, wo ist Ihr Geld geblieben?«

»Schaffen Sie ihn in seinen Wagen«, befahl William dem Lakaien. »Dann laufen Sie zu Dr. Gregory. Wenn Sie ihn gefunden haben, fragen Sie ...«

Margaret wartete nicht ab, bis ihr Bruder mit seinen Anweisungen fertig war. Die Boten würden gewiß ihr Bestes tun, aber vielleicht könnte Sophie nicht so lange warten. Sie ging in ihr eigenes Zimmer, wo Betty den Reisekorb auspackte.

»Hast du schon einmal gesehen, wie ein Kind zur Welt kommt?« fragte sie.

»Zuletzt, wie ich acht Jahre war, Miss.«

»Die Hebamme könnte sich verspäten. Willst du mir helfen?«

»Wenn ich's kann, Miss.« Die fachmännische Art, in der das Mädchen die Ärmel hochkrempelte, flößte Margaret sofort Vertrauen ein. »Und meistens kommt das Baby ganz von allein, Miss. Nur was man danach machen muß, weiß ich nicht. Aber vielleicht ist die Hebamme dann doch da.«

»Gebe es der Himmel«, sagte Margaret. Sie ging in Sophies Zimmer voran und nahm all ihren Mut zusammen. Nie hatte sie ihre Schwägerin anders als in Gesellschaftskleidung gesehen. Daß Margaret nun Sophies Körper entblößen, ihn ansehen und berühren mußte – würde eine solche Zudringlichkeit jemals verziehen werden? Und doch hätte Dr. Scott, wäre er nicht so offensichtlich betrunken gewesen, das Schlafzimmer betreten und die Patientin nach Gutdünken betrachten und berühren dürfen, und Sophie hätte keinen Einwand gemacht.

Margaret war sich darüber klar, daß alle diese Hemmungen ihrer eigenen Einstellung entsprangen. Seit sie zur Frau herangereift war, hatte niemand ihren nackten Körper gesehen: Nicht einmal sie selber hatte ihn je angeblickt. Doch wenn sie David heiratete, würde auch sie eines Tages entblößt vor einem Arzt und einer Hebamme liegen. Und vorher noch würde David das Recht haben, ihr Schlafzimmer zu teilen. Margaret wußte über die Ehe nicht viel mehr als die meisten jungen Damen ihres Alters, und die Andeutungen ihrer Mutter hatten sie zutiefst erschreckt. Sie wußte, daß David sie berühren würde: Sie vermutete, daß er sie auch ansehen wollte. Es mußte ihr gelingen, in einem menschlichen Körper, ihrem eigenen oder Sophies Körper, einfach einen Gegenstand zu sehen, der zuweilen der Behandlung oder der Reparatur bedurfte. Es gab keinen Anlaß, sich zu schämen, sagte sie sich entschlossen, während sie die tiefe Röte niederzukämpfen suchte, die ihr bei dem Gedanken an David in ihrem Schlafzimmer Gesicht und Hals überzog. Sie zwang sich zu einem beruhigenden Lächeln, als sie zu Sophie trat und das Laken zurückschlug.

Stunden später lag sie in dieser Nacht trotz ihrer Erschöpfung in dem fremden Bett lange wach. Das Kind war so winzig, daß die Geburt trotz Sophies Wehgeschrei mühelos vonstatten gegangen war, und eine Hebamme war noch rechtzeitig eingetroffen, um die Nachgeburt zu versorgen. Ob ein so kleines Geschöpf lebensfähig sein würde, war die Frage, aber für den Moment war die Gefahr vorüber. Margaret hatte entdeckt, daß sie beim Anblick ihrer eigenen blutigen Hände weder von Ohnmacht noch von Ekel erfaßt wurde, und sie hatte beinah die gleiche Genugtuung empfunden wie die Mutter, als sie zuerst den Kopf des Kindes und dann das ganze glitschige Körperchen in ihren Händen hielt.

Margarets Schlaflosigkeit hatte ihren Grund in den widerstreitendsten Gefühlen. Sie war zur Nutzlosigkeit erzogen worden. Sie hatte nichts gelernt, außer als Herrin über eine Dienerschaft zu leben, und nun hatte dieses Leben ein jähes Ende gefunden. Doch mochte ihr auch jede Erfahrung fehlen, die Ereignisse des Abends hatten ihr

bewiesen, daß es ihr nicht an der Fähigkeit fehlte, sich nützlich zu machen, wenn sie nur eine ordentliche Ausbildung genießen könnte. Aber sie durfte nicht vergessen, daß sie David ihr Jawort gegeben hatte, und kein Ehemann würde seiner Gattin erlauben, etwas anderes zu sein als seine Frau.
Kaum hatte dieser Gedanke den vorhergegangenen verdrängt, als auch er ins Kreuzfeuer ihrer Überlegungen geriet. David hatte um die Tochter eines wohlhabenden Bankiers geworben, der seine Karriere fördern konnte. Vielleicht würde er sich weit weniger gern mit der Angehörigen einer ruinierten Familie verbinden, einer Braut, die weder eine Mitgift noch häusliche Fertigkeiten besaß.
Unter solchen zwiespältigen Gedanken warf sie sich die halbe Nacht hindurch ruhelos auf ihrem Lager hin und her. Es begann schon zu dämmern, als sie endlich einschlief, und erst um Mittag kam Betty und weckte sie. Die ersten Worte des Mädchens verscheuchten alle nächtlichen Zweifel.
»Mr. Gregson war hier, während Sie schliefen«, sagte Betty. »Er hat in Brinsely House erfahren, wo Sie sind. Er hat ausdrücklich gebeten, Ihnen zu sagen, daß er hoffe, Sie zu sehen, und wieder vorsprechen werde.«
Margaret sprang aus dem Bett und kleidete sich so hastig an, als könne David jeden Augenblick erscheinen.
»Und das Kind?« fragte sie. »Sind der Kleine und seine Mutter wohlauf?«
»Mrs. Lorimer geht es recht gut. Aber dem Baby nicht. Heute morgen ist eine Amme gekommen, aber er ist zu schwach zum Saugen. Und jetzt geht es mit dem Atem nicht mehr richtig. Vor einer Stunde ist er getauft worden. Alle glauben, daß er den Tag nicht überlebt.«
Diese Nachricht trieb Margaret zu noch größerer Eile an. Sie ließ sich von Betty nur oberflächlich schnüren und das Haar bürsten und mit einem Band zurückbinden, wie sie es als Kind in der Schulstube getragen hatte. Als sie aus ihrem Zimmer trat, sah sie gerade noch Dr. Scott das Haus verlassen.
»Wie konntest du diesen Menschen nochmals einlassen?« fragte sie ihren Bruder.
William zuckte die Achseln. »Heute war er nüchtern. Nüchtern genug, um sich für gestern abend zu entschuldigen. Was er sagte, stimmt – er hatte keine Veranlassung, sich bereitzuhalten.«

»Aber William, er haßt uns. In nüchternem Zustand hätte er vielleicht nicht so gesprochen, aber seine Gedanken wären dieselben gewesen.«

»Das kümmert mich nicht«, sagte William. »Sophie geht es ordentlich, und die Pflegerin wird sich um sie kümmern. Für den Jungen allerdings kann man nichts tun. Er wird sterben, aber dafür kann der Arzt nichts. Er ist zu früh geboren.«

»Hat der Arzt gesagt, daß das Kind sterben werde? Und glaubst du ihm auch nur noch ein Wort?«

»Sieh dir das Kind an, Margaret«, sagte William. Er war, wie alle im Haus, übermüdet und nervös. Um einer Auseinandersetzung auszuweichen, drehte er sich um und ging.

Margaret folgte seinem Rat und war von dem, was sie sah, bis zu Tränen erschrocken. Bei der Geburt hatte die Haut des Kindes einen warmen Goldton gehabt. Jetzt schien alles Blut aus dem Körper gewichen zu sein, und die Lippen waren blau verfärbt. Margaret sah, daß jeder Atemzug ein Kampf war und daß das Kind zu schwach war, um noch lange zu kämpfen.

»Der Doktor sagt, es ist was verstopft«, sagte die Pflegerin. »Und seine Lungen sind nicht kräftig genug, um damit fertigzuwerden, das arme Wurm.«

Margaret blickte hinunter auf das winzige Gesichtchen, dessen Augen gegen das Licht verkniffen waren. Dann faßte sie einen Entschluß. Sie kniete neben der Wiege nieder und preßte die Lippen auf den Mund des Kindes. Als David eine Stunde später vorsprach, mußte sie ihm sagen lassen, daß sie ihn nicht empfangen könne.

Am folgenden Abend kam er wieder. Margaret, die den ganzen Nachmittag hindurch auf die Türglocke gelauscht hatte, lief hinunter und warf sich in seine Arme, sobald sie im Salon allein waren. In der allgemeinen Aufregung dachte niemand an die Notwendigkeit einer Anstandsdame, und die Ereignisse der letzten Stunden hatten alle Förmlichkeit hinweggefegt, die Margaret bis dahin Fesseln angelegt hatte.

»Ich freue mich so sehr, Sie zu sehen, und es tut mir so leid, daß Sie gestern vergebens kamen. Hat William Ihnen den Grund gesagt?«

Wieder wurde sie ganz aufgeregt, als sie schilderte, was geschehen war. Sie wußte, daß sie etwas Bedeutendes vollbracht hatte, denn es schien jetzt sicher, daß der kleine Arthur überleben würde. An das

Schicksal ihrer Familie und der Bank dachte sie überhaupt nicht mehr, auch nicht, als sie von Dr. Scotts betrunkenem Ausbruch berichtete.

»Am nächsten Tag war er zwar nüchtern, aber er sagte, für das Baby gebe es keine Rettung. Aber sobald ich erfuhr, was die Ursache war, begriff ich, daß man zumindest etwas versuchen könnte. Entweder Dr. Scott wußte das nicht, oder er log, er *wollte,* daß das Kind stürbe. Ich glaube, sein Geist ist zerrüttet. Wie kann etwas so plötzlich passieren? Und was haben die Lorimers damit zu schaffen?«

David holte tief Atem, und Margaret, die vom Ernst seiner Miene jäh ernüchtert wurde, erinnerte sich, daß es mehr zu erklären galt als die Betrunkenheit eines Arztes.

»Wieviel hat Ihr Vater Ihnen über die Vorkommnisse der letzten Tage erzählt?« fragte er.

»Er erzählte mir, die Bank habe Konkurs gemacht und schließen müssen. Sonst nichts. Er war zu aufgeregt, um viel zu sprechen.«

»Und was verstehen Sie unter Konkurs?«

»Daß sein ganzes Geld verloren ist. Es war, soviel ich weiß, in seiner eigenen Bank deponiert und kann jetzt nicht mehr zurückbezahlt werden. Obwohl ich den Grund nicht recht einsehe; wenn es verliehen wurde, müßte man es von den Schuldnern wieder einfordern können.«

»Einige dieser Schuldner waren Firmen, die sich als zahlungsunfähig erwiesen«, erklärte David ihr. »Handelshäuser, deren Geschäfte in den letzten Jahren stark zurückgingen. Sie sind inzwischen selber vom Bankrott bedroht. Andere Firmen wie die Lorimer-Linie und die Werftbau-Gesellschaft Crankshaw werden im Lauf der Zeit ihre Schulden bezahlen können, aber auf sehr lange Sicht.«

»Stimmt es, daß auch Dr. Scotts gesamtes Vermögen verloren ist?« fragte Margaret. Der Ausbruch des Arztes hatte sie aus irgendeinem Grund weit mehr um dessen wirtschaftliche Lage besorgt gemacht als um ihre eigene oder die ihrer Familie. »Selbst wenn seine Einlagen dahin sind, so hat er doch noch sein Haus. Er kann seine ärztliche Praxis weiter ausüben. Seine Patienten werden ihn auch weiterhin für seine Dienste bezahlen, wenn auch seine früheren Ersparnisse verloren sind. Warum sagte er, daß seine Frau Hungers sterben wird?«

»Dr. Scott ist nicht deshalb ruiniert, weil er sein Geld auf der Bank deponiert hatte«, sagte David. »Wenn die Einleger Glück haben, können sie schließlich noch einen Teil ihres Geldes zurückbekommen. Aber Dr. Scott war auch Aktionär.«

»Was macht das für einen Unterschied?«

»Die Bank ist Eigentum ihrer Besitzer, der Leute, denen die Aktien gehören«, erklärte David. »Werden Gewinne erzielt, so teilen die Aktionäre diese Gewinne unter sich auf. Entstehen Verluste, so müssen auch sie geteilt werden.«

»Aber Dr. Scott ist kein reicher Mann. Er kann keine sehr große Summe investiert haben.«

»Darauf kommt es leider nicht an«, sagte David. »Seine Haftung für die Schulden der Bank ist nicht auf die Summe seines Aktienbesitzes beschränkt. Das Parlament hat zwar vor einigen Jahren ein Gesetz verabschiedet, wonach die Haftung der Aktionäre in Zukunft auf diese Summe beschränkt sein soll. Dies geschah, weil durch die Bankzusammenbrüche im Jahr 1866 soviel Elend verursacht wurde. Alle neugegründeten Firmen, einschließlich der Banken, müssen sich nach diesem Gesetz richten. Bereits bestehende Unternehmen konnten indessen wählen, ob sie ihre Geschäftsbedingungen ändern wollten oder nicht.«

»Und Lorimer's Bank?«

»Hat sie nicht geändert«, sagte David. »Es gibt ungefähr fünfzehnhundert Aktionäre, und sie haben ein Kapital von einer halben Million Pfund in der Bank. Die Schulden, in Form von Wechseln auf diese Bank und Gutschriften an die Einleger, dürften sich auf fünf Millionen Pfund belaufen. Wenn Dr. Scott tausend Pfund investiert hat, so wird er für zehntausend haftbar gemacht. Und wenn er nicht zahlen kann, dann wird sein Haus, genau wie er befürchtet, unter den Hammer kommen.«

Margaret war auf dem Sofa ganz nah an David herangerückt. Nun zog sie sich ein wenig zurück und musterte seine Miene in der Hoffnung, daß sie Anzeichen für eine Übertreibung darin finden möge.

»Aber das ist ungerecht!« rief sie aus, als sein Ernst sie zwang, das Gehörte für voll zu nehmen.

David nickte zustimmend.

»Es kommt noch schlimmer«, sagte er. »Viele Aktionäre sind keineswegs begütert. Die gesamte Erbschaft einer Witwe oder ein

Nachlaß, der für ein Kind treuhänderisch verwaltet wird, wird häufig in einem Unternehmen wie einer Bank investiert, weil das so sicher scheint. Angenommen, ein Aktionär ist sogar noch weniger bemittelt als Dr. Scott. Soll er nun für jedes Pfund, das er investiert hat, zehn Pfund entrichten, so kann er das nicht. Er macht Bankrott. Und dann wird der Betrag, der vergebens von ihm eingefordert wurde, der Gesamtschuld zugeschlagen und auf diejenigen Aktionäre umgelegt, die noch etwas besitzen: An sie ergeht also eine zweite Forderung. Ein solches System kann nur der Reichste überleben. Für die anderen bedeutet das Ende unweigerlich den Bankrott. Ein Mann in Dr. Scotts Alter kann sich noch erinnern, was anno 1866 passiert ist. Er weiß, was ihm bevorsteht. Er ängstigt sich zu Recht – wenn es auch natürlich unrecht ist, seine Erbitterung an einem Kind auszulassen.«
Margaret schwieg eine Weile, aber sie hatte Davids Erklärung gut genug verstanden, um sie schließlich auf ihre eigene Lage anzuwenden.
»Und mein Vater ist Aktionär«, sagte sie.
»Der größte«, erwiderte David. »Da er mehr als die Hälfte der Aktien besitzt, konnte er die Geschicke der Bank bestimmen.«
»Also muß auch sein Haus verkauft und sein ganzes Vermögen beschlagnahmt werden?«
»Es sei denn, er besäße Vermögenswerte, von denen ich nichts weiß.«
»Die Jade-Skulpturen«, sagte Margaret. »Aber nein; sein gesamter Besitz kann kaum fünf Millionen Pfund betragen, und dies ist, wie Sie sagen, die Summe, die von ihm gefordert wird.« Wieder schwieg sie, bis das Mitleid mit dem Vater sie überwältigte. »Was kann er nur tun?« fragte sie sich laut. »Er ist fast achtzig. Er war sein Leben lang ein reicher Mann und an Komfort und Bedienung gewöhnt. O mein armer Vater, was wird er tun? Und ich kann ihm nicht helfen, denn ich werde selber mittellos sein.«
Die Bedeutung dieser Tatsache ging ihr ganz plötzlich auf. Sie glaubte, sich damit abgefunden zu haben, daß sie arm sein würde, aber jetzt wurde ihr mit einem Mal klar, daß sie nichts, gar nichts mehr hatte. Als schämte sie sich dieses selbstsüchtigen Gedankens, flüsterte sie: »Was soll aus mir werden?«
»Sie werden meine Frau«, sagte David. Er nahm ihre beiden Hände

und hielt sie fest in den seinen. »Wir werden am Anfang sehr arm sein, aber dafür muß ich mir nicht vorwerfen, daß Sie, um mich zu heiraten, auf ein Leben in Wohlstand verzichteten. Ich bin jung, ich werde hart arbeiten, und wir werden beisammen sein. Wir müssen uns selbst eine Zukunft bauen, aber das ist am Ende besser, als von der Vergangenheit anderer zu leben.«

»Ich darf nicht«, sagte Margaret. »Ich kann Ihnen nichts in die Ehe bringen. Ich bin nicht mehr dieselbe Frau, um deren Hand Sie angehalten haben.«

»Sie sind die Frau, die ich liebe, und haben sich in nichts verändert.«

Er küßte sie zärtlich, und sie klammerte sich trostsuchend an ihn. Noch vor einer halben Stunde, als sie die Geburt des Kindes schilderte, hatte sie sich so sicher gefühlt wie eine erwachsene Frau; jetzt war sie plötzlich wieder ein schutzloses junges Mädchen.

»Es kann eine Gnadenfrist von einigen Wochen verstreichen, ehe die erste Forderung an Ihren Vater ergeht«, sagte David. »Ich will die Zeit nutzen, um endgültige Pläne zu machen. Inzwischen sind Sie gewiß hier bei Ihrem Bruder ein willkommener Gast.«

Er stand auf, um sich zu verabschieden, aber mit seinen letzten Worten hatte er Margaret an einen anderen Kummer erinnert.

»Sie sprachen von meinem Bruder«, sagte sie. »Sicherlich gehört auch er zu den Aktionären der Bank. Ich erinnere mich, daß mein Vater einige seiner Anteile an Williams einundzwanzigstem Geburtstag an ihn überschrieben hat. Ist also auch sein Besitz in Gefahr?«

David lachte auf, ein bitteres, kein fröhliches Lachen. Margaret blickte ihn betroffen an und wartete auf eine Erklärung.

»William ist außer Gefahr, und ich selber habe ihn gerettet«, sagte er. »Eine Ironie des Schicksals. Erst vor kurzer Zeit zwang ich ihn, seine Anteile zu verkaufen, um die Schulden der Lorimer-Linie bei der Bank zu vermindern. Von der Lorimer-Linie wird lediglich die noch ausstehende Schuld eingefordert werden, aber nur im Zug des normalen Geschäftsverfahrens. Ihr Bruder ist für die Schulden der Bank nicht persönlich haftbar. Fünfzehnhundert Bürger von Bristol mögen dem Namen Lorimer fluchen, wenn sie sich vor dem Nichts sehen, aber Mr. William Lorimer wird nicht zu ihnen gehören.« Er hielt reumütig inne. »Ich muß lernen, meine Zunge im Zaum zu halten. Es war nicht die Idee Ihres Bruders, seine Beteiligung an der

Bank aufzugeben. Er war sogar erzürnt und hätte mir Widerpart gehalten, wenn er gekonnt hätte. Er hat keine Schuld an dem, was sich unter den gegebenen Umständen als das größtmögliche Glück für ihn erweist. Hoffentlich denkt er daran, daß ich, der ihn so sehr erzürnte, ihm diesen großen Dienst erwiesen habe.«

Als Margaret und David die letzten Sekunden des Alleinseins nutzten, um voneinander Abschied zu nehmen, schlug die Hausglocke an. Bis sie in die Halle traten, war die Tür bereits geöffnet worden, und drei Männer standen auf der Schwelle. Einer von ihnen nahm den Hut ab und trat näher. Er nahm keine Notiz von Margaret, sondern wandte sich direkt an David.

»Sind Sie Mr. David James Gregson?« fragte er.

»Der bin ich. Was gibt's?«

»Vielleicht wünschen Sie, daß die junge Dame sich zurückzieht, Sir«, meinte der Mann.

»Nein«, sagte Margaret. In jähem Erschrecken umklammerte sie Davids Arm noch fester. »Was wollen Sie hier?« fragte sie den Unbekannten.

»Es tut mir leid, aber wir müssen Mr. Gregson bitten, mit uns zu kommen, Ma'am. Ich habe einen Haftbefehl.«

14.

Ein Mann, der sich seiner Schuld bewußt ist, wird sich mit allen Mitteln dem Arm der Gerechtigkeit zu entziehen suchen, doch einer, der sich unschuldig fühlt, mag am Ende eine Art Erleichterung empfinden, wenn der Verdacht sich zur Anklage konkretisiert. David hörte den unterdrückten Schreckenslaut, den Margaret bei seiner Festnahme ausstieß, aber seine eigenen Gefühle waren vielschichtigerer Art. Einerseits konnte er es ebensowenig fassen wie sie und war genauso überzeugt, daß ein furchtbarer Irrtum vorliegen müsse. Andererseits hatte er schon seit dem Auftauchen des Sergeanten in der Bank etwas Derartiges erwartet. Er war nicht gerade froh darüber, daß der Schlag nun gefallen war, doch bedeutete es immerhin, daß er mit einem greifbaren Gegner kämpfte und nicht mehr mit gespenstischen Ängsten.

»Wessen beschuldigt man mich?« fragte er ruhig.
Der Mann, der von den dreien der Wortführer zu sein schien, zog ein Papier aus der Tasche und las mit leiernder Stimme vor.
»Sie werden beschuldigt der verbrecherischen Verschleierung und Fälschung der Bilanz einer Aktienbank, im Handelsregister eingetragen als Lorimer's Bank, in betrügerischer Absicht. Und des weiteren des Diebstahls und der Unterschlagung aufgrund der Fortsetzung der Geschäfte besagter obengenannter Aktienbank nach Eintritt erkennbarer Zahlungsunfähigkeit.«
»Diebstahl!« rief David aus. »Ich habe nie auch nur einen Penny –« Er hielt mitten im Satz inne. Dieser Mann war nur ein Gerichtsdiener, dem die Einzelheiten des Falles unbekannt und gleichgültig waren. David zwang sich, ruhig zu sprechen.
»Bin ich der einzige, gegen den diese Anklage erhoben wird?«
»Nein, Sir. Mr. John Junius Lorimer wurde bereits am frühen Abend arretiert.«
Diesesmal schrie Margaret vor Verzweiflung laut auf. David wandte sich rasch zu ihr um, damit er sie stützen könne, falls sie ohnmächtig würde, aber ihre Miene zeigte nur Ratlosigkeit.
»Lassen Sie sofort William benachrichtigen«, wies er sie an. »Er muß einen Anwalt zuziehen. Bitten Sie ihn auch, daß er für eine Kaution sorgt.«
Margaret nickte, aber ihre Hand hielt seinen Arm so fest umklammert, daß er sie mit sanfter Gewalt entfernen mußte.
»Eine gerichtliche Untersuchung ist unerläßlich, dies ist der übliche Beginn«, erklärte er ihr zuversichtlicher, als ihm zumute war. »Eine Formalität, nichts weiter. Aber lassen Sie William benachrichtigen.« Er nahm Mantel und Hut und verließ das Haus.
Margaret befolgte seine Anweisungen unverzüglich, und William verlor ebenfalls keine Zeit. Nachdem am folgenden Vormittag bei der Voruntersuchung die Anklagepunkte und Einreden gehört waren, wurde der Antrag auf Haftentlassung gegen Kaution gestellt. David wußte, daß zwei der Richter mit John Junius Lorimer gut bekannt waren, Männer seiner eigenen Generation, denen es als undenkbar erscheinen mußte, daß ein Mann, der achtundsiebzig Jahre lang ein achtbares Leben geführt hatte, im Gefängnis sitzen sollte, bis die zeitraubenden Prozeßvorbereitungen abgeschlossen wären. Da er für einen Fluchtversuch zu alt und zu bekannt war, sprach

nichts gegen eine Freilassung auf Kaution – dann aber müßte David das gleiche zugebilligt werden, denn andernfalls würde das Gericht vorwegnehmen, daß einer der Beschuldigten weniger vertrauenswürdig sei als der andere.

David hatte richtig vermutet. An der ersten Beratung mit dem Familienanwalt der Lorimers nahm er als freier Mann teil. Aber er ging zutiefst verstört daraus hervor. Er hatte gehofft, der Fall könne in der gleichen Weise gerechtfertigt werden, wie der Präsident seine Handlungsweise David gegenüber gerechtfertigt hatte, nämlich mit dem Hinweis auf den Nutzen für alle Beteiligten, wenn die Bank das öffentliche Vertrauen in ihre Zahlungsfähigkeit nur noch ein paar Monate hätte aufrechterhalten können. Mr. Broadbent, der Anwalt, wies diese Möglichkeit von Anfang an zurück.

»Ich fürchte, Mr. Gregson, das Gesetz anerkennt einen Zweck nicht als Rechtfertigung der Mittel. Man wird Sie anhand Ihrer Zahlen vernehmen und Sie auffordern, diese Zahlen im Licht der damaligen Lage der Bank zu erklären. Wir werden natürlich einen Verteidiger heranziehen, und er wird im voraus detaillierte Antworten auf die denkbar detailliertesten Fragen wissen müssen, die der Kronanwalt stellen könnte. Nehmen wir ein Beispiel – eines, das den Kernpunkt der ganzen Anklage bilden kann. Anfang Mai empfahlen Sie dem Vorstand, er solle eine Dividende von zwölf Prozent bekanntgeben. Eine solche Bekanntgabe mußte das Einlagenvolumen steigern, was vermutlich auch damit beabsichtigt war. Die Anklage wird mit Sicherheit die Buchungen, durch welche diese Dividende gerechtfertigt sein sollte, besonders genau unter die Lupe nehmen.«

»Die Empfehlung einer so hohen Dividende ging nicht von mir aus«, sagte David.

»Sie trägt Ihre Unterschrift.«

»Das war eine Formalität. Die Entscheidung wurde vom Präsidenten gefällt.« Er blickte über den Tisch hinweg John Junius an. Der alte Mann hatte während der ganzen Sitzung noch kein Wort gesprochen; er sprach auch jetzt nicht. David wandte sich wieder dem Anwalt zu. »Ich darf Sie daran erinnern, Mr. Broadbent, daß ich meinen Posten als Prokurist nicht vor dem ersten Mai dieses Jahres antrat.«

»Und Sie akzeptierten die Situation, die Sie an jenem Tag vorfanden. Wenn ich recht unterrichtet bin, Mr. Gregson, so verdankten Sie Ihre Beförderung Ihren Fähigkeiten als Buchhalter. Es darf also vorausgesetzt werden, daß Sie die Bedeutung der Ihnen vorgelegten Zahlen genau erkannten, nicht wahr?«

Ein zweitesmal blickte David auf die mächtige Gestalt des Präsidenten. John Junius erwiderte weder den Blick, noch wandte er den Kopf ab. Er sah einfach weiterhin geradeaus, als beträfe ihn die ganze Sache in keiner Weise. War dies der Blick eines Mannes, der sich nach dem Zusammenbruch seines Imperiums und der Bedrohung seines guten Rufs noch immer in einer Art Schockzustand befand? Oder war es die Strategie eines Mannes, der bereits einen Ausweg aus seiner mißlichen Lage erspäht hatte und ihn sich nicht durch irgendeine Rücksichtnahme auf seinen Mitangeklagten zu verbauen gedachte? David zermarterte sich vergebens das Hirn, er kam zu keiner Entscheidung, welche der beiden Möglichkeiten zutreffe. Er schob seinen Stuhl zurück und stand auf.

»Es ist mir jetzt klar, daß meine Interessen sich nicht unbedingt mit denen Mr. Lorimers decken«, sagte er. »Daher dürfte es für alle Parteien dienlicher sein, wenn ich mir einen eigenen Anwalt nehme.«

Er verließ den Raum mit soviel Selbstsicherheit und Würde, wie er irgend aufzubringen vermochte, innerlich jedoch zitterte er. Es schien unvorstellbar, daß der Mann, der ihn als Schwiegersohn willkommen geheißen hatte, sich nun anschickte, ihm die Verantwortung für den Zusammenbruch der Bank anzulasten, aber das Schweigen des Präsidenten ließ sich kaum anders auslegen. Während David durch die Straßen schritt und seine Gedanken und Gefühle zu ordnen suchte, ging ihm indes auf, daß man auch den genau umgekehrten Standpunkt vertreten konnte. War es möglich, daß John Junius seiner Verbindung mit Margaret ebendeshalb zugestimmt hatte, um in ihm in einer bereits als nahezu hoffnungslos erkannten Lage einen Sündenbock zu haben?

Eine solche Schändlichkeit erschien auf den ersten Blick undenkbar, doch Davids Beklemmung wuchs, als er überlegte, wie viele Tatsachen dafür sprachen. Zu Hause fing er an, sich Daten und Gespräche zu notieren, den Gang der Ereignisse zu rekonstruieren und deren Hintergründe zu durchleuchten. Entsetzen packte ihn, als er erkannte, daß alles, was geschehen war, zweierlei Erklärungen zuließ. Wer würde der Aussage eines Stadtfremden glauben, der lediglich seine Anstellung verloren hatte, wenn ihr das Wort eines Mannes entgegenstand, der allseits geachtet und in Ehren alt geworden war? Wenn dieser reiche Mann behauptete, der junge Emporkömmling, dem er Geschäfte übertrug, die seine eigenen abnehmenden Kräfte nicht mehr bewältigen konnten, habe sein Vertrauen mißbraucht, so würden dieselben Leute, die heute den Namen Lorimer verfluchten, am Ende sogar für den arm gewordenen Millionär Mitleid empfinden.

Davids großes Wort, daß er sich einen eigenen Anwalt nehmen werde, war eine leere Drohung gewesen. Er hatte nicht das Geld, um die Kosten für einen voraussichtlich so langwierigen und komplizierten Rechtsstreit zu bezahlen. Selbst wenn er als Sieger hervorgehen sollte, würde er nur seinen ehrlichen Namen wiedergewinnen. William hatte zwar für Davids Freilassung Bürgschaft geleistet, würde ihn jedoch fallenlassen, sobald sich herausstellte, daß Davids und John Junius' Interessen einander direkt zuwiderliefen. David war so geknickt, daß er sich nicht einmal aufraffen konnte, Margaret zu besuchen. Er verbrachte Tage damit, Berechnungen anzustellen, die ihm das Ausmaß seiner Verstrickung immer noch deutlicher vor Augen führten.

Von allen Lorimers war es ausgerechnet William, der die erste freundliche Geste machte. Eines Abends erschien er unangemeldet in Davids Wohnung. Er machte keine Bemerkung über die Ärmlichkeit der Einrichtung oder den leeren Kaminrost, für den David sich keine Kohlen mehr kaufen konnte, sondern ließ der Kälte wegen einfach den Mantel an. David fand es fast unglaublich, daß er und sein Besucher etwa gleichaltrig waren. Der kleine, pedantisch aussehende Mann mit der schneidenden, kalten Stimme, die keinerlei Gefühl verriet, wirkte bedeutend älter. Das Anerbieten jedoch, das zu machen er gekommen war, konnte man nicht als kaltherzig bezeichnen, auch wenn er es in eine geschäftsmäßige Form kleidete.

»Sie werden mir zubilligen, Mr. Gregson, daß ich zum Zeitpunkt der Arretierung meines Vaters und Ihrer eigenen kaum etwas über die wahre Lage der Lorimer's Bank wußte. Ich habe mich nie mit den Geschäften der Bank befaßt. Mein Vater hätte eine solche Einmischung nicht gutgeheißen, und ich bin mit der Leitung der Lorimer-Linie hinlänglich beschäftigt. Was ich nun unlängst erfuhr, war ein Schock für mich.«

Er hielt inne, um David Zeit zu lassen, durch ein Nicken seine Zustimmung auszudrücken, was indessen keine Rolle zu spielen schien.

»Es dünkt mich wahrscheinlich, Mr. Gregson, daß die Anklage den Schuldbeweis erbringen wird. Ich kann die Motive durchaus verstehen, die das Vorgehen meines Vaters bestimmten, und auch Ihr eigenes« – er tat Davids Versuch, Einspruch zu erheben, mit einer Handbewegung ab –, »aber ich fürchte, daß sie für einen Richter unerheblich sein werden. Es besteht die Möglichkeit, daß alles gut geht. Ich bin gekommen, um die andere Möglichkeit zu erörtern.«

David wartete. William war ihm nicht sympathisch, aber in seiner augenblicklichen kritischen Lage konnte er nicht wählerisch sein.

»Wenn mein Vater der einzige Angeklagte wäre«, fuhr William fort, »so könnte das Urteil dennoch, wie ich die Situation sehe, gegen ihn ausfallen. Aber es könnte in diesem Fall wenigstens durch Mitgefühl gemildert werden. Er mag für den Zusammenbruch der Bank verantwortlich gewesen sein, aber er ist eindeutig derjenige, der am meisten dadurch verloren hat. Kein vernünftiger Mensch würde einem solchen Mann niedrige Beweggründe unterstellen, auch wenn das Gesetz ihn schuldig spräche. Man würde berücksichtigen, daß sein finanzieller Ruin allein schon eine nahezu ausreichende Strafe darstellt. Wenn auch sicherlich pro forma eine Inhaftierung verhängt würde, so bliebe doch zu hoffen, daß sie in Anbetracht seines Alters nur von kurzer Dauer wäre. Stimmen Sie mir soweit zu?«

»Ja«, sagte David nur. Er hatte von Anfang an begriffen, daß die beste Verteidigung des Präsidenten im Verlust des eigenen Vermögens durch das Fallieren der Bank bestand.

»Ihr Fall hingegen, Mr. Gregson, liegt völlig anders. Fakten und Zahlen sind dieselben, aber das Motiv für deren Manipulierung wird sich anders darstellen, und das Moment des Mitgefühls wird wegfallen. Der Prozeß wird in Bristol stattfinden, und Sie haben von einer Stadt, die sich selber vor den größten ökonomischen Schwierigkeiten sieht, keine Gnade zu erwarten. Die Strafe für Sie könnte Vergeltungscharakter haben und länger ausfallen, als es von der Anklage her gerechtfertigt wäre. Aber das britische Recht muß für

jedermann dasselbe sein. Wenn Sie und mein Vater als gleichermaßen schuldig befunden werden, dann wird man auch eine etwa gleiche Strafe verhängen. In diesem Fall dünkt es mich wahrscheinlicher, daß man das Strafmaß für meinen Vater erhöht, um es dem Ihren anzugleichen, als daß das Ihre gemildert würde, um dem seinen zu entsprechen.«
»Sie stellen reichlich viele Vermutungen auf, Mr. Lorimer. Ich kann mich Ihnen nicht in allem anschließen.«
»Dann will ich den Vorschlag machen, dessentwegen ich hierherkam, und Ihnen anheimstellen, ihn in aller Ruhe zu überdenken. Das bisher Gesagte sollte lediglich erklären, warum ich glaube, daß dieser Vorschlag im Interesse meiner Familie liegt. Ich habe hier ein Schriftstück, das Sie, Mr. Gregson, berechtigt, auf jedem Schiff der Lorimer-Linie, welches innerhalb der nächsten zwei Wochen Bristol verläßt, Passage zu nehmen. Sie brauchen dieses Schriftstück nur dem Kapitän zu zeigen; und Sie können jeden beliebigen Namen wählen. Formalitäten wird es nicht geben.«
»In diesem Fall wäre aber natürlich die Kaution, die Sie gestellt haben, verloren.«
William zuckte die mageren Schultern.
»Alles hat seinen Preis.« Er zögerte kurz. »Wie ich Ihnen sagte, Mr. Gregson, geht es mir vor allem um meinen Vater. Aber es stimmt auch, daß ich es, wie meine Schwester mir vor Augen führte, indirekt Ihnen zu verdanken habe, wenn mein eigener Besitz nicht in Gefahr ist. Ich beabsichtige, eines Tages ebenso wohlhabend und hochangesehen in dieser Stadt zu sein wie meine Vorfahren, so daß dieser unselige Zwischenfall der Vergessenheit anheimfällt und der Name Lorimer wieder als Symbol von Würde und Wohlstand gilt. Ich hätte dieses Ziel unter allen Umständen erreicht, will jedoch zugeben, daß es für den Eigner einer bedeutenden Schiffahrtslinie, die eine große Zukunft vor sich hat, leichter sein wird als für einen ruinierten Mann. Ich hoffe, damit meine Dankesschuld Ihnen gegenüber abzutragen.«
Er hatte das überzeugendste Argument gewählt. Das Anerbieten ging von einem Manne aus, der einem Tieferstehenden nicht verpflichtet sein wollte, und das leuchtete David ein.
»Sie erwähnten Ihre Schwester«, sagte er, ohne den Vorschlag direkt zu beantworten. »Weiß sie von Ihrem Plan?«

»Nein. Über diese Sache spricht man am besten überhaupt zu niemandem. Sollten Ihre Reisepläne ruchbar werden, so kämen Sie natürlich sofort wieder in Haft.«
»Aber ich kann England nicht verlassen, ohne mit ihr gesprochen zu haben.« David blickte auf das Schreiben. »Es gilt nur für eine Person.«
William zeigte Anzeichen von Ungeduld.
»Sie können kaum erwarten, daß meine Schwester Sie an einen Bestimmungsort begleitet, wo Sie bislang weder über ein Heim noch über Mittel verfügen. Sagen Sie ihr meinetwegen, wenn Sie das wünschen, daß Sie sie nachkommen lassen, sobald Sie dazu in der Lage sind. Ich mache mich erbötig, einen Brief zu übermitteln. Margaret wurde nicht für das harte Leben in einer Kolonie erzogen. Hier kann ich ihr ein behagliches Heim bieten, bis Sie ihr ein solches in Australien bereitet haben oder wo immer Sie hingehen wollen. Margaret hat meinem Sohn das Leben gerettet, und ich bin ihr noch mehr zu Dank verpflichtet als Ihnen. Sie dürfen mir glauben, daß ich alles tun werde, damit sie glücklich ist. Und sie dürfte kaum glücklich sein, wenn sie Sie im Gefängnis weiß.«
Dieses zweite, persönlichere Argument überzeugte David vollends davon, daß William ihm aufrichtig zu helfen wünschte. Die beiden Männer waren von Grund auf verschieden, aber die Tatsache, daß sie einander nicht mochten, änderte nichts an der Übereinstimmung ihrer Interessen. Einen Augenblick lang überließ David sich der Erinnerung an die Geschehnisse während seines letzten Besuchs in The Ivies.
»Ihre Gattin und das Kind sind wohlauf, hoffe ich?« sagte er.
»Beide, Gott sei's gedankt«, sagte William. »Arthur ist noch immer sehr klein, aber meine Schwester geht ganz in seiner Pflege auf. Er wird von Tag zu Tag kräftiger.«
Er stand auf, seine Mission war beendet. David blickte wiederum auf das Schriftstück, das er noch immer in der Hand hielt.
»Ich brauche Zeit, meine mißliche Lage zu überdenken«, sagte er. »Darf ich dies hier solange behalten?« Er sah seinen Besucher an und zwang sich, die angemessenen Worte zu sprechen, die ihn in der Kehle würgten. »Ich bin Ihnen sehr zu Dank verpflichtet, Mr. Lorimer.«
William nickte; es war die gleiche Kopfbewegung, die David so oft

an seinem Vater gesehen hatte. Beide Männer wußten, daß David von der angebotenen Passage Gebrauch machen würde.

Nachdem sein Besucher fort war, versuchte David sich einzureden, daß er immer noch die Wahl hätte, aber tief im Herzen wußte er, wie hoffnungslos seine Aussichten in Bristol waren. Er konnte zu seiner Entlastung von der Anklage des Betrugs nur anführen, daß er stets auf direkte Anweisung des Präsidenten gehandelt habe. Sollte der Präsident dies in Abrede stellen, wozu er eindeutig entschlossen war, so würde keine Jury Davids Aussage den Vorzug geben. Seit der Besprechung mit dem Anwalt hatte er sich den Kopf zerbrochen, wie er entkommen könnte. Nun hatte er die Möglichkeit. Nichts konnte ihn hindern, davon Gebrauch zu machen, außer dem Wissen, daß seine Flucht als Schuldgeständnis gewertet würde. Am nächsten Morgen ging er in aller Frühe hinunter zum Schleusenhafen. Er wußte, daß jeder Schritt ihn der Entscheidung näher brachte.

Zwei von Williams Schiffen ankerten im Hafenbecken, ein weiteres lag kielgeholt am Flußufer. Falls ein Dampfschiff der Lorimer-Linie gerade in England wäre, müßte es in Portishead festmachen, da der Avon-Kanal nicht tief genug war. Die Segler aber kamen bis zur Fertigstellung der neuen Docks wie eh und je hinauf nach Bristol.

Nach dem Bestimmungsort eines Dampfers mußte David sich nicht erst erkundigen, denn diese Schiffe waren ausdrücklich zu dem Zweck gebaut, der Cunard-Linie auf der Atlantik-Route nach Neu-England Konkurrenz zu machen. Die drei Segler im Hafen jedoch würden fahren, wohin die Verkaufsaussichten ihrer Ladung sie schickten. Obwohl es noch dunkel war, hatte das Tagewerk schon begonnen. Ein Trupp Matrosen krabbelte über den Leib des gekielholten Schiffs, der *Rosa,* und kratzte die Entenmuscheln weg. David konnte die Auskunft erhalten, daß die *Rosa* in zwei Wochen nach Australien auslaufen werde. Von den beiden Schiffen, die im Hafen lagen, würde die *Diana* nach Jamaika segeln, die *Flora* nach Kalifornien.

Die *Flora* wurde gerade beladen. Der Superkargo stand auf der Mole und hakte auf seiner Ladeliste die Waren ab, die im Schein einer Laterne aus einem Lagerhaus gebracht wurden. David wandte sich an ihn.

»Was tauschen Sie gegen Ihre Ladung ein?« fragte er.

»Wir holen Häute zur Lederfabrikation von der Westküste, Sir«, erwiderte der alte Seemann im breitesten Somerset-Akzent. »Das heißt, wenn sich die Mannschaft nicht zu den Goldfeldern aufmacht, sobald wir drüben sind. Für diese Fahrt müssen wir unsere Matrosen ausnahmsweise nicht zum Dienst pressen. Ein Freibillett ins Glück, scheinen diese Halunken zu denken. Wir nehmen bloß verheiratete Männer, wenn wir genügend finden können, aber wegen einer Unze Gold oder Silber lassen die auch ihre Weiber sitzen, wie mir scheint.«

»Ich dachte, diese Zeiten wären vorbei«, sagte David erstaunt.

»Ja, mit dem Schürfen und Waschen ist's vorbei. Jetzt gehn sie in die Goldminen, heißt es. Aber auch dort findet sich noch genug, daß einer Millionär werden kann, der mit nichts als seiner Arbeitskraft angefangen hat.«

»Und Sie selber hat das nie gelockt?«

»Man kann auch anders ein Vermögen machen, Sir.« Der Mann grinste zufrieden. »Wenn sie in den Minen Millionäre geworden sind, lassen sie sich in den Städten nieder. Da sind rauhe Burschen drunter. Aber ihre Weiber, Sir, das ist was ganz anderes. Die Ladies von San Franzisko leben in Palästen, daß Sie's nicht glauben würden. Und nicht mehr mit den Möbeln, die ihnen der Mann früher mal für die Blockhütte gemacht hat, das kann ich Ihnen sagen. Sie wollen das Beste, was Europa rüberschicken kann. Und das verladen wir jetzt. Mr. Lorimer hat seine Agenten ein halbes Jahr lang überall herumgeschickt, um das zusammenzukaufen, was wir jetzt in die Laderäume packen. Die Hälfte ist fest bestellt, also ist nicht mal viel riskiert. Jetzt zum Beispiel haben wir eine Uhr im Lagerhaus, Sir, die kommt aus Paris. Wenn ich Ihnen den Preis sage, Sie würden's mir nicht glauben, und das bloß, damit man weiß, wieviel's geschlagen hat. Aber irgendeine reiche Lady hat sich das Ding in den Kopf gesetzt, und in vier Tagen schwimmt's übern großen Teich.«

»Aber als Mr. Lorimers Superkargo können Sie kaum ein reicher Mann werden«, meinte David.

»Er ist ein guter Dienstherr«, sagte der Superkargo. »Oder vielleicht einfach ein besonders schlauer Kopf. Möcht' ich nicht entscheiden. Er zahlt die niedrigste Heuer von ganz Bristol und kriegt trotzdem eine Crew zusammen. Weil jeder Mann auf eigene Rechnung eine Kiste mit Waren mitnehmen und so gut er kann verkaufen darf.

Wobei mir eine größere Ration zusteht. Drei Kasten voll Tafelsilber werd' ich dort drunten verstauen: dreißig Jahr' alt und das feinste vom Feinen. Wie ich zum erstenmal ausgefahren bin, hab' ich meine Ware mit geborgtem Geld gekauft und gedacht, ich könnt's niemals zurückzahlen. Aber inzwischen –« Er unterbrach sich, um einen Trupp Männer zu ermahnen, die mit einer schweren Last auf das Ende der Mole zuschwankten. »Aufgepaßt mit dem Tisch da, hört ihr? Das ist bester italienischer Marmor, was ihr da tragt.«

»Ich darf Sie nicht aufhalten«, sagte David. »In vier Tagen sticht die *Flora* in See, sagen Sie?«

»Mit der Morgenflut, Sir.«

Nachdenklich ging David weg. Er wandte den Schiffen den Rücken und blickte im Frühlicht zu den Häuserreihen der Stadt hinauf, die sich terrassenförmig über die steilen Hügel hinzogen. Er konnte über die Slums, die direkt um den Hafen lagen, hinwegsehen und seine Aufmerksamkeit den eleganten Häusern widmen, die im vergangenen Jahrhundert an den höhergelegenen Plätzen und entlang der gewundenen Straßen errichtet worden waren. Bristol war eine Kaufmannsstadt, reich geworden durch den Handel über die Sieben Meere. Noch der geringste Mann in William Lorimers Crew, so gemein und ungebildet er auch sein mochte, setzte eine jahrhundertealte Tradition fort. Als Bankangestellter hätte David nie mehr als ein anständiges Auskommen erzielen können. Die Ehe mit der Tochter eines reichen Mannes hätte natürlich einen Weg zu eigenem Wohlstand eröffnet, aber dieser Weg war ihm nun verschlossen. Wenn er es in der Welt zu etwas bringen wollte, mußte er willens sein, ein Risiko auf sich zu nehmen. William hatte ihm die Schiffspassage als Fluchtmöglichkeit angeboten. David sah in ihr nun eine willkommene Möglichkeit, in ein neues Leben Eingang zu finden.

Von Amerika wußte er wenig. Während seiner kurzen Zeit bei Lorimer's Bank hatte er gelegentlich mit New York zu tun gehabt, aber nicht genügend, um dort mit einer gastlichen Aufnahme rechnen zu dürfen. Er wußte indessen, daß die Amerikaner selber westwärts zogen, daß sie früher in Grüppchen den Gefahren der natürlichen Grenzen des Kontinents getrotzt hatten, während sie heute in Scharen von den Eisenbahnen über alle Entfernungen hinweg getragen wurden. Eine Stadt wie San Franzisko mochte der rechte Ort sein, an dem ein Mann ein neues Leben beginnen könnte, ohne daß ihm allzu viele Fragen gestellt würden, und dabei doch groß und zivilisiert genug, damit David seine beruflichen Fähigkeiten ausüben könnte. Die leeren Weiten Australiens hatten ihm nichts zu bieten, aber in einer Stadt voller Neureicher würde er bestimmt Beschäftigung und die Möglichkeit zum Vorwärtskommen finden.

Dieser neue Gesichtspunkt erfüllte ihn mit freudiger Erregung, als er wieder seiner Wohnung zuschritt. Jetzt konnte er die Entscheidung, die er bereits unbewußt am gestrigen Abend gefällt hatte, offen ins Auge fassen. Nicht als Flüchtling wollte er die neue Welt betreten, sondern als Pionier.

Die erwachende Abenteuerlust befreite ihn auch von der Bedrükkung, unter der er so lange gelitten hatte. Er mußte sich vor Augen halten, daß er nicht einmal soviel Kapital besaß, um sich wie der gewöhnlichste Matrose eine Kiste voll Waren mitzunehmen. Kein Mensch in Bristol würde David Gregson Geld borgen, ja das leiseste Gerücht, daß er etwas ausleihen wolle, würde neuerliche Arretierung und Gefängnis bedeuten. Er würde in sein neues Leben nichts mitbringen als einen guten Kopf für Zahlen und ein Paar geschickter Hände.

Und das genügte auch, sagte er sich, entschlossen, den neugefundenen Mut nicht sinken zu lassen. Zum Beispiel würde diese teure Uhr aus Paris ein monatelanges Durchrütteln in einem feuchten Laderaum gewiß übelnehmen und außerdem nicht die einzige sein, die einer Reparatur bedurfte. Wenn er auch mit leichtem Gepäck reiste, er würde die neuen Ufer nicht schlechter gerüstet betreten als viele andere vor ihm. Als er wieder in seinem Zimmer ankam, war auch der letzte Schatten eines Zweifels von ihm gewichen. In vier Tagen würde er mit der Morgenflut Bristol verlassen, um in Amerika sein Glück zu machen.

15.

Wie erregend oder notwendig auch die Aussicht auf ein neues Leben sein mag – wenige Menschen sind fähig, die Vergangenheit – und wäre sie noch so unglücklich gewesen – ganz ohne Bedauern hinter sich zu lassen.

Nachdem David seinen Entschluß gefaßt hatte, saß er in seinem Zimmer vor dem leeren Kamin und dachte an Margaret.

Daß sie nicht mehr die Tochter eines reichen Mannes war, tat seiner Zuneigung zu ihr keinen Abbruch. Sein ganzer Körper sehnte sich schmerzhaft danach, sie wieder in den Armen zu halten: sie ganz sein eigen zu nennen. Er war überzeugt, daß sie ihm die Treue halten würde. Wenn er sie bäte, auf ihn zu warten, so würde sie warten. Aber konnte er als Ehrenmann eine solche Bitte äußern? Obwohl er ihren Bruder nicht besonders mochte, mußte er zugeben, daß William unter anderem die Gabe besaß, eine Situation leidenschaftslos zu analysieren und seine Meinung klipp und klar auszusprechen. Er hatte recht gehabt, als er sagte, man dürfe von Margaret nicht verlangen, daß sie auf einen Mann warte, der eine Gefängnisstrafe verbüße, und auch damit, daß David sie nicht in ein fremdes Land mitnehmen könne, solange er kaum das Geld für die erste Übernachtung in der Tasche hatte. Langsam machte David sich mit der Tatsache vertraut, daß er Margaret freigeben müsse. Seine Schande und die bevorstehende Verurteilung hatten ihm viele schlaflose, besorgte, ja angsterfüllte Stunden bereitet, doch erst der Gedanke, Margaret zu verlieren, brachte ihn den Tränen nahe.

Er durfte sie nicht wiedersehen, oder er könnte nie und nimmer von ihr fort. Also schrieb er ihr, am Tag, ehe die *Flora* in See stechen sollte. Es war, so hoffte er, der Brief eines Gentleman – er entband sie von ihrem Jawort um ihrer selbst willen, damit sie an der Seite eines anderen eine glückliche Zukunft finden könne. Noch als er das Schreiben versiegelte, lebte in ihm die Hoffnung, daß ein Wunder geschehen und sie die Freiheit, die er ihr anbot, zurückweisen möge.

Am späten Abend trat dieses Wunder ein. Er hörte ein Klopfen an der Haustür und dann die protestierende Stimme seiner Wirtin. Margaret war gekommen – und ohne Begleitung. Mrs. Lambert wußte genau, wer sie war, aber der Name Lorimer öffnete nicht mehr alle Türen. David brachte die Vermieterin zum Schweigen und führte Margaret rasch in sein Wohnzimmer.

Sie mußte zu Fuß gekommen sein, denn ihre Kleider waren durchnäßt, und den Kreppbesatz ihres Trauermantels hatte der Regen aufgeweicht. Kein Zweifel, sie hatte nicht gewagt, William den Zweck ihres Ausgangs zu gestehen. David starrte sie an, er wagte nicht, sie zu umarmen oder auch nur zu berühren aus Furcht, wiederaufflakkernde Hoffnung werde eine endgültige Trennung noch schwerer machen. Auch Margaret machte große Augen, aber über den Zustand des Zimmers, der deutlich verriet, daß sein Bewohner es für immer verlassen wollte.

»Sie schrieben mir, ich sei frei, meiner Wege zu gehen, also ging ich hierher. Aber Sie wollen abreisen. Davon haben Sie mir nichts geschrieben.«

»Mir bleibt keine Wahl«, sagte David. »Oder doch nur die Wahl zwischen schleunigem Verschwinden und einer Gefängniszelle.«

»Und Sie wollen mich nicht mitnehmen?« fragte sie.

»Oh, wenn ich doch könnte! Aber was habe ich zu bieten? Wir könnten auch von sehr wenig leben, aber ich habe gar nichts. Absolut gar nichts.«

»Ich habe etwas«, sagte sie. »Ich könnte Lower Croft verkaufen.«

Sekundenlang starrte er sie sprachlos an. Im Wirbel der vergangenen Wochen hatte er dieses Haus, John Junius' Geschenk an seine Tochter, völlig vergessen. Margaret mußte seine verblüffte Miene mißdeutet haben.

»Ich dachte zuerst, Lower Croft müsse zusammen mit Brinsley House und allen anderen Besitztümern meines Vaters verkauft werden«, sagte sie. »Dann hat William mir erklärt, daß Lower Croft mir persönlich gehöre und daß die Vollstreckungsbeamten es nicht beschlagnahmen dürfen. Mein zweiter Gedanke war, daß ich es auf jeden Fall verkaufen und den Erlös zur Linderung der Leiden verwenden sollte, die durch den Konkurs von Lorimer's Bank verursacht wurden. Aber Sie brauchen das Geld genauso dringend. Ich würde überglücklich sein, es Ihnen geben zu können.«

Er hätte dankbar sein sollen, sowohl für das Vertrauen, das sie ihm erwies, wie für das Angebot einer Summe, die zum Aufbau eines neuen Lebens für sie beide verwendet werden konnte. Statt dessen übermannte ihn der Zorn gegen den Mann, der ihm so bitteres Unrecht zugefügt hatte.

»Daß ich das nicht früher begriffen habe!« rief er. »Sobald Ihr Vater sah, daß der Zusammenbruch unvermeidlich war, brachte er, soviel er konnte, aus der Reichweite seiner Gläubiger. Das hätte er ohne eine triftige Begründung nicht tun können. Was hätte näher gelegen als ein Heiratsgut für seine einzige Tochter? Mr. Lorimer wird nie zulassen, daß Sie Lower Croft veräußern. Es soll dazu dienen, ihm ein Dach über dem eigenen Kopf zu bieten, wenn alles andere dahin ist.«

»Ich verstehe nicht, was Sie da sagen«, erwiderte Margaret. »Mein Vater konnte doch nicht im voraus wissen, was sich ereignet hat.«

»Er wußte es seit Monaten«, sagte David. »Und deshalb werde ich morgen die Flucht vor einer Kerkerstrafe ergreifen müssen.«

»Sind Sie so fest überzeugt, daß das Gericht Sie schuldig spricht?«

David hatte nicht vorgehabt, zu Margaret irgend etwas gegen ihren Vater zu sagen, aber in seiner Erbitterung über Lower Croft ließ er sich hinreißen. Es verletzte seinen Stolz, daß nach seiner Abreise Margaret gewiß nur Schlechtes über ihn hören und niemand sich finden würde, der ihn verteidigte.

»Sie kennen die Stimmung in der Stadt«, sagte er. »Irgendwer muß für all die Leiden büßen, die der Bankrott zur Folge hat. Irgend jemand muß für schuldig befunden werden. Ihr Vater hat beschlossen, daß ich, und nicht er selber, der Sündenbock sein soll.«

»Ich bin überzeugt, daß Sie ihm unrecht tun. Er weiß schließlich, daß ich Sie liebe und daß Sie bald sein Schwiegersohn sein werden.«

»Waren Sie nicht überrascht, Margaret, als er meine Bewerbung annahm? Einen Mann, der weder sein Vermögen noch seine Abkunft ins Treffen führen konnte? Nachdem Ihr Vater bereits einmal klargemacht hatte, daß Sie ihm nur dazu dienen sollten, die Verbindung seines Hauses mit einer der übrigen reichen Familien in der Stadt zu knüpfen.« Keiner von ihnen hatte bemerkt, daß David zum erstenmal Margarets Vornamen benutzt hatte, obwohl dies ein Zeichen war, daß er sich nicht länger den Bräuchen ihrer Gesellschaftsschicht fügte.

»Ich muß gestehen, daß es mich ein wenig überraschte«, sagte sie aufrichtig. »Aber ich wußte, daß seine eigene Ehe eine Verbindung solcher Art gewesen war und sich nicht als glücklich erwiesen hat. Ich dachte, er habe sich deshalb entschlossen, mich nach eigenem Gutdünken wählen zu lassen, als Zeichen seiner Zuneigung. Außerdem weiß er so gut wie ich, daß ich nicht schön bin und was es für mich bedeutete, daß derjenige, dem meine Neigung galt, sie zu erwidern schien.«

David neigte sich ein wenig zu ihr, er sehnte sich danach, sie in die Arme zu nehmen und ihr zu sagen, daß sie in seinen Augen die Schönste sei und daß sie nicht irre, wenn sie ihre Liebe erwidert glaube. Doch sein Instinkt sagte ihm, daß bei dieser Aussprache die Vernunft das Wort führen müsse, nicht das Gefühl. Während er so seine Liebe zügelte, war ihm selber noch nicht bewußt, daß ihn bereits ein mächtigeres Gefühl beherrschte: der Haß.

»Ich glaube, hier irren Sie«, sagte er. »Genau wie ich mich einer Illusion hingab, als ich meinte, Ihr Vater zeichne mich meiner beruflichen Fähigkeiten wegen aus. Wir haben beide das Herz über den Verstand gesetzt. Ihr Vater ist kein Gefühlsmensch. Er hatte seinen Grund dafür, diese Verlobung zu arrangieren: Er brauchte jemanden, dem er die Schuld zuschieben konnte.«

»Die Schuld wofür?« fragte Margaret. »Für den Einsturz einer Dockmauer? Für den Brand eines Schiffs? Für den Zusammenbruch einer Bank in einer anderen Stadt?«

David schüttelte den Kopf.

»Das Übel saß viel tiefer«, sagte er. »Diese Vorkommnisse schlugen nur Breschen, durch die man die Fäulnis im Innern sehen konnte. Ich will keineswegs sagen, daß Ihr Vater sich bei der Leitung der Bank unmoralische Handlungen zuschulden kommen ließ. Aber er machte Fehler, und sein Stolz zwang ihn, sie um jeden Preis zu vertuschen.«

»Wie können Sie behaupten, Sie bezichtigten ihn nicht der Unmoral, wenn Sie mich glauben machen wollen, daß er alle Schuld Ihnen zuschieben möchte?«

»Ich bin überzeugt, daß es so ist«, sagte David. »Ich bin überzeugt, daß er das von Anfang an plante. Und deshalb gehe ich. Wenn ich fort bin, kann er sagen, was immer er will, und niemand ist da, ihm zu widersprechen. Dies dürfte ihm während des Prozesses und bei der Festsetzung des Urteils sehr zustatten kommen. Doch wenn auch ganz Bristol mich für einen Schuft oder einen Narren halten wird, so vertraue ich darauf, daß Sie ...«

»Sie sagten, mein Vater habe diese Verlobung arrangiert«, unterbrach ihn Margaret. Ihre Wangen glühten, aus einem Grund, den David nicht begriff. »Das tat er nicht. Er gab seine Einwilligung, ja, aber nur, weil ich ihn inständig darum bat. Da mir soviel daran lag, und weil ich dachte – ich dachte, daß Sie ...«

Tränen traten ihr in die Augen und drohten, überzufließen. David antwortete ihr, so freundlich er konnte.

»Sie dachten zu Recht, daß ich Sie liebte. Ich liebte Sie damals und ich liebe Sie jetzt. Und für die Pläne Ihres Vaters war es unerläßlich, daß der Wunsch scheinbar von Ihnen ausgehen sollte. Aber wer führte uns denn zum erstenmal zusammen? Wer sorgte dafür, daß wir uns weit häufiger sahen, als unsere unterschiedlichen Lebensumstände dies üblicherweise ermöglicht hätten? Sie wissen so gut wie ich, daß die Tochter eines reichen Hauses kaum eine eigene Wahl haben darf. Sie durften erst dann wählen, als Ihr Vater dafür gesorgt hatte, daß Sie nach seinem Wunsch wählen würden.«

»Sie sprechen über mich, als besäße ich keinen eigenen Willen!« rief Margaret, und David begriff zu spät, daß die Röte, die er in ihre Wangen hatte steigen sehen, Zornesröte war. »Als wäre ich ein Lockvogel, der Köder in einem Fangeisen. Mein Vater mußte schon vor langer Zeit erfahren, daß ich, was eine Heirat anging, selber über mein Schicksal bestimmen wollte. Auf *mein* Verlangen gab er die geplante Verbindung mit Walter Crankshaw auf. Und wieder auf *mein* Verlangen wurden Sie an Walters Stelle akzeptiert. Es war nicht leicht für mich, dem Unwillen meines Vaters Widerpart zu halten, und ich lasse mir jetzt nicht sagen, ich hätte die ganze Zeit nach seiner Pfeife getanzt wie das Äffchen eines Leierkastenmanns. Ich begreife jetzt, daß Sie Ihre eigenen Pläne geschmiedet hatten. Sie wollten die Tochter eines reichen Mannes heiraten, der Ihre Karriere fördern könnte. Jetzt aber, da diese Verbindung Ihnen nichts mehr einbringt, geben Sie mir meine Freiheit zurück, während es Ihnen in Wahrheit nur um Ihre eigene geht, und Sie verunglimpfen meinen Vater, um ganz sicher zu sein, daß ich nicht versuche, Sie zurückzuhalten.«

»Heiraten Sie mich, Margaret«, sagte David. Es war erst ein paar Stunden her, daß er in seinem Brief schrieb, sie müßten sich trennen, nun aber überfiel ihn Panik bei dem Gedanken, sie könne ihn beim Wort nehmen. »Heiraten Sie mich morgen, und wir wollen gemeinsam ein neues Leben beginnen. Wenn Sie Lower Croft an William überschrieben, würde er Ihnen Geld für die Überfahrt und den Kauf eines Hauses vorstrecken.« Er überlegte schnell. Die *Flora,* auf der er ursprünglich nach San Franzisko hatte segeln wollen, würde den Stadthafen schon in acht Stunden verlassen – in dieser kurzen Zeit könnte Margaret nicht die nötigen Vorbereitungen treffen. Aber er hatte dieses Ziel aufs Geratewohl gewählt. Jedes andere wäre ihm ebenso lieb. »Die *Diana* läuft in sechs Tagen nach Jamaika aus. Heiraten Sie mich, und wir werden zusammen auf ihr reisen.«

Er hatte den denkbar ungünstigsten Zeitpunkt für die Erneuerung seines Antrags gewählt. In Margarets Augen standen noch immer die Tränen, die bewiesen, wie tief Davids Anschuldigungen sie verletzt hatten, und als sie antwortete, klang ihre Stimme kalt.

»Also wären Sie doch willens, das Geld anzunehmen, von dem Sie behaupten, daß mein Vater es unrechtmäßig beiseite geschafft habe.«

»Ich bin willens, alles zu tun, damit Sie glücklich werden.«

»Und Sie glauben, ich könnte glücklich werden mit einem Mann, der meinen Vater für unmoralisch hält und mich selber für schwach? Das reimt sich nicht zusammen. Sie schrieben mir heute vormittag, um mich von meiner Verlobung mit Ihnen zu entbinden. Ich nehme das Angebot dankend an und hoffe nur, daß Sie Ihre eigene Freiheit gut nutzen, um in Ihrem neuen Leben glücklich zu werden. Gute Nacht, Mr. Gregson.«

Er streckte die Hand aus, um sie zurückzuhalten, aber sie entriß ihm ihren Arm und stürmte aus dem Haus, während er in letzter Verzweiflung ihren Namen rief. Er hörte ihre Schritte die hölzerne Treppe hinunterlaufen und kurz darauf in den leeren Straßen widerhallen. Er hätte schneller sein und sie einholen können, aber es wäre sinnlos gewesen. An seiner Lage hatte sich nichts geändert. Er war ein Mann, der nichts zu bieten hatte. Und über John Junius hatte er nur gesagt, was er für die Wahrheit hielt. Es wäre klüger und besser gewesen, diese Worte nicht zu sprechen, aber er konnte sie jetzt nicht ohne Verstellung wieder zurücknehmen und eine schale Abbitte vorbringen, um Margarets Zorn zu beschwichtigen.

Die Niedergeschlagenheit, die er überwunden geglaubt hatte, kehrte zurück und nahm ihm allen Mut. Lange blieb er an der Tür stehen und preßte den Kopf an das Holz. Er wußte, daß er Margaret für immer verloren hatte. Er versuchte, das Bild, das sie bei dieser letzten Begegnung geboten hatte, aus seinen Gedanken zu verbannen: eine stolze, entrüstete Frau im unkleidsamen schwarzen Trauerstaat. Er beschwor vielmehr die Erinnerung an das glückliche Mädchen herauf, dessen Gesicht im verschneiten Park von Lower Croft so zärtlich aus der pelzbesetzten Kapuze zu ihm aufgeblickt hatte und das sein eigenes Herz so freimütig und tapfer für sich beanspruch t hatte. Er dachte auch an die strahlende junge Frau, die so schön war in ihrem Ballkleid, mit der langen rotgoldenen Haarlocke auf den glatten weißen Schultern, und auf dem Fest für den Prince of Wales in seinen Armen getanzt hatte. Im gleichen Maß, wie seine Liebe in lautloser Verzweiflung schmerzte, wuchs sein Groll gegen den Mann, der ihm diesen Schatz versprochen, aber niemals vorgehabt hatte, sein Versprechen einzuhalten. Davids Lippen wurden so schmal, daß sie fast an John Junius Lorimers Lippen erinnerten, und er ging hinüber zum Tisch und begann zu schreiben.

Drei Stunden lang arbeitete er, ohne aufzublicken. Er benutzte die Notizen, die er sich bereits früher gemacht hatte, um die Erinnerung an Daten und Zahlen aufzufrischen. Das erste Frühlicht erschien bereits am Himmel, als er seinen Bericht unterschrieb und versiegelte. Sobald er hörte, daß seine Vermieterin aufgestanden war, übergab er ihr das Schreiben. Er wies sie an, es zu behalten bis zum Tag vor dem Prozeß gegen John Junius Lorimer. Dann sollte sie es zur Polizeistation bringen. Auf dem Umschlag hatte David vermerkt, das Schreiben sei für den Oberstaatsanwalt bestimmt, aber Mrs. Lambert würde vermutlich nicht wissen, wie dieser Mann zu finden sei. Er gab ihr einiges Geld für ihre Mühe und bezahlte mit dem Rest seiner Ersparnisse die Miete. Dann pfiff er einen Jungen von der Straße herein, damit er ihm sein Gepäck tragen helfe.

Drei Stunden später glitt die *Flora* durch den engen und gewundenen Avon-Kanal auf die Flußmündung zu. Sie wurde von einem Schleppdampfer gezogen, Kommandorufe erfüllten die Luft, als die Mannschaft die Segel setzte, die alsbald der Wind des offenen Meeres füllen würde. Vom Deck aus blickte David hinauf zu den Gärten von Brinsley House. Das Herrenhaus selber, das ein wenig von der Schlucht zurücklag, konnte man nicht sehen – nur den Turm, wo John Junius vielleicht gerade in dieser Stunde saß. Eine Weile starrte David noch hinauf und brütete über die Gnadenlosigkeit, mit der die Reichen einen Eindringling aus ihrer Mitte verjagen. Dann, als das Wunderwerk der Brunelschen Brücke hoch über ihn hinwegzugleiten schien, riß er den Blick von den bewaldeten Hängen und den kahlen Klippen los. Zum Zeichen endgültiger Abkehr ging er hinunter in seine Kajüte. Er wollte England und die Lorimers nie wiedersehen.

16.

Zahlungsunfähigkeit ist ansteckend. In den Wochen nach dem Zusammenbruch der Lorimer's Bank kam das Wirtschaftsleben von Bristol beinah zum Erliegen. Die größeren Aktionäre der Bank waren in vielen Fällen Besitzer von Fabriken oder Handelshäusern. Nachdem ihre gesamten Vermögenswerte dahin waren, mußten sie Lagerhäuser und Betriebe schließen und ihre Arbeiter in eine Stadt entlassen, die ihnen keine neue Beschäftigung bieten konnte. Die Einleger durften zwar hoffen, auf lange Sicht einen Teil ihres Geldes zurückzubekommen, im Moment jedoch hatten sie nichts auf der Hand, so daß die Rechnungen der Geschäftsleute unbezahlt blieben und Neuausgaben auf das strikt Lebensnotwendige beschränkt wurden. Stoffläden und Tabakhändler, Putzmacherinnen und Schneiderinnen, Pferdehändler und Weinlieferanten, alle gerieten in Schulden, die vielleicht nie bezahlt werden konnten, und blieben auf Beständen sitzen, die sie nicht mehr an den Mann brachten. Auch sie verkleinerten die Zahl ihrer Angestellten, und dies mehrte die Armut, die sich von Tag zu Tag unerbittlicher in der Stadt einnistete. Die zerlumpten Kinder, die sich an Bettler verdingten, um deren bemitleidenswerte Nachkommenschaft zu spielen, gingen ebenfalls ihrer Arbeit verlustig, denn es gab jetzt genug wirklich hilfsbedürftige und hungernde Familien, und auch für sie reichten die zur Verfügung stehenden wohltätigen Mittel nicht aus.

Der Immobilienmarkt war genauso schwer betroffen wie jeder andere Geschäftszweig. So viele Läden und Häuser standen gleichzeitig zwangsweise zum Verkauf, und so wenige Käufer stellten sich ein, daß die Preise ins Bodenlose fielen und auch solche Haus- und Grundeigentümer, die noch nicht unmittelbar von der Krise erfaßt waren, sondern ihr zu entfliehen hofften, ihren Besitz nicht loswerden konnten. Davids Hohn hatte Margaret so tief verletzt, daß sie Lower Croft trotz allem zum Verkauf anbot. Sie konnte einfach nicht glauben, daß ihr Vater dieses Geschenk nur gemacht habe, damit er aus dem eigenen Schiffbruch doch noch etwas retten könne, aber dennoch erachtete sie es als Gewissenspflicht, daß kein Lorimer sich von den schmerzlichen Folgen des Konkurses ausschließen dürfe, nachdem so viele Menschen ihr Vertrauen zu Lorimer's Bank mit dem totalen Ruin bezahlen mußten. In der Stadt war ein

Hilfsfonds für die Opfer des Bankzusammenbruchs gegründet worden, und ihm wollte sie den Verkaufserlös zukommen lassen. William sagte sie wohlweislich nichts von diesem Plan, denn sie ahnte, daß er ihn als sentimental abtun würde.

Doch es fand sich kein Käufer. Abgesehen von der allgemeinen Kapitalknappheit machte die Tatsache, daß Lower Croft auf dem Grundstück eines Erholungsheims stand, es als Wohnsitz für eine Privatfamilie unattraktiv. Schon nach kurzer Zeit ließen die Makler Margaret wissen, daß wenig Verkaufsaussicht bestehe, und rieten ihr, das Anwesen zu vermieten. Und so überließ sie es mietfrei einer Familie, deren Haus vom Konkursverwalter der Bank beschlagnahmt worden war. In der ersten Nacht nach dem Einzug der neuen Bewohner weinte sie sich in den Schlaf. Sie hätte als David Gregsons junge Frau dort wohnen sollen. Die Überreichung des Hausschlüssels an einen Fremden bedeutete ihren endgültigen Verzicht auf diese Hoffnung.

Der Winter des Jahres 1878 war genauso hart wie das Leben in der Stadt. Der Schneefall setzte früh ein, und die Buben, die auf dem Schulweg an Williams Fenstern vorbeieilten, hatten blaugefrorene Finger und duckten sich vor dem eisigen Wind. Der November hätte normalerweise die Saison eröffnet, aber in diesem Jahr gab es keine Bälle und keine großen Diners. Auch wer noch in der Lage gewesen wäre, Gäste zu empfangen, konnte nicht sicher sein, daß die Freunde und Bekannten noch einen Wagen für die Fahrt besaßen oder genügend Hauspersonal, um eine Gegeneinladung geben zu können. In der ganzen unglücklichen Stadt war nur für die Armen – die schon immer mehr an Schulden als an Ersparnisse gewöhnt waren – alles beim alten geblieben. Für die Armen und für William Lorimer.

Seine Schwester, die ihre Tage mit der Pflege des kleinen Arthur verbrachte und ihre Nächte in Tränen um den verlorenen Liebsten, ermaß nicht das Ungewöhnliche von Williams Situation. Da die Trauer um die Mutter sie von jeder Geselligkeit ausschloß, begegnete sie weder etwaigen Feindseligkeiten seitens einstiger Bekannter, noch hörte sie durch treugebliebene Freunde von den tatsächlichen oder mutmaßlichen Konkursen. Natürlich bemerkte sie, daß Williams Stimmung nicht so trüb war, wie man hätte erwarten können. Hätte sie mehr von Geschäften verstanden, so hätte sie dies mit einer von William unlängst gemachten Bemerkung in Verbindung gebracht, daß Lloyd's die fällige Versicherungssumme für den Verlust der *Georgiana* beachtlich prompt ausbezahlt habe und daß es zum augenblicklichen Zeitpunkt gar nicht schlecht sei, ein wenig flüssiges Geld zur Verfügung zu haben. Sie wußte nur, daß er viel Zeit mit Anwälten und Buchhaltern verbrachte, und sie nahm an, er habe eben jenen rastlosen Geschäftsgeist geerbt, der John Junius bis ins hohe Alter ausgezeichnet hatte. Aber sie war viel zu unglücklich, um sich über die Geschäfte ihres Bruders Gedanken zu machen. Nacht für Nacht sagte sie sich beim Zubettgehen, daß sie mit einem Mann, der ihren Vater für einen Verbrecher hielt, niemals hätte glücklich werden können; und Nacht für Nacht netzten heiße Tränen ihre Wangen, wenn sie mit der Erkenntnis einschlief, daß sie niemals mit einem anderen glücklich würde.

Während dieser ganzen Zeit blieb John Junius allein in Brinsley House. Fast das gesamte Personal war entlassen worden, nur die Köchin und ein Diener sorgten noch für ihn. Das Haus wurde kalt und feucht, denn Feuer brannte nur noch in der Bibliothek. Alle übrigen Räume mit Ausnahme seines Schlafzimmers und der Küche waren versperrt. Hinter geschlossenen Fensterläden wartete das Mobiliar auf den Abtransport und Verkauf. Er verbrachte seine Zeit mit der Vorbereitung von Erklärungen und Rechtfertigungen der Bilanzen, die bei seinem Prozeß vorgelegt würden, und empfing keine Besucher außer seinem Anwalt und den Familienmitgliedern.

Zuerst verschwanden die Jadesammlung und die indischen und persischen Wandschirme. Als Margaret und Ralph eines Tages in Brinsley House ankamen, stand ein Fuhrwerk vor der Tür, während ein Trupp Männer die kostbaren Schnitzereien in Kisten verpackte. Sie sollten nach London zur Versteigerung geschickt werden, erklärte ihnen John Junius, der die Arbeit überwachte. In Bristol habe niemand mehr übriges Geld für solchen Luxus, und der Konkursverwalter der Bank habe dafür gesorgt, daß die Kunstschätze dort zur Auktion kämen, wo den Gläubigern die höchsten Preise winkten. John Junius sprach in seiner gewohnt brüsken Art, als gehörte die stumme Verzweiflung, in die der Tod seiner Frau und der Zusammenbruch der Bank ihn gestürzt hatten, bereits der Vergangenheit an, und als könne er nun der Zukunft getrost entgegen-

blicken. Er stellte Ralph sogar ärgerlich zur Rede, warum er nicht in Oxford sei.
»Es ist doch bestimmt kein Geld für die Studiengebühren da«, antwortete Ralph erstaunt.
»Das Geld wird sich finden. Dein College wird einsehen, daß unsere Schwierigkeiten rein vorübergehender Natur sind.«
»Aber die Studiengebühren sind nur ein kleiner Teil der Ausgaben, Vater. In Oxford muß man leben können wie ein Gentleman. Ich habe mich damit abgefunden, daß ein solches Leben für mich nicht mehr möglich ist.«
»Und wie stellst du dir dann, wenn ich fragen darf, deine Zukunft vor?«
»Ich muß mir eine Anstellung suchen.«
»Aufgrund welcher Befähigung? Mit deiner jetzigen Ausbildung bist du für die menschliche Gesellschaft nutzlos.«
»Das ist doch nicht meine Schuld, Vater. Vielleicht wird William mich in seinem Büro beschäftigen?«
John Junius wandte sich mit zornig geballten Fäusten ab. Die Tür der Bibliothek schlug hinter ihm zu. Margaret blickte ihren jüngeren Bruder strafend an.
»O Ralph, du darfst Papa keinen Vorwurf daraus machen, daß er dir nicht mehr das Leben bieten kann, das er sich für dich wünschen würde.«
»Er war immer überzeugt, daß er einen Anspruch an die übrige Menschheit habe, daß er immer bevorzugt werden müsse«, sagte Ralph. »Ich stelle diesen Anspruch nicht. Ich weiß, daß niemand mir das geringste schuldet. Und mir scheint, unsere Familie habe viel zu lange auf Kosten anderer gelebt. Wenn ich derjenige sein soll, der dafür bezahlen muß, so will ich mich dareinschicken.«
Gemeinsam gingen sie nach The Ivies zurück.
»Sollte William dir das Anerbieten machen ...« begann Margaret. Aber Ralph zuckte die Achseln.
»Er tat es nicht, obwohl er meine Lage kennt. Ich möchte nicht bei ihm schmarotzen. Obwohl er nicht, wie so viele unserer Bekannten, sein Kapital eingebüßt hat, macht er doch nicht den Eindruck, mehr zu verdienen, als er benötigt.«
Dagegen konnte Margaret schwerlich etwas einwenden. William hatte vom Vater die Abneigung gegen jede Art von Gepränge ge-

erbt. Sophie hatte zwar Geld in die Ehe eingebracht, aber vielleicht war es im Hinblick auf spätere Erträge in die Schiffahrtslinie investiert worden. Margaret wußte ebensowenig wie Ralph, ob ihr Bruder sich eine großzügige Geste leisten könne.

»Wenn du die Wahl hättest«, sagte sie, »wenn Geld keine Rolle spielen würde, was möchtest du dann am liebsten tun?«

»Darüber denke ich seit langem immer wieder nach. Vor meinem Austritt aus der Schule habe ich mit Dr. Percival gesprochen, und er sagte, wenn ich allabendlich beten würde, käme mir die Erleuchtung, ob meine Wünsche mit Gottes Plänen übereinstimmten. Ich habe seinen Rat befolgt, und jetzt weiß ich, daß ich sühnen muß für meine eigene Schuld und für alles Unrecht, das unsere Familie jahrhundertelang begangen hat. Wir haben unseren Reichtum nicht verdient. Es genügt nicht, daß wir jetzt darauf verzichten müssen. Wir sollten versuchen, auf irgendeine Weise die Menschen zu entschädigen, die wir übervorteilt haben.«

Margaret sah ihren achtzehnjährigen Bruder mit neuen Augen an. Seit dem Bekanntwerden von Claudines Schwangerschaft und ihrer überstürzten Abreise nach Frankreich hatte Ralph sich in erstaunlich kurzer Zeit vom faulen Schüler, der sich vorwiegend für Kricket interessierte, zum jungen Mann gewandelt, der seine Zeit zwischen Büchern und Gebet zubrachte. Da diese Veränderung gerade mit dem Tod der Mutter und den darauf folgenden unglückseligen Ereignissen zusammengefallen war, hatte Margaret nicht nach einer weiteren Erklärung gesucht.

»Diese Menschen entschädigen, indem du ein Vermögen machst und es wegschenkst, meinst du? Als Angestellter der Lorimer-Linie dürftest du kaum reich werden.«

Ralph schüttelte den Kopf. »Du fragst, was ich tun würde, wenn ich freie Wahl hätte. Ich würde die Priesterweihe anstreben. Und dann, nach den Weihen, möchte ich als Missionar und Priester den Unglücklichen dienen, die von unseren Vorfahren eingefangen und verschleppt wurden.« Er zuckte die Achseln. »Aber ich habe keine freie Wahl. Ohne Geld kann ich nicht studieren. Wenigstens nicht sofort. Also ist William meine einzige Hoffnung. Wenn er mich für eine Weile anstellt, mir eine noch so untergeordnete Stellung gibt, dann kann ich mich vielleicht durch eisernen Fleiß emporarbeiten und etwas ersparen. Ich will ihn noch heute darum bitten.«

Das Gespräch erinnerte Margaret wieder daran, daß auch sie an ihre Zukunft denken mußte. Aber ein Brief, der während ihrer kurzen Abwesenheit in The Ivies eingetroffen war, lenkte ihre Gedanken wieder in eine andere Richtung. Vor einiger Zeit hatte sie ihrer Freundin Lydia geschrieben, um ihr mitzuteilen, daß sie sich nun bei ihrem Bruder aufhielt. Jetzt stellte sie bestürzt fest, daß der Antwortbrief, wie ihr eigener, mit schwarzem Wachs versiegelt war. Sie öffnete ihn hastig.

Die Nachricht, die er enthielt, entriß ihr einen Ausruf des Mitgefühls. Lydias Verlobter war am Khyber-Paß in einen Hinterhalt geraten, den der afghanische Führer, Sher Ali, dort gelegt hatte. Lydia vermeldete diese Tatsache in nüchternen Worten, dann aber wurde die Schrift fast unleserlich und der Stil wirr, sie schilderte die Verzweiflung, mit der die Aussicht auf ein sinnlos gewordenes Leben sie erfüllte. »Du weißt, meine liebe Margaret, wie glücklich ich mich pries, weil ein so wunderbarer Mensch mich erwählt hatte, obgleich so weniges für mich spricht.«

Margaret erriet, was sie meinte. Selbst wenn Lydias Schmerz sich eines Tages soweit beruhigen würde, daß sie für einen anderen Mann Interesse aufbringen könnte, so fehlte es ihr, und das wußte sie nur zu gut, an äußerlicher Anmut und Schönheit. Auch hatte sie Margaret einmal anvertraut, daß der Besitz ihres Vaters in Bath, wo die Familie recht auskömmlich lebte, als Erblehen an einen Neffen übergehen werde. Wenn sie nicht vor dem Tod ihres Vaters einen eigenen Hausstand gründen konnte, so würde sie einer mittellosen Zukunft entgegensehen müssen.

Zum zweitenmal wurde Margaret, während sie umgehend einen Beileidsbrief schrieb, an ihre eigene Lage erinnert. Sie fing an, ernsthaft alle Möglichkeiten zu erwägen, sprach jedoch noch zu niemandem darüber, denn sie wollte warten, bis das künftige Geschick der Familie sich einigermaßen absehen ließe.

Für Ralph kam die Wende zum Besseren schon bald. Ein paar Tage nach ihrem Gespräch stürzte er in die Kinderstube. Arthur wurde gerade von der Amme gestillt, so daß er sich sofort hätte zurückziehen müssen, aber er starrte noch immer auf die entblößte Brust der Frau, als Margaret ihn aus dem Zimmer scheuchte. Sie wollte ihn ausschelten, als sie aber sah, wie aufgeregt er war, ließ sie es gut sein.

»Ich darf doch nach Oxford, Margaret. William wird mir behilflich sein. Er sagt, ich kann ihm das Geld später zurückzahlen, wenn ich ein ausreichendes Stipendium bekomme. Er billigt meinen Plan, Priester zu werden, und meint, er dürfe durch diesen unseligen Zwischenfall ausgerechnet zu diesem Zeitpunkt nicht gefährdet werden. Ich soll sofort reisen, sagt er, und fleißig sein, um die verlorene Zeit aufzuholen.«

Margaret freute sich für ihn und rief sofort Betty, damit sie ihm beim Packen helfe. Sie fragte sich, ob die milde Gabe aus Williams eigener Börse stammte oder ob die Jadesammlung noch kostbarer sein mochte, als allgemein vermutet wurde, und bei der Auktion eine Summe erbracht habe, von der die gesamte Schuld des Vaters beglichen werden konnte. Aber als sie sich nach dem Erfolg der Versteigerung erkundigte, schüttelte William mit düsterer Miene den Kopf. Die Sammlung hatte weit weniger als den erwarteten Preis erzielt. Warum, das war schwer zu sagen. Vielleicht verspürte bereits das ganze Land die Folgen der wirtschaftlichen Schwierigkeiten, die so besonders schwer auf Bristol und Glasgow lasteten. Oder aber John Junius hatte den Wert seiner Kollektion übertrieben, damit das Legat, das er der Stadt damit hatte machen wollen, noch großzügiger aussähe.

Unmittelbar nach der Jadesammlung kam Brinsley House unter den Hammer. Margaret wohnte natürlich der Versteigerung nicht bei und erfuhr wiederum erst durch William, wie niedrig die Gebote gewesen waren. Es gebe niemanden in Bristol, so erklärte er, der zur Zeit eine große Geldsumme für einen so anspruchsvollen Besitz anlegen könne. Der Konkursverwalter war im voraus darauf aufmerksam gemacht worden, daß dies der Fall sein werde und daß man für das Haus einen niedrigen Vorbehaltspreis ansetzen müsse, wenn sich überhaupt ein Käufer finden solle, aber er hatte es nicht glauben wollen. Der Aufruf war zu hoch gewesen und wurde nicht erreicht. Jetzt würde er sich damit abfinden müssen, daß der Tageswert nur ein Bruchteil dessen war, was vor einem oder zwei Jahren hätte gefordert werden können. Er würde es an jeden verkaufen müssen, der es haben wollte, gleichgültig zu welchem Preis.

Margaret war über dieses Ergebnis betrübt, aber William versuchte, sie zu überzeugen, daß es keine Rolle spiele.

»Wenn das alles vorbei ist, wird unserem Vater ohnehin nichts mehr bleiben«, sagte er. »Mit dieser Tatsache mußt du dich vertraut machen. Wie hoch auch die durch den Verkauf seines gesamten Besitzes erzielte Summe sein mag, sie käme ausschließlich den Gläubigern der Bank zugute. Es hat nie die Möglichkeit bestanden, daß nach dem Zwangsverkauf noch Geld übrigbleiben würde.«

Es war genau das, was auch David ihr schon gesagt hatte, und dieses Mal zwang sie sich, es zu glauben. Sie stellte noch weitere Fragen an William und erfuhr, daß sich auch Davids übrige Vorhersagen bewahrheitet hatten. Der Konkursverwalter hatte an die Aktionäre einen ersten Aufruf zur Bezahlung der achtfachen Summe des jeweiligen Aktienwerts ergehen lassen. Auch das würde noch nicht genügen, um die Schulden zu decken, aber für die Aktionäre war es bereits zuviel. Viele von ihnen hatten trotz des Verkaufs ihrer Häuser und Firmen dem Aufruf nicht Folge leisten können und Bankrott anmelden müssen, so daß an diejenigen, die noch zahlungsfähig waren, eine zweite Forderung ergangen war.

»Wie geht es Dr. Scott? Hat er den ersten Aufruf überlebt?« fragte Margaret und erinnerte sich, wie dankbar der Arzt gewesen war, als er sein Kapital in Lorimer's Bank hatte investieren dürfen, und wie beleidigend er auf das Mißgeschick reagiert hatte.

William schüttelte den Kopf.

»Seine schlimmsten Befürchtungen sind bereits eingetreten. Sein Haus steht zum Verkauf, wie so viele andere Häuser, aber es ist nicht mehr sein Eigentum. Der Erlös geht an den Konkursverwalter.«

»Was wird er denn nun tun?«

»Er ist noch besser daran als viele andere, denn sein Beruf erfordert wenig Kapital. Und er hat einen Sohn, Charles, der gleichfalls Arzt ist und in London arbeitet. Auch Dr. Scott wird sicherlich in der Hauptstadt Arbeit finden, wenn er zu Charles zieht. Inzwischen habe ich mit ihm ein Abkommen getroffen. Wenn ich seine Rechnungen jetzt bezahlen würde, so müßte das Geld der Konkursmasse zufließen. Ich versprach ihm statt dessen, die gesamte Rechnung für seine Bemühungen um Sophie und Arthur zu begleichen, nachdem er in aller Form als bankrott erklärt sein wird.«

Margaret war durch das unmögliche Benehmen des Arztes in der Nacht von Arthurs Geburt so schockiert, daß es ihr schwerfiel, ihn nun entsprechend zu bedauern. Dennoch mußte sie zugeben, daß er in der Tat allen Anlaß zur Erbitterung gehabt hatte – ja, sie

war erstaunt, daß er Williams Familie auch weiterhin betreuen wollte.
Doch diese Frage beschäftigte ihre Gedanken nicht für sehr lange Zeit. Es gab keinen Grund zu der Annahme, daß Dr. Scott jemals noch ihre eigene Lebensbahn kreuzen werde.

17.

Wie könnte man edler handeln an einem Manne, dessen Stolz zutiefst verletzt ist, als durch eine Wohltat, die so diskret erwiesen wird, daß sie jeden Dank ausschließt? Nicht lang nach der Auktion, bei der Brinsley House keinen Käufer gefunden hatte, besuchte Margaret ihren Vater. Soeben war ein Brief für ihn eingetroffen. Er las ihn zweimal und gab ihn dann an sie weiter. Es war das Schreiben eines Anwaltsbüros, nicht seines eigenen Anwalts. Es lautete, man habe die Ehre, Mr. Lorimer mitzuteilen, daß Brinsley House unlängst von einem Klienten erworben worden sei, der zunächst anonym zu bleiben wünsche. Der Erlös sei inzwischen dem Konkursverwalter ausgehändigt worden, und der Klient lasse Mr. Lorimer hiermit bestätigen, daß er weiterhin und so lange er dies wünsche im Hause wohnen bleiben dürfe.
»Wer mag das sein?« fragte Margaret.
»Ich habe nie daran gezweifelt, daß ich noch immer Freunde besitze«, sagte ihr Vater ein wenig selbstzufrieden. »Vermutlich haben sie sich zusammengetan, um mir zu helfen. Möchtest du hierher zurückkommen, Margaret, oder beabsichtigst du, bei William zu bleiben?«
Margaret begriff sofort, daß der Vater zu stolz war, um eine direkte Bitte auszusprechen, und versicherte ihm, daß sie gern wieder bei ihm wäre. Es wurde eine traurige Heimkehr. Der Inhalt des Hauses sollte *in situ* versteigert werden – die Auktion war bereits in den Zeitungen der Stadt annonciert. Als Margaret mit ihrem Gepäck in Brinsley House anlangte, fand sie dort den Auktionator und seinen Gehilfen vor, die eifrig jeden Posten für den Katalog bezeichneten und numerierten. Die beiden Männer arbeiteten teilnahmslos und hielten nur gelegentlich inne, um sich zu beraten, ob ein be-

stimmtes Möbelstück einem bestimmten Datum oder Meister zugeschrieben werden könne; ob die schönen ledergebundenen Bücher, deren goldpunzierte Rücken hinter dem Drahtnetz der Schränke schimmerten, als Einzelbände oder regalweise verkauft werden sollten. Margaret sah zu, wie sie die Porträts der Vorfahren prüften. Sie trugen keine Schilder, denn die Familie hatte immer gewußt, wer die Dargestellten waren. »Porträt eines Unbekannten im Kostüm des siebzehnten Jahrhunderts«, diktierte der Auktionator mit gleichgültiger Stimme, und Margaret wandte sich schweren Herzens von der Szene ab.

Zu den ersten Besitztümern, die vom Konkursverwalter beschlagnahmt worden waren, gehörte der Schmuck, den John Junius seiner Frau anläßlich des Balls für den Prince of Wales geschenkt hatte. Georgiana hatte ihn nur einmal getragen, auf diesem letzten Fest ihres Lebens. Am Tag nach dem Ball war der Schmuck zur Bank geschickt und dort in den Tresor gelegt worden, wo man ihn fand, als die Schließfächer des Präsidenten kraft Gerichtsbeschluß geöffnet wurden. Wie die Jadekollektion kam auch das Geschmeide nach London zu Schätzung und Verkauf. Seine Pracht hatte die elegante Welt Bristols damals so sehr beeindruckt, daß die umlaufenden Gerüchte ihm von Tag zu Tag größeren Wert beimaßen. Die Meldung, die schließlich aus London eintraf, wurde daher zu einer kleinen Sensation. Jedes Stück – Collier, Ohrgehänge und Haarschmuck – war unecht! Die Imitation war von erstklassiger Qualität und die Fassung vollendet gearbeitet, aber die Steine waren wertlos.

Margaret las die Mitteilung und erstarrte. Die Zeitung, die ausführlich über die Sache berichtete, erläuterte sogar spaltenlang, wie Edelsteinimitationen angefertigt werden, und beschrieb eingehend die Technik des Unterlegens mit glänzend gefärbter Folie, wodurch sich das Farbenspiel des Schmucksteins erhöht. Margaret wußte, daß sie nur als Laie urteilen konnte, aber sie erinnerte sich daran, wie sie die Rubine hatte durch die Finger gleiten lassen dürfen. Schon damals, noch ehe sie gefaßt waren, hatte ihre Farbe und Schönheit Margaret den Atem benommen. Sie war überzeugt gewesen, daß die Steine ein Vermögen wert seien. Konnte sie sich wirklich getäuscht haben?

Sie war mit ihren Zweifeln nicht allein. Die Sache mit den Rubinen nahm auch noch in vielen folgenden Nummern des *Bristol Mercury* einen besonderen Platz ein. Mr. Parker, der Juwelier, war vernommen worden und hatte eine Aussage gemacht. Er habe die großen Rubine von Mr. John Junius Lorimer erhalten, der ihn gleichzeitig beauftragte, eine genügende Anzahl kleiner Brillanten zu besorgen und dann das Ganze nach der ihm ausgehändigten Zeichnung anzufertigen. Die Steine, die er sodann gefaßt habe, seien dieselben gewesen, die Mr. Lorimer ihm ausgehändigt habe. Er habe sie für echt gehalten. Mehr habe er nicht auszusagen.

Mr. Parker war in keiner beneidenswerten Lage. Die Spalten des *Mercury* waren angefüllt mit Theorien, von denen keine sehr schmeichelhaft für ihn war. War er als Juwelier so unerfahren, daß er nicht zwischen echten und nachgemachten Steinen unterscheiden konnte? Wenn er nach wie vor behauptete, echte Rubine erhalten zu haben, was hatte er dann mit ihnen getan, nachdem er sie durch Imitationen ersetzt hatte? Da er in Schweigen verharrte, hagelte es weitere Kommentare und Verdächtigungen. Jemand fand sich, der einen Eid darauf leisten wollte, daß die Juwelen, die Mrs. Lorimer auf dem Ball getragen hatte, zwar pompös, aber falsch gewesen seien und daß ihm dies sofort aufgefallen sei. Ein anderer war ebenso fest überzeugt, daß Mrs. Lorimer damals ein kleines Vermögen um den Hals gehabt habe und daß dessen anschließendes Verschwinden nur eins bedeuten könne: Ihr Mann hatte es beiseite geschafft, da er bereits vom unmittelbar bevorstehenden Zusammenbruch der Bank wußte. Sicherlich war Mr. Parker von seinem Kunden beauftragt worden, von sämtlichen Stücken Duplikate anzufertigen, damit der echte Schmuck versteckt und für die Zeit aufgehoben werden konnte, wenn der Präsident die Gefängnisstrafe, die er reichlich verdient haben dürfte, abgebüßt hätte. Mr. Parker müsse sich darüber klar sein, daß er zwar keine strafbare Handlung beging, als er auf Verlangen seines Kunden eine Imitation anfertigte – denn, wie allgemein bekannt, begnügten sich viele reiche Damen damit, Nachbildungen zu tragen, während die echten Juwelen in einer Bank verwahrt wurden –, daß sein jetziges Schweigen indessen Betrug an all jenen unschuldigen Gläubigern darstelle, denen das gesamte Lorimersche Vermögen nun rechtens zukomme.

Mr. Parker schwieg weiterhin, konsultierte jedoch seinen Anwalt. Der Konkursverwalter, der die Zeitungskorrespondenz verfolgte, konsultierte die Polizei. John Junius Lorimer versicherte in einer eidesstattlichen Aussage, daß er den Kapitän einer der Lorimerschen Handelsschiffe beauftragt hätte, Rubine einzukaufen, daß die Steine, die er von dem Kapitän erhielt, dieselben gewesen seien, die er dem Juwelier aushändigte, und daß das Geschmeide, das seine Frau auf dem Ball trug, identisch gewesen sei mit dem, das am folgenden Tag in seinem Safe deponiert und von ihm selber zu keiner Zeit mehr herausgenommen worden sei.

Keine dieser Aussagen vermochte die Stimme der Öffentlichkeit zum Schweigen zu bringen. Es war, als hätte eine ganze Stadt, der die verwickelten Finanzgeschäfte der Bank ein Buch mit sieben Siegeln waren, beschlossen, ihr Urteil über Schuld oder Unschuld des Präsidenten auf eine verhältnismäßig geringfügige Transaktion zu stützen, und die Entdeckung gemacht, daß auch diese alles andere als einfach war. In diese Atmosphäre von Argwohn und Verdächtigungen schlug eine weitere Zeitungsmeldung wie eine Bombe ein: Ein Reporter des *Mercury* hatte sich zur Wohnung von Mr. David Gregson begeben und entdeckt, daß dieser außer Landes geflohen sei.

Die öffentliche Meinung schlug auf der Stelle um. In Leitartikeln wurde gefragt, warum der auf Kaution Freigelassene sich nicht regelmäßig bei der Polizei habe melden müssen. Übereinstimmend wies eine neue Flut von Abhandlungen darauf hin, daß der Prokurist einer Bank mehr als jeder andere Gelegenheit haben müsse, Gegenstände aus dem Tresor zu entnehmen. Die Voraussetzung, daß er in betrügerischer Absicht die Bücher gefälscht habe, diente nun zur Rechtfertigung der Anklage, er habe es auch irgendwie fertiggebracht, den Schmuck zu stehlen und kopieren zu lassen; das Postulat, daß er diesen Diebstahl tatsächlich begangen und die Anfertigung der Kopien veranlaßt habe, diente hinwiederum als Beweis, daß David Gregson ein Mensch sei, der bedenkenlos die Einleger der Bank betrügen würde.

Während sich die Anschuldigungen gegen David Gregson häuften, begannen Margarets Tränen erneut zu fließen. Sie hatte geglaubt, wieder Herrin ihrer Gefühle zu sein und sich mit seinem Verlust abgefunden zu haben. Doch wenn es eines Beweises bedurft hätte, daß sie ihn noch immer liebte, so hätte ihre jetzige Verzweiflung diesen Beweis geliefert. Sie hatte damals seine Kritik an ihrem Vater nicht dulden wollen, jedoch gesehen, daß sie aus ehrlichem Herzen kam;

ja gerade diese Ehrlichkeit hatte das Band zwischen ihnen ein für allemal zerschnitten. Noch heute zweifelte sie nicht an seiner Ehrlichkeit, und wenn sie ihrem Urteil vertrauen durfte, so konnte David nicht all der schrecklichen Dinge schuldig sein, die ihm vorgeworfen wurden. Eines Nachmittags, als William bei ihrem Vater zu Besuch war, trug sie alle ihre Sorgen in die Bibliothek. Es war der Tag vor dem endlich festgesetzten Prozeßbeginn, und alle drei empfanden die Spannung dieser Stunde.

Margarets Argument, daß David unmöglich der Schurke sein könne, als den die Zeitungen ihn hinzustellen versuchten, wurde mit einem Mangel an Verständnis aufgenommen, der sie schockierte. Besonders William reagierte mit jenem schwachen, überheblichen Lächeln, das sie schon in den Tagen ihrer Kinderstreitigkeiten gereizt hatte.

»Er hätte es durchstehen müssen wie ein Mann«, sagte William. »Wenn er unschuldig wäre, dann hätte er nicht davonlaufen dürfen. Seine Flucht kommt einem Schuldbekenntnis gleich, Margaret, das mußt du einsehen. Morgen wird sie bestimmt in diesem Licht gesehen werden.«

In der Hoffnung, daß wenigstens der Vater ihr recht geben werde, wandte sie sich an John Junius. »Er befolgte nur deine Anweisungen, Papa«, sagte sie. »Du hast immer richtig gehandelt. Also mußte er es auch getan haben.«

»Er war der Verantwortung nicht gewachsen«, sagte John Junius abweisend. »Ich bedauere, Margaret, daß du diese Enttäuschung erleben mußt. Wir alle haben uns wohl in ihm getäuscht. Ich mache mir Vorwürfe, weil ich zuließ, daß du eine so tiefe Zuneigung zu diesem Menschen faßtest. Hoffen wir, daß du ihn bald vergessen und den Weg in ein neues Leben finden wirst.«

Margaret starrte ihren Vater sprachlos an. Dann lief sie aus dem Zimmer. Fast eine Stunde lang lag sie auf ihrem Bett, schluchzend und untröstlich darüber, daß die beiden Männer, die sie auf der Welt am meisten liebte, ein für allemal Feinde waren.

Sie durfte sich nicht der Verzweiflung anheimgeben. Wo in dieser Sache Recht und Unrecht liegen mochten, konnte sie nicht beurteilen, sie wußte nur, daß David für immer aus ihrem Leben verschwunden war. Jetzt hatte sie nur noch den Vater, dem sie die Treue halten konnte.

Sie tat ein paar tiefe Atemzüge, um ihrer Erregung Herr zu werden, nahm ihren wärmsten Umhang und begab sich in den Park. Im Inneren des vernachlässigten Hauses war es kalt und zugig, aber sie empfand die Luft dort jetzt so stickig wie an den heißesten Sommertagen. Die zweimonatige Tieftrauer, die eine liebende Tochter zu Hause zu verbringen hatte, war zwar vorüber, doch das Unheil, das über die Familie hereingebrochen war, hinderte Margaret auch weiterhin am Verlassen von Brinsley House. Auch erlaubte ihr der Zwang zur Sparsamkeit nicht, den kompletten Trauerstaat mit der einfachen schwarzen Seide zu vertauschen, die das Protokoll ihr nunmehr gestattet hätte. Über ihrem Hunger nach Bewegung in der freien Luft vergaß sie die Kälte und schritt zügig bis zum Rand der unteren Terrasse. Dort machte sie Rast und blickte auf den Fluß. Durch diesen Kanal, dachte sie, mußte David kurz nach ihrer Auseinandersetzung mit ihm gesegelt sein. War es ihre Schuld, daß er seinen guten Ruf zerstört hatte, indem er außer Landes ging? Sie hatte zunächst angeboten, mit ihm zu gehen und ihn später allein ziehen zu lassen: Zu keinem Zeitpunkt hatte sie genügend Verstand gehabt, ihn darauf aufmerksam zu machen, daß seine Abreise gegen ihn sprechen werde. Wäre sie Davids Vorschlag, William um ihr Reisegeld zu bitten, gefolgt, so hätte der welterfahrene Bruder sie bestimmt auf die Folgen eines solchen heimlichen Verschwindens hingewiesen. In ihrer eigenen Arglosigkeit hingegen war ihr gar nicht in den Sinn gekommen, wie man Davids Flucht auslegen würde.
Aufs neue ermahnte sie sich, daß alle Reue jetzt zu spät komme. Sie ging weiter, am Vorratshaus vorbei, das in diesem Jahr leer bleiben würde, und dann durch die Wildnis, die dort begann, wo der Park endete. Hier waren die Pfade steil und rauh, von hohen Rhododendrongebüschen beschattet und von kleinen Wasserläufen begleitet, die in dieser Jahreszeit zu Sturzbächen wurden und in Kaskaden zum Avon hinabbrausten. Der Rückweg würde beschwerlich sein, auch wenn die Wege in Serpentinen verliefen und die Steigerung milderten, aber sie freute sich auf die Anstrengung.
Sie erreichte die Stelle, wo das Gelände steil zur Uferstraße abfiel. Auch dieser Grund gehörte den Lorimers – oder vielmehr jenem Unbekannten, der alles gekauft hatte –, aber hier war es unmöglich, hinunterzuklettern. Margaret schlug also den Pfad entlang der Seitengrenze des Parks ein.

Als kleines Mädchen hatte sie hier oft mit Lydia gespielt. Erst vor etwa fünf Jahren war die Gegend an dieser Seite des Parks in einen bedenklichen Ruf geraten, ähnlich der Straßen bei Joy Hill. Ehrbare Familien zogen weg, nachdem sich unverehelichte, aber elegant gekleidete weibliche Wesen dort niederzulassen begannen. Ein Halbkreis großfenstriger Häuser endete in einer Aussichtsterrasse, von der aus man den gewundenen Fluß überblicken konnte. Von Brinsley House bis hierher war es zu Fuß ein gutes Stück Wegs. Aber wer gesunde Beine hatte und sich nicht vor Schatten fürchtete, konnte die Abkürzung durch den Park nehmen. Margaret hatte bei ihrem Vater sogar erreicht, daß er ein Pförtchen in die Umzäunung machen ließ, damit sie nicht wie ein Junge darüberklettern mußte. Das Pförtchen war noch da, obwohl Lydia und die Ihren schon vor Jahren aus dem Haus am Ende der Straße in die Stadt Bath übersiedelt waren. Margaret zog den Schleier wieder übers Gesicht und schritt hindurch. Dann blickte sie wehmütig in ein Fenster des Hauses, das sie kurze Zeit fast ebenso gut gekannt hatte wie ihr eigenes. Sie fuhr zurück, als sie die Frau erblickte, die sich im Vorderzimmer aufhielt.

Eigentlich hätte sie nicht überrascht sein dürfen. David hatte – am Abend, als ihre Verlobung bekanntgegeben wurde – erwähnt, daß Luisa jetzt in diese Straße gezogen sei. Aber die Mitteilung war zunächst durch das Glück der wenigen festlichen Stunden aus Margarets Denken verdrängt worden und danach über den unmittelbar folgenden Katastrophen und Aufregungen in Vergessenheit geraten. Als ihr die Lebensumstände Luisas nun wieder in den Sinn kamen, war sie versucht, vorzusprechen, besann sich jedoch eines anderen: Es war schon spät am Tage, und Luisas rasche Bewegungen hatten etwas Verstohlenes, als fürchte sie, beobachtet zu werden. Normalerweise kam abends niemand mehr hier vorbei, denn die Straße endete an der Aussichtsterrasse.

Während Margaret noch zögerte, richtete Luisa sich auf. Sie hielt jetzt einen Stapel Kleider auf den Armen. Als sie sich umdrehte, sah sie Margaret vor dem Fenster stehen, und sekundenlang trat ein Ausdruck von Angst in ihre Züge. Aber er verschwand so blitzschnell wieder, daß Margaret nicht sicher war, ob es sich nur um Einbildung gehandelt habe. Sie blieb stehen und wartete auf ein Zeichen.

Luisa legte das Kleiderbündel ab und erschien im nächsten Moment unter der Haustür. Jetzt gab es keinen Zweifel mehr an ihrer Ängstlichkeit. Sie hielt zunächst nach allen Seiten Ausschau, ob etwa ein Fremder in der Nähe sei. Erst dann lächelte sie und bat Margaret herein.
Drinnen sah Margaret sich neugierig in dem unordentlichen Erkerzimmer um. Das kleine Mädchen, das sie vor achtzehn Monaten in der Wiege gesehen hatte, stand fingerlutschend in einer Ecke und starrte mit weitaufgerissenen Augen die fremde Dame an. Luisa hob ihr Töchterchen hoch und preßte es wie einen Schild gegen Margarets mögliche Vorwürfe an sich.
»Wie lange wohnst du schon hier, Luisa?« fragte Margaret.
»Ein Jahr etwa. Nein, nicht so lang. Bitte entschuldige.« Es klang, als bedauerte sie aufrichtig, Margaret verletzt zu haben. Fast, als könne dies alles erklären, fügte sie hinzu: »Aber heute abend ziehen wir aus.« Sie lachte kurz auf. »Bei Nacht und Nebel. Das war einer der ersten englischen Ausdrücke, die ich gelernt habe. Sich im Schutz der Nacht davonmachen, damit der Hauswirt meine Habe nicht beschlagnahmen kann.« Sie blickte Margaret trotzig, fast herausfordernd an. »Ich bin zwei Monate Miete schuldig und habe kaum genügend Geld für Nahrung. In schweren Zeiten wird als erster der Musiklehrer abgeschafft. In dieser Stadt ist nicht mehr gut leben. Das weißt du am besten.«
Margaret nickte unglücklich. Schon einmal hatte sie Luisa in Bedrängnis vorgefunden, und es war ihr ein Leichtes gewesen, der Freundin unter einem Vorwand gutes Essen, neue Kleidung und ein Geldgeschenk zukommen zu lassen. Nun hatte die Armut sie unter anderem gelehrt, daß sie sich den Luxus der Hilfsbereitschaft nicht mehr leisten konnte. Nicht einmal tröstende Worte hatte sie zu bieten. Sie verabschiedete sich von Luisa und der reizenden kleinen Alexa mit einem Kuß und klomm schweren Herzens den steilen Pfad nach Brinsley House zurück. Es war, als hätten die Lorimers ihre ganze Umgebung mit dem eigenen Mißgeschick angesteckt.

18.

Die schweren Tage im Leben beginnen meist zu besonders früher Stunde. Am nächsten Morgen, dem Morgen des ersten Prozeßtages, erwachte Margaret bereits um sechs Uhr aus unruhigem Schlummer. Als sie aus dem Fenster blickte, sah sie im Turmzimmer eine Lampe brennen und fragte sich, ob der Vater wohl die ganze Nacht durchwacht habe. Wie immer der Prozeß ausgehen würde, jeder Verhandlungstag mußte eine Folter sein für diesen Mann, der nie erlebt hatte, daß eine seiner Entscheidungen in Frage gestellt worden wäre.

Der Gerichtshof würde um zehn Uhr zusammentreten, und John Junius Lorimers Freilassung gegen Bürgschaft endete um neun. Margaret sah mit Entsetzen, daß sich bereits um sieben Uhr eine Menschenmenge vor dem Haus zu sammeln begann. Der Torhüter war mit dem übrigen Hauspersonal entlassen worden, so daß niemand den Eindringlingen wehrte. Obgleich es nicht zu feindseligen Kundgebungen kam, war die bloße Anwesenheit der schweigenden Gaffer ein Schock für Margaret. Sie machte jedoch keine Bemerkung darüber, als ihr Vater zum Frühstück erschien. Statt dessen beobachtete sie ihn heimlich, während er regungslos an seinem Platz saß.

Seine Erscheinung wirkte altmodisch. Margaret kannte die Herren der übrigen Banken von Bristol. Sie waren durchwegs jüngere Männer als John Junius und zumeist glatt rasiert. In ihren Kontoren trugen sie hochgeschlossene Röcke von heller Farbe, lose geschlungene Halsbinden oder sogar gelegentlich eine getupfte Krawatte zu hohen Eckenkragen. Manchmal gingen sie hutlos, und ganz gewiß trug keiner an einem gewöhnlichen Arbeitstag einen schwarzen Zylinder, wie ihn der Präsident von Lorimer's Bank auf dem Weg zum Gericht tragen würde. Nicht nur die Trauer gebot John Junius, an diesem Tag ganz in Schwarz zu erscheinen – Margaret konnte sich nicht erinnern, ihn je anders gekleidet gesehen zu haben. Er war mit vorgerückten Jahren ein schwerer, breiter Mann geworden, und der eckig gestutzte weiße Vollbart verlieh ihm zusammen mit den buschigen Brauen auch noch in der Zeit seiner Heimsuchungen eine Ausstrahlung von Autorität. In letzter Zeit waren seine Schultern ein wenig gebeugt, aber Margaret war überzeugt,

daß niemand, der ihn sah, von seiner würdevollen Erscheinung unbeeindruckt bleiben könne.
Heute kam noch etwas anderes hinzu: eine kämpferische Entschlossenheit, die sich an den fest aufeinandergepreßten Lippen ablesen ließ. Nur die Tatsache, daß er beim Frühstück nichts essen wollte, verriet seine Spannung.
Beide erschraken, als die Türglocke anschlug. Mr. Broadbent kam mit allen Anzeichen der Verlegenheit ins Zimmer, und John Junius blickte überrascht auf, denn er hatte sich mit dem Anwalt erst im Gerichtsgebäude verabredet. Mr. Broadbent murmelte etwas wie »neue Entwicklung« und begann, Papiere aus seiner Aktenmappe zu kramen, aber John Junius stand auf und unterbrach ihn.
»Gehen wir in den Turm«, sagte er.
Margaret sah ihm besorgt nach, als er mit langen Schritten das Zimmer verließ. Alles an diesem Tag war beunruhigend – die Gemütsverfassung ihres Vaters, die Gaffer vor dem Haus, sogar die Nummernschilder, die für die Auktion auf jedem Möbelstück klebten und ihr das Gefühl gaben, ein Eindringling zu sein. Dieses Haus war nicht mehr ihr Heim, der Stuhl, auf dem sie saß, gehörte ihr nicht mehr, die Ahnenbilder würden bald im Haus eines Fremden hängen, der nicht einmal wüßte, wen sie darstellten. Wie immer der Richterspruch lauten würde, das Leben ihres Vaters könnte nie mehr so weitergehen wie bisher. Sein Bankhaus war verloren und er konnte nicht hoffen, jemals wieder in dem Stil zu leben oder den Respekt zu erfahren, der einem Lorimer zustand. Gewiß, er würde um seinen guten Ruf kämpfen, dachte Margaret; doch selbst wenn er gewänne, würde die Zukunft ihm nur noch wenig zu bieten haben.
Mr. Broadbent kam allein zurück.
»Ihr Vater hatte die Güte, mir eine Erfrischung anzubieten«, sagte er. »Ich habe ihm einige Papiere zur Durchsicht gegeben. In einer halben Stunde fahren wir zusammen zum Gericht.«
Margaret freute sich, dem Anwalt das Frühstück anbieten zu können, das sie und ihr Vater nicht berührt hatten und das in dem Silbergeschirr, das mit dem Rest der Einrichtung bald aus dem Haus verschwinden würde, warm gehalten wurde.
»Sind neue Unterlagen aufgetaucht?« fragte Margaret und stellte eine Schüssel mit Nieren vor Mr. Broadbent hin.
»Ja, und von der beunruhigendsten Art, Miss Lorimer. Sie scheinen

von Mr. Gregson vor dessen Flucht erstellt worden zu sein. Selbstredend haben sie nicht das Gewicht einer eidlichen Aussage, und Mr. Gregson steht nicht zum Kreuzverhör zur Verfügung. Dennoch werden diese Papiere den Kronanwalt zu einer Reihe lästiger Fragen veranlassen.«

»Und mein Vater wird diese Fragen beantworten müssen?« erkundigte Margaret sich besorgt.

Mr. Broadbent zögerte.

»Mr. Gregsons Darlegungen decken sich nicht völlig mit den mir von Mr. Lorimer zugegangenen Auskünften. Ich zweifle nicht daran, daß Ihr Vater in der Lage sein wird, seine eigene Darstellung der Sache zu erhärten. Mr. Gregson scheint indessen die Gewohnheit gehabt zu haben, sich nach jeder Unterredung mit dem Präsidenten die wichtigsten Punkte zu notieren. Auch diese Notizen sind juristisch nicht relevant. Sie dürften jedoch bei der Beschlagnahme von Mr. Gregsons Büro unmittelbar nach der Schließung der Bank aufgefunden worden sein, und es ist, gelinde ausgedrückt, bedauerlich, daß ich von ihrem Vorhandensein bis heute keine Kenntnis erhielt.«

»Mr. Broadbent, Sie glauben doch sicherlich nicht, daß meinen Vater eine Schuld am Zusammenbruch der Lorimer's Bank trifft?«

»Viele Faktoren kamen zusammen, Miss Lorimer. Nicht einmal der gestrengste Richter wird versuchen, die ganze Schuld einem einzigen Mann anzulasten. Wenn unser Verteidiger vor Gericht das Wort ergreift, wird er keine einzige strafbare Handlung zugeben. Aber da wir hier unter vier Augen sprechen, sollte ich Sie vielleicht auf gewisse Eventualitäten hinweisen, damit Sie sich schon jetzt darauf vorbereiten können. Es ist kein leichtes für einen Gentleman vom Alter und Charakter Ihres Vaters, einzugestehen, daß er Fehler gemacht habe. Aber ich fürchte, daß tatsächlich Fehler gemacht wurden. Einige davon schon vor vielen Jahren und keiner so schwerwiegend, daß er eine so harte Strafe verdient hätte. Ihr Vater kommt vor Gericht, weil er zu stolz war, um der Welt vor einem Jahr zu sagen: ›Mir sind Fehleinschätzungen unterlaufen, aus denen jetzt die Konsequenzen zu ziehen sind.‹«

»Wenn Sie mich entschuldigen wollen, Mr. Broadbent, dann möchte ich jetzt gern zu ihm«, sagte Margaret unvermittelt. Ohne zu wissen, was sie dem Vater sagen würde, lief sie zum Turm. Sie

konnte ihm nichts bieten außer der Versicherung ihrer Liebe; und wie schwer würde sie wohl wiegen im Vergleich zu den Demütigungen, die ihm heute und an den folgenden Tagen bevorstanden, wenn seine Urteilsfähigkeit und sogar seine Ehrlichkeit angezweifelt würden? Ihre Schritte verlangsamten sich auf der gewundenen Treppe, und ihr Herz klopfte in der vertrauten Bangigkeit, die sie als Kind auf dem Weg zur Bestrafung empfunden hatte.
Sie sprach sich Mut zu und begann, wieder zu laufen. Ihre Schritte klapperten laut auf den steinernen Stufen. Als sie ohne anzuklopfen ins Zimmer stürmte, sah sie den Vater am Fenster über der Schlucht stehen. Einer der Fensterflügel war trotz der Winterkälte weit geöffnet, und der Vater zerrte am anderen, als hätte er sich verklemmt. Beim Geräusch der aufgehenden Tür wandte er sich um und sah die Tochter an. Margaret begriff nicht sogleich, was der Ausdruck seines Gesichts besagte, aber sie vergaß ihn niemals wieder. Ein paar Sekunden lang standen Vater und Tochter einander wie Statuen gegenüber. Dann machte John Junius eine halbe Drehung und legte sein ganzes Gewicht in den Schulterstoß, mit dem er sich gegen den verklemmten Fensterrahmen warf. Es folgte ein Geräusch von splitterndem Glas und berstendem Holz. Dann Stille, denn er gab keinen Laut von sich, während er in die Tiefe stürzte.
Sekundenlang blieb Margaret wie versteinert unter der Tür stehen. Ihr Geist weigerte sich, für wahr zu halten, was ihre Augen sahen. Sie wollte schreien, doch die Stimme gehorchte ihr nicht. Erst als sie fühlte, daß sie im nächsten Moment zusammenbrechen würde, klammerte sie sich an die Tür und zwang sich, Körper und Gedanken wieder in ihre Gewalt zu bringen. Mit schleppenden Schritten und keuchendem Atem ging sie hinüber zum offenen Fenster und blickte in die Tiefe.
John Junius lebte noch. Sogar aus dieser Höhe konnte man sehen, wie er im Todeskampf den Kopf hin und her warf. Während Margaret der erste Entsetzensschrei in der Kehle steckengeblieben war, schrie sie jetzt aus vollem Hals um Hilfe. Mr. Broadbent und der Diener ihres Vaters trafen gleichzeitig mit ihr am Fuß der Wendeltreppe ein. Margaret vermochte kein erklärendes Wort hervorzubringen. Stumm bedeutete sie den Männern, ihr in den Garten zu folgen.
Ob ein Mensch, dessen Leben vertan war, ihr für seine Rettung

Dank gewußt hätte? In diesem entsetzlichen Augenblick kam Margaret eine solche Überlegung gar nicht in den Sinn. Während die beiden Männer sich über John Junius' zerschmetterten Körper beugten und leise berieten, ob man ihn von der Stelle bewegen dürfe, lief sie durchs Haus zur Vordertür. Die wartenden Leute drängten sich murrend an die Stufen, als die Tür aufging, und wichen sodann enttäuscht wieder zurück, als sie sahen, wer herauskam. Aber Margarets Stimme ließ deutlich erkennen, daß etwas Dramatisches passiert sein mußte.

»Einen Arzt!« rief sie. »Jemand soll einen Arzt holen –« Sie brach überrascht ab, als sie sah, daß auch Dr. Scott zu den Gaffern gehörte. Normalerweise hätte sie es unfaßbar gefunden, daß ein solcher Mann so tief sinken und sich an der Demütigung seines einstigen Gönners ergötzen konnte, jetzt aber erschien ihr die Anwesenheit des Arztes fast als ein Wunder. Sie rief seinen Namen, und er trat, wenn auch zögernd, näher. Der Mob begann zu tuscheln und wurde zusehends erregter, als ihm der Verdacht kam, er könne im letzten Moment um sein Opfer betrogen werden.

Als Margaret mit dem Arzt in den Garten zurückkehrte, lag John Junius mit geschlossenen Augen da. Er stöhnte, und es klang, als wolle er mit letzter Kraft zu sprechen versuchen, aber die Laute wurden von Sekunde zu Sekunde schwächer.

»Haben Sie irgend etwas, worauf wir ihn transportieren können?« fragte Dr. Scott. »Zur Not könnte man eine Tür aushängen und als Bahre verwenden. Und wir brauchen Verstärkung, er ist ein schwerer Mann.«

Margaret nickte nur und lief zusammen mit Mr. Broadbent und dem Diener zum Haus. Dr. Scott kniete nieder, beugte sich nah über den zuckenden Körper und versuchte, John Junius' röchelnde Worte zu verstehen.

Dann ließ ein lauter Schrei Margaret mitten im Lauf erstarren. Noch nie hatte sie einen ähnlichen Laut vernommen, zweifelte jedoch keinen Augenblick daran, was er bedeutete. Zunächst war sie wie gelähmt; dann machte sie kehrt.

John Junius war tot. Die Schlaffheit der Glieder und der grotesk verdrehte Kopf, der nicht mehr zu seinem Rumpf zu gehören schien, ließen keinen Zweifel zu. Aber im ersten Moment konnte Margaret nur ungläubig auf das Bild starren, das sich ihr bot: Dr. Scott hielt

den Toten an den Schultern hoch und schüttelte ihn wütend, wobei er in kaum noch verständlicher Sprache auf ihn einschrie:
»Wo ist es?« brüllte er, während Margaret und Mr. Broadbent auf ihn zuliefen. »Raus damit, verdammt nochmal, wo hast du's versteckt?«
Der Anwalt erreichte Dr. Scott als erster. Er riß den Arzt so heftig auf die Füße, daß er ein ganzes Stück über den Rasen taumelte. John Junius' Leiche fiel auf die Erde zurück.
Margaret kniete neben ihrem Vater nieder, doch abermals schändete Dr. Scotts Wutausbruch die Würde des Todes.
»Ich finde ihn schon!« brüllte er. »Er hat seinen Schatz vergraben, aber ich finde ihn. Egal, wie tief er ihn vergraben hat, ich finde ihn.«
Bei jedem Satz, den er hervorstieß, riß er eine Pflanze aus dem Blumenbeet und schleuderte sie weit von sich. Dann warf er sich zu Boden, fing an, mit bloßen Händen in der Erde zu graben, und warf unter ständigem Toben die Schollen in alle Richtungen.
»Er muß wahnsinnig sein!« rief Margaret, die voll Entsetzen den ununterbrochenen Verwünschungen des Arztes lauschte.
»Ich sorge dafür, daß er weggebracht wird, Miss Lorimer. Und ich lasse sofort Ihren Bruder holen. Auch muß das Gericht benachrichtigt werden. Haben Sie jemanden hier, damit Sie inzwischen nicht allein sind?«
Margaret schüttelte den Kopf.
»Ich bleibe bei meinem Vater, bis William kommt.«
Mr. Broadbent blickte noch einmal auf den Toten hinab.
»Es ist Gottes Wille«, sagte er. Dann kam er dem Diener zu Hilfe, der Dr. Scott bereits auf die Füße gezerrt hatte und nun versuchte, die wild um sich schlagenden Arme festzuhalten.
Nach dem Weggang der Männer war es sehr still im Garten. Trotz der Kälte und Feuchtigkeit kniete Margaret neben dem toten Vater nieder. In diesem Augenblick begriff sie, welch schlechten Dienst sie ihm erwiesen hätte, wenn sie sein Leben hätte retten können. Sie hatte stets an die Auslegung von Gut und Böse geglaubt, die allsonntäglich zweimal von der Kanzel donnerte. Selbstmord war fraglos eine Sünde; dies jedenfalls hatte man sie von Kindheit an gelehrt. Doch die Ereignisse der letzten Wochen ließen es ihr weniger einfach erscheinen, zwischen Recht und Unrecht, Schwarz und

Weiß zu unterscheiden, wie der Prediger dies tat. Sie wußte, daß sie um den Vater trauern sollte, und doch empfand sie, um seinetwillen, beinah ein Gefühl der Erleichterung. Er war ein Mann gewesen, der ein Leben lang mit Mut und Bestimmtheit seine Entscheidungen getroffen hatte. Was für ein elendes Ende hätte es für ihn bedeutet, wenn er den Rest seiner Tage nach dem Gutdünken anderer hätte verbringen müssen. Mr. Broadbent hatte gesagt, es sei Gottes Wille. Doch als Margaret nun neben dem Vater Wache hielt, schien es ihr, daß noch im Tode – wie so oft im Leben – John Junius' Wille geschehen sei.

ZWEITES BUCH

Die Kinder des Präsidenten

ERSTER TEIL

Margaret und William

I.

Einem Toten werden mildernde Umstände zugebilligt, mit denen der Lebende nicht hätte rechnen können. John Junius' letzter Schritt brachte das Rad der Gerechtigkeit zum Stillstand und rettete den guten Ruf des Präsidenten.

Sobald bekannt wurde, daß sich nunmehr beide Beschuldigte dem Arm des Gesetzes entzogen hatten, wurde der Prozeß *sine die* vertagt: Was bedeutete, daß er wohl nie stattfinden würde. Die schriftliche Aussage, die David Gregson bei seiner Flucht aus Bristol zurückgelassen hatte, gelangte nicht an die Öffentlichkeit, und Mr. Broadbents Erklärung bei der gerichtlichen Totenschau sorgte dafür, daß auch die tatsächlichen Umstände von John Junius' Ableben nicht ruchbar wurden. Sein Klient, so gab der Anwalt an, sei bereit und in der Lage gewesen, sämtliche Punkte der Anklage vor Gericht zu entkräften. Indes habe seine Gesundheit stark unter den Belastungen der vorhergegangenen Wochen gelitten, und man fürchte – Zeugen dafür gab es nicht –, daß ihn, wie bereits mehrmals bei anderer Gelegenheit geschehen, ein Schwindel erfaßt habe, als er sich aus dem Turmfenster von Brinsley House beugte, um ein Schiff der Lorimer-Linie ausfahren zu sehen.

Margaret Lorimer hörte sich diese Lügen ungerührt an. Ihr Vater hatte recht gehabt, als er sagte, er besitze immer noch Freunde. Nun schlossen sie sich zusammen und sorgten dafür, daß kein Makel am Namen eines Mannes haften blieb, der zu Lebzeiten so hoch geachtet war. Am Morgen des Begräbnisses herrschte Kirchhofsruhe auch im Geschäftsviertel der Stadt. Sogar die Börse war drei Stunden lang geschlossen, zu Ehren dieses großen alten Mannes von Bristol.

Seine Kinder hatten den Vater nur als schwerfälligen und tyrannischen Patriarchen gekannt. Viele Jahrzehnte waren vergangen, seit er in eine von Revolution bedrohte Welt hineingeboren wurde und als Junge vor den Invasionsgerüchten gezittert hatte. Daß England aus diesen wirren Zeiten den Weg in Sicherheit und Stabilität gefunden hatte, war dem Wirken von Männern seines Schlages zu verdanken. Wenn er dabei fast unvorstellbar reich geworden war, so durfte er sich zumindest zugute halten, daß er auch andere zu Wohlstand geführt und nicht jeden von ihnen in seinen eigenen Sturz mitgerissen hatte. Noch lebten ein paar Bürger Bristols, die sich an einen stämmigen jungen Mann mit flammend rotem Lokkenschopf erinnern konnten und an dessen Gespür für diejenigen Industriezweige und Erfindungen, denen die neue Gesellschaft ihr Aufblühen verdankte. Man pries ihn als den letzten von Bristols großen Überseekaufleuten, und sogar diejenigen, die noch vor kurzem seinem Namen fluchten, waren willens, an diesem einen Tag nur seiner Leistungen zu gedenken.

Margaret hatte um eine Mutter geweint, für die sie wenig Liebe empfunden hatte, doch beim Tod des Vaters, nach dessen Zuneigung sie sich ihr Leben lang gesehnt hatte, vergoß sie keine Träne. Sie fand sich sehr schnell mit der Tatsache dieses Todes ab, ja sie bedauerte, daß er nicht ein wenig früher stattgefunden und dem Vater die Bedrängnisse der letzten Monate erspart hatte. Nun würde ein Alptraum sein Ende gefunden haben, so hoffte sie. Doch alsbald wurde ihr klar, daß dieser Alptraum für sie selber eben erst begann.

Dem lebenden John Junius hatte sie die Treue halten können – wenn es auch nicht immer leicht gewesen war –, sie hatte die gegen ihn gerichteten Verdächtigungen von sich weisen können. Sie hatte es sogar fertiggebracht, David Gregson aus ihrem Leben ziehen zu lassen, denn damals glaubte sie fest, daß ihrer beider Standpunkte unvereinbar seien. Doch von jenem Augenblick an, als Mr. Broadbent kurz vor dem Tod ihres Vaters unter vier Augen seine Vorbehalte geäußert hatte, waren ihr die ersten Zweifel an der völligen Schuldlosigkeit des Präsidenten gekommen. Seine Motive mochten durchaus ehrenhaft gewesen sein, doch mit der Zeit wurde immer klarer, daß zumindest einige seiner Handlungen illegal waren. Nach und nach mußte Margaret sich eingestehen, daß David die Sachlage vermutlich korrekt dargestellt hatte. Der Präsident von Lorimer's Bank mußte gehofft haben, das Vertrauen über die kurze kritische Periode hinweg aufrechterhalten zu können, so daß niemand je Grund oder Recht gehabt hätte, die angewandten Methoden genauer unter die Lupe zu nehmen. Dennoch hatte er dafür gesorgt, daß im Falle einer etwa doch stattfindenden Untersuchung ein Sündenbock zur Hand wäre.

Diese Umsicht trug nun ihre Früchte. Schon vor dem Tod des Präsidenten neigten manche Leute zu einer für ihn günstigen Auslegung der zahlreichen Unklarheiten, da er sichtlich ebenso viel Schaden erlitten hatte wie die übrigen Aktionäre. Jetzt kursierte in der Geschäftswelt eine ganz eindeutige Lesart: Der junge Prokurist hatte die Bank betrogen, ihren ehrenwerten Präsidenten hintergangen und sich schließlich mit einem ansehnlichen Teil von anderer Leute Geld aus dem Staub gemacht. Diese Theorie fand offene Ohren bei all jenen – und ihrer waren nicht wenige –, die nicht verstehen konnten, wie Geld sich einfach in Luft auflösen kann. Wie viele verarmte Witwen und ruinierte Geschäftsleute weinten oder fluchten bei dem Gedanken, daß David Gregson auf dem Wege war, sich unter neuem Namen in einem anderen Erdteil, wo niemand seine Spur finden würde, als reicher Mann niederzulassen.

Margaret, die immerhin ein wenig genauer Bescheid wußte, konnte dem widerstrebenden Mr. Broadbent nach und nach die Fakten entlocken. Der Anwalt meinte zwar, dies sei keine Sache, die eine junge Dame ohne weiteres verstehen könne; und Mr. Lorimer sei auch noch nach seinem Tod ein Klient, dessen Angelegenheiten unbedingte Vertraulichkeit erheischten. Doch Margaret konnte genauso energisch sein wie ihr Vater, und da sie immer mehr dem Verdacht zuneigte, sie könne einen schweren Fehler begangen haben, ließ sie nicht locker. Sie hielt sich insgeheim für mindestens ebenso intelligent wie Ralph, den man für ein Studium in Oxford geeignet hielt. Wenn sie vordem unvernünftig gehandelt hatte, so gewiß zum Teil deshalb, weil man ihr immer wie einem unvernünftigen Ding begegnet war. Sie hatte ein Recht darauf, die Tatsachen zu erfahren, die ihrem ganzen Leben eine andere Wendung gaben. Sollte sie sich dennoch als zu unintelligent erweisen, so wäre das nicht Mr. Broadbents Sache.

Der Anwalt zeigte ihr das Schriftstück, das David hinterlassen hatte, und sie war von der Richtigkeit des Inhalts überzeugt. In den vergangenen Nächten hatte sie über die Unvermeidlichkeit der

Trennung von David geweint. In der folgenden Nacht weinte sie aus einem anderen Grund: Sie hatte erfahren, daß diese Trennung keineswegs unvermeidlich gewesen wäre. Sie hätte David vertrauen sollen. Wenn sie ihn auch nicht begleiten konnte, so hätte sie ihm doch die Gewißheit mit auf die Reise geben müssen, daß sie eines Tages nachkommen werde. Statt dessen hatte sie ihn im Zorn von sich gestoßen, hatte die Unwürdigen verteidigt und den Mann angeschuldigt, der ihre Treue verdient hätte. Der Schlag schmerzte um so mehr, als sie ihn selbst verschuldet hatte.

Vielleicht war es noch nicht zu spät. Wenn sie seinen Aufenthaltsort ausfindig machen würde, könnte sie ihm schriftlich Abbitte leisten und seine Erlaubnis einholen, ihm nachzureisen. Am nächsten Morgen ging sie hinunter zum Schleusenhafen. David hatte etwas von Jamaika gesagt, daher erkundigte sie sich zunächst nach den Verbindungen dorthin und erfuhr alsbald, daß ein Schiff ihres Bruders wenige Tage nach ihrem Streit mit David nach Kingston gesegelt war. Jedoch konnte oder wollte keiner der Männer, mit denen sie sprach, ihr sagen, ob die *Diana* einen Passagier an Bord genommen hatte.

»Wie kann ich das feststellen?« fragte Margaret ihren Bruder William bei der nächsten Gelegenheit. Seit dem Tod des Vaters wohnte sie wieder in The Ivies.

»Sobald die *Diana* in ihren Heimathafen zurückkommt, kannst du den Kapitän fragen, oder ich tue es für dich. Aber du mußt bedenken, daß Gregson vermutlich einen falschen Namen benutzte, vielleicht sogar die Leute bestochen hat, damit sie über sein Reiseziel Stillschweigen bewahren. Schließlich ist er vor einem Strafprozeß geflüchtet und wird alles getan haben, um seine Spur zu verwischen. Deine Annahme, daß er nach Jamaika ging, mag stimmen, obgleich ein Mann ohne Kapital dort wenig Aussichten hat. Australien wäre gleichfalls eine Möglichkeit. Dorthin hätte er auf der *Rosa* gelangen können. Mich dünkt allerdings wahrscheinlicher, daß er auf einem Dampfschiff nach New York fuhr.«

»Oder nach San Franzisko? Könnte er auch dorthin gefahren sein?« Margaret hatte bei ihren Erkundigungen am Hafen erfahren, daß in der in Frage kommenden Zeit auch dorthin ein Lorimer-Schiff ausgelaufen war.

»Wäre ebenfalls möglich. Doch in diesem Fall hättest du wenig

Aussichten, ihn zu finden. Die *Flora* wird frühestens in zwei Jahren aus San Franzisko zurück sein. Selbst wenn der Kapitän bestätigen sollte, daß ein Passagier dort von Bord ging, hättest du keinen Grund zu der Annahme, daß er in dieser Stadt geblieben ist. Der amerikanische Kontinent ist groß.«

»Ein Mensch kann doch nicht einfach spurlos verschwinden!« rief Margaret.

»Nichts leichter als das. Allerdings legen es nur wenige Menschen darauf an, denn die meisten hoffen, irgendeinen materiellen Anspruch aufrechterhalten zu können, oder zumindest ihren guten Ruf. Aber Gregsons Ruf ist bereits verloren. Er wird sich einen neuen Namen zulegen und einen Wohnort wählen, wo keine Fragen gestellt werden. Selbst wenn du sein ursprüngliches Ziel kennst, besteht kaum Hoffnung, ihn zu finden.«

»Mir scheint, deine Hoffnung geht eher dahin, daß ich ihn niemals wiedersehe«, sagte Margaret.

»Ich habe nie vorgegeben, diese Verbindung als angemessen zu betrachten.«

»Und welche angemessenere Verbindung könnte mir jetzt noch offenstehen?« fragte Margaret und wußte, daß es darauf keine Antwort gab. Sie hielt Jamaika noch immer für Davids wahrscheinlichstes Reiseziel und sprach diesen Gedanken auch aus. »Er hatte bei seiner Abreise sehr wenig Geld. Die Kosten einer Passage nach San Franzisko wären gewiß über seine Mittel gegangen.«

»Er brauchte nichts zu bezahlen. Ich gab ihm einen Brief mit, der für jede beliebige Route der Lorimer-Linie galt.«

»Du gabst ihm einen Brief? Einen Brief, der ihm freie Überfahrt sicherte?« Margaret starrte ihren Bruder ungläubig an.

»Ich fand, dies sei das mindeste, was ich für ihn tun konnte. Im Grunde hat nur die Verbindung mit unserer Familie ihn in diese mißliche Lage gebracht. Und du selber wiesest mich, vermutlich in seinem Auftrag, darauf hin, daß ich nur dank seiner Einmischung so gut davongekommen bin.«

»Aber als du von seiner Abreise erfuhrst, sagtest du, es sei töricht von ihm, es könne als Schuldbeweis gelten.«

William zuckte die Achseln.

»Kein Mensch ist gezwungen, ein Geschenk anzunehmen. Ohne meine Hilfe hätte er keine Wahl gehabt, er hätte hierbleiben müssen. Ich gab ihm nur die Möglichkeit, eine Wahl zu treffen, weiter nichts.«

Solange Margaret sich ganz darauf konzentrieren mußte, die Lage zu begreifen, hatte sie ihr Temperament gezügelt. Nun brach der Zorn aus ihr hervor. Sie bezichtigte ihren Bruder, David mit voller Absicht in eine schiefe Lage gelockt zu haben, und William äußerte seinen Unmut über den Schaden, den Davids hinterlassene Aussage angerichtet habe – dieses perfide Machwerk, wie er sagte, das unmittelbar den Tod des Vaters verschuldet habe.

Es war nicht der erste Streit zwischen den Geschwistern – schon als Kinder hatten sie oft stürmische Auseinandersetzungen gehabt –, aber es war bei weitem der erbittertste. Margarets Gesicht war noch immer zorngerötet, als sie Williams Arbeitszimmer verließ und in den Salon hinaufging.

Sophie saß allein dort. Sie blickte nicht von ihrer Handarbeit auf, als ihre Schwägerin eintrat.

»Ich werde für ein paar Tage zu meiner Freundin Lydia nach Bath reisen«, verkündete Margaret ohne Vorrede. Die Familie Morton hatte sie eingeladen zu kommen, wann immer sie wolle, und jetzt, da ihr der Aufenthalt unter Williams Dach auch nicht eine Nacht mehr erträglich schien, wollte sie von der Einladung Gebrauch machen.

»Gewiß wirst du Lydia ein Trost in ihrem Kummer sein«, murmelte Sophie. »Und wenn du schon dort bist, könntest du dich vielleicht nach einer Familie umhören, die eine Gouvernante sucht. Ich denke mir, daß es dir unlieb wäre, in Bristol eine Stellung anzunehmen.«

Es war der zweite und noch tückischere Dolchstoß, der sie an diesem Tage traf. Margaret starrte die Frau ihres Bruders sprachlos an. Sophie hatte sich völlig von der Geburt ihres dritten Kindes erholt. Die enggeschnürte Taille war beinah wieder so schlank wie vorher, sie trug ein elegantes Kleid, und das Haar war so kunstvoll hochgetürmt, als wäre sie zum Ausgehen bereit und nicht durch diesen neuerlichen Trauerfall ans Haus gefesselt. Das strenge Schwarz, das Margarets Teint fahl machte, stand Sophie gut zu Gesicht und betonte noch ihre Schönheit.

Aber die Stimme war kalt und machte klar, daß Sophie entschlossen war, die Nacht von Arthurs Geburt zu vergessen. Damals war sie froh gewesen um Margarets Beistand, jetzt aber schämte sie sich, daß das junge Mädchen sie nackt und hilflos gesehen hatte. Vielleicht fürchtete sie auch, Margaret könne sich erinnern, wie sie sich hatte gehenlassen, und dieser Gedanke war ihr unerträglich. Was immer der Grund sein mochte, die in aller Ruhe vorgebrachte Äußerung mußte einem Schlag ins Gesicht gleichkommen. William hatte zu Margaret gesagt, sie möge sein Haus als ihr Heim betrachten, was indes nicht gut möglich war, wenn die Herrin dieses Hauses sie nicht unter ihrem Dach wünschte.

Im übrigen war an Sophies Idee, abgesehen von der Lieblosigkeit, mit der sie vorgebracht wurde, nichts Ungewöhnliches. Margaret wußte sehr wohl, daß für ein verarmtes Mädchen aus guter Familie der Posten einer Gouvernante der einzige war, den es schicklicherweise annehmen konnte. Sie sollte also im gesellschaftlichen Niemandsland leben, weder mit ihren Arbeitgebern noch mit deren Dienstboten gleichgestellt sein, ein abhängiges Dasein in einer fremden Familie führen, anstatt in ihrer eigenen – doch in Anbetracht Sophies Feindseligkeit würde der Unterschied wenig bedeuten. Und der Umgang mit Kindern entsprach Margarets Neigung und Eignung, würde ihr also nicht allzu schwerfallen. Indessen schwebte ihr bereits ein anderes Zukunftsbild vor, und Sophies Herzenskälte genügte, um aus dem Tagtraum einen konkreten Entschluß zu machen.

So bald wie möglich fuhr Margaret nach Bath und besprach ihr Vorhaben mit Lydia. Die Freundin spielte eine wesentliche Rolle in diesem Plan. Zu ihrer Freude war Lydia sofort Feuer und Flamme, sie lächelte zum erstenmal wieder, seit die traurige Kunde von der afghanischen Grenze eingetroffen war. Margaret riet der Freundin, sich ihre Zusage genau zu überlegen, doch Lydia sah keinen Grund, warum sie nicht mit Margaret nach London gehen und ein Studium beginnen sollte.

Lydia war das einzige Kind ihrer Eltern und ein gescheites Mädchen. Sie war Internatsschülerin im Ladies' College in Cheltenham gewesen, das die allseits gefürchtete Miss Beale leitete. Da sie schon als Kind häßlich war und ihre schlechten Heiratschancen kannte, lernte sie fleißig. Sie hatte zahlreiche Fächer belegt und die Schulprüfungen bestanden. Auch war ihre finanzielle Lage – die sich erst mit dem Tod ihres Vaters und der Übernahme des Familienbesitzes durch einen Cousin zu ihren Ungunsten verändern würde – zunächst noch recht erfreulich. Lydias schulische Voraussetzungen für die Aufnahme einer Berufsausbildung waren also ebensogut wie die anderer Mädchen jener Zeit, und ihr Vater konnte für Studium und Unterhalt aufkommen. Glücklicherweise war er in seinen Ansichten über das Frauenstudium so liberal und um die Zukunft seiner Tochter so besorgt, daß er jeden Plan unterstützte, der ihr eine selbständige Existenz sichern würde. Noch ehe Margaret nach kurzem Aufenthalt wieder abreiste, hatte Lydia von Mr. Morton die Erlaubnis erwirkt, nach London zu gehen.

Als Margaret nach Bristol zurückfuhr, wußte sie, daß sie nicht so mühelos wie Lydia ans Ziel kommen würde. Doch ihr Entschluß stand nun unumstößlich fest. Sie würde sich unabhängig machen, und niemand sollte sie daran hindern.

2.

Von den Streitigkeiten der Erwachsenen bleiben die Kinder unberührt. Als Margaret nach ihrem Besuch in Bath wieder in The Ivies eintraf, ging sie zuerst in die Kinderstube, denn sie wußte, daß ihr trotz Sophies Kälte dort ein herzlicher Empfang bereitet würde. Matthew begrüßte sie stürmisch. Mit den goldenen Locken, die bis auf den Spitzenkragen seines Little-Lord-Fauntleroy-Anzuges fielen, sah er wie ein Engel aus, aber er hatte sich den ganzen Tag schrecklich gelangweilt, weil alle seine Lieblingsspiele dem Samt geschadet hätten. Er platzte sofort mit seiner Neuigkeit heraus.

»Wir ziehen in Großpapas Haus!«

Wenn er Margaret damit hatte überraschen wollen, so war ihm dies vollauf gelungen. Während der halben Stunde, die sie mit Matthew und seiner kleinen Schwester spielte, ging sie zwar nicht weiter auf die Meldung ein, aber als sie später William aufsuchte, eröffnete sie die Unterredung mit diesem Thema.

»Matthew sagte mir, daß ihr nach Brinsley House übersiedelt. Warst etwa du derjenige, der noch zu Papas Lebzeiten den Besitz kaufte?«

William lächelte selbstgefällig.

»Ja. Nach der erfolglosen Auktion mußte der Konkursverwalter auch ein niedriges Gebot annehmen. Unter normalen Umständen wäre mir das Haus natürlich kostenlos, auf dem Erbwege, zugefallen. Aber wenigstens war es nicht teuer.«

»Ist es recht, daß die Gläubiger, denen meines Wissens jetzt alles gehört, eine so geringe Summe dafür bekamen?«

William zuckte die Achseln.

»Niemand wollte eine größere Summe bezahlen. Im Augenblick können sich die wenigsten Leute Neuerwerbungen leisten. Zum Glück zahlte Lloyds mir die Versicherung für die *Georgiana* prompt aus, so daß ich einiges Geld in der Tasche hatte, sozusagen. Mir ist persönlich an dem Haus gelegen. Und ich war froh, daß ich die Bürde unseres Vaters erleichtern konnte. Der Gedanke, sein Heim verlassen zu müssen, bedrückte ihn schwer. Diese Furcht zumindest blieb ihm in seinen letzten Tagen erspart.«

Margaret mußte zugeben, daß dies ein Segen gewesen war, dennoch blieb ihr die ganze Transaktion unheimlich. Aber sie durfte den Bruder jetzt um keinen Preis gegen sich aufbringen.

»William, ich möchte mit dir über meine Zukunft sprechen«, sagte sie.

»Wenn wir nach Brinsley House übersiedeln, so steht dir selbstredend dein altes Zimmer nach wie vor zur Verfügung. Es sei denn, du würdest lieber ein anderes ...«

»Das ist sehr freundlich von dir, aber es geht mir nicht um Zimmer«, sagte Margaret. »Ich brauche eine Beschäftigung. Ich kann mich nicht mit dem Gedanken abfinden, daß ich den Rest meines Lebens handarbeitend in deinem Salon zubringen sollte.«

»Das habe ich mir auch schon überlegt«, sagte William. »Und ich weiß, wie meine Kinder an dir hängen. Vielleicht möchtest du dich als ihre Gouvernante betätigen. Damit wäre das Problem aufs beste gelöst.«

Margaret errötete leicht, versuchte jedoch, die Beleidigung hinunterzuschlucken. Zumindest verriet Williams Anerbieten, daß Sophie vor ihrem Versuch, Margaret aus dem Haus zu treiben, ausnahmsweise einmal nicht ihren Ehemann um Rat gefragt hatte.

»Hast du schon Sophies Meinung hierüber eingeholt?« fragte Margaret. »Du wirst vermutlich feststellen, daß sie mich lieber nicht unter ihrem Dach wüßte. Sie schlug mir bereits vor, ich solle mich anderwärts nach einem Gouvernantenposten umsehen.«

Es tröstete Margaret ein wenig, daß ihr Bruder überrascht, sogar ärgerlich war.
»Wenn Sophie dergleichen äußerte, so tat sie es ohne mein Wissen«, sagte er. »Wenn du selber lieber zu fremden Leuten möchtest, kann ich dich allerdings nicht aufhalten«, sagte William. »Aber du sollst nicht das Gefühl haben, daß irgend jemand dich dazu drängt. Ich darf kaum hoffen, sämtliche finanziellen Verbindlichkeiten unseres Vaters übernehmen zu können, aber ich betrachte es als meine Schuldigkeit, an seiner Stelle für dich und Ralph zu sorgen.«
»Keine dieser Möglichkeiten sagt mir zu«, erwiderte Margaret und bemühte sich, ihrer Stimme einen festen Klang zu verleihen. »Ich möchte unabhängig werden. Da ich kein Vermögen besitze, muß ich einen Beruf ergreifen, und dazu brauche ich eine Ausbildung.«
»Ausbildung? Was für eine Ausbildung?« fragte William entgeistert.
»Ich möchte den Arztberuf ergreifen«, sagte sie.
Zum erstenmal hatte sie diesen Wunsch einem Fremden gegenüber geäußert, ganz als hätte sie schon bei der ersten Begegnung geahnt, wieviel Davids gute Meinung ihr dereinst bedeuten würde. Zum zweitenmal hatte sie erst vor ein paar Tagen mit Lydia darüber gesprochen. Beide Male hatte man ihr Vorhaben ernst genommen, und dies gab ihr den Mut, sich nun der unvermeidlichen Kritik zu stellen.
Williams erste Reaktion fiel so aus, wie Margaret erwartet hatte.
»Aber eine Frau kann unmöglich den Arztberuf ausüben! Es sei denn, du wolltest dein Diplom in Amerika erwerben. Oder hältst du dich für fähig, nach Paris zu gehen und die wissenschaftlichen Prüfungen in französischer Sprache abzulegen? Ich glaube, daß du sie schon in Englisch nicht schaffen würdest.«
Margaret überhörte den Sarkasmus in seiner Stimme, denn diese Frage zumindest konnte sie beantworten.
»Seit der Zeit, als Mrs. Garrett Anderson nach Frankreich gehen mußte, um ihr Diplom zu erwerben, hat sich vieles geändert«, sagte sie. »Die Universität London nimmt jetzt auch Frauen die Schlußprüfungen ab, und sie können daraufhin, wenn sie Medizin studiert haben, als Ärztinnen zugelassen werden. An der Medizinischen Vorbildungsanstalt für Frauen in London können sich Studentin-

nen auf diese Prüfung vorbereiten. Ich möchte mich gern dort einschreiben, vorausgesetzt, daß man mich nimmt.«
»Das Medizinstudium dauert sechs bis sieben Jahre«, gab William zu bedenken. »Ich weiß, daß du immer viel für die Kranken getan hast. Aber du könntest doch auch Pflegerin werden, das geht bedeutend schneller. Seit der Annahme von Miss Nightingales Reformvorschlägen kann auch ein Mädchen aus guter Familie diesen Beruf ergreifen. Ja, ich glaube, gebildete Frauen werden als Oberschwestern sogar dringend gesucht.«
»Als Ralph dir sagte, daß er den Priesterstand anstrebe, hast du ihm auch nicht vorgeschlagen, er solle lieber Küster werden.«
»Das läßt sich nicht vergleichen.«
»O doch«, sagte Margaret. »Das läßt sich sehr wohl vergleichen. Meine Pläne sind ebenso klar umrissen wie die deinen oder wie Ralphs Pläne. Warum sollte ich mich mit einer Notlösung zufriedengeben?«
»Weil du eine Frau bist. Die Tätigkeit eines Arztes ist für eine Dame verfehlt und höchst unziemlich. Außerdem wärest du der Verantwortung nicht gewachsen.«
»Darüber hätten meine Examinatoren und Vorgesetzten zu entscheiden«, sagte Margaret. »Die Ausbildung ist für Frauen und Männer die gleiche, und ich müßte auch den gleichen Anforderungen gerecht werden. Ich trage lieber eigene Verantwortung, als daß ich die Anweisungen irgendeines Menschen ausführe, den ich nicht als Autorität anerkennen kann. Und weil du von unziemlich sprichst: Viele Frauen finden es unziemlich, daß sie sich von einem Mann untersuchen lassen müssen. Auch ängstigen Kinder sich viel weniger vor einer Frau.« Sie schwieg eine Weile und erinnerte sich, daß sie diesen Aspekt der Sache nicht hatte aufgreifen wollen. »Ich *frage* dich nicht, William, ob ich ein Medizinstudium aufnehmen darf. Ich teile dir mit, daß ich entschlossen bin, es zu versuchen.«
»Und wie willst du die Kosten dafür auftreiben? Weißt du, wie teuer das Leben in London ist?«
»Ja, das weiß ich«, sagte Margaret. »Solltest du mir ein ebenso großzügiges Anerbieten machen, wie du es Ralph gemacht hast, so wäre ich nicht zu stolz, es anzunehmen. Wenn du jedoch bei deinem Nein bleibst, dann werde ich mich auch allein durchschlagen.

Meine Freundin Lydia hat sich zum gleichen Studium entschlossen, und wir könnten in London bei ihrer Cousine wohnen. Mr. Morton hat seiner Tochter großzügigerweise für die Dauer der Ausbildung eine Unterhaltssumme zugesagt. Für meine Wohnung ist mithin gesorgt, und notfalls auch für mein Essen. Was die Studiengebühren angeht, so besitze ich noch immer Lower Croft. Vielleicht findet sich ein Mieter für das Haus. Und eines Tages muß es ja mit Bristol wieder aufwärtsgehen, dann könnte man es verkaufen. Soviel ich weiß, kann man gegen Sicherheit in Form eines Hauses Geld borgen. Ich habe mein Ziel ins Auge gefaßt und lasse mich durch kein Hindernis davon abbringen.«

»Warum weihst du mich dann überhaupt in deine Pläne ein? Warum packst du nicht einfach deine Koffer und gehst?«

»Weil ich keinen Unfrieden zwischen uns möchte, William. Ich würde mich über deine Zustimmung freuen. Es täte mir leid, wenn du dir den Vorwurf machen lassen müßtest, du habest deine Schwester im Stich gelassen. Und außerdem werde ich es in London leichter haben, wenn man weiß, daß meine Familie zu mir steht. Und schließlich möchte ich dich um eine Gefälligkeit bitten.«

Langes Schweigen. William zog bei einer Auseinandersetzung nicht gern den kürzeren. Als er schließlich: »Ja?« sagte, bestätigte er damit nur die Tatsache, daß seine Schwester unnachgiebig war.

»Wir sprachen vorhin von Mrs. Garrett Anderson«, sagte Margaret. »Du kennst doch, glaube ich, ihren Mann?«

»Skelton Anderson? Ja. Seine Schiffahrtsgesellschaft ist seit kurzem an der neuen Orient-Linie beteiligt. Dürften unsere schärfsten Konkurrenten werden.«

»Ehe die Konkurrenz allzu erbittert wird: könntest du mir ein Empfehlungsschreiben an seine Frau mitgeben? Ich besitze kaum die schulischen Voraussetzungen für die Aufnahme eines Studiums. Es könnte für meine Zulassung an der Medizinischen Vorbildungsanstalt ausschlaggebend sein, wenn ich eine solche Fürsprecherin hätte.«

Erneutes Schweigen. Margaret beendete es lachend.

»William! Gib doch zu, daß du froh wärst, mich los zu sein! Sophie mag mich nicht. Wenn ich es selber sage, brauchst du es nicht abzuleugnen. Deine Bereitschaft, mir ein Heim zu bieten, ist sehr großmütig, aber es wird für uns alle die glücklichste Lösung sein, wenn ich nur in den Ferien zu euch komme und wir uns dann über das Zusammensein wirklich freuen können. Wenn du mir behilflich bist, nach London zu gehen, so wird man dich wegen deiner Toleranz rühmen und mich wegen meines Eigensinns bedauern. Und du mußt nicht mitansehen, wie ich immer älter werde, immer unnützer, immer unleidlicher. Nein, wenn ich meine Ausbildung beendet habe, kaufe ich mir ein Haus und führe mein eigenes Leben, und anstatt dich meiner schämen zu müssen, kannst du so tun, als wärst du stolz auf mich.«

Sie hielt ihm spontan die Hand hin zum Zeichen, daß es auch ohne Streit abgehen könne. William, der nie etwas spontan tat, nahm sie nicht. Hingegen schien es, als habe Margaret erfolgreich an seinen Verstand – wenn schon nicht an sein Herz – appelliert, denn er antwortete mit jenem knappen Nicken, das er vom Vater übernommen und sich bereits angewöhnt hatte.

»Gut, ich schreibe an Anderson«, sagte er. »Und ich sehe mich nach einem Mieter für Lower Croft um. Inzwischen solltest du deine jährlichen Ausgaben überschlagen. Sollten sie höher sein als die Mietsumme, dann leihe ich dir Geld, wie ich es Ralph leihe, und du kannst es zurückzahlen, wenn du –« er stockte, als könne er sich kaum zu den Gedanken, geschweige denn zu den Worten bereitfinden, »– wenn du deine Tätigkeit ausübst.«

»Ich danke dir, William.« Margaret versuchte, sich durch die unfreundliche Art, mit der ihr Bruder ihrer Bitte entsprochen hatte, nicht verletzt zu fühlen. Ihre Beziehung zueinander war nie herzlich gewesen, und noch bevor sie ihre Bitte vorbrachte, hatte sie gewußt, daß William einen so ungewöhnlichen Vorschlag mißbilligen würde. Es genügte jedoch, daß er, wenn auch ungern, eingewilligt hatte. Sie atmete auf vor Erleichterung und Freude.

»Ich muß mir mein eigenes Leben schaffen«, sagte sie und stand auf. »Bisher war ich weiter nichts als die Tochter meines Vaters. Reich und verwöhnt, aber im Grunde nicht ich selber. Ich hatte gehofft, daß ich mit David ...« Sie hielt inne und wünschte, sie hätte den Namen, der jedes Glücksgefühl jäh erstickte, nicht ausgesprochen. »Ich freute mich auf ein Leben in meinem eigenen Heim, in meiner eigenen Familie. Jetzt muß ich einen anderen Weg finden.«

Ein paar Tage später tat sie auf diesem Weg die ersten Schritte. Sie fuhr mit der Eisenbahn nach London, das Empfehlungsschreiben in der Tasche. Frau Dr. Garrett Anderson konnte ihr manchen nützlichen Rat erteilen und erreichte auch, daß sie sich an der Medizinischen Vorbereitungsschule für Frauen vorstellen durfte, womit indessen ihre Aufnahme noch keineswegs gesichert war. Sogar Lydia, die bereits vor zwei Tagen, bewaffnet mit Empfehlungsschreiben ihrer früheren Lehrer, eine erste Besprechung hinter sich gebracht hatte, war nur auf Probe angenommen worden, und Margaret wußte nur zu gut, daß ihre eigenen lückenhaften Kenntnisse die Rektorin kaum beeindrucken würden.
Die Rektorin stellte zunächst eine Reihe eingehender Fragen, dann nahm sie ein Büchlein von ihrem Schreibtisch auf und wies Margaret an, es durchzublättern.
»Jede unserer Schülerinnen bekommt ein solches Studienbuch«, sagte sie. »Darin ist jede Krankheit aufgeführt, die sie studieren, jede Prüfung, die sie ablegen und jede Vorlesung, die sie besuchen muß, ferner die verschiedenen Praktika, die in Krankenhäusern zu absolvieren sind. Erst wenn alle diese hier aufgeführten Erfordernisse erfüllt sind, kann sie sich zum Examen anmelden. Sehen Sie hinein und sagen Sie mir, was Sie dazu meinen.«
Margarets Mut sank, während sie die Seiten umblätterte. Allein im ersten Jahr würde sie sich mit Chemie, Physiologie, Botanik, Therapeutik, Sezieren und *materia medica* beschäftigen müssen. Sie hatte keine Ahnung, was unter *materia medica* zu verstehen sei. Doch als sie wieder aufblickte, reckte sie entschlossen das Kinn.
»Ich kann nicht leugnen, daß ich schlecht auf diesen Studiengang vorbereitet bin«, sagte sie. »Aber ich habe ein wenig Anatomie studiert. Wenn Sie mich in diesem Fach prüfen wollen – ich bin bereit.«
Zu ihrer Erleichterung lachte die Rektorin.
»Ihre Lehrer und Examinatoren werden bald genug feststellen, ob Sie gescheit genug sind, um Ärztin zu werden«, sagte sie. »Und Ihre Vorgesetzten im Krankenhaus werden uns sagen, ob Sie die charakterliche Eignung dafür besitzen. Ich muß lediglich prüfen, ob Sie die Willenskraft besitzen, ein viele Jahre dauerndes und auf weite Strecken sehr mühsames Studium durchzuhalten. Wir geben jeder Anwärterin die Möglichkeit, sich für einen kurzen Vorkursus einzuschreiben, und wenn sie danach aufgeben sollte, so ist nichts ver-

loren. Sollte eine Schülerin jedoch die Anstalt nach zwei oder drei Jahren wieder verlassen, so hat sie nur unsere und ihre eigene Zeit verschwendet und kann nichts vorweisen. Wir haben zum Beispiel wenig Verständnis für junge Damen, die sich anstatt für die Abschlußprüfung fürs Heiraten entscheiden.«

»Ich habe nicht die Absicht zu heiraten«, sagte Margaret fest. »Ich möchte einen Beruf ausüben. Und wenn ich auch in Chemie und im Sezieren keinerlei Erfahrung habe, an Willensstärke kann ich es mit so manchem aufnehmen. Es ist nicht leicht gewesen, auch nur bis hierher zu gelangen.«

Die Rektorin nickte verständnisvoll.

»Die meisten Ihrer Komilitoninnen sind in der gleichen Lage«, sagte sie. »Sie konnten sich zwar gegen ihre Familien durchsetzen, aber keineswegs deren Billigung erlangen. Dies ist einer der Gründe, warum wir von Ihnen erwarten, daß Sie sich während Ihrer Ausbildungszeit in jeder Hinsicht tadelsfrei betragen. Sie werden mit männlichen Studierenden zusammenkommen, von denen sich dies leider nicht sagen läßt, aber Sie werden nicht deren Beispiel folgen.«

Margaret strahlte auf, als die Rektorin das sagte.

»Dann darf ich mich also einschreiben?« flüsterte sie.

»Nur für den Vorkursus. Im September müssen Sie über den Stoff eine Prüfung ablegen. Wenn alles gutgeht, können Sie sich um Aufnahme in die regulären Kurse bewerben, die im Oktober beginnen.«

Margaret verließ das Haus am Brunswick Square wie trunken vor Glück. Eine Weile wanderte sie ziellos dahin. Soviel Aufregendes stürmte gleichzeitig auf sie ein. Sie würde Ärztin werden. Und sie würde in London leben. Diese lärmende, wimmelnde, schmutzige Stadt würde ihre Heimat sein. Als ihr Kopf wieder klarer wurde und sie sich umblickte, sah sie, wie viele ihres eigenen Standes zu Fuß unterwegs waren. In Bristol hätten sie einen Dienstboten ausgeschickt oder wären im Wagen gefahren. Hier aber gingen sie energisch ihren Besorgungen nach und warteten nicht einmal immer an den Kreuzungen, bis der Straßenfeger einen Weg durch den Schmutz der Fahrbahn freigemacht hatte. Nein, ermahnte sich Margaret, sie durfte nicht mehr von »Frauen ihres eigenen Standes« sprechen, was immer einst damit gemeint sein mochte. Sie sollte einem ganz neuen Stand angehören; dem der Frauen, die in den Zeitungen verspottet und als Witzfiguren dargestellt wurden. Es fiel ihr schwer, sich das Leben vorzustellen, das nun vor ihr lag. Doch sie fühlte, wie jeder Anflug von Furcht durch eine positive Erregung verscheucht wurde.

Nur ein Teil des Gesprächs mit der Rektorin machte ihr Kummer. Sie hatte versprochen, nicht zu heiraten. Sie tat es mit einem heimlichen Vorbehalt: »Es sei denn, David Gregson käme zurück.« Nun raffte sie alle Willenskraft zusammen, deren sie sich vorhin zu Recht gerühmt hatte, und sah der Frage beherzt in die Augen. David Gregson würde nicht zurückkommen. Und selbst wenn, so würde er nicht die Frau aufsuchen, die ihn im Zorn fortgeschickt hatte. Ebensowenig würde er sie sehen wollen, falls es ihr jemals gelänge, ihn in dem entlegenen Teil der weiten Welt, wo er Zuflucht gesucht hatte, aufzuspüren. Der Weg, den zu gehen sie sich vorgenommen hatte, würde ihre ganze Kraft erfordern. Sie durfte sich nicht von einer in Wahrheit inexistenten Möglichkeit von diesem Weg ablenken lassen. Sie hatte der Rektorin versprochen, nicht zu heiraten, und dieses Versprechen mußte sie halten.

Margaret verhielt den Schritt und suchte in ihrer Handtasche nach der Liste mit den Bestimmungsorten der Lorimer-Schiffe und der voraussichtlichen Dauer ihrer Reisen, die William ihr gegeben hatte. Klopfenden Herzens las sie ein letztesmal die Namen der Schiffe und Häfen: die *Rosa, Stella, Diana, Flora*: New York, Brisbane, Kingston, San Franzisko. Es war nicht ihr erster Versuch zu begreifen, daß sie David niemals wiedersehen würde, aber es mußte der letzte sein. Sie liebte ihn, sie würde ihn immer lieben, aber jetzt mußte sie versuchen, ihn zu vergessen. Sie knüllte den Zettel zu einer Kugel und warf sie in den Rinnstein.

3.

Die meisten Häuser besitzen ausgeprägteren Charakter als ihre Bewohner, die Einrichtung hingegen verrät oft viel über die Persönlichkeit des Eigentümers. Mit Sicherheit galt dies von William Lorimer. Während Margaret ihr neues Leben in London begann, war er emsig damit beschäftigt, seine Position in Bristol auszubauen. Als

erstes kehrte er in den Lorimerschen Familiensitz zurück und richtete das Haus nach seinem Geschmack neu ein.
Als Samuel Lorimer im Jahr 1785 Brinsley House erbaute, ließ er es im Stil jener Zeit ausstatten. Er wählte erstklassige Hölzer für die Fußböden und möblierte die Räume mit den erlesensten modernen Stücken. Türen und Rahmen waren aus tiefrotem Mahagoni geschnitzt; und damit das Ganze nicht zu düster wirkte, waren die Wände in den damals so beliebten blassen Grün- und Blautönen gehalten und die Paneele und Friese mit weißem Stuck und Vergoldungen geziert.
Als Alexander den Besitz erbte, sah er keinen Grund zu Veränderungen, außer daß er von Zeit zu Zeit den Wandanstrich erneuern ließ. Alexander war ein sparsamer Mensch und jeder unnützen Ausgabe abhold. John Junius, sein Sohn, war nicht in dieser Weise knausrig, aber als er schließlich Herr des Hauses wurde, in dem er aufgewachsen war, hatten seine Gewohnheiten sich bereits festgefahren. Er achtete wenig auf seine Umgebung, solange sie aus vertrauten Dingen bestand, aber jede Veränderung störte ihn sofort. So kam es, daß Brinsley House fast hundert Jahre lang seine unverfälschte georgianische Eleganz bewahrte.
William machte diesem Zustand ein Ende. Als die Möbel seines Vaters versteigert wurden, versuchte er nicht, mehr als ein paar Stücke von persönlichem Wert zu erwerben, wie zum Beispiel Brinsley Lorimers Schiffskiste. Er nutzte die Gelegenheit, als sein Vater und seine Schwester zu aufgeregt waren, um den Vorgängen im Haus Beachtung zu schenken, und rettete heimlich einen Teil des Tafelsilbers vor dem Zugriff des Konkursverwalters. Nun ruhte dieses Gerät wieder in seinen filzbezogenen Laden. Aber solche Kleinigkeiten waren unbedeutend im Vergleich zu all dem, was verloren war und ersetzt werden mußte.
William ließ auf Schiffen der Lorimer-Linie Hölzer aus Westindien und den Küstengebieten Mittelamerikas nach Bristol schaffen. In der allgemeinen Auftragsflaute, die dem Zusammenbruch von Lorimer's Bank folgte, ließen sich unschwer beschäftigungslose Zimmerleute finden. Während Sophie Tapeten und passende Posamente für die schweren Vorhänge und Portieren aussuchte, bestimmte William die Maße von Tischen, Kredenzen und Vitrinen. Er war klein von Wuchs und umgab sich gern mit großen Dingen.

Seine Schwester, die einige freie Tage in Brinsley House verbringen wollte, hatte die alten Möbel immer als elegant bezeichnet und würde die neue Einrichtung vielleicht protzig finden. Ihm aber gaben seine massiven Errungenschaften ein Gefühl der Sicherheit. Obwohl man Margaret das Erstaunen über seinen Reichtum ansehen konnte, machte William keinen Versuch einer Erklärung. Als er sich vor acht Jahren eine Frau gesucht hatte, achtete er, wie sein Vater ihm nahegelegt hatte, auf die zu erwartende Größe der Mitgift. Sophie erwies sich in jeder Hinsicht als eine gute Wahl. Sie hatte ihm bereits zwei Söhne und eine Tochter geschenkt. Sie zog sich gut an, war dekorativ in Gesellschaft und unterwürfig zu Hause. Sie hatte ihm nicht nur am Tag der Eheschließung eine stolze Summe eingebracht, sie erbte auch die gesamte Hinterlassenschaft ihres Vaters, der einige Monate nach John Junius Lorimer gestorben war. Und William hatte allen Grund, für David Gregsons unverschämte Einmischung und seine eigene unwirsche Reaktion dankbar zu sein. Er hatte seinen Aktienanteil an Lorimer's Bank rechtzeitig verkauft und nicht zusehen müssen, wie mit dem Geld seines Vaters auch das seiner Frau durch den Konkurs verlorenging.

Wenn er Margaret nun bei dem Glauben ließ, sein wachsender Reichtum stamme ausschließlich aus den Gewinnen der Schifffahrtslinie, so war dies verzeihlich: Er glaubte es inzwischen beinahe selbst. Sophies Geld war an seinem Hochzeitstag sein Geld geworden. Hingegen erinnerte er sich genau, daß seine Schwester für ihre Person Übereinkünfte dieser Art ablehnte und eine Verbindung zurückwies, die zum damaligen Zeitpunkt für alle Beteiligten von Vorteil zu sein schien.

Inzwischen hatte sich vieles geändert, und Margaret würde sich heute zu Recht beklagen, wenn sie sich an eine Familie hätte binden lassen, deren Reichtum auf ebenso tragische Weise dahingerafft wurde wie ihr eigener. Mr. Martin Crankshaw, einst Vorstandsmitglied und Aktionär von Lorimer's Bank, hatte durch deren Zusammenbruch alles verloren und war ein ruinierter Mann. Er hatte zusehen müssen, wie die im Bau begriffenen Dockanlagen, Traum und Hoffnung seines ganzen Lebens, über seinen Kopf hinweg verkauft wurden.

William schalt ihn insgeheim einen Narren. Er hätte Geld aufnehmen und sein eigenes Hab und Gut durch einen Freund oder einen

Strohmann zu einem Spottpreis selbst zurückkaufen sollen, wie William es mit Brinsley House gemacht hatte. Man hätte dann das Ganze unauffällig an den Sohn Walter überschreiben können, und die Familie Crankshaw wäre des verdienten Gewinns teilhaftig geworden, wenn die ersten Liegeplätze in Betrieb genommen würden.

William hatte Martin Crankshaw genügend Zeit gewährt, sich das alles selbst einfallen zu lassen. Erst als klarwurde, daß der alte Geschäftsfreund seines Vaters, zermalmt durch das Gewicht des Bankzusammenbruchs und seiner eigenen Verbindlichkeiten und Verluste, sich mit zitternder Stimme und unsicheren Händen in ein frühes Greisentum zurückgezogen hatte – erst dann nutzte William das zeitgerechte Hinscheiden seines Schwiegervaters, um eine gute Investition zu tätigen.

Die neuen Docks waren Millionen Pfund wert, also waren Williams Interessenanteile nur ein kleiner Prozentsatz des Ganzen. Aber da die Aktien weit gestreut waren, hatte William unschwer seine Wahl zum Vorstandsmitglied durchsetzen können. Wie John Junius ganz richtig gesehen hatte, standen die Docks beim Zusammenbruch der Bank kurz vor ihrer Vollendung – die erste Liegegebühr war bereits vor dem Todessturz des Präsidenten eingegangen. Innerhalb von drei Jahren warfen die neuen Hafenanlagen nicht nur gute Gewinne ab, sie ermöglichten es William auch, langfristige und für die Lorimer-Linie so vorteilhafte Liegeverträge abzuschließen, daß er nicht zögerte, Ersatz für die unselige *Georgiana* in Auftrag zu geben.

Was den jungen Walter Crankshaw anging, so besaß er offensichtlich keinerlei Geschäftssinn. Jeder seiner alten Geschäftsfreunde in Bristol hätte ihm die Möglichkeit eingeräumt, vom Wiederaufblühen der Stadt, das über kurz oder lang erfolgen mußte, zu profitieren. Doch anstatt ihre Hilfe zu suchen, war er nach London gegangen, wo er dem Vernehmen nach irgendeinen bezahlten Posten angenommen hatte. William erfüllte diese Nachricht mit Verachtung. Was konnte ein Mann, der sich als Angestellter verdingte, von der Zukunft erwarten?

Nicht das Geld um des Geldes willen faszinierte William. Darin glich er allen Lorimers, angefangen mit Brinsley. Ihre Arbeit war ihr Lebensinhalt, aber sie bedurften des Erfolges, und Gradmesser dieses Erfolges war nun einmal das Geld. Jeder Lorimer-Sohn war entschlossen, auf diese Weise seine Tüchtigkeit unter Beweis zu stellen, und als schließlich William als Familienoberhaupt an die Reihe kam, war ihm diese Tradition in Fleisch und Blut übergegangen. Er widmete seine ganze Kraft der Planung komplizierter Unternehmungen und der Sorge für deren Verwirklichung. Vermögen und guter Ruf waren für ihn nicht zu trennen, und daher freute er sich, beide so trefflich gedeihen zu sehen, ohne sich indes durch sein nunmehr stetig steigendes Einkommen zu dessen Zurschaustellung verleiten zu lassen. Mit jedem Jahr wuchs sein Reichtum, und als er zweiunddreißig war, hatte er die Demütigungen vergessen, die auf den Konkurs der Bank gefolgt waren, und durfte seine Position als gesichert betrachten.

Seine Familienverhältnisse schienen ebenso geregelt wie der Stand seiner Geschäfte. Während der täglichen halben Stunde, die er seinen drei Kindern widmete, fand er sie artig und wohlerzogen. Seine Ehefrau Sophie gab ihm keinen Grund zu Klagen. Ebensowenig ließ sie sein Herz höher schlagen, aber das hatte er auch gar nicht von ihr erwartet. Sein jüngerer Bruder zeigte in Oxford einen Feuereifer, den niemand dem einstigen Kapitän der Kricket-Mannschaft von Clifton College zugetraut hätte. Und aus allen Berichten ging hervor, daß Ralphs Lebensführung nüchterner und beispielhafter sei, als man es von einem ersten Semester füglich hätte erwarten können.

Was seine Schwester Margaret betraf, hatte William sich nie damit einverstanden gezeigt, daß ein Mädchen aus angesehener Familie sich gewaltsam den Zugang zum reinen Männerberuf des Arztes verschaffen sollte. Als er seine Erlaubnis erteilte, tat er es in der sicheren Erwartung, daß Margaret die sozialen Schwierigkeiten und die geistigen Anforderungen höchstens ein paar Monate lang würde aushalten können. Aber zu seiner Überraschung hielt Margaret den Mühen der Ausbildung nicht nur stand, sie wuchs sogar an ihnen.

Wohl war sie jedesmal bei ihrer Ankunft in Brinsley House sehr müde und so in sich gekehrt, als hätte die kurze Reise von London nach Bristol nicht ausgereicht, um all das Furchtbare, das sie in den Krankensälen erlebte, aus ihren Gedanken zu bannen. Doch jedesmal genügte der Anblick der Kinder, um alle Spannung von ihr ab-

fallen zu lassen. Sogleich wurde sie heiter, lachte so unbeschwert, wie sie niemals gelacht hatte, solange sie noch als Tochter wohlhabender Eltern gelebt hatte.
Mit Matthew, Beatrice und Arthur verstand sie sich so gut, daß William manchmal befürchtete, die Mutter könne eifersüchtig werden. Aber Sophie zuckte nur die Achseln. Ihr lag nicht daran, in Kinderstuben oder Schulzimmern zu spielen, aber sie hatte nichts dagegen, daß Margaret es tat, solange die Autorität der Gouvernante dadurch nicht litt. Zuweilen sah William durchs Fenster zu, wie die Kinder auf dem Rasen mit ihrer Tante spielten. Wenn Margaret die Kleinen in die Arme nahm, dann schmiegten sie sich an sie, drängten sich danach, ihre Hand zu halten, so daß man sofort sah, wie wohl sie sich bei ihr fühlten. Sogar Matthew, der jetzt neun Jahre und viel zu alt für Kindergartenspiele war, verlangte lautstark nach »Huckepacktragen« und »Schubkarrenfahren«.
Ein paarmal war William versucht gewesen, es zu verbieten, da er fürchtete, der Junge könne verweichlicht werden. Aber wenn er auch seine Gefühle nicht zeigte, so spürte er doch, daß Margaret für Matthew mütterliche Empfindungen hegte. Sie hatte ihn seit seiner Geburt geliebt, und diese Liebe schien sich zu vertiefen, je wahrscheinlicher es wurde, daß sie nie ein eigenes Kind haben würde.
Diesen Punkt betrachtete William bereits als feststehende Tatsache, wenn er auch keine Ahnung hatte, ob Margaret vielleicht doch noch Hoffnungen hegte. Auch wenn sie sich nicht selbst durch die Wahl eines Berufes von einem Leben in der Ehe losgesagt hätte, so war sie doch über das normale Heiratsalter hinaus. William fand sich ausgesprochen hochherzig, weil er ihr den kleinen Matthew sozusagen als Ziel für ihre ungenutzte Mütterlichkeit borgte. John Junius hatte seine Kinder nie ermutigt, ihn zu lieben, und hatte sie oft in Furcht und Schrecken versetzt. William war bestrebt, für seine Kinder nicht diese Rolle zu spielen. Da er selber unfähig war, Herzlichkeit zu zeigen, ließ er zu, daß sie in der Kinderstube mehr Glück und Freiheit genossen, als in seinen Kreisen damals üblich war.
Margarets Prophezeiung, daß ihr Studium die Familienbeziehungen leichter und nicht schwerer machen werde, erwies sich als richtig. William hatte von Anfang an gewußt, daß seine Schwester, wenn man sie gezwungen hätte, ohne Beschäftigung als unverheira-

tete Frau in seinem Haushalt zu leben, dort fehl am Platz gewesen wäre. Er hätte nicht so kalt wie Sophie eine Stellungssuche als Gouvernante vorschlagen können, weil dies ein schlechtes Licht auf sein Vermögen geworfen hätte, für den Unterhalt der Schwester zu sorgen. Nunmehr kam sie zu Weihnachten und dann wieder im Sommer auf einen Monat nach Bristol und brachte eine Frische und Heiterkeit mit, die Brinsley House für kurze Zeit zu einem fröhlicheren Aufenthaltsort machten. Da sie und William keinerlei gemeinsames Interesse mehr hatten, gab es auch nichts, woran sich ein Streit zwischen ihnen entzünden konnte.

Dreieinhalb Jahre nach dem Tod des Vaters schien Williams Position als Oberhaupt der Familie Lorimer ebenso gesichert wie seine geschäftlichen Erfolge. Doch an Beatrices fünftem Geburtstag zeigten sich die ersten Wolken am Horizont. Es war ein Samstag. Margaret hatte versprochen, mit der Eisenbahn aus London zur Geburtstagsfeier zu kommen und über Nacht zu bleiben. William hatte bereits das Coupé zur Bahnstation Temple Meads geschickt, als ihm zu seiner Überraschung die Ankunft eines weiteren Familienmitglieds gemeldet wurde.

Ralph hatte ganz selbstverständlich die Universitätsferien stets in Brinsley House verbracht und kehrte nun, nach einem Besuch bei einem Freund, ohne viel Umstände dort ein. Im Gegensatz zu Margaret machte er sich wenig aus Kindern. Er hatte vergessen, daß heute Beatrices Geburtstag war, und nahm nicht einmal Notiz von seiner kleinen Nichte, als sie, schon im festlichen Kleidchen, hoffnungsvoll auf die Treppe gelaufen kam, sobald er das Haus betreten hatte. William, der seinen Bruder in der Halle begrüßte, bemerkte sowohl Beatrices stumme Enttäuschung wie Ralphs finstere Konzentration auf ein Problem, das er offenbar mit dem Bruder besprechen wollte.

Sie gingen zusammen in die Bibliothek. Das Turmzimmer war seit John Junius' Tod verschlossen geblieben. Sophie fürchtete eine gefährliche Versuchung für die Kinder, Margaret erfüllte die Erinnerung an diesen Raum noch immer mit Entsetzen, und sogar William, der kaum zur Sentimentalität neigte, fand die Atmosphäre dort unerträglich. Auch kamen seine Schiffe nicht mehr flußauf in die alten Docks von Bristol, so daß der Anreiz wegfiel, sie drunten vorbeiziehen zu sehen.

»Ist das Prüfungsergebnis schon bekannt?« fragte er Ralph, nachdem sie sich gesetzt hatten.
Der Bruder nickte.
»Ja. Ich habe bestanden, wenn auch nicht gerade glanzvoll. Ich bekam nur eine Drei. Wenigstens bin ich nicht durchgefallen.«
William war's zufrieden. Er selber war in Ralphs jetzigem Alter – mit zweiundzwanzig Jahren – bereits ein erfahrener Geschäftsmann gewesen und maß einer akademischen Ausbildung keinen sehr hohen Wert bei. Er hatte Ralph nur nach Oxford geschickt, um zu zeigen, daß die Lorimers sich nicht von zeitweiligen Rückschlägen entmutigen ließen, und weil dem Jungen soviel an seinem Studium gelegen war. Ralph war über die Leichtfertigkeit der meisten Studenten empört gewesen und hatte fleißig gearbeitet. Niemand hatte von ihm erwartet, daß er sich besonders auszeichne, und William übte keine Kritik am Resultat des Examens, auch wenn Ralph selber darüber enttäuscht war.
Ob Ralph nun an Weisheit zugenommen hatte oder nicht – seine körperliche Entwicklung war erstaunlich. Seine Muskeln waren kräftiger, seine Schultern breiter geworden: Der Junge mit den angenehmen Gesichtszügen war jetzt ein ungewöhnlich gut aussehender junger Mann. Der kleine und verknöcherte William musterte den hochgewachsenen blonden Bruder eingehend.
»Nachdem du nun Oxford hinter dir hast, mußt du dir von Sophie eine Frau suchen lassen«, sagte er scherzend. »So etwas tut sie ausgesprochen gern, und angesichts deiner Vorzüge kannst du dich darauf verlassen, daß sie ein vermögendes und vielleicht überdies noch hübsches Mädchen für dich findet.«
Ralph ging nicht auf den witzigen Ton ein. Sein Sinn für Humor war nie sehr ausgeprägt gewesen – eine Eigenschaft, die er mit William teilte –, und seine Abneigung gegen dieses Thema war ihm vom Gesicht abzulesen.
»Ich möchte dir meine Zukunftspläne mitteilen«, sagte er ohne Umschweife. »Wie du weißt, bin ich entschlossen, als Missionar nach Westindien zu gehen, um einiges von dem Unrecht, das unsere Familie dort verübt hat, wiedergutzumachen.«
»Du hast davon gesprochen, als du noch ein Knabe warst«, bestätigte William. »Bist du inzwischen nicht zu der Erkenntnis gelangt, daß dich persönlich keine Schuld trifft? Zumindest mußt du zu-

nächst einige Zeit in einer englischen Pfarre amtieren. Du hast keine Aussicht auf ein höheres Amt, wenn du das Land verläßt, sobald du die Priesterweihe empfangen hast.«
»Darüber möchte ich gerade mit dir sprechen«, sagte Ralph. »Ich habe alles reiflich überdacht. Ich habe beschlossen, zum baptistischen Glauben zurückzukehren.«
»Zurückkehren!« William machte keinen Versuch, seine Betroffenheit zu verbergen. »Du bist nie Baptist gewesen. Wie kannst du zum Baptismus zurückkehren?«
»Du weißt genau, was ich meine. Unsere Vorfahren waren Baptisten: Brinsley und William und John.«
»Unsere Vorfahren waren Sklavenhändler«, sagte William rundheraus. »Wenn du dich dessen schämst, warum solltest du ihnen dann in anderer Hinsicht nacheifern wollen?«
»Ich habe mich über Jamaika so gründlich informiert, wie es von hier aus irgend möglich ist. Es scheint demnach festzustehen, daß die Kirche von England lange Zeit hindurch auf seiten der Sklavenhändler stand – der Pflanzer und der Aufseher und Verwalter –, und daß daher kein Priester dieser Kirche jemals hoffen darf, das Vertrauen der Abkömmlinge einstiger Sklaven zu erwerben. Erst die Baptisten halfen vor fünfzig Jahren den Sklaven vor und nach deren Befreiung und genießen daher noch heute das Vertrauen ihrer Nachfahren.«
»Das ist kaum ein triftiger Grund für einen Glaubenswechsel«, sagte William.
Ralph berichtigte, es handle sich nicht um einen Glaubenswechsel. »Anglikaner und Baptisten sind Christen«, sagte er. »Der Unterschied liegt in der Kirchenverfassung. Als Baptistengeistlicher bin ich unabhängiger, sowohl in meinem Denken wie in organisatorischen Belangen. Ich kann meine Gemeinde so führen, wie es ihrer Eigenart am besten entspricht, nicht nach den Vorschriften eines Erzbischofs, der Tausende von Meilen entfernt sitzt. Als unser Urgroßvater mit den Seinen in die anglikanische Kirche übertrat, dürfte er damit eher die Aufnahme in eine gewisse Gesellschaftsschicht beabsichtigt haben. Ich muß den Menschen in meiner künftigen Gemeinde so nah wie möglich kommen können, und das glaube ich auf diese Weise zu erreichen.«
»Du wirfst dein ganzes Leben weg«, sagte William, ärgerlich über

diese Vergeudung. Die Schuldgefühle, mit denen Ralph sich in seinen Schultagen quälte, waren William nicht verborgen geblieben, er hatte indes gehofft, es handle sich nur um eine Pubertätserscheinung, der das freie Studentenleben ein Ende machen würde. Da William selber ein äußerst vorsichtiger Mensch war, frönte er keinen Lastern, aber er hatte Ralph seit dem Tod des Vaters keinerlei Beschränkungen auferlegt. Ja, er hätte es sogar begrüßt, wenn sein Bruder in Oxford, wie es der Jugend zukam, ein wenig übermütiger gewesen wäre.

Der Dienst in der anglikanischen Staatskirche würde kein Vermögen einbringen, aber ein Mann von Ralphs Beschaffenheit hätte alle Aussichten gehabt, eines Tages mindestens Dekan, wenn nicht Bischof zu werden, und es war ein angesehener Beruf für jüngere Söhne. Wer sich hingegen als Baptistengeistlicher in irgendeinem westindischen Dorf vergrub, wo ein Weißer ohnehin höchstens ein paar Jahre dem gelben Fieber trotzen konnte, der begrub zugleich nicht nur jeden Ehrgeiz, sondern alle seine Gaben. William versuchte stets, sich über den Charakter seines Gegenübers schlüssig zu werden, und er glaubte, unter der Bußfertigkeit, die Ralphs Verhalten hoffentlich nur vorübergehend bestimmen würde, eine Einsatzbereitschaft zu entdecken, die seinen Bruder für eine leitende Stellung qualifizierte.

»Du könntest mir in Portishead von großem Nutzen sein«, sagte er übergangslos. »Mir fehlt ein Mann, der drunten in den Docks Berechnungen über die rentabelste Auslastung der Liegeplätze und Warenspeicher anstellt. Wenn du willst, kannst du morgen anfangen, und du sollst jede Möglichkeit bekommen, es weiterzubringen.«

»Begreifst du denn nicht, was Berufung ist?« fragte Ralph. »Du hast eine Tätigkeit, die genau deinen Neigungen und Gaben entspricht, und bist gewiß glücklich dabei. Aber in mir lebt etwas weit Stärkeres. Die unumstößliche Überzeugung nämlich, daß mir eine ganz bestimmte Wirkungsstätte, eine ganz bestimmte Arbeit zugedacht ist. Eine Fügung, wenn du so willst. Als läge es nicht in meiner Macht, einen anderen Weg zu wählen. Margaret wird es verstehen, denn auch sie folgt ihrer Berufung.«

William gelang es mit Mühe, seinen Groll zu unterdrücken. Im Gegensatz zu seinem Vater ließ er sein Mißfallen selten durchblicken.

Es war eine seiner besonderen Gaben, daß er wußte, wann ein Streit zu nichts führen würde. Im Augenblick zürnte er Ralph in dreifacher Hinsicht. Weil Ralph sein Talent vergraben und seine gesellschaftlichen Chancen in den Wind schlagen wollte; weil der Bruder, nachdem die Lorimers vor drei Generationen durch den wohlberechneten Übertritt einer Sekte in die Staatskirche ihr Ansehen gefestigt hatten, dieses Ansehen durch sein entgegengesetztes Vorhaben bedrohte; und schließlich aus dem prosaischen Grund, weil all das Geld, das er für Ralphs Ausbildung zur Verfügung gestellt hatte, verschwendet war.

Trotz alledem vermutete Ralph zu Unrecht, daß sein älterer Bruder die Kraft seiner Überzeugung nicht begreife. William konnte sich durchaus vorstellen, daß es so etwas wie eine Berufung gab, aber er hatte nichts dafür übrig. Er murmelte zunächst irgend etwas Unverständliches, das Ralph als Zustimmung werten mochte und ihm, William, dennoch die Wiederaufnahme der Diskussion zu einem günstigeren Zeitpunkt erlauben würde.

Ralph, der alles gesagt hatte, weswegen er gekommen war, zog sich erleichtert zurück, als der Butler meldete, einer von Williams Kapitänen wünsche den Hausherrn zu sprechen. Williams Miene verdüsterte sich bei dem Gedanken, daß ein solch ungebetener Besuch nur schlechte Nachricht bedeuten konnte; aber Captain Richards war gekommen, um ein Versehen wiedergutzumachen. Sein Schiff war am Vortag von einer Reise zur kalifornischen Küste nach Portishead zurückgekehrt. Der Captain hatte William bereits Bericht erstattet und das Logbuch sowie alle Frachtdokumente abgeliefert. Nun gestand er, daß er vergessen habe, einen privaten Auftrag auszuführen. Er hielt einen gefalteten und versiegelten Brief in der Hand.

»Hatte ihn vorsichtshalber in meiner Schiffskiste verwahrt, Sir«, sagte er. »Und ganz drauf vergessen, bis ich gestern abend nach Hause kam. Ein Gentleman in San Franzisko bat mich um die Gefälligkeit, den Brief weiterzugeben.«

William las die Adresse. Der Brief war an Miss Margaret Lorimer gerichtet.

»Ich kümmere mich darum«, sagte er; und fügte dann beiläufig hinzu: »Was für eine Art Gentleman?«

»Schwer zu sagen. In San Franzisko ziehen die sich komisch an. Da

trifft man einen, der aussieht wie ein Landstreicher, und dann gehört ihm eine Goldmine. Ein anderer ist so fein, daß er die Queen besuchen könnte, und man erfährt, daß er vom Kartenspielen lebt. Weder reich noch arm, der mit dem Brief, würde ich sagen. Ein ehrlicher Handelsmann vielleicht, sauber und ordentlich. Gutaussehender junger Mensch, soviel ich mich erinnere. Schätze, ungefähr in Ihrem Alter, Mister Lorimer.«
»Hat er Ihnen Fragen über Miss Lorimer gestellt? Zum Beispiel, ob sie noch in Bristol lebt?«
»Genau das, ja. Hab' ihm also gesagt, sie ist fort nach London und ich weiß nicht, wohin, aber ich werde Ihnen den Brief geben.«
»Vielen Dank«, sagte William. Eine Weile betrachtete er sinnend die Aufschrift, dann steckte er den Brief in eine Innentasche seines Rocks. Keine seiner Fragen war wirklich notwendig gewesen; sowenig wie die Prüfung der Handschrift. Es gab in San Franzisko viele Leute, die aus dem einen oder anderen Grund geschäftlich mit William Lorimer Verbindung suchen mochten. Aber es gab nur einen einzigen Menschen, der einen Brief an Margaret schicken würde. William biß sich ärgerlich auf die Unterlippe, während er überlegte, was zu tun sei. Er hatte gehofft, die Lorimers würden nie wieder von David Gregson hören.

4·

Ein zufriedenes Aussehen ist eine gefährliche Maske, wenn sich dahinter die geheime Sehnsucht nach Veränderung verbirgt. William beobachtete seine Schwester genau, als sie, kurz nachdem Captain Richards sich verabschiedet hatte, in Brinsley House eintraf. Wenn Margaret geahnt hätte, was von ihrem Verhalten an jenem Tag abhing, sie hätte vielleicht geseufzt und geschmachtet. Aber sie wußte es nicht, und so zeigte sie sich vergnügt und voller Tatendrang, bei der Party zu helfen.
Es war für William nicht schwierig, den Brief in seiner Tasche zu verschweigen, bis er Zeit finden würde, gründlich über den Fall nachzudenken. Margaret würde nicht aus heiterem Himmel einen Namen erwähnen, der in Brinsley House seit drei Jahren nicht mehr ausgesprochen wurde. Und der Geburtstagstrubel tat ein übriges,

denn sie eilte unverzüglich zu Beatrice, von der sie sehnlichst erwartet wurde. Die Kleine vergaß ihre Enttäuschung darüber, daß Ralph mit leeren Händen gekommen war, als aus einer Schachtel, die Margaret mitgebracht hatte, eine rotbäckige Holländerpuppe zum Vorschein kam.

Schon trafen die ersten jungen Gäste mit ihren Kindermädchen ein. Weiße Musselinkleidchen und himmelblaue Schärpen flatterten über den Rasen wie ein plötzlich eingefallener Schwarm Schmetterlinge. Es war ein reizendes Bild. William bemerkte indes mit Mißvergnügen, daß Arthur, der nun fast vier Jahre alt war und verständiger sein sollte, einen der Grashänge hinuntergerutscht war und grüne Flecken auf seinem seidenen Anzug hatte. Die Aufregung des Knaben machte sich in Lärm und Ungebärdigkeit Luft. Er jagte die kleinen Mädchen, sprang an ihnen hoch, um sie an den Haarbändern zu ziehen, bis Margaret ihm zur Beruhigung auftrug, für das Spiel »Ziehet durch die goldne Brücke« die erste Brücke zu bilden. Matthew hingegen hielt sich abseits, er wußte, daß er für Kleinmädchenspiele schon zu groß war, und übernahm lieber die Pflichten des Gastgebers. Sooft eine der Kleinen stolperte und hinfiel, half er ihr flugs beim Aufstehen, aber nur, um zwischendurch wieder stocksteif und feierlich oben an der Steintreppe Aufstellung zu nehmen.

William nahm die ernste Höflichkeit seines Ältesten mit einem Stolz zur Kenntnis, der sich auf die ganze Veranstaltung erstreckte. Wer hätte vor vier Jahren geglaubt, daß die Kinder der ersten Familien Bristols jemals als seine Gäste im Garten von Brinsley House spielen würden? Ein schöner und schneller Erfolg. William sah eine Weile aus dem Fenster der Bibliothek hinaus auf den Rasen und nickte wohlgefällig. Dann wandte er seine Gedanken wieder Margaret und dem Brief zu.

Während des Nachmittags ergab sich keine Gelegenheit, mit ihr zu sprechen. Als die Teestunde gekommen war, wachte sie im Hintergrund darüber, daß kein schüchternes Kind zu kurz kam und kein Marmeladenklecks zu Tränen führte. Nach dem Tee saß sie neben Beatrice, als der Zauberkünstler Tauben aus dem Zylinder und ellenweise seidene Taschentücher aus dem Ärmel hexte. Erst am Abend, nachdem die Gäste gegangen und die Kinder nach oben gebracht waren, konnte William sie auf die Probe stellen. Die vier Er-

wachsenen saßen im Wohnzimmer. William fragte zuerst nach den Fortschritten von Margarets Studien.
Sie strahlte über seine Anteilnahme.
»Im Sommer mußte ich mehrere Prüfungen ablegen«, sagte sie. »Aber sie waren nicht so schwer wie die erste medizinische Staatsprüfung, das Physikum. Am schwersten wird die Approbation sein. Wenn ich mich hinlänglich vorbereitet fühle, werde ich mich für kommenden Juli anmelden.«
»Was wird bei dieser Prüfung alles verlangt?« fragte Ralph, der sich für die Examina seiner Schwester interessierte, da seine eigenen erst kurze Zeit zurücklagen.
»Alles mögliche. Pathologie, Chirurgie, Geburtshilfe, Allgemeinmedizin und Gerichtsmedizin. Sogar Toxikologie. In jedem Fach ist neben der schriftlichen Arbeit auch eine mündliche Prüfung abzulegen, dazu kommen praktische und theoretische Prüfungen in Pathologie. Mir wird schon Angst, wenn ich nur daran denke.« Aber sie lächelte bei diesen Worten, so daß William, der sie nicht aus den Augen ließ, sehen konnte, wie sehr die Herausforderung sie mit freudiger Erregung erfüllte.
»Also wirst du auch noch das jetzt folgende Jahr hindurch studieren?« erkundigte er sich.
»Ja, wenngleich sich einiges ändern wird. Wir müssen zwar weiterhin Vorlesungen besuchen, werden aber den größten Teil der Zeit in Hospitälern zubringen, um uns mit möglichst verschiedenen Krankheitsfällen vertraut zu machen. Mein Praktikum in Geburtshilfe ist bereits abgeschlossen. Seit Juni habe ich fünfundsechzig Kindern in die Welt geholfen. Vom nächsten Montag an werde ich als Gehilfin des Leitenden Arztes im Kinderspital von Ost-London arbeiten. Darauf freue ich mich schon sehr. Drei Jahre lang habe ich Leichen seziert. Die Betreuung von Patienten, denen man die Gesundheit wiedergeben kann, ist eine herrliche Aufgabe.«
William konnte nur mühsam seine Abscheu vor den Schilderungen verbergen, die Margaret so selbstverständlich von sich gab. Das Zerschneiden von Leichen konnte man beim besten Willen nicht als damenhafte Beschäftigung bezeichnen. Doch er war ein Mann, der unter allen Umständen den Erfolg zu würdigen wußte, und er hatte bereits unter der Hand Erkundigungen eingezogen. Zum Beispiel wußte er, daß die Prüfungen, die den Studiengang der Mediziner

begleiteten, außerordentlich streng waren. Jede dieser Prüfungen schon beim ersten Versuch zu bestehen, wie Margaret dies bisher gelungen war, bedeutete eine nicht zu verachtende Leistung. Und im übrigen fand er es müßig, einen Entschluß zu bedauern, der längst getroffen und in die Praxis umgesetzt worden war. Nun ging es ihm nur noch darum, ob Margaret bei ihrer Arbeit glücklich war. Die Antwort lag auf der Hand. Margarets zugleich zuversichtliches und aufgeregtes Lächeln hätte das Herz eines mitfühlenderen Menschen erwärmt. William bestätigte es nur in seiner Ansicht, wonach seine Schwester sich offensichtlich ein Leben ganz nach ihrem Sinn geschaffen habe, das keine Störung erfahren dürfe. Während er mit sich zu Rate ging, übernahm Ralph das Fragen.

»Hast du vor, dich nach der Approbation für eine Fachrichtung zu spezialisieren?« erkundigte er sich.

»Ja, entweder auf Kinderheilkunde oder auf Geburtshilfe«, erwiderte Margaret. »Ich schwanke noch zwischen diesen beiden Fächern. Jedes hat den Vorzug, daß zumindest bei den Patienten wenig Vorurteile gegen Frauen herrschen, was nicht der Fall wäre, wenn ich mich als praktische Ärztin niederlassen würde.«

»Liegen Miss Mortons Interessen im gleichen Bereich wie die deinen?« frage Ralph in beiläufigem Ton.

»Nein, Lydia hat ihren eigenen Lieblingsplan«, sagte Margaret. »Wenn sie wählen dürfte, so würde sie wohl als Missionsärztin nach Indien gehen. Auf diesen Gedanken haben sie einige unserer Kommilitonen gebracht, die dort arbeiten und zu Fortbildungskursen nach England gekommen sind. Aber Mr. Morton geht es gesundheitlich nicht gut, und für Mrs. Morton wäre es schrecklich, ihre Tochter Lydia in so weiter Ferne zu wissen. Also beabsichtigt Lydia, sich der öffentlichen Gesundheitspflege zu widmen. Auf diesem Gebiet gibt es noch viel zu lernen, und vieles ist zwar bereits bekannt, wird indessen noch nicht angewendet. Sogar in den Krankenhäusern entschließen sich die älteren Ärzte und Pflegerinnen nur widerwillig zu Desinfektionsmaßnahmen oder auch nur zur Reinlichkeit. Ich bin jeden Tag entsetzt über das, was ich zu sehen bekomme. Wir werden zur Zurückhaltung ermahnt, um der weiblichen Studenten willen, die nach uns kommen, aber manchmal fällt es schwer, den Mund zu halten.«

Das Gespräch ging noch eine Weile hin und her, bis Sophie aufstand, um zu zeigen, wie sehr das Thema sie langweilte. William hörte zu, beobachtete und überlegte. Nachdem die anderen gute Nacht gewünscht hatten, saß er noch eine halbe Stunde allein in der Bibliothek. Vor ihm auf dem Schreibtisch lag der Brief, der ihn den ganzen Abend hindurch beschäftigt hatte.

Margaret wußte noch nichts von Ralphs Entschluß, Baptistenmissionar zu werden, und ebensowenig von der Unterredung, die am Nachmittag zwischen den beiden Brüdern stattgefunden hatte. Sie wäre empört gewesen, hätte sie entdeckt, daß William, weil er Ralphs Studium in Oxford nun als hinausgeworfenes Geld betrachten mußte, wenigstens dafür sorgen wollte, daß nicht auch die Ausbildung seiner Schwester nur Vergeudung gewesen war – oder daß er, weil er durch Ralph eine gesellschaftliche Einbuße fürchtete, seine Schwester von der Verbindung mit einem Landflüchtigen abhalten wollte, von dem man allenfalls sagen konnte, er sei »vielleicht ein braver Handelsmann«.

William wußte genau, daß er unrecht tat, über Margarets Zukunft zu entscheiden, ohne ihre eigene Meinung zu hören, aber er wollte sich nicht auf eine Auseinandersetzung mit ihr einlassen. Wie sein Vater hielt auch er sich für berechtigt, familiäre Entscheidungen allein zu treffen, auch wenn sie andere mehr berührten als ihn selber.

Er starrte auf den Schreibtisch und ließ die Finger auf der Platte trommeln. Obwohl er überlegte, ob er den Brief vernichten solle oder nicht, kam es ihm keine Sekunde lang in den Sinn, ihn zu öffnen und zu lesen. Eine solche Handlung wäre unehrenhaft, während der Entschluß, zu dem er sich durchringen wollte, allen zum Besten gereichen mochte.

Vielleicht war er auch deshalb nicht versucht, den Brief zu lesen, weil er den Inhalt zu kennen glaubte. David Gregson, der noch immer von der Polizei steckbrieflich gesucht wurde, würde nicht seine Entdeckung riskieren, nur um einen Streit fortzusetzen. Ein Brief an Margaret konnte nur einen einzigen Zweck haben – nämlich, eine Versöhnung herbeizuführen. William wußte über die Einzelheiten nicht Bescheid, aber aus der Verzweiflung seiner Schwester hatte er damals geschlossen, daß sie ihren Liebsten im Unfrieden fortgeschickt hatte und es bitterlich bereute.

Man würde folglich von der Annahme ausgehen müssen, daß dieser Brief sie aufforderte, nach San Franzisko zu reisen und einen Mann zu heiraten, der nach so langer Zeit für sie beinah ein Fremder sein mußte. William wußte recht gut, daß junge Frauen einer Aufforderung dieser Art schwerlich zu widerstehen vermochten, und erachtete es daher für seine Pflicht, an Margarets Stelle die vernünftigere Lösung zu wählen. Vor vier Jahren wäre sie in einer solchen Ehe vielleicht glücklich geworden. Aber heute?

Ralph hatte gesagt, Margaret würde verstehen, was Berufung bedeute, da sie selber einem inneren Ruf gefolgt war. Auch wenn William dies nicht schon längst gespürt hätte, so hätte ihn das Gespräch an diesem Abend ein für allemal davon überzeugt. Er würde seiner Schwester nichts Gutes tun, wenn er sie jetzt an dieser Berufung irremachte. Die Ausbildung machte ihr Freude, und die Aussicht auf ein Leben, das – was immer William davon halten mochte – segensreich für sie selber und für die Gesellschaft wäre, erfüllte sie mit Befriedigung. Während der vergangenen vier Jahre hatte sie kein einziges Mal erkennen lassen, daß sie dem aufgelösten Verlöbnis nachtrauere. Ihr jetziger Gemütszustand war heiter und ausgeglichen.

Wie würde er sich verändern, wenn sie plötzlich erführe, daß eine totgeglaubte Beziehung wieder zum Leben erweckt werden könnte? Zum einen würde sie sich unter Seelenqualen darüber klarwerden müssen, was sie für einen Mann empfand, den sie seit Jahren nicht gesehen hatte. Sie selber hatte sich in dieser Zeit sehr verändert, und David Gregson bestimmt auch, und doch müßte sie ihre Wahl treffen, ehe sie ihn wiedersehen könnte. Und zweitens würde sie, falls sie sich zu diesem Schritt entschlösse, von Schuldgefühlen gequält werden, weil ihre ganze bisherige Ausbildung, der noch die unerläßlichen praktischen Übungen fehlten, damit wertlos würde. Sollte sie sich hingegen zum Bleiben entschließen, so müßten sie unweigerlich von Zeit zu Zeit Zweifel an der Richtigkeit ihrer Wahl ankommen. Diese Ungewißheit konnte ein Leben zerstören, das alle Aussichten hatte, glücklich zu werden.

Und noch einen Punkt galt es zu bedenken. Wenn Margaret und David Gregson sich wieder begegneten, so würden sie fraglos über die Vorgänge in Lorimer's Bank während der Monate vor dem Zusammenbruch sprechen. Es gab etwas, das Margaret nicht wußte und auch nicht erfahren sollte: nämlich, daß der Tod ihres Vaters eine ganze Reihe von Fragen unbeantwortet gelassen hatte, obwohl die Gläubiger Himmel und Hölle in Bewegung setzten. Es handelte

sich schlicht darum, daß John Junius' Vermögen sich in den Jahren vor seinem Tod beträchtlich verringert hatte, ohne daß sich feststellen ließ, wo die fehlenden Summen geblieben waren.
Das Geheimnis von Georgianas Rubinschmuck war nie zufriedenstellend aufgeklärt worden. Im Zuge des Konkursverfahrens hatte sich herausgestellt, daß John Junius in aller Stille die wertvollsten Stücke seiner Jade-Sammlung beiseite geschafft und durch billige Imitationen ersetzt hatte, damit die Lücken nicht auffielen. Er hatte behauptet – so jedenfalls sagte Margaret damals aus –, daß die unschätzbaren Exponate sicherheitshalber in den Tresor der Lorimer's Bank verbracht worden seien, indes wurden dort weder die Stücke noch irgendein Hinweis auf ihren Verbleib entdeckt. William hatte anfänglich vermutet, John Junius habe sie verkauft, um den Anschaffungspreis für die Rubine aufzubringen, aber die spätere Entdeckung, daß auch das Geschmeide nur eine Fälschung war, gab neue Rätsel auf.
Die Lösung war noch immer nicht gefunden, und William zerbrach sich häufig den Kopf über diese Fragen. Für ihn stand fest, daß sein Vater versucht hatte, eine möglichst hohe Geldsumme vor dem Ruin, den er kommen sah, beiseite zu bringen und daß er dies getan hatte, damit seine Familie nicht Not leiden müsse. Das Unglück aber wollte es, daß er starb, ohne seinem ältesten Sohn das Versteck dieser Rücklagen zu verraten. William war überzeugt, daß er eines Tages auf die Lösung dieses Rätsels kommen und einen verborgenen Schatz finden würde; aber bis es soweit war, lag es nicht in seinem Interesse, daß irgend jemand anderer sich an den mysteriösen Vermögensschwund erinnerte, der damals so viel Aufregung verursacht hatte und nun gottlob weitgehend in Vergessenheit geraten war. David Gregson und Margaret könnten durch eine neuerliche Erörterung der Ereignisse, die ihre Trennung herbeigeführt hatten, unwillentlich eine Diskussion wieder in Gang bringen, die man besser ruhen ließe.
Allerdings wären die beiden dann Tausende von Meilen entfernt. Welchen Schaden könnten sie dann überhaupt anrichten? William mußte sich eingestehen, daß sein letzter Einwand gegen die Erneuerung der alten Bande nicht der Sorge um Margaret entsprang. Die übrigen Argumente wohl. Noch eine ganze Weile starrte er auf den ungeöffneten Brief, der vor ihm lag. Dann faßte er seinen Entschluß.

Margaret hatte ihre Wahl getroffen. Sie war seither glücklich gewesen und würde nur aufs neue in Unsicherheit stürzen, wenn man sie noch einmal vor die gleiche Wahl stellte. Wie immer sie sich entscheiden würde, der Gedanke an das, was sie hatte aufgeben müssen, würde sie unglücklich machen. Wer ihr wohlwollte, durfte sie nicht in eine solche Lage bringen. Die Vergangenheit, dachte William, läßt man am besten ruhen.
Gewissensbisse plagten ihn nicht. Er hatte die Angelegenheit sorgfältig durchdacht und war überzeugt, daß der Schluß, zu dem er als Oberhaupt der Familie gelangt war, zu Margarets Bestem sein würde. Und niemand würde je davon erfahren. Er entzündete an der Schreibtischlampe einen Fidibus und führte ihn an den Brief aus San Franzisko, den er an einer Ecke festhielt, bis die Flamme ihm Daumen und Zeigefinger versengte. Dann ließ er das verkohlte Blatt in den Kamin fallen und zerstieß es mit dem Schürhaken zu Asche.

ZWEITER TEIL

Margaret und Charles

1.

Medizinstudenten, die in engster Nachbarschaft mit dem Tod arbeiten müssen, neigen von jeher und in aller Herren Länder dazu, ihre Freizeit mit möglichst robusten Kundgebungen von Lebensfreude auszufüllen. Die jungen Damen von der Medizinischen Ausbildungsanstalt für Frauen machten keine Ausnahme von dieser Regel. Gewiß, sie balgten sich nicht beim Rugby herum, ruderten nicht in schwankenden Booten flußauf und flußab und machten nicht im Verlauf feuchtfröhlicher Abende Jagd auf Polizistenhelme. Aber sie legten eine unbekümmerte Lustigkeit an den Tag, die Margaret anfangs höchst ungewöhnlich, bald schon jedoch ganz selbstverständlich vorkam. Im Jahr des Unheils 1878 hatte sie geglaubt, nie wieder glücklich sein zu können. Nun, vier Jahre später, schien es ihr, wenn sie Abend für Abend erschöpft ins Bett sank, als wäre sie vordem noch nie glücklich gewesen.

Die Clique hatte ihre Privatsprache. Als am ersten Tag des Vorkursus eine alphabetische Liste der neuen Studentinnen angeschlagen war, konnten sie feststellen, daß jeder der ersten fünfzehn Buchstaben des Alphabets vertreten war, und zwar nur durch einen einzigen Namen. Sie nannten sich die Alpha-Beta-Klasse und verwendeten untereinander nicht ihre vollen Namen, sondern nur die Anfangsbuchstaben. Sie stickten diese Initialen auf die weißen Leinenkittel, die sie in den Krankensälen trugen, so daß auch Patienten und Lehrer den Brauch schnell übernahmen. Sogar Margaret und Lydia, die schon so lange befreundet waren, fügten sich während des Semesters diesem Sprachgebrauch und wurden Miss L. und Miss M.

Miss Lorimer und Miss Morton gab es nur in den Ferien. Es war, als wäre man gestorben und neu geboren worden, dachte Margaret manchmal: Sie war ein anderer Mensch geworden. Kaum zu glauben, daß das Mädchen, das sich in Bristol nach besten Kräften bemüht hatte, wenigstens ein paar Stunden im Tag nutzbringend zu verwenden, sie selbst gewesen sein sollte.

Die Arbeit war von Anfang an schwer gewesen. Während des Vorkursus war Margaret manchmal fest überzeugt, daß sie nie und nimmer zum regulären Studium zugelassen würde – oder, sollte es dennoch der Fall sein, daß sie den Anforderungen der höheren Semester nicht gewachsen wäre. Später entdeckte sie, daß man in den ersten Monaten besonders viel verlangte, um Eignung und Ausdauer auf die Probe zu stellen. Wenn Ralph ihr während dieser Zeit aus Oxford besorgte Briefe schrieb und die Hoffnung ausdrückte, sie werde den Versuchungen und Fallen des Lebens in London auszuweichen wissen, so konnte sie ihn beruhigen: Sie habe noch nicht einmal Zeit gehabt, herauszufinden, worin diese Versuchungen bestünden.

Dagegen hatte sie reichlich Zeit gehabt, die Armut und den Schmutz kennenzulernen, in denen so viele Londoner lebten. Ihre Arbeit als Hebamme hatte sie oft mitten in der Nacht in finstere und übelriechende Gegenden geführt, wo sich verwahrloste Mietskasernen wie haltsuchend aneinanderdrängten. Sie machte Bekanntschaft mit Trunkenheit und unflätigen Reden und erschrak auch bald nicht mehr vor den hastigen Schritten eines Diebes, den sie bei der Arbeit gestört hatte – Babys kamen mit Vorliebe um zwei oder drei Uhr nachts zur Welt –, oder beim Anblick einer in Zeitungspapier gewickelten Gestalt, eines Schläfers, der am nächsten Morgen wieder erwachen mochte oder auch nicht.

Sogar in der übelsten Gegend fühlte sie sich nie in Gefahr. Der Bote, der sie geholt hatte, ein Ehemann, ein Kind oder ein Nachbar der Frau, die in Wehen lag, geleitete sie stets in die Slums und wieder heraus und rief dabei durch die leeren Straßen »Platz für den Doktor«, so daß am Zweck ihres nächtlichen Ausflugs kein Zweifel bestehen konnte. Schon als junges Mädchen war sie nie ängstlich gewesen, und nun fand sie es ganz selbstverständlich, daß sie dorthin ging, wo sie benötigt wurde.

Dank dieser Einstellung und ihrer Erfahrung nahm sie auch an den Zuständen im Kinderspital, wo sie am Montag nach Beatrices Geburtstag zu arbeiten begann, keinen Anstoß. Das Haus war früher

ein Warenspeicher gewesen, und der neue Verwendungszweck hatte keinerlei bauliche Veränderungen mit sich gebracht. Man hatte hundert Eisenbetten und zwanzig hölzerne Wiegen hineingestellt, aber im übrigen waren die Kinder kaum besser untergebracht als früher die Säcke mit Gewürznelken oder Ingwer, deren Geruch noch immer im Raum schwebte. Die Wände waren aus Holz und mit Öffnungen versehen, aus denen noch die alten Aufzugsbühnen ragten. Im Sommer mochte diese Luftzufuhr willkommen gewesen sein, dachte Margaret, als sie im September ihren Dienst antrat. Wie aber sollte man die jungen Patienten vor der Feuchtigkeit des Herbstes, vor Nebel und eisigen Winterstürmen schützen?
Die Kälte stand erst noch bevor, aber die Feuchtigkeit bildete schon jetzt ein Problem. Das Lagerhaus stand halb auf festem Boden, halb auf Pfählen, die ins Flußbett gerammt waren. Die Flut, die um die herbstliche Tagundnachtgleiche einen Höhepunkt erreichte, schlug gegen den Fußboden des über dem Wasser errichteten Teils und spritzte seitlich fast in die Fenster. Das Holzwerk war daher völlig durchnäßt und zum Teil sogar angefault.
Im fensterlosen Erdgeschoß waren keine Kinder untergebracht. Hier wurden Neuankömmlinge beim Schein aufgehängter Öllampen von Jamie, dem Pförtner, in Empfang genommen, einem Riesen mit kräftigen Muskeln und beschränktem Verstand. Er konnte unter der niedrigen Zimmerdecke nicht aufrecht stehen, und selbst wenn er sich in gebückter Haltung bewegte, stieß er mit dem Kopf an die Lampen, daß sie schaukelten. Aber er war freundlich und harmlos und trug die Kinder, als wären sie Schneeflocken, mühelos die steilen Leitern hinauf, die durch Falltüren zum Oberstock führten.
Dort verbrachte Margaret arbeitsreiche Tage. Jeden Vormittag begleitete sie den Anstaltsarzt, Dr. Ferguson, bei seiner Morgenvisite durch die beiden langen Reihen von Betten, von einem Kind zum anderen. Bereits am ersten Tag stellte sie mit Erleichterung fest, daß Dr. Ferguson keine Vorurteile gegen weibliche Ärzte hegte. Er meinte allerdings, daß sie sich auf die Kinderheilkunde beschränken sollten, aber da er sie in ebendiesem Fach unterwies, entstanden zwischen ihnen keine Spannungen. Margaret hatte sogar den Eindruck, daß er sich besonders viel Mühe mit ihr gab, als hoffte er, ihr durch diese sorgfältige Ausbildung die Fachrichtung schmackhaft

zu machen. Er ließ sie selbständig Untersuchungen durchführen und hörte sich ihre Meinung an, ehe er sich über die Krankheit und deren Behandlung äußerte. Das Spital hatte keine chirurgische Abteilung. Sogar die mildtätigen Optimisten, die in diesem baufälligen Lagerhaus eine Stätte der Pflege und Heilung zu erblicken vermocht hatten, mußten einsehen, daß für operative Eingriffe alle Voraussetzungen fehlten.

Im Anschluß an die Visite machte Margaret ihre Notizen, und dann war es auch schon Zeit, bei der Versorgung der ambulanten Patienten zu helfen. Offiziell war sie mit der Führung der Krankenblätter betraut, aber man hatte von Anfang an auch praktische Handreichungen von ihr erwartet. Die Gegend war eine der ärmsten in ganz London, und die Kinder hier schienen entweder besonders mutwillig oder besonders vom Pech verfolgt zu sein. Sie plumpsten durch verfaulte Bodenbretter, wurden von schwingenden Kranlasten getroffen, halb ertrunken aus Hafenbecken gefischt, im Bett von Ratten gebissen. Die Last der Verantwortung erschien Margaret in den ersten Tagen ungeheuerlich, aber sie kam vor Arbeit nicht dazu, zu überlegen, ob sie auch alles richtig gemacht habe. Sie gab Ratschläge bei Krampfanfällen, schiente gebrochene Gliedmaßen und stellte die Ursache von Rötungen und Ausschlägen fest, ehe sie die Betroffenen in das Seuchenkrankenhaus einwies. Jeden Abend kam sie so erschöpft nach Hause, daß sie gerade noch bei Tisch mit Lydia ihre Erfahrungen austauschen konnte, ehe sie ins Bett sank.

Als sie in der sechsten Woche das Kinderspital betrat, fiel ihr sofort die seltsam veränderte Atmosphäre auf. Der Grund für die Veränderung war schwer zu definieren. Man hörte ein Geschrei, als ob sämtliche Säuglinge zugleich in ihren Wiegen brüllten, in der Luft hing der Geruch nach Erbrochenem, aber das war normal. Die älteren Kinder, die auch die Krankheit nicht zu zähmen vermochte, bewarfen sich gegenseitig in ihren Betten mit allem, was sie zu fassen bekamen; und sogar einige Schwerkranke, von denen man nur die weißen Gesichter über den scharlachroten Decken sah, brachten die Kraft auf, von Zeit zu Zeit ein herzhaftes Schmähwort zu schreien, obwohl sie danach minutenlang keuchend um Atem ringen mußten.

Aber das war gleichfalls nur normal, und leider auch die Tatsache, daß einige Kinder mit geschlossenen Augen dalagen und zu schwach waren, zum allgemeinen Lärmen und Toben beizutragen. Ein solches Kind lag in dem Bett neben der Falltür, durch die Margaret den Saal betreten hatte. Sie blickte besorgt auf das totenbleiche Gesicht und die blauen Lippen des Jungen und fühlte ihm den Puls, ohne erst ihren Mantel auszuziehen. Sein Bettnachbar, ein lustiger Bursche mit einer weißen Narbe über der Stirn, dem Andenken an einen Wutanfall des betrunkenen Vaters, meinte sachkundig:

»Der kratzt ab, Miss.«

Margaret erwiderte nichts. Sie schob den Vorhang beiseite, der den winzigen Verschlag der Schwester vom Krankensaal trennte, und ließ ihn hinter sich wieder zufallen.

»Peter ist tot«, sagte sie.

Die Schwester – eine ältere, adrette Frau mit langem Kleid und steif gestärkter Haube und Manschetten – nickte ernst.

»Vor zehn Minuten«, sagte sie. »Ich rufe dann gleich Jamie, daß er ihn holt. Aber wir hatten einen dringenden Fall hier. Das Bein des kleinen Kelly. Wundbrand. Er konnte nicht mehr allein gehen. Das St.-Bartholomew-Krankenhaus hat einen Chirurgen geschickt, der die Amputation macht. Ich möchte zur Hand sein, wenn er fertig ist. Hoffen wir also, daß noch keines der Kinder merkt, was mit Peter passiert ist.«

Die Operation erklärte alles. Die Kinder hatten sämtlich Angst vor dem »Abschneiden«. Es geschah hier nur in den allerdringendsten Fällen, aber sooft ein Chirurg auftauchte, herrschte die gleiche Spannung wie in einem Gefängnis am Hinrichtungstag. Und die jungen Patienten kämpften ebenso wild gegen die Narkose, wie sie gegen das Messer angekämpft hätten, sie schrien so laut, daß sogar die lärmendsten Saalinsassen verstummten. Auch Jamie, der das Kind festhalten mußte, bis die Narkose ihre Wirkung tat, erfüllte diese Pflicht nur widerstrebend. Er hatte Kinder gern und wollte immer nett zu ihnen sein. Seine beschränkte Intelligenz konnte nicht begreifen, daß man ein Kind zu dessen eigenem Besten nötigen und leiden lassen konnte. Jamie tat, was ihm befohlen wurde, aber er tat es ungern.

Als Margaret gerade ihren Mantel an den Haken hing, wurde der Vorhang abermals beiseite geschoben. Der Fremde, der hereinkam – ein Mann um die Dreißig –, war fast so groß wie Jamie. Er hatte dichtes blondes Haar und blaue Augen, die bekümmert aus dem kräftigen und hübschen Gesicht blickten.

Der junge Chirurg wirkte auf den ersten Blick überwältigend, denn er war nicht nur sehr groß, sondern auch breitschultrig und muskulös. Margaret trat einen Schritt zurück, als wollte sie in dem winzigen Verschlag Platz zum Atmen schaffen. Sie sah die frischen Blutflecken auf seinem Arztmantel; das Sägemehl, das an seinen Stiefeln klebte, war gleichfalls blutrot.

»Ich mußte das Bein über dem Knie abnehmen, Schwester«, sagte er. »Und auch jetzt noch ...« Er zuckte mitleidig die Achseln. »Ich habe keine große Hoffnung. Sie sollten seine Mutter holen lassen.«

»Hat keine Eltern«, sagte die Schwester. »Hat als Straßenfeger gearbeitet, ein hartes Leben. Drum ist er auch fast acht Tage lang mit einem rostigen Nagel im Fuß rumgelaufen.«

»Ich verstehe. Also, halten Sie ihn warm. Etwas Heißes zu trinken, sooft er es zu sich nehmen kann. Die beste Medizin wäre ein bißchen Brandy, wenn Sie das haben. Ein paar Stunden lang wird er noch keine Schmerzen spüren. Ich komme am Abend wieder und sehe nach, was er macht.«

»Vielen Dank, Herr Doktor«, sagte die Schwester. »Wir sind Ihnen wirklich sehr dankbar.«

Er trat zurück und hob die Hand über den Kopf, um den Vorhang beiseitezuschieben. Dabei blickte er Margaret zum erstenmal an. Sie hatte den Eindruck, daß er überlegte, denn er runzelte die Stirn und verharrte eine Weile bewegungslos, wie beim Fotografen. Dann schüttelte er fast unmerklich den Kopf. Die Frage, die er sich gestellt hatte, war offenbar keines Nachdenkens wert. Er tauchte unter dem Balken weg und Sekunden später konnte man hören, wie er die Leiter hinunterkletterte und dann zu Boden sprang.

Margaret starrte auf die Stelle, wo er gestanden hatte. Hätte er ohne Zögern den Raum wieder verlassen, so wäre sie nie auf den Gedanken gekommen, daß sie ihn schon einmal gesehen habe. Aber sein Stutzen wirkte ansteckend. Das Gesicht kam ihr bekannt vor, aber sie konnte sich nicht erinnern, bei welcher Gelegenheit sie einander schon begegnet waren. Ihm war es sichtlich genauso ergangen. Vielleicht würde sein Name einen Hinweis liefern.

»Wer war der Chirurg?« fragte sie die Schwester.

»Ich weiß nicht, er hat seinen Namen nicht genannt«, sagte die Schwester gleichgültig. »Er hat nur gesagt, daß ihn sein Chefarzt schickt, und gefragt, wo der Junge ist. Ich war so froh über sein Kommen, daß wir uns gar nicht bekanntgemacht haben.«
Aus dem Saal gellte ein hysterischer Schrei.
»Er ist abgekratzt. Schwester, schnell. Peter ist abgekratzt.«
»Das wird ein schlimmer Tag«, sagte die Schwester. »Als ich heute früh den kleinen Kelly sah, hab ich gedacht, der Tag geht schon mit dem dicken Ende an, aber jetzt spür ich's in allen Knochen, daß uns noch mehr bevorsteht. Ein schlimmer Tag.«
Sie eilte hinaus in den Saal. Margaret hörte, wie sie mit erzwungener Barschheit Mickey befahl, wieder ins Bett zu gehen und Johnny, mit diesem gräßlichen Geschrei aufzuhören. Jamie wurde gerufen und kam die Leiter herauf. Der Gedanke an die Operation bedrückte ihn noch immer. Auch eine junge Pflegerin kam von der anderen Seite herbeigeeilt, um zu helfen. Margaret beobachtete die Vorgänge durch einen Vorhangspalt, fand es aber besser, nicht einzugreifen. Sie wurde nicht, wie die Schwester, von düsteren Ahnungen geplagt. Die kurze Begegnung mit dem Chirurgen beschäftigte ihre Gedanken noch immer. Er sah gut aus. Wer immer er sein mochte, sie würde ihn gern wiedersehen.
Nichts leichter als das, dachte sie. Er hatte versprochen, am Abend nochmals vorbeizukommen. Wenn sie ein wenig länger bliebe als gewöhnlich, so könnte sie ihn bitten, mit ihr über die Auswirkungen der Operation zu sprechen.
Die Schwester vereitelte unabsichtlich diesen Plan. Das Kinderspital tätigte keine nächtlichen Notaufnahmen; und weil es in dem langen Krankensaal außer den Lampen, die die Pflegerinnen trugen, keine Beleuchtung gab, wurden die Patienten schlafen gelegt, sobald es dunkel wurde. An diesem Abend nun fiel die Dämmerung schon früh ein, denn die ersten herbstlichen Seenebel kamen flußauf gerollt und fingen sich unter der Rauchglocke, die um diese Jahreszeit über den Dächern Londons hing. Margaret hatte ihre Tageseintragungen besonders langsam und gewissenhaft vorgenommen, aber um sechs Uhr war klar, daß es im Spital für sie nichts mehr zu tun gab. Dr. Ferguson war schon vor längerer Zeit gegangen, und die Schwester beobachtete stirnrunzelnd, wie der dicke gelbe Nebel sich immer dichter um das Haus schloß.

»Sie sollten sich auf den Weg machen, Miss L.« Auch die Schwester benutzte nur Margarets Anfangsbuchstaben anstatt des vollen Namens. »In einer halben Stunde wird es gefährlich sein auf den Straßen. Lassen Sie sich von Jamie zur Haltestelle begleiten.«

»Nein, vielen Dank, Schwester. Das ist nicht nötig.« Sogar an seinen besten Tagen mußte man Jamie immer einen Zettel mit der Adresse in die Tasche stecken, weil er sich so leicht verlief. Im Nebel würde er nie und nimmer ins Spital zurückfinden. Außerdem würde der Chirurg bei diesem Wetter vermutlich doch nicht kommen, also hatte es keinen Sinn, daß sie noch länger zögerte.

Sie raffte den Mantel eng um sich, stieg die Leiter hinab und rief Jamie ein munteres »Gute Nacht« zu. Er stolperte im Halbdunkel herum, brummte vor sich hin und gab keine Antwort. Margaret trat rasch aus dem Haus. Der Nebel war noch nicht sehr dicht, wirbelte aber in hohen Säulen, die wie wandelnde Gespenster aussahen, durch die Straßen. Noch konnte sie die Häuser auf der anderen Seite deutlich sehen, aber im nächsten Moment waren sie verschwunden und mit ihnen jeder Laut. Sogar ihre eigenen Schritte waren nur schwach zu hören, als sie sich endlich widerstrebend zum Weggehen entschloß.

Zweimal glaubte sie, ein Pferd näher kommen zu hören: Zweimal blieb sie stehen, lauschte und sagte sich dann, sie habe sich das Geräusch nur eingebildet. Beim zweitenmal machte sie länger halt, um sich selber die Leviten zu lesen. Was fiel ihr eigentlich ein, daß sie trödelte wie ein Ladenmädchen? Wollte sie sich etwa einem vielbeschäftigten Spezialisten aufdrängen, der keinen Grund hatte, ihr einen zweiten Blick zu schenken? Margaret war über ihr eigenes Verhalten bestürzt. Sie war fünfundzwanzig Jahre alt und hing mit ganzem Herzen an dem erwählten Beruf. Sie hatte einst einen Mann geliebt und würde nie einen anderen lieben. Ihr Leben als Ärztin lag klar vor ihr. Wie konnte sie sich durch den kurzen Blick eines Fremden so aus der Ruhe bringen lassen? Sie beschloß, ihn auf der Stelle wieder zu vergessen.

Nach diesem Entschluß machte sie mindestens zwei rasche Schritte, ehe sie erneut einen Vorwand zum Stehenbleiben fand. Der Nebel, der jetzt dicker geworden war, drückte den schwarzen Rauch aus einer Million Schornsteinen herunter, und die Luft in der Straße war voller Grus. Margaret konnte sich nicht erinnern, jemals so

stickige Luft geatmet zu haben, sie fing an zu husten. Sie nahm ihr Halstuch ab und band es sich wie eine Maske um den Mund. In diesem Augenblick hörte sie den Hufschlag eines Pferdes und das Rattern von Rädern.
Diesesmal war kein Irrtum möglich, indessen lenkte der Nebel den Schall ab, so daß man nicht bestimmen konnte, aus welcher Richtung der Wagen kam. Margaret drehte sich um und sah zurück, und der Atem stockte ihr bei dem Anblick, der sich ihr bot. Als der gelbe Nebel einen Wirbel bildete und sich über dem Flußufer für kurze Zeit lichtete, sah sie grelle orangegelbe Flammen aus der Tür schlagen, durch die sie soeben erst gegangen war. Das Kinderspital brannte lichterloh.

2.

Feuer!
Schon das Wort genügt, um Furcht und Schrecken zu wecken. Aber dieser Furcht folgte sogleich die Erkenntnis, daß es zu retten gilt, nicht zu fliehen. Im ersten Moment war Margaret bei dem Gedanken an die Gefahr, die den Kindern drohte, wie versteinert. Dann raffte sie die Röcke und lief, ohne sich zu vergewissern, ob die Straße frei sei, zum Spital zurück. Sie war erst ein paar Meter weit gekommen, als eine Pferdeschulter sie zu Boden warf. Der Anprall war so heftig, daß sie außer Reichweite der Hufe geschleudert wurde. Sie hörte den Kutscher fluchen, als er das Gefährt anhielt, dann die Schritte des Fahrgastes, der aus der Droschke gesprungen war und auf sie zueilte.
Es war der junge Chirurg. Er half ihr behutsam auf die Füße. Während sie ihre Gedanken wieder sammelte, sah sie, daß auch er sie wiedererkannte.
»In einer solchen Nacht sollten Sie nicht zu Fuß unterwegs sein«, schalt er. »Warten Sie in der Droschke auf mich. Ich bleibe nicht lange weg.«
Margaret schüttelte den Kopf. Der Schock oder der Sturz hatten ihr den Atem benommen. Das Spital war wieder hinter einem Nebelvorhang verschwunden. Margaret packte den Chirurgen am Arm,

ohne lange zu überlegen, was er wohl von ihr denken mochte, und zog ihn mit sich.
Schon nach ein paar Schritten wurde klar, warum sie so drängte. Schwarzer Rauch quoll aus der Eingangstür wie aus einem Fabrikschlot. Margaret vermutete, daß das Lampenöl in Brand geraten war. Die Feuchtigkeit des Holzes im Erdgeschoß würde vielleicht ein Ausbreiten des Feuers verhindern, aber allein schon der Rauch gefährdete die kranken Kinder im Oberstock. Sie zog im Laufen den Schal enger um Mund und Nase.
Jamie lag auf dem Boden dicht hinter der Tür. Seine Stirn blutete, er war offenbar so heftig an eine der Hängelampen gestoßen, daß sie herabfiel. Margaret konnte den schweren Mann nicht von der Stelle bewegen. Sie überließ es ihrem Begleiter, ihn ins Freie zu zerren, während sie mit schmerzenden Augen zu der Stelle lief, wo die Leiter stehen mußte.
Im Gegensatz zu den Holzwänden des ehemaligen Lagerhauses war die Leiter neu und trocken. Sie stand in einer lodernden Ölpfütze, und die unteren Sprossen brannten bereits. Margaret war erst mit Kopf und Schultern durch die Falltür, als sie die Stütze unter sich weggleiten fühlte. Mit einem Ruck warf sie sich nach vorn und zog sich vollends in den Krankensaal.
Die meisten Kinder husteten, die Säuglinge schrien; aber nichts bewegte sich in dem langgestreckten Raum, keine Panik war spürbar. Die beiden Nachtpflegerinnen mußten angenommen haben, die stickige Luft komme vom Nebel. Sie hatten die Wandöffnung, die zur Aufzugplattform führte, mit einer Decke verhängt und saßen mit der Schwester gemütlich plaudernd am anderen Ende des Saals bei einer Tasse Tee.
Als Margaret sich aufrichtete, hörte sie das Droschkenpferd davongaloppieren – der Kutscher würde hoffentlich die Feuerwehr alarmieren. Jemand rief von unten:
»Wo sind Sie?«
»Die Leiter ist fort«, rief sie zurück. »Laufen Sie um das Haus herum und stellen Sie sich unter den Aufzug.«
Der Wortwechsel hatte die Schwester aufgescheucht. Sie kam durch den Krankensaal herbeigelaufen. Als sie den Rauch roch, wurden ihre Augen groß vor Schrecken.
Die Größe der Gefahr ließ sich unmöglich abschätzen. Die Feuch-

tigkeit war ein Segen, der Luftzug jedoch ein Feind, der sich als stärker erweisen konnte. Mit möglichst wenig Worten fingen die Frauen an, den Saal zu leeren. Die kräftigeren Kinder mußten aufstehen, ihre Matratzen wurden hinaus auf die Erde geworfen. Dann kletterte eine der Pflegerinnen hinaus auf die Plattform, wo sie sich flach hinlegte, während die Schwester sie an den Knöcheln festhielt. Die erste Pflegerin ließ die zweite langsam hinunter, bis deren Füße fast den Boden berührten. Der junge Chirurg stand schon bereit, um sie aufzufangen. Nun konnten die beiden die Kinder in Empfang nehmen.

Die jungen Patienten folgten auf dem gleichen Weg. Zuerst wurden die Wiegen hinausgeworfen, dann ließ die erste Pflegerin die Säuglinge hinunter, die in Decken verpackt waren. Eile schien geboten, war aber gefährlich. Die Schwester, die die ersten Transporte überwachte, ließ die Pflegerin jedesmal warten, bis das Deckenbündel ausgependelt hatte und sicher in den Armen des Chirurgen gelandet war. Margaret arbeitete inzwischen fieberhaft im Krankensaal.

Nun waren alle Kinder, die gehen konnten, unter der hochgelegenen Öffnung in der Wand versammelt. Sie waren zu verschreckt, um zu drängeln, aber alle husteten und die meisten weinten. Margaret hob eines nach dem anderen zur Schwester hinauf und eilte zwischendurch wieder weg, um die hilflos Daliegenden näher heranzuschaffen. Im Vorbeilaufen warf sie eine Matratze über die offene Falltür, um den Rauch ein wenig abzudämmen. Aber in den Bodenbrettern waren so viele Ritzen und Astlöcher, daß die Luft von Sekunde zu Sekunde dicker und stickiger wurde. Da es auf diesem Stockwerk kein fließendes Wasser gab, tauchte Margaret ihren Schal in den Teekessel der Pflegerinnen, um sich besser vor dem Rauch zu schützen; dann wies sie die ältesten Kinder an, ein Laken in Streifen zu reißen und für die Wartenden ähnliche Masken anzufertigen.

Die Lage erforderte rasche Entscheidungen. Lungenkranke mußten als erste weg, die Beinbrüche sollten zuletzt kommen, wenn, wie sie hoffte, eine Leiter herbeigeschafft wäre. Margaret hatte längst den Zustand völliger Erschöpfung erreicht, aber sie arbeitete unentwegt weiter, traf die Auswahl, schleppte die Kinder zur Aufzugöffnung und hob sie hinauf. Ihre Augen tränten, und sie war schwindelig. Sie konnte nicht sehen, was auf der Straße vorging, sie konnte nichts hören, außer dem Husten und Weinen und Keuchen der Kinder. Jeden Augenblick konnten ihre Klagelaute in Kreischen umschlagen, konnten sie von Panik erfaßt werden. Nicht einmal das Gellen der messingenen Feuerwehrglocke drang durch den Nebel auf der Straße und den Tumult im Saal: nicht einmal das Anschlagen von Leitern gegen die Seite der Plattform. Als die ersten beiden Feuerwehrmänner in der Öffnung auftauchten und in den Saal sprangen, war Margarets Überraschung ebensogroß wie ihre Erleichterung. Der junge Chirurg folgte den Männern auf dem Fuße. Er verhielt eine Weile auf der Plattform, blickte in den Saal und lief dann hinüber zu Margaret.

»Alles in Ordnung?«

Margaret nickte und ließ sich von ihm das kleine Mädchen abnehmen, das sie auf den Armen trug. Aber sie wußte, daß sie jetzt um keinen Preis nachlassen durfte. Die hölzernen Streben, die den Fußboden trugen, stürzten eine nach der anderen ein, und die Planken rings um die Falltür schwelten bereits. Es konnte sich nur noch um Sekunden handeln, bis dieses trockenere Holz hell auflodern würde. Die Anwesenheit der Helfer gab ihr neuen Mut, und sie arbeitete sogar noch emsiger als zuvor.

Nun standen zwei Leitern an der Plattform, so daß jeweils ein Feuerwehrmann einen kleinen Patienten über die eine hinuntertragen und ein zweiter die andere hinaufklettern konnte. Die Schwester und die zweite Pflegerin waren, hochbeladen mit scharlachroten Decken, die sie hastig von den Betten rissen, auf die Straße geschickt worden, um die bereits geretteten Kinder vor den Unbilden der Witterung zu schützen. Für diese Kinder wurde die Rettungsaktion zu einem erregenden Erlebnis.

Drinnen im Krankensaal aber wurde die Lage immer kritischer. Margaret hatte sich seit Ausbruch des Feuers nur um die Kinder gesorgt, selber jedoch nur Anstrengung und Müdigkeit verspürt. Nun begann sie um ihre eigene Sicherheit zu bangen. Sie konnte die Flammen unter dem Saalende brüllen hören, und die Luft war so heiß wie in einem Backofen. Einmal mußte sie stehenbleiben und den schon glimmenden Rocksaum austreten. Es erforderte von Mal zu Mal mehr Mut, aus der relativen Sicherheit der Aufzugsöffnung wieder zu einem der weitab stehenden Betten zu eilen. Dennoch zögerte der Chirurg keinen Augenblick, sowenig wie die Feuerwehrleute. Margaret zwang sich, weiterzumachen.

Endlich war der Krankensaal leer. Einer der Feuerwehrmänner zog Margaret zur Plattform und hielt sie fest, als sie taumelte. Der Chirurg, der schon hinunterklettern wollte, hielt plötzlich inne.

»Der Junge, den ich heute vormittag operiert habe. Ist er draußen?«

Margaret hielt vor Entsetzen den Atem an. Der junge Kelly war in dem Verschlag verblieben, der als behelfsmäßiger Operationsraum gedient hatte, wo er mehr Ruhe haben würde. Unfähig, ein Wort hervorzubringen, wies sie ans Ende des Saals, und schon verschwand der Chirurg im Rauch. Nur für ein paar Sekunden, aber Margaret schienen sie eine Ewigkeit. Bis er wiederkam, wagte sie nicht zu atmen, es war, als stünde die Welt still. Sie konnte keinen Laut hören, keine Bewegung wahrnehmen. Sie konnte sich nur erschöpft an die Wand lehnen und warten.

Als er zurückkam, ging er langsamer und blickte bitter auf den Jungen hinab, den er in den Armen trug. Margaret bedeutete ihm, er sollte vor ihr die Leiter hinabsteigen, denn sie fühlte sich unfähig zu jeder Bewegung. Einer der Feuerwehrmänner sah, daß sie dem Zusammenbruch nahe war, hob sie über die Schulter und trug sie hinunter. Sie war zu müde, um sich über ein so unrühmliches Ende dieses Tages zu grämen.

Drunten setzte sie sich auf das schmutzige Pflaster, ihre Beine versagten ihr den Dienst. Nebel und Rauch taten sich zusammen, um alles in einen undurchdringlichen Schleier zu hüllen, aber es herrschte großer Lärm. Sie konnte Wasser aus Schläuchen zischen hören, Äxte in Holz fahren, Flammen sich knisternd durchs Haus fressen, Kinder weinen, Zuschauer rufen. Und in nächster Nähe den Chirurgen, der mit der Schwester sprach.

»Ist jemand umgekommen?«

»Leider ja«, sagte die Schwester. »Die Schwächsten, wie zu erwarten war. Drei Säuglinge, ein Fall von Asthma und ein Blutsturz.«

»Und leider auch der Junge mit dem Wundbrand. Aber darauf mußte man auf jeden Fall gefaßt sein. Oh, und der große Mann, den ich unten fand. Sah aus, als wäre er schon eine Weile bewußtlos gewesen. Er hatte schon schwere Verbrennungen, als ich ihn herausholen konnte.«

»Armer Jamie!« seufzte die Schwester. Dann schwieg sie eine Zeitlang. »Ich hab' gewußt, daß es ein schlimmer Tag werden würde. Aber nicht, daß er so schlimm würde ...« Wieder seufzte sie, dann redete sie mit einem Anflug ihrer alten Munterkeit weiter. »So, jetzt muß ich die Kinder für die Nacht unterbringen. Ich habe zu ihren Eltern geschickt. So viele wie irgend möglich müssen zu Hause übernachten. Es wird ihnen nicht guttun, aber was soll man sonst machen?«

»Mein Kutscher sollte zurückkommen, sobald er die Feuerwehr alarmiert hat«, sagte der Chirurg. »Ich werde auf dem Heimweg im St.-Bartholomew's-Krankenhaus vorbeifahren und bitten, daß sie Hilfe schicken. Der Mann in der Aufnahme ist ein Freund von mir. Wenn er nicht alle Kinder unterbringen kann, wird er Boten zu anderen Krankenhäusern schicken und feststellen, wo sie bleiben können.« Nach einer Pause fügte er hinzu: »Die junge Frau. Sie war auch heute vormittag hier. Wer ist sie?«

»Miss L.? Medizinstudentin. Zur Zeit persönliche Assistentin von Dr. Ferguson. Ich muß mich noch bei ihr bedanken. Was ohne sie heute aus uns geworden wäre, weiß Gott allein. Miss L.! Miss L.! Wo sind Sie?«

Margaret versuchte zurückzurufen, aber sie war zu schwach, um einen Laut von sich zu geben. Die Schwester entdeckte sie erst, als sie über Margarets Beine stolperte.

»Miss L., ist alles in Ordnung? Sie haben den Kindern das Leben gerettet. Das werde ich Dr. Ferguson sagen. Sind Sie verletzt?«

Margaret, die noch immer auf dem Bordstein hockte, merkte zu ihrer Beschämung, daß sie weinte. Sie begrub den Kopf in den Händen, sie war so entkräftet, daß sie nicht aufzublicken vermochte. Neben ihren eigenen Füßen sah sie den jetzt völlig verschmutzten und zerfetzten blauen Rock der Schwester – und dann stellten sich noch ein Paar Männerstiefel dazu.

»Sieht aus, als hätte sie einen Schock gekriegt«, sagte der Chirurg. »Ich bring sie nach Hause. Kutscher! Kutscher!«

Der Droschkenkutscher hatte sein Pferd möglichst weit von den Flammen weggeführt, damit es nicht scheuen würde; daher mußte der Chirurg mehrmals rufen, ehe eine Antwort kam. Die Schwester ergriff die Gelegenheit, Margarets Lob zu singen und ihr immer wieder zu danken. Margaret bemühte sich zu antworten, aber sie war erleichtert, als sie endlich in der Droschke saß.

»Wo wohnen Sie?« fragte der Chirurg.
»Erst zum Bart's«, flüsterte Margaret. »Das ist wichtiger.«
»Meinen Sie wirklich?« Sein Ton war besorgt, aber es war ihm anzuhören, daß er auch dieser Meinung war. »Zum St.-Bartholomew's-Hospital«, sagte er zum Kutscher. »Und schnell!«
»In einer solchen Nacht?« Die Kutsche fuhr in einem Tempo davon, das bei dem dichten Nebel angebracht sein mochte, den Fahrgästen indes unerträglich langsam vorkam.
Als die Spannung aus Hirn und Muskeln wich, spürte Margaret, daß sie zitterte und vor Kälte bebte. Sie fühlte, wie ein Arm sich um ihre Taille legte und sie nah an ihren Begleiter herangezogen wurde: wie ihr Kopf kraftlos auf seine Schulter sank. Sie war einer Ohnmacht so nah, daß sie weder einer Bewegung noch eines Gedankens mehr fähig war.
Als sie sich dem St.-Bartholomew's-Hospital näherten, wurden die schwerfälligen Schritte des Droschkengauls noch zögernder. Das Krankenhaus lag in der Nähe des Fleischmarkts von Smithfield, und schon rumpelten schwere Karren und Fuhrwerke über das Kopfsteinpflaster und brachten die geschlachteten Tiere, die in den frühen Morgenstunden des folgenden Tags verkauft werden sollten. Margaret, deren Kopf wieder klarer geworden war, fühlte, wie der Chirurg vor Ungeduld auf seinem Platz hin und her rutschte.
»Zu Fuß ginge es schneller«, brummte er in sich hinein.
»Dann lassen Sie sich bitte meinetwegen nicht aufhalten«, drängte ihn Margaret. »Wenn Sie lieber hier aussteigen wollen, dann kann die Droschke mich nach Hause bringen und Sie danach wieder am Krankenhaus abholen.«
»Wirklich? Und sind Sie auch ganz bestimmt nicht verletzt? Ist jemand da, wenn Sie nach Hause kommen, der sich um Sie kümmert?«
»Man wird mich wie eine Schwerkranke behandeln und sofort ins warme Bett stecken, obwohl mir überhaupt nichts fehlt«, versicherte sie ihm. »Nach wem soll der Kutscher fragen, wenn er zum Krankenhaus zurückkommt?«
»Es ist nicht nötig, daß er zurückkommt. Ich brauche ihn nicht mehr. Heute abend war ich in Eile, um nach meinem jungen Patienten zu sehen, ehe ich ins Theater fuhr. Aber inzwischen ist der Vorhang längst gefallen. Also, wenn Sie wirklich meinen ...« Er

klopfte an die Scheibe, und die Droschke hielt. Er stieg aus, beugte sich dann nochmals in den Wagen und reichte Margaret die Hand. Sein fester Händedruck tat ihr wohl.

»Gestatten Sie, daß ich Ihnen meine aufrichtige Bewunderung ausdrücke für alles, was Sie heute getan haben«, sagte er. »Viele von diesen Kindern verdanken Ihnen ihr Leben.«

»Sie brauchen auch jetzt noch Hilfe«, erinnerte ihn Margaret. »Soll ich nicht mit Ihnen kommen?«

»Nein, nein«, erwiderte er. »Das dürfen Sie auf gar keinen Fall. Sie können sich heute nichts mehr zumuten.«

Seine Miene war ernst, der Verantwortung angemessen, die er noch immer trug, aber er lächelte, als er ihre Hand wieder losließ. Dann huschte wieder der fragende Ausdruck, den sie schon einmal wahrgenommen hatte, über seine Züge. Er holte Atem, als wolle er sie etwas fragen, besann sich jedoch offenbar, daß seine Erledigung im Krankenhaus vordringlicher sei. Er stellte lediglich die naheliegende Frage, wohin die Droschke sie bringen solle. Er wiederholte dem Kutscher die Adresse, und Margaret hörte Münzen klimpern. Dann ein Ruck, und das schnaufende Pferd klapperte über die glitschigen Pflastersteine des Marktplatzes davon.

Lydia hatte die Droschke vor dem Haus anhalten hören und kam vom ersten Stockwerk, wo die Zimmer der beiden Mädchen lagen, auf die Straße geeilt. Sie habe sich so große Sorgen um Margaret gemacht, rief sie aus – und dann riß sie beim Anblick ihrer Freundin entgeistert die Augen auf. Margaret warf einen Blick in den Spiegel, der im Korridor hing, und brach in hysterisches Gelächter aus.

»Was hast du denn?« fragte Lydia nun in heller Aufregung. »Fehlt dir etwas? Was ist passiert?«

Margaret faßte sich und hörte auf zu lachen, aber sie starrte noch eine ganze Weile ihr Spiegelbild an, den zerrissenen und angekohlten Rock, das wirre rote Haar, das sich längst aus dem ordentlichen Knoten gelöst hatte und ihr in verräucherten Strähnen über die Schultern fiel, und das Gesicht, das schwarz verschmiert war, wo sie sich während der schrecklichen letzten halben Stunde im Krankensaal den Schweiß und später die Tränen der Erleichterung abgewischt hatte.

»Es war ein schrecklicher Abend«, sagte sie. Die Erinnerung daran ließ sie erschaudern. »Es ist merkwürdig, nicht wahr, daß man nach einem furchtbaren Ereignis offenbar noch nach der nichtigsten Entschuldigung greift, um die Szene aus seinem Geist zu verdrängen. Mir fiel ein ... Heute lernte ich einen Herrn kennen, den ich interessant fand. Ich hoffte im stillen, daß auch er sich für mich interessierte. Jetzt wird mir klar, was für eine besonders unattraktive Erscheinung ich abgegeben habe. Trotzdem ist mir mehr nach Weinen als nach Lachen zumute.«

Lydia half ihr die Treppe hinauf und setzte sie an den Kamin. Betty – die nach dem Zusammenbruch der Bank willig auf ihre Ausbildung zur Kammerzofe verzichtet hatte und statt dessen für Lydia und Margaret das Mädchen für alles machte – wurde mit einer ganzen Reihe von Aufträgen hinausgeschickt: die heiße Kupferwärmflasche in Margarets Bett zu stecken, in der Küche zu sagen, daß Wasser für ein Bad heißgemacht werde, das Essen, das warmgestellt war, heraufzubringen. Erst dann durfte Margaret ihrer Freundin Bericht erstatten.

Als Margaret endlich im Bett lag, erwachte sie mehrmals aus einem Alptraum. Sie sah den jungen Chirurgen sich von ihr abwenden und davoneilen. Manchmal ging er durch den langen Krankensaal, dann wieder verließ er einen Raum, den sie nicht kannte. Aber immer hatte er es so eilig, daß er anfing zu laufen. Margaret wußte, daß er einer Gefahr entgegenlief, auch wenn sie nicht wußte, worin diese Gefahr bestand. Jedesmal versuchte sie, ihn zurückzurufen, konnte es aber nicht, da sie seinen Namen nicht kannte.

Jedesmal wachte sie in diesem Moment auf. Ihr Mund stand offen, weil sie ihn warnen wollte, aber wie sollte sie ihn anrufen? Sobald sie wach war, erinnerte sie sich, daß die Gefahr vorüber sei, doch wenn sie die Augen wieder schloß, kehrte der Alptraum zurück. Schließlich zwang sie sich, wach zu bleiben und ernsthaft zu überlegen, was sie eigentlich so bedrückte. Das Feuer, das soviel Schaden angerichtet hatte, konnte jetzt niemandem mehr etwas anhaben. Konnte die Schlafstörung wirklich ihre Ursache darin haben, daß ein Mann, den sie gern wiedersehen würde, ihren Namen nicht kannte und sie nicht den seinen? Was war daran so erschreckend? Sie wußte, wo er arbeitete. Er wußte, wo sie wohnte. Sollte er sie wiedersehen wollen, so würde er sie unschwer finden. Vielleicht wollte er sie auch nicht wiedersehen, aber das stand auf einem ande-

ren Blatt. Wenn er sich im geringsten für sie interessierte, würde er kommen.
Sie dachte daran, wie sein Arm sie um die Mitte gefaßt hatte, an den Blick seiner Augen, als er sich verabschiedete, und wies alle Zweifel von sich. Sie würde ihn wiedersehen. Nach und nach entspannte sich ihr erschöpfter Körper im warmen Bett, und sie fiel in einen traumlosen Schlummer.

3.

Blumen mögen die Sprache der Liebe sein, aber was nutzt ihre Botschaft, wenn sie keine Unterschrift trägt? Am Abend nach dem Brand kam Margaret todmüde nach Hause. Sie hatte nach kurzer Nachtruhe den ganzen Tag damit verbracht, die überall verstreuten Kinder aufzusuchen, um festzustellen, wieweit sie bei der Katastrophe Schaden genommen hatten. Der Anblick eines Rosenstraußes – Rosen im November –, den ein Bote am Nachmittag gebracht hatte, weckte ihre Lebensgeister wieder. Sie riß den beiliegenden kleinen Umschlag auf und las gespannt die Karte.
»Wer ist denn dein Anbeter?« fragte Lydia, die schon vor einer Weile nach Hause gekommen war.
»Ich weiß es nicht.« Margaret lachte und zeigte ihrer Freundin das Kärtchen. »›An Miss Ell in aufrichtiger Bewunderung, C. S.‹ Er glaubt offenbar, ich hieße Ell, und scheint anzunehmen, daß ich seinen Namen kenne.«
»Du weißt also, von wem die Blumen sind?«
»O ja. Die Auswahl ist nicht groß.« Hatten die Blicke des Arztes anfänglich nur Ratlosigkeit ausgedrückt – noch ehe der Tag zu Ende gegangen war, besagten sie etwas anderes. Margaret konnte es Lydia nicht beschreiben, ohne den Anstand zu verletzen, also konzentrierte sie sich darauf, die Bedeutung der Initialen zu enträtseln.
»C. S.« wiederholte sie. »Was hältst du von Christopher? Ein passender Name für einen Mann, der Kinder aus der Gefahr trägt. Oder Charles. Er sieht aus wie ein Charles.«
»Wie sieht denn ein typischer Charles aus?« fragte Lydia neckend.
»Stark und freundlich und zuverlässig.« Margaret dachte daran,

wie er sein Versprechen, nochmals im Spital in den Slums vorbeizuschauen, gehalten hatte, obwohl er sich auf einen Theaterabend freute. »Und solide.«
»Vielleicht könntest du es einrichten, daß du den Verbandskursus im St.-Bartholomew's-Hospital ableistest. Dann würdest du vermutlich diesen soliden Charles oder Christopher wiedersehen.«
Tatsächlich hatte Margaret auf dem Heimweg in der Medizinischen Vorbildungsanstalt vorgesprochen und genau das getan, was Lydia vorschlug. Sie begrub ihr Gesicht in den Rosen, damit Lydia ihr Erröten nicht bemerke. Aber sie fuhr wie der Blitz hoch, als sie drunten die Türklingel anschlagen hörte. »Kommt er so bald schon? Ich kann jetzt niemanden empfangen.«
»Glaubst du, daß du der einzige Mensch in diesem Haus bist, der Besuch bekommen kann?«
Lydia mochte noch immer im Scherz sprechen, aber Margaret lief in ihr Schlafzimmer, um sich das Gesicht zu waschen und ihr Haar zu ordnen. Die Zeit würde wohl nicht mehr ausreichen, um anstatt des einfachen Rocks und der langen Bluse etwas Hübscheres anzuziehen. Sie hatte noch nicht einmal ihr Haar fertig aufgesteckt, als Betty an die Tür klopfte.
»Bitte, Miss, Mr. Ralph Lorimer ist gekommen.«
Margaret unterdrückte ihre jähe Enttäuschung, aber sie gab den Versuch auf, sich schön zu machen. Für einen Bruder mußte man sich nicht eigens frisieren. Sie lief ins Wohnzimmer, wo sich Lydia und Ralph bereits angeregt unterhielten. Margaret blieb einen Augenblick unter der Türe stehen und betrachtete ihren Bruder so, wie ihn Lydia wohl sehen mochte.
In den Jahren, die seit seiner Schulzeit vergangen waren, hatte sich Ralph immer mehr zu einem gutaussehenden jungen Mann entwikkelt. Sein Gesichtsausdruck hatte den verdrossenen Ausdruck verloren, mit dem er so oft auf den Tadel seines Vaters oder des Schuldirektors reagiert hatte. Auch der schuldbewußte und ängstliche Zug war verschwunden, der sich auf seinem Gesicht gezeigt hatte, nachdem Claudines Zustand offenbar geworden war. Es war, als hätte er seine persönlichen Schuldgefühle bewältigt, indem er sie in ein allgemeineres Schamgefühl umgewandelt hatte, das sich auf seine Vorfahren, die Sklavenhändler, bezog. Nachdem er sich entschlossen hatte, deren Sünden wiedergutzumachen, soweit dies

möglich war, konnte er seiner Umwelt entschlossen und ruhig begegnen.

Lydia machte keinen Versuch, ihre Bewunderung für seine aufrechte Haltung und sein hübsches Gesicht zu verbergen.

»Wie ich höre, wollen Sie Missionar werden, Mr. Lorimer«, sagte sie. »Wann reisen Sie nach Jamaika?«

»Übermorgen. Ich bin gekommen, um mich zu verabschieden. Ich werde drei Jahre fort sein. Aber um den Abschied fröhlich zu gestalten, habe ich Karten für die neue Oper im Savoy-Theater gekauft. Da es erst die zweite Aufführung ist, war ich ziemlich sicher, daß Sie das Stück noch nicht gesehen haben. Hoffentlich haben Sie für heute abend noch nichts vor.«

Margaret hatte eigentlich früh zu Bett gehen wollen, aber dieser Einladung konnte sie nicht widerstehen.

»Ich gehe sehr gern mit«, erklärte sie. Ralph wandte sich an Lydia.

»Und Sie hoffentlich auch, Miss Morton.«

»Wollen Sie sagen, daß Sie auch für mich eine Karte haben?«

Margaret beobachtete mit Interesse, daß Lydias schmale Wangen glühten. Da sie sich an ihr eigenes Erröten erst vor ganz kurzer Zeit erinnerte, hütete sie sich, eine Bemerkung zu machen.

»Ich bin so früh gekommen, damit Sie Zeit haben, sich fertigzumachen«, sagte Ralph. »Wenn mein Plan Zustimmung findet, dann gehe ich jetzt und komme in einer Stunde wieder.«

Er ließ die beiden aufgeregten jungen Frauen allein. Margaret hatte aus Bristol einige der eleganten Kleider mitgebracht, die ihr Vater ihr in seiner Spenderlaune kurz vor seinem Tod gekauft hatte. Die Mode hatte sich zwar in den vergangenen vier Jahren geändert, aber sie hatte inzwischen keine elegante Garderobe angeschafft und würde also aus ihren Beständen wählen müssen. Die Kleider waren vorzüglich geschnitten, und sie suchte eines aus, das ihr besonders gut stand.

Margaret und Lydia stellten entzückt fest, daß sie »Iolanthe« sehen würden, die neue komische Oper von Gilbert und Sullivan. Als Medizinstudentinnen hatten sie weder Muße noch Geld, sich solche Zerstreuungen zu leisten. Außerdem freuten sie sich, von einem so gutaussehenden jungen Mann wie Ralph eskortiert zu werden. In den Pausen schlenderten sie, Ralph in der Mitte, Margaret und Lydia rechts und links von ihm, unter den Kronleuchtern auf und ab.

Während der letzten dieser Promenaden blieb Margaret mit einem Ruck stehen. Ihre Hand fiel von Ralphs Arm ... aber ihr Bruder war so sehr in das Gespräch mit Lydia vertieft, daß er es nicht bemerkte und weiterging.

»Miss Ell.« Der junge Chirurg beugte sich über ihre Hand. »Wir treffen uns an den verschiedensten Schauplätzen.«

»Ja, was für ein Zufall, Dr. ...« Margaret war vor Überraschung ins Stottern geraten und konnte ohnehin den begonnenen Satz nicht beenden. »Ich meine, daß wir einander bisher nie getroffen haben und nun gleich zweimal innerhalb kürzester Zeit.«

»Vielleicht sind wir einander doch schon früher begegnet, aber ohne voneinander Notiz zu nehmen.«

»Ich danke Ihnen sehr für die Blumen«, sagte Margaret. »Sie haben mir große Freude gemacht. Natürlich hätte ich schreiben sollen, aber ich kenne Ihren Namen nicht.«

Er lachte und verbeugte sich abermals.

»Charles Scott, zu dienen. Ich hätte selber vorgesprochen, aber ich war überzeugt, Sie würden den Tag im Bett zubringen. Ja, Sie hätten unbedingt eine Ruhepause einlegen sollen.«

»Das war auch meine Absicht, zumindest heute abend. Aber mein Bruder wird in Kürze England für drei Jahre verlassen. Als er heute unerwartet mit den Karten für diese Vorstellung bei uns auftauchte, konnte ich nicht ablehnen.« Noch während des Sprechens wurde ihr klar, daß Charles, dieser Charles, wie er im Buche stand, keine Einzelheiten wissen wollte. Ihr selber lag daran, darauf hinzuweisen, daß ihr gutaussehender Begleiter ihr Bruder sei – und der Hinweis wurde zur Kenntnis genommen, denn Charles lächelte wiederum.

»Dann darf ich hoffen, eingelassen zu werden, wenn ich vorspreche?«

»Gewiß. Aber Sie wissen ja, daß ich keine feine Dame bin, die jeden Nachmittag nur darauf wartet, daß die Türglocke anschlägt. Ich bin höchstens am Wochenende zu Hause.« Margaret überlegte, ob sie es nicht allzu deutlich durchblicken lasse, wie gern sie ihn wiedersehen würde. Sie und Lydia waren der Gesellschaft junger Herren so sehr entwöhnt, daß sie nicht wußte, was die Londoner Etikette billigte oder mißbilligte. Aber sie fürchtete, er könne kommen, während sie in einer Vorlesung oder im Spital war, und vielleicht seinen Besuch nicht wiederholen wollen. Am besten wäre es, ihn für eine bestimmte Zeit einzuladen, aber ehe sie entscheiden konnte, ob dies schicklich sei, kamen Ralph und Lydia zurück.

»Oh, Lydia, darf ich dir Dr. Charles Scott vorstellen«, sagte Margaret. Sie bemühte sich, nicht aufgeregt zu wirken und runzelte leicht die Stirn, als ihre Freundin lächelte. Lydia mußte sofort erraten haben, wer Charles war. »Dr. Scott, das ist meine Freundin Miss Morton. Und mein Bruder, Mr. Ralph Lorimer.«

»Sehr angenehm.« Es folgte allgemeines Händeschütteln, aber Charles' Miene war frostig geworden. Er schien weniger überrascht als betroffen.

»Lorimer, sagten Sie? Aber die Schwester sagte, Ihr Name sei –«

»Miss L. ist nur ein Scherzname«, erklärte ihm Margaret. »Auch Miss Morton heißt bei unseren Kommilitonen und den Leuten in den Krankenhäusern nur Miss M. Mit vollem Namen heiße ich Margaret Lorimer.«

Nachdem die gegenseitige Vorstellung endlich beendet war, verbeugte Charles Scott sich abermals. Schon klingelte es zum nächsten Akt, und sie mußten sich trennen und ihre Plätze einnehmen. Margaret lächelte still, als sie sich abwandte. Gestern abend hatte er sie schmutzig, abgerissen und mit tränenden Augen gesehen. Heute war sie teuer gekleidet, und Gesicht und Haar glänzten vor Sauberkeit. Gewiß hatte sie einen guten Eindruck auf ihn gemacht; und er hatte gefragt, ob er sie besuchen dürfte! Es hätte sich kaum besser treffen können, wenn sie die Begegnung absichtlich arrangiert hätte.

Der Abschied von Ralph, noch am selben Abend, war ergreifend. Er war fasziniert von dem Abenteuer, das vor ihm lag, und Margaret verbarg ihre Besorgnis wegen des ungesunden Klimas, in dem er leben sollte. Nachdem Ralph gegangen war, hing sie noch eine Weile diesen bangen Gedanken nach; aber allmählich setzte sich die fröhliche Stimmung des Abends durch. Unwillkürlich begann sie, die einschmeichelnden Weisen aus Sullivans »Iolanthe« zu summen. Dann fiel ihr auf, wie still Lydia war.

»Lydia!« rief sie.

»Wie bitte?« Lydia schien aus einem Traum zu erwachen. Langsam wich der entrückte Ausdruck aus ihrem Gesicht, und sie lächelte schalkhaft. »O ja. Herzlichen Glückwunsch. Er sieht wirklich

vielversprechend aus. Und man konnte sehen, wie sehr er dich bewundert.«
»Glaubst du?« Margaret empfand Stolz über Lydias Bemerkung. »Hältst du mich nun für flatterhaft, weil ich mich für einen anderen Mann interessiere, nachdem ich überzeugt war, keinen außer David lieben zu können?« fragte sie.
»Drei Jahre sind eine lange Zeit«, sagte Lydia. »Ein Mann, der drei Jahre lang nichts von sich hören läßt, kann nicht verlangen, daß ein Mädchen auf ihn wartet.«
»Er hätte es auf keinen Fall verlangen können«, sagte Margaret. »Die Verlobung war gelöst, als er abreiste.«
»Dann hast du keinen Grund zu Schuldgefühlen. Ich war einst ebenso fest überzeugt wie du, daß es treulos sei, ein zweitesmal zu lieben. Nun frage ich mich manchmal, ob die Toten unsere Treue wirklich wünschen. Glaubst du nicht, daß sie eher wünschen, uns glücklich zu wissen?«
Ihre Stimme klang keineswegs glücklich, und Margaret wußte, daß Lydia an ihren toten Leutnant dachte. Beide schwiegen eine Zeitlang, aber Margaret konnte ihre Gefühle nicht für sich behalten.
»Er sieht sehr hübsch aus, findest du nicht auch?«
»Dr. Scott?« Lydia hatte Mühe, sich zu konzentrieren. »Nicht hübsch, nicht so wie dein Bruder. Aber er sieht gut aus, ja. Ich glaube, du hast ihn sofort richtig eingeschätzt. Er wirkt zuverlässig, handfest.«
»Wie merkwürdig, daß zwei Männer namens Doktor Scott in meinem Leben eine Rolle spielen sollen!« rief Margaret. Ob es nun damenhaft war oder nicht, sie nannte ihren neuen Bekannten in Gedanken Charles. Und schon jetzt, nachdem sie seinen Familiennamen eben erst erfahren hatte, war er ihr fast schon wieder entfallen, bis Lydia ihn aussprach. »Ein Doktor Scott hat mir in die Welt geholfen.« Sie fragte sich, ob dieser zweite dereinst eine ebenso wichtige Rolle in ihrem Leben spielen sollte. Es war zu früh, um einen solchen Gedanken in Worte zu fassen, aber Lydia schien zu erraten, was sie empfand.
»Du hast noch nicht Zeit gehabt, diesen zweiten Scott genauer kennenzulernen«, warnte sie. »Gutes Aussehen ist nicht alles.«
»Ich habe Respekt vor seinem Beruf«, erwiderte Margaret. »Und ich hatte Gelegenheit, mich von seinem Mut zu überzeugen.« Sie

hatte nicht beabsichtigt, Vergleiche anzustellen, nicht einmal in Gedanken, konnte jedoch nicht widerstehen. »Ein erster Eindruck mag nicht in allen Dingen zutreffend sein, aber im großen und ganzen stimmt er. Ich erinnere mich an meine erste Begegnung mit David. Ich wußte sofort, daß er klug und ehrgeizig sein mußte und ein Mann, der im Leben Erfolg haben würde. Trotz allem, was inzwischen passiert ist, glaube ich noch immer, daß ich recht hatte. Ich war dazu erzogen, solche Tugenden zu bewundern, und ich liebte ihn um ihretwillen. Nun haben die Ereignisse mich gelehrt, daß es wichtigere Eigenschaften gibt.«

Lydia hob die Brauen, und Margaret wich der wortlosen Frage nicht aus.

»Freundlichkeit und Vertrauenswürdigkeit«, sagte sie. »Auf einen Ehemann muß man sich vor allem unbedingt verlassen können.«

Verriet sie bereits zuviel? Und war sie überdies taktlos? Zum zweitenmal wurde Lydias Miene ernst, fast traurig, und Lydia überlegte flüchtig, ob Ralphs Abreise der Grund für diese Traurigkeit sein mochte. Ob Lydia am Ende in dieser Richtung Hoffnungen gehegt hatte? Wenn ja, dann war sie zweifellos enttäuscht worden. Es war Zeit, das gefährliche Thema zu beenden und schlafen zu gehen.

Margaret hatte selber die Möglichkeit ausgeschaltet, Charles vor dem Wochenende zu sehen; aber als der Sonnabend da war, konnte sie ihre Aufregung kaum noch zügeln. Sie kleidete sich an diesem Morgen besonders sorgfältig an, wählte ein einfaches Kleid, damit Lydia nichts auffiel, aber eines, das ihre schlanke Figur betonte. Der Tag war kalt, doch hell und sonnig, und am Nachmittag schlug Lydia vor, nach Hampstead zu fahren und einen Spaziergang über die Heide zu machen. Aber Margaret wollte das Haus nicht verlassen. Sie schützte die dringende Notwendigkeit vor, ihre Aufzeichnungen über die Patienten des Kinderspitals zu vervollkommnen.

Es war nicht nur eine Ausrede. Das Feuer hatte das Spital völlig zerstört. Während der ganzen Woche war Margaret vollauf damit beschäftigt gewesen, nach den Kindern in den verschiedenen Krankenhäusern zu sehen, in die sie verbracht worden waren, und die dortigen Ärzte über die bisherigen Krankengeschichten zu informieren. Inzwischen hatte die Rektorin einen neuen Praktikantenplatz in Kinderheilkunde für sie gefunden, und vom nächsten Montag bis Weihnachten sollte Margaret in der Great Ormond Street arbeiten.

Es stimmte also, daß sie an ihren Notizen arbeiten mußte – aber es war nicht die ganze Wahrheit.
Sobald Lydia zu ihrem Spaziergang aufgebrochen war, dekorierte Margaret den ganzen Tisch des gemeinsamen Wohnzimmers mit Papieren und Büchern. Es sah imponierend nach Arbeit aus, und von Zeit zu Zeit arbeitete Margaret wirklich. Aber sooft sie auf der Straße Schritte hörte, hob sie den Kopf und lauschte. Hundert kleinen Hoffnungsfunken folgten hundert kleine Enttäuschungen; und als schließlich Schritte sich der Haustür näherten, war es nur die heimkehrende Lydia.
Also würde er am Sonntag kommen – und am Sonntag regnete es so unablässig, daß keine der beiden jungen Frauen Lust hatte, vom warmen Feuer im Wohnzimmer wegzugehen. Sie schrieben Briefe und toasteten Muffins, plauderten ein wenig und lasen ein wenig. Niemand störte ihre Beschaulichkeit.
Margaret versuchte, sich alle möglichen Vernunftgründe einzureden. Vielleicht wohnte Charles in einem Vorort oder gar auf dem Land. Wenn er ständig zum Dienst nach St. Bartholomew die weite Fahrt machen mußte, so würde er nicht auch noch an einem freien Tag nach London wollen. Daran hätte sie denken sollen, als sie ihm so dringlich einen bestimmten Besuchstag nahelegte. Vielleicht aber hatte er an diesem Wochenende Dienst im Krankenhaus und würde erst am nächsten kommen können. Es gab eine Fülle von Erklärungen für sein Fernbleiben. Margaret versuchte, sich mit allen zugleich bis zum nächsten Sonntag zu vertrösten.
Der nächste Sonntag kam, und wiederum suchte Charles sie nicht auf: auch nicht an den folgenden Sonntagen. Margaret war zu ehrlich, um sich ihre Enttäuschung nicht einzugestehen. Sie hatte, genau wie Lydia, die Bewunderung in seinen Augen gesehen, als sie im Theater plauderten, und er hatte gesagt, daß er kommen werde: Sie hatte sich nicht einfach in einen Wunschtraum verrannt. Er war alles andere als zuverlässig, er enttäuschte sogar die erste Erwartung, die sie in ihn gesetzt hatte. Er selber hatte um die Erlaubnis gebeten, sie besuchen zu dürfen, und sie auch erhalten, aber er war weder gekommen, noch hatte er sein Fernbleiben erklärt. Es war nicht direkt ein gebrochenes Versprechen, aber es kam einem solchen sehr nahe.
Als Weihnachten näherrückte, sah Margaret ein neues Dilemma auf sich zukommen. Im neuen Jahr sollte sie ihren sechsmonatigen

Kursus in Verbandslehre im St.-Bartholomew's-Hospital antreten. Sie hatte auch Lydia bewogen, ihre Bewerbung einzureichen, damit sie gemeinsam dort arbeiten könnten. Margaret hatte sich vor der Begegnung im Theater ausgemalt, wie sie Charles im Krankenhaus mit aufrichtiger Freude und geheuchelter Überraschung begrüßen und wie er die Freude erwidern würde. Jetzt aber würde er vermutlich eher peinlich berührt sein – vielleicht sogar ärgerlich –, und sich von einer jungen Frau verfolgt fühlen, auf deren Bekanntschaft er keinen Wert mehr legte.

An ihrem ersten Tag in St. Bartholomew's kleidete Margaret sich streng und ordentlich und ermahnte sich, auf keinen Fall irgendeine Erregung zu verraten. Aber einen kurzen Tagtraum gönnte sie sich dennoch. Sie würde Charles sehen, und er würde lächeln und sich entschuldigen. Er war krank gewesen, er war verreist, er hatte ihre Adresse vergessen. Irgendeine Erklärung mußte es schließlich geben.

4.

Wer sich vor unvereinbaren Verpflichtungen sieht, kann seinen Ruf als zuverlässiger Mensch bei der einen Seite nur wahren, indem er die Erwartungen der anderen Seite enttäuscht. Hätte Charles Scott gewußt, daß Margaret ihn für einen vertrauenswürdigen Menschen hielt, so hätte er sich darüber gefreut, denn ihm lag daran, dieses Prädikat zu verdienen. Aber auf seine Zuverlässigkeit hatten bereits andere vorrangigen Anspruch. Und weil er diese Menschen, die ihr Vertrauen in ihn setzten, nicht im Stich lassen wollte, mußte er eine Abmachung brechen, die auch er selber als halbes Versprechen wertete. Einzig sein eigener Entschluß hinderte ihn also daran, den vorgesehenen Besuch abzustatten: Aber es war ein Entschluß, den er nicht nach eigenem Ermessen ändern konnte.

Bei der ersten Begegnung mit Margaret am Vormittag vor dem Brand war ihm gewesen, als habe er die junge Studentin schon irgendwo gesehen. Das rote Haar und die Sommersprossen waren unverkennbare Merkmale, aber er konnte weder einen Namen noch eine bestimmte Gelegenheit mit ihnen in Verbindung bringen und war zu beschäftigt, um sich über Unwichtigkeiten den Kopf zu zerbrechen. Viele Studenten kamen während ihrer Ausbildungszeit für ein paar Wochen oder Monate ins St.-Bartholomew's-Hospital. Allerdings waren nicht viele Frauen darunter, und Charles würde sich bestimmt erinnert haben, wenn Margaret unter seiner Anleitung dort gearbeitet hätte. Aber es war durchaus möglich, daß sie einander in einem Krankensaal oder auf dem Korridor begegnet waren.

Ihre zweite Begegnung war etwas anderes. Nach der Entdeckung des Feuers war Charles' erste Sorge gewesen, Jamie aus dem Gefahrenbereich zu schaffen. Als das getan war, stellte er mit Entsetzen fest, daß die brennende Leiter zusammengestürzt war und er Miss L. nicht hinauf in den Kindersaal folgen konnte. Die Feuerwehr kam bestimmt so schnell, wie dies im Nebel irgend möglich war, aber jede Sekunde des Wartens wurde ihm zur Qual. Als er endlich die Aufzugplattform erklimmen und sehen konnte, daß Margaret nicht nur unverletzt war, sondern besonnen und rasch ein Kind nach dem anderen in Sicherheit bringen half, war seine Erleichterung und Bewunderung ebenso tief empfunden wie vor kurzem noch die Besorgnis. Später jedoch, in der Droschke, kam ein neues, ein wärmeres Gefühl für sie in ihm auf. Margaret, die sich ihres rußigen Gesichts und der verräucherten Kleidung geschämt hatte und noch mehr ihrer Tränen nervlicher und körperlicher Erschöpfung, wäre erstaunt gewesen zu erfahren, daß dies der Augenblick war, in dem Charles sich in sie verliebt hatte.

Er war selber erstaunt darüber, wie spontan er auf ihren Zusammenbruch reagierte, was ihn indes nicht hinderte, sich die Lage instinktiv zunutze zu machen, indem er einen stützenden Arm um sie legte. Wie schlank ihre Taille war! Wie rührend vertrauensvoll sie den müden Körper in seinem Arm ruhen ließ! Er hatte sich ihre Adresse gemerkt, ihr am nächsten Tag Blumen geschickt und sich vorgenommen, sie am Sonnabend zu besuchen, denn so lange würde sie sicher brauchen, um sich vom Schock dieses Ereignisses zu erholen. Die junge Bekanntschaft schien sich erfreulich rasch zu entwickeln.

Bei der unerwarteten Begegnung im Theater genügte ein einziger Satz, um ihn umzustimmen. Als er sie nach dem ersten Akt von fern erblickte, empfand er einen Stich von Eifersucht: Der blonde junge Herr – es bestand immerhin die Hoffnung, daß er zu der wenig attraktiven jungen Dame an seiner anderen Seite gehörte – wandte sich Miss L. zu, deren Lächeln verriet, daß sie zu ihm in einer engeren Beziehung stand. Aber Margaret selber befreite ihn später im Wandelgang von dieser Befürchtung, indem sie den hübschen Begleiter als ihren Bruder vorstellte. Dann nannte sie ihren Namen, und sein ganzes Glück wurde grausam vernichtet ...

Margaret Lorimer!

In seiner Verzweiflung ging er den ganzen Weg vom Theater zu Fuß nach Hause. Bei jedem Schritt versuchte er sich einzureden, daß der Name Lorimer zwar nicht so häufig sei wie Scott, aber doch keineswegs ungewöhnlich. Es mußte Tausende von Lorimers in England geben. Aber wie viele von ihnen führten den Vornamen Margaret, und wie viele dieser Margaret Lorimers hatten rotes Haar, und wie viele rothaarige Margaret Lorimers hatten einen Bruder namens Ralph?

Dieses ganze Fragespiel war unnütze Selbstquälerei. Sobald der Name gefallen war, wußte er wieder, wo er Margaret Lorimer schon gesehen hatte. In Bristol, vor vielen Jahren. Charles war zwar mit zwölf Jahren in ein Internat gekommen und von dort aus mit achtzehn nach London gegangen, um sein Medizinstudium aufzunehmen. Aber die Ferien hatte er zu Hause verbracht, und obwohl sein Vater mit den reichen Patienten nicht gesellschaftlich verkehrte, hatte er Charles einmal bei einem Konzertbesuch auf die Familie Lorimer aufmerksam gemacht.

Margaret konnte damals höchstens fünfzehn Jahre alt gewesen sein, dennoch war Charles an ihr bereits der reife, entschlossene Ausdruck aufgefallen, der ihn auch jetzt an ihr fesselte. Immerhin könnte er zur Sicherheit an einen seiner Jugendfreunde, die noch in Bristol wohnten, schreiben. Dort würde man wissen, ob John Junius' Tochter die Stadt verlassen und ein Medizinstudium aufgenommen hatte. Doch dieser Brief würde die Zeit der Abfassung nicht wert sein. Die Antwort stand außer Zweifel. Er hatte sich in die einzige Frau auf der Welt verliebt, die ihm versagt bleiben mußte.

Charles versuchte, das Problem nüchtern zu betrachten. Als Lorimer's Bank in Konkurs ging, war Margaret erst einundzwanzig Jahre alt gewesen. Man konnte sie unmöglich für das Geschehene verantwortlich machen. Soweit er wußte, hatte niemand sie je der

Verschwendungssucht bezichtigt. Es gab wohl allerlei Gerüchte über den jungen Mann, den sie hatte heiraten wollen, aber die Tatsache, daß es nicht zu dieser Verbindung kam, sprach zu ihren Gunsten. Wäre Charles allein auf der Welt gewesen, nur sich selber verpflichtet, so hätte er außer seiner spontanen Sympathie nur noch größere Bewunderung für eine junge Frau empfunden, die den verlorenen Glücksgütern nicht nachtrauerte, sondern sich unverzüglich an die Arbeit gemacht hatte, um ein nützliches Mitglied der menschlichen Gesellschaft zu werden.

Aber Charles war nicht allein auf der Welt. Er teilte die enge Wohnung in der Vorstadt mit seinen Eltern. Eine andere Wahl war ihm nicht geblieben, denn der Konkursverwalter hatte nach dem Zusammenbruch von Lorimer's Bank dem Ehepaar Scott das letzte weggenommen. Haus, Möbel, Ersparnisse, alles mußte dem fast aussichtslosen Beginnen geopfert werden, den Schuldenberg abzutragen, der nun auf den Aktionären der Bank lastete. Charles hatte seine Sohnespflichten auf sich genommen und den Eltern versichert, daß sie in allen Stücken auf ihn zählen könnten. Margaret hatte ihn also zu Recht als einen zuverlässigen Menschen beurteilt, doch gerade diese Eigenschaft verbot ihm, sie jemals wiederzusehen.

Seine Mutter wünschte, daß er sich verheirate. Der jähe Umschwung ihrer Vermögenslage hatte sie kränklich und schwierig gemacht. Sie konnte es nicht fassen, daß sie ihr behagliches Heim in Clifton verlassen und in das Reihenhäuschen in Islington ziehen mußte, das Charles' Mitteln angemessen war. Nun klammerte sie sich an die Hoffnung, ihren einzigen Sohn verheiratet zu sehen und ein Enkelkind in den Armen zu halten. Dann würde ihr Leben wieder in normale Bahnen zurückkehren.

Für Dr. Scott hingegen würde es nie wieder ein normales Leben geben. Den Jahren nach war er kein alter Mann. Unmittelbar nach der Katastrophe hatte Charles sogar, wenn auch widerstrebend, die Möglichkeit ins Auge gefaßt, London zu verlassen und sich als praktischer Arzt auf dem Lande niederzulassen. Dort könnte der Vater sich mit ihm in die Arbeit teilen und wieder der alte werden.

Die Idee mußte ein Traum bleiben. Dr. Scott senior würde seinen Ruin nie verwinden, wie schon sein krankhaftes Betragen in Brinsley House hatte vermuten lassen. Nicht einmal in Gedanken sprach Charles das Wort »wahnsinnig« aus, aber er mußte sich damit abfinden, daß sein Vater völlig aus dem Gleichgewicht geriet, sooft das Thema angeschnitten wurde. Und nicht nur dann – es gelang ihm immer wieder, alles und jedes mit diesem Thema in Verbindung zu bringen, wie sehr Charles sich auch Mühe gab, im Gespräch jeden Berührungspunkt zu vermeiden. Um keinen Preis durfte er den Namen Margaret Lorimer erwähnen, nicht einmal als den einer Fremden, der er zufällig begegnet sei. Daß Margaret jemals als Schwiegertochter akzeptiert werden könnte, war undenkbar.

Als Charles an jenem Abend durch die kalten Straßen vom Theater nach Hause ging; suchte er verzweifelt nach einem Ausweg aus diesem Dilemma. Wie, wenn er Margaret niemals in das Häuschen in Islington mitbringen würde? Nie ihren Namen erwähnte? Er könnte sich mit ihr in ihrer Wohnung treffen, in Krankenhäusern, irgendwo in der Stadt. Doch diesen Gedanken verwarf er sofort wieder. Seine Eltern konnten noch zwanzig Jahre leben. Ihre Meinung würden sie nie ändern. Wie könnte er von einer jungen Frau verlangen, sich mit einer solchen Situation auf unabsehbare Zeit abzufinden?

Erst als er vor seiner Haustür anlangte, gestand er sich unverblümt ein, was sich ereignet hatte. »Ich habe mich in Margaret Lorimer verliebt«, sagte er laut und seufzte. Nun, das war sein Fehler und sein Pech. Niemand hatte es von ihm verlangt, er mußte seine Gefühle unterdrücken, so gut es ging. Wenigstens hatte Margaret Lorimer bisher kaum Zeit gehabt, sich in ihn zu verlieben. Sie hatte ihn sympathisch gefunden – dessen war er sicher –, und gewiß war sie geschmeichelt, als sie seinen Blumengruß erhielt. Vielleicht freute sie sich sogar auf seinen Besuch; und wenn er Wort hielte, würde sie mit Recht wissen wollen, ob er sich ernstlich für sie interessiere. Danach wäre es zu spät: Er könnte sich nicht mehr mit einer Entschuldigung aus der Affäre ziehen. Er mußte sofort Schluß machen, ehe ihre Gefühle für ihn sich vertiefen konnten. Es war die einzige Liebe, die er ihr erweisen konnte. »Margaret Lorimer darf sich nicht in mich verlieben«, sagte er; und er versuchte, diese zweite Feststellung so überzeugt klingen zu lassen wie vorhin die erste.

Wäre Charles ein Schürzenjäger gewesen, er hätte sich nicht über die Gefühle einer Frau den Kopf zerbrochen; er hätte sie eben fallen lassen, sobald sie ihm lästig geworden wäre. Doch da er ein guter und redlicher Mensch war, übernahm er, um nicht doch noch schwach zu werden, an dem für seinen Besuch bei Margaret vorgesehenen Wochenende den Dienst für einen Kollegen. Er war an diesen beiden Tagen und noch lang danach sehr unglücklich, hoffte jedoch, daß die Wunde in seinem Herzen mit der Zeit heilen werde. Nichts, so hämmerte er sich immer wieder ein, konnte seinen Entschluß, Margaret Lorimer nie wiederzusehen, ins Wanken bringen. Daher war ihm die Begegnung mit ihr am ersten Montag des neuen Jahres unwillkommen und peinlich – um so mehr, als er nicht darauf gefaßt war. Als Chirurg an einem Lehrkrankenhaus hatte er ständig Praktikanten anzuleiten. Und da so viele seiner älteren Kollegen hier und an anderen Krankenanstalten noch immer fanden, daß Frauen sich nicht in ihren Beruf eindrängen sollten, teilte man Charles einen unverhältnismäßig hohen Prozentsatz an Studentinnen der Medizinischen Vorbildungsanstalt zu. Der Anblick der beiden jungen Praktikantinnen, die – adrett in saubere weiße Kittel und glatte Röcke gekleidet, das Haar straff zurückgebürstet und zu strengen Knoten geschürzt – an jenem Morgen auf ihn warteten, überraschte ihn daher zunächst nicht. Dann aber sah er, wer die beiden waren.

Sekundenlang konnte er kein Wort hervorbringen. Schließlich grüßte er mit knappem Kopfnicken:

»Miss Lorimer. Miss Morton.«

Mehr fiel ihm nicht ein. Er wußte, daß es unfreundlich, ja fast ein Affront war, sich, wie er es tat, ohne ein weiteres Wort abzuwenden; aber er konnte keinen klaren Gedanken fassen.

Er war Margaret Lorimer eine Erklärung schuldig: Daran war nicht zu zweifeln. Doch eine solche Erklärung, zumindest eine, die Anspruch auf Glaubwürdigkeit erheben konnte, würde womöglich eben die Situation heraufbeschwören, die er unbedingt vermeiden wollte. Es war unmöglich, mit Margaret Lorimer freundschaftlich zu verkehren. Und er mußte ihr dies um ihrer selbst willen vom ersten Augenblick an klarmachen. Es würde ihm schwer genug fallen, sechs oder acht Wochen mit ihr zusammenzuarbeiten. Aber er durfte keinen Zweifel daran aufkommen lassen, daß sie füreinander nur Lehrer und Schülerin sein könnten.

Ein weiterer Gedanke drängte sich ihm auf. Er hatte die erwachsene Margaret Lorimer zum erstenmal rein zufällig getroffen. Auch die zweite Begegnung im Theater war ein Zufall gewesen, mit dem es nichts Ungewöhnliches auf sich gehabt hatte. Doch ein weiterer Zufall war nicht mehr ohne Argwohn hinzunehmen. Gewiß, diese dritte Begegnung hatte rein berufliche Gründe, aber Margaret mußte gewußt haben, daß sie ihn höchstwahrscheinlich im St.-Bartholomew's-Hospital wiedersehen würde. Sie wußte, daß er hier arbeitete, und sie wußte, daß er Chirurg war. Es lag nahe, daß sie ausdrücklich gebeten hatte, ihr Praktikum in der Chirurgie bei ihm ableisten zu dürfen. In diesem Fall stellte sie ihm nach. Wenn also diese unselige Begegnung für jemanden peinlich sein mußte, dann für sie, die sie heraufbeschworen hatte.

Margaret bekam diese Peinlichkeit voll zu spüren. Charles' Benehmen war unverzeihlich, und er sah, daß sie zutiefst betroffen war. Er blieb wortkarg und wies ihr nur Routinearbeiten zu. War ein komplizierter Verband zu entfernen und neu anzulegen, so rief er Miss Morton. Aus den Augenwinkeln beobachtete er Margaret, die allein arbeitete. Es entging ihm nicht, wie sie mit fester, aber behutsamer Hand die einfachen Verbände anlegte, den Patienten Mitgefühl entgegenbrachte, hoffnungsvoll zu ihm aufblickte, wenn sie meldete, daß sie alle Aufträge ausgeführt habe, enttäuscht war, wenn sie hörte, daß Miss Morton ihn in den Operationssaal begleiten werde und daß dort nicht genügend Platz für zwei Praktikantinnen sei.

Das stumme Ringen dauerte fünf Tage. Es war eine schwere Zeit für Charles, denn er mußte sowohl gegen seine sonst so rücksichtsvolle Art ankämpfen wie auch gegen seine Gefühle für Margaret. Er war nicht überrascht – obgleich er es vorgab –, als sie am Ende der Woche fragte, ob sie ihn sprechen könne.

»Natürlich.« Er gab sich gleichgültig, während er wartete, daß sie ihn von ihrer Absicht, an ein anderes Krankenhaus überzuwechseln, in Kenntnis setze.

»Es wäre mir lieb, wenn unser Gespräch nicht ganz so in der Öffentlichkeit vor sich ginge.« Margaret blickte sich zu den Insassen der chirurgischen Station um, wo sie sich aufhielten. Es gab im Krankenhaus wenig Möglichkeiten, unter vier Augen zu sprechen, aber vielleicht wäre die Bibliothek leer. Charles ging dorthin voran, öffnete die Tür und ließ Margaret den Vortritt. Sie wandte sich sofort zu ihm um.

»Im Juli muß ich die Diplomprüfung in Chirurgie ablegen«, sagte sie. »Wenn ich den Rest meiner Zeit hier ebenso sinnlos vertun muß wie die vergangene Woche, dürfte ich kaum gut abschneiden. Bestimmt kann ich an einem anderen Krankenhaus wertvollere Erfahrungen sammeln. Aber ehe ich von hier weggehe, würde ich doch gern wissen, warum Sie sich solche Mühe gaben, mich hier nichts lernen zu lassen.«

Er hatte angenommen, sie würde sich stillschweigend aus St. Bartholomew's davonstehlen, vielleicht sogar unter Tränen, und war nicht im Traum darauf gefaßt gewesen, daß sie ihn anklagte. Als Arzt hatte er Erfahrung mit kranken Frauen, mit hilflosen Frauen, wie seine Mutter eine war, mit leichtfertigen Frauen und mit ernsthaften, aber zugleich unterwürfigen Frauen wie den Studentinnen, die er seit Jahren angeleitet hatte. Eine Frau, die sich zur Wehr zu setzen wußte, war ihm noch nie begegnet.

»Es tut mir leid, wenn Sie mich unwillig fanden.«

»Es tut Ihnen ganz und gar nicht leid«, gab Margaret zurück. »Ihre Unwilligkeit war so konsequent, daß sie einen Zweck haben mußte, und ich nehme an, dieser Zweck war, mich zum Weggehen zu bringen. Sie werden hoffentlich bald feststellen können, daß Sie diesen Zweck erreicht haben. Aber ich werde der Rektorin erklären müssen, warum ich versetzt werden möchte. Welchen Grund soll ich angeben? Zuerst dachte ich, Sie gehörten zu den Gegnern des Frauenstudiums, aber meiner Freundin gegenüber verhielten Sie sich wohlwollend. Ich muß irgend etwas getan haben, was Ihren Unmut weckte, und zwar zwischen unserer ersten Begegnung und meinem Dienstantritt im Krankenhaus. Aber Sie gaben mir keinen Hinweis, worum es sich handeln könnte. Ich glaube, daß ich eine Erklärung erwarten darf.«

»Ja«, sagte er. Nur zu gern hätte er sie getröstet, denn er konnte ihre Stimme trotz der kühnen Worte beben hören. Es fiel ihr nicht leicht, ihn zur Rede zu stellen. »Ich meine, ja, Sie dürfen eine Erklärung erwarten. Aber ich kann sie Ihnen nicht geben. Als ich sagte, es tue mir leid, meinte ich es ernst. Vielleicht hat mein Verhalten Sie schon früher enttäuscht, und wenn dem so ist, so bitte ich auch hierfür um Entschuldigung. Aber ich kann über meine Gründe nicht sprechen. Ihr Plan, an ein anderes Krankenhaus überzuwechseln, ist sehr vernünftig. Ich werde Ihrer Rektorin schreiben und ihr erklären, daß ich mich unmöglich mit zwei Praktikantinnen zugleich befassen kann.«

»Wenn ich dieses Krankenhaus verlasse, werde ich Sie nie wieder belästigen«, sagte Margaret. »Geben Sie mir also jetzt die Erklärung, um die ich Sie bat. Es ist nur recht und billig, daß ich erfahre, womit ich Ihre Kälte verdient habe.«

Charles wandte sich ab und ging eine Weile in der Bibliothek hin und her. Er hatte die beabsichtigte Wirkung erzielt. Um ihrer selbst willen, so hatte er sich eingehämmert, dürfte Margaret ihn nicht liebgewinnen, und nun war deutlich, daß sie ihn als Gegner empfand. Es wäre töricht, diesen Erfolg aufs Spiel zu setzen, nur damit sie ein wahres Bild seiner Beweggründe mitnehmen könnte. Wenn er zögerte, so nur deshalb, weil seine Hochachtung für Margaret durch ihr Verhalten in den vergangenen Tagen und in diesen Minuten noch gewachsen war. Was er ihr hätte sagen wollen, war unvereinbar mit dem, was die Vernunft ihm zu sagen gebot.

»Dr. Scott«, begann Margaret. Ihr Ton war zurechtweisend. Erregt wandte er sich wieder ihr zu.

»Haben Sie diesen Namen noch nie in Ihrem Leben ausgesprochen?« fragte er. »Erinnerten Sie sich an nichts, als Sie erfuhren, wie ich heiße?«

Margaret wartete lange genug mit der Antwort, um ihm zu zeigen, daß eine Fortsetzung des Gesprächs sinnlos sei; sie hatte bereits erraten, was er endlich vorbringen wollte.

»Ja«, sagte sie ruhig. »Ich sprach mit Lydia darüber. Aber Scott ist kein ungewöhnlicher Name, und London ist nicht Bristol. Es müßte ein unglaublicher Zufall sein, wenn sich herausstellte, daß zwischen uns bereits früher eine wenn auch noch so vage Verbindung bestand. Sie wollen also sagen, unser ehemaliger Hausarzt sei –«

»Mein Vater«, ergänzte er. »Mein Vater, den die Machenschaften *Ihres* Vaters bis an die Grenzen des Wahnsinns getrieben haben und vielleicht darüber hinaus.« Dieses Eingeständnis machte er zum erstenmal. »Wegen eines Lorimer sind meine Eltern bettelarm, völlig auf mich angewiesen. Wegen eines Lorimer kann mein Vater sich nirgendwo mehr sehen lassen.«

»Das tut mir leid, von Herzen leid. Aber wollen Sie nun mich dafür büßen lassen?«

»Nein«, gestand er. »Und wenn ich Sie unter normalen Umständen kennengelernt hätte, wenn wir einander offiziell vorgestellt worden wären, wenn ich Ihren Namen gekannt hätte, noch ehe ich mir eine Meinung über Ihren Charakter bilden konnte, wenn Sie für mich nichts weiter als eine Bekanntschaft unter vielen gewesen wären, so wäre ich zu Ihnen ebenso höflich gewesen wie zu jeder anderen jungen Dame. Wenn ich unhöflich war – und ich gebe offen zu, daß ich Sie unverzeihlich behandelt habe –, so deshalb, weil ich mir gewünscht hätte, Sie näher kennenzulernen und erbittert war, daß das Schicksal diese Schranke zwischen uns errichtet hat. So muß Romeo empfunden haben, als er erfuhr, wer Julia war. Und meine Lage ist noch hoffnungsloser als die Romeos. Ich liebe meinen Vater und habe nicht die Absicht, meine Sohnespflicht zu vernachlässigen; und ich könnte nicht glücklich werden, wenn ich ihm Kummer machen müßte. Mein eigenes Herz gebietet mir Einhalt. Jedes andere Hindernis könnte ich niederreißen; dieses aber nicht.«

»Es wäre gnädiger gewesen, mir das früher zu sagen«, meinte Margaret. Sie war sehr blaß geworden, und Charles fürchtete, sie könnte in Ohnmacht fallen. Er zog unter einem Lesetisch einen Stuhl hervor und streckte die Hand aus, um Margaret zu stützen, aber sie wich gerade so weit zurück, um die Berührung zu vermeiden, ehe sie sich setzte.

»Bedenken Sie, daß ich Ihren vollen Namen erst im Theater erfuhr, kurz, ehe wir uns trennten«, sagte Charles. »Danach hielt ich es für das beste, Ihren Unwillen zu erregen. Ich wußte nicht, ob ich stark genug sein würde, meinen Vorsatz auszuführen, falls Sie mir freundlich begegneten; und ich glaubte nicht, daß Sie meine Einstellung zu meinen Eltern nachempfinden könnten.« Er war nun ebenso erregt wie sie, wenn er es auch mit allen Mitteln zu verbergen suchte.

»Ich liebte meinen Vater genauso, wie Sie den Ihren lieben«, erwiderte Margaret. »Als damals die Bank zusammenbrach, war ich verlobt und wollte heiraten – wußten Sie das? Die Verlobung erwies sich als unvereinbar mit meiner Zuneigung zu meinem Vater und wurde daher gelöst. Ich kann Ihnen durchaus nachfühlen, was Sie empfinden.«

Lange Zeit schwiegen beide. Dann blickte Margaret zu Charles auf und zwang sich zu einem Lächeln. »Aber das will nicht heißen, daß ich die Art und Weise billige, wie Sie diese Empfindungen zum Ausdruck bringen.«

»Was hätte ich Ihrer Meinung nach tun sollen? Was sollte ich Ihrer Meinung nach jetzt tun?«

»Meinetwegen können Sie sich als zweiten Romeo sehen«, sagte sie. »Aber es wäre töricht, mir die Rolle der Julia zuteilen zu wollen. Ich bin kein vierzehnjähriges Mädchen, das nach einem Gatten schmachtet. Ich bin sechsundzwanzig und im Begriff, einen Beruf zu erlernen. Nach meiner Approbation will ich mich als Ärztin niederlassen. Ich hoffe, daß ich im Lauf meines Berufslebens viele Freunde aus dem Kollegenkreis gewinnen werde. Männliche und weibliche. Sie, Dr. Scott, stehen in dem Ruf, künftigen Ärztinnen keine Hindernisse in den Weg zu legen. Können Sie sich nicht auch zu dem revolutionären Gedanken durchringen, diesen Ärztinnen die gleiche Freundschaft entgegenzubringen wie einem männlichen Kollegen?«

»Das würde an meinen häuslichen Problemen wenig ändern. Ich dürfte niemals auch nur Ihren Namen vor meinen Eltern erwähnen.«

»Gewiß haben Sie Freunde unter den Ärzten dieses Krankenhauses«, sagte Margaret. »Nehmen Sie alle diese Freunde mit nach Hause, um sie Ihrem Vater vorzustellen, oder vertreiben Sie ihm abends die Zeit, indem Sie die Namen Ihrer Freunde aufsagen? Wohl kaum. Doch sind diese Leute nicht trotzdem Ihre Freunde, auch wenn sie Ihnen nur im außerhäuslichen Bereich Ihres Lebens begegnen? Wenn Sie es bereits als Verrat an Ihren Eltern empfinden, eine rein berufliche Bekanntschaft mit mir aufrechtzuerhalten, so ist das Ihre Sache. Aber mein eigenes Gewissen ist nicht in Bedrängnis, und es ist nicht einzusehen, daß Sie mich opfern wollen, nur um das Ihre zu beschwichtigen.«

»Es war nie meine Absicht, Sie zu opfern«, sagte Charles. »Ich wollte Sie nur nicht eine Beziehung aufnehmen lassen, die nichts zu bieten hat und Sie sogar unglücklich machen könnte. Ich sehe meine Zukunft nicht so klar vor mir, wie Sie anscheinend die Ihre sehen.«

»Mein Blick in die Zukunft reicht zunächst nur bis zu den Prüfungen«, sagte Margaret. Sie stand wieder auf. Ihr Rücken war gestrafft, der Blick fest, und sie lächelte so unbefangen, als wäre es bei dem Gespräch nur um Belanglosigkeiten gegangen und nicht um eine Frage, die für ihr ganzes Leben entscheidend sein mochte. »Sie wissen doch noch aus Ihrer eigenen Studienzeit, wie unerbittlich ein

Examen auf das andere folgt. Im Augenblick habe ich nur eine Sorge, nämlich, daß ich möglichst viele Kenntnisse und Erfahrungen in der Chirurgie erwerbe. Daher hoffe ich aufrichtig, daß Sie jetzt sagen, ich könne nächste Woche wiederkommen und darauf zählen, daß Sie mich alles lehren, was Sie selber wissen.«

Charles blickte sie tiefunglücklich an. Er hatte weit mehr gesagt, als er hatte sagen wollen, doch Margarets klarer Verstand hatte die qualvolle Rechtfertigung seines früheren Schweigens und seiner jetzigen Unhöflichkeit einfach hinweggefegt. Er hatte auch sich selber gegenüber vorgegeben, ausschließlich ihr zuliebe so unmanierlich zu sein. Nun mußte er erkennen, daß er nur sich selber hatte schützen wollen und daß diese Schutzwehr zerstört war.

Was er Margaret erklärt und was sie offenbar akzeptiert hatte, war nur die Hälfte des Problems. Als er von Romeo und Julia sprach, hatte sie nur an die Familienfehde zwischen den Montagues und den Capulets gedacht. Diese Auffassung enthob ihn der Sorge, die er ihretwegen gehegt hatte, änderte jedoch nichts an der Tatsache, daß er sie liebte und ihr trotzdem seine Liebe nie offener würde erklären können als heute. Die Freundschaft, mit der sie glaubte, sich begnügen zu können, würde für ihn eher eine Quelle des Unglücks als der Freude sein. Jetzt war seine letzte Chance zur Umkehr. Er könnte nochmals seine Zuflucht zur Unhöflichkeit nehmen, zu einer endgültigen und nie wiedergutzumachenden Unhöflichkeit. Er könnte sehen, wie ihr Blick sich vor Schmerz und Enttäuschung trübte. Er könnte ihr nachblicken, wie sie die Bibliothek verließ und er würde wissen, daß sie nie mehr zurückkommen würde. Das alles wäre möglich. Er nahm all seinen Mut zusammen.

Nein, es war nicht möglich. Sie lächelte ihm zu. Ihr sommersprossiges Gesicht drückte Freundlichkeit aus, sogar Vertrauen, obwohl sie keinen Grund hatte, ihm zu vertrauen. Er brachte es nicht übers Herz, ihr abermals wehzutun. Statt dessen lächelte auch er.

»Kommen Sie am Montag so früh wie möglich«, sagte er. »Ich habe eine Ovariotomie vorzunehmen. Diese Operation ist beinah so gefährlich wie die Erkrankung, die damit behoben werden soll. Ich mache sie nur als letzten Rettungsversuch für eine Patientin, die andernfalls mit Sicherheit sterben wird. Viele Chirurgen lehnen diesen Eingriff grundsätzlich ab, da die hohe Mißerfolgsquote ihrem Ruf nicht dienlich ist. Vermutlich hatten Sie noch nie Gelegenheit, bei

dieser Operation zuzusehen. Es könnte Ihnen helfen, sich über deren Tunlichkeit ein Urteil zu bilden. Ich erwarte Sie also am Montag.«
Margarets neuerliches Lächeln war ihm Lohn genug. Sie streckte die Hand aus, als sollte zwischen ihnen ein Pakt besiegelt werden. Charles beugte sich vor und ergriff sie; am liebsten hätte er Margaret geküßt. Aber das war natürlich unmöglich. Er unterdrückte seine Wünsche. Margaret, die keine Wünsche zu hegen schien, die sie hätte unterdrücken müssen, ging lächelnd hinaus und überließ es ihm, die bittersüße Last einer Liebe zu tragen, die weder zurückgewiesen noch erwidert wurde.

5.

Jede Schauspielerin sehnt sich nach dem Beifall der Menge – diese Sehnsucht ist Teil ihrer Natur. Sogar Kritik ist besser als Schweigen. Margarets Auftritt war indessen von ungewöhnlicher Art gewesen. Ihr Publikum hatte einzig aus Charles bestanden, und da ihre Rolle vorschrieb, ihn zu täuschen, durfte er nicht einmal ahnen, daß sie ihm etwas vorgespielt hatte, und noch viel weniger ihrer Kunst Beifall spenden.
Daß Margaret sogleich nach ihrer Heimkehr aus dem Krankenhaus Lydia Bericht erstattete, mochte diesem Wunsch nach Anerkennung entspringen, obgleich sie vor sich selber einen anderen Grund anführte. Schließlich hatte sie sich ihrer Freundin damals nach dem Brand und später nach der Begegnung mit Charles im Theater anvertraut, und schließlich war Lydia über das Benehmen des jungen Chirurgen im St.-Bartholomew's-Hospital empört gewesen und hatte es als peinlich empfunden, daß Charles sie so auffallend Margaret vorgezogen hatte. Da Margaret auf Mitleid keinen Wert legte, konnte sie der Freundin mit lebhafter Genugtuung den Grund für Charles' ablehnendes Verhalten sowie die Absprache, die sie mit ihm für die Zukunft getroffen hatte, mitteilen.
Lydia reagierte zunächst durchaus nach Wunsch. Sie erschrak, als sie vom Gesundheitszustand des älteren Dr. Scott erfuhr und als sie hörte, daß er Charles' Vater sei: Sie fühlte mit dem jungen Mann

und verstand seine Reaktion auf die familiären Schwierigkeiten. Aber als Margaret erzählte, welche Lösung sie erwirkt habe, antwortete Lydia nicht mit Beifall, sondern mit einem Stirnrunzeln.
»Hältst du das für klug?« fragte sie. »Mir scheint, daß Charles Scott sich unter den gegebenen Umständen richtig entschieden hat, auch wenn er dir gegenüber unnötige Härte walten ließ. Wenn es stimmt, daß sein Vater nie und nimmer zu einer Sinnesänderung bewegt werden kann, so wäre ein völliger Bruch zwischen euch sicherlich das beste.«
»Und kannst du dir nicht vorstellen, daß ein Mann und eine Frau ganz einfach gute Freunde sein könnten?«
»Eine ältere Frau und ein älterer Mann, vielleicht.«
»Wie alt müßten sie sein? Ich bin schließlich kein junges Mädchen mehr.«
»Zugegeben, auf das Alter kommt es nicht an«, sagte Lydia. »Es geht vielmehr darum, daß du ihn liebst. Du sprichst von Freundschaft, aber du erhoffst dir mehr. Etwas, das du niemals bekommen wirst.«
»Niemals ist eine lange Zeit«, erwiderte Margaret. »Dr. Scott –, der Vater, meine ich – wird nicht ewig leben.«
»Er kann immerhin noch viele Jahre leben, und es ist keine ausgesprochen christliche Lebenshaltung, wenn man auf den Tod eines anderen Menschen hofft. Und nimm einmal an, Margaret, Charles nähme deinen Vorschlag für bare Münze. Ihr könntet Freunde sein, und dennoch wäre es sein gutes Recht, sich eines Tages eine Braut zu suchen. Du würdest Jahre mit Warten verschwenden und am Ende nur enttäuscht sein.«
»Wenn ich in, sagen wir, fünf Jahren, eine Enttäuschung erleben sollte, so würde sie mich nicht tiefer treffen, als die sofortige Trennung mich treffen würde, und ich würde wenigstens fünf Jahre lang glücklich gewesen sein. Du sprichst, als opferte ich einen Liebsten um irgendeiner aussichtslosen Beziehung willen, während es doch nur darum geht, daß ich ein wenig Wärme in mein Leben bringen möchte, das sonst ausschließlich aus Arbeit besteht. Ich muß gestehen, daß ich mehr Verständnis von dir erwartet habe, Lydia.«
»Ich habe volles Verständnis für dich. Ich fürchte nur, daß du dich unglücklich machen könntest. Der Mann deines Herzens ist gewiß ein Ehrenmann. Eben deshalb wird er seinen Entschluß nicht än-

dern, und ebendeshalb wird es ihm gar nicht in den Sinn kommen, daß deine Worte nicht ganz mit deinen Gefühlen übereinstimmen.«

Margaret schwieg, denn der Wahrheit wußte sie nichts entgegenzuhalten. Aber die freudige Erregung, in der sie aus dem Krankenhaus zurückgekommen war, war dahin.

»Du hast natürlich völlig recht«, sagte sie dann. »Aber ich habe ganz einfach keine Wahl. Ich bringe es nicht fertig, jetzt zu sagen, daß ich ihn niemals wiedersehen wolle, und andererseits würde er die Bekanntschaft nie in einer anderen Form fortsetzen als in der, die ich vorschlug. Vielleicht werde ich eines Tages unglücklich sein, wenn wir uns trennen müssen; aber wenn wir uns jetzt trennten, bin ich mit Sicherheit unglücklich. Und ich glaube aufrichtig, daß wir Freunde sein können.«

»Hoffen wir, daß du recht hast.« Die warmherzige Lydia beeilte sich, die Partei ihrer Freundin zu ergreifen, und das Gespräch endete mit einer Umarmung. Dennoch nahm Margaret sich die Warnung zu Herzen. Während ihrer ganzen Praktikantinnenzeit am St.-Bartholomew's-Hospital achtete sie darauf, nichts als die aufmerksame Studentin zu sein. Sie schauspielerte nicht, wenn sie sich als tüchtige und zuverlässige Assistentin erwies, und ihre Sachlichkeit mußte Charles' letzte Zweifel zerstreut haben. Er behandelte sie, als wäre sie ein Mann; und Margaret redete sich ein, daß sie sich genau das gewünscht habe.

Im Sommer endete ihr Praktikum und die Schlußexamina fingen an. An ihrem letzten Tag im Krankenhaus wartete Margaret, bis Lydia gegangen war, ehe sie sich von Charles verabschiedete.

»Ich wünsche Ihnen alles Gute«, sagte er. »Wenn Sie in allen Fächern so beschlagen sind wie in der Chirurgie, so haben Sie nichts zu fürchten. Was haben Sie nach der Approbation vor?«

Bis zum Tag des Brandes hatte Margaret vorgehabt, sobald wie möglich nach Bristol zurückzukehren. Charles hatte, ohne es zu wissen, alle ihre Pläne geändert.

»Ich hoffe auf eine Anstellung in einem Londoner Krankenhaus, wo ich mich weiter auf den Doktor der Medizin vorbereiten kann«, sagte sie. »Auch Lydia wird hierbleiben, um sich für ihre Arbeit in der öffentlichen Gesundheitspflege zu qualifizieren, und so können wir weiterhin beisammen wohnen. Ich möchte mich auf Geburtshilfe spezialisieren und nehme an, daß ich in London mehr Erfahrungen sammeln und bessere Anleitung bekommen kann.«

»Dann hoffe ich, Sie aufsuchen zu dürfen, wenn Sie die Examina hinter sich haben«, sagte Charles.

Margaret wollte sich um keinen Preis anmerken lassen, wie sehr ihr an einem solchen Vorschlag seinerseits gelegen war, nun, da ihre Zusammenarbeit mit ihm endete.

»Diese Hoffnung brachten Sie schon einmal zum Ausdruck, aber sie hat sich nicht erfüllt«, neckte sie ihn. Daß sie beide bei dieser Erinnerung lächeln konnten, bewies, wie sehr die Freundschaft zwischen ihnen sich bereits gefestigt hatte.

Er mußte den Prüfungsergebnissen ein besonderes Augenmerk geschenkt haben, denn sobald sie veröffentlicht waren, stellte er sich mit zwei Blumensträußen bei Margaret und Lydia ein, um den beiden jungen Frauen zu gratulieren. Er hatte einen Freund mitgebracht. Henry Mason war ebenfalls Arzt, und ehe die beiden Herren sich verabschiedeten, lud er Margaret und Lydia für den kommenden Sonntag ins Haus seiner Eltern in Kew ein.

»Ich muß Sie warnen, wir planen einen besonderen Zeitvertreib«, sagte Henry. »Meine Schwester und ich haben uns Velozipeds gekauft und möchten fahren lernen. Es wäre uns ein Trost, bei etwaigen Knochenbrüchen ärztlichen Beistand in der Nähe zu wissen. Charles und ich machen uns erbötig, Ihnen den gleichen Dienst zu leisten, falls Sie sich entschließen sollten, die neue Kunst zu probieren.«

Margarets Herz jubelte, als ihr klarwurde, daß Charles, da er sie nicht in sein eigenes Haus bitten konnte, diese Einladung arrangiert hatte. Sie nahm sofort an, ohne Lydia Zeit zu Einwänden zu lassen. Aber Lydia, die nach viereinhalb Jahren fleißigen Studierens und einem anstrengenden Prüfungsmonat in sorgloser Stimmung war, drückte ebenfalls ihre Freude über den Vorschlag aus.

Der folgende Sonnabend verging mit Lachen und Plaudern. Margaret war froh, daß die beiden Velozipeds keine Hochräder waren, sondern die viel niedrigeren und ungefährlicheren Modelle. Henrys Schwester hatte sich bereits mit der schweren Kunst vertraut gemacht und gab eine wackelige Vorführung immer rundum im Garten, bis sie schließlich am Ende der Fahrt vom Rad fiel. Das Anhalten war eindeutig der schwierigste Teil des Radfahrens. Jeweils zu zweit wagten sie sich auf ihre ersten Probefahrten, und es gab viel blinden Alarm, während Mr. und Mrs. Mason amüsiert vom Fenster aus zusahen.

Als Margaret an der Reihe war, hielt Charles die Maschine für sie. Eine Hand hatte er unter dem Sattel, die andere an der Lenkstange, während sie aufstieg; doch als sie in die Pedale trat und er neben ihr herlaufen mußte, glitt eine seiner Hände zu ihrer Taille, um sie im Gleichgewicht zu halten. Margaret fand seine Nähe berauschend. Sie konnte ihr Glück kaum ertragen und radelte in ihrer Aufregung immer schneller. Als sie fast das Ende des Rasens erreicht hatten, wollte sie wenden, kippte aber mit dem Rad zur Seite. Charles andere Hand glitt an der Lenkstange entlang und legte sich auf die ihre, um die Bremse zu ziehen, aber es war zu spät, um den Fall aufzuhalten. Beide stürzten auf die Erde, das Fahrrad fiel auf sie drauf. Die Freunde hielten sich in der Ferne die Seiten vor Lachen, aber für Margaret schien plötzlich die Welt den Atem anzuhalten. Sie lag im Gras, wagte nicht, Charles anzublicken, und eine Weile regte sich keiner von beiden. Dann schob Charles das Fahrrad mit dem Fuß beiseite und rappelte sich hoch, ehe er die Hände ausstreckte, um Margaret aufzuhelfen.

»Weh getan?« fragte er.

Margaret vermochte vor Liebe nicht zu sprechen und schüttelte nur den Kopf. Sie schwankte ein wenig, als er sie behutsam auf die Füße zog, und sekundenlang stand er dicht bei ihr und hielt sie fest.

»Ach, Liebes!« sagte er, dann aber schüttelte er den Kopf und seufzte tief. Margaret hatte gehofft, er möge sie ebensosehr lieben wie sie ihn: Nun wußte sie es. Zugleich erkannte sie, daß er sich über ihre eigenen Gefühle im klaren sein mußte. Sie waren beide sehr still, als sie das Fahrrad zum Haus schoben.

Margaret hatte nun kein Interesse mehr, sich möglichst geschickt anzustellen. Sie behauptete, sich nicht allein auf dem Rad halten zu können und verlangte eine Stütze. Jedesmal machte Charles sich erbötig. Die Arglosigkeit, mit der sie einander schweigend ihre Gefühle eingestanden, sprach auch für ihre Freunde Bände. Wenn Lydia Bedenken hegte, so machte sie doch keinen Versuch, einzugreifen. Nach dem Lunch fanden alle, es sei nun genug der Stürze und Beulen, und entschieden sich für einen Spaziergang am Fluß-

ufer entlang. Keinem schien es aufzufallen, daß Margaret und Charles immer weiter zurückblieben.
Noch eine ganze Weile wagten sie nicht, miteinander zu sprechen. Schließlich brach Margaret das Schweigen und damit den Vorsatz, den sie vor einem halben Jahr gefaßt hatte.
»Wäre es nicht möglich«, fragte sie ohne Vorrede, »Ihren Vater zu überzeugen, daß ich durch den Zusammenbruch von Lorimer's Bank fast ebensoviel verloren habe wie er? Wenn er auch mich als Opfer betrachten könnte, so würde er vielleicht weniger dazu neigen, mich für die Sünden meines Vaters büßen zu lassen.«
»Ich finde, daß Sie durch den Zusammenbruch eher gewonnen als verloren haben«, sagte Charles. »Zu Lebzeiten Ihrer Eltern wäre Ihr jetziger Lebensweg Ihnen verschlossen geblieben.«
»Aber an Geld und Geldeswert ist mir nichts geblieben.«
»Es würde schwer halten, meinen Vater hiervon zu überzeugen.«
»Würde er an meinem Wort zweifeln?«
»Waren Sie zugegen, als Ihr Vater starb?« fragte Charles. Der Themawechsel schien abrupt, und Margaret blickte ihn überrascht an.
»Ja. Das heißt, im Augenblick seines Todes war ich nicht bei ihm, weil ich Hilfe herbeiholte.«
»Dann haben Sie seine letzten Worte nicht gehört?«
»Ich wußte nicht, daß er nochmals gesprochen hat.«
»Aber Sie werden sich erinnern, daß mein Vater geholt wurde, um ihm beizustehen. Er beugte sich über Mr. Lorimer und hörte seine letzten Worte, der schon im Todeskampf lag.«
»Was hat mein Vater gesagt?« drängte Margaret, als Charles unfähig schien, weiterzusprechen.
»›Wer wird meinen Schatz hüten?‹ sagte er zweimal, dann starb er. ›Wer wird meinen Schatz hüten?‹ Mein Vater hat diese Worte nie vergessen. Er träumt davon, diesen Schatz zu finden. Mitten in der Nacht geht er hinaus in meinen kleinen Garten und gräbt die Erde um, weil er überzeugt ist, daß John Junius Lorimer seinen Schatz im Boden vergraben habe, damit die Gläubiger ihn nicht finden.«
»Wir haben kein Vermögen mehr«, versicherte Margaret ihm verstört.
»Wie kann ich ihn davon überzeugen? Sein Glaube ist zu einem Wahn geworden, aber es muß etwas Wahres daran sein. Ich glaube, daß Ihr Vater diese Worte sprach. Vielleicht war er im Augenblick

des Todes selber schon von Sinnen – vielleicht wähnte er, er sei noch immer reich und müsse sich nun für immer von seinen Schätzen trennen. Mir selber kann ich alle diese Möglichkeiten plausibel machen, nicht aber meinem Vater. Die fixe Idee steckt zu tief in ihm. Und selbst wenn Sie versuchten, ihm Ihre eigene Lage klarzumachen, so würde er die Ihres Bruders ins Treffen führen.«

»Ralph?«

»Nein. Ihr älterer Bruder. Soviel ich weiß, lebt er in Brinsley House, wie einst Ihr Vater. Seine Schiffahrtsgesellschaft hat das Unheil überlebt, das beinah jede andere Firma in Bristol betroffen hat. Er lebt nicht wie jemand, der alles verloren hat.«

»Meine Schwägerin hatte eigenes Vermögen«, sagte Margaret. »Sie erbte es von ihrem Vater, der erst nach dem Konkurs starb, so daß es nicht beschlagnahmt wurde.« In ihrem Bestreben, Charles zu überzeugen, sprach sie so bestimmt wie irgend möglich, aber sie war jetzt doch unsicher geworden. Sie wußte, daß William das Geschick der übrigen Aktionäre von Lorimer's Bank nur erspart geblieben war, weil er kurz vor dem Zusammenbruch seine eigenen Anteile hatte verkaufen müssen. Sie wußte ferner, daß die Versicherungssumme für die havarierte *Georgiana* ihm ermöglicht hatte, den Familienbesitz für ein Butterbrot zu kaufen. Aber auch sie war überrascht gewesen, wie schnell er dem Namen Lorimer wieder Geltung verschafft hatte in diesem Stadtteil Bristols, wo ein Mann nach seinem Reichtum und dem Umfang seiner Geschäfte gewertet wurde.

Sie waren schon bisher langsam gegangen, nun aber blieb Charles vollends stehen und blickte sie mit ernster Miene an.

»Sie müssen verstehen, daß ich nicht für mich spreche«, sagte er. »Für mich sind Sie die Frau, als die ich Sie kenne und – und schätze. Niemand kann Ihnen irgendeine Schuld an der Vergangenheit aufbürden. Ich beantworte nur eine Frage, die Sie stellten, und versuche, Ihnen klarzumachen, was mein Vater denkt, nicht, was ich selber denke. Er geriet außer sich, als er sein ganzes Geld verlor, aber das ist nur natürlich. Die letzten Worte Ihres sterbenden Vaters brachten seinen Verstand ins Wanken. Ich kam damals nach Bristol, um meiner Mutter beizustehen, und tat alles, um meinen Vater zu beruhigen. Was ihn endgültig in den Wahnsinn stürzte, war die Sache mit den Rubinen.«

»Welche Rubine?« Margarets Verblüffung war nicht gespielt.

»Die Rubine, die Ihre Mutter kurz vor ihrem Tod bei einem Ball in Bristol trug. Es hieß, sie seien ein Vermögen wert, aber nach dem Tod Ihres Vaters stellte sich heraus, daß sie falsch waren. Weder ich noch sonst jemand konnte meinen Vater überzeugen, daß die Lorimers kein Vermögen beiseite geschafft hätten, als eine befriedigende Lösung des Rätsels ausblieb. Das ändert nichts an meinen Gefühlen für Sie, aber für meinen Vater wird diese Sache zeit seines Lebens zwischen ihm und jedem Mitglied der Familie Lorimer stehen. Es besteht keine Aussicht, daß ich ihn von dieser Meinung abbringen kann. Ja, ich hielte es sogar für besser, wenn Sie und ich nicht mehr über die Vergangenheit sprechen würden.«

Margaret zögerte noch einen Augenblick, aber Charles hatte mit solcher Bestimmtheit gesprochen, daß sie ihm nicht Widerpart halten konnte: Außerdem wollte sie nicht einen Tag verderben, der ihr soviel Glück und Freude gebracht hatte. Aber noch am gleichen Abend schrieb sie an William.

Charles hatte besonders die Rubine erwähnt, und Margaret erinnerte sich jetzt, wie entgeistert sie gewesen war, als sich die in der Bank deponierten Juwelen als Fälschung erwiesen hatten. Und dann war da noch diese andere Sache, die sie Charles gegenüber nicht erwähnt hatte. Sie hatte ihren Vater einmal gefragt, was aus den Jadetieren geworden sei, die ihr so gut gefielen und die angeblich sehr wertvoll waren, und er hatte erwidert, auch die Skulpturen seien im Banktresor verwahrt. Nun erst fiel ihr auf, daß bei der gerichtlichen Bestandsaufnahme von John Junius' Vermögenswerten von der Jadesammlung überhaupt nie die Rede gewesen war. Sie fragte William nach diesen beiden geheimnisvollen Tatsachen und wartete bangen Herzens auf eine Antwort.

Aber sein Brief war wenig dazu angetan, ihre Ängste zu zerstreuen. William schrieb mit ungewöhnlicher Offenheit: Der Vater habe die wertvollsten Stücke der Jadesammlung veräußert, und zwar in einer Weise, die man nur als verstohlen bezeichnen könne; die Ersatzstücke, die er angeschafft habe, um die Lücken in den Vitrinen zu füllen, seien von geringem Wert gewesen.

»Ich persönlich bin der Ansicht«, fuhr William fort, »daß der Erlös aus dem Verkauf der Jadeskulpturen zum Erwerb der Steine – der echten Steine – verwendet wurde, aus denen Vater den Schmuck für unsere Mutter anfertigen ließ. Und ich glaube – dies mag allerdings nur eine Mutmaßung meinerseits sein –, daß er Parker die echten Steine zur Verarbeitung gab und später bei einer Firma außerhalb Bristols, wo er nicht bekannt war, eine Kopie anfertigen ließ. Wir wissen, daß diese Kopie in der Bank verwahrt wurde. Was aus den echten Juwelen geworden ist, werden wir vielleicht nie erfahren. Ich meine nach wie vor, daß sie existieren, aber irgendwo versteckt sind und wahrscheinlich nie gefunden werden, es sei denn, durch einen Zufall. Ich muß nicht eigens betonen, daß diese Vermutungen nur für Deine eigenen Augen bestimmt sind. Es wäre im höchsten Maß unklug, mit irgend jemandem über die Sache zu sprechen. Bitte vernichte diesen Brief.«

Margaret starrte das Schreiben mit unglücklicher Miene an. Es schmerzte sie zutiefst, daß William hiermit praktisch den Vater eines vorsätzlichen Betrugs bezichtigte. Wenn seine Theorie stimmte, so würde sie der Raserei von Charles' Vater neue Nahrung geben. Auf keinen Fall konnte man sie ins Feld führen, um Dr. Scotts Verdacht zu entkräften. Nochmals seufzte sie tief, als sie den Brief zerriß. Sie schien keine Wahl zu haben, sie mußte Charles' Vorschlag annehmen. Dieses Thema durfte nie wieder zwischen ihnen zur Sprache kommen. Für ihre Freundschaft mit Charles durfte es keine Vergangenheit geben und keine Hoffnung auf die Zukunft.

6.

Manchmal ist die Nachricht vom Tod eines Fremden den Überlebenden willkommen, weil sie eine Bürde von ihren Schultern nimmt. Aber nicht Charles Scotts Vater war gestorben, sondern die Mutter, die sich kurz vor dem Weihnachtsfest des Jahres 1885 bei einem Sturz die Hüfte gebrochen hatte und drei Wochen später einer Lungenentzündung erlegen war. Margaret war nun achtundzwanzig und eine berufstätige Frau. Sie hatte ihr Doktorexamen *cum laude* bestanden und eine gute Anstellung als Gynäkologin an der Entbindungsanstalt bekommen. Sie war auch im Krankenhaus untergebracht, leistete jedoch weiterhin einen Beitrag zu Lydias Wohnungsmiete und benutzte an ihren dienstfreien Tagen ihre alten Zimmer.

Absichtlich teilte sie ihre Arbeit so ein, daß ihr nicht viel Zeit blieb, über ihr Privatleben nachzudenken. Die Freundschaft mit Charles hatte sich indes mit den Jahren vertieft. Margaret und er gehörten einem Ausschuß zur Gesundheitsfürsorge für die Londoner Schulkinder an. Das Komitee forderte regelmäßige ärztliche Untersuchungen an den Schulen und sammelte Geld, um arme Kinder aus den Slums eine Woche lang aufs Land oder an die See zu schicken. Margaret billigte die Bestrebungen des Komitees von ganzem Herzen, und außerdem schätzte sie die Zusammenkünfte, weil sie ihr garantierten, daß sie Charles mindestens einmal im Monat sehen konnte.

Doch Mrs. Scotts Unfall unterbrach den Rhythmus dieser Begegnungen. Charles schrieb häufig an Margaret, zuerst während der Krankheit seiner Mutter und dann bei ihrem Tod. Später änderte sich die Tonart dieser Briefe. Charles entschuldigte sich damit, daß er seinen Vater gerade noch während der Dienstzeiten im Krankenhaus allein lassen könne. Margaret erwog ängstlich jedes seiner Worte und fragte sich, ob er sie wohl auf die Mitteilung vorbereiten wolle, daß er sie nie mehr wiedersehen könne.

Die drei Monate, in denen Margaret ihn nicht treffen konnte, kamen ihr vor wie drei Jahre. Ihre Einsamkeit bewies ihr, wie sehr ihr Glück von der Hoffnung abhing, wenigstens einen Blick auf ihn zu werfen. Als er endlich brieflich eine Begegnung vorschlug, waren ihre Erleichterung und Erregung mit Furcht durchsetzt.

Charles lud sie zu einem abendlichen Ausgang ein. Sie waren stillschweigend übereingekommen, daß bei seinen Besuchen in ihrer und Lydias gemeinsamer Wohnung die Freundin stets anwesend sein müsse. Aber Theaterbesuche und sogar ein Abendessen in einem öffentlichen Lokal waren in der freieren Atmosphäre der Hauptstadt – zumal Margaret nun kein junges Mädchen mehr war – auch ohne Anstandsdame erlaubt. Und zu einem Theaterbesuch lud Charles sie nun im Februar des Jahres 1886 ein.

Sie war betroffen über die Veränderung, die seit ihrer letzten Begegnung mit ihm vorgegangen war. Seine Augen waren vor Müdigkeit schwarz umschattet, als hätte er seit vielen Nächten nicht geschlafen, und die Stirn war von Mühsal gefurcht. In der Annahme, daß der Tod seiner Mutter ihn so mitgenommen habe, drückte Margaret ihm nochmals mündlich ihr Beileid aus. Daraus mußte Charles wohl entnommen haben, daß er sich nicht gerade als idealer Begleiter präsentierte, und machte einen Versuch, sich heiter zu geben, aber seine Heiterkeit wirkte erzwungen. Margaret ging jedoch darauf ein und nahm seinen Vorschlag an, daß sie nach dem Dinner nicht ins Theater, sondern in ein Varieté gehen sollten.

Die Atmosphäre in der *music hall* zwang zur Fröhlichkeit. Die Vulgarität der Artisten und die derbe Dynamik der Tanzgruppe ließen keine Halbherzigkeit zu: Das Publikum hatte nur die Wahl zwischen Entrüstung und Entzücken. Margaret bemerkte, daß ihr Begleiter sich in ihrer Gegenwart allmählich entspannte. Was immer ihn bedrückt haben mochte, schien für den Augenblick vergessen. Er applaudierte den Gauklern ebenso lebhaft wie sie. Und er lachte vergnügt über die Clownerien des Männchens, das in den bauschigen Hosen zu ertrinken drohte, während es einen steifen Hut mit dem Krempenrand auf der Stirn, der Nase, einer Zehe balancierte.

Nachdem diese Nummer beendet war, wechselte die Musik von frischfröhlichem Blechgeschmetter zu leise klagenden Geigentönen. Das schwatzende Publikum verstummte, als die nächste Künstlerin die Bühne betrat – ein kleines Mädchen, erst acht oder neun Jahre alt. Sie trug zerlumpte Kleider, die ihr viel zu groß waren; aber die Schönheit des Gesichts und der Glanz des rötlichblonden Haars hoben sich so auffallend vom schmutziggrauen langen Rock und Umschlagtuch ab, daß den Zuschauern der Atem stockte. Sie begann zu singen, und es wurde mäuschenstill, als vermuteten ihre Zuhörer, daß die Stimme so klein sein würde wie das Mädchen selbst. Aber die süßen reinen Töne drangen so mühelos bis zu den hintersten Rängen, als wäre die Kleine eine geschulte Sängerin.

Das Lied war sentimental, ja kitschig. »*I have to be a mother to my father*«, sang sie, und betonte dabei die Worte in kindlicher Übertreibung, die im Widerspruch zu der reifen Stimme stand. Margaret ertappte sich dabei, daß sie der Darbietung weit mehr als die verdiente Aufmerksamkeit schenkte. Sie rätselte darüber, an wen dieses Kind sie erinnerte, und konnte die Augen nicht von der graziösen und geschmeidigen Gestalt abwenden.

»*I have to be a mother to my father*«, sang das Kind zum letztenmal, »*cos my mother went to heaven long ago.*«* Dann knickste die

* Ich muß meinem Vater Mutter sein, denn Mutter ist schon längst im Himmel.

Kleine, lächelte und lief unter dem größten Beifall des Abends von der Bühne. Margaret schlug ihr Programmheft auf und sah hinein. Der Name sagte ihr alles. »Alexa, die Tochter des Gesangs.« Margaret erinnerte sich an das leise Husten aus der Wiege. »Sie heißt Alexandra, aber ich nenne sie Alexa«, hatte Luisa gesagt. Und am Tag vor John Junius Lorimers Todessturz hatte Margaret das Baby, das inzwischen ein wenig älter geworden war, wiedergesehen. Alexa, die schüchtern in einer Ecke saß und am Daumen lutschte, war schon damals eine kleine Schönheit. Luisa hatte als Musiklehrerin bestimmt auch ihr eigenes Kind unterrichtet. Kein Zweifel, dies war jenes kleine Mädchen.

Margaret schenkte der letzten komischen Nummer der Show und dem Schlußchor keine Aufmerksamkeit mehr. Sie hätte Charles gern gebeten, mit ihr hinter die Bühne zu gehen und Alexa und deren Mutter, die vermutlich das Kind begleitete, aufzusuchen. Dann aber hätte sie ihm erklären müssen, woher sie Alexa kannte. Und dies hätte bedeutet, daß ihr Leben in Bristol wieder zur Sprache gekommen wäre, dieses Thema, das sie übereingekommen waren, nie mehr zu berühren.

Aber schließlich hatte Alexa nichts mit der Familie Lorimer zu tun. Es würde möglich sein, von ihr zu sprechen, ohne das Tabu zu brechen. Beide standen auf und applaudierten dem pompösen Schlußbild.

»Eine der Darstellerinnen ist eine Bekannte von mir«, sagte Margaret. »Ich würde sehr gern mit ihr sprechen. Wollen Sie mich begleiten?«

Er zögerte, und sie erschrak: Er würde ablehnen. Vielleicht fand er, Tingeltangel-Damen seien nicht der rechte Umgang für sie. Schon wollte sie ihm das Alter ihrer Freundin verraten, als ein Blick auf seine verfinsterte Miene ihr Einhalt gebot. Was immer ihn zu Beginn dieses Abends bedrückt hatte, war zurückgekehrt und machte ihn noch unglücklicher als zuvor.

»Nicht jetzt, wenn Sie verzeihen wollen«, sagte er. »Ich bin nicht in der rechten Verfassung für Bühnenklatsch. Ich habe Ihnen etwas mitzuteilen und es bereits zu lange hinausgeschoben. Jetzt kann ich nicht mehr länger warten.«

Er bot ihr den Arm, und sie nahm ihn unschlüssig. Das Programm der *music hall* wechselte jede Woche. Bis sie wieder hierherkommen könnte, war Alexa vielleicht schon weitergezogen. Margaret ließ sich die Gelegenheit ungern entgehen; aber sie fühlte, daß Charles' Gedanken ausschließlich bei der Sache waren, die er ihr mitteilen wollte. Wenn es nun das wäre, worauf sie am sehnlichsten hoffte? Der Tod seiner Mutter mußte vieles verändert haben. Vielleicht erforderte der Zustand seines Vaters nunmehr eine Behandlung in einer privaten Anstalt, so daß Charles endlich sein eigenes Leben führen konnte? Seine unglückliche Miene hatte ihr bisher verwehrt, eine solche Möglichkeit in Betracht zu ziehen, nun aber konnte sie eine aufkeimende Hoffnung kaum noch unterdrücken.

»Frieren Sie?« fragte er.

»Nein«, sagte sie, obwohl die Nacht kalt war. Wenn sie in Margarets Wohnung gehen würden, müßte Lydia ihnen Gesellschaft leisten. Margaret vermutete jedoch, daß das, was Charles ihr zu sagen hatte, nur für ihre eigenen Ohren bestimmt sei.

Schweigend gingen sie dahin, bis sie zum Fluß kamen. Er lehnte sich an die Uferbrüstung und wandte sich zu ihr um.

»Meinen Vater hat der Tod meiner Mutter schwer getroffen«, sagte er. »Sie war den ganzen Tag um ihn, während ich im Krankenhaus arbeitete. Nicht nur, daß sie uns den Haushalt führte, mit ihr konnte er sprechen, seinem Kummer Luft machen. Nun hat sich herausgestellt, daß man ihn nicht sehr lang allein lassen kann. Aber ich finde niemanden, der Geduld mit seinen Ausbrüchen hätte.«

»Vielleicht sollte er stationär behandelt werden?« meinte Margaret.

»Er ist zeitweise einsichtig genug, um seinen Zustand zu erfassen. Er hat alles im Leben verloren, bis auf den Beistand seines einzigen Sohnes. Ich kann ihn dieses Beistands nicht auch noch berauben.«

»Was gedenken Sie demnach zu tun?« fragte sie ruhig.

»Eine verwitwete Schwester meines Vaters lebt auf dem Lande«, sagte er. »Sie kam zur Beerdigung meiner Mutter nach London und war entsetzt über die Veränderung, die mit ihrem Bruder vorgegangen ist. Sie schrieb mir, der Arzt in ihrem Dorf wolle sich zur Ruhe setzen. Ich habe beschlossen, seine Praxis zu kaufen und mich mit meinem Vater auf dem Lande niederzulassen.«

»Aber Sie sind doch Chirurg!« rief Margaret. Sie legte das ganze Gewicht ihrer Enttäuschung in diesen beruflichen Einwand.

Charles zuckte die Achseln.

»In den vergangenen Wochen war ich ein sehr schlechter Chirurg.

Meine häuslichen Verhältnisse haben meiner Konzentration auf die Arbeit geschadet. Ich kann eine Allgemeinpraxis ebensogut führen wie jeder andere Mediziner und dort vielleicht genausoviel nützen wie im Krankenhaus. Meine Tante hat bereits eine Frau aus dem Dorf gefunden, die uns den Haushalt führen wird. Ein schlichtes Gemüt, aber freundlich. Sie weiß, wie es um meinen Vater steht, und ist willens, seine Ausbrüche hinzunehmen, ohne sich darüber aufzuregen oder zu empören. Meine Tante ist einverstanden, daß er sie jeden Tag besucht. Der Spaziergang ist ein Zeitvertreib, verschafft ihm Bewegung und frische Luft, und bei meiner Tante kann er Tee trinken und ein wenig plaudern, ehe er sich wieder auf den Heimweg macht. Alles in allem ein Angebot, das ich einfach nicht zurückweisen kann.«

»Und für mich ist in dieser Idylle wohl kein Platz?«

»Nein«, sagte Charles. Er starrte hinunter ins Wasser, als könne er ihr nicht länger in die Augen blicken. »Wir haben doch immer gewußt, daß dieser Augenblick einmal kommen kann? Unsere Freundschaft muß deshalb nicht zu Ende sein. Wir können einander schreiben. Es würde mich mit meinem ereignislosen Leben versöhnen, wenn ich es wenigstens brieflich mit Ihnen teilen könnte.«

Margaret schüttelte langsam den Kopf.

»Ich glaube nicht, daß ich mich damit zufriedengeben kann.«

»Aber ursprünglich vertraten Sie mit großer Sicherheit die Ansicht, daß wir Freunde sein könnten.«

»Das ist drei Jahre her.« Und hatte, so dachte sie, vielleicht schon damals nicht der Wahrheit entsprochen. Heute genügte es ihr gewiß nicht mehr. Nur die Hoffnung hatte es ihr so lange Zeit erträglich gemacht. Sie blickte Charles in die Augen. »Inzwischen ist aus meiner Freundschaft Liebe geworden. Ich ertrage es nicht länger, mich mit ganzer Kraft nach etwas zu sehnen, das ich vielleicht nie bekommen werde. Aber ich sah immer nur eine Möglichkeit, diesen Zustand zu beenden: daß Sie mich fortschickten. Als Sie es zum erstenmal versuchten, ließ ich es nicht zu. Lydia sagte mir schon damals, daß ich unklug handelte, und vielleicht hatte sie recht. Heute geschieht es zum zweitenmal, und ich muß versuchen, mich damit abzufinden.«

»Ich schicke Sie nicht fort«, sagte Charles. »Ich selber muß fortgehen, das ist etwas völlig anderes.«

»Es läuft auf das gleiche hinaus.«
»Aber ich liebe Sie doch auch!« rief er. Er warf die Arme über die Mauerbrüstung und stöhnte leise. »Oh, wären Sie doch irgendeine andere Frau! Irgendeine andere auf der weiten Welt! Wäre nur Ihr Name das Hindernis, ich würde Sie heiraten und meinem Vater als Mrs. Scott vorstellen, und wir würden eine Vergangenheit erfinden, um seine Fragen zu beantworten. Aber er kennt Ihr Gesicht, ich darf nicht zulassen, daß er Sie sieht.«
»Demnach erübrigt sich jedes weitere Wort, nicht wahr?« Margaret biß sich auf die Lippen, sie war entschlossen, nicht zu weinen.
»Ich ertrage es nicht, wenn Sie mir böse sind.«
»Ich bin Ihnen nicht böse. Ich bewundere Ihre Treue zu Ihrem Vater. Es ist mein Unglück, daß ich auf solche Treue keinen Anspruch erheben darf. Aber ich weiß, daß die Sünden der Väter von den Töchtern bezahlt werden müssen.«
Ich habe sogar zweimal bezahlt, dachte sie; aber sie schämte sich, daß ihr in diesem Moment die Erinnerung an David Gregson in den Sinn kam. Sie blickte Charles unverwandt an und versuchte, sich für immer die kräftigen Züge einzuprägen, die gütigen Augen, das dichte blonde Haar, die breiten Schultern und die starken Hände.
»Sie haben keine Wahl«, fuhr sie fort. »Vielleicht ist es unfreundlich von mir, daß ich auf Ihren Vorschlag nicht eingehe. Aber wenn ich es täte, so bestünde die Gefahr, daß ich den Tod Ihres Vaters herbeiwünschen könnte; allein schon bei diesem Gedanken fühle ich mich schuldig. Nun muß ich also einen eigenen Lebensplan aufstellen. Ich wollte immer nach Bristol zurückkehren. Nur weil Sie in London waren, bin auch ich hiergeblieben und habe den Posten angenommen, den ich finden konnte, in der Hoffnung, daß es sich nur um eine vorübergehende Lösung handele. Es wird Zeit, daß ich egoistischer über meine Zukunft denken lerne.«
Um seinen traurigen Blick nicht sehen zu müssen, sah auch sie hinunter auf den Fluß, wie Charles es vorhin getan hatte. Das Wasser war dunkel und bewegte sich gerade genug, um die Gaslaternen als gelbe Lichtpfeile und Splitter zu reflektieren. Ein Bündel Gestrüpp wurde unterhalb der Ufermauer angeschwemmt, verfing sich und wurde von der Strömung dem offenen Meer entgegengetragen, dann wiederum durch eine Flutwelle aus dem Mündungstrichter zurückgedrängt. So war es auch ihr in den letzten drei Jahren ergan-

gen – sie hatte in einem Haffwasser getrieben und auf eine stärkere Strömung gewartet, die sie mitnehmen würde. Kein Leben, auf das sie stolz sein dürfte. Auch wenn sie sich nun, um im Bild zu bleiben, in die Mitte des Stromes warf, so konnte die Flut sie nur meerwärts führen, immer weiter weg von der Aussicht auf ein Heim und eine eigene Familie, die ihr von Kindheit an als die natürliche, die einzige erfüllte Daseinsform für eine Frau gepredigt worden war.

Vor sich selber konnte sie ihre Sehnsucht nach einem solchen Leben nicht verleugnen – aber sie konnte sie Charles verschweigen, der ihr nichts dergleichen zu bieten hatte und sich nicht schuldig fühlen durfte. Wiederum lächelte sie zu ihm auf, so gelassen, wie es ihr irgend möglich war.

»Sie waren immer ehrlich zu mir, von dem Augenblick an, als Sie erfuhren, wer ich bin«, sagte sie. »Dafür danke ich Ihnen. Es ist weder Ihre noch meine Schuld, daß ein unüberwindliches Hindernis zwischen uns steht. Aber nun ist es Zeit, nicht wahr, den Tatsachen ins Auge zu sehen. Würden Sie mich jetzt bitte nach Hause bringen?«

Schon einmal hatte er sie in den Armen gehalten, und Margaret erinnerte sich noch heute, welches Glücksgefühl sie damals überwältigt hatte. Als er nun zu ihr trat und sie verzweifelt an sich preßte, waren sie beide gleich unglücklich. Sie sprachen kein Wort, denn es gab nichts mehr zu sagen.

Das Schweigen hielt an, während eine Droschke sie vom Flußufer zurückbrachte. Die Pferdehufe hämmerten mit klarem, scharfem Ton auf das Pflaster, als triebe jeder Schritt einen Nagel in den Sarg von Margarets Liebe. Charles geleitete sie die Treppe zu ihrer Haustür hinauf, aber noch immer konnten sie nicht sprechen. Margaret ließ ihn an der Tür stehen und lief hinauf ins Wohnzimmer, wo Lydia auf sie wartete.

»Du hast einen Brief von deinem Bruder aus Jamaika bekommen«, berichtete Lydia. Ihre Wangen brannten, während sie Margaret den Brief reichte. Es schien lächerlich, daß eine solche Kleinigkeit genügen sollte, um Margarets Beherrschung zu erschüttern, aber wenn sie sich nicht Hals über Kopf in ihr Schlafzimmer geflüchtet hätte, so wäre sie auf der Stelle in Tränen ausgebrochen.

»Morgen«, flüsterte sie. »Jetzt bin ich zu müde.«

Als sie die Tür verschlossen und den Kopf in den Kissen vergraben hatte, mischten sich Zornestränen in ihr verzweifeltes Schluchzen.

Warum sollten alle anderen ihr Leben weiterführen, als wäre nichts geschehen, während ihr das Herz brechen mußte? Warum sollte jeder andere seinen Neigungen folgen dürfen, während sie und Charles auf ewig Gefangene der Vergangenheit blieben? Diese Ungerechtigkeit ging über ihren Verstand, und sie war noch immer von Bitterkeit erfüllt, als sie sich in den Schlaf weinte.

Am nächsten Morgen zwang sie sich, ruhig und kühl zu sein. Sie bat Lydia für ihre Schroffheit vom vergangenen Abend um Verzeihung. Lydia wollte dazu nichts sagen, solange sie die Ursache für den Kummer ihrer Freundin nicht kannte, und Margaret brachte es nicht über sich, ihr unumwunden mitzuteilen, daß sie sich für immer von Charles getrennt habe.

»Ich habe beschlossen, nach Bristol zurückzukehren, Lydia«, sagte sie. »Ich will mir dort so bald wie möglich eine Anstellung suchen.«

»Und Dr. Scott?« fragte Lydia.

»Wird eine Landpraxis übernehmen und seinen Vater bei sich behalten.« Eine verlegene Pause entstand. »Du hast mir schon vor langer Zeit gesagt, es sei unklug, eine solche Freundschaft fortzuführen. Nun befolge ich endlich deinen Rat.«

Lydia sah die Freundin voll Mitgefühl an, aber Margaret beeilte sich, das Thema zu wechseln.

»Sagtest du nicht, es sei ein Brief von Ralph gekommen?«

»Ja.« Lydia lief und holte ihn. »Ralph ist nun seit drei Jahren in Jamaika. Gewiß plant er, auf Urlaub nach England zu kommen.«

Die Erregung in ihrer Stimme war nicht zu überhören. Kein Zweifel, sie war in Ralph verliebt, und es gab keinen Grund, warum sie in ihrer Liebe nicht glücklich sein sollte. Sekundenlang empfand Margaret wieder die gleiche Empörung wie gestern. Daß ihr, und nur ihr allein, jedes Glück versagt bliebe, nur weil Dinge geschehen waren, an denen sie keinen Anteil gehabt hatte, erschien ihr grausam. Dann aber lächelte sie tapfer der Freundin zu, öffnete den Brief und las zuerst die Schlußzeilen.

»Ja«, sagte sie. »Du hast recht. Er kommt nach Hause.« Als sie den allerletzten Satz las, runzelte sie die Stirn.

»Und ich hoffe, Dich bei meiner Ankunft sehen zu können«, schrieb er. »Ich bin in beträchtlichen – und selbstverschuldeten – Schwierigkeiten, und brauche dringend einen Rat.«

Margaret vergaß sowohl ihr eigenes Unglück wie das Entzücken, das Lydia umsonst zu verbergen suchte. Ihre Gedanken eilten zurück zu einer Szene, die sie schon fast vergessen hatte. Sie sah die zitternde Claudine in der Halle von Brinsley House vor sich; und Ralph, totenbleich, neben seinem Bett knien. Doch damals, als er den Verführungskünsten der jungen Französin erlag, war er noch ein Knabe gewesen. Heute war er ein Mann, ein Gottesmann. Es war undenkbar, daß es sich auch dieses Mal um eine Kalamität dieser Art handelte.

Undenkbar – und doch stellte Margaret sich in den kommenden Wochen, während sie auf das Wiedersehen mit Ralph wartete, immer wieder die gleiche Frage. Was mochte sich in Jamaika ereignet haben? Was konnte Ralph mit solcher Besorgnis erfüllen?

DRITTER TEIL

Ralph und Margaret

1.

Ein Missionar, der zum erstenmal in ferne Länder zieht, geht unbewußt von zwei sich widersprechenden Annahmen aus: daß tropische Inseln heiß, feucht und meist sehr schmutzig seien, daß es hingegen auf Missionsstationen hygienisch, ordentlich und arbeitsam zugehe. Als Ralph auf Jamaika eintraf, um sein Amt als baptistischer Seelsorger anzutreten, war er auf die Hitze und die hohe Luftfeuchtigkeit gefaßt und auch nicht überrascht, die Straßen von Kingston mit Abfällen übersät zu sehen, in denen Schweine und Ziegen nach Nahrung wühlten. Aber er hatte erwartet, die Missionsstation reinlich und in gehöriger Ordnung vorzufinden.

Hope Valley war weder das eine noch das andere. Ralph langte nach Einbruch der Dunkelheit dort an und wurde sogleich in das schlichte Zwei-Zimmer-Haus geführt, das dreizehn Jahre lang Pastor Conways Heim gewesen war und nun das seine sein sollte. Am nächsten Morgen unternahm er mit dem Pastor eine Besichtigungstour, und was er sah, war keineswegs imponierend.

Zu beiden Seiten eines Flusses, der von den Bergen im Landesinneren in einem steilen Bett meerwärts strömte, stand das Dorf: eine Ansammlung wackeliger Holzhütten, jede windschief ein Stück über der Erde auf einem Haufen Felsbrocken thronend. Die Wände bestanden aus Bruchholz, geborstenen Planken oder Resten ehemaliger Versandkisten. Die Ritzen waren mit Säcken oder gespaltenen Bambusstangen verstopft. Damit die Dächer nicht davonfliegen konnten, hatte man sie mit gerade nicht benötigten gewichtigen Gegenständen beschwert. Um jede Hütte lag ein kleines Stück Land. Dort brannte ein Holzfeuer, Schweine und Hühner scharrten herum, Pflanzen aller Art wucherten wild durcheinander. Im ummauerten Garten von Brinsley House war Gemüse in säuberlich gejäteten schnurgeraden Reihen gewachsen. Ralph betrachtete diesen Wildwuchs voller Mißbilligung.

Die Sonne schien so heiß, daß ihm in seinem schwarzen Anzug höchst unbehaglich wurde, aber in der Nacht hatte es geregnet und die ungepflasterten Wege, die steil von einem Schuppen zum anderen führten, waren zu glitschigen Bächen geworden. Dampf stieg vom Boden auf wie Nebel und trug einen Geruch mit sich, der in bezug auf die sanitären Verhältnisse des Dorfes nichts Gutes ahnen ließ. Aber Ralph verschwieg taktvoll seine Gedanken.

»Hope war eines der ersten freien Dörfer«, erklärte ihm Pastor Conway. Er war ein müder Mann in den Fünfzigern, ausgemergelt von den Chininmengen, mit denen er die Malaria bekämpft hatte. Er hatte seinen Abschied von der Missionsarbeit um einen Monat hinausgeschoben, um Ralph als seinen Nachfolger begrüßen und der Gemeinde vorstellen zu können. »Als die Sklaven frei wurden, vertrieben die Pflanzer sie von den Parzellen, die sie früher zu ihrem eigenen Lebensunterhalt bestellen durften – genauer gesagt, mußten. Die Männer wurden nach wie vor als Plantagenarbeiter benötigt, aber sie mußten sich jetzt selber ein Unterkommen suchen. Unsere Mission hier war schon damals recht bedeutend, und wir bekamen dieses Tal, um ein neues Dorf zu gründen.«

Er blickte stolz um sich, als fielen ihm in seiner Umgebung keinerlei Mängel auf. Ralph folgte seinem Blick. Er hatte den Eindruck, daß hier sehr viele Menschen auf kleinem Raum lebten. Junge Männer hockten am Boden, an Baumstämme gelehnt, und taten nichts; fette Frauen bewegten sich schwerfällig in den Höfen, und eine vernunftwidrige Menge Kinder tobte schreiend und rennend überall herum. In Kingston hatte Ralph Menschen aller Hautschattierungen gesehen, hier dagegen waren die Leute sämtlich tiefschwarz.

»Kann die Gemeinde vom Ertrag des Landes leben?« fragte Ralph.

»Heute nicht mehr, Gott sei's geklagt! Anfangs ging es noch, als alle Männer Arbeit hatten. Aber viele der umliegenden Pflanzungen sind völlig abgewirtschaftet. Die Eigentümer leben in England und interessieren sich für nichts außer für ihren Profit; es sind selbstsüchtige Menschen, die keine Verpflichtung empfinden. Ihre Verwalter reden ihnen ein, der Zuckeranbau rentiere sich nicht mehr, da hier die Lohnkosten und in England die Zölle so hoch seien, und die Besitzer denken gar nicht daran, etwas in ihre Plantagen zu investieren. Daher wurden einige unserer älteren Männer arbeitslos, und von den jüngeren haben viele überhaupt noch nie gearbeitet. Der Geldmangel und der erzwungene Müßiggang führen zu mancherlei Schwierigkeiten.« Pastor Conway zögerte. »Sie werden vermutlich sehr bald feststellen, daß die Moral dieser armen Menschen viel zu wünschen übrigläßt. In den Jahrhunderten der Sklaverei war ihnen das Heiraten verboten, und das hat seine Spuren hinterlassen. Noch heute scheinen sie nichts von Ehe und geordnetem Familienleben zu halten. Die Mädchen werden sehr häufig Mütter und viel seltener Ehefrauen.«

Inzwischen waren sie bei der Kapelle angelangt. Auch sie war aus Holz gebaut, aber größer als die Wohnhütten. Sie stand auf einem Felsvorsprung hoch über dem besiedelten Teil des Tals, wie eine Akropolis. Ralph verweilte einen Augenblick, genoß die Brise und sah hinunter auf das Barackengewirr diesseits und jenseits des Flusses. Schließlich kamen sie an eine Stelle, an der das Missionsgebiet zu Ende zu sein schien, obwohl keinerlei Grenzzeichen angebracht waren. Das flachere Gelände unterhalb war wildes Buschland.

»Ist der gesamte Bodenbesitz der Mission bebaut worden?« fragte Ralph.

»Die Felder dort unten, die sich von dieser Linie bis an die Küste erstrecken, waren Zuckerrohrfelder, als die Schenkung gemacht wurde, und gehörten nicht dazu. Der Fluß bildet an dieser Stelle die Grenze zwischen zwei Plantagen; Larchmont auf der linken und Bristow auf der rechten Seite. Auf keine von beiden haben wir Anrecht, obwohl die Besitzer sich nicht mehr um sie kümmern. Das höhergelegene Gelände gehört uns, aber – nun, Sie werden ja sehen.«

Pastor Conway führte Ralph auf die andere Seite der Kapelle, von wo aus sie freien Ausblick auf das obere Ende des Tales hatten. Ralph glaubte, noch nie im Leben so intensives und von keiner anderen Farbe unterbrochenes Grün gesehen zu haben. Die Hügel zu beiden Seiten des Flusses stiegen so steil an, daß sie beinah eine Schlucht bildeten. Doch die klippenartigen Hänge waren so dicht bewaldet, daß die einzelnen Bäume viel zuwenig Platz hatten und mit ihrem frei nach unten hängenden Wurzelwerk nach einem Stückchen Erde angelten. Um Licht zu bekommen, reckten die Bäume sich hoch in den Himmel, die Kokospalmen überragten die federartigen Zweige der Casuarinen, wurden aber von den Mangobäumen in den Schatten gestellt, die hinwiederum klein wirkten neben den Riesenpappeln. Als wäre damit noch nicht jeder Fußbreit Boden hinlänglich ausgenutzt, schraubten sich Klettergewächse und wilder Wein mit riesigen goldgeäderten Blättern an den Stämmen empor, um dann vom höchsten Wipfel aus ihre Rankenfinger bis zu den Wurzeln hinabzulassen.

»Hier läßt sich auch Nahrung finden«, sagte Pastor Conway. »Je nach Jahreszeit können die Kinder Aki- oder Mangofrüchte, Kokosnüsse oder Brotfrucht sammeln. Und die Leute hier sind sehr freigiebig. Was sie haben, teilen sie. Aber Sie werden sehen, daß dort oben das Gelände viel zu steil ist für den Häuserbau, und für den Ackerbau ist die Humusschicht über dem Stein zu dünn. Wir werden uns wohl mit dem begnügen müssen, was wir haben.«

Noch eine Sehenswürdigkeit wollte er Ralph zeigen. Die beiden Männer stiegen am Ufer entlang flußauf, bis es nicht mehr weiterging, da das Wasser am oberen Talende wie ein Wildbach über den Fels stürzte. Gischtsprühend toste es heran und verschwand dann in einem tiefen runden Loch, das die umstehenden Bäume verdunkelten.

»Die Leute nennen es das Taufbecken«, erklärte Pastor Conway. »Als ich hierherkam, sagten sie mir, daß dort von jeher die Taufen vorgenommen worden seien, und ich behielt den Brauch bei. Aber ich habe mich manchmal gefragt, ob es nicht schon lang vor unserer Missionszeit eine besondere Bewandtnis damit hatte. Sollten Sie diese Sitte ändern wollen, so wären gleich die ersten Wochen der richtige Zeitpunkt.«

Ralph beschloß zu warten, bis er sich selber eine Meinung gebildet hätte. Pastor Conways zweite Empfehlung hingegen nahm er an, nämlich, daß Schwester Martha, eine energische ältere Frau, auch dem neuen Pastor den Haushalt führen solle. Es stellte sich bald heraus, daß sie nicht nur stellvertretend für den Pastor, sondern, wenn nötig, auch im Pfarrhaus das Kommando führte. Von Schwester Martha erfuhr Ralph, wann und was er essen sollte, welche Pflichten er zu erfüllen und welchen Familien er die Leviten zu lesen habe.

Ralph wollte als junger Pastor behutsam vorgehen und befolgte zunächst Schwester Marthas Anweisungen. Anfangs fiel es ihm schwer, sein eigenes Temperament dem seiner Gemeinde anzupassen. Als Kind im Haus seines Vaters und als Schuljunge in Clifton College unter Dr. Percivals Fuchtel war er strenger Disziplin unterworfen gewesen, und als Kapitän der Kricket-Mannschaft hatte er sein Team mit gleicher Strenge geführt. Aber die Leute von Hope Valley schienen weder Regeln noch Ordnung zu kennen. Wenn er ihnen nahelegte, irgend etwas zu tun, so versprachen sie es vergnügt und vergaßen es ebenso vergnügt wieder. Das Schuldgefühl, das Ralph nach seinem Fehltritt mit Claudine empfunden hatte, stand in direktem Zusammenhang mit den hohen moralischen Grundsätzen, die ihm eingeimpft worden waren. Er anerkannte sie als absolut und fühlte sich als Sünder. Aber was er nur ein einzigesmal getan hatte, das taten seine Gemeindekinder hier regelmäßig und ohne die geringste Beschämung. Es war, als fehlte ihnen jedes Gefühl für die Sünde. Und das Erstaunlichste war, daß sie mit ihrem Los zufrieden schienen. Ralph war nach Jamaika gekommen, weil er sich für seine Vorfahren schämte, die sich an ihren Missetaten bereichert hatten. Aber hier schien niemand den geringsten Groll zu hegen oder zu finden, daß Buße angebracht sei.

Die Verdrehung aller Werte verwirrte ihn, hielt ihn aber nicht von der Erfüllung seiner Pflichten ab. Er besuchte jede einzelne Familie und besprach mit ihnen ihre Probleme. Er richtete eine Sonntagsschule für die Kinder ein und hatte alle Mühe, sie voneinander zu unterscheiden und sich ihre Namen zu merken. Er bereitete seine Predigten mit aller Sorgfalt vor und versuchte, die Frauen zu Bibellesungen zu gewinnen. Als er entdeckte, daß sie Analphabetinnen waren, entwarf er einen Lehrplan für die Kinder und wies sie zugleich an, ihre Mütter zu unterrichten. In der Bibellektüre sah er die größte Wohltat, die er seiner Gemeinde erweisen könnte.

Indessen sorgte er sich ebensosehr um das leibliche Wohl der Leute von Hope Valley wie um ihr Seelenheil, und er war entschlossen, mit Gottes Hilfe eine Wendung zum Besseren herbeizuführen. Obwohl er sich gehütet hatte, zuviel Interesse zu zeigen, hielt er es für ein Zeichen des Himmels, daß schon am ersten Morgen seines Hierseins von der Plantage Bristow die Rede gewesen war.

Zu Hause hatte er wenig über dieses Bristow gehört, das sein Urgroßonkel Matthew im Jahr 1790 erworben hatte, er wußte nur, daß es sich um den alten Namen der Stadt Bristol handelte. Daß die

Pflanzung direkt an Hope Valley grenzte, machte ihn neugierig. Als er nach ein paar Wochen in seiner neuen Gemeinde Fuß gefaßt und sich mit ihrem Leben vertraut gemacht hatte, setzte er eines Tages seinen breitkrempigen Strohhut auf und zog auf Entdeckungen aus. Es war ein heißer, sonnendurchglühter Nachmittag, sogar die Schmetterlinge schienen zu schlafen. Niemand nahm von seinem Weggang Notiz.

Sein Esel trug ihn über gewundene Pfade, die sich kaum von der Wildnis ringsum abhoben. Nur ein Schornstein aus guten englischen Ziegeln verriet, wo einst die Zuckerfabrik gestanden hatte, und nur die Fundamente einiger Steinmauern markierten die Stelle, an der das Sklavenspital gewesen war. Bristow Great House – auf einem luftigeren Hügel erbaut – war feucht und verfallen, mit leeren Fensterhöhlen und einer dicken Schicht Vogelmist auf den Fußböden.

Ralph band den Esel an eine Palme, Restbestand der einstmals stolzen Allee, und stieg die steinernen Stufen zur Hauptetage hinauf. Behutsam balancierte er über die verfaulten Bodenbretter der unteren Veranda und gelangte in den großen Salon, der durch seine Proportionen sogar noch im Verfall imponierend wirkte. Die Lattenjalousien vor den Fenstern waren aus den rostigen Angeln gefallen, so daß Ralph ins Freie blicken konnte. Er traute seinen Augen nicht: Jemand hatte hinter dem Haus einen Garten angelegt.

Das Herrenhaus stand ein wenig unterhalb der Hügelspitze, wo es vor den Wirbelstürmen geschützt war, und dahinter zog sich ein im englischen Stil angelegter Landschaftsgarten bergan, mit steingefaßten Terrassen und prächtigen Bäumen auf dem breitblättrigen Fingergras. Im Garten wucherten Blumen und Sträucher in überreicher Fülle durcheinander; weiße Kletterlilien hatten sich um Baumäste gewunden, und die früher gewiß ordentlich gestutzten Hibiskussträucher drohten jetzt die feuerroten Spitzen der Weihnachtssterne abzuwürgen. Ralph war schon jetzt lange genug auf Jamaika, um zu wissen, daß dieses ganze Gebiet in Jahresfrist zu Dschungel geworden wäre, wenn man es sich selbst überlassen hätte. Die Plantage mochte seit vielen Jahren verlassen sein, aber irgendwer kümmerte sich um den Garten. Ein Jamaikaner? Diesen Leuten schien es schon zuviel der Mühe, den Boden zu bestellen, der ihnen Nahrung gab. Kaum vorstellbar, daß ein Eingeborener sein bißchen Energie an etwas so Unproduktives wie einen Blumengarten verschwendete, an die vernachlässigte Zierde eines unbewohnten Hauses.

Während er noch über diese Frage nachdachte, schreckten ihn Schritte auf. Er fuhr herum, bereit, sich, wenn nötig, zu wehren. Doch der Mann, der jetzt vor ihm stand, trug zwar das Buschmesser, das landwirtschaftliche Allzweckgerät dieser Gegend, zeigte jedoch keine Anzeichen von Feindseligkeit. Er war ein gedrungener Mensch in mittleren Jahren. In England hätte Ralph ihn einfach für einen Neger gehalten, aber inzwischen hatte er gelernt, die Nuancen in Hautfarbe und Gesichtsbildung, die aus Verbindungen zwischen Herren und Sklaven resultierten, zu unterscheiden und zu deuten. Dieser Mann war ein Mulatte. Seine Haut war heller als die der meisten Gemeindekinder in Hope Valley, die Nase länger und der Mund schmaler. Das Haar war nicht so dicht gelockt wie das eines reinrassigen Negers, es lag in Wellen, die an den Spitzen orangerot leuchteten. Ralph nahm an, es müsse gefärbt sein, so seltsam dies auch anmutete.

»Ich habe den Garten bewundert«, sagte Ralph, denn der andere schien auf eine Erklärung zu warten. »Wer hält ihn so gut instand?«

»Der verrückte Alte.« Der Mulatte trat zum Fenster und wies mit dem Kopf zur oberen Terrasse. Ralph blickte hinauf und sah einen Farbigen mit weißen Haaren, der langsam rings um die Wurzeln eines Wunderstrauchs die Erde harkte.

»Warum tut er das?«

»Weil er verrückt is, warum sons'? Einmal, als er klein war, sagt Massa Matty: ›Halt den Garten gut, bis dein weißer Vetter kommt.‹ Un' er hält ihn un' er hält ihn und kein weißer Vetter kommt gar nie. Sag ich ihm. Aber hört nicht.«

»Ist er dein Vater?«

»Stimmt, Master. Der verrückte Alte.«

In Ralph stieg ein peinlicher Verdacht auf. In der Familie Lorimer war seines Urgroßonkels Matthew kaum Erwähnung getan worden. Ralph wußte nur, daß er Sklaven gekauft hatte und für sich arbeiten ließ und daß er sie seinem Neffen vermacht hatte. Aber der Ausdruck »weißer Vetter« – auch wenn es ein Scherz gewesen sein sollte – ließ vermuten, daß der Pflanzer gelegentlich von seinen Sklaven noch anderes als Feldarbeit gefordert habe. Ralph betrach-

tete die orangeroten Locken und fragte sich, ob so etwas menschenmöglich sei – ein rothaariger Neger?
»Wie heißt der Alte?« fragte er mit mühsam beherrschter Stimme.
»Rascal Mattison, Master.«
Die Worte kamen in einem Tonfall herausgerollt, der Ralphs Unbehagen noch steigerte. Rascal, Matthews Sohn: Es klang wie ein schlechter Scherz.
»War er der einzige?« fragte Ralph, um die direkte Frage zu vermeiden. Der jüngere Mattison schien recht gut zu wissen, was er meinte.
»Massa Matty macht zehn kleines Kind hier auf Bristow, Master. Aber dann stirbt er und kommen schlechte Tage. Und der Aufseher, sehr schlecht zu Kindern. Bis auf den einen, weil seiner Tochter gefällt er. Der verrückte Alte da ist der einzige, was noch lebt und schwatzt ganze Zeit vom weißen Vetter. Wie weißer Vetter nicht kommt, sagt er, Haus gehört jetzt ihm, Land gehört jetzt ihm.«
»Verrückt, wahrhaftig«, sagte Ralph und war erleichtert, als der Sohn nicht widersprach. Sie gingen vom Fenster weg.
»Wie heißt du?«
»Red Mattison, Master.«
Ralph nickte.
»Ich wollte das alte Haus besichtigen«, sagte er. »Es ist traurig, daß es so verkommt.«
Er kehrte tief in Gedanken zu seinem Esel zurück. Dieser rothaarige Eingeborene mußte so etwas wie ein Vetter sein. Das Gewissen gebot Ralph, die Verwandtschaft anzuerkennen, aber seinem Zögern lag mehr als ein natürlicher Widerwille zugrunde. Er war immerhin schon lange genug in Hope Valley, um zu wissen, daß seinen Gemeindekindern der Name Lorimer nichts sagte. Vielleicht war er nicht einmal zu Matthews Lebzeiten allgemein bekannt gewesen. Und beinah siebzig Jahre dürften genügt haben, ihn vollends in Vergessenheit geraten zu lassen. Ralph wollte nicht, daß seine Gemeinde ihn mit den früheren Unterdrückern in Verbindung brachte, es konnte seine missionarischen Bestrebungen vereiteln. Er war daher versucht, sich ganz vom Lorimerschen Besitz fernzuhalten. Doch das Land stellte eine noch größere Versuchung dar; und Ralph wußte besser als irgend jemand sonst, daß nach aller Wahrscheinlichkeit niemand je Anspruch darauf erheben würde.

Was er im Sinn hatte, beschäftigte sein Gewissen mehr als die unwillkommene Entdeckung und die Verleugnung eines entfernten Vetters. Während er den Esel durch das Dickicht im unteren Teil der Plantage trieb, war er im Geist mit Roden und Neubebauen beschäftigt. Abends, in seinem Häuschen, auf dessen Dach der Regen trommelte, erwog er zunächst die rechtliche und erst danach die moralische Seite seiner Entdeckung.

Matthew Lorimer hatte den Besitz seinem Neffen Alexander vermacht; das wußte Ralph. Die Familiengeschichte vermeldete, daß Lorimer's Bank mit Hilfe der Entschädigung für die freigelassenen Sklaven gegründet worden sei. Es war möglich, daß Alexander das Land verkauft hatte, nachdem die Sklavenemanzipation die Bewirtschaftung einer Zuckerplantage unrentabel gemacht hatte. Ralph nahm an, er könne darüber aus dem Güterregister in Spanish Town Genaueres erfahren. War der Besitz nicht verkauft worden, so hätte Alexander ihn seinem einzigen Sohn, John Junius, vererbt. Und wenn auch John Junius ihn nicht verkaufte, so hätte auch Bristow beim Zusammenbruch der Bank zur Konkursmasse geschlagen werden müssen. Unter gar keinen Umständen würde William einen Erbanspruch darauf haben, denn John Junius hatte keine entsprechende letztwillige Verfügung hinterlassen.

Eines stand also fest: William hatte kein Anrecht. Nicht fest stand hingegen, ob die Plantage von einem Fremden gekauft worden war. Das ließ sich nachprüfen. Sollte es nicht der Fall gewesen sein, so konnte man Bristow füglich als Niemandsland bezeichnen. Das Konkursverfahren war abgeschlossen, und es würde niemandem mehr nützen, wenn nun ein neuer, bisher übersehener Vermögenswert auftauchte, der überdies wenig oder nichts einbringen, sondern nur alte Wunden aufreißen und alten Haß schüren würde. Für die Mitglieder seiner Gemeinde hingegen konnte Bristow ein Gelobtes Land darstellen, in welches Ralph, wie einst Moses, sein Volk führen würde; aus dem Elend in ein neues Leben.

Angenommen also, Bristow wäre Niemandsland, wie war dann der moralische Standpunkt? Ralph war überzeugt, daß John Junius es ihm zugedacht hätte. Es war nie die Absicht des Vaters gewesen, daß sein jüngster Sohn nichts erben solle. Nur die Umstände hatten eine Regelung verhindert. Somit hatte Ralph sicherlich ein moralisches Recht, zum Nutzen anderer zu nehmen, was so bequem in

Reichweite lag. Vielleicht hatte er sogar die Pflicht, denn wer anders als der Allmächtige hatte seine Schritte nach Bristow gelenkt? Ralph wollte nur den Menschen in Hope Valley Gutes tun, nicht etwa sich einen persönlichen Vorteil sichern. Je weiter die Nacht vorrückte, um so überzeugter war Ralph, daß er berechtigt sei, seine Pläne auszuführen.

2.

Für einen Gottesmann ist es besonders beschämend, wenn er gelogen hat und dann entdecken muß, daß er mit der Wahrheit mehr erreicht hätte. Als Ralph einige Wochen nach seinen Ermittlungen auf Bristow in Spanish Town zu tun hatte, suchte er zuallererst die armselige schindelgedeckte Baracke auf, in der die Grundbücher verwahrt wurden. Er konnte alsbald feststellen, daß die Plantage Bristow zuletzt als Eigentum von Alexander Lorimer aus Bristol eingetragen war. Ralph fragte nach dem dienstältesten Beamten.
»Sie haben also Bristow geerbt, Mr. Lorimer?« sagte dieser Herr, nachdem Ralph seinen Anspruch möglichst überzeugend dargetan hatte. »Nun, da sind Sie gerade noch rechtzeitig gekommen.«
»Wie das?«
»In Kürze tritt ein neues Gesetz in Kraft, das das Landproblem auf der Insel steuern soll. Ich weiß nicht, ob Sie schon so lange hier sind, daß Sie sich ein Bild davon machen konnten. Gutes Land liegt brach; und willige Arbeitskräfte hungern nach einem eigenen Stück Boden. Nach den neuen Bestimmungen wird alles Land, das seit fünfzig Jahren nicht mehr bebaut wurde, neu verteilt, es sei denn, der Eigentümer verpflichtete sich, es selber aufs neue zu bestellen.«
»Wie soll diese Neuverteilung vor sich gehen?«
»Der Grund wird in kleine Parzellen gestückelt, die an bedürftige Familien gehen. Für den Haushaltungsvorstand muß jemand in verantwortungsvoller Position bürgen – jemand wie Sie. Dann bekommt er zunächst einen Pachtvertrag auf sieben Jahre. Wenn er nach Ablauf dieser Zeit den Grund ordentlich bestellt hat und wenn sich kein gesetzlicher Eigentümer gemeldet hat, so soll die Parzelle in den Besitz des Pächters übergehen. Bristow steht auf der

Verteilungsliste. Aber nun, da ein Eigentümer an Ort und Stelle ist, ändert sich die Lage. Haben Sie irgendwelche Dokumente bei sich, Sir, die Ihren Anspruch erhärten?«

»Sie liegen alle in Bristol«, log Ralph. »Ich kann sie schicken lassen, sobald ich weiß, was Sie benötigen. Aber lassen Sie mich erst noch überlegen.«

Er ärgerte sich, daß er die augenblickliche Situation nicht gründlicher studiert hatte, ehe er bei der Behörde vorstellig wurde. Der Neuverteilungsplan, den der Beamte ihm geschildert hatte, war genau das, was den Leuten von Hope Valley helfen würde. Aber Ralph wollte nicht zugeben, daß er gelogen hatte, und anders konnte er seinen Besitzanspruch nicht rückgängig machen.

»Ich bin der Pastor von Hope Valley«, sagte er. »Ich lege keinen Wert darauf, Bristow für mich selber in Besitz zu nehmen. Ich kam zu Ihnen, weil ich beabsichtigte, das Land unter den Mitgliedern meiner Gemeinde aufzuteilen.«

»Daran kann nichts Sie hindern, Sir. Sobald die Plantage auf Ihren Namen im Grundbuch eingetragen ist, können Sie damit tun, was Sie wollen.«

»Aber mir scheint jetzt, daß der von Ihnen beschriebene Neuverteilungsplan die bessere Methode wäre. Als Pastor könnte ich die benötigten Bürgschaften leisten. Dann könnten Sie die siebenjährigen Pachtverträge ausstellen, und das Land käme schneller unter den Pflug, als wenn wir warten müssen, bis ich nach Bristol geschrieben habe und die nötigen Papiere herausgesucht und hierhergeschickt sind.«

Ralph hatte es riskiert, seinen Anspruch zu Protokoll zu geben, da es in tropischen Breiten erfahrungsgemäß niemand mit den Vorschriften allzu ernst nehmen wollte. Ein Weißer, der entschlossen auftrat, genoß automatisch eine gewisse Glaubwürdigkeit. Behauptungen wurden meist als bare Münze genommen, Zusagen ohnehin nie eingehalten. Nun wartete er, während der Beamte sich den Schweiß von der Stirn wischte, ob sein Urteil richtig war.

»Nun denn, Sir, überlegen wir einmal. Es ist genügend Land da, das unter den neuen Plan fällt. Zunächst sollen solche Besitzungen verteilt werden, deren Eigentümer aller Voraussicht nach nie mehr auftauchen. Verstehen Sie, es macht böses Blut, wenn ein Pächter seine Parzelle rodet und sieben Jahre lang beackert, und dann fällt sie an einen Fremden zurück. Es mag in einigen Fällen vorkommen, aber wenn irgend möglich, sollten wir es vermeiden.«

»Aber da ich den Besitz in jedem Fall den Leuten von Hope Valley zukommen lassen möchte ...«

»Ja, Sir, das sagen Sie jetzt, aber Sie könnten es sich anders überlegen. Oder aber, Sie könnten sterben, und ob Ihre Erben so denken wie Sie, wissen wir nicht.« Er überdachte die Sache eine Zeitlang.

»Wie wäre folgendes, Mr. Lorimer? Ich gebe Ihnen einen Pachtvertrag über sieben Jahre für den gesamten Besitz Bristow im Rahmen des Neuverteilungsplans? Dann brauchen wir nicht auf Ihre Dokumente zu warten. Nach Ablauf der sieben Jahre fällt der Besitz Ihnen automatisch zu, denn wenn Sie ohnehin der Eigentümer sind, kann ja kein anderer auftauchen und Anspruch erheben. Sollten Sie dann das Land Ihrer Gemeinde schenken wollen, so geht uns das nichts mehr an.«

Die einfachste Sache der Welt. Er würde nur nochmals nach Spanish Town kommen müssen, um die Dokumente, in denen die genauen Grenzen von Bristow ausgewiesen waren, zu unterschreiben, aber sonst war alles erledigt.

Noch am Morgen hatte Ralph die ehrliche Absicht gehabt, das Land von Bristow an die Leute von Hope Valley zu verteilen: Nur so konnte er seinen unrechtmäßigen Anspruch vor sich selber rechtfertigen. Aber als er am Abend wieder nach Hause fuhr, stellte sich eine neue Versuchung ein. Die Dokumente, die das Land seiner Obhut unterstellen würden, waren legal und nicht auf unwahren Aussagen begründet. Alle Befugnisse würden auf seinen Namen lauten. Sollte er nicht lieber doch – gerade im Interesse seiner Gemeinde – die Herrschaft über das Ganze in der Hand behalten? Bei einer Aufteilung in kleine Parzellen würden auf Bristow bald die gleichen Zustände herrschen wie jetzt in Hope Valley. Einige Familienväter würden ihre Pflichten vernachlässigen, und er könnte sie nicht zwingen, für die Ihren zu sorgen. Ralph glaubte an Disziplin. Als Landbesitzer könnte er den Fleiß belohnen und die Faulheit bestrafen. Er könnte ausgewogene Ernten planen und Vorhaben wie Be- und Entwässerung als Gemeinschaftsarbeiten organisieren. Er würde aus Bristow eine Musterplantage machen. Wiederum, so dachte er, hatte Gottes Hand ihn über verschlungene Pfade zum rechten Ziel geführt.

Bis seine Pläne ausgereift waren, sprach Ralph mit niemandem darüber. Dann wandte er sich eines Sonntags in einem direkten Aufruf an seine Gemeinde. Morgen, sagte er, werde er um sechs Uhr früh am Taufbecken predigen. Was er zu sagen habe, werde ihrer aller Leben verändern, daher müsse jedes erwachsene Gemeindemitglied, das keiner bezahlten Arbeit nachgehe, unbedingt kommen. Er bat nicht, er befahl, und zwar in dem gleichen Ton, den er so oft von seinem Vater gehört hatte. Zum erstenmal hatte er so gesprochen, und er spürte, daß seine Zuhörer einverstanden waren. Sie hatten seine so sorgfältig vorbereiteten und wohldurchdachten Predigten nie verstanden, nun aber sagte er ihnen in einfachen Worten, was sie zu tun hätten, und sie würden gehorchen. Die größten Faulpelze waren nicht in der Kapelle erschienen, aber ihre Frauen würden schon dafür sorgen, daß sie morgen zur angegebenen Zeit kommen würden.

Als Ralph anderntags zum Taufbecken kam, waren sie alle schon da; sie erwarteten ihn in der Morgendämmerung am Fuß des Wasserfalls. Als er auf den Felsvorsprung kletterte, von dem aus er die Versammlung überblicken konnte, verstummten sogar die Kinder. Dann fing er an zu sprechen, und es war, als hätte sich eine feurige Zunge auf ihn gesenkt. Alle seine anerzogenen Skrupel und Hemmungen fielen von ihm ab, als er seine Gemeinde an die Unterdrükkung erinnerte, in der ihre Vorfahren geschmachtet hatten, an die Armut, in der sie selber lebten. Seine Zuhörer lauschten atemlos, dann hörte man leise Klagen des Selbstmitleids; und dann fingen sie an, sich rhythmisch hin und her zu wiegen und zu jammern. Aber als sein Ton umschlug, änderte sich die Stimmung. »Halleluja!« riefen sie laut, und »Amen«, als er ihnen zurief, daß der Herr durch ihn spreche und seinem Volk ein Land geben wolle, wo Milch und Honig fließe. Nicht wie die Kinder Israels würden sie lange wandern müssen, um endlich ins Gelobte Land zu kommen, doch stünden ihnen viele Tage schwerer Arbeit im Weinberg bevor. Er sei hier, um sie in die bessere Zukunft zu führen: Sie würden sich unverzüglich ans Werk machen.

Er hatte vorgehabt, sie durch einen Psalm zu ermutigen, aber er kam nicht dazu, ihn anzustimmen. Als hätte sie im voraus gewußt, wann seine Ansprache zu Ende wäre, stieß Schwester Martha einen Laut aus, der zwischen einer Klage und einem Posaunenstoß lag, und schon sang die ganze Versammlung. Singend stellten sie sich zu einem Zug auf und setzten sich in Marsch: nicht wie Soldaten, sondern hüftenschwingend und schulterrollend. Und sie klatschten in die Hände, während sie unablässig psalmodierten: »Hört auf das Wort des Herrn.« Die Worte entsprachen dem Anlaß, aber der Rhythmus war sinnverwirrend.

Ralph aber ließ sich nicht aus dem Konzept bringen. Er stellte sich an die Spitze des Zuges und führte ihn nach dem Besitztum Bristow. Unterwegs lösten sich die Männer aus dem Zug, um ihre Buschmesser zu holen, und reihten sich dann wieder an den Schluß. Um sieben Uhr hieben alle erwachsenen Männer, die nicht zur Arbeit gehen mußten, aus Leibeskräften auf das Gestrüpp ein, während die Kinder und die älteren Frauen den Abfall beiseite schafften und sortierten: in Holz, das zum Feueranmachen taugen würde, wenn man es trocknen ließe, in Laubwerk, das als Viehfutter dienen könnte, und in solche Stücke, aus denen sich ein Freudenfeuer anzünden ließe.

Man konnte nicht erwarten, daß die erste Begeisterung länger als einen Tag anhielte. Ralph gemahnte sich an seine Pflicht, die Kinder zur Schule zu schicken. Die Frauen benötigten einen Teil des Tages für die Hausarbeit, und das bereits bebaute Land im Tal durfte nicht vernachlässigt werden. Die Leute, die keine Beschäftigung hatten, mußten hingegen ganztägig arbeiten, und die übrigen sollten kommen, wann immer sie Zeit hätten.

In den folgenden Monaten gab es allerlei Schwierigkeiten. Die Familien, deren Häuser zu eng waren, wollten sich auf dem frisch gerodeten Land neue bauen. Wer keinen Grund und Boden hatte, wollte ein eigenes Anwesen. Ralphs Ideen deckten sich nicht mit diesen Hoffnungen. Wenn das neue Projekt erfolgreich sein sollte, so müßte das Land zwei bis drei Ernten von solcher Ergiebigkeit hergeben, daß sie mit Gewinn verkauft werden konnten. Er sah, daß es im ersten Jahr nötig war, Jahresernten anzubauen wie Mais und Melonen, teils, damit ein rascher Erfolg die Leute ermutigte, teils, damit von dem Erlös Bananenpflanzen und Vieh gekauft werden konnte. Aber auch das war auf großen Feldern, die von allen Dorfbewohnern bestellt wurden, leichter zu erzielen als mit einer Vielzahl kleiner Einzelparzellen.

Ralph war kein sensibler Mensch und außerdem seiner gerechten Sache so sicher, daß ihm der tiefe Unwille seiner Gemeinde lange

Zeit nicht auffiel. Nur die drei ältesten Einwohner waren noch Sklaven gewesen; aber was den anderen von ihren Vätern und Großvätern überliefert worden war, bestimmte noch ihr ganzes Denken. Zur Freiheit gehörte, daß man sein eigenes Land bebaute.
Als Ralph das begriffen hatte, sah er auch ein, daß er Kompromisse machen müsse. Er revidierte seine Pläne, gab ungerodetes Land in Jahrespacht ab und setzte den Zins nicht in Geld, sondern in Arbeitsstunden fest, die auf dem Gemeindegut abzuleisten waren. Dieses autoritäre Vorgehen wurde von der Gemeinde williger akzeptiert als die demokratische Haltung, in der er sein Amt angetreten hatte, und auch er selber empfand es als angemessener. Es war ihm nicht bewußt, daß er, bei aller strengen Einhaltung seiner sonntäglichen Pflichten, mit jedem Tag ein schlechterer Pastor und ein besserer Pflanzer wurde.
Doch vor einer anderen Entwicklung konnte er nicht so einfach die Augen schließen. Aus einem Instinkt heraus, dem er nicht auf den Grund zu gehen suchte, hatte er das Land unmittelbar um Bristow Great House nicht in den Verteilungsplan einbezogen. Er sagte sich, es gebe anderswo schon genügend zu tun, und es wäre nicht recht, den friedlichen Lebensabend des alten Rascal zu stören. Aber im Grunde wollte er nicht durch häufige Besuche in Bristow Great House an seinen Urgroßonkel, den Sklavenhalter, erinnern, und außerdem legte er keinen Wert auf eine Begegnung mit den Mattisons. Doch an jedem Wochentag schritt er allabendlich kurz vor Sonnenuntergang die Grenzen des gerodeten Gebiets ab, das sich von Tag zu Tag weiter ausdehnte. Auf einem dieser Spaziergänge erblickte er zum erstenmal Chelsea Mattison.
Damals wußte er natürlich noch nicht, daß sie so hieß. Er wußte nur, was er sehen konnte, nämlich, daß sie das schönste Mädchen auf Jamaika war. Sie wusch Kleider im Fluß, und er blieb sofort stehen, um sie nicht auf sich aufmerksam zu machen. Ihre Haut hatte die Farbe von Milchkaffee, die Nase war lang und gerade. Sie sang, während sie auf die Wäschestücke einschlug, und die braunen Augen blitzten so strahlend wie die blendendweißen Zähne. Sie war hochgewachsen, der hübsche kleine Kopf saß auf einem langen Hals. Die Schultern waren breit, die Hüften schmal, und sie hielt sich so gerade, wie es ein englisches Mädchen erst mühsam hätte lernen müssen. Ralph dachte an seine Schwester Margaret, die als

Kind stundenlang an ein Brett geschnallt worden war und dieser Tortur ihre spätere gute Haltung verdankte; aber so etwas wie die straffe, schlanke Erscheinung dieses Mädchens hatte Ralph noch nie gesehen. Wäre er näher getreten, so hätte er wohl kaum der Versuchung widerstehen können, sie zu berühren. Aber er hielt sich fern, und nur seine Augen prägten sich ihr Bild ein.

Sie trug ein leuchtendrotes Gewand, das unterhalb der Arme um ihren Körper gewickelt war und die langen Beine zum größten Teil frei ließ. Als sie mit ihrer Arbeit fertig war, stellte sie sich in den Fluß und übergoß sich mit dem kühlen Wasser. Der nasse Stoff klebte an ihrer Haut, und Ralph sah, daß sie trotz ihrer Jugend und Schlankheit üppige Brüste hatte. Mit leisem Stöhnen wandte er sich ab, er konnte den Anblick nicht länger ertragen. Aber von nun an führte sein Abendspaziergang ihn immer wieder an dieser Stelle vorüber.

Geheimnisse hatten auf Jamaika kein langes Leben. Es konnte kein Zufall sein, daß ihm Red Mattison ein paar Monate nach diesem Begebnis ein Mädchen, das er als seine Tochter Chelsea vorstellte, ins Haus brachte. Er bot dem Pastor die Dienste seiner Tochter an.

»Nein, danke«, sagte Ralph mit heiserer Stimme. »Der Haushalt ist in guten Händen.«

»Schwester Martha alte Frau«, gab Red zu bedenken. »Chelsea vierzehn Jahre. Der Herr Pastor ihr sagen, was tun; sie tun es. Gutes starkes Mädchen.«

Red brauchte nicht deutlicher zu werden: Beide Männer wußten, was gemeint war. Auf solche Weise mußte Matthew Lorimer zu seinen zahlreichen Haushälterinnen gekommen sein, die es sich vielleicht zur Ehre angerechnet hatten, Kinder zu gebären, die hellhäutiger waren als sie selber. Gewiß empfand auch die junge Chelsea so. Ralph hatte so oft über die Sünde der Unzucht gepredigt und feststellen müssen, wie seine Warnungen allgemein in den Wind geschlagen wurden. Daher wußte er, daß weder das Mädchen noch der Vater an eine Ehe dachten. Freundlichkeit und eine Stellung im Haus würden genügen. Man bot ihm ein Geschenk. Keines hätte er lieber entgegengenommen; und keines war in Anbetracht seiner Position so völlig ausgeschlossen. Er zwang sich zu barschen Worten, als er das Mädchen abwies, und in dieser Nacht wälzte er sich in der Pein unerfüllter Wünsche auf seinem Lager.

Nun konnte er nicht mehr umhin, sich sein sündiges Begehren einzugestehen. Im Halbtraum, zwischen Schlaf und Wachen, gab er sich seinen Phantasien hin; in seinen Gebeten und Selbstvorwürfen züchtigte er sich dafür. Bald aber wurde diese Besessenheit ein Teil seines Lebens. Er konnte ihr nicht ausweichen, ohne sich noch unglücklicher zu fühlen.

Zu Beginn seiner dritten Regenzeit auf Jamaika wurde er krank. Bald würde sein erster Englandurlaub fällig sein, und in seiner Sorge, die Ländereien in gutem Zustand zurückzulassen, nahm er sich weniger denn je vor den heftigen Regengüssen in acht, die Jamaika so fruchtbar machten. Mehrmals am Tage wurde er naß bis auf die Haut und in einer Stunde von der sengenden Sonne wieder getrocknet. Er nahm diese Wechselfolge bereits ebenso gelassen hin wie die Dörfler; doch eines Nachts erwachte er an einem Schüttelfrost, den auch noch so viele Decken nicht zu lindern vermochten. Er dachte zunächst an eine Erkältung. Doch als Schwester Martha am nächsten Morgen kam, um ihm das Frühstück zu bereiten, sah sie sofort, daß er an Malaria erkrankt war.

Er benötigte Pflege bei Tag und Nacht, und in der ersten Zeit kam ihm nicht zu Bewußtsein, wer sich um ihn kümmerte. Aber als das Fieber sank, entdeckte er, daß Schwester Martha sich mit einem Mädchen in die Pflege teilte. Chelsea Mattison saß an seinem Bett, kühlte ihm geduldig die Stirn und deckte ihn wieder zu, wenn er in einem Anfall die Laken abgeworfen hatte. Zuerst glaubte er zu träumen, dann tat er so, als träumte er, lag regungslos mit geschlossenen Augen und hörte zu, wie sie leise vor sich hin sang.

Als er der Genesung entgegenging, konnte er diese Verstellung nicht mehr aufrechterhalten. Es war möglich, daß Chelsea ihn nach seinen heftigen Schweißausbrüchen gewaschen hatte, aber das wußte er nicht. Jetzt war er zwar bei vollem Bewußtsein, aber noch zu schwach, um aufzustehen, und sie brachte ihm heißes Wasser ans Bett, wusch und trocknete ihm Gesicht, Schultern und Brust und lächelte ihn dabei an. Er empfand eine Wonne, die durch seine Hilflosigkeit noch gesteigert wurde. Chelsea war mit seinem Oberkörper fertig und schickte sich an, die Decke vollends zurückzuschlagen. Ralph packte ihr Handgelenk und hielt es fest. Zum erstenmal erlaubte er sich, sie zu berühren, und die Wirkung erschreckte ihn. Er behauptete, keine Hilfe mehr zu benötigen, und schickte das Mäd-

chen weg. Dann wusch er sich vollends und kleidete sich an, obwohl seine Beine ihn kaum trugen.
Chelsea Mattison war erst knapp sechzehn, aber ihr Verstand war so reif wie ihr Körper. Acht Tage später kam sie in der Dunkelheit eines Tropenabends wieder in das Haus des Pastors und stellte sich schweigend vor ihn hin. Auch Ralph sprach kein Wort, als ihm aufging, daß er zu schwach war, um sie wieder fortzuschicken, aber nicht zu schwach, sich seine Wunschträume zu erfüllen. Am Morgen danach schrieb er, erfüllt von einem grenzenlosen Ekel vor sich selbst, jenen Brief, der Margaret so sehr beunruhigt hatte.

3.

Der Kummer ist ein treuer Gefährte, wie jeder feststellen wird, der ihm durch einen Ortswechsel zu entfliehen sucht. In den Wochen nach der Trennung von Charles hatte Margaret alle Hände voll zu tun gehabt, um ihre Siebensachen in London einzupacken und nach Bristol zu schicken. Nur unter Aufgebot aller Charakterstärke konnte sie ihre Erbitterung über die Willkür des Schicksals zurückdrängen und den Entschluß fassen, sich ganz allein ein Leben im Dienst der Gesellschaft aufzubauen. Sie hatte so viel mit ihren eigenen Problemen zu tun, daß ihr Ralphs sorgenvoller Brief aus Jamaika völlig entfallen war.
Daher begrüßte sie den Bruder bei seiner Ankunft in Brinsley House mit ungetrübter Freude und Herzlichkeit. Sie bemerkte, daß er in bezug auf seine eigenen Angelegenheiten zurückhaltend war und lieber über ihre beruflichen Pläne sprach. Aber sie schrieb dies seiner Überraschung zu, sie in Bristol anzutreffen, und der Spannung, die zwischen ihr und William wegen ihrer Absicht, in Bristol zu praktizieren, herrschte und die Ralph gewiß nicht entgangen war. Sie tat seine Bemerkungen über ihr abgespanntes Aussehen mit dem Hinweis auf die jahrelangen Strapazen von Studium und Examina und auf die Verantwortung ab, die sie seit ihrer Approbation zu tragen hatte: Die wahre Ursache ihres Grams behielt sie für sich.
Um von ihrer Person abzulenken, drängte sie Ralph, alles über sein Leben auf Jamaika zu berichten. Sie spürte, wie in der wiederaufle-

benden alten Herzlichkeit der Druck allmählich von ihm wich. Während sie an der Brüstung der oberen Terrasse lehnten und auf den Fluß hinabblickten, beschrieb er seine Pfarrgemeinde und das Projekt, das er für sie in Angriff genommen hatte.

»Ich darf mir also schmeicheln, daß meine erste Amtszeit ein Erfolg ist«, schloß er. Dann blickte er Margaret gequält an. »Aber mit den Frauen weiß ich mir keinen Rat.«

Im ersten Moment fand Margaret keine Worte. Aber sie war nur überrascht, nicht schockiert. Während ihrer medizinischen Ausbildung hatte sie das Leben gründlich kennengelernt. Und sie war neunundzwanzig, nicht mehr das junge Mädchen, das vor zehn Jahren empört das Ansinnen zurückgewiesen hatte, einen *habitué* der Gegend um die Joy Street zu heiraten. Trotzdem dauerte es lange, bis sie erfaßt hatte, was Ralph meinte. Er war schließlich Baptistengeistlicher und kein katholischer Priester, der im Zölibat leben mußte.

Ralphs Widerstreben, sich deutlicher auszudrücken, machte die Sache für Margaret nicht leichter. Zuerst legte sie seine Worte so aus, daß sich auf Jamaika keine weißen Frauen fänden, die für eine Ehe in Frage kämen – oder wenn ja, daß sie den reichen Pflanzerfamilien angehörten, niemals ein Leben in Armut auf sich nehmen und auch von der Gemeinde nicht akzeptiert würden. Als nach und nach herauskam, daß ein braunes, kein weißes Mädchen die Krise ausgelöst hatte, war Margaret ratlos. Wie konnte sie wissen, welche Tabus in diesem ihr gänzlich unbekannten Land zu beachten waren, was dort ein Pastor zu tun und zu lassen hatte?

Aber war dies wirklich der Kern des Problems? Ralph schien selber der Ansicht zu sein, daß ein solches Mädchen als Ehefrau nicht in Frage komme, und was er wollte, war offensichtlich eine Ehefrau. Margaret dachte sofort an Lydia, erwähnte aber aus Taktgefühl ihren Namen nicht. »Ich werde dich meinen Freundinnen vorstellen«, sagte sie lachend. »Die Medizinstudentinnen meines Examensjahrgangs waren alle so sehr auf ihre Berufsausbildung erpicht, daß keine einzige sich in den Banden der Ehe verstrickt hat. Es kostet dich nur ein Wort, und schon in einer Woche wirst du dich von intelligenten und tüchtigen jungen Frauen umschwärmt sehen!« Sie hielt inne, als sie sah, daß ihr Bruder nicht zu Scherzen aufgelegt war. »Was ist, Ralph. Hast du mir noch nicht alles gesagt?«

Endlich war er bereit, ein umfassendes Geständnis abzulegen. »Erinnerst du dich noch an Claudine?« fragte er kleinlaut.

»Ja. Machst du dir noch immer ihretwegen Gedanken? Sie ist bestimmt längst wieder in ihrem Heimatdorf und eine glückliche Hausfrau. Mit der Mitgift, die Papa ihr gab, hat sie sicherlich unschwer einen Mann gefunden. Eine Frau, die dich jetzt kennen- und liebenlernt, wird Verständnis und Vergebung aufbringen für einen Fehltritt, den du als Schuljunge getan hast. Vielleicht ist es nicht einmal nötig, Claudine zu erwähnen.«

»Ich habe sie geheiratet«, sagte Ralph.

Margaret starrte ihn an; sie traute ihren Ohren nicht. »Was sagst du?«

»Ich heiratete sie in der Frühe jenes Tages, an dem sie nach Frankreich zurückreiste. Wie hätte ich dieses junge Mädchen ziehen lassen können, mit der Schande unehelicher Mutterschaft belastet? Anständigerweise blieb mir nur eins: Ich mußte sie als verheiratete Frau heimfahren lassen.«

Auf diese Enthüllung wußte Margaret nicht sofort etwas zu sagen. Impulsiv drückte sie Ralph die Hand. Wie bezeichnend für ihn, daß er die Ehre seiner Verführerin hatte wiederherstellen wollen!

»Du warst damals noch nicht volljährig«, sagte sie schließlich. »Ich nehme an, Papa wußte nichts davon. Wäre eine solche Eheschließung rechtskräftig gewesen ohne seine Einwilligung?«

»Natürlich habe ich ihm nichts gesagt. Ich wagte es nicht. Und ob die Eheschließung rechtskräftig war oder nicht, Claudine glaubte daran, folglich bin ich moralisch gebunden.«

»Sag mir zuerst eins, Ralph«, unterbrach Margaret ihn. »Möchtest du, daß Claudine als deine Ehefrau dein Leben teilt?«

Ralph schüttelte den Kopf. »Ich empfand schon damals nichts für sie. Wenn ich sage, daß sie mich verführt hat, so gestehe ich damit meine Schwachheit ein, aber ich war noch zu jung, um zu wissen, wie schnell ich den Kopf verlieren würde. Die Frau, die mir jetzt not tut, muß von ganz anderer Art sein. Eine Frau, die ich lieben kann, aber auch eine, die in Hope Valley mit anpackt und zudem meine geistigen Interessen teilt. In dieser Hinsicht hätte Claudine wenig zu bieten. Außerdem glaube ich nicht, daß ihr an mir mehr gelegen war als mir an ihr.«

»Mein armer Bruder! Ich weiß nicht, was ich dir vorschlagen soll.

Sprich doch mit William. Er kann dir in diesem Fall besser raten als ich.«
»Ich schäme mich vor ihm.«
»Von Claudines Kind weiß er ohnehin; und wenn auch diese Eheschließung eine peinliche Neuigkeit ist, so spricht sie doch für dich.«
Ralph war zu deprimiert, um etwas zu erwidern, und Margaret wollte ihn nicht zwingen.
»Laß mich wenigstens mit ihm sprechen!« bat sie. »William mag nicht immer sehr mitfühlend sein, aber er ist Geschäftsmann und kann beurteilen, was sich machen läßt und was nicht.«
Ralph stimmte zögernd zu und verkündete gleichzeitig, er werde die nächsten vierzehn Tage bei einem Studienfreund verbringen. Margaret begriff, daß er lieber nicht im Haus sein wollte, während über seine Probleme gesprochen würde. Also trug sie ihrem Bruder William die ganze Geschichte vor.
»Selbst wenn die Ehe wegen Ralphs damaliger Minderjährigkeit annulliert würde, so könnte aus dem Verfahren manches an die Öffentlichkeit dringen und für Ralph peinlich sein«, gab sie zu bedenken.
William dachte eine Weile nach und sagte dann unvermittelt: »Könntest du dich zu einer Reise nach Frankreich entschließen?«
»Um Claudine aufzusuchen, meinst du?«
William nickte. »Du könntest dich unauffälliger als ich nach ihren jetzigen Lebensumständen erkundigen. Ich kann kaum glauben, daß ein Mädchen ihres Schlages nur wegen einer solchen Ehe diese vielen Jahre allein verbracht hat. Du könntest auch gewiß beurteilen – ohne ihr direkte Fragen zu stellen –, ob von dieser Seite irgendwelche Unannehmlichkeiten drohen. Und laß mich noch einen zweiten Vorschlag machen. Wenn du dich zu der Reise entschließt, würdest du Matthew mitnehmen? Er ist jetzt elf und kann genügend Französisch, um aus einem Frankreichurlaub Nutzen zu ziehen. Ich würde natürlich für deine Reisekosten aufkommen.«
Margaret ließ sich nicht lange bitten, eine kostenlose Auslandsreise zu unternehmen. Sie hatte London ziemlich überstürzt verlassen und bisher noch keine Beschäftigung in Bristol gefunden. Obwohl William ausdrücklich betont hatte, daß er von ihr keinen Beitrag zu den Haushaltskosten erwarte, war es ihr unangenehm, ihm zur Last

zu fallen. Schon konnte von einem Urlaubsaufenthalt kaum noch die Rede sein. Auch das Reiseangebot war eine Form der Gastfreundschaft, aber hier konnte sie sich wenigstens sagen, daß Ralph der eigentliche Nutznießer sei. Matthew und sie mochten einander sehr gern und sie wußte, daß sie beide ihren Spaß an der Reise haben würden.

Man beschloß, daß Matthews Hauslehrer mit von der Partie sein sollte, um die pädagogischen Möglichkeiten eines Auslandsaufenthalts zu nutzen und der kleinen Gesellschaft als männliche Begleitung zu dienen. Dies hinwiederum aber bedeutete, daß auch Betty mitkommen mußte, als Anstandsperson und als Margarets Zofe.

»Wir beschützen uns gegenseitig!« rief Margaret lachend, als sie auf dem windgepeitschten Deck des Kanaldampfers standen und einen ersten Blick von Frankreich zu erhaschen suchten.

Matthew blickte zu ihr auf. »Wem beschütze ich?«

»Wen«, korrigierte Mr. Renfrew, aber Margaret kümmerte sich nicht um die Grammatik.

»Betty natürlich. Sie kann kein Wort Französisch. Wenn sie etwas fragen möchte oder für mich Einkäufe macht, dann mußt du mitgehen und für sie sprechen. Und ihr auch die Antworten übersetzen.«

»Mach dir keine Sorgen, Betty«, tröstete Matthew das Mädchen, für dessen Wohl er sich verantwortlich fühlte. »Auf mich kannst du dich verlassen.«

»Vielen Dank, Master Matthew.« Margaret und Mr. Renfrew hatten alle Mühe, ernst zu bleiben, aber Bettys Erleichterung wirkte echt: Allein der Klang französischer Stimmen auf dem Schiff hatte sie ängstlich gemacht.

William hatte die Route ausdrücklich wie eine Bildungsreise für Matthew geplant. Claudine war vermutlich auf den väterlichen Hof im Tal der Dordogne zurückgekehrt. Auf dem Weg dorthin sollten Margaret und ihre Gefährten ein paar Tage in Paris verbringen und die Kunstschätze bewundern.

Zu Margarets großer Überraschung mußte man Matthew – der bisher noch nie ein Museum von innen gesehen hatte – nicht erst zwingen oder bestechen, damit er den Wünschen seines Vaters nachkam. In den überfüllten Galerien des Louvre verfiel er in ehrfürchtiges Schweigen. Für Landschaftsmalerei zeigte er wenig Interesse und für Stilleben gar keines, aber jede Darstellung des menschlichen Gesichts schien ihn zu faszinieren. Mr. Renfrew wollte pflichtgemäß die Gelegenheit ergreifen und schickte sich zu einem Vortrag über die Kunst der Renaissance an, aber Margaret schüttelte abwehrend den Kopf. Unnötigerweise, denn Matthew hörte nicht zu. Seine ganze Aufmerksamkeit galt den Gemälden. Es war eine ungewöhnliche Begeisterung für einen elfjährigen Knaben. Margaret wurde bei seinem Anblick an ihren Vater erinnert. Genauso weltentrückt war John Junius Lorimer gewesen, wenn er eine Jadeskulptur in seine Hand bettete und mit einem dicken Finger streichelte.

Die lange Reise nach Südfrankreich wurde angeblich unternommen, damit Matthew die prähistorischen Höhlenmalereien von Sarlat und Les Eyzies sehen könne. William hatte dabei einfach eine Kulturstätte gewählt, die möglichst in der Nähe von Claudines Dorf lag. Er hatte nicht im entferntesten erwartet, daß sein Sohn sich wirklich für diese Malereien interessieren würde. Nun aber glaubte Margaret an die Möglichkeit, daß Matthew aus dem Vorwand eine wertvolle Erfahrung machen könnte. Er hatte bereits um einen Skizzenblock gebeten. Die dazugehörigen Bleistifte genügten seinen Ansprüchen nicht, denn er hatte bereits festgestellt, daß die Künstler, die er jetzt bewunderte, ihre Wirkungen nicht mit harten Linien, sondern mit Licht und Schatten erzielten. Margaret hoffte, daß die prähistorischen Konturen von Mammuts und Rentieren mehr Gnade vor den Augen ihres Kopisten finden würden.

Sie erreichten Sarlat spätabends müde nach der langen Reise und wurden direkt in ihr Hotel gefahren. Aus dem Fenster ihres Zimmers betrachtete Margaret fasziniert die enge Straße. Zu beiden Seiten des steil ansteigenden Kopfsteinpflasters drängten sich solide Steinhäuser mit kegelförmigen Dächern.

Alles ringsum schien mindestens zweihundert Jahre alt zu sein, auch das riesige Himmelbett, in dem Margaret schlafen sollte. Sie schlief übrigens nicht gut, denn die Unterredung mit Claudine am folgenden Tag beunruhigte sie doch.

Trotz Mr. Renfrews Einwänden machte Margaret sich allein auf den Weg. Sie mietete ein Gefährt, ein Mittelding zwischen Karren und Kutsche, das von einem Pferd gezogen wurde. Der Kutscher war ein schweigsamer Mann, der mit dem Namen des Gehöfts, den sie ihm nannte, nichts anzufangen wußte und nur nach der Familie fragte, die es bewohnte – danach sprach er kein Wort mehr. Margaret hatte somit Muße, ihre Gedanken zu sammeln und sich die Fragen zurechtzulegen, die sie stellen müßte.

Ihr Auftrag war delikat und erforderte Fingerspitzengefühl. Schon in ihrer Muttersprache hätte sie Mühe gehabt, aber auch noch in Französisch! Wie Matthew hatte auch sie die Sprache nur aus Büchern gelernt, und wenn sie auch eine fleißige Schülerin gewesen war, so lag diese Zeit doch zwölf Jahre zurück. Claudine hatte kaum Englisch verstanden, also würde von ihr keine Hilfe zu erwarten sein. Bisher war Margaret in Frankreich noch immer mit einer einfachen, direkten Frage oder Feststellung durchgekommen. Aber dieser Fall war weder einfach noch direkt zu lösen.

Der Kutscher schnalzte mit der Zunge, und das Pferd hielt an. Der Mann, der beim Herannahen des Gefährts aus seinem kleinen Weinberg an den Straßenrand gekommen war, blickte Margaret neugierig an, beantwortete aber ihre Fragen recht artig. Claudine sei seine Schwester, sagte er. Sie sei verheiratet und wohne auf einem Hof ganz in der Nähe. Also war eine ihrer Fragen bereits beantwortet, und Margaret wartete, bis das neue Ziel dem Kutscher genannt worden war, der daraufhin, offenbar zur Bestätigung, beiseite spuckte.

Anstatt wieder auf die Landstraße zu fahren, schlugen sie einen Feldweg ein und rumpelten zwischen bewaldeten Abhängen talwärts. Die steilen Flanken waren von Öffnungen durchbrochen, und Margaret überlegte, ob Matthew wohl zur Stunde mit Mr. Renfrew den Ausflug in eine Höhle genoß. Dann spuckte der Kutscher abermals aus, was Margaret ganz richtig dahingehend übersetzte, daß sie angekommen seien.

Sie sprang vom Wagen und betrachtete das solide steingebaute Bauernhaus, das vor ihr in einer Mulde lag. Der Wohnteil umfaßte nur ein einziges Stockwerk, das jedoch auf Pfählen saß, damit darunter Tiere Schutz fänden. Kuhställe und eine Scheune standen im rechten Winkel rechts und links des Wohnhauses, so daß das Gehöft an drei Seiten umschlossen war.

Der erste Eindruck war nicht einladend. Auf dem Hof lag eine dicke Schicht Kuhmist, dessen scharfer Geruch sich an einem so heißen Tag weithin bemerkbar machte. Darin wühlten schmutzstarrende Schweine und fraßen schmatzend die Küchenabfälle, die offenbar erst vor kurzem aus der nächstliegenden Tür geworfen worden waren. Hunderte von Fliegen schwirrten herum, aber ihr Gebrumm ging im Hundegebell unter. Das lauteste und am gefährlichsten aussehende Tier war an eine lange Kette gebunden, die an der Dachrinne entlangglitt, so daß der Hund einen beträchtlichen Spielraum hatte, aber seine beiden freilaufenden Artgenossen schienen genauso unfreundlich. Margaret verhielt den Schritt, da sie hoffte, der Aufruhr möge ein Familienmitglied vor die Tür locken.

Ihre Hoffnung erfüllte sich schnell. Aus dem allgemeinen Lärmen erhob sich ein neues Geräusch, als ein gutes Dutzend grauer Gänse aus der Scheune gerannt kam und ärgerlich über ihre Austreibung schnatterte. Hinter ihnen schlug – daher ihre Eile – ein Junge mit einem Stock auf einen alten Blecheimer und kreischte ihnen mit schriller Stimme zu, wohin sie zu gehen hätten.

Margaret starrte den Jungen an. Sogar in den Slums von London hatte sie kaum je ein schmutzigeres Bürschchen gesehen. Die Beine waren so verkrustet wie die der Schweine: Er schien den Unrat, in dem er dahintrottete, nicht zu bemerken. Die Hosen waren ihm längst zu klein geworden und bis zu den Knien zerrissen. Das alles sah Margaret, aber ihre Aufmerksamkeit wurde sofort vom Kopf des Jungen gefesselt.

Zuerst glaubte sie, er habe sich zum Spaß einen Strohwisch aufgesetzt. Tatsächlich hatte er reichlich Strohhalme im Haar, wohl weil er in der Scheune gelegen hatte. Aber das Haar selbst war strohfarben. Margaret wußte, daß viele kleine Jungen blondes Haar haben – wenn auch seltener in diesem Teil Frankreichs. Aber sie kannte nur einen einzigen erwachsenen Mann, dessen Haar genau diesen Gelbton bewahrt hatte.

Auch die zweite Frage war beantwortet, ehe sie gestellt worden war. Sie hatte Ralphs Sohn gefunden.

4.

Die Wahrheitssucher lassen sich in zwei Kategorien einteilen: Die einen hoffen, den Beweis für das zu finden, was sie bereits glauben, und die anderen möchten bestätigt sehen, daß kein solcher Beweis existiert. Margaret hätte nicht überrascht sein dürfen, in dieser fremden Umgebung – auf einem südfranzösischen Bauernhof – einen noch unter der Schmutzkruste unverkennbaren Lorimer-Sproß zu finden? Und doch mußte sie unbewußt gehofft haben, Claudine habe die Familie belogen und sich eine Mitgift erschwindelt. Anders läßt sich ihre Bestürzung über diesen Anblick nicht erklären.

Jetzt hatte auch der Junge sie gesehen. Er versetzte dem Blecheimer einen letzten Schlag, und die Gänse suchten hälsereckend und möglichst würdevoll das Weite. Dann stellte er sich vor die Besucherin hin und wartete, daß sie etwas sage.

Die lange Nase und das längliche Gesicht waren ebenso wie das Haar Ralphs Erbe, aber die Wangenknochen waren höher und breiter, die Augen standen dichter beisammen. Margaret fragte ihn in ihrem bedächtigen Französisch, wie er heiße.

»Jean-Claude, Madame.«

»Ist deine Mutter zu Hause, Jean-Claude?«

Der Junge stieß einen lauten Ruf aus. Die Hunde, die ihr Begrüßungskonzert zu einem gelegentlichen drohenden Knurren gedämpft hatten, fingen wieder an zu bellen. Eine Frau kam aus der Küchentür und blieb an der Steintreppe stehen, während sie sich die Hände an der umgebundenen Schürze trocknete.

Claudine war dick geworden und sehr viel sauberer als ihr Sohn war sie auch nicht, aber ihr Lächeln, als sie Margaret erkannte, war so herzlich wie je. Während ihrer kurzen Dienstzeit als Gouvernante hatte sie sich nie wie ein Dienstbote benommen, und nun, in ihrem eigenen Heim, begrüßte sie ihren Gast ohne jede Unterwürfigkeit. Jean-Claude wurde unter schrillen Ermahnungen zu seiner Hirtenpflicht zurückgeschickt. Dann wandte Claudine sich wieder an Margaret.

»Sie werden verstehen, Mademoiselle«, sagte sie, wobei sie der Ausländerin zuliebe besonders langsam sprach, »daß er glaubt, der Sohn meines Mannes zu sein.«

Die Worte waren eine Warnung. Und eine Überraschung. Aber eine, die den Plänen der Lorimers zupaß kam. Margaret versicherte Claudine, sie wolle auch nicht durch ein Wort den Familienfrieden stören, und wurde sofort durch eine Einladung in die Küche belohnt.

Drei weitere Kinder, die auf dem Fußboden spielten, wurden von der Mutter röckewedelnd hinausgescheucht, als wären sie Gänse oder Schweine, die hier nichts zu suchen hatten.

»So!« Claudine goß aus einem Topf, der am Rand der Feuerstelle stand, zwei Tassen Kaffee ein und wies Margaret einen der hölzernen Stühle an. »Ich freue mich sehr, Sie zu sehen, Mam'selle. Hoffentlich sind alle Ihre Angehörigen wohlauf. Vor allem Ihr Vater. Er war sehr großzügig. Ich schließe ihn alle Tage ins Gebet ein.«

»Mein Vater ist tot«, sagte Margaret.

»Das tut mir leid«, erwiderte Claudine. »Sind Sie deshalb gekommen?«

Sie hatte die Stimme geziemend gesenkt, aber Margaret sah, daß ihre Augen bei der Nachricht aufleuchteten. Nicht eigentlich gierig; vielmehr in der selbstverständlichen Hoffnung, daß ein reicher Mann in seinem Testament aller seiner Enkel gedacht haben würde.

»Ehe er starb, hat mein Vater sein ganzes Geld verloren«, berichtete Margaret. »Die Bank –« sie suchte nach dem richtigen Wort und fand es nicht. »Sein Geschäft war ruiniert. Es blieb nichts übrig.« Da sie bemerkte, daß ihre äußere Erscheinung eingehend gemustert wurde, fügte sie, fast als müsse sie sich entschuldigen, hinzu: »Ich muß mir jetzt meinen Lebensunterhalt selber verdienen.«

Claudine zuckte die Achseln. Sie würde sich nicht über das Scheitern einer Hoffnung grämen, die erst vor ein paar Sekunden in ihr aufgetaucht war. »Mein aufrichtiges Beileid, Mam'selle«, murmelte sie.

»Erzählen Sie mir von sich, Claudine«, sagte Margaret. »Wie lange sind Sie schon verheiratet?«

»Ich habe sofort nach meiner Rückkehr geheiratet. Es eilte, wenn mein Kind ehelich zur Welt kommen sollte.«

»Aber – ich dachte ...« Margaret hielt inne und überlegte. Hatte Claudine nicht begriffen, daß die von Ralph arrangierte Zeremonie eine Eheschließung gewesen war? Wenn ja, war es dann klug, jetzt davon zu sprechen?

Claudine, die wieder ganz guter Dinge war, konnte dem Gedankengang ihrer Besucherin unschwer folgen.

»Ihr Bruder hat Ihnen vielleicht erzählt, er habe mich geheiratet«, sagte sie. »Damals war ich sehr glücklich darüber, weil ich meinem Vater sagen konnte, daß ich kein lediges Kind zur Welt bringen würde. Aber der Pfarrer hat mit meiner Mutter gesprochen und gesagt, daß diese Sache damals in den Augen der Heiligen Kirche überhaupt keine Trauung war.«

Um ein Haar hätte Margaret gelacht. Man mußte Ralph zugute halten, daß er damals erst ein Schuljunge gewesen war und sich nicht klargemacht hatte, daß Claudine der römisch-katholischen Kirche angehören mußte. Erstaunlicher war allerdings, daß William nicht darauf gekommen war. Wahrscheinlich konnte er sich überhaupt nicht vorstellen, daß man etwas anderes als Anglikaner sein könnte.

»Der Pfarrer sagte, ich solle Mr. Ralph herkommen lassen, damit eine katholische Eheschließung vollzogen werden könne«, fuhr Claudine fort. »Aber wie hätte ich das verlangen sollen? Er hat sich schon beim erstenmal so tapfer gehalten. Sein Vater hätte ihm gewiß nicht erlaubt, nach Frankreich zu reisen, und ich hatte versprochen, nie mehr nach England zu kommen. Außerdem« – sie blickte an ihrer Schürze hinab und lachte leise – »wenn er gekommen wäre und der Pfarrer uns getraut hätte, so wäre ich für den Rest meines Lebens an einen Mann gebunden gewesen, den ich nie wiedersehen durfte. In England habe ich mich gefürchtet. Aber hier zu Hause dachte ich, daß das kein Leben wäre für eine Frau.«

Margaret nippte schweigend an ihrem bitteren Kaffee.

»In meinem Dorf würde ich leichter einen Mann finden, dachte ich«, erklärte Claudine. »Auf dem Land denkt man anders als in Bristol. Hier heiratet ein Mann erst, wenn er weiß, daß das Mädchen ihm Kinder schenken wird. Natürlich ist es ihm lieber, wenn es seine eigenen sind, aber die Mitgift, die Ihr Vater mir gab, war großzügig bemessen. Guillaume konnte mit diesem Geld den Hof hier kaufen. Wir züchten Périgord-Gänse – die berühmte Gänseleber, wissen Sie –, und es geht uns gut. Ich bin zufrieden.«

»Also betrachten Sie Monsieur Ralph nicht als Ihren Gatten?«

»Er *ist* nicht mein Gatte«, sagte Claudine entschieden. »Der Pfarrer hat mir ganz genau erklärt, daß die in England gegebenen Versprechen nichts zu bedeuten haben. Und seit Jean-Claudes Geburt ist Guillaume sein Vater. Falls Ihr Bruder Sie geschickt hat, weil er seinen Sohn holen möchte, so lautet die Antwort: Er hat keinen Sohn. Wollen Sie ihm das sagen? Bitte, versprechen Sie es mir.«

Für Margaret, die Wort für Wort im Kopf übersetzte, war die Bitte ein Gebot. Es war wohl nur recht und billig. Claudine hatte schon einmal von den Lorimers Leid erfahren; es wäre ein schlechter

Trost, nun ihr Familienleben zu zerstören und die Gültigkeit ihrer Ehe in Frage zu stellen. Beim Anblick des kleinen Jean-Claude hatte Margaret spontan gedacht, der Junge müsse vor der Armut bewahrt werden und alle Chancen bekommen, die die Lorimers noch immer zu bieten hatten. Aber Claudines ängstlicher Gesichtsausdruck zeigte ihr, wie egoistisch dieser Gedanke gewesen war. Hier in Frankreich hatte der Junge seinen Platz in einer liebevollen Familie, einer festgefügten Gemeinschaft. Die Lorimers konnten nichts Vergleichbares bieten.

Und in Wahrheit gab es keine Wahl. Jean-Claudes Mutter hatte eine Entscheidung getroffen, die respektiert werden mußte. Margaret blickte in Claudines Augen, und Claudine gab den Blick unverwandt zurück. Margaret nickte knapp. Es war das gleiche Nicken, mit dem John Junius sein Einverständnis mit einer Sache kundzutun pflegte, ehe er sie aus seinen Gedanken verbannte. Die zwei Frauen wechselten einen Händedruck, beide glücklich über den Ausgang des Gesprächs. Im Weggehen warf Margaret noch einen letzten Blick auf den Gänsehirten. Für einen Lorimer schien er keine besonders glückliche Hand zu haben.

Während der restlichen Tage in Sarlat begleitete sie Matthew zu den prähistorischen Malereien und Skulpturen dieser Gegend, die anscheinend in grauer Vorzeit der kulturelle Mittelpunkt Europas gewesen war. Nach ihrer Unterredung mit Claudine hatte sie kurz daran gedacht, Matthew zu seiner einstigen Gouvernante auf den Bauernhof zu führen. Aber dann überlegte sie, daß sie ihr Versprechen nur halten könnte, wenn ihre beiden jungen Neffen einander nie begegneten. Nach seiner Einführung in die Kunst der Porträtmalerei in den Pariser Museen hatte Matthew sich angewöhnt, Köpfe und Gesichter genau zu studieren. Es war keineswegs ausgeschlossen, daß er die Ähnlichkeit zwischen dem Bauernjungen und seinem Onkel Ralph entdecken würde.

Als sie wieder zu Hause in England waren, berichtete Margaret über ihre Entdeckung. William rieb sich zufrieden die Hände.

»Dann sind wir diese Sorge los«, sagte er. »Wir können Ralph sagen, daß er ein freier Mann ist.«

»Das stimmt nicht ganz. Wenn diese Eheschließung auch für Claudine ungültig sein mag, für Ralph ist sie zweifellos bindend.«

»Unsinn«, sagte William energisch. »Ralph war viel zu jung. Ohne die Einwilligung seines Vaters war das ganze Zeremoniell nur leeres Gerede.«

»Wenn das stimmt, so hätte ich eigentlich gar nicht nach Frankreich zu reisen brauchen, nicht wahr?« Es kam Margaret nicht in den Sinn, die Worte ihres Bruders anzuzweifeln, aber sie ärgerte sich, daß man sie sinnlos auf Reisen geschickt hatte.

»Wir müssen auch an Ralphs moralische Situation denken, nicht nur an seine juristische«, belehrte William sie. »Ohne die Informationen, die du gesammelt hast, hätte er immer das Gefühl gehabt, er könne Claudine nicht im Stich lassen. In seinen eigenen Augen war er verheiratet, desgleichen in den Augen *seiner* Kirche, und wir wissen, daß er tief religiös ist. Ein Mann von weniger starken Grundsätzen hätte die ganze Geschichte schon längst vergessen. Ich will ihm sagen, daß er sie jetzt vergessen soll. Es ist im Interesse aller Betroffenen. Claudine und ihr Sohn wollen nichts mehr von Ralph wissen, und Ralph will nichts mehr von Claudine wissen. Überlaß es mir, mit ihm zu sprechen. Und dir möchte ich anheimstellen: wenn du eine unverheiratete Freundin hast, an der er Gefallen finden könnte, so lade sie nach Brinsley House ein. Auch Sophie wird sich der Sache annehmen. Ralphs Englandurlaub ist nicht sehr lang, und er hat deutlich genug durchblicken lassen, worauf seine Wünsche abzielen.« Damit beendete William die Unterredung.

Margaret sah ein, daß in einem solchen Fall entschiedenes Handeln geboten sei. Dennoch war sie nicht gefaßt auf die Art, in der William die Sache anging. Sie suchte ihren Lieblingsplatz an der Brüstung der Terrasse auf, und es dauerte nicht lange, bis Ralph über den Rasen auf sie zukam.

»William sagte mir, daß du auf deiner Frankreichreise auch in die Nähe von Claudines Heimatort kamst«, sagte er. »Die Nachricht, daß sie im vergangenen Jahr gestorben ist, ging mir zu Herzen.«

Margaret starrte ihn an, ohne ein Wort hervorzubringen. Wie schrecklich, daß William ihr eine solche Lüge in den Mund gelegt haben konnte – aber sollte sie die Unwahrheit berichtigen, nachdem Ralph sie offenbar akzeptiert hatte?

»Hat William dir auch von dem Kind gesprochen?« fragte sie.

»Daß es nie ein Kind gegeben hat. Ja. Ich war dumm, an die Geschichte zu glauben. William versuchte, mich mit der Versicherung zu trösten, daß viele junge Männer auf diese Weise betrogen werden, und vermutlich hat er recht.« Ralph hatte bei der Erwähnung von Claudines Tod echten Kummer gezeigt, jetzt aber lächelte er schüchtern. Als er wieder sprach, hätte jeder außer Margaret geglaubt, er habe das Thema gewechselt. »Wir haben schon zuviel Zeit mit Gesprächen über meine Torheit vertan. Erzähle mir noch mehr über deine Pläne. Was wird Miss Morton tun, nachdem du dich entschlossen hast, in Bristol zu bleiben. Wird sie eure gemeinsame Wohnung in London beibehalten?«

»Ursprünglich wollte sie das, aber vermutlich wird ihr eigener Ehrgeiz sie aus London vertreiben. Ihr Spezialgebiet ist öffentliche Gesundheitspflege und Hygiene, und da läßt sich in dieser riesigen und schmutzigen Stadt wenig ausrichten. Wir waren beide gern dort, als wir zusammen wohnten. Aber jetzt glaube ich, daß sie sich nach einer Anstellung in einer kleineren Stadt umsehen wird, wo sich für die Gesundheit der ganzen Gemeinde etwas tun läßt, nicht nur höchstens für die Errichtung eines neuen Krankenhauses. Da sie noch ein paar freie Tage gut hat, will ich sie für eine Woche hierher einladen. Vielleicht findet sie sogar in Bristol etwas, was ihrem Können entspricht. Du kannst also mit ihr persönlich über ihre Zukunftspläne sprechen.«

»Ich freue mich, sie wiederzusehen«, sagte Ralph. Seine Absichten waren leicht zu erraten, und Margarets Wunsch, die Wahrheit über Claudine zu sagen, wich der Einsicht, welche Hindernisse sie damit zwischen ihrer Freundin und ihrem Bruder aufrichten würde, nur um ihr eigenes Gewissen zu erleichtern. Sie litt zu sehr unter ihrer unglücklichen Liebe, um zwei Menschen, denen sie von Herzen zugetan war, das gleiche Schicksal zu bereiten. Also verschwieg sie Ralph, was sie wußte, aber sobald sie das nächstemal mit William unter vier Augen sprach, ließ sie ihrer Entrüstung freien Lauf.

»Du bist viel zu gewissenhaft«, sagte ihr Bruder, den ihre Empörung eher zu amüsieren als zu beeindrucken schien. »Und obendrein viel zu egoistisch. Du mußt die Sache von Ralphs Standpunkt aus betrachten, auf den allein es jetzt ankommt. Was ich ihm sagte, ändert nichts an der tatsächlichen Situation. Claudine ist auf ihren eigenen Wunsch für ihn gestorben, und du hast mir ihre Worte berichtet, wonach Ralph keinen Sohn von ihr habe. Ich habe lediglich

einen bildlichen Ausdruck als Tatsache wiedergegeben, damit Ralph jedes Schuldgefühl erspart bleibt.«
»Und dabei die Wahrheit geopfert«, rügte Margaret.
»Wahrheitsliebe auf Kosten anderer ist reine Selbstsucht. Vielleicht machst auch du eines Tages die Erfahrung, daß es menschenfreundlicher sein kann, sich an den Sinn einer Sache zu halten, als die betrüblichen Tatsachen auszusprechen. Ralph fühlt sich jetzt berechtigt, eine Ehe einzugehen. Das Recht dazu hätte er in jedem Fall gehabt, aber nun werden keine Gewissenszweifel ihn mehr beunruhigen. Ich habe ihm einen Dienst erwiesen.«
Die Lüge war so einschneidend, daß sie nicht abgemildert, nur hingenommen oder widerrufen werden konnte. Noch eine Weile zögerte Margaret. Sie war von Natur aufrichtig und wußte, daß sie mit einem solchen Betrug niemals ruhig würde leben können. Aber sie hatte andererseits Claudine ein Versprechen gegeben, und Claudine hatte ein Recht darauf, daß dieses Versprechen eingehalten wurde. Wenn Ralph die Wahrheit erführe, so mochte sein Gewissen ihn veranlassen, seinen Sohn aufzusuchen, auch wenn er im übrigen Claudines Kreise nicht zu stören beabsichtigte. Zwei Arten Tugenden – die Wahrheitsliebe und die Treue zum gegebenen Wort – kämpften in Margarets Seele um den Vorrang. Die Wahrheitsliebe unterlag, wie William zweifellos immer angenommen hatte. Die Lüge, die er ausgesprochen hatte, würde für fünf Menschen ungestörtes Glück bedeuten – für den Jungen, für Claudine und ihren Mann, für Ralph und womöglich auch für Lydia. Die Wahrheit würde allein Margarets Gewissen zugute kommen, folglich wäre es reiner Egoismus, darauf zu bestehen. Sie machte ihrem Unmut in einer letzten Attacke Luft.
»Ich hoffe, William, daß du dir nie anmaßen wirst, zu entscheiden, wo *mein* Vorteil liegt, ohne erst mit mir darüber zu sprechen.«
Er erwiderte nichts, und obwohl Margaret auch keine Antwort erwartet hatte, verursachte ihr sein Schweigen doch ein flüchtiges Unbehagen. Aber als sie ihn forschend anblickte, lächelte er nur.
»Und jetzt lädst du eine deiner Freundinnen hierher ein, ja?« drängte er, und machte sie damit zu seiner Komplizin.
Sie nickte und begab sich ins Morgenzimmer; doch ehe sie zu Papier und Feder griff, überlegte sie. Dies war keine gewöhnliche Einladung. Wenn Lydia nach Brinsley House käme, so durfte man fast

mit Sicherheit annehmen, daß Ralph ihr einen Heiratsantrag machen würde. Und wenn Lydia ihn annähme, so würde sie sich einem Leben in Armut verschreiben, in einem ungesunden Land, fern von allen ihren Freunden. Wenn sie aber ablehnte, so würde Ralph wieder so unglücklich sein wie zuvor. Sollte sie nicht lieber – Margaret zügelte ihre eigenen Überlegungen mit der gleichen Ungeduld, die sie William gegenüber gezeigt hatte. Sie machte den gleichen Fehler, den sie soeben erst bei ihrem älteren Bruder getadelt hatte. Jeder Mensch hatte das Recht, seine Entscheidungen selber zu treffen.

Als die Einladung geschrieben und abgeschickt war, empfand sie kaum noch Zweifel darüber, wie diese Entscheidung ausfallen würde. Als Lydia und sie ihre Ausbildung begannen, war auch die Freundin überzeugt gewesen, daß keine Ehe sie jemals ihrer Arbeit und dem Andenken an den toten Bräutigam abspenstig machen könne. Aber schließlich hatte Margaret selbst vergebens gegen ihre Natur angekämpft: Noch immer sehnte sie sich nach einem Familienleben, einem Mann und Kindern. Wenn Charles plötzlich frei sein würde ... Sie schlug sich den Traum aus dem Sinn. Zwischen Charles und ihr stand ein unüberwindliches Hindernis. Auch Lydia hatte gewiß oft die gleiche Sehnsucht verspürt, und in ihrem Fall bestand kein Grund, warum sie nicht dankbar diese Möglichkeit ergreifen sollte. Ralph hatte sie schon immer bewundert, und Lydia hatte sich über sein Interesse an ihr gefreut. Wenn sie nach Brinsley House käme, würde Ralph um ihre Hand anhalten, und Lydia würde seine Bewerbung annehmen.

Die Prophezeiung erwies sich als zutreffend. Ralph und Lydia heirateten im Sommer und segelten ein paar Tage nach der Trauung nach Jamaika ab. Margaret sagte der Freundin schweren Herzens Lebewohl. Sie war beunruhigt wegen der Risiken eines Lebens in den Tropen, und sie wußte auch, wie sehr sie ihre Gefährtin und Vertraute vermissen würde. Lydias Abreise bedeutete das Ende einer glücklichen Zeit, die sie gemeinsam als Kommilitoninnen und Kolleginnen verbracht hatten, und wischte den letzten Rest von Margarets Verbindung zu Charles fort. Sie hatte sich inzwischen damit abgefunden, daß ihre Freundschaft mit ihm zu Ende war und daß ihre Liebe sich nie kundtun dürfte; jetzt aber hatte sie den einzigen Menschen verloren, mit dem sie über ihre Gefühle hatte sprechen können.

Doch selbst wenn Margaret versucht gewesen wäre, ihren Gedanken Ausdruck zu verleihen, sie wäre verstummt vor dem Glück, das in den Augen des jungen Paares strahlte. Beide hatten sich zur Einsamkeit verurteilt geglaubt und waren nun überwältigt von dem Glück, einander gefunden zu haben. Die Ehe würde gewiß gut werden. Sie würden glücklich werden, wie Claudine bereits glücklich war. Williams Lügen hatten anscheinend nur Gutes gezeitigt – aber an den Tatsachen konnten sie nichts ändern.

Als Margaret am Kai von Portishead stand und der Freundin und dem Bruder zum Abschied winkte, dachte sie über die allerwichtigste Tatsache nach, die nicht zu ändern war: daß in einem Bauernhaus in der Dordogne ein strohblonder Junge lebte, ein Enkel von John Junius Lorimer. Vermutlich würde er niemals nach England kommen, niemals ein Wort Englisch sprechen, nie seinem Vater begegnen – und dennoch war und blieb er ein Mitglied des Lorimer-Clans.

VIERTER TEIL

Margaret, Alexa und Charles

1.

Wasser war das Lebenselixier Bristols. Es brachte Wohlstand in die Hafenstadt, aber zugleich untergrub es die Gesundheit ihrer Bewohner. Die in der Stadt herrschende Feuchtigkeit – zur hohen Niederschlagsmenge kamen die häufigen Überschwemmungen der tieferliegenden Viertel, wo die armen Leute wohnten – bereitete den Boden für Krankheiten wie Lungenentzündung, Bronchitis und Schwindsucht. Margaret hatte solche Familien einst im Rahmen ihrer Wohltätigkeitsarbeit besucht und den Bedürftigen Linderung, nicht aber Heilung gebracht. Nun kam sie als Ärztin – und konnte nur allzuoft ebensowenig helfen wie damals.

Ihre Bemühungen, an einem Krankenhaus in Bristol unterzukommen, waren gescheitert. In London war die Zahl der weiblichen Medizinstudenten inzwischen so gewachsen, daß man ihrer Anstellung in der Hauptstadt immer weniger Widerstand entgegensetzte, aber diese aufgeklärte Haltung war noch nicht bis in die Provinz hinausgedrungen. Margaret mußte schließlich froh sein, einen Arzt vertreten zu dürfen, der sich selber die Schwindsucht geholt hatte. Immerhin war er, anders als seine Patienten, in der glücklichen Lage, sich ein Jahr in einem Schweizer Sanatorium verschreiben zu können. Er war froh, daß eine so hochqualifizierte Kraft wie Frau Dr. Lorimer inzwischen seine Praxis übernehmen wollte, und schob seine Vorurteile beiseite.

Margaret bezog nicht nur Dr. Millers Praxis, sondern auch sein Haus am Portland Square, wo sie ihren Patienten näher war. Ursprünglich hatte sie mit dem Gedanken gespielt, sich in Lower Croft einzurichten, dem Haus, das John Junius ihr geschenkt hatte. Aber es war für eine alleinstehende Frau zu groß, und die laufenden Kosten waren zu hoch. Sie hatte daher Williams Rat befolgt und es an das Genesungsheim verkauft, auf dessen Grundstück es stand. Von einem Teil des Erlöses zahlte sie William den Rest des Geldes zurück, mit dem er ihr Studium finanziert hatte; den übrigbleibenden Betrag legte er so für sie an, daß ihr ein kleines vierteljährliches Einkommen sicher war.

William hatte aus dem Grund für seinen Rat kein Geheimnis gemacht. Margaret sollte in Brinsley House wohnen. Wenn seine Schwester schon darauf bestand, in Bristol zu arbeiten, so forderte sein Ansehen als Oberhaupt der Familie Lorimer, daß sie sich wenigstens unter seinen Schutz stellte. Margaret lehnte das Anerbieten so höflich wie möglich ab. Dr. Millers Haus war zwar düster und feucht und die typische unordentliche Junggesellenwohnung, aber Margaret war froh, Sophies unverhüllter Mißbilligung zu entrinnen und unabhängig zu sein.

Sie absolvierte gewissenhaft ihre Krankenbesuche, obwohl die Gegend arm war und die Patienten wenig für ärztliche Leistungen aufbringen konnten. Als sie eines späten Nachmittags die letzte Kranke auf ihrer Liste, ein schwindsüchtiges vierzehnjähriges Mädchen, aufgesucht hatte und nach Hause gehen wollte, hielt die Mutter des Kindes sie an der Tür zurück.

»Droben liegt noch eine, Frau Doktor.«

»Was meinen Sie?«

»Noch eine Kranke wie meine Kathleen. Mit der geht's dahin. Ist zu stolz, als daß sie um Hilfe bitten würde, wenn sie's nicht zahlen kann. Aber heute früh hat sie gesagt, ihr kleines Mädel hätt' ein paar Pennies verdient. Viel könnte sie Ihnen nicht geben, aber ich soll Ihnen sagen, sie wär' froh, wenn ein Arzt nach ihr schauen tät'.«

»Ich gehe sofort hinauf. Und vergessen Sie nicht, was ich Ihnen wegen Kathleen gesagt habe. Wenn Ihre Schwester sie auf dem Land unterbringen könnte, würde das mehr helfen als jede Medizin.«

Müde stieg Margaret die rohe Holztreppe hinauf und klopfte an die Tür der Dachkammer. Ein neunjähriges Mädchen mit rotgoldenem Haar öffnete ihr. Sie wußte auf den ersten Blick, daß es Alexa war. Ohne diesen Anhaltspunkt hätte sie ihre frühere Musiklehrerin nie und nimmer erkannt. Luisa lag wie ein Bündel aus Knochen und Lumpen auf dem Bett unter dem winzigen Fenster. Sie war nicht nur krank, sondern am Verhungern. Den hohlen Wagen der abgezehrten Frau fehlte die trügerische Röte der meisten Lungenkranken.

»Meine liebe Luisa! Wie konntest du es so weit kommen lassen! Warum wissen deine Freunde nicht, daß du Hilfe brauchst?«
»Krank und konnte nicht arbeiten«, flüsterte Luisa mit verschwollenen Lippen. »Keine Arbeit, kein Geld. Kein Geld, keine Besserung.«
»Ich habe Geld«, sagte Alexa und trat ans Bett ihrer Mutter. »Ich möchte Medizin kaufen, damit Mama wieder gesund wird.«
Margaret legte dem Kind den Arm um die Schultern. Sie war so betrübt, daß sie eine Weile nicht sprechen konnte, denn ihr erfahrenes Auge sah, daß Luisas Zustand bereits hoffnungslos war.
»Zuerst braucht deine Mutter etwas zu essen«, sagte sie. »Kannst du eine Besorgung für mich machen?« Sie schrieb einen Zettel an Betty, gab ihn Alexa und erklärte ihr, wie sie zu Dr. Millers Haus komme. »Dort klingelst du und gibst Betty diesen Zettel. Sie wird zuerst dir etwas zu essen geben und dann einen Topf Fleischbrühe für deine Mutter bringen. Du kannst ihr den Weg hierher zeigen.«
Das Kind nickte ernsthaft und lief weg. Margaret sah sich in der Mansarde um. Schon wollte sie fragen, wie Luisa sich die Krankheit zugezogen habe, als ihre Aufmerksamkeit von etwas anderem gefesselt wurde. Mit Ausnahme des Bettes enthielt der Raum fast keine Möbel, aber an der Wand hing jenes Porträt John Junius Lorimers, das einst in Brinsley House einen Ehrenplatz in der Ahnengalerie eingenommen hatte.
»Wie kommt meines Vaters Porträt hierher?« fragte sie.
»Weil für ein Bild John Junius Lorimers nicht einmal der Pfandleiher etwas gibt. Andernfalls wäre es auch dorthin gewandert, wo alles andere geblieben ist.« Luisa versuchte ein Lachen, es wurde jedoch ein Hustenanfall daraus.
»Aber, ich meine, wie ist es überhaupt hierhergekommen?«
»Ich habe es gekauft«, sagte Luisa. Ihre Stimme schien sich bei der Erinnerung an bessere Zeiten zu festigen. »Bei einer Versteigerung in Brinsley House. Damals hatte ich ein bißchen Geld. Dein Vater gab mir, was er konnte. Und niemand wollte das Porträt. Es war sehr billig. Ein Spottpreis.«
»Trotzdem verstehe ich nicht, warum du es wolltest.« Aber noch während sie das sagte, dämmerte ihr die Wahrheit. »Willst du etwa sagen ...?« begann sie.
Wieder fing Luisa an zu lachen; wieder wurde ein Husten daraus.

Der Anfall wollte nicht enden, und Luisa hielt ein Taschentuch vor den Mund. Als sie sich danach erschöpft zurücklegte, sah Margaret das Blut auf dem Tuch.
»Dein Vater war gut zu mir, solange er es sich leisten konnte«, flüsterte Luisa, als sie wieder zu Atem gekommen war. »Ich hatte ihn gern. Und er tat mir leid. Von deiner Mutter dürfte er wenig Freundlichkeit erfahren haben. Aber jetzt habe ich dich schockiert.«
Margaret fühlte, daß sie errötete. Es war schon schwierig genug, sich beim Anblick der ausgemergelten Gestalt auf dem Bett an die üppige Schönheit zu erinnern, die Luisa einst gewesen war; aber noch schwieriger war es, zu glauben, daß ihr Vater als Siebzigjähriger ein solches Doppelleben geführt haben sollte. Beide Frauen konnten lange nicht sprechen, die eine vor Schwäche, die andere vor Erschütterung. Dann sagte sich Margaret energisch, daß es jetzt ein dringenderes Problem zu lösen gelte.
»Wir müssen dich wieder zu Kräften bringen, Luisa«, sagte sie entschieden. »Es war töricht von dir, solche Entbehrungen auf dich zu nehmen. Wenn du zu stolz warst, um dich an deine Freunde zu wenden, so hätten die Wohlfahrtseinrichtungen dir helfen können. Und Alexa hat für Geld gesungen. Das wußtest du vermutlich?«
Luisa nickte schwach.
»Ich habe eine Freundin beim Varieté gebeten, sich um sie zu kümmern«, sagte sie. »Ich wußte, daß sie nicht in einem Zimmer mit mir wohnen und schlafen sollte. Es war schwer, sie fortzuschicken, aber zu ihrem eigenen Besten. Das wenige, was sie verdiente, reichte kaum für ihr eigenes Essen und Logis aus. Aber sie sparte, soviel sie konnte, das liebe Kind, und brachte es mir nach Hause. Sechs Monate war sie fort, und heute ist sie zurückgekommen. Immer wieder habe ich mir gesagt, ich muß leben bleiben, um sie wiederzusehen.«
»Bei besserer Ernährung wäre der Erfolg dir sicherer gewesen.«
»Ich hatte kein Geld.« Luisa seufzte tief. »Alles, was sich verkaufen oder verpfänden ließ, war schon weg. Rubine kann man nicht essen.«
»Rubine?« echote Margaret. Sie vermochte Luisa nicht sofort zu folgen, doch schon während sie die Frage stellte, argwöhnte sie, wie die Antwort lauten werde.
Luisa hob eine magere Hand von der schmutzigen Bettdecke und tastete unsicher unter das Bett.

»Du kannst dir nicht vorstellen, wie froh ich bin, daß du kamst«, sagte sie. »Seit ich weiß, daß ich sterben muß, denke ich nur darüber nach, wem ich von den Rubinen erzählen soll. Es war meine größte Sorge, daß ich nicht wußte, wem ich sie für Alexa anvertrauen dürfte. Du warst mir immer eine gute Freundin.« Erschöpft von der geringen und erfolglosen Anstrengung sank die Hand schlaff herab. »Die Schatulle ist unter dem Bett. Ich kann sie nicht erreichen.«

Margaret bückte sich und tastete den Boden ab, bis sie ein schwarzes Lederetui mit einem Metallschloß fand. Den Schlüssel trug Luisa an einer Kette um den Hals. Margaret hielt die Schatulle dicht an die Kranke, damit diese sie aufschließen konnte.

Sie hatte den Inhalt schon einmal gesehen – obwohl es ihr eine Ewigkeit zurückzuliegen schien. Sogar in dieser elenden Kammer sprühten die Juwelen auf ihrem schwarzen Samtkissen Licht und Feuer. Margaret zog die drei Fächer der Schatulle heraus und betrachtete das Geschmeide. Das Rätsel, das nicht nur William und sie selber, sondern ganz Bristol in Atem gehalten hatte, war gelöst.

Ihr Vater mußte, vermutlich in einer anderen Stadt, eine genaue Kopie in Auftrag gegeben haben. Dies war bereits allgemein angenommen worden, doch Margaret hatte sich aus Loyalität zu ihrem Vater nicht zu dieser Theorie durchringen können. Mr. Parker in Bristol hatte die echten Stücke angefertigt, und Georgiana hatte sie beim Besuch des Prince of Wales auf dem Ball getragen; doch am nächsten Morgen mußten die Kopien in den Banktresor gewandert sein. John Junius hatte zu einem Zeitpunkt, als sein Glücksschiff bereits leck geschlagen und dem Untergang geweiht war, auf diese Weise für eine Mätresse gesorgt, deren Existenz er nicht öffentlich zugeben konnte.

Es war ein bitterer Augenblick für Margaret, als sie an alles Leid dachte, das ihr widerfahren war, weil sie unverbrüchlich an die Ehrenhaftigkeit ihres Vaters geglaubt hatte. Für dieses Geschenk an Luisa gab es keine ehrenhafte Erklärung. Alles, was damit zusammenhing, vom heimlichen Verkauf der Jadesammlung, die den Kaufpreis für die Juwelen erbrachte, bis zur gleichfalls auf Schleichwegen besorgten Imitation, konnte nur von einem Mann durchgeführt worden sein, der mit voller Absicht plante, seine Gläubiger zu täuschen und zu prellen. Margaret entsann sich ihrer

Gewissenskämpfe wegen des Besitzes von Lower Croft und wie sie versucht hatte zu überlegen, welches Vorgehen ihr Vater als redlicher Mann von ihr erwartet hätte. Jetzt hatte sie seine Antwort. Er hatte, ungeachtet seiner Schulden, in kühler Überlegung Vorsorge für seine Tochter getroffen, wie er gleichzeitig Vorsorge für seine Mätresse traf.

Doch aller Zorn kam jetzt zu spät. Margarets Seufzer galt dem jähen Ende einer Illusion. Dann wandte sie ihre Aufmerksamkeit wieder den Erfordernissen des Augenblicks zu.

»Wie töricht von dir, dich so zu vernachlässigen, obgleich du dir jede Bequemlichkeit und die beste Ernährung hättest verschaffen können!« rief sie.

»Manche Geschenke sind allzu großzügig«, flüsterte Luisa. »Was glaubst du, wäre passiert, wenn ich versucht hätte, den Schmuck zu verkaufen? Man hätte mich des Diebstahls bezichtigt. Wer hätte einer armen Frau wie mir geglaubt, daß sie ihn auf ehrliche Weise bekam? Und wenn ich die Wahrheit gesagt hätte, so würde man ihn mir weggenommen haben, um die Schulden deines Vaters zu bezahlen. Auch wenn ich keinerlei Erklärung abgegeben hätte, so hätte doch ganz Bristol gewußt, daß die Juwelen einen Teil seines Vermögens darstellten. Kannst du dich nicht mehr an die vielen Briefe erinnern, die die Zeitungen über diesen Schmuck erhielten? Ich hätte ihn nicht behalten dürfen, sowenig wie den Gegenwert.« Wieder schwieg sie, als habe das viele Sprechen sie aller Kraft beraubt. Doch dann kam noch einmal ein Rest ihrer einstigen Leidenschaftlichkeit zum Durchbruch. »Außerdem habe ich kein Recht, diesen Schmuck zu verkaufen. Er gehört Alexa. Eines Tages wird sie die schönste Frau in ganz England sein und sie soll sich kleiden können wie eine Königin.« Mit matter Hand bedeutete sie Margaret, die Schatulle zu schließen.

»Alexa hat die Juwelen nie gesehen«, flüsterte sie. »Ich durfte nicht riskieren, daß sie etwas ausplaudert. Aber sie gehören ihr. Willst du sie für Alexa verwahren? Und das Porträt auch?«

»Ja«, sagte Margaret. Keine der beiden Frauen tat mehr, als habe Luisa noch eine Chance, wieder zu genesen.

Margarets Kummer über den Zustand der Freundin hinderte sie nicht, ihr eigenes Geschick zu betrauern. »Wer wird meinen Schatz hüten?« hatte der sterbende John Junius gefragt, und diese Frage hatte ein unüberwindliches Hindernis zwischen seiner Tochter und dem Mann aufgerichtet, den sie später lieben sollte. Und Dr. Scotts fixe Idee ausgelöst und ihn in den Wahnsinn getrieben. Aber er hatte recht gehabt. Es war die ganze Zeit ein Schatz vorhanden gewesen – in Wirklichkeit, nicht nur in seiner Phantasie. In einer zweiten Aufwallung von Bitterkeit konnte Margaret sich nicht enthalten, Luisa einiges davon zu erzählen.

»Mein Vater sprach im Sterben von den Juwelen«, sagte sie. »›Wer wird meinen Schatz hüten?‹« fragte er. Aber er muß doch darauf vertraut haben, daß du die Juwelen gut verwahren würdest.«

Luisa schüttelte den Kopf. »Du irrst«, sagte sie. »Dieser Schatz war Alexa. Er hat sie immer so genannt. Niemals Alexandra oder Alexa, sondern ›meinen Schatz‹.«

Margaret starrte ungläubig auf Luisa hinab.

»Willst du sagen, sie sei seine Tochter?«

»Natürlich. Er liebte sie, mehr noch, als er mich geliebt hat. Weißt du, sie war so schön. Vollendet, vom Augenblick ihrer Geburt. Dein Vater liebte alles Schöne.«

»Ja, ich weiß.« Margaret suchte ihre wirren Gedanken zu sammeln. Sie schalt sich naiv. Die Mitteilung, daß ihr Vater eine Mätresse gehalten hatte, war ein Schlag gewesen, doch die Folgerung, daß er auch der Vater von Luisas Kind war, lag auf der Hand. Und dies hinwiederum bedeutete, daß diese Beziehung weit früher begonnen hatte, als Margaret angenommen hatte; daß er seine Tochter belogen und seine Frau hintergangen hatte. Sie dachte daran, wie sicher und glücklich ihr das häusliche Leben während ihrer Mädchenjahre erschienen war. Und doch war es die ganze Zeit über genauso morsch gewesen wie die Geschäfte der Bank.

Sie stellte die Lederschatulle neben ihre Arzttasche, als die Tür aufging und Betty mit einem Isoliertopf voll heißer Brühe hereinkam. Hinter ihr erschien Alexa, die atemlos zu ihrer Mutter lief, sie umarmte und neben dem Bett auf dem Boden niederkniete. Luisa blickte mit tränenfeuchten Augen zu Margaret auf.

»Ich habe so ungeduldig auf ihre Rückkehr gewartet«, sagte sie. »Aber ich glaube, sie sollte nicht hier bei mir schlafen.«

Margaret nickte zustimmend. »Ich schicke dir eine Pflegerin«, sagte sie. »Dann kann Alexa heute bei mir übernachten.«

»Nein!« Die Kleine sprang auf und blickte trotzig erst die Mutter und dann Margaret an. »Ich muß bei Mama bleiben. Ich mache sie wieder gesund.«

»Das kannst du am besten, wenn du sie ruhig schlafen läßt«, sagte Margaret teilnehmend. »Wenn du mitkommst, dann nimmt Betty dich wieder mit hinunter in die Küche, und du kannst ihr helfen, Speisen zu bereiten, die deiner Mutter Appetit machen. Morgen früh gehen wir dann gemeinsam wieder zu ihr.«

Alexa widerstrebte noch immer, aber ihre Mutter flüsterte ihr ein paar Worte auf Italienisch zu. Das Kind runzelte die Stirn und blickte zweifelnd zu Margaret auf.

»Jetzt hilf deiner Mutter, die Brühe zu essen«, sagte Margaret, so fröhlich sie konnte. »Betty soll sie stützen, und du hältst den Löffel. Wenn ich mit der Pflegerin zurückkomme, muß der Topf leer sein.«

Die Möglichkeit, sich nützlich zu machen, brach Alexas Widerstand, und als Margaret nach einer halben Stunde zurückkam, schlief Luisa oder tat, als schliefe sie. Noch immer zögernd ließ das kleine Mädchen sich von Margaret bei der Hand nehmen und wegführen.

Als beide am nächsten Morgen wiederkamen, empfing die Pflegerin sie mit der Nachricht, die Margaret erwartet hatte. Erfüllt vom Glück, ihr Töchterchen noch einmal gesehen zu haben, hatte Luisa den Kampf gegen den Tod aufgegeben. Sie lag so friedlich da, als schliefe sie; ihr Herz mußte in der Nacht einfach aufgehört haben zu schlagen.

Alexas Reaktion war ungemein heftig. Zuerst erschrak sie, dann wollte sie nicht glauben, was sie sah. Ehe die Pflegerin sie hindern konnte, packte sie die Mutter bei den Schultern und versuchte, sie wachzurütteln. Danach brachen Tränen und Zorn gleichzeitig aus ihr hervor. Sie stampfte mit den Füßen, schrie und brüllte, kreischte hysterisch vor Wut und Schmerz und Hilflosigkeit. Margaret ließ sie toben, bis das Geschrei in Schluchzen übergegangen war. Dann trat sie zu Alexa.

»Sing etwas für deine Mutter«, sagte sie.

Alexa blickte sie verstört an. »Was soll ich singen?« fragte sie.

»Was war das Lieblingslied deiner Mutter?« fragte Margaret. »Ein Lied, das sie besonders gern hörte. Du könntest es ihr zum Abschied vorsingen.«

Ehe sie anfangen konnte, mußte Alexa mehrmals tief Atem holen, und dabei beruhigten sich Geist und Nerven. Als sie bereit war, kniete sie am Bett der Mutter nieder.
Die glockenreine Stimme schwebte geisterhaft durch das stille Zimmer. Alexa sang italienisch, so daß ihre Zuhörerinnen die Worte nicht verstanden, aber die süße Traurigkeit des Liedes war so ergreifend, daß sogar die abgehärtete Pflegerin eine Träne zerdrückte. Margaret wurde von Rührung übermannt. Sie setzte sich auf den Bretterboden, begrub den Kopf in den Händen und schluchzte beinah so herzzerbrechend wie vordem Alexa.
Nicht nur der Tod einer Freundin raubte ihr die lang geübte Fassung. Alexas Gesang tat eine Tür in ihrem Herzen auf und ließ alles Leid der letzten Jahre frei. Margarets Tränen galten den Enttäuschungen der Vergangenheit und dem Ausblick auf eine einsame Zukunft. Zu jeder anderen Zeit hätte sie sich energisch zurechtgewiesen – schließlich hatte sie eine gute Ausbildung genossen und einen nützlichen Beruf ergriffen –, doch solange die melancholische Weise ertönte, gestattete sie sich den Luxus, sich ganz ihrem Kummer hinzugeben.
Alexa hatte geendet und barg den Kopf ein paar Sekunden lang an der Brust der Mutter. Dann stand sie auf und blickte unsicher um sich. Verschwunden waren die hysterische Leidtragende und die reife Sängerin. Sie war nur noch ein kleines Mädchen, das ganz allein in der Welt stand.
Sie blickte hinüber zu Margaret – und Margaret streckte beide Arme aus. Alexa warf sich ihrer Halbschwester ans Herz.

2.

Die Schutzlosigkeit einer Waise weckt auch das Mitleid derer, die nicht zur Hilfeleistung verpflichtet sind. Dennoch handelte Margaret nicht aus Sentimentalität, als sie die Sorge für Alexa übernahm. Die Kleine war eine Lorimer, und die Lorimers mußten sich ihrer annehmen. Sogleich nach Luisas Begräbnis würde über die Zukunft des Kindes zu beraten sein.
Margaret hatte bereits beschlossen, das Geheimnis der Rubine zu

wahren. Was immer sie von der moralischen Berechtigung der väterlichen Maßnahmen hielt, es würde am besten sein, nicht daran zu rühren. Der Konkurs der Lorimer's Bank war längst abgewickelt. Der Prozeß hatte sich über mehr als drei Jahre hingezogen, und während dieser Zeit konnten die Docks in Portishead endlich in Betrieb genommen werden und erwiesen sich als so rentabel, wie John Junius vorausgesehen hatte. Die Gelder, die dem Konkursverwalter von den Docks zuflossen, kamen zwar zu spät, um die Aktionäre noch zu retten, aber zeitig genug, damit ein beträchtlicher Teil der Gläubigeransprüche befriedigt werden konnte. Sobald David Greggsons Flucht bekanntgeworden war, hatte die öffentliche Meinung sich wieder zugunsten John Junius Lorimers gewendet, der alsbald das frühere Ansehen zurückgewann; und, so seltsam dies scheinen mag, die Rehabilitierung wurde noch durch die Tatsache gefördert, daß sein Sohn als reicher Geschäftsmann in seinem alten Haus lebte. Von Jahr zu Jahr sank der Skandal tiefer in Vergessenheit. Margaret allerdings war ihrer Illusionen über den Charakter des Vaters beraubt, aber ihr Familiensinn gebot, ihr Wissen vor der Außenwelt zu verbergen.

Nicht einmal William gegenüber erwähnte sie die Schatulle mit den Juwelen. Wenn sie auch sicher war, daß er die Wertstücke nicht an die Gläubiger der Bank ausliefern würde, so hielt sie ihn doch des Einwands für fähig, die Rubine seien ein Geschenk an seine Mutter gewesen und hätten damit auf dem Erbwege ihm zufallen müssen; keinesfalls stünden sie einer Fremden zu. Darauf wollte Margaret es nicht ankommen lassen. Sie glaubte Luisas Worten und wollte den letzten Willen ihres Vaters erfüllen, indem sie das Geschmeide für Alexa verwahrte.

Über Alexa selbst mußte jedoch unbedingt gesprochen werden. Als Margaret wieder Brinsley House aufsuchte, nahm sie das hübsch eingekleidete neunjährige Mädchen mit. Wie immer ging sie zuerst in die Schulstube, wo sie Alexa als ihr Mündel vorstellte und die Gouvernante fragte, ob die Kleine für eine Stunde hier bei den anderen Kindern bleiben dürfe. Dann suchte sie William auf.

Er war außer sich, als er hörte, daß John Junius in seinen letzten Lebensjahren ein illegitimes Kind gezeugt habe, aber was Margaret des weiteren vorbrachte, war so unerhört, daß es ihm die Sprache verschlug.

»Du willst allen Ernstes sagen, ich solle ein solches Kind in meinem eigenen Haus, zusammen mit meinen eigenen Kindern, großziehen?«

»Alexa steht im Alter zwischen Matthew und Beatrice. Es bedürfte keines besonderen Aufwands. Sie könnte mit Beatrice den Unterricht und die Vergnügungen teilen. Du hast einen so großen Haushalt. Ihre Anwesenheit würde dir kaum auffallen.«

»Das ist doch einfach lächerlich. Das Mädchen geht mich nicht das geringste an.«

»Sie ist deine Schwester«, erinnerte Margaret ihn.

»Eine uneheliche Halbschwester. Daraus dürfte mir kaum eine Verpflichtung erwachsen.«

»Sie ist die Tochter deines Vaters«, sagte Margaret fest. »Welche Möglichkeiten siehst du sonst, William? Sie ist Waise. Wenn wir – ihre Angehörigen – sie im Stich lassen, was soll aus ihr werden? Du willst sie wohl nicht ins Arbeitshaus schicken?«

»Wenn dir die Kleine so sehr am Herzen liegt, warum nimmst du sie dann nicht zu dir?«

»Genau das werde ich tun, wenn du meinen Vorschlag ablehnst. Da ich vermutlich nie eigene Kinder haben werde, wäre die Kleine eine Freude für mich. Aber ich habe ihr wenig zu bieten. Es wären keine anderen Kinder im Haus. Eine Gouvernante kann ich mir nicht leisten, und ich muß, um den Lebensunterhalt zu verdienen, einen großen Teil des Tages außer Haus sein. Alexa hätte bei mir kein Familienleben. Aber wenn du ihr nicht helfen willst, dann werde eben ich mein möglichstes tun.«

»Du würdest aber natürlich keine verwandtschaftlichen Beziehungen anerkennen.«

»Wenn Alexa bei mir leben soll, dann tue ich, was mir richtig erscheint, William.« Margaret war empört darüber, daß ihr Bruder jede Verpflichtung ablehnte, ihr aber Vorschriften machen wollte, wie weit sie bei der Übernahme dieser Verpflichtung gehen dürfe. Sie hatte bereits begriffen, daß es für den Ruf des Vaters besser wäre, Alexas Abstammung zu verschweigen, aber mit diesem Eingeständnis hätte sie einen wichtigen Trumpf in der Debatte mit William aus der Hand gegeben. Bestimmt würde ihre Erklärung ihn zu nochmaligem Überlegen veranlassen.

»Wo ist das Kind jetzt?« fragte er.

»Matthew, Beatrice und Arthur kümmern sich um sie, solange ich bei dir bin. Natürlich wissen deine Kinder nichts über sie.«
Williams Stirn furchte sich ärgerlich, aber er sagte nur in schroffem Ton, daß er die Kleine sehen wolle. Also gingen Bruder und Schwester zusammen zur Schulstube und öffneten die Tür.
Williams drei Kinder saßen in einer Reihe auf ihren hölzernen Stühlen. Vor ihnen auf dem Tisch tanzte Alexa. Sie sang auch die musikalische Begleitung zu ihrem Tanz. Das Publikum, das mit dem Rücken zur Tür saß, bemerkte das Eintreten der Erwachsenen nicht, Alexa hingegen wurde durch die neuen Zuschauer zu noch lebhafteren Darbietungen angeregt und warf die Beine hoch, daß man ihre Unterkleidung sah. William trat rückwärts aus dem Zimmer und schmetterte die Tür hinter sich zu.
»Eine Straßengöre!« rief er. »Geradewegs aus den Slums! Und so etwas ist deiner Meinung nach die richtige Gesellschaft für drei wohlerzogene Kinder? Du mußt von Sinnen sein, Margaret. Ich kann deinen Vorschlag unmöglich in Erwägung ziehen.«
Margaret hatte der Anblick von Alexas unpassender Vorführung entmutigt, und Williams Reaktion überraschte sie nicht. Dennoch durfte sie um Alexas willen nicht klein beigeben.
»Das Mädchen hat wenig Erziehung genossen, William. Sie ist in Armut aufgewachsen. Wenn sich ihre Umwelt ändert, wird sich auch ihr Benehmen ändern. Sie ist die Tochter eines Gentleman und besitzt natürlichen Anstand. Es mangelt ihr nur an Disziplin und an einem ordentlichen Unterricht – und mit neun Jahren ist sie nicht zu alt, um sich umformen zu lassen. Zur Zeit verfügt sie nur über ein einziges Talent, allerdings ein beachtliches. Es ist nur natürlich, daß sie es zeigen möchte.«
Drinnen hörte man Händeklatschen. William öffnete die Tür ein zweitesmal, und jetzt gingen Margaret und er ins Zimmer. Matthew half Alexa gerade ritterlich vom Tisch herunter, während sein kleiner Bruder noch immer vor Vergnügen über das improvisierte Konzert auf und ab hüpfte. Nur Beatrice stand ein wenig abseits und blickte mit steifer Mißbilligung auf das fremde Kind.
Arme Beatrice, dachte Margaret spontan. Sie hatte die scharfen Züge ihres Vaters geerbt, nicht Sophies ruhige Schönheit, und sie war bereits alt genug, um zu wissen, daß sie von der Natur benachteiligt war. Die Ankunft einer so schönen Rivalin um die

Gunst ihres angebeteten großen Bruders war deutlich ein harter Schlag.

»Das ist Alexa, Vater«, stellte Matthew das Mädchen mit Besitzerstolz vor.

»Ja«, sagte William. In seiner Stimme lag keine Wärme, aber wenigstens war er nicht unfreundlich.

Alexa, nicht ahnend, daß sie einen schlechten Eindruck gemacht hatte, lächelte schüchtern. Margaret fragte sich, wie William von soviel Schönheit unbeeindruckt bleiben konnte. Auf der Varietébühne und vorhin auf dem Tisch war Alexas Gesicht voller Leben und Bewegung gewesen, hatte Pathos oder Unfug oder Vulgarität ausgedrückt. In der Ruhe veränderte es sich völlig. Das reine Oval und die vollendet ausgeglichenen Züge wurden ruhig, von beinah überirdischem Frieden erfüllt; sie erinnerte an eine Renaissance-Venus. Die neuen Kleider, die Margaret ihr gekauft hatte – eine hochgeschlossene gesmokte Bluse, einen einfachen Rock und schwarze Strümpfe und Stiefel –, waren streng und bescheiden, und ein breites Band hielt das erdbeerblonde Haar zurück, das ihren auffallendsten Schmuck bildete; aber keine noch so unscheinbare Kleidung konnte ihrer Schönheit Abbruch tun.

Matthew gab einen ebenbürtigen Partner für sie ab, als die beiden Kinder Seite an Seite standen. Er war in letzter Zeit beträchtlich gewachsen, aber das Gesicht des Zwölfjährigen hatte mit seinem zarten Teint und den langen dunklen Wimpern eine fast mädchenhafte Lieblichkeit bewahrt. Der Junge machte kein Hehl daraus, wie gut Alexa ihm gefiel. Margaret mußte daran denken, wie überraschend er auf die Schätze der Pariser Museen angesprochen hatte. Wie sein Großvater bewunderte auch Matthew alles Schöne.

»Bringst du Alexa jetzt jedesmal mit, Tante Margaret?« erkundigte er sich.

Margaret wartete mit ihrer Antwort, da sie hoffte, William möge sich äußern. Als er jedoch schwieg, konnte sie nur sagen: »Wir werden sehen«, und die Hand ausstrecken, um Alexa mit sich wegzuführen.

»Ich werde dir schreiben«, sagte William unvermittelt. »Ich brauche Bedenkzeit. Inzwischen solltest du mit niemandem über die Sache sprechen und auch sonst nichts überstürzen. Es könnte dir später leid tun.«

Margaret nahm dieses Zugeständnis mit einem knappen Nicken entgegen. Immerhin ließ es hoffen, daß ihr Bruder doch noch seiner Pflicht als Oberhaupt der Familie Lorimer nachkommen würde. Als sie mit Alexa wieder in Dr. Millers Haus war, das im Vergleich mit Brinsley House so eng und düster wirkte, fragte sie sich, ob ihre Hoffnung aufrichtig sei.

Sie hatte die Wahrheit gesprochen, als sie zu William sagte, daß Alexas Erziehung ihr Freude machen würde. Doch diese Aussicht war auch ein wenig beklemmend. Margarets eigene Erziehung hatte sie nicht auf die Mühen und Fährnisse des Lebens einer alleinstehenden Frau vorbereitet. Vom Tag ihrer Geburt an war es für ihre ganze Umgebung – und lange Zeit auch für sie selber – eine Selbstverständlichkeit gewesen, daß sie den Schutz des Vaters gegen den eines Gatten eintauschen würde. Sollte sie nicht das Glück haben, einen Gatten zu finden, so fiele einem ihrer beiden Brüder die Obsorge für sie zu.

Es hatte viel Mut erfordert, mit allen diesen Erwartungen zu brechen und eine medizinische Ausbildung zu durchlaufen, aber damals war sie mit ihren Problemen nicht allein gewesen. Andere junge Frauen standen vor den gleichen Aufgaben, und die Rektorin gab Rat und Hilfe. Der gedrängte Lehrplan mit seinen häufigen Tests und schriftlichen Prüfungen, und die Abfolge der verschiedenen klinischen Übungen, hatten ihr wenig Zeit gelassen, sich Zweifeln hinzugeben. Als sie danach ihre Anstellung in London antrat, lieferte die Krankenhausroutine einen ähnlich festen Rahmen.

Diese Zeit war vorbei. Jetzt mußte sie für ein ganzes zukünftiges Leben planen, nicht nur für die Zeit bis zum nächsten Examen. Es war kein leichtzunehmender Entschluß, die Verantwortung für die Zukunft eines Kindes zu übernehmen, solange sie kaum wußte, wie sie ihre eigene meistern sollte.

William hatte versprochen zu schreiben, suchte sie aber statt dessen persönlich auf und blickte sich angewidert in Dr. Millers ärmlichem Wohnzimmer um.

»Wie lang gedenkst du, hier zu bleiben?« fragte er.

»Es ist nur eine Vertretung«, erwiderte Margaret. »Ich hoffe, eine Dauerstellung in einem Frauen- oder Kinderkrankenhaus zu bekommen. Sobald ich eine sichere Anstellung habe, werde ich mir überlegen, wie ich wohnen will und was ich mir leisten kann.«

»Ich möchte dir einen Vorschlag machen«, sagte William steif. »Wo ist die Kleine?«

»Sie schläft.«

»Gut«, sagte er. »Also, der Posten des Anstaltsarztes im Waisenhaus von Ashley Down ist vakant. Würde dich eine solche Arbeit interessieren? Du weißt vermutlich, daß Vater sehr reichlich für die Gründung des Waisenhauses gespendet hat. Ich bin als einer der Kuratoren an seine Stelle gerückt. Vorausgesetzt, daß du entsprechende Referenzen beibringen kannst, würde ich dafür sorgen, daß die übrigen Kuratoren ihre Vorurteile gegen einen weiblichen Arzt hintanstellen. Die Bezahlung ist geringer als üblicherweise an gewöhnlichen Krankenhäusern, also dürften nicht viele Bewerbungen eingehen.«

»Ich kann nicht mit weniger leben als andere Leute«, sagte Margaret.

»Bitte laß mich ausreden«, sagte William. »Ich bin noch nicht fertig. Du warst der Meinung, ich solle die Verantwortung übernehmen für Vaters --- für Alexa. Widerstrebend – sehr widerstrebend – räume ich ein, daß man etwas für sie tun muß. Ich mache mich erbötig, sie entsprechend deinem Wunsch mit meinen eigenen Kindern aufzuziehen, zunächst für eine Probezeit von vier Jahren. Solange würde auch deine erste Dienstzeit in Ashley Down dauern. Es müßte jedoch beschlossene Sache sein, daß ich unter keinen Umständen irgendeine Verwandtschaft anerkennen werde. Sollte Alexa jemals versuchen, darauf Anspruch zu erheben, so würde ich dies als ausreichenden Grund für ihre sofortige Entfernung aus meinem Haus ansehen.«

»Alexa weiß nicht –« begann Margaret, aber William fiel ihr ins Wort.

»Stimmt. Und sie darf es auch nie erfahren. Ich schlage folgende Lösung vor. Nach außen hin kann Alexa als die Tochter einer deiner Patientinnen gelten; die Mutter ist gestorben, und du hast dich aus Mitleid mit der Waise entschlossen, sie an Kindes Statt aufzuziehen. Das alles ist wahr. Alexa selber wird überdies wissen, daß du die betreffende Patientin schon länger kanntest, aber das muß nicht an die große Glocke gehängt werden. Als dein Mündel kann das Mädchen sich Alexa Lorimer nennen. Wie du weißt, war ich nie dafür, daß du ausgerechnet hier in Bristol vor aller Augen für Geld arbeitest, als wäre ich zu arm oder zu knauserig, um für dich zu sorgen. Aber wenn du schon nicht auf mich hören willst, so meine ich, daß eine karitative Tätigkeit von der Art, wie das Waisenhaus sie bietet, deinem Stand angemessener wäre. Zum Ausgleich für das geringere Entgelt lade ich dich und Alexa ein, in Brinsley House zu wohnen. Die Gesellschaft wird es für richtig finden, daß du, solange du in Bristol bist, bei mir wohnst, und Alexas Anwesenheit unter meinem Dach wird sich mit deiner Vormundschaft für das Mädchen leichter erklären lassen.«

William hatte mit unüberhörbarer Kälte gesprochen, und Margaret war versucht, seine Vorschläge abzulehnen und ihre Probleme allein zu lösen. Doch die Klugheit gebot ihr, das Angebot ernsthaft zu prüfen. Die ärztliche Betreuung zahlreicher Waisenkinder würde eine befriedigende Aufgabe darstellen, denn es würde sich hier um eine ständige gesundheitliche Überwachung, also um Präventivmedizin handeln. Williams Versprechen, daß er seinen Einfluß in die Waagschale werfen wolle, verursachte ihr keine Skrupel – sie wußte aus ihrer Erfahrung in London, wie wenige Anstellungen ohne derartige Überlegungen zustande kamen. Ashley Down war eine Aufgabe für eine Frau, und sie brachte die nötigen Voraussetzungen mit. Wenn sie auch dem Zusammenleben mit William und Sophie mit gemischten Gefühlen entgegensah, so schien dies doch für Alexa die bestmögliche Lösung zu sein. Als sie von ihrem Bruder einen Tag Bedenkzeit erbat, war ihr Entschluß bereits gefaßt.

Nach Williams Weggang trat sie in Alexas Schlafzimmer. Mit Ausnahme der Schmuckschatulle, die Margaret verwahrt hatte, war die gesamte geringe Habe des Kindes in dieses Zimmer gebracht worden. John Junius Lorimers Porträt lehnte an der Wand. Margaret starrte lange auf das Bild. Alexa wußte nicht, wen es darstellte. Margaret, die ihren Vater geliebt hatte, fragte sich, wieviel sie selber wohl von ihm gewußt habe. Sie lachte leise und freudlos über die Wechselfälle des Lebens. Nach dem Zusammenbruch des väterlichen Imperiums hatte sie geglaubt, daß die Türen von Brinsley House ihr für immer verschlossen seien. Jetzt aber, nach sieben Jahren der Unabhängigkeit, sollte es wiederum ihr Heim werden. Noch seltsamer war es, daß zugleich mit ihr das Porträt John Junius Lorimers – schmählich verschleudert, heimlich erstanden und im Elend gehütet – an seinen angestammten Platz zurückfand.

3.

Gute Nachrichten verkehren sich ins Gegenteil, wenn der Falsche sie überbringt. Sieben Jahre nach ihrer Trennung von Charles hoffte Margaret noch immer, er werde eines Tages kommen und ihr sagen, daß er nun der Verantwortung für seinen Vater enthoben sei. Doch es war William, der eines Morgens beim Frühstück äußerte: »Dr. Scott soll gestorben sein.«

Margarets Herzschlag stockte. »Meinst du unseren früheren Hausarzt?« fragte sie mit mühsam beherrschter Stimme.

»Wen sonst?« Williams Miene verriet Erstaunen über die Frage. »Soviel ich weiß, war er schon seit vielen Jahren geistesgestört. Sein Tod muß eine Erlösung gewesen sein.«

»Wie hast du es erfahren?«

»Sein Sohn ist in Bristol und hat mehrere ehemalige Patienten seines Vaters davon verständigt.« William wandte sich wieder seinem Reisgericht und der *Times* zu, zum Zeichen, daß er ungestört Mr. Gladstones jüngste Gesetzesvorschläge für eine Selbstregierung Irlands zu studieren wünsche.

Margaret kam diesem Wunsch willig nach. Sie hoffte nur, daß der Aufruhr in ihrem Inneren sich nicht in ihren Zügen verrate. Welche Hoffnung durfte sie noch hegen, wenn Charles anderen Leuten mitteilte, daß es für ihn nun keine Sohnespflichten mehr zu erfüllen gab, ihr jedoch nicht? Es war ihr Vorschlag gewesen, daß er sie vergessen solle, und nun hatte sie den Beweis, wie gut es ihm gelungen war. Lautlos verließ sie den Frühstückstisch. Niemand sollte ihre Verzweiflung bemerken.

Margaret hatte mit William vereinbart, daß sie Alexa am Sonnabend und Sonntag ganz für sich hätte. An diesen Tagen war ihre Anwesenheit im Waisenhaus nicht erforderlich, wenn kein dringender Krankheitsfall vorlag. Aber heute war eine Ausnahme, ein »Tag der offenen Tür«. Alle Wohltäter, die zum Unterhalt der Kinder beitrugen, aber auch Bürger, die man für solche Beiträge zu gewinnen hoffte, waren eingeladen, das Haus und seine Insassen zu besichtigen, und sie taten es nicht anders, als besuchten sie den Zoo von Clifton. Margaret sollte als Mitglied des Kollegiums bei der Führung der Gäste oder der Beaufsichtigung der Kinder helfen.

Sie ging in Alexas Zimmer, um sie abzuholen, und fand ihr fünfzehnjähriges Mündel noch immer damit beschäftigt, die Papillotes aus ihrem Haar zu entfernen. Alexa nahm jede Gelegenheit wahr, ihr Erscheinen in der Öffentlichkeit zu einem bühnenreifen Auftritt zu gestalten. In ihrem Zimmer war sie nachlässig gekleidet, aber ehe sie das Haus verließ, mühte sie sich stundenlang, bis jede Falte richtig lag, jedes Band exakt geschlungen, jedes Haar ihres Kopfes gebürstet und glänzend war. Margaret trieb sie liebevoll zur Eile an, und beide machten sich auf den Weg nach Ashley Downs.

In dem langen Speisesaal waren Proben von den Nähkünsten der Mädchen und den Holzarbeiten der Knaben ausgestellt, damit die Besucher sie bewunderten und vielleicht sogar kauften. Die Waisenkinder standen, gebürstet, geschrubbt und in einheitliche blaue Anstaltskittel gekleidet, ernst und mit gefalteten Händen an der Wand aufgereiht.

Dieser Anblick genügte Alexa, um sich aufzuspielen, den Kopf hochmütig in den Nacken zu werfen, als wäre sie eine der feinen Damen, die bereits in die Halle spazierten. Sie haßte das Waisenhaus, vielleicht weil sie ahnte, wie knapp sie selber ihm entronnen war. Jeder, der sie sah, sollte wissen, daß sie nicht zu diesen armen Kindern gehörte – aber die Schaustellung wäre nicht notwendig gewesen. Die schimmernde rotgoldene Flut, die ihr Gesicht umrahmte, bildete den krassesten Gegensatz zu den straff aus der Stirn gebürsteten und in stramme Zöpfe geflochtenen Haaren der weniger glücklichen Mädchen in ihrer Umgebung.

Als die Besucher herbeiströmten, mußte Margaret sich ihren Pflichten widmen. Es galt, den Kuratoren Rede und Antwort zu stehen und mutmaßliche Geldgeber zu ermuntern. Es war keine einfache Sache, deutlich zu machen, daß die Kinder gut ernährt und versorgt würden und daß man dennoch äußerste Sparsamkeit walten lasse. Margaret sagte und tat mit gewohnter Tüchtigkeit, was von ihr erwartet wurde, doch die ganze Zeit bestürmten Fragen über Fragen ihr Herz. Wo war Charles zu dieser Stunde? Wußte er, daß sie in Bristol war? Würde er sie aufsuchen? Wenn nicht, konnte sie ihn besuchen, ohne die Schicklichkeit zu verletzen? Was galt ihr überhaupt die Schicklichkeit? Die Fragen wirbelten und kreisten in ihrem Kopf, sogar während sie einem der Kuratoren gegenüber die Ausgaben für das heiße Wasser rechtfertigte, mit dem man den Kindern die Haare wusch.

Ihre erste Frage wurde alsbald beantwortet. Sie sprach noch mit dem Kurator, als Charles Scott die Halle betrat. Margaret hielt mitten im Satz inne und starrte wortlos zur Tür. Obwohl sie wußte, daß er in Bristol war, obwohl sie in ebendiesem Augenblick hoffte, ihn zu sehen, erschrak sie über sein jähes Erscheinen so sehr, daß ihr Herzschlag und Atem stockten.

Charles begleitete zwei Damen, die verwitwete Mrs. Braithwaite, eine der Gönnerinnen des Waisenhauses, und ihre unverheiratete Tochter, und bei ihrem Anblick mußte Margaret eine andere Gefühlsaufwallung unterdrücken: Eifersucht und Angst. Wenn es nun nicht sie, sondern eine andere wäre, die ihn nach Bristol geführt hatte? Margaret hatte ihn freigegeben, damit er eine neue Bindung eingehen könne, aber der Gedanke, daß er es am Ende wirklich getan habe, war ihr unerträglich.

Charles' Aufmerksamkeit galt nicht ausschließlich seinen Begleiterinnen. Er blickte sich in der Halle um, musterte eingehend jedes Gesicht.

Plötzlich fiel sein Blick auf Margaret. Er erstarrte, so daß die Damen ebenfalls stillstehen mußten.

So, wie er Margaret fixierte, blickte auch sie ihn wie gebannt über den Raum hinweg an und fragte sich, ob sie es ertragen könne, wenn er sie anspräche; zugleich wußte sie, daß sie es nicht ertrüge, wenn er sich wieder abwenden würde. Sie sah, daß er sich zu Mrs. Braithwaite beugte und etwas sagte, worauf die Dame in die Runde blickte, wie Charles vordem getan hatte. Der Kurator, der bisher mit Margaret gesprochen hatte, merkte, daß ihre Aufmerksamkeit anderweitig in Anspruch genommen wurde und entfernte sich höflich. Um ihre Verwirrung zu verbergen, wandte sich Margaret an Alexa und plapperte irgendwelchen Unsinn, der ihr gerade einfiel.

Alexa bedeutete ihr, daß zwei Damen und ein Herr auf sie zukämen.

»Wie geht es Ihnen, Mrs. Braithwaite?« fragte Margaret die füllige Witwe, doch die Augen konnte sie nicht von Charles abwenden.

»Nicht so gut, wie ich es mir wünschte, Fräulein Doktor Lorimer, aber ich danke für die Nachfrage. Darf ich Ihnen Doktor Charles Scott vorstellen?«

Margaret schluckte krampfhaft und streckte die Hand aus. »Wir kennen uns bereits«, murmelte sie fast automatisch. Charles um-

klammerte ihre Finger so fest, daß sie einen Augenblick glaubte, ohnmächtig zu werden.
Mrs. Braithwaite zeigte sich leicht konsterniert. »Sie kennen sich bereits? Warum wollten Sie dann unbedingt vorgestellt werden, Doktor Scott?«
»Seit unserer letzten Begegnung sind so viele Jahre vergangen, und ich durfte kaum erwarten, daß Fräulein Doktor Lorimer mich wiedererkennt«, sagte er. Er hielt ihre Hand noch immer in der seinen.
Der Vorsteher des Waisenhauses kam beim Anblick der hochgeschätzten Gönnerin Mrs. Braithwaite eilends herbei, um sie überschwenglich zu begrüßen und sie nebst Tochter zur Besichtigung der von den Waisenmädchen angefertigten Mustertücher zu entführen. Alexa schloß sich ihnen an, und Margaret und Charles standen allein in dem überfüllten Raum.
»Vermutlich waren Sie nach all der Zeit nicht sicher, ob ich es wirklich bin«, sagte Margaret, obwohl sie glaubte, sich kaum verändert zu haben. Ihre Augen mochten weniger lebhaft glänzen als in den Jahren des Lernens und Strebens, aber sie wußte, daß das leuchtende Rot ihres Haars nichts von seinem Glanz eingebüßt hatte – und im Gegensatz zu ihren verheirateten Freundinnen, die mit jedem Kind stämmiger wurden, hatte sie ihre schlanke Figur bewahrt.
»Natürlich habe ich Sie sofort erkannt«, sagte Charles leise. »Aber ich war zu feige, um irgendeine Spürnase direkt zu fragen, ob Sie noch immer Miss Lorimer seien oder Mrs. Smith oder Mrs. Jones wurden. Margaret! Meine liebe Margaret! Finden Sie die Luft hier nicht auch drückend? Vielleicht könnten wir den Garten besichtigen?«
Sie verließ an seinem Arm die Halle, und ihr war, als schwebte sie ein Stück über dem Boden. Es war ihr klar, daß sich hinter ihnen die bösen Zungen in Bewegung setzen würden, aber die Freude, ihm wieder nahe zu sein, machte sie kühn. Ihr ganzer Körper prickelte vor Erregung und Erleichterung über diesen magischen Wandel von der Verzweiflung zur Hoffnung.
Weder Margaret noch Charles gaben vor, die Gärten zu bewundern. Vielmehr führte Charles sie zu einer Holzbank unter einer Zeder. Eine Weile schwiegen beide. Die Spannung, die sich in Margaret während des trostlosen Vormittags angesammelt hatte, und

der Schock, Charles tatsächlich wiederzusehen, waren mit der Berührung seiner Hand von ihr gewichen. Jetzt konnte sie die Dinge an sich herankommen lassen. Worte hatten nichts zu bedeuten; es war, als schlügen ihre Herzen im gleichen Takt.

Vielleicht empfand Charles ebenso, denn er ließ sich – ohne Margarets Hand freizugeben – scheinbar durch den Anblick Alexas ablenken. Sie war in dem Augenblick unter der Tür erschienen, als Charles und Margaret sich hingesetzt hatten; aber als sie die beiden zusammen sah, blieb sie sekundenlang regungslos stehen, wie ein lebendes Bild, und kehrte dann ins Haus zurück.

»Ich sah Sie vorhin mit diesem schönen jungen Mädchen sprechen«, sagte Charles. »Es machte mich sogar neugierig. Sie erinnerte mich sonderbarerweise an Sie, warum, kann ich nicht sagen.«

»Ich habe wenig mit einem schönen jungen Mädchen gemeinsam«, lachte Margaret.

»Unsinn. Ihre Augen sind zum Beispiel sehr ähnlich. Und das Haar des Mädchens ist zwar viel heller als Ihres, aber es hat einen rötlichen Schimmer, nicht wahr, und die gleiche Beschaffenheit.«

»Sie ist mein Mündel, Alexa«, sagte Margaret. »Ihre beiden Eltern starben, noch ehe sie zehn Jahre alt war, und seitdem lebt sie bei mir.«

»Sie haben sehr edel an ihr gehandelt.«

»Ihre Mutter war meine Patientin. Als sie starb, stand Alexa ganz allein auf der Welt. Wie Sie bemerkten, ist sie sehr schön. Es war unvorstellbar, sie zum tristen Dasein in einem Waisenhaus zu verdammen, auch nicht in einem so guten wie diesem hier. Ich war immer gern mit jungen Menschen zusammen. Es macht mir viel Freude, für ein Kind zu sorgen.«

Diese Auskunft über Alexa hatte Margaret schon viele Male gegeben, und in ihrer freudigen Erregung nahm sie sich keine Zeit zu überlegen, ob Charles nicht eine exaktere Version verdiene. Im Augenblick ging es ihr nicht um Alexas Interessen, sondern um ihre eigenen.

»Es tut mir leid, daß Ihr Vater gestorben ist«, sagte sie.

»Das wissen Sie bereits?« Er war betroffen.

»Mir scheint, ich erfuhr es als eine der letzten.«

»Ich habe ganz vergessen, wie schnell jede Nachricht in Bristol die Runde macht«, gestand er. »Meine Absicht war, es Ihnen persönlich mitzuteilen. Ich kam erst gestern hier an und rechtfertigte mein Kommen damit, daß ich aus Höflichkeit die ehemaligen Patienten meines Vaters in Kenntnis setzte.«

»Brauchten Sie eine Rechtfertigung?«

»Ich bin gekommen, um mich nach Ihnen zu erkundigen«, sagte er schlicht. »Um herauszufinden, ob Sie Ihren Beruf ausüben, ob Sie verheiratet sind, ob Sie glücklich wurden.«

»Und was haben Sie erfahren, Charles?«

»Ich erhielt die Antwort auf die ersten beiden Fragen. Die dritte muß ich an Sie selber stellen.« Seine Augen suchten die ihren. »Sind Sie glücklich, Margaret?« fragte er.

Sie antwortete nicht sofort. Wie oft hatte sie sich in den vergangenen Jahren dieses Zusammentreffen ausgemalt! Nun wagte sie kaum zu glauben, daß es Wirklichkeit geworden war. Sie zwang sich, seinem Blick zu begegnen, wie vorhin in der Halle. Noch einmal musterte sie seine Erscheinung.

Er war jetzt kein junger Mann mehr. Er war vierzig und sah älter aus. Seine Kleidung war ungepflegt und abgetragen. Die bitteren Jahre hatten ihre Spuren auf seinem Gesicht eingegraben. Das blonde Haar war zu einem fahlen Ton verblichen, der noch nicht ganz grau war. Er war noch immer ein stattlicher, kräftiger Mann; aber er war müde und zerknittert, wie sein Anzug – ein Mann, der Fürsorge und Häuslichkeit entbehrt hatte. Margaret hatte alle die Jahre hindurch geglaubt, ihn niemals tiefer lieben zu können als in der Nacht ihres Abschieds, aber was sie jetzt empfand, widerlegte diesen Glauben.

»Ich bin glücklich, Sie wiederzusehen«, sagte sie. »Sehr, sehr glücklich.«

Charles ergriff ihre beiden Hände. »Es steht mir nicht zu, etwas zu erwarten – irgend etwas«, sagte er, und sein Gesicht glühte. »Ich habe mein eigenes Glück – und auch das Ihre, ja – einem alten Mann geopfert, der mich, seinen eigenen Sohn, seit Jahren nicht einmal mehr erkannt hat.«

»Ihr Pflichtgefühl verdient allen Respekt«, erwiderte Margaret. Da die Zeit des Wartens nun vorüber war, konnte sie sogar die Ansprüche verzeihen, die an ihn gestellt worden waren.

»Ich muß zu meiner Beschämung gestehen, daß ich auch auf seine Dankbarkeit hoffte. Aber er konnte natürlich nicht wissen, was ich

seinetwegen aufgab. Er verlangte immer mehr und glaubte sich dazu berechtigt. Nun, jetzt ist es vorbei. Meine Tante läßt Sie bitten, sie zu besuchen.«
»Ich habe Ihre Tante nie kennengelernt. Warum sollte sie mich sehen wollen?« Margaret neckte ihn nur. Sie würde alles tun, was Charles vorschlug.
»Sie wohnt in meiner Nähe, und ich habe sie gebeten, Sie einzuladen. Sie ist sehr alt und wird wenig Zerstreuung bieten können. Aber mir liegt vor allem daran, daß Sie das Dorf kennenlernen, wo ich mich niedergelassen habe, und daß Sie erfahren, wie langsam das Leben dort seinen Gang geht.«
»Sie sind Ihres Vaters wegen aufs Land gezogen, nicht wahr? Wollen Sie weiterhin dort bleiben?«
Charles nickte. »Nach all den Jahren tauge ich nicht mehr zum Chirurgen. Um aus dem Nichts eine Praxis aufzubauen, bin ich zu alt und zu arm, um eine zu kaufen. Aber im Dorf, wo ich alle Leute kenne, kann ich von Nutzen sein. Ich muß allerdings zugeben, daß es in einer solchen Gemeinde wenig Vergnügungs- oder Arbeitsmöglichkeiten für meine Ehefrau gäbe.« Wieder blickte er ihr in die Augen. »In Wahrheit möchte ich nur eines wissen: ob du mich heiraten willst«, sagte er. »Aber ich darf diese Frage nicht stellen, ehe du weißt, was die Antwort für dich bedeuten würde. Das Leben auf dem Dorf könnte allzu ereignislos für dich sein.«
Margaret hätte ihm wahrheitsgemäß versichern können, daß sie sich nichts wünschte, als bei ihm zu sein, wo immer er sie hinführte. Aber sie wollte sich nicht um den Genuß bringen, den entscheidenden Moment noch ein wenig hinauszuschieben, und daher neckte sie ihn ein zweites Mal.
»Wie unbesonnen, so stürmisch vorzugehen, bei einer Frau, die du sieben Jahre lang nicht gesehen hast«, sagte sie.
»Ich verlasse mich auf mein Urteilsvermögen«, erwiderte er. Das glückstrahlende, liebevolle Lächeln verriet, daß er die Antwort auf seine indirekte Frage bereits in ihren Augen gelesen hatte.
»Ich wußte schon längst, daß ich nie eine andere heiraten würde als dich, und ich bin überzeugt, daß die Eigenschaften, die ich an dir bewunderte, sich nicht verändert haben. Gewiß hast du nie ernstlich daran gezweifelt, daß ich zu dir kommen würde, sobald es irgend ginge.«

»Mit dem Zweifeln war es nicht getan«, sagte Margaret. »Ich mußte mir sogar immer wieder einhämmern, daß ich dich nie wiedersehen würde. Ich hätte es nicht ertragen, so viele Jahre hindurch von einem Tag auf den nächsten zu hoffen und immer wieder enttäuscht zu werden. Manchmal allerdings, das muß ich zugeben ...« Sie errötete bei der Erinnerung an die Tagträume, denen sie sich so oft hingegeben hatte, und beendete ihr Geständnis nicht. »Im Lauf der Zeit wurde es noch wahrscheinlicher, daß ich mir nichts Falsches einredete. Ich dachte, wenn du eines Tages freie Hand haben solltest, dann würdest du eine jüngere Frau als Lebensgefährtin wählen. Nach so vielen Jahren als getreuer Sohn verdientest du, ein geliebter Vater zu sein.«

»Ja, ich möchte Kinder haben, aber nur, wenn sie auch die deinen sind.«

»Ich bin fünfunddreißig«, erinnerte sie ihn.

»Das ist nicht zu alt, wenn man mutig ist wie du. Als ich vor einer halben Stunde die Halle betrat und dich neben Alexa stehen sah, dachte ich, wenn du eine Tochter hättest, müßte sie genauso aussehen.«

Margaret durchfuhr jäher Schrecken. »Hoffentlich dachtest du nicht –«

»Nein, nein. Natürlich nicht. Ich meine nur, deine Kinder würden ebenso schön sein.«

»Ich bin für Alexa verantwortlich«, sagte Margaret und fürchtete noch während sie sprach, hier könne sich im letzten Moment ein neues Hemmnis aufrichten.

»Um so besser, dann haben wir schon eine fertige Familie.«

Charles konnte bei seiner Reise nach Bristol nicht mit einer solchen Auflage gerechnet haben, aber er akzeptierte sie ohne Zögern. »Dann bist du nicht allein, wenn ich außer Haus bin und ich werde Alexa gewiß bald liebgewinnen, denn du liebst sie, und ich liebe dich.«

Sosehr Margaret sich über diese Lösung freute, die für sie selber ideal zu sein schien, überlegte sie doch, ob sie einem Stadtkind ebenso willkommen sei. Alexa war schon fast eine junge Dame und kannte kein größeres Vergnügen, als ihre Kleider und ihre Fähigkeiten vor einem möglichst wechselnden Publikum ins rechte Licht zu setzen. Aber zu oft schon war Margaret ein zum Greifen nahes gro-

ßes Glück wieder entglitten. Sie war entschlossen, es dieses Mal festzuhalten. Sie lächelte Charles zu, und seine Finger schlossen sich fester um die ihren, als er zurücklächelte. Sie gewahrte, daß er sich näherbeugte.
»Ganz Bristol beobachtet uns«, mahnte sie ihn.
»Gut. Wenn ich dich also jetzt küsse, so haben wir uns gegenseitig kompromittiert. Die Leute werden uns praktisch zur Heirat zwingen. Du hast keinen Ausweg mehr.«
»Ich suche nicht nach einem Ausweg«, sagte Margaret zärtlich. Aber sie ließ sich dennoch von ihm durch den Garten an ein entlegeneres Plätzchen führen. Und als er sie endlich küßte, fühlte sie, daß sie doch einen Ausweg gefunden hatte: aus Unrast und Einsamkeit, dem Glück entgegen.

4.

So mancher Junggeselle setzt seinen Stolz darein, sein Haus für die Ankunft einer jungen Braut zu rüsten, und erlebt eine Enttäuschung, wenn sie mit Feuereifer alles wieder umkrempelt. Charles Scott beging diesen Fehler nicht. Das Haus, das nach ihrer Heirat im August 1893 Margarets Heim wurde, war ein stattlicher Steinbau, der durch die den Park des Herrensitzes säumende Ulmenallee von den dicht beieinanderstehenden Gehöften getrennt war. Aber während der letzten sieben Jahre hatte Charles' Haushälterin sich ganz der Betreuung des alten Dr. Scott widmen müssen und auch den Mägden nicht richtig auf die Finger gesehen. So war das Haus heruntergekommen, stellenweise sogar schmutzig, und hatte viel von der Würde eingebüßt, die seine schönen Proportionen ihm verliehen.
Die Ankunft einer Hausherrin und deren Dienerin veränderte die Atmosphäre über Nacht und das Aussehen des Hauses innerhalb weniger Wochen. Während Betty schrubbte und fegte, machte Margaret sich mit Nadel und Faden ans Werk, verarbeitete Chintz und Baumwollstoffe zu Gardinen und Bezügen. Charles beobachtete sie mit liebendem Stolz. Er hatte eine Akademikerin geheiratet, eine Frau, die gewohnt war, ihren Lebensunterhalt zu verdienen

und einst in einem Haus voller Dienstboten aufgewachsen war. Nun verfolgte er mit Vergnügen und Bewunderung, wie schnell die Ehe eine Hausfrau aus ihr machte, wie sie strahlte darüber, daß dank ihres energischen Bemühens ein Zimmer nach dem anderen den Widerstand aufgeben mußte und sauber und freundlich wurde.

Als alles fertig war bis auf die Gästezimmer, die nicht sofort benötigt wurden, traf Williams Hochzeitsgeschenk ein: ein Flügel. Charles wußte, daß die Verlobung der Schwester ihm überraschend, aber nicht ungelegen gekommen war. Vor fünfzehn Jahren hätte Margarets Verbindung mit dem Sohn des Hausarztes die Familie Lorimer alles andere als entzückt. Doch inzwischen hatte William jede Hoffnung aufgegeben, daß seine Schwester noch heiraten könne, und nun war er froh, sich hierin getäuscht zu haben. Besser eine Arztfrau als eine alte Jungfer! Es war ihm nie recht gewesen, daß sie einen bezahlten Beruf ausgeübt hatte und noch dazu direkt vor seiner Tür, und Charles vermutete zudem – obwohl niemand dies je ausgesprochen hatte –, daß William keine große Zuneigung für Alexa hegte und froh war, sie loszuwerden.

Wie dem auch sein mochte, William hatte die Ankündigung mit soviel offensichtlicher Begeisterung aufgenommen, wie er zu zeigen irgend fähig war. Die Hochzeitsfeier hatte in Brinsley House stattgefunden, und William ließ es sich angelegen sein, das bei weitem großartigste Hochzeitsgeschenk zu machen. Charles war beeindruckt von der Eleganz, die der Flügel dem Salon verlieh, einem großen Raum, der noch nicht hinreichend möbliert war. Margaret übte frohgestimmt die einfachen Stücke wieder ein, die sie seit dem Tod des Vaters nicht mehr gespielt hatte. Doch Alexas Leben wurde durch die Ankunft des Instruments völlig verändert. Anfangs hatte sie nie gewußt, was sie in der unvertrauten ländlichen Umgebung mit sich anfangen sollte; jetzt saß sie stundenlang am Flügel. Manchmal spielte sie nur, häufiger aber begleitete sie sich zu ihrem Gesang.

Charles machte Margaret auf die Begabung des Mädchens aufmerksam.

»Ihre Mutter war Musiklehrerin«, erklärte Margaret ihm. »Alexa hat gewiß schon als Kind bei den Lektionen zugehört, und in Brinsley House ließ ich ihr Musikunterricht geben. Sie wird sich ihren

Lebensunterhalt einmal selber verdienen müssen, und ich könnte mir denken, daß auch sie sich zur Musiklehrerin eignen würde.«
»Alexas Schönheit könnte sich als ihr größtes Kapital erweisen«, meinte Charles. »Aber natürlich soll sie ihr Talent nicht vernachlässigen.«
Er war überglücklich, daß alles sich so trefflich gefügt hatte. Er hatte Alexa bei sich aufgenommen, weil die Frau, die er liebte, das Mädchen nicht alleinlassen konnte, aber vor der Heirat hatte er sich in dieser Hinsicht doch Gedanken gemacht. Dann jedoch erwies Alexa sich als weniger frivol, als ihre Vorliebe für hübsche Kleider und kunstvolle Frisuren hatte befürchten lassen. Sie war von Natur aus liebevoll und half Margaret klaglos bei jeder Arbeit. Nur wenn alte und arme Leute im Dorf besucht wurden, distanzierte sie sich und rümpfte zimperlich die Nase über den Geruch und den Schmutz.
Charles freute sich auch darüber, daß Margaret so ganz in ihrer Rolle als Ehefrau aufging. Nun fehlte nur noch eins, um sein Glück vollständig zu machen, und er mußte nicht lange darauf warten. Noch ehe er recht wagte, sich Hoffnungen zu machen, konnte Margaret ihm mitteilen, daß er für Ende Mai des kommenden Jahres Vaterfreuden erwarten dürfe.
Zuerst versuchte er, seine Frau zu verwöhnen, bestand darauf, daß sie täglich ein paar Stunden ruhen müsse. Doch so, wie das Glück der Ehe Margaret wieder jung gemacht hatte, so erfüllte die Mutterschaft sie nun mit einer Woge neuer Kraft. Seit seiner Übersiedlung auf das Land war die Parforcejagd Charles' liebster Zeitvertreib geworden. Margaret hatte nie reiten gelernt, und ausgerechnet jetzt würde Charles es ihr auch nicht erlauben, aber um sich Bewegung zu machen, begleitete sie ihn zu jedem Jagdtreffen und folgte den Hunden einen Teil des Weges zu Fuß. Er freute sich über ihre gute Gesundheit, die sich in der Beschwingtheit ihres Schritts und in der heiteren Laune zeigte, mit der sie jeder Beschäftigung nachging. Mit Befriedigung stellte er fest, daß die Spuren der Verantwortung und Anstrengungen, die ihre Arbeit im Waisenhaus bei ihr hinterlassen hatten, von ihrer Stirn schwanden und gelassener Fröhlichkeit Platz machten.
Als das alte Jahr endete und das neue begann, dachte Charles an den letzten Silvestertag zurück – in einem düsteren Haus, mit einem

Geisteskranken als einziger Gesellschaft und der Überzeugung, daß Margaret ihm für immer verloren sei. Sein Herz füllte sich mit Dankbarkeit für diese segensreiche Wendung. Wie anders würde es 1894 sein!

Das Jahr fing mit großer Kälte an, aber Ende Februar war der letzte Schnee geschmolzen. Der März war naß und stürmisch. Der Wind ließ die Bäume schwanken wie Segelschiffe und peitschte den Regen an die Fensterscheiben. Margaret, die nun auf ihren täglichen Spaziergang verzichten mußte, half Betty, ein Kinderzimmer herzurichten. Charles erkannte, daß seine Frau gerade in dieser Zeit über mehr Energie denn je verfügte und etwas Sinnvolles zu tun brauchte. Als das Kinderzimmer fertig war, erklärte er, daß er für die Zeit von Margarets Wochenbett ein eigenes Schlafzimmer brauche.

»An welchen unserer zahlreichen fürstlichen Räume hast du gedacht?« fragte sie. Sie saßen nach dem Abendessen vor einem großen knisternden Holzfeuer, dessen Flammen ihnen als Beleuchtung genügten, und plauderten. Alexa war in ihr Zimmer gegangen, und sie genossen eine gemütliche halbe Stunde in trauter Zweisamkeit, für Charles der schönste Moment des ganzen Tages. Die Fensterläden waren gegen den Regen geschlossen, die Gardinen vorgezogen, und sogar den sonst so lebhaften Hund hatte die Wärme des Feuers schläfrig gemacht. Später würden sie das Gaslicht anzünden und Charles würde seiner Frau vorlesen, während sie auf dem Sofa ruhte. Aber jetzt gab er sich ganz der Wohligkeit des leisen Gesprächs hin und hielt sich für den glücklichsten Mann auf der Welt.

»Neben Alexas Zimmer ist noch ein Stübchen«, meinte er. »Ich brauche ja nur ein Bett. Es hätte keinen Sinn, für so kurze Zeit eines der größeren Zimmer einzurichten.«

»Komm, wir sehen es uns gemeinsam an«, sagte Margaret. »Du sagst mir, wie du es haben möchtest, und ich mache mich gleich morgen früh ans Werk.«

Er ging nur ungern aus dem warmen Zimmer, aber Margaret war schon auf den Füßen und streckte die Hand aus, um ihn zur Tür zu ziehen. Lachend ließ er es geschehen, zündete eine Kerze an und folgte ihr die Treppe hinauf.

Der Raum roch muffig, ein Zeichen, wie lange das Schiebefenster schon nicht mehr geöffnet worden war. Margaret zog es mit einiger Mühe auf, um frische Luft hereinzulassen, und sofort löschte der

Sturm die Kerze und schlug die Tür zu. Gemeinsam lachten sie im Dunkeln und neckten sich mit Geisterstimmen, bis es Charles gelungen war, das Fenster zu schließen und die Kerze wieder anzuzünden.

In ihrem flackernden Schein inspizierten sie das Zimmerchen. Ja, es war sehr klein, aber es würde genügen. Noch war es mit allerhand nicht benötigten Gegenständen vollgestopft – zwei Stühlen mit Rohrgeflecht, einer Teppichrolle, einem Waschtisch mit Marmorplatte.

»Daß du mir nichts davon anfaßt«, sagte Charles streng. »Wenn Betty jemandem zum Tragen braucht, dann soll sie mich rufen.«

»Ja, Sir. Sehr wohl, Sir.« Margaret knickste scherzend, und Charles legte den Arm um sie und zog sie zärtlich an sich. Dann blickte er neugierig auf ein großes Gemälde in schwerem schwarzen Rahmen, das mit dem Gesicht zur Wand auf dem Fußboden stand.

»Was ist das?« Während des Sprechens drehte er das Bild um und erkannte den Dargestellten sofort, obwohl zwanzig Jahre vergangen waren, seit er John Junius Lorimer zum letztenmal gesehen hatte. Margaret schwieg, während Charles das Porträt wieder aufstellte und ein wenig zurücktrat, um es besser zu sehen.

»Ich bin dir dankbar, daß du nicht von mir verlangt hast, ich solle es in diesem Haus aufhängen«, sagte er. Er überlegte kurz, ob er Margaret zuliebe dem Bild einen Platz in den unteren Räumen anbieten sollte. Schließlich war dieser Mann Margarets Vater. Sie sprach niemals von ihm, aber es lag nahe, daß Margaret noch immer das Andenken an einen Vater hochhielt, der nichts weiter als ein Betrüger war – so wie er selber, Charles, sich gemüht hatte, seine Liebe zu einem Geistesgestörten zu bewahren. Doch so gern er sie auf jede nur mögliche Weise glücklich zu machen wünschte, hier war ein Punkt erreicht, an dem er sich nicht überwinden konnte. Der wahnwitzige Haß seines Vaters auf John Junius Lorimer – auch wenn er einem irren Gehirn entsprang – hatte in Charles eine instinktive Abneigung gegen ebendiesen Mann erzeugt, nicht so sehr, weil er den finanziellen Ruin seiner Familie verschuldet hatte, sondern weil er die Schuld an der Umnachtung seines Vaters trug.

»Wäre es nicht angezeigter«, fragte er und bemühte sich, keinen kritischen Unterton anzuschlagen, »daß du dieses Bild William zum Geschenk machtest? In Brinsley House wäre es am rechten Platz.«

Noch vor wenigen Augenblicken hatte Margaret gelacht wie ein Kind. Jetzt spürte Charles, wie die Atmosphäre frostig wurde. Nicht daß sie ärgerlich geworden wäre – er kannte ihre Stimmungen und konnte genau zwischen ihnen unterscheiden –, aber sie versuchte offenbar, etwas zu sagen und gleichzeitig, es zu unterdrükken. Der Wunsch zu sprechen trug den Sieg davon.

»Das Porträt gehört mir nicht«, sagte sie. »Sonst hätte ich es längst William gegeben, wie du vorschlägst.«

»Wie kommt es dann hierher?«

»Es gehört Alexa. Ihre Mutter hat wenig hinterlassen, als sie starb, aber dieses Bild war in ihrem Besitz. Ich war immer überzeugt, daß ein verwaistes Kind irgend etwas Greifbares haben sollte, und wäre es noch so wertlos, eine Erinnerung an die Zeit, als es das geliebte Kind seiner Eltern war. Daher glaubte ich, ob zu Recht oder zu Unrecht, daß es mir nicht zustehe, über dieses Bild zu verfügen.«

»Aber« – Charles war verwirrt – »wie kam das Bild in den Besitz von Alexas Mutter? Ich täusche mich doch nicht, wie? Dies ist doch ein Porträt deines Vaters?«

Wieder das Schweigen, wieder die Kälte. Margaret seufzte fast unhörbar.

»Ja«, sagte sie. »Es ist mein Vater. Und Alexas Vater.«

Sie hielt seinem Blick stand, während er zu begreifen suchte. Kein Trotz war in ihren Augen. Nur eine Spur Erleichterung, gemischt mit der deutlichen Entschlossenheit, sich nicht zu schämen.

»Warum hast du mir das nicht früher gesagt?« fragte er.

»Zumindest habe ich dich nicht belogen. Ihr Vater starb, als sie noch sehr klein war – das stimmte. Ihre Mutter war meine Patientin: Das stimmte ebenfalls.«

»Aber es war nicht die ganze Wahrheit.«

»Nein«, gab sie zu. »Als du so unerwartet nach Bristol kamst, als du dich zum erstenmal nach Alexa erkundigtest, sagte ich zu dir, was ich William versprochen hatte, jedermann zu sagen. Das Mädchen weiß es nämlich selbst nicht anders. Ich hatte kein Recht, ihr Geheimnis preiszugeben, am wenigsten einem Menschen, den ich so lange Zeit nicht gesehen hatte und der am nächsten Tag vielleicht wieder abreisen würde. Später dann, als du so bald schon klarmachtest, daß du mich heiraten wollest, fehlte mir der Mut, die Geschichte zu berichtigen. Schon als ich dir sagen mußte, daß ich die Sorge für Alexa übernommen hatte, fürchtete ich, daß du dein Wort zurücknehmen könntest. Hättest du damals auch erfahren, daß sie die Tochter meines Vaters ist, dann hättest du mich vielleicht verlassen oder mich gezwungen, sie aufzugeben. Aber ich hatte mein Wort gegeben, für sie zu sorgen. Und ich liebte dich so sehr, Charles. Wie konnte ich es riskieren, dich abermals zu verlieren?«

»Du mußtest Alexa deshalb nicht in mein Haus bringen. Sie hätte bei William bleiben können.«

Margaret schüttelte den Kopf.

»Er beherbergte sie nur höchst widerwillig, und nur, damit ich in Brinsley House bliebe. Es verletzte seinen Familienstolz, daß ich selbständig arbeiten und wohnen wollte. Er hat Alexa nie gemocht. Aber sie stand schon einmal allein in der Welt. Wie konnte ich ihr nun plötzlich das bißchen Sicherheit wegnehmen, das sie jetzt genießt? Es ist nicht ihre Schuld, daß sie die Tochter meines Vaters ist. Sie konnte sich ihre Eltern nicht aussuchen. Eigentlich gibt es gar keine illegitimen Kinder, Charles: nur illegitime Eltern.«

Charles zwang sich, ruhig zu bleiben. Er dachte daran, wie unglücklich er gewesen wäre, wenn sich seiner Ehe mit Margaret irgendein Hindernis in den Weg gestellt hätte. Er sah ein, daß seine Reaktion auf Margarets Mitteilung unvernünftig war. Er liebte in Margaret eine Tochter John Junius Lorimers, warum also sollte er die andere Tochter hassen? Er hielt seiner Frau beide Hände hin.

»Ich hätte nicht sagen dürfen, daß du mich belogen hast«, sagte er. »Verzeih mir, Margaret.« Er drehte die Vorderseite des Porträts wieder zur Wand und ging mit ihr nach unten. »Erzähle mir von ihrer Mutter.«

»Sie war meine Freundin. Meine ehemalige Musiklehrerin. Und meine Patientin, wie ich dir schon sagte. Nur wurde ich zu spät gerufen, um sie noch retten zu können.«

»Und sie hinterließ ihrer Tochter nichts als ein Porträt?«

Zum drittenmal an diesem Abend fühlte er, wie sich zwischen ihnen eine Schranke aufrichtete. Margaret blieb auf halber Höhe der Treppe stehen und ihre Hand verkrampfte sich auf seinem Arm. Es dauerte lange, ehe sie antwortete, und als sie es tat, war ihre Stimme heiser vor Angst.

»Ich habe dich vorhin nicht belogen und tue es auch jetzt nicht«, sagte sie. »Du hast die Frage gestellt, also will ich sie beantworten. Ja, es war noch etwas da außer dem Porträt.«

»Ich möchte es sehen«, sagte er.

Er sah die Bestürzung in ihren Augen und gewahrte sogar das fast unmerkliche Kopfschütteln, mit dem sie ihn anzuflehen schien, nicht auf seiner Forderung zu bestehen. Es hätte ihm sagen sollen, daß er unklug handelte. Aber wenn er jetzt nachgab, würde er sich immer überlegen müssen, was sie wohl vor ihm verberge, und die Schranke würde bleiben. Forschend blickte er in Margarets Augen, während er verzweifelt versuchte, das Rätsel zu lösen.

Sie wich seinem Blick nicht aus, doch nach wenigen Sekunden beugte sie sich mit resigniertem Achselzucken seinem Willen.

»Ich bringe es hinunter und zeige es dir«, sagte sie ruhig. Sie nahm ihm die Kerze aus der Hand und ging in das gemeinsame Schlafzimmer. Noch konnte Charles sie zurückhalten. Zuerst hatte Margarets Furcht ihn erschreckt, nun ängstigte ihn seine eigene. Unschlüssig glitt seine Hand das polierte Treppengeländer entlang, als er sich langsam nach unten tastete.

Als Margaret wieder ins Wohnzimmer kam, trug sie eine schwarze Lederschatulle. Sie öffnete das Schloß und zog die Innenfächer einzeln heraus. Dann entfernte sie ihre Näharbeit von dem niedrigen Tischchen und legte den Inhalt der Schatulle darauf aus, wie ein Priester, der widerwillig seine heiligen Reliquien den Blicken preisgibt.

Glutrot leuchtete das Geschmeide im Licht des Kaminfeuers. Ohrgehänge, ein Halsband und ein Diadem, dessen Brillantfühler verrieten, daß Margarets Hände zitterten, als sie den Schmuck auslegte.

»Das ist Alexas Erbschaft«, sagte sie ruhig.

Charles starrte die Juwelen eine Weile wortlos an, dann wandte er sich ab und zündete die Gasleuchter zu beiden Seiten des Kamins an. Beim Anblick der Kleinodien war ihm das Blut zu Kopf gestiegen, und Zorn drohte ihn zu übermannen – obwohl er noch nicht wissen konnte, ob dieser Zorn gerechtfertigt sei. Er rang um Fassung, denn er wußte, daß die falschen Worte sein Glück zerstören konnten; dennoch war es ihm unmöglich zu schweigen.

Im Gaslicht wirkten die Juwelen anders. Die Brillanten, wenn es Brillanten waren, sahen gelblich aus: die Rubine, wenn es welche waren, wirkten unscheinbar und besaßen kein Feuer.

»Sind sie echt?« fragte er so gleichmütig wie möglich.

»Ich glaube, ja. Ich habe sie nie jemandem gezeigt, der sie hätte schätzen können, aber ich glaube, sie sind echt.«

»Ein Geschenk deines Vaters.«

»An Alexa, ja.«

»Aus seinem Vermögen unterschlagen.«

»Nein«, sagte Margaret. Ihre Worte schienen um Verständnis zu flehen. »Die Schenkung wurde vor seinem Tod gemacht – vor dem Zusammenbruch der Bank.«

»Die Lorimer-Rubine! Glaubst du, ich hätte nicht gelesen, was über sie geschrieben wurde?« sagte Charles. »Mein Vater hat alle Zeitungsausschnitte in ein Heft geklebt. Der Schmuck konnte Alexa erst nach dem Ball geschenkt worden sein, bei dem deine Mutter ihn trug. Damals wußte dein Vater bereits, daß seine ganze Habe verloren war.«

»Ob er es wußte oder nicht, spielte bei dem Geschenk keine Rolle. Es stimmte, daß er in aller Heimlichkeit zu Werk gehen mußte – aber nur, weil er meine Mutter und die übrige Familie nicht durch Kenntnis von seiner Unbesonnenheit kränken wollte. Nur die Sorge um das Kind seiner Liebe veranlaßte eine so großzügige Zuwendung.«

»Wie willst du das wissen?« fragte Charles. »Was weißt du von deinem Vater? Was hast du jemals gewußt? Ich habe dich nie für die Vorgänge in der Bank verantwortlich gemacht, Margaret, auch nicht für die Folgen des Konkurses: Wie hätte ich das gekonnt? Aber sobald du diese Schätze zu Gesicht bekamst, hättest du wissen müssen, daß dein Vater zu diesem Zeitpunkt kein Recht hatte, über seinen Besitz zu verfügen, noch dazu in dieser Weise.«

»Ich erfuhr von dem Vorhandensein der Juwelen erst vor acht Jahren. Damals war der Konkurs der Bank längst abgewickelt. Es war bestimmt zu spät, um die ganze Sache nochmals aufzurollen. Außerdem kam dieser Aspekt mir damals gar nicht in den Sinn. Ich begriff nur, daß der Schmuck Alexa gehörte, das Geschenk eines Mannes war, der nach Kräften für sein Kind hatte Vorsorge treffen wollen. Er war alt und mußte gewußt haben, daß er ihre Mutter nicht mehr lange würde unterstützen können. Und Alexa besitzt sonst nichts, was sie an ihre Eltern erinnern könnte, wenn sie einmal groß ist. Wie hätte ich das Versprechen brechen können, das ich Luisa gab, und die Waise ihres einzigen Besitzes berauben?«

Ihre Lippen zitterten beim Sprechen, und sie wandte sich mit unglücklicher Miene ihm zu. Charles konnte sehen, daß sie den Tränen nahe war, aber er vermochte seinen Zorn nicht zu zügeln.

»Du hattest kein Recht, ein solches Versprechen zu geben!« rief er. »Vor acht Jahren lebte mein Vater noch. Vor acht Jahren hatte er noch nicht jenes Stadium der Umnachtung erreicht, in dem er starb. Gewiß, sein Geist war gestört: Das sah jeder! Er hatte die fixe Idee, John Junius Lorimer habe irgendwo in der Welt einen Schatz verborgen. Jeder, der unter seiner Wahnidee gelitten hat, hielt ihn für verrückt, und so wurde er wirklich verrückt. Und die ganze Zeit –, die ganze Zeit ...«

Seine Stimme versagte vor Mitleid mit dem Wahn seines Vaters. Er wollte nichts wissen von Margarets Versuchen, ihn zu beruhigen oder zu trösten, und sein Zorn wurde aufs neue angefacht, als es an die Tür klopfte.

Es war Betty. »Um Verzeihung, Sir. John Taylor aus dem Dorf ist da. Mit seiner Frau ist es soweit, und es geht ihr gar nicht gut.«

»Ich kann jetzt nicht hinauskommen«, sagte Charles, ärgerlich über die Störung. »Sag ihm, Mutter Barrett macht das genausogut wie ich. Für eine einfache Entbindung braucht man keinen Arzt.«

»Ja, Sir.« Betty zog sich in schweigender Mißbilligung zurück; aber sie war gleich wieder da.

»Um Verzeihung, Sir. John Taylor läßt Ihnen sagen, Mutter Barrett ist schon seit sechs Stunden bei seiner Frau und sie selber sagt, ohne einen Doktor geht's nicht. Und er läßt Sie, mit Verlaub, daran erinnern, daß er immer in die Kasse gezahlt und nicht eine einzige Woche ausgelassen hat.«

»Du mußt gehen«, sagte Margaret ruhig. »Denk nur, wenn es unser Baby wäre und niemand zu Hilfe kommen wollte.«

»Ja«, sagte Charles. »Ich muß gehen. John Taylor hat jede Woche seinen Penny bezahlt, und für Pennies muß ich hinaus in den Sturm und in einer stinkenden Kate ein Baby holen. Und die ganze Zeit über war ein Vermögen versteckt. Ein Schatz. ›Wer wird meinen Schatz hüten‹, hat dein Vater gefragt. Jetzt kennen wir die Antwort. *Du* hast seinen Schatz gehütet. Meine Mutter mußte krank werden, mein Vater wahnsinnig, meine Karriere zerbrechen, nur damit das

Balg deines Vaters sich einmal ein Vermögen um den Hals hängen kann. Sag Taylor, er soll mein Pferd satteln, Betty. Ich werde seinen Wurm holen, und wenn ich wiederkomme, soll John Junius Lorimers Bastard mein Haus verlassen und seine Erbschaft mitnehmen.«

Margaret kauerte neben dem Tischchen auf dem Boden. Sie weinte, und er war versucht, sie in die Arme zu nehmen. Es kam selten vor, daß er wütend wurde, aber die Herausforderung war groß gewesen; und groß war auch die Erleichterung, seinem ganzen lang angestauten Zorn Luft machen zu können.

Noch ehe das Echo der hinter ihm zufallenden Tür verklungen war, sah er ein, daß er unfair gehandelt hatte. Margaret hatte eine falsche Entscheidung getroffen, sie hatte geirrt, aber das Verbrechen war vor vielen Jahren begangen worden, und sie hatte daran keinen Anteil gehabt. Sobald er zurück wäre, würde er ihr das sagen, er würde sie trösten und sich selber dazu. Aber im Augenblick war er nicht fähig, freundlich oder auch nur vernünftig zu sein. An irgend etwas mußte er seine Wut auslassen. Da er John Junius Lorimer nicht mehr schlagen konnte, bekam sein Reittier die Peitsche zu spüren. Er war in den Sattel gesprungen, ohne dem werdenden Vater ein Wort zu gönnen, und hatte die Zügel so jäh angezogen, daß das Pferd wiehernd zurückwich und kehrtmachte. Mit der gleichen ungewohnten Brutalität schlug er die Hacken in die Flanken des Tieres, galoppierte über den Weg vor seinem Haus und durch die stattliche Ulmenallee, die ins Dorf führte. Er hörte, daß John Taylor etwas hinter ihm herrief, aber der Wind riß die Worte fort, und er hatte keine Lust, sich umzudrehen. Im gestreckten Galopp ging es die dunkle Allee entlang, als jagte er den Teufel. Sturm und Regen schlugen ihm ins Gesicht. Er mußte den Kopf gesenkt halten, und so kam es, daß er den riesigen Ulmenstamm nicht sah, der quer über den Weg gestürzt war. Seine Stute, ein prächtiges Jagdpferd, hätte das Hindernis nehmen können, aber Charles erschrak über ihren Schrittwechsel, als sie sich zum Sprung sammelte, und riß ihr den Kopf hoch, so daß sie mitten im Sprung innehielt. Ihre Vorderbeine schlugen gegen den Stamm und knickten unter ihr ein, und Charles segelte über ihren Kopf hinweg. Als beide zu Boden stürzten, wußte er nicht, ob die Steine auf dem Weg oder der auskeilende Pferdehuf seinen Kopf spalteten. Es spielte ohnehin keine Rolle mehr.

5.

Der Schock, den ein jäher Trauerfall auslöst, betäubt das Empfinden und lähmt den Willen. Um wieviel mehr, wenn Schuldgefühl hinzukommt! Margaret hatte Charles so lange geliebt und ihn so kurze Zeit als Ehemann behalten dürfen, daß sein Verlust genügt hätte, sie in Verzweiflung zu stürzen. Doch ihre Trauer um den Gatten verband sich mit einer Gewissenslast, die um so schwerer drückte, als Margaret keinem Menschen sagen durfte, was geschehen war. Ihre Ehe hatte mit einem Streit geendet: dem ersten – dem einzigen –, den sie je mit Charles gehabt hatte; und sie allein traf die Schuld. Sic hatte Charles erzürnt. Er war im Unfrieden mit ihr gestorben, und sie konnte nicht daran zweifeln, daß sein Zorn die tiefere Ursache seines Unfalls war. Und sie durfte sich niemandem anvertrauen, denn dann hätten auch die Rubine zur Sprache kommen müssen.

Diese Steine hatten schon genug Unheil gestiftet. Margaret glaubte jetzt, daß sie niemals hätte versprechen dürfen, den Schmuck bis zu Alexas Volljährigkeit aufzubewahren. Doch sie hatte diese Entscheidung nun einmal getroffen, und folglich mußte sie ihrem Entschluß, keinem Menschen vom Vorhandensein der Juwelen zu erzählen – auch nicht Alexa vor deren 21. Geburtstag –, treu bleiben. Die Tragödie war geschehen, weil sie in diesem Entschluß wankend geworden war, und sie beabsichtigte nicht, diesen Fehler ein zweites Mal zu begehen. Der Zwang zum Verschweigen und ihr Schmerz um Charles machten sie ungesellig und trübsinnig, und niemand schien ihr helfen zu können.

Alexa tat, was sie konnte. Sie versuchte, Margaret durch Klavierspiel und Gesang zu zerstreuen, aber die Musik, mochte sie nun heiter oder traurig sein, ließ Margarets Tränen nur aufs neue fließen. Auch Zärtlichkeit und Versicherung unverbrüchlicher Liebe spendeten keinen Trost. Charles Stimme war für immer verstummt, und eine andere vermochte ihr nichts zu sagen. Doch Alexa mußte auf eigene Faust etwas unternommen haben, denn zwei Tage später erschien William in Elm Lodge.

Sein Mitgefühl äußerte sich in praktischer Hilfe. Er traf die Anordnungen für das Begräbnis und suchte Charles' Anwalt sowie dessen Bank auf, um Margarets finanzielle Lage zu klären. Doch seine Geschäfte erlaubten ihm nicht, lange von Bristol fernzubleiben. Margaret hatte den ersten ungestümen Schmerz noch nicht überwunden, als William sie zu veranlassen suchte, noch vor seiner Abreise über ihre Zukunft nachzudenken.

»Sobald ich wieder in Brinsley House bin, lasse ich Räume für dich herrichten«, sagte er. »Du mußt natürlich wieder bei uns wohnen, und schon um deines Kindes willen würdest du gut daran tun, so bald wie möglich zu kommen. Die Auflösung deines Haushalts und die Entscheidung, ob Elm Lodge verkauft oder vermietet werden soll, kann bis nach deiner Entbindung warten. Nach dem Schock, den du erlitten hast, brauchst du Schonung und Ruhe.«

Es war Margaret unmöglich, Ruhe zu finden, noch unmöglicher jedoch, ohne weiteres auf den Vorschlag einzugehen, den William als selbstverständlich vorgebracht hatte. Dieser Vorschlag war in der Tat nicht ungewöhnlich. Seit dem Tod des Vaters hatte William stets ohne Zögern seine Pflichten als Oberhaupt der Familie Lorimer auf sich genommen. Wer zögerte, war Margaret. Noch hatte sie mit keinem Gedanken an die Zukunft gedacht – ja, sie hatte sich noch nicht einmal mit der Tatsache vertraut gemacht, daß es eine Zukunft ohne Charles sein würde. Trotzdem siegte ihr Hang zur Selbständigkeit über die Apathie der Trauer und sie sträubte sich dagegen, ein Leben wiederaufzunehmen, das sie schon einmal aufatmend hinter sich gelassen hatte.

»Du bist sehr großmütig, William«, sagte sie. »Aber ich habe in Bristol keine Anstellung mehr.«

»Wenn du nach Bristol kommst, dann *brauchst* du keine Anstellung. Du kannst dich ganz deinem Kind widmen. Das bist du ihm schuldig. Und ich muß dir offen sagen, von deinem Einkommen kannst du hier nicht leben.«

Die Notwendigkeit, klar zu denken und zu argumentieren, führte Margaret einen ersten Schritt aus ihrer Teilnahmslosigkeit.

»Das Leben ist auf dem Lande weit weniger teuer als in Bristol, und es hat mehr zu bieten«, gab sie zu bedenken. »Der Ertrag aus dem Kapital, das du nach dem Verkauf von Lower Croft für mich angelegt hast, deckt die Kosten für unsere Kleidung. In unserem Garten wächst Gemüse. Die Obstbäume tragen bald Früchte, die Schweine werden fett und die Hühner legen gut. Viele Familien müssen sich von einem Gütchen ernähren, nicht größer als der Grund um Elm

Lodge. Und ich lerne bereits, wie man als Bäuerin lebt. Ich kann schon Obst konservieren und Eier einlegen und Schinken räuchern wie eine geborene Landfrau.«

Williams Miene zeigte deutlich, was er von dieser Lebensform hielt, aber Margaret dachte nicht daran, sich zu schämen. Ihre praktische Natur war stolz darauf gewesen, wie rasch und wieviel sie zu Beginn ihrer Ehe dazugelernt hatte. »Außerdem«, sagte sie, »wenn ich hier bleibe, kann ich die Praxis weiterführen und so mein Einkommen vergrößern.«

»Diese Idee ist lächerlich. Die Leute hier würden nie und nimmer zu dir kommen.«

»Ich bin genausogut ausgebildet wie Charles.«

»Das tut nichts zur Sache. Glaubst du im Ernst, ein Landarbeiter würde sich von einer Frau untersuchen lassen, selbst wenn es sich für dich schickte, eine solche Untersuchung vorzunehmen?«

»Er hat nichts dagegen, daß seine Frau von einem Mann untersucht wird«, konterte sie. Dann rief sie sich zur Ordnung. Ihre Diskussionen mit William arteten allzuoft in Streit aus, und jetzt wollte sie ihn nicht kränken. Auch wenn sein Anerbieten mehr von Pflichtgefühl als von Zuneigung diktiert wurde, so wollte er ihr doch eine Freundlichkeit erweisen. Es wäre undankbar, wenn sie ihm entgegnen würde, wie bedrückend Sophies Kälte auf sie wirkte. Während ihres letzten Aufenthalts in Brinsley House hatte sie wenigstens zu ihrer Arbeit ins Waisenhaus flüchten können. Wenn sie jetzt zu William zöge, würde sie im Haus bleiben und ausschließlich für ihr Kind da sein müssen, obwohl dessen Betreuung praktisch in den Händen von Dienstboten läge. Die Aussicht war beklemmend – und doch mochte William Recht haben, wenn er sagte, es sei die einzige Lösung.

»Es ist noch zu früh, William, ich kann noch keine derartige Entscheidung treffen«, sagte sie. »Bitte glaube mir, daß ich dir für deine hochherzige Einladung dankbar bin. Ob ich sie annehmen werde oder nicht, es tut mir von Herzen gut, zu wissen, daß ich deines Beistands gewiß sein und mich immer an dich wenden darf. Doch diese Wahl wird mein künftiges Leben bestimmen, und ich muß sehr genau überlegen.«

»Du hast keine Wahl!« sagte William rundheraus. »Dem Kind zuliebe mußt du nach Brinsley House. Aber ich sehe ein, daß ich zu früh gesprochen habe. Du kannst noch nicht klar genug denken, um zu einer vernünftigen Entscheidung zu kommen. Meine Einladung bleibt gültig, bis du bereit bist, sie anzunehmen. Du brauchst mir dann nur zu schreiben.«

Nachdem William gegangen war, schritt Margaret lange Zeit in ihrem Salon auf und ab und versuchte, mit sich ins reine zu kommen. Sie wußte, daß vieles von dem stimmte, was William gesagt hatte. Von der Geburt des Kindes an würden die festen Haushaltungskosten höher – denn wenn Margaret danach wieder arbeiten wollte, müßte sie ein Kindermädchen engagieren –, während ihr Einkommen immer schwanken würde.

Es stimmte auch, daß die Dörfler sich nicht leicht an einen weiblichen Arzt gewöhnen würden. Und doch, dachte Margaret, es würde ihnen gar nichts anderes übrigbleiben. Für zwei Ärzte war die Gegend zu arm. Wenn sie bekanntmachte, daß sie Charles' Praxis weiterführen werde, so lohnte es sich nicht für einen weiteren Arzt, sich hier niederzulassen. Auch wollten Charles' Patienten sicher nicht jahrelang umsonst in die Kasse gezahlt haben. Sie würden Margarets Dienste in Anspruch nehmen, solange sie noch ein Guthaben hatten; und wenn Margaret ihre Sache gut machte, dann würden die Leute wohl auch gern weiter einzahlen.

Es müßte möglich sein, dachte sie, und verglich im Geist die kalte Förmlichkeit in Brinsley House mit dem lieblichen Bild, das Alexa bieten würde, wenn sie dem Kind vorsingen und die Wiege schaukeln würde. Mit Sparsamkeit und harter Arbeit war es zu schaffen. Aber wie, wenn sie krank werden sollte? Angenommen, es würde ihr – mit der ausschließlichen Sorge für Alexa und das Kind – irgend etwas zustoßen und sie arbeitsunfähig machen. Konnte sie es verantworten, ihr Kind dieser Unsicherheit auszusetzen, obgleich ihm die gleiche Geborgenheit geboten wurde, in der sie selber aufgewachsen war?

Doch auch die Sicherheit ihrer eigenen Jugend hatte auf tönernen Füßen gestanden. Nichts im Leben konnte auf Dauer für gesichert gelten. Immer rascher wurde ihr Schritt, während sie sich zuerst die eine Seite eines jeden Arguments und dann die andere vor Augen hielt. Erst vor zwei Stunden war sie noch apathisch und in Tränen aufgelöst gewesen. William hatte sie zumindest aufgerüttelt und dazu gebracht, über ihre neue Lage nachzudenken. Doch nun stürzte sie in ein weiteres Dilemma: Nach Brinsley House zurückzukehren wäre feige; die Einladung abzulehnen wäre leichtsinnig. Beide Schlüsse waren instinktiv, nicht logisch, und sie konnte keinen Ausweg finden. Dieselbe Handlung könnte vernünftig oder als Ausdruck der Schwäche gewertet werden, es kam lediglich auf den Standpunkt an. Als Margaret versuchte, jede Möglichkeit von beiden Seiten zu betrachten, brach sie erneut in Tränen aus, diesmal jedoch war der Grund nicht Trauer, sondern das Übermaß seelischer Belastung.

Die Rettung kam durch die Ankunft von Ralph und Lydia, die ihre beiden auf Jamaika geborenen Kinder Kate und Brinsley mitbrachten. Margaret wußte zwar von ihrem dreimonatigen Heimaturlaub, hatte aber erst später mit ihnen gerechnet. Sie hatten sich nicht angemeldet, denn sie wollten nicht – wie sie erklärten, nachdem die stürmische Begrüßung, die erste Überraschung und Beileidsbezeugungen vorüber waren –, daß Margaret ihretwegen große Vorbereitungen treffe. Charles' tödlicher Unfall hatte sich ereignet, als sie noch auf hoher See waren, aber Sophie hatte sie sogleich bei der Ankunft in Bristol von der Trauernachricht in Kenntnis gesetzt.

»Ihr findet in mir keine sehr heitere Gastgeberin«, sagte Margaret, die bemerkte, daß Ralph besorgt ihre verschwollenen und vom Weinen geröteten Augen betrachtete. Er machte auch sofort Lydia den Vorschlag, sie sollten in einem Trauerhaus nicht länger als eine Stunde zur Last fallen, aber Lydia wollte davon nichts wissen.

»Mit Bettys Hilfe kann ich alles Nötige erledigen«, erklärte sie. »Ich will mich nicht dafür rechtfertigen, daß wir so bei dir hereinplatzen, Margaret. Auf Jamaika habe ich gelernt, daß es Zeitverschwendung ist, um den heißen Brei herumzugehen und erst lange zu fragen. Ich bin eine Frau der Tat geworden. Auf der Missionsstation ist das notwendig, und so schnell kann ich es mir nicht abgewöhnen. Ich hoffe, daß du mir um unserer Freundschaft willen verzeihen wirst.«

Margaret war viel zu froh, Lydia und Ralph bei sich zu haben, als daß sie Einwände gemacht hätte. Sie stand auf und wollte ihre Gäste ins obere Stockwerk begleiten, bekam jedoch sofort Befehl, sich wieder hinzusetzen. »Ich bin zu gar nichts nütze!« rief sie, ärgerlich über ihre eigene Schwäche. »Seit ein paar Tagen fühle ich mich so schwerfällig. Und ohne jegliche Energie.«

»Ißt du ordentlich?« fragte Lydia.
»Ich habe keinen Appetit.«
»Schläfst du genügend?«
»Wie kann ich schlafen, ich bin viel zu unglücklich.« Wieder einmal war Margaret den Tränen nahe. Sie sah, daß Lydia Ralph ein Zeichen gab, und schon hob Ralph seine Schwester hoch und trug sie hinauf in ihr Schlafzimmer. Lydia folgte und scheuchte ihn hinaus, sobald er Margaret aufs Bett gelegt hatte.
»Wie weit bist du?« fragte sie.
»Im siebenten Monat.«
»Dann benimmst du dich sehr töricht«, sagte Lydia. Sie sprach mit Strenge, hielt dabei jedoch Margarets Hand. »Du weißt, wie gefährdet ein Baby gerade zu diesem Zeitpunkt ist. Bestimmt haben alle deine Freunde dich ermahnt, viel zu ruhen, und du hast den Rat in den Wind geschlagen. Aber ich spreche als dein Arzt und ich *befehle* dir, zu ruhen. Die nächsten zwei Wochen wirst du im Bett bleiben und essen, was ich dir heraufschicke. Der Gesundheit des Kindes zuliebe, wenn du schon auf dich selber keine Rücksicht nimmst. Wer versorgt die Praxis?«
»Niemand«, sagte Margaret.
»Wer soll dir dann helfen, dein Kind zur Welt zu bringen?«
»Ich weiß nicht. Es ist mir gleichgültig.«
»Dafür solltest du eines hinter die Ohren bekommen«, sagte Lydia resolut. »Na, macht nichts. Die nächsten drei Monate bin ich der Dorfarzt. Und auch der deine.«
»Du kannst doch nicht während deines Urlaubs arbeiten.«
»Ich bin nur glücklich, wenn ich arbeiten kann«, erwiderte Lydia. »Ralph kann herumfahren und seine alten Freunde besuchen, wenn er will. Ich bleibe lieber hier, und für die Kinder könnte es nirgends gesünder sein. Darf ich Betty sagen, sie soll ein Mädchen aus dem Dorf suchen, das auf sie aufpassen kann?«
»Natürlich.« Trotz ihrer Benommenheit brachte Margaret ein Lächeln zustande. »Du bist sehr gut zu mir, Lydia.«
Lydia küßte sie zärtlich. »Ich weiß, daß du das gleiche für mich tun würdest«, sagte sie. »Ich werde dir das allerschönste Baby in die Arme legen und so stolz darauf sein, als wäre ich selber seine Mutter. Meinen Anweisungen ist unbedingt Folge zu leisten. Gegen deinen Kummer über Charles weiß ich dir keinen Trost, aber du hast

dich selber krank gemacht, und zuerst müssen deine körperlichen Kräfte wiederhergestellt sein, damit du deinen ganzen Mut zurückgewinnst.«

Mut. Ein seltsames Wort aus dem Munde Lydias, dachte Margaret, als sie an diesem Abend, erwärmt durch ein Feuer in ihrem Schlafzimmer und ein Glas heißer Milch, endlich in den Schlummer glitt. Vielleicht hatte die Freundin nur auf die Schmerzen der Geburt angespielt. Aber Mut würde sie auch nötig haben, um einer Zukunft ohne Charles ins Auge zu blicken, um ihr Leben in die eigenen Hände zu nehmen. Die Wahl, vor die William sie gestellt hatte, müßte früher oder später getroffen werden, aber im Augenblick wollte sie sich ganz der Fürsorglichkeit ihrer Freundin überlassen. Noch vor kurzem hatte sie sich geängstigt, weil sie in ihrer seelischen Zerrissenheit die Ursache für ihren körperlichen Verfall gesehen hatte. Lydias Worte, wonach weit eher die körperliche Schwäche schuld war an ihrer mangelnden Entschlußkraft, waren eine Erlösung. Sie schob die anstehenden Entscheidungen von sich und schlief ein.

Die Tage und Wochen vergingen friedlich und ereignislos. Wenn Lydia ihr erlaubte, das Bett zu verlassen und sich unten aufs Sofa zu legen, konnte Margaret sich an Alexas Klavierspiel und Gesang erfreuen, frei von allen quälenden Gedanken, die ihr früher dabei gekommen waren. Lydias Berichte über ihre Aufnahme im Dorf waren amüsant, konnten aber nicht immer als Spaß betrachtet werden. Mit der Zeit verlangte Margaret genauere Einzelheiten und konnte bald feststellen, daß Lydias resolute Tüchtigkeit ihre Wirkung nicht verfehlte. Bis Margaret so weit war, die Praxis übernehmen zu können, würde der erste Schock über einen weiblichen Arzt abgeklungen sein; als völlig normal würden die Dörfler diese Umstellung vielleicht noch nicht empfinden, aber wenigstens auch nicht mehr als ein Ding der Unmöglichkeit.

In den Morgenstunden des ersten Juni erwachte Margaret vom plötzlichen Einsetzen der Wehen. Eine Weile blieb sie regungslos liegen, denn sie wußte aus ihrer ärztlichen Erfahrung, daß sie noch viel Zeit haben würde. Doch zwischen den einzelnen Schmerzwellen hatte sie das Bedürfnis, sich zu rühren, ihre Lage zu ändern; und bald hielt sie es im Bett nicht mehr aus. Sie stand auf und zog einen warmen Morgenmantel an. Lydia würde nicht böse sein, wenn sie

sie so früh schon weckte, und im Gespräch würde die Zeit leichter vergehen.
Als sie durch den Korridor ging, öffnete sie nacheinander alle Türen und leuchtete mit ihrer Kerze kurz in die Zimmer. Gleich nebenan schlief Alexa, das wunderschöne rotgoldene Haar war über das Kissen gebreitet. Hinter der nächsten Tür wartete das Kinderzimmer auf seinen künftigen Bewohner. Welches Los würde ihm bevorstehen, diesem neuen Menschen, der jetzt ans Licht der Welt drängte?
In diesem Augenblick wußte sie, daß sie die Antwort finden werde. Die Heftigkeit der Schmerzen, die sie in regelmäßigen Zwischenräumen erstarren ließ, brachte einen seltsamen Trost mit sich. Sie besagten, daß ihr Körper genesen sei und nun auch ihre Geisteskräfte wieder normal arbeiten würden. In wenigen Stunden würde sie wiederum völlig erschöpft sein, ausruhen und sich ein zweites Mal erholen müssen. Also war jetzt der rechte Moment, die Wahl, vor die William sie gestellt hatte, nochmals zu überdenken.
Ihr Instinkt legte ihr noch immer den gleichen Schluß nahe. Die Rückkehr nach Brinsley House würde ein Akt der Feigheit sein. Aber war die andere Lösung realistisch? Würde sie ganz allein imstande sein, Alexa wohlausgerüstet in die Welt hinauszuschicken und ein kleines Kind großzuziehen?
Jeder Vater, so dachte sie, stand gewiß manchmal vor der gleichen Frage, allerdings ohne zwischen zwei Antworten wählen zu können. Hatten Männer jemals Angst bei dem Gedanken an die Verantwortung, die ihnen zu tragen auferlegt war? Sie dachte an ihren eigenen Vater. Sie schloß die Tür des Kinderzimmers, das nicht mehr lange leer bleiben würde, und ging in die Kammer, wo der Streit mit Charles begonnen hatte.
John Junius Lorimers Porträt stand noch immer mit dem Gesicht zur Wand. Sie bückte sich, um es umzudrehen, aber es war schwerer, als sie erwartet hatte. Während sie sich damit abmühte, überfiel sie ein Schmerz, der soviel heftiger war als die vorhergegangenen Wellen, daß sie sich eine Weile nicht bewegen konnte. Als ihre Muskeln sich endlich wieder entspannten und sie sich wieder aufrichtete, wußte sie, daß keine Zeit mehr zu verlieren war. »Lydia!« rief sie. »Lydia.«
Vier Stunden später sah Margaret ihren Sohn zum erstenmal und

weinte. Sie weinte um das Kind, das nie einen Vater haben würde; und um Charles, der diesen kleinen Jungen so sehr geliebt hätte. Lydia verstand sie und unterließ jeden Versuch, sie aufzuheitern oder zu trösten, sondern nahm ihr das Neugeborene wieder weg, damit es gewaschen und gewickelt werden konnte. Als sie mit dem winzigen weißen Bündel wiederkam, hatte Margaret sich ausgeweint und wartete, erschöpft aber ruhig, um den Kleinen in die Arme zu nehmen.

Er war ein Lorimer, kein Scott. Obwohl er den Namen Robert Charles Scott tragen würde, zeigte sich keine Spur von Charles' gemessenem Ernst in dem beweglichen Gesichtchen und den winzigen fuchtelnden Fäusten, die bereits diese neue Welt zu erkunden schienen. Er war sehr klein, wie auch Margaret als Baby gewesen war, und das daunenfeine Haar war leuchtend rot.

Margaret lag eine Weile regungslos, ermattet, aber glücklich. Neben ihr wimmerte Robert und schmatzte mit den Lippen. Als sie ihn zum erstenmal an die Brust legte, erfüllte ein jäher Strom von Liebe ihr Herz. Obwohl ihr Körper so zerschlagen war, daß sie kaum die Kraft besaß, den Arm zu heben, fühlte sie sich stark genug, ihr Kind zu beschützen und klar zu denken. Sie war für Robert verantwortlich, und es war Zeit, den Entschluß zu fassen, der sein Leben bestimmen würde. Sie bat Lydia, das Porträt John Junius' bringen zu lassen, und kurz darauf stand es auf einem Stuhl, so daß sie es sehen konnte, ohne den Kopf zu heben. Sie betrachtete unverwandt das Gesicht ihres Vaters, während das Baby noch eine Weile saugte und dann das Köpfchen an ihre Brust bettete und einschlief.

Sie erinnerte sich an den Tag, an dem sie das Porträt zum erstenmal gesehen hatte, denn es war auch der Tag ihrer ersten Begegnung mit David Gregson gewesen – ein Tag, der ihr Glück zu bringen versprach und sich dann als Beginn einer Reihe von Katastrophen erwies. Wieviel von dem, was sich ereignen sollte, mochte John Junius vorhergesehen haben, fragte sie sich. Die grünlichen Augen unter der klaren Stirn blickten unbeirrt in die Welt, der Mund war fest und voll Selbstvertrauen. Wenn seine Schwierigkeiten bereits begonnen hatten, als er für das Porträt saß, so hatte er es verstanden, dem Künstler keinen Hinweis darauf zu liefern.

Sein Bild war keine Hilfe für die Tochter, die ihn zu seinen Lebzeiten sosehr geliebt und die nach seinem Tod soviel durch sein Tun gelitten hatte. Was Frauen anging, so war er ein Mann seiner Zeit gewesen. Frauen waren in seinen Augen von der Natur zur Unselbständigkeit geschaffen. Seine eigene Frau hatte er als persönlichen Besitz wertgehalten, auch noch, nachdem kein anderes Gefühl ihn mehr an sie band; und für ihn wäre es selbstverständlich gewesen, daß seine Tochter im Hause bliebe, bis sie heiratete – und ihr ganzes Leben lang, falls sich kein Ehemann fände. Kein Zweifel, er hätte Williams Ansicht vollauf gebilligt, wonach eine verwitwete Schwester nach Brinsley House gehörte.

Von dem Bild schien keine Ermutigung auszugehen – und doch fühlte Margaret, als sie auf das Konterfei blickte, ihren Puls rascher schlagen: Schließlich hatte auch sie Lorimer-Blut in den Adern. Brinsley Lorimer hatte den Ozean überquert, ohne Furcht vor den Stürmen, denen er auf offener See würde trotzen müssen. John Junius Lorimer hatte sich mit gleichem Wagemut auf die noch stürmischeren Meere der Finanzen und der Industrie gewagt. Er hatte am Ende Schiffbruch erlitten, doch in den früheren Jahren seines Lebens hatte er nur Entschlußkraft und Erfolg gekannt. Alle Lorimers waren im Herzen Abenteurer, und auch Margaret selber hatte vor fünfzehn Jahren den gleichen Abenteurergeist bewiesen, als sie die Fesseln der Konventionen sprengte und sich selbständig machte. Was aber war diese Selbständigkeit wert, wenn sie aufgegeben werden konnte, sobald Schwierigkeiten auftauchten? Was zählte ein beherzter Vorstoß, wenn er beim ersten Fehlschlag ins Stocken geriet? Wäre Brinsley Lorimers erstes Schiff unter seinen Füßen im Meer versunken, er hätte sich ein neues gebaut, und genau das konnte sie auch. Alles, was sie dazu brauchte, war Mut.

»Habe ich genügend Mut?« fragte sie laut, während sie noch immer das Porträt betrachtete, und las die Antwort in den festen, herrischen Zügen dieses Mannes, der sich immer das Recht vorbehalten hatte, sein Leben selber zu bestimmen, ja, sogar den Augenblick seines Todes zu wählen. Wie es seiner Ansicht nach einer Lorimer zukam, hatte er die Tochter in Wohlstand und Geborgenheit aufwachsen lassen, und beides war ihr noch vor seinem Tod entrissen worden. Er hatte ihr ein Erbe aus Täuschung und Betrug hinterlassen, ihr nacheinander die beiden Männer geraubt, denen einzig ihre Liebe galt, und damit jedesmal einem Abschnitt ihres Lebens ein Ende gesetzt. Doch eines blieb ihr, und nichts konnte es ihr rauben.

Sie war eine Lorimer, und von diesem Mann auf dem Bild hatte sie den Geist der Lorimers geerbt, eine Mischung aus Intelligenz, Fleiß und Instinkt, und vor allem anderen die Bereitschaft, ein Risiko einzugehen. Ja, sie hatte genügend Mut.
Alexa, die eben erst erwacht war, erschien in der Tür. Sie trug noch ihr weißes Nachthemd, und das lange Haar, von goldenerem Ton als das des Neugeborenen, floß ungebürstet über ihre Schultern. Ihre Augen glänzten vor Aufregung.
»Darf ich ihn in den Arm nehmen?«
»Aber ja.«
Sie gaben ein hübsches Bild ab: das schöne junge Mädchen, das auf den schlafenden Säugling hinabblickte. Margaret schenkte dem Porträt des Vaters jenes knappe Nicken, das bei John Junius das gleiche bedeutet hatte wie jetzt bei ihr: Eine Entscheidung war getroffen, der Fall war erledigt. William hatte ihr die Kraft gespendet, die aus dem Widerstand erwächst, Lydia die Kraft des guten Beispiels, doch von Robert kam ihr die noch größere Kraft der Liebe. Einst hatte sie sich umsorgen lassen von einem Vater, einem Bruder, einem Gatten. Diese Zeit war vorbei. Es war nicht das erstemal in ihrem Leben, daß sie beschloß, auf eigenen Füßen zu stehen. Aber jetzt ging es um mehr als nur um ihre eigene Zukunft. Zwei Menschen waren ihr anvertraut. Trotz ihrer Erschöpfung spürte sie, wie Freude und Zuversicht sie durchströmten. Aus eigener Kraft würde sie für Alexa und den kleinen Robert sorgen, für die Tochter und den Enkel John Junius Lorimers. Als ihr endlich vor Müdigkeit die Augen zufielen, hatte sie sich dieses Versprechen gegeben. Sie würde nicht wortbrüchig werden.